啼笑因缘

张恨水 ◎ 著

华东师范大学出版社

目录

啼笑因缘

啼笑因缘续集

看她身上，今天换了一件蓝竹布褂，束着黑布短裙。

姑娘们学佛的，我倒少见。太太老太太们，那就多了。

据我所听到说，会跳舞的人，听到音乐奏起来，脚板就会痒的。

我心里乱极了，现在一点办法没有。

她心里不由得想着，郎才女貌，好一个黄金时代啊！

只见高台阶上一个浑身罗绮的少妇，杨柳临风的一般，站在那里。

那玻璃窗上的光，有映带着绿色的，有映带着红色的，也有是白色的。

绿叶子西边罩着金黄色，东边避着日光，更阴沉起来。

一年的月色，是秋天最好，心里既是烦闷，不如到外面来看看月色消遣。

吃完了酒我就走。至于以后见面不见面，那可是难说。

这与上次和凤喜在这里的情形，有点不同了。

眼睛和爱情一样，里面掺不得一粒沙子的，你说是不是？

啼笑因缘

一九三〇年作者自序

那是民国十八年，旧京五月的天气。阳光虽然抹上一层淡云，风吹到人身上，并不觉得怎样凉。中山公园的丁香花、牡丹花、芍药花都开过去了；然而绿树荫中，零碎摆下些千叶石榴的盆景，猩红点点，在绿油油的叶子上正初生出来，分外觉得娇艳。水池子里的荷叶，不过碗口那样大小，约有一二十片，在鱼鳞般的浪纹上飘荡着。水边那些杨柳，拖着丈来长的绿穗子，和水里的影子对拂着。那绿树里有几间红色的屋子，不就是水榭后的"四宜轩"吗？在小山下隔岸望着，真个是一幅工笔图画啊！

这天，我换了一套灰色哔叽的便服，身上轻爽极了。袋里揣了一本袖珍日记本，穿过"四宜轩"，渡过石桥，直上小山来。在那一列土山之间，有一所茅草亭子，亭内并有一副石桌椅，正好休息。我便靠了石桌，坐在石墩上。这里是僻静之处，没什么人来往，由我慢慢的鉴赏着这一幅工笔的图画。虽然，我的目的，不在那石榴花上，不在荷钱上，也不在杨柳楼台一切景致上；我只要借这些外物，鼓动我的情绪。我趁着兴致很好的时候，脑筋里构出一种悲欢离合的幻影来。这些幻影，我不愿它立刻即逝，一想出来之后，马上掏出日记本子，用铅笔草草的录出大意了。这些幻影是什么?不瞒诸位说，就是诸位现在所读的《啼笑因缘》了。

当我脑筋里造出这幻影之后，真个像银幕上的电影，一幕一幕，不断的涌出。我也记得很高兴，铅笔瑟瑟有声，只管在日记本子上画着。偶然一抬头，倒几乎打断我的文思。原来小山之上，有几个妙龄女郎，正伏在一块大石上，也看了我喁喁私语。她们的意思，以为这个人发了什么疯，一人躲在这里埋头大写。我心想:流水高山，这正也是知己了，不知道她们可明白我是在为小说布局。我正这样想着，立刻第二个感觉告诉我，文思如放焰火一般——放过去了，回不转来的，不可间断。因此我立刻将那些女郎置之不理，又大书特书起来。我一口气写完，女郎们不见了，只对面柳树中，啪的一声，飞出一只喜鹊振破了这小山边的沉寂。直到于今，这一点印象，还留在我脑筋里。

这一部《啼笑因缘》，就是这样产生出来的。我自己也不知道我是否有什么用意，更不知道我这样写出，是否有些道理。总之，不过捉住了我那日那地一个幻想写出来罢了——这是我赤裸裸地能告诉读者的。在我未有这个幻想之先，本来由钱芥尘先生，介绍我和《新闻报》的严独鹤先生，在中山公园“来今雨轩”欢迎上海新闻记者东北视察团的席上认识。而严先生知道我在北方，常涂鸦些小说，叫我和《新闻报·快活林》也作一篇。我是以卖文糊口的人，当然很高兴的答应。只是答应之后，并不曾预定如何着笔。直到这天在那茅亭上布局，才有了这部《啼笑因缘》的影子。

说到这里，我有两句赘词，可以附述一下：有人说小说是“创造人生”，又有人说小说是“叙述人生”。偏于前者，要写些超人的事情；偏于后者，只要是写着宇宙间之一些人物罢了。然而我觉得这是纯文艺的小说，像我这个读书不多的人，万万不敢高攀的。我既是以卖文为业，对于自己的职业，固然不能不努力；然而我也万万不能忘了作小说是我的一种职业。

在职业上作文，我怎敢有一丝一毫自许的意思呢？当《啼笑因缘》逐日在《快活林》发表的时候，文坛上诸子，加以纠正的固多；而极力谬奖的，也实在不少。这样一来，使我加倍的惭愧了。

《啼笑因缘》将印单行本之日，我到了南京，独鹤先生大喜，写了信和我要一篇序，这事是义不容辞的。然而我作书的动机如此，要我写些什么呢？我正踌躇着，同寓的钱芥尘先生、舒舍予先生就鼓动我作篇白话序，以为必能写得切实些。老实说，白话序平生还不曾作过，我就勉从二公之言，试上一试。因为作白话序，我也不去故弄什么狡狯伎俩，就老老实实把作书的经过说出来。

这部小说在上海发表而后，使我多认识了许多好朋友，这真是我生平一件可喜的事。我七八年没有回南；回南之时，正值这部小说出版，我更可喜了。所以这部书，虽然卑之无甚高论，或者也许我说"敝帚自珍"，到了明年石榴花开的时候，我一定拿着《啼笑因缘》全书，坐在中山公园茅亭上，去举行二周年纪念。那个时候，杨柳、荷钱、池塘、水榭，大概一切依然；但是当年的女郎，当年的喜鹊，万万不可遇了。人生的幻想，可以构成一部假事实的小说；然而人生的实境，倒真有些像幻影哩！写到这里，我自己也觉得有些"啼笑皆非"了。

一九三〇年严独鹤序

我和张恨水先生初次会面，是在去年五月间，而脑海中印着“小说家张恨水”六个字的影子，却差不多已有六七年了。在六七年前（实在是哪一年已记不清楚），某书社出版了一册短篇小说集，内中有恨水先生的一篇著作，虽是短短的几百个字，而描写甚为深刻，措词也十分隽妙，从此以后，我虽不知道“恨水”到底是什么人，甚至也不知道他姓什么，而对于他的小说，却已有相当的认识了。在近几年来，恨水先生所作的长篇小说，散见于北方各日报；上海画报中，也不断的载着先生的佳作。我虽忙于职务，未能一一遍读，但就已经阅读者而论，总觉得恨水先生的作品，至少可以当得“不同凡俗”四个字。

去年我到北平，由钱芥尘先生介绍，始和恨水先生由文字神交结为友谊，并承恨水先生答应我的请求，担任为《快活林》撰著长篇小说，我自然表示十二分的欣幸。在《啼笑因缘》刊登在《快活林》之第一日起，便引起了无数读者的欢迎了；至今虽登完，这种欢迎的热度，始终没有减退，一时文坛中竟有“《啼笑因缘》迷”

的口号。一部小说，能使阅者对于它发生迷恋，这在近人著作中，实在可以说是创造小说界的新纪录。恨水先生对于读者，固然要表示知己之感；就以我个人而论，也觉得异常高兴，因为我忝任《快活林》的编者。《快活林》中，有了一个好作家，说句笑话，譬如戏班中来了个超等名角，似乎我这个邀角的，也还邀得不错哩。

以上所说的话，并非对于恨水先生“虚恭维”一番，更非对于《啼笑因缘》瞎吹一阵。恨水先生的自序中说，要讲切实的话；而我所讲的，也确实是切实的话。不过关于此书，我在编辑《快活林》的时候，既逐日阅稿发稿，目前刊印单行本，又担任校订之责，就这部书的本身上讲，也还有许多话可说。话太多了，不能不分几个层次，现在且分作三层来讲：一、描写的艺术；二、著作的方法；三、全书的结局和背景。

描写的艺术

小说首重描写，这是大家所知道的。因为一部小说，假令没有良好的描写，或者是著书的人，不会描写，那么据事直书，简直是“记账式”的叙述，或“起居注式”的记录罢了，试问还成何格局，有何趣味？所以要分别小说的好坏，须先看作者有无描写的艺术，讲到这部《啼笑因缘》，我可以说是恨水先生在此书上，已充分运用了他的艺术，也充分表现着他的艺术。现在且从全书中摘出几点来，以研究其描写的特长。

甲、能表现个性。中国的旧小说，脍炙人口的，总要先数着《红楼梦》、《水浒》、《儒林外史》这几部书。而《红楼梦》、《水浒》、《儒林外史》的第一优点，就是描写书中人的个性，各有不同，才觉得有作用，才觉得有情趣。假令《红楼梦》上的小姐丫鬟，《水浒》上的一百零八位好汉，《儒林外史》上的许多人物，都和惠泉山上的泥人一般，铸成一副模型，看的人便觉得讨厌。不但不能成为好小说，也简直不成其为小说了。《啼笑因缘》中的主角，除樊家树自有其特点外；如沈凤喜，如关秀姑，如何丽娜，其言语动作思想，完全各别，毫不相犯，乃至重要配角，如关寿峰，如刘将军，如陶伯和夫妇，如樊端本，也各有特殊的个性；在文字中直显出来，遂使阅者如亲眼见着这许多人的行为，如亲耳听得这许多人的说话，便感觉着有无穷的妙趣。

乙、能深合情理。小说是描写人生的。既然描写人生，那么笔下所叙述的，就该是人生所应有之事，不当出乎情理之外。（神怪小说及一切理想小说，又当别论。）常见近今有许多小说，著者因为要想将情节写得奇特一点，色彩描得浓厚一点，便弄得书中所举的人物，不像世上所应有的人物；书中所叙的事情，也不像世上所应有的事情——《啼笑因缘》却完全没有这个弊病。全书自首至尾，虽然奇文迭起，不作一直笔，不作一平笔，往往使人看了上一回，猜不到下一回；看了前文，料不定后文。但事实上的变化，与文字上的曲折，细想起来，却件件都深合情理，丝毫不荒唐，也丝毫不勉强。因此之故，能令读者如入真境，以至于着迷。

丙、能于小动作中传神。近来谈电影者，都讲究“小动作”。名导演家刘别谦他就是最注意于小动作的。因为一部影片中，单用说明书或对白来表现一切思想或情绪，那是呆的；于“小动作”中传神，那才是活的。小说和电影，论其性质，也是一样：电影中最好少“对白”而多“动作”，小说中也最好少写“说话”而多写“动作”，尤其是“小动作”。若能于各人的“小动作”中，将各人的心事，透露出来，便格外耐人寻味。试就本书中举几个例子：如第三回凤喜之缠手帕与数砖走路；第六回秀姑之修指甲；第二十二回樊家树之两次跌跤;又同回何丽娜之掩窗帘，与家树之以手指拈菊花干，俱为神来之笔。全书似此等处甚多，未遑列举，阅者能细心体会，自有隽味。恨水先生素有电影癖，我想他这种作法，也许有几分电影化。

著作的方法

有了描写的艺术，还须有著作的方法。所谓著作的方法，就是全书的结构和布局，须于未动笔之前，先定出一种整个的办法来。何者须剪裁，何者须呼应，何者须渲染，乃至于何者须顺写，何者须倒叙，何者写反面，何者写正面，都有了确定不移的计划，然后可以挥写自如。《啼笑因缘》全书二十二回，一气呵成，没有一处松懈，没有一处散乱，更没有一处自相矛盾，这就是在“结构”和“布局”方面，很费了一番心力的。也可以说是“著作的方法”，特别来得精妙。此外还有两种特殊的优点，也不可不说。

甲、暗示。全书常用暗示，使细心人读之，不待终篇，而对于书中人物的将来，已可有相当的感觉，相当的领会。如凤喜之贪慕虚荣，在第五回上学以后，要樊家树购买眼镜和自来水笔，已有了暗示。如家树和秀姑之不能结合，在第十九回看戏，批评十三妹一段，已有了暗示。而第二十二回樊、何结合，也仍不明说，只用桌上一对红烛，作为暗示。这明是洞房花烛，却依然含意未露，留待读者之体会。

乙、虚写。小说中的情节，若笔笔明写，便觉太麻烦，太呆笨。

艺术家论作画，说必须“画中有画”，将一部分的佳景，隐藏在里面，方有意味。讲到作小说，却须“书外有书”。有许多妙文，都用虚写，不必和盘托出，才有佳趣。《啼笑因缘》中有三段大文章，都用虚写：一、第十二回凤喜“还珠却惠”以后，沈三玄分明与刘将军方面协谋坑陷凤喜，而书中却不着一语。只有警察调查户口时，沈三玄抢着报明是唱大鼓的这一点，略露其意，而阅者自然明白。二、第十九回“山寺锄奸”，不从正面铺排，只借报纸写出，用笔甚简而妙。三、第二十二回关寿峰对樊家树说：“可惜我对你两分心力，只尽了一分。”只此一语，便知关氏父女不仅欲使樊、何结合，亦曾欲使凤喜与家树重圆旧好。此中许多情节，全用虚写，论意境是十分空灵，论文境也省却了不少的累赘。若在俗手为之，单就以上三段文字，至少又可以铺张三五回。这就是“冲酱油汤”的办法——汤越多，味却越薄了。

全书的结局和背景

读小说者自然很注意于全书的结局和背景。关于《啼笑因缘》的结局，在恨水先生自己所作的《作完〈啼笑因缘〉后的说话》中，已讲得很明白、很详尽，我也不用再说什么了。总之就我个人的意见，以及多数善读小说者的批评，都以为除了如此结局而外，不能再有别的写法比这个来得有余味可寻。

至于书中的背景，照恨水先生的自序，说是完全出于虚构。但我当面问他时，他却笑道：“像刘将军这种人，在军阀时代，不知能找出多少；像书中所叙的情节，在现代社会中，也不知能找出多少，何必定要寻根究底，说是有所专指呢。”言外之意，可以想见。

总之天下事无真非幻，无幻非真，到底书中人，书中事有无背景，为读者计，也自毋庸求之过深，暂且留着一个哑谜吧。

我的话说得太多了，就此作一结束。末了我还有两件事要报告读者：一、《啼笑因缘》小说，已由明星影片公司摄制影片，大约单行本刊印而后,不多时书中人物又可以在银幕上涌现出来。二、恨水先生已决定此后仍不断的为《新闻报·快活林》撰著长篇小说。此事在嗜读小说而尤其欢迎恨水先生作品者闻之，必更有异常的快慰。

李浩然题词

蝶恋花　并序

曩读恨水所著小说，讥讽歌台爨演宝黛事。语多隽永，自是心仪其人。今岁君为《新闻报》撰《啼笑因缘》，乃得朝夕展读。冬杪君南来，欢然把晤，神交十载，始慰辀饥。世之谈小说者，或崇尚远西，鄙弃章回体，实则艺有专精，理无偏废。异域之作，芟翦繁芜，含意深渺，警策可称;而缠绵悱恻之长，未尝不在中土，特妄事操觚者众，陈陈相因，斯令人生厌耳。

若君此作，疏写不过数人，为时不过一岁。哀乐相寻，低徊弥永，任举一人一事，闭目思之，行止笑貌，恍惚若有所见所闻。而映写人生，不事雕饰，自然观感无尽，夫何逊于世界所称名著。今将刊印单行本，独鹤属余为文，因思名作声价，已在人口，何待赘言。爰取书中所纪，隶事分人，成小词四阕。譬诸锦带牙签，聊作装潢之助云尔。

一往情深深似醉，无限温馨，只自增憔悴。山掩斜阳花傍水，歌词惆怅三姝媚。

剑影遥天飘复坠，肠断都昙，一曲悲秋泪，双照银釭樽酒对，合欢应带愁滋味。

（樊家树）

侠情早被柔丝绾，日日关心，日日萧郎面。不道光阴容易换，为人压尽鸳鸯线。

脱难荒祠行夜半，季芈为郎，侬却为钟建。缕发遗君君莫恋，隔窗从此天涯远。

（关秀姑）

生小娇憨携画鼓，歌籍题名，哪识飘零苦。一霎酸风兼妒雨，是谁羔酒将人误。

飞罥青蚨痴未悟，白棓无情，断送沾泥絮。罗帐书空呜咽语，惜花人在花无主。

（沈凤喜）

商略云衣兼绣幪，斗画长眉，笑语神飞动。一样寒簧双影共，璇闺枉作迷离梦。

掩泪登车巾袖拥，舞罢傲傲，却馔伊蒲供。别墅重逢寒夜永，画楼终见双栖凤。

（何丽娜）

第一回

豪语感风尘倾囊买醉　哀音动弦索满座悲秋

相传几百年下来的北京，而今改了北平，已失去那“首善之区”四个字的尊称。但是这里留下许多伟大的建筑，和很久的文化成绩，依然值得留恋。尤其是气候之佳，是别的都市花钱所买不到的。这里不像塞外那样苦寒，也不像江南那样苦热，三百六十日，除了少数日子刮风刮土而外，都是晴朗的天气。论到下雨，街道泥泞，房屋霉湿，日久不能出门一步，是南方人最苦恼的一件事。北平人遇到下雨，倒是一喜。这就因为一二十天遇不到一场雨，一雨之后，马上就晴，云净天空，尘土不扬，满城的空气，格外新鲜。北平人家，和南方人是反比例，屋子尽管小，院子必定大。“天井”二字，是不通用的。因为家家院子大，就到处有树木。你在雨霁之后，到西山去向下一看旧京，楼台宫阙，都半藏半隐，夹在绿树丛里，就觉得北方下雨，是可欢迎的了。南方怕雨，又最怕的是黄梅天气。由旧历四月初以至五月中几乎天天是雨。可是北平呢，依然是天晴，而且这边的温度低。那个时候，刚刚是海棠开后，杨柳浓时，正是黄金时代，不喜游历的人，此时也未免要看看三海，上上公园了。因为如此，别处的人，都等到四月里，北平各处的树木绿遍了，然后前来游览。就在这个时候，有个很会游历的青年，他由上海到北京游历来了。

这是北京未改北平的前三年，约莫是四月的下旬，他住在一个很精致的上房里。那屋子是朱漆漆的，一带走廊，四根红柱落地；走廊外，是一个很大的院子，平空架上了一架紫藤花，那花像绒球一般，一串一串，在嫩黄的叶丛里下垂着。阶上沿走廊摆了许多盆夹竹桃，那花也开的是成团的拥在枝上。这位青年樊家树，靠住了一根红柱，眼看着架上的紫藤花，被风吹得摆动起来，把站在花上的蜜蜂，甩了开去，又飞转来，很是有趣。他手上拿了一本打开而又卷起来的书，却背了手放在身后。院子里静沉沉的，只有蜜蜂翅膀震动的声音，嗡嗡直响。太阳穿过紫藤花架，满地起了花纹，风吹来，满地花纹移动，却有一种清香，沾人衣袂。家树觉得很适意，老是站了不动。

这时过来一个听差对他道："表少爷！今天是礼拜，怎样您一个人在家里？"家树道："北京的名胜，我都玩遍了。你家大爷大奶奶昨天下午就要我到西山去，我是前天去过的，不愿去，所以留下来了。刘福，你能不能带我到什么地方去玩？"刘福笑道："我们大爷要去西山，是有规矩的，礼拜六下午去，礼拜一早上回来，这一次你不去，下次他还是邀你。外国人是这样办的，不懂我们大爷也怎么学上了！其实，到了礼拜六、礼拜日戏园子里名角儿露了，电影院也换片子，正是好玩。"家树道："我们在上海租界上住惯了那洋房子，觉得没有中国房子雅致。这样好的院子，你瞧，红窗户配着白纱窗，对着这满架的花，像图画一样，在家里看看书也不坏。"刘福道："我知道表少爷是爱玩风景的。天桥有个水心亭，倒可以去去。”家树道:“天桥不是下层社会里人去的地方吗？”刘福道：“不，那里四围是水，中间有花有亭子，还有很漂亮的女孩子在那里清唱。”家树道:“我怎样从没听到说有这样一个地方？”刘福笑道:“我决不能冤你。那里也有花棚，也有树木，我就爱去。”家树听他说得这样好，便道：“在家里也很无聊，你给我雇一辆车，我马上就去。现在去，还来得及吗？”刘福道：“来得及。那里有茶馆，有饭馆，渴了饿了，都有地方休息。”说时他走出大门，给樊家树雇了一辆人力车，就让他一人上天桥去。

樊家树平常出去游览，都是这里的主人翁表兄陶伯和相伴，到底有些拘束。今天自己能自由自在的去游玩一番，比较的痛快，也就不嫌寂寞，坐着车子直向天桥而去。到了那里，车子停住，四围乱哄哄地，全是些梆子胡琴及锣鼓之声。在自己面前，一路就是三四家木板支的高楼，楼面前挂了许多红纸牌，上面用金字或黑字标着：什么“狗肉缸”，“娃娃生”；又是什么“水仙花、小牡丹合演《锯沙锅》”。给了车钱，走过去一看，门楼边牵牵连连，摆了许多摊子。就以自己面前而论，一个大平头独轮车，车板上堆了许多黑块，都有饭碗来大小，成千成百的苍蝇，只在那里乱飞。黑块中放了两把雪白的刀，车边站着一个人，拿了黑块，提刀在一块木板上一顿乱切，切了许多紫色的薄片，将一小张污烂旧报纸托着给人。大概是卖酱牛肉或熟驴肉的了。

又一个摊子，是平地放了一口大铁锅，锅里有许多漆黑绵长一条条的东西，活像是剥了鳞的死蛇，盘满在锅里，一股又腥又臭的气味，在锅里直腾出来。原来那是北方人喜欢吃的煮羊肠子。家树皱了一皱眉头，转过身去一看，却是几条土巷，巷子两边，全是芦棚，前面两条巷，远远望见，芦棚里挂了许多红红绿绿的衣服，大概那是最出名的估衣街了。这边一个小巷，来来往往的人极多。巷口上，就是在灰地上摆了一堆的旧鞋子。也有几处是零货摊，满地是煤油灯，洋瓷盆，铜铁器。由此过去，南边是芦棚店，北方一条大宽沟，沟里一片黑泥浆，流着蓝色的水，臭气熏人。家树一想：水心亭既然有花木之胜，当然不在这里。又回转身来，走上大街，去问一个警察。警察告诉他，由此往南，路西便是水心亭。

原来北京城是个四四方方的地方，街巷都是由北而南，由东而西。人家的住房，也是四方的四合院。所以到此的人，无论老少，都知道四方，谈起来不论上下左右，只论东西南北。家树听了他的话，向前直走，将许多芦棚地摊走完，便是一片旷野之地。马路的西边有一道水沟，虽然不清，倒也不臭。在水沟那边，稀稀的有几棵丈来长的柳树。再由沟这边到沟那边，不能过去，南北两头，有两架平板木桥，桥头上有个小芦棚子，那里摆了一张小桌，两个警察守住。过去的人，都在桥这边掏四个铜子，买一张小红纸进去。这样子，就是买票了。家树到了此地，不能不去看看，也就掏了四个子买票过桥。

到了桥那边，平地上挖了一些水坑，里面种了水芋之属，并没有花园。过了水坑，有五六处大芦棚，里面倒有不少的茶座。一个棚子里都有一台杂耍。穿过这些芦棚，又过一道水沟，这里倒有一所浅塘，里面新出了些荷叶。荷塘那边有一片木屋，屋外斜生着四五棵绿树，树下一个倭瓜架子，牵着一些瓜豆蔓子。那木屋是用蓝漆漆的，垂着两副湘帘，顺了风，远远的就听到一阵管弦丝竹之声。心想，这地方多少还有点意思，且过去看看。

家树顺着一条路走去，那木屋向南敞开，对了先农坛一带红墙，有一丛古柏，屋子里摆了几十副座头，正北有一座矮台，上面正有七八个花枝招展的大鼓娘，在那里坐着，依次唱大鼓书。家树本想坐下休息片刻，无奈所有的座位人都满了，于是折转身复走回来。所谓“水心亭”，不过如此。这种风景，似乎也不值留恋。先是由东边进来的，这且由西边出去。到了这里，一排都是茶棚。穿过茶棚，人声喧嚷，远远一看，有唱大鼓书的，有卖解的，有摔跤的，有弄口技的，有说相声的。左一个布棚，外面围住一圈人，右一个木棚，也围住一圈人。这倒是真正的下层社会俱乐部。北方一个土墩，围了一圈人，笑声最烈。家树走上前一看，只见一根竹竿子，挑了一块破蓝布，脏得像小孩子用的尿布一般。蓝布下一张小桌子，有三四个小孩子围着打锣鼓拉胡琴，蓝布一掀，出来一个四十多岁的黑汉子，穿一件半截灰布长衫，拦腰虚束了一根草绳，头上戴了一个烟卷纸盒子制的帽子，嘴上也挂了一挂黑胡须，其实不过四五十根马尾。他走到桌子边一瞪眼，看的人就叫好。他一伸手摘下胡子道：“我还没唱，怎么样就叫起好来？胡琴赶来了，我来不及说话。”说着马上挂起胡子又唱起来。大家看见，自是一阵笑。

家树在这里站着看了好一会了，觉得有些乏，回头一看，有一家茶馆，倒还干净，就踏了进去，找个座位坐下。那柱子上贴了一张红纸条，上面大书一行字：“每位水钱一枚。”家树觉得很便宜，是有生以来所不曾经过的茶馆了。走过来一个伙计，送一把白瓷壶在桌上，问道：“先生！带了叶子没有？”家树答没有。伙计道：“给你沏钱四百一包的吧！香片？龙井？”这是北京人喝茶叶，不是论斤两，乃是论包的。一包茶叶，大概有一钱重。平常是论几个铜子一包，又简称几百一包，一百就是一个铜板。茶不分名目，窨过的茶叶，加上茉莉花，名为“香片”；不曾窨过，不加花的，统名之为“龙井”。家树虽然是浙江人，来此多日，很知道这层原故，当时答应了“龙井”两个字，因道：“你们水钱只要一个铜子，怎样倒花了四个铜子卖茶叶给人喝？”伙计笑道：“你是南边人，不明白，你自己带叶子来，我们只要一枚。你要是吃我们的茶叶，我们还只收一个子儿水钱，那就非卖老娘不可了。”家树听他这话，笑道：“要是客人都带叶子来，你们全只收一个子儿水钱，岂不要大赔钱？”伙计听了，将手向后方院子里一指，笑道：“你瞧我们这儿是不靠卖水的。”

家树向后院看去，那里有两个木架子，插着许多样武器，胡乱摆了一些石墩石锁，还有一副千斤担，院子里另外有重屋子，有一群人在那里品茗闲谈。屋子门上，写了一副横额贴在那里，乃是“以武会友”。就在这时候，有人走了出来，取架子上的武器，在院子里舞练。家树知道了，这是一爿武术家的俱乐部。家树在学校里，本有一个武术教员，教练武术，向来对此感到有些趣味，现在遇到这样的俱乐部，有不少的武术可以参观，很是欢喜。索性将座位挪了一挪，靠近后院的扶栏，先是看见有几个壮年人在院子里，练了一会儿刀棍，最后走出来一个五十上下的老者，身上穿了一件紫花布汗衫，横腰系了一根大板带。板带上挂了烟荷包小褡裢，下面是青布裤，裹腿布系靠了膝盖，远远的就一摸胳膊，精神抖擞，走近来，见他长长的脸，一个高鼻子，嘴上只微微留几根须。他一走到院子里，将袖子一阵卷，先站稳了脚步，一手提着一只石锁，颠了几颠，然后向空中一举，举起来之后，望下一落，一落之后，又望上一举，看那石锁，大概有七八十斤一只，两只就一百几十斤。这向上一举，还不怎样出奇，只见他双手向下一落，右手又向上一起，那石锁飞了出去，直冲过屋脊。

家树看见，先自一惊，不料那石锁刚过屋脊，照着那老人的头顶，直落下来，老人脚步动也不曾一动，只把头微微向左一偏，那石锁平平稳稳落在他右肩上。同时，他把左手的石锁抛出，也把左肩来承住。家树看了，不由暗地称奇。看那老人，倒行所无事，轻轻的将两只石锁向地下一扔，在场的一班少年，于是吆喝了一阵，还有两个叫好的。老人见人家称赞他，只是微微一笑。

这时，有一个壮年汉子，坐在那千斤担的木杠上笑道："大叔！今天你很高兴，玩一玩大家伙吧。"老人道："你先玩着给我瞧瞧。"那汉子果然一转身双手拿了木杠，将千斤担拿起，慢慢提起，平齐了双肩，咬着牙，脸就红了，他赶紧弯腰，将担子放下，笑道："今天乏了，更是不成。"老人道："瞧我的吧。"走上前，先平了手将担子提着平了腹，顿了一顿，反着手向上一举，平了下颏，又顿了一顿，两手伸直，高举过顶。这担子两头是两个大石盘，仿佛像两片石磨，木杠有茶杯来粗细，插在石盘的中心。一个石磨，看上去总有二百斤重，加上安在木杠的两头，更是吃力。这一举起来，总有四五百斤气力，才可以对付。家树不由自主的拍着桌子叫了一声："好！"

那老人听到这边的叫好声，放下千斤担，看着家树，见他穿了一件蓝湖绉夹袍，在大襟上挂了一个自来水笔的笔插，白净的面孔，架了一副玳瑁边圆框眼镜，头上的头发虽然分齐，却又卷起有些蓬乱，这分明是个贵族式的大学生，何以会到此地来？不免又看家树两眼。家树以为人家是要招呼他，就站起来笑脸相迎。那老人笑道："先生！你也爱这个吗？"家树笑道："爱是爱，可没有这种力气。这个千斤担，亏你举得起。贵庚过了五十吗？"那老人微笑道："五十几？望来生了！"家树道："这样说过六十了。六十岁的人，有这样大力气，真是少见！贵姓是？"那人说是姓关。

家树便斟了一杯茶，和他坐下来谈话，才知道他名关寿峰，是山东人，在京中做外科大夫为生。便问家树姓名，怎样会到这种茶馆里来？家树告诉了他姓名，又道："家住在杭州。因为要到北京来考大学，现在补习功课。住在东四三条胡同表兄家里。"寿峰道："樊先生！这很巧，我们还是街坊啦！我也住在那胡同里，你是多少号门牌？"家树道："我表兄姓陶。"寿峰道："是那红门陶宅吗？那是大宅门啦！听说他们老爷太太都在外洋。"家树道："是，那是我舅舅。他是一个总领事，带我舅母去了，我的表兄陶伯和，现在也在外交部有差事。不过家里还可过，也不算什么大宅门。你府上在哪里？"寿峰哈哈大笑道："我们这种人家，哪里去谈'府上'啦！我住的地方，就是个大杂院。你是南方人，大概不明白什么叫大杂院。这就是说一家院子里，住上十几家人家，做什么的都有。你想这样的地方，哪里安得上'府上'两个字？"家树道："那也不要紧，人品高低，并不分在住的房子上。我也很喜欢谈武术的，既然同住在一个胡同，过一天一定过去奉看大叔。"

寿峰听他这样称呼，站了起来，伸着手将头发一顿乱搔，然后抱着拳连拱几下，说道："我的先生！你是怎样称呼啊？我真不敢当，你要是不嫌弃，哪一天我就去拜访你去。"又道："说到练把式，你要爱听，那有的是……"说时，一拍肚腰带道："可千万别这样称呼。"家树道："你老人家不过少几个钱，不能穿好的，吃好的，办不起大事，难道为了穷，把年岁都丢了不成？我今年只二十岁，你老人家有六十多岁，大我四十岁，跟着你老人家叫一句大叔，那不算客气！"寿峰将桌子一拍，回头对在座喝茶的人道："这位先生爽快，我没有看见过这样的少爷们。"家树也觉着这老头子很爽直，又和他谈了一阵，因已日落西山，就给了茶钱回家。

到了陶家。那个听差刘福进来伺候茶水，便问道："表少爷，水心亭好不好？"家树道："水心亭倒也罢了，不过我在小茶馆里认识了一个练武的老人家谈得很好。我想和他学点本事，也许他明后天要来见我。"刘福道："唉！表少爷！你初到此地来，不懂这里的情形。天桥这地方，九流三教，什么样子的人都有，怎样和他们谈起交情来了？"家树道："那要什么紧？天桥那地方，我看虽是下等社会人多，不能说那里就没有好人，这老头子人就极爽快，说话很懂情理。"刘福微笑道："走江湖的人，有个不会说话的吗？"家树道："你没有看见那人，你哪里知道那人的好坏？我知道，你们一定要看见坐汽车带马弁的，那才是好人。"刘福不敢多事辩驳，只得笑着去了。

到了次日上午，这里的主人陶伯和夫妇，已经由西山回来。陶伯和在上房休息了一会，赶着上衙门。陶太太又因为上午有个约会，出门去了。家树一个人在家里，也觉得很是无聊，心想既然约会了那个老头子要去看看他，不如就趁今天无事，了却这一句话，管他是好是坏，总不可失信于他，免得他说我瞧不起人。昨天关寿峰也曾说到，他家就住在这胡同东口，一个破门楼子里，门口有两棵槐树，是很容易找的。于是随身带了些零碎钱，出门而去。

走到胡同东口，果然有这样一个所在。他知道北京的规矩，无论人家大门是否开着，先要敲门才能进去的。因为门上并没有什么铁环之类，只啪啪的将门敲了两下。这时出来一个姑娘，约莫有十八九岁，绾了辫子在后面梳着一字横髻，前面只有一些很短的刘海，一张圆圆的脸儿，穿了一身的青布衣服，衬着手脸倒还白净，头发上拖了一根红线，手上拿了一块白十字布，走将出来。她见家树穿得这样华丽，便问道："你找谁？这里是大杂院，不是住宅。”家树道：“我知道是大杂院，我是来找一个姓关的。不知道在家没有？”那姑娘对家树浑身上下打量了一番，笑道：“我就姓关，你先生姓樊吗？”家树道：“对极了。那关大叔……”姑娘连忙接住道：“是我父亲。他昨天晚上一回来就提起了。现在家里，请进来坐。”说着便在前面引导，引到一所南屋子门口就叫道：“爸爸快来，那位樊先生来了。”寿峰一推门出来了，连连拱手道：“哎哟！这还了得，实在没有地方可坐。”家树笑道：“不要紧的。我昨天已经说了，大家不要拘形迹。”关寿峰听了，便只好将客向里引。

家树一看屋子里面，正中供了一幅画的关羽神像。一张旧神桌，摆了一副洋铁五供，壁上随挂弓箭刀棍，还有两张獾子皮，下边一路壁上，挂了许多一束一束的干药草，还有两个干葫芦。靠西又一张四方旧木桌，摆了许多碗罐，下面紧靠放了一个泥炉子。靠东边陈设了一张铺位，被褥虽是布的，却还洁净。东边一间房，挂了一个红布门帘子，那红色也半成灰色了。这样子，父女二人，就是这两间屋了。

寿峰让家树坐在铺上，姑娘就进屋去捧了一把茶壶出来。笑道：“真是不巧，炉子灭了，到对过小茶馆里找水去。”家树道：“不必费事了。”寿峰笑道：“贵人下降贱地，难道茶都不肯喝一口？”家树道：“不是那样说，我们交朋友，并不在乎吃喝，只要彼此相处得来，喝茶不喝茶，那是没有关系的。不客气一句话，要找吃找喝，我不会到这大杂院里来了。没有水，就不必张罗了。”寿峰道：“也好，就不必张罗了。”

这样一来，那姑娘捧了一把茶壶，倒弄得进退两难。她究竟觉得人家来了，一杯茶水都没有，太不成话。还是到小茶馆里沏了一壶水来了。找了一阵子，找出一只茶杯，一只小饭碗，斟了茶放在桌上，然后轻轻的对家树道："请喝茶！"自进那西边屋里去了。寿峰笑道："这茶可不必喝了。我们这里，不但没有自来水，连甜井水都没有的。这是苦井的水，可带些咸味。"姑娘就在屋子里答道："不，这是在胡同口上茶馆里沏来的，是自来水呢。"寿峰笑道："是自来水也不成。我们这茶叶太坏呢！"

当他们说话的时候，家树已经捧起茶杯喝了一口，笑道："人要到哪里说哪里话，遇到喝咸水的时候，自然要喝咸水。在喝甜水的时候，练习练习咸水也好。像关大叔是没有遇到机会罢了，若是早生五十年，这样大的本领，不要说做官，就是到镖局里走镖，也可顾全衣食。像我们后生，一点能力没有，靠着祖上留下几个钱，就是穿好的，吃好的，也没有大叔靠了本事，喝一碗咸水的心安。"说到这里，只听见扑通一下响，寿峰伸开大手掌，只在桌上一拍，把桌上的茶碗都震倒了。昂头一笑道："痛快死我了。我的小兄弟！我没遇到人说我说得这样中肯的。秀姑！你把我那钱口袋拿来，我要请这位樊先生去喝两盅，攀这么一个好朋友。"姑娘在屋子里答应了一声，便拿出一个蓝布小口袋来，笑道："你可别请人家樊先生上那山东二荤铺，我这里今天接来做活的一块钱，你也带了去。"寿峰笑道："樊先生你听，连我闺女都愿意请你，你千万别客气。"家树笑道："好，我就叨扰了。"关寿峰将钱口袋向身上一揣，就引家树出门而去。

走到胡同口，有一家小店，是窄小的门面，进门是煤灶，煤灶上放了一口大锅，热气腾腾，一望里面，像一条黑巷。寿峰向里一指道："这是山东人开的二荤铺，只卖一点面条馒头的，我闺女怕我请你上这儿哩。"家树点了头笑笑。上了大街，寿峰找了一家四川小饭馆，二人一同进去。落座之后，寿峰先道："先来一斤花雕。”又对家树道：“南方菜我不懂，请你要，多了吃不下，也不必，可是少了不够吃，为客气，心里不痛快，也没意思。”家树因这人脾气是豪爽的，果然就照他的话办。一会酒菜上来，各人面前放着一只酒杯，寿峰道：“樊先生！你会喝不会喝？会喝，敬你三大杯。不会喝敬你一杯。可是要说实话。”家树道：“三大杯可以奉陪。”寿峰道：“好！大家尽量喝，我要客气，是个老混账。”家树笑着，陪他先喝了三大杯。

老头子喝了几杯酒，一高兴，就无话不谈。他自道年壮的时候，在口外当了十几年的胡匪，因为被官兵追剿，妇人和两个儿子，都被杀死了。自己只带得这个女儿秀姑，逃到北京来，洗手不干，专做好人。自己当年做强盗，也未曾杀过一个人，还落个家败人亡，杀人的事，更是不能干，所以在北京改做外科医生，做救人的事，以补自己的过。秀姑是两岁到北京来的，现在有二十一岁，自己做好人已二十年了。好在他们喝酒的时候，不是上座之际，楼上无人，让寿峰谈了一个痛快，话谈完了，他那一张脸成了家里供的关神像了。

家树道：“关大叔！你不是说喝醉为止吗？我快醉了，你怎么样？”寿峰突然站起来，身子晃了两晃，两手按住桌子笑道：“三斤了，该醉了。喝酒本来只应够量就好，若是喝了酒又去乱吐，那是作孽了，什么意思，得！我们回去，有钱下次再喝。”当时伙计一算账，寿峰掏出口袋里钱，还多京钱十吊，都倒在桌上，算了伙计的小费了。家树陪他下了楼，在街上要给他雇车。寿峰将胳膊一扬，笑道：“小兄弟！你以为我醉了？笑话。”昂着头自去了。

从这天起，家树和他常有往来，又请他喝过几回酒，并且买了些布匹送秀姑做衣服。只是一层，家树常去看寿峰，寿峰并不来看他。其中三天的光景，家树和他不曾见面，再去看他时，父女两个已经搬走了。问那院子里的邻居，他们都说："不知道。他姑娘说，是要回山东去。"家树本以为这老人是风尘中不可多得的人物，现在忽然隐去，尤其是可怪，心里倒恋恋不舍。

有一天，天气很好，又没有风沙，家树就到天桥那家老茶馆里去探关寿峰的踪迹。据茶馆里说，有一天到这里坐了一会，只是唉声叹气，以后就不见他来了。家树听说，心里更是奇怪。慢慢的走出茶馆，顺着这小茶馆门口的杂耍场走去。由这里向南走便是先农坛的外坛。四月里天气，坛里的芦苇，长有一尺来高，一片青郁之色，直抵那远处城墙。青芦里面，路面画出几条黄色大界线，那正是由坛外而去的。坛内两条大路，路的那边，横三右四的有些古柏。古柏中间，直立着一座伸入半空的钟塔。在那钟塔下面，有一片敞地，零零碎碎，有些人作了几堆，在那里团聚。家树一见，就慢慢的走了过去。

走到那里看时，也是些杂耍。南边钟塔的台基上，坐了一个四十多岁的人，抱着一把三弦子在那里弹。看他是黄黝黝的小面孔，又长满了一腮短茬胡子，加上浓眉毛深眼眶，那样子是脏得厉害，身上穿的黑布夹袍，反而显出一条一条的焦黄之色。因为如此，他尽管抱着三弦弹，却没有一个人过去听的。家树见他很着急的样子，那只按弦的左手，上起下落，忙个不了，调子倒是很入耳。心想弹得这样好，没有人理会，实在替他叫屈，不免走上前去，看他如何。那人弹了一会，不见有人向前，就把三弦放下，叹了一口气道："这个年头儿……"话还没有往下讲，家树过意不去，在身上掏一把铜子给他，笑道："我给你开开张吧。"那人接了钱，放出苦笑来，对家树道："先生！你真是好人，不瞒你说，天天不是这样，我有个侄女儿今天还没来……"说到这里，他将右掌平伸，比着眉毛，向远处一看道："来了，来了！先生你别走，你听她唱一段儿，准不会错。"

说话时，来了一个十六七岁的姑娘，面孔略尖，却是白里泛出红来，显得清秀，梳着覆发，长齐眉边，由稀稀的发网里，露出白皮肤来。身上穿的旧蓝竹布长衫，倒也干净齐整。手上提着面小鼓，和一个竹条鼓架子。她走近前对那人道："二叔！开张了没有？"那人将嘴向家树一努道："不是这位先生给我两吊钱，就算一个子儿也没有捞着。"那姑娘对家树微笑着点了点头，她一面支起鼓架子，把鼓放在上面，一面却不住的向家树浑身上下打量。看她面上，不免有惊奇之色，以为这种地方，何以有这种人前来光顾。那个弹三弦子的，在身边的一个蓝布袋里，抽出两根鼓棍，一副拍板，交给那姑娘，姑娘接了鼓棍，还未曾打鼓一下，早就有七八个人，围将上来观看。家树要看这姑娘，究竟唱得怎样？也就站着没有动。

一会儿工夫，那姑娘打起鼓板来，那个弹三弦子的先将三弦子弹了一个过门，然后站了起来笑道："我这位姑娘，是初学的几套书，唱得不好，大家包涵一点。我们这是凑付劲儿，诸位就请在草地上台阶上坐坐吧。现在先让她唱一段《黛玉悲秋》，这是《红楼梦》上的故事，不敢说好，姑娘唱着，倒是对劲。"说毕，他又坐在石阶上弹起三弦子来。这姑娘重复打起鼓板，她那一双眼睛，不知不觉之间，就在家树身上溜了几回。刚才家树一见她，先就猜她是个聪明女郎。虽然十分寒素，自有一种清媚态度，可以引动看的人，现在她不住的用目光溜过来，似乎她也知道自己怜惜她的意思，就更不愿走。四周有一二十个听书的。果然分在草地和台阶上坐下。家树究竟不好意思坐，看见身边有一棵歪倒树干的古柏，就踏了一只脚在上面，手撑着脑袋，看了那姑娘唱。

当下这个弹三弦子的，因为先得了家树两吊钱，这时陪姑娘唱着，更是努力。那三弦子一个字一个字，弹得十分凄楚，那姑娘垂下了她的目光，慢慢的向下唱，其中有两句是："清清冷冷的潇湘院，一阵阵的西风吹动了绿纱窗，孤孤单单的林姑娘，她在窗下暗心想：有谁知道女儿家这时候的心肠？"她唱到末了一句，拖了很长的尾音，目光却在那深深的睫毛里又向家树一转。家树先还不曾料到这姑娘对自己有什么意思，现在由她这一句唱上看来，好像对自己说话一般，不由得心里一动。

这种大鼓词，本来是通俗的，那姑娘唱得既然婉转，加上那三弦子，音调又弹得凄楚，四围听的人，都低了头，一声不响的向下听去。唱完之后，有几个人站起来扑着身上的土，搭讪着走开。那弹三弦子的，连忙放下乐器，在台阶上拿了一个小柳条盘子分向大家要钱。有给一个大子的，有给二个子的，收完之后，也不过十多个子儿。他因为家树站得远一点，刚才又给了两吊钱，原不好意思过来再要，现在将柳条盘子一摇，觉得钱太少，又遥遥对着他一笑，跟着也就走上前来。家树知道他是来要钱的，于是伸手就在身上去一掏。不料身上的零钱，都已花光，只有几块整的洋钱，人家既然来要钱，不给又不好意思。就毫不踌躇的拿了一块现洋，向柳条盘子里一抛，银元落在铜板上，"当"的打了一响。那弹三弦子的，见家树这样慷慨，喜出望外，忘其所以的把柳条盘交到左手，蹲了一蹲，垂着右手，就和家树请了一个安。

这时那个姑娘也露出十分诧异的样子，手扶了鼓架，目不转睛的只向家树望着。家树出这一块钱，原不是示惠，现在姑娘这样看自己，一定是误会了，倒不好意思再看。那弹三弦子的，把一片落腮胡茬子几乎要笑得竖起来,只管向家树道谢。他拿了钱去，姑娘却迎上前一步，侧眼珠看了家树，低低的和弹三弦子的说了几句。他连点了几下头，却问家树道：“你贵姓？”家树道：“我姓樊。”家树答这话时，看那姑娘已背转身去，收那鼓板，似乎不好意思，而且听书的人还未散开，自己丢了一块钱，已经够人注意的了，再加以和他们谈话，更不好。说完这句话，就走开了。

由这钟塔到外坛大门，大概有一里之遥，家树就缓缓的踱着走去。快到外坛门的时候，忽然有人在后面叫道：“樊先生！”家树回头看，却是一个大胖子中年妇人追上前来，抬起一只胳膊，遥遥的只管在日影里招手。家树并不认识她，不知道她何以知道自己姓樊？心里好生奇怪，就停住了脚，看她说些什么。要知道她是谁，下回交代。

第二回

绮席晤青衫多情待舞　蓬门访碧玉解语怜花

却说家树走到外坛门口，忽然有个妇人叫他，等那妇人走近前来时，却不认识她。那妇人见家树停住了脚步，就料定他是樊先生不会错了。走到身边，对家树笑道："樊先生！刚才唱大鼓的那个姑娘，就是我的闺女。我谢谢你。"家树看那妇女，约莫有四十多岁年纪，见人一笑，脸上略现一点皱纹。家树道："哦！你是那姑娘的母亲，找我还有什么话说吗？"妇人道："难得有你先生这样好的人，我想打听打听先生在哪个衙门里？"家树低了头，将手在身上一拂，然后对那妇人笑道："我这浑身上下，有哪一处像是在衙门里的？告诉你，我是一个学生。"那妇人笑道："我瞧就像是一位少爷，我们家就住在水车胡同三号，樊少爷没事，可以到我们家去坐坐。我姓沈，你到那儿找姓沈的就没错。"

说到这里，那个唱大鼓的姑娘也走过来了。那妇人道："姑娘！怎么不唱了？"姑娘道："二叔说，有了这位先生给的那样多钱，今天不干了。他要喝酒去。"说着这话，就站在那妇人身后，反过手去，拿了自己的辫梢到前面来，只是把手去抚弄。家树先见她唱大鼓的那种神气，就觉不错，现在又见她含情脉脉，不带点些儿轻狂，风尘中有这样的人物，却是不可多得。因笑道："原来你们都是一家人，倒很省事，你们为什么不上落子馆去唱？"那妇人叹了一口气道："还不是为了穷啊！你瞧，我们姑娘穿这样一身衣服，怎样能到落子馆去？再说她二叔，又没个人缘儿，也找不着什么人帮助。要像你这样的好人，一天遇得着一个，我们就够嚼谷的了，还敢望别的吗？樊少爷！你府上在哪儿，我们能去请安吗？"家树告诉了她地点，笑道："那是我们亲戚家里。"一面说着话，一面就走出了外坛门。因路上来往人多，不便和她母女说话，雇车先回去了。

到家之后，已经是黄昏时候了。家树用了一点茶水，他表兄陶伯和，就请他到饭厅里吃饭。陶伯和有一个五岁的小姐，一个三岁的少爷，另有保姆带着，夫妇两个，连同家树，席上只有三个座位，家树上座，他夫妇俩横头。陶太太一面吃饭，一面看着家树笑道："这一晌子，表弟喜欢一人独游，很有趣吗？"家树道："你二位都忙，我不好意思常要你们陪伴着，只好独游了。"伯和道："今天在什么地方来？"家树道："听戏。"陶太太望了他微笑，耳朵上坠的两片"翡翠秋叶"，打着脸上，摇摆不定，微微的摇了一摇头道："不对吧。"说时，把手上拿着吃饭的牙筷头，反着在家树脸上轻戳了一下，笑道："脸都晒得这样红，戏园子里，不会有这样厉害的太阳吧。"伯和笑道："据刘福说，你和天桥一个练把式的老头认识，那老头有一个姑娘。"家树笑道："那是笑话了，难道我为了他有一个姑娘，才去和他交朋友不成？"陶太太道："表弟倒真是平民化，不过这种走江湖的人，可是不能惹他们。你要交女朋友……"说到这里将筷子头指了一指自己的鼻尖，笑道："我有的是，可以和你介绍啊！”家树道：“表嫂说了这话好几次了，但是始终不曾和我介绍一个。”陶太太道：“你在家里，我怎样给你介绍呢？必定要你跟着我到北京饭店去，我才能给你介绍。”家树道：“我又不会跳舞，到了饭厅里，只管看人跳舞，自己坐在一边发呆，那是一点意思也没有。”陶太太笑道：“去一次两次，那是没有意思的。但是去得多了，认识了女朋友之后，你就觉得有意思了。无论如何，总比到天桥去坐在那又臊又臭的小茶馆里强的多。”家树道：“表嫂总疑心我到天桥去有什么意思，其实我不过去了两三回，要说他们练的那种把式，不能用走江湖的眼光看他们，实在有些本领。”伯和笑道：“不要提了，反正是过去的事，他们江湖派也好，不是江湖派也好，他已远走高飞，和他辩论些什么？”

当下家树听了这话，忽然疑惑起来。关寿峰远走高飞，他何以知道？自己本想追问一句，一来这样追问，未免太关切了，二来怕是刘福报告的。这时刘福正站在旁边，伺候吃饭，追问出来，恐怕给刘福加罪，因此也就默然不说了。

平常吃过了晚饭，陶太太就要开始去忙着修饰的，因为上北京饭店跳舞，或者到真光、平安两电影院去看电影，都是这时候开始了。因此陶太太一放下筷子，就进上房内室去了。家树道：“表嫂忙着换衣服去了，看样子又要去跳舞。”伯和道：“今晚上我们一块儿去，好不好？”家树道：“我不去，我没有西服。”伯和道：“何必要西服，穿漂亮一点的衣服就行了。”说到这里，笑了一笑。又道：“只要身上的衣服，穿得没有一点皱纹，头发梳得光光滑滑的，一样的可以博得女友的欢心。”家树笑道：“这样子说，不是女为悦己者容，倒是士为悦己者容了。”伯和道：“我们为悦己者容，你要知道，别人为讨我们的欢心，更要修饰啊。你不信，到跳舞场里去看看那些奇装异服的女子，她为着什么？都是为了自己照镜子吗？”家树笑道:“你这话要少说,让表嫂听见了,就是一场交涉。”伯和道：“这话也不算侮辱啊。女子好修饰，也并不是一定有引诱男了的观念，不过是一点虚荣之心，以为自己好看，可以让人羡慕,可以让人称赞。所以外国人男子对女子可以当面称许她美丽的。你表嫂在跳舞场里，若是有人称许她美丽，我不但不忌妒，还要很喜欢的。然而她未必有这个资格。”

两人说着话，也一面走着，踱到上房的客厅里来。只见中间圆桌上，放了一只四方的玻璃盒子，玻璃棱角上，都用五色印花绸来滚好，盒子里面，也是红绸铺的底。家树道：“这是谁送给表兄一个银盾？盒子倒精致，银盾呢？”伯和口里衔了半截雪茄，用嘴唇将雪茄掀动着，笑了一笑道：“你仔细看，这不是装银盾的盒子呀！”家树道：“果然不是，这盒子大而不高，而且盒托太矮，这是装什么用的呢？莫不是盛玉器的？”伯和笑道：“越猜越远。暂且不说，过一会子，你就明白了。”家树笑道:“我倒要看一个究竟，这玻璃盒子究竟装的是什么东西？”

不多大一会儿工夫，陶太太出来了。她穿了一件银灰色绸子的长衫，只好齐平膝盖，顺长衫的四周边沿，都镶了桃色的宽辫，辫子中间，有挑着蓝色的细花，和亮晶晶的水钻，她光了一截脖子，挂着一副珠圈，在素净中自然显出富丽来。家树还未曾开口，陶太太先笑道：“表弟！我这件衣服新做的，好不好？”家树道：“表嫂是讲究美术的人，自己计划着做出来的衣服，自然是好。”陶太太道：“我以为中国的绸料，做女子的衣服，最是好看。所以我做的衣服,无论是哪一季的,总以中国料子为主。就是鞋子,我也是如此，不主张那些印度缎、印度绸。”说时，把她的一条玉腿，抬了起来，踏在圆凳上。家树看时，白色的长丝袜，紧裹着大腿，脚上穿着一双银灰缎子的跳舞鞋。沿鞋口也是镶了细条红辫，红辫里依样有很细的水钻，射人的目光。横着脚背，有一条锁带，带子上横排着一路珠子，而鞋尖正中，还有一朵精致的蝴蝶，蝴蝶两只眼睛，却是两颗珠子。

家树笑道："这一双鞋，实在是太精致了，除非垫了地毯的地方，才可以下脚，若是随便的地下也去走，可就辱没了这双鞋了。"陶太太道："北京人说，净手洗指甲，做鞋泥里踏，你没有听见说过吗？不要说这双鞋，就是装鞋的这一个玻璃盒子，也就很不错了。"说时，向桌上一指，家树这才恍然大悟，原来这样精致的东西，还是一只放鞋的盒子呢！

这时陶太太已穿了那鞋正在光滑的地板上，带转带溜，只低了头去审查。不料家树却插问了一句："这样的鞋子要多少一双？"陶太太这才转过身来笑道："我也不知道多少钱，因为一家鞋店里和我认识，我介绍了他有两三千块钱生意，所以送我一双鞋，作为谢礼。"家树道："两三千块吗？那有多少双鞋？"陶太太道："不要说这种不见世面的话了，跳舞的鞋子，没有几块钱一双的。好一点，三四十块钱一双鞋，那是很平常的事，那不算什么。"家树道："原来如此，像表嫂这一双鞋，就让珠子是假的，也应该值几十块钱了。"陶太太道："小的珠子，是不值什么的，自然是真的。"家树笑道："表嫂穿了这样好的新衣，又穿了这样好鞋子，今天一定是要到北京饭店去跳舞的了。"陶太太道："自然去。今天伯和去，你也去，我就趁着今晚朋友多的时候，给你介绍两位女朋友。"家树笑道："我刚才和伯和说了，没有西装，我不去。"伯和道："我也说了，没有西装不成问题，你何以还要提到这一件事。"家树道：

“就是长衣服，我也没有好的。”

当下陶太太见伯和也说服不了，便自己走回房去，拿了一瓶洒头香水，一把牙梳出来，不问三七二十一，将香水瓶子掉过来，就向他头上洒水。家树连忙将头偏着躲开，陶太太道：“不行不行，非梳一梳不可，不然我就不带你去。”家树笑道：“我并不要去啊。”伯和道：“我告诉你实话吧，跳舞还罢了，北京饭店的音乐，不可不去一听。他那里乐队的首领，是俄国音乐大学的校长托拉基夫。”家树道：“一个国立大学的校长，何至于到饭店里去做音乐队的首领？”伯和道：“因为他是一个白党，不容于红色政府，才到中国来。若是现在俄国还是帝国，他自然有饭吃，何至于到中国来呢？”家树道：“果然如此，我倒非去不可。北京究竟是好地方，什么人材都会在这里齐集。”陶太太见他说要去，很是欢喜。催着家树换了衣服，和她夫妇二人，坐了自家的汽车，就向北京饭店而来。

这个时候，晚餐已经开过去了。吃过了饭的人，大家余兴勃勃，正要跳舞。伯和夫妇和家树拣了一副座位，面着舞厅的中间而坐，由外面进来的人，正也陆续不断。这个时候，有一个十七八岁的女子，穿了葱绿绸的西洋舞衣，两只胳膊和雪白的前胸后背，都露了许多在外面。这在北京饭店，原是极平常的事，但是最奇怪的，她的面貌，和那唱大鼓的女孩子，竟十分相像。不是她已经剪了头发，真要疑她就是一个了。因为看得很奇怪，所以家树两只眼睛，尽管不住的看着那姑娘。

陶太太同时却站起身来，和那姑娘点头，姑娘一走过来，陶太太对家树笑道：“我给你介绍介绍，这是密斯何丽娜！”随着又给家树通了姓名，陶太太道:“密斯何和谁一路来的？”丽娜道:“没有谁，就是我自己一个人。”陶太太道：“那末，可以坐在我们一处了。”伯和夫妇是连着坐的。伯和坐中间，陶太太坐在左首，家树坐在右首，家树之右，还空了一把椅子。陶太太就道：“密斯何！就在这里坐吧。”何小姐一回头，见那里有一把空椅子，就毫不客气的在那椅子上坐下。家树先不必看她那人，就闻到一阵芬芳馥郁的脂粉味，自己虽不看她，然而心里头，总不免在那里揣想着，以为这人美丽是美丽，放荡也就太放荡了……

饭店里西崽，对何丽娜倒是很熟，这时见她坐下便笑着过来叫了一声“何小姐！”何丽娜将手一挥，很低的不知道说了一句什么，但是很像英语，不多一会儿，西崽捧了一瓶啤酒来，放了一只玻璃杯在丽娜面前，打开瓶塞，满满的给她斟了一满杯。那酒斟得快，鼓着气泡儿，只在酒杯子里打旋转。何丽娜也不等那酒旋停住，端起杯子来，“咕嘟”一声，就喝了一口。喝时，左腿放在右腿上，那肉色的丝袜子，紧裹着珠圆玉润的肌肤，在电灯下面，看得很清楚。

当下家树心里想：中国人对于女子的身体，认为是神秘的，所以文字上不很大形容肉体之美，而从古以来，美女身上的称赞名词，什么杏眼，桃腮，蝤蛴，春葱，樱桃，什么都歌颂到了，然决没有什么恭颂人家两条腿的，尤其是古人的两条腿，非常的尊重，以为穿叉脚裤子都不很好看，必定罩上一幅长裙，把脚尖都给它罩住。现在染了西方的文明，妇女们也要西方之美，大家都设法露出这两条腿来。其实这两条腿，除富于挑拨性而外，不见得怎样美。家树如此的想着，目光注视着丽娜小姐的膝盖，目不转睛的向下看。陶太太看见，对着伯和微微一笑，又将手胳膊碰了伯和一下，伯和心里明白，也报之以微笑。这时，音乐台的音乐，已经奏了起来，男男女女互相搂抱着，便跳舞起来——然而何丽娜却没有去。

一个人的性情，都是这样，常和老实的人在一处，见了活泼些的，便觉聪明可喜；但是常和活泼的人在一处，见了忠实些的，又觉得温存可亲了。何小姐日日在跳舞场里混，见的都是些很活跃的青年，现在忽然遇到家树这样的忠厚少年，便动了她的好奇心，要和这位忠实的少年谈一谈，也成为朋友，看看老实的朋友，那趣味又是怎样。因此坐着没动，等家树开口要求跳舞。凡是跳舞场的女友，在音乐奏起之后，不去和别人跳舞，默然的坐在一位男友身边，这正是给予男友求舞的一个机会，也不啻对你说，我等你跳舞。

无如家树就不会跳舞，自然也不会启口。这时伯和夫妇，都各找舞伴去了。只剩两人对坐，家树大窘之下，只好侧过身子去，看着舞场上的舞伴。何小姐斟了一杯酒捧在手里，脸上现出微笑，只管将那玻璃杯口，去碰那又齐又白的牙齿，头不动，眼珠却缓缓的斜过来看着家树。等了有十分钟之久，家树也没说什么，丽娜放下酒杯问道："密斯脱樊！你为什么不去跳舞？"家树道："惭愧得很，我不会这个。"丽娜笑道："不要客气了，现在的青年，有几个不会跳舞的。"家树笑道："实在是不会，就是这地方，我今天还是第一次来呢。"丽娜道："真的吗？但这也是很容易的事，只要密斯脱樊和令亲学一个礼拜，管保全都会了。"家树笑道："在这歌舞场中，我们是相形见绌的，不学也罢。"说到这里，伯和夫妇歇着舞回来了，看见家树和丽娜谈得很好，二人心中暗笑。当时大家又谈了一会，丽娜虽然和别人去跳舞了两回，但是始终回到这边席上来坐。

到了十二点钟以后，家树先有些倦意了，对伯和道："回去吧。"伯和道："时候还早啊。"家树道："我没有这福气，觉得有些头昏。"

伯和道："谁叫你喝那些酒呢？"伯和因为明天要上衙门，也赞成早些回去。不过怕太太不同意，所以未曾开口。现在家树要说回去，正好借风转舵，便道："既是你头昏，我们就回去吧。"叫了西崽来，一算账，共是十五元几角，伯和在身上拿出两张十元的钞票，交给西崽，将手一挥道："拿去吧。"西崽微微一鞠躬，道了一声谢。家树只知道伯和夫妇每月跳舞西餐费很多，但不知道究竟用多少，现在看起来，只是几瓶清淡的饮料，就是廿块钱，怪不得要花钱。

当时何丽娜见他们走，也要走，说道："密斯脱陶！我的车没来，搭你的车坐一坐，坐得下吗？"伯和道："可以可以。"于是走出舞厅，到储衣室里去穿衣服，那西崽见何小姐进来，早在钩上取下一件女大衣，提了衣抬肩，让她穿上。穿好之后，何小姐打开提包，就抽出两元钞票来，西崽一鞠躬，接着去了。这一下，让家树受了很大的刺激，白天自己给那唱大鼓书的一块钱，人家就受宠若惊，认为不世的奇遇，真是不登高山，不见平地。像她这样用钱，简直是把大洋钱看作大铜子。若是一个人做了她的丈夫，这种费用，容易供给吗？当时这样想着，看何小姐却毫不为意，和陶太太谈笑着，一路走出饭店。

这时虽然夜已深了，然而这门口树林下的汽车和人力车，一排一排的由北向南停下。伯和找了半天，才把自己的汽车找着。汽车里坐四个人，是非把一个坐倒座儿不可的。伯和自认是主人，一定让家树坐在上面软椅上，家树坐在椅角上，让出地方来，丽娜竟不客气，坐了中间，和家树挤在一处。她那边自然是陶太太坐了。车子开动了，丽娜抬起一只手捶了一捶头，笑道："怎么回事？我的头有点晕了！"正在这时，汽车突然拐了一个小弯，向家树这边一侧，丽娜的那一只胳膊，就碰了他的脸一下。丽娜回转脸来，连忙对家树道：“真对不起，撞到哪里没有？”家树笑道：“照密斯何这样说，我这人是纸糊的了。只要动他一下，就要破皮的。”伯和道：“是啊，你这些时候，正在讲究武术，像密斯何这样弱不禁风的人，就是真打你几下，你也不在乎。”何小姐连连说道：“不敢当，不敢当。”说着就对家树一笑，四个人在汽车里谈得很热闹，不多一会儿，就先到了何小姐家。汽车的喇叭遥遥的叫了三声，突然人家门上电灯一亮，映着两扇朱漆大门。何小姐操着英语，道了晚安，下车而去。朱漆门已是洞开，让她进去了。

这里他们三人回家以后，伯和笑道：“家树！好机会啊！密斯何对你的态度太好了。”家树道：“这话从何说起，我们不过是今天初次见面的朋友，她对我，谈得上什么态度？”陶太太道：“是真的！我和何小姐交朋友许久了，我从没见过她对于初见面的朋友，是怎样又客气又亲密的。你好好的和她周旋吧，将来我喝你一碗冬瓜汤。”伯和笑道：“你不要说这种北京土谜了，他知道什么叫冬瓜汤。家树！我告诉你吧，喝冬瓜汤，就是给你做媒。”家树笑道：“我不敢存那种奢望，但是做媒何以叫喝冬瓜汤呢？”陶太太道：“那就是北京土产，他也举不出所以然来。但是真做媒的人，也不曾见他真喝过冬瓜汤，不过你和何小姐愿意给我冬瓜汤喝，我是肯喝的。”家树道：“表嫂这话，太没有根据了。一个初会面的朋友，哪里就能够谈到婚姻问题上去。”陶太太道：“怎么不能？旧式的婚姻，不见面还谈到婚姻上去呢。你看看外国电影的婚事，不是十之八九，一见倾心吗？譬如你和那个关老头子的女儿，又何尝不是一见就发生友谊呢？”家树自觉不是表嫂的敌手，笑着避回自己屋子里去了。

一个人受了声色的刺激，不是马上就能安帖的。家树睡的钢丝床头，有一只小茶柜，茶柜上直立着荷叶盖的电灯，正向床上射着灯光，灯光下放了一本《红楼梦》，还是前两晚临睡时候，放在这儿的，拿起一本来看，随手一翻，恰是林黛玉鼓琴的那一段。由这小说上，想到白天唱《黛玉悲秋》的女子，心想她何尝没有何小姐美丽！何小姐生长在有钱的人家里，茶房替她穿一件外衣，就赏两块钱，唱大鼓书的姑娘，唱了一段大鼓，只赏了她一块钱，她家里人就感激涕零。由此可以看到美人的身份，也是以金钱为转移的。据自己看来，那姑娘和何小姐长得差不多，年纪还要轻些，我要是说上天桥去听那人的大鼓书，表嫂一定不满意的，可是只和何小姐初见面，她就极力要和我做媒了。一人这样想着，只把书拿在手里沉沉的想下去，转念到与其和何小姐这种人做朋友，莫如和唱大鼓的姑娘认识了。她母亲曾请我到她家里去，何妨去看看呢，我倒可以借此探探她的身世。这一晚上，也不知道什么缘故，想了几个更次。

到了次日，家树也不曾吃午饭，说是要到大学校里去拿章程看看，就出门了。伯和夫妇以为上午无地方可玩，也相信他的话。家树不敢在家门口坐车，上了大街，雇车到水车胡同。到了水车胡同口上，就下了车，却慢慢走进去，一家一家的门牌看去。到了西口上，果然三号人家的门牌边，有一张小红纸片，写了“沈宅”两个字。门是很窄小的，里面有一道半破的木格扇挡住，木格扇下摆了一只秽水桶，七八个破瓦钵子，一只破煤筐子，堆了秽土，还在隔扇上挂了一条断脚板凳。隔扇有两三个大窟窿，可以看到里面院子里，晾了一绳子衣服，衣服下似乎也有一盆夹竹桃花，然而纷披下垂，上面是撒满了灰土。

家树一看，这院子是很不洁净，向这样的屋子里跑，倒有一点不好意思。于是缓缓的从这大门踱了过去，这一踱过去，恰是一条大街，在大街上望了一望，心想难道老远的走了来，又跑回家去不成？既来之则安之，当然进去看看。于是掉转身仍回到胡同里来，走到门口，本打算进去，但是依旧为难起来：人家是个唱大鼓书的，和我并无关系，我无缘无故到这种人家去做什么？这一犹豫，放开脚步，就把门走了过去。走过去两三家还是退回来，因想她叫我找姓沈的人家，我就找姓沈的得了，只要是她家，她们家里人都认识我的，难道她们还能不招待我吗？主意想定，还是上前去拍门。刚要拍门，又一想：不对，不对，自己为什么找人呢？说起来倒怪不好意思的。因此虽自告奋勇去拍门，手还没有拍到门，又缩转来了，站在门边，先咳嗽了两声，觉得这就有人出来，可以答话了。谁料出来的人，在隔扇里先说起话来道："门口瞧瞧去，有人来了。"

家树听声音正是唱大鼓书的那姑娘，连忙向后一缩，轻轻的放着脚步，赶快的就走，一直要到胡同口上了，后面有人叫道："樊先生！樊先生！就在这儿，你走错了。"回头看时，正是那姑娘的母亲沈大娘，一路招手，一路跑来，眯着眼睛笑道："樊先生！你怎么到了门口又不进去？"家树这才停住脚道："我看见你们家里没人出来，以为里面没人，所以走了。"沈大娘道："你没有敲门，我们哪会知道啊？"说着话，伸了两手支着，让家树进门去，家树身不由自主的，就跟了她进去。只觉那院子里到处是东西。

当下沈大娘开了门，让进一间屋子，屋子里也是床铺锅炉盆钵椅凳，样样都有，简直没有安身之处。再转一个弯，引进一间套房里，靠着窗户有一张大土炕，简直将屋子占去了三分之二，剩下一些空地，只设了一张小条桌，两把破了靠背的椅子，什么陈设也没有。有两只灰黑色的箱子，两只柳条筐，都堆在炕的一头，这边才铺了一条芦席，芦席上随叠着又薄又窄的棉被，越显得这炕宽大。浮面铺的，倒是床红呢被，可是不红而黑了。墙上新新旧旧的贴了几张年画，什么《耗子嫁闺女》,《王小二怕媳妇》，大红大绿，涂了一遍。家树从来不曾到过这种地方，现在觉得有一种很奇异的感想。

沈大娘让他在小椅子上坐了，用着一只白瓷杯，斟了一杯马溺似的酽茶,放在桌上。这茶杯恰好邻近一只熏糊了灯罩的煤油灯，回头一看桌上，漆都成了鱼鳞斑，自己心里暗算，住在很华丽很高贵一所屋子里的人，为什么到这种地方来。这样想着，浑身都是不舒服。心想:我莫如坐一会子就走吧。正这样想着，那姑娘进来了。她倒是很大方，笑着点了一个头，接上说道:“你吃水。”沈大娘道:“姑娘！你陪樊先生一会儿,我去买点瓜子来。”家树要起身拦阻时，人已走远了。

现在屋子里剩了一男一女，更没有话说了。那姑娘将椅子移了一移，把棉被又整了一整，顺便在炕上坐下，问家树道 :“你抽卷烟吧？”家树摇摇手道 :“我不会抽烟。”这话说完，又没有话说了。那姑娘又站起来，将挂在悬绳上的一条毛巾牵了一牵，将桌上的什物移了一移，把煤油灯和一只破碗，送到外面屋子里去，口里可就说道:“它们是什么东西？也向屋里堆。”东西送出去回来，她还是没话说。

家树有了这久的犹豫时间，这才想起话来了，因道:“大姑娘！你也在落子馆里去过吗？”这话说出，又觉失言了。因为沈大娘说过，是不曾上落子馆的，姑娘倒未加考虑，答道:“去过的。”家树道:

“在落子馆里，一定是有个芳名的了。”姑娘低了头，微笑道：“叫凤喜。名字可是俗得很。”家树笑道：“很雅致。”因自言自语的吟道：“凤兮凤兮！”凤喜笑道：“你错了，我是恭喜贺喜的那个喜字。”家树道：“呀！原来姑娘还认识字。在哪个学校里读书的？”凤喜笑道：“哪里进过学堂，从前我们院子里的街坊，是个教书的先生，我在他那里念过一年多书，稍微认识几个字，《论语》上就有‘凤兮’这两个字，你说对不对？”家树笑道：“对的，能写信吗？”凤喜笑着摇了一摇头。家树道：“记账呢？”凤喜道：“我们这种人家，还记个什么账呢？”家树道：“你家里除了你唱大鼓之外，还有别人挣钱吗？”凤喜道:“我妈接一点活做做。”家树道:“什么叫‘活’？”凤喜先就抿嘴一笑,然后说道:“你真是个南边人，什么话也不懂，就是人家拿了衣服鞋袜来做，这就叫‘做活’。这没有什么难，我也成，要不然，刮风下雨，不能出去怎么办？”家树道:“这样说,姑娘倒是一个能干人了。”凤喜笑着低了头,搭讪着，将一个食指在膝盖上画了几画，家树再要说什么，沈大娘已经买了东西回来了。于是双方都不作声，都寂然起来。

沈大娘将两个纸包打开，一包是花生米，一包是瓜子，全放在炕上，笑道：“樊先生！你请用一点，真是不好意思说，连一只干净碟子都没有。”凤喜低低的道：“别说那些话，怪贫的。”沈大娘笑道：“这是真话，有什么贫？”说毕，又出去弄茶水去了。凤喜看了看屋子外头，然后抓了一把瓜子，递了过来，笑着对家树说道:“你接着吧,桌上脏。”家树听说,果然伸手接了。凤喜笑道:“你真是斯文人，双手伸出来，比我们的还要白净。”家树且不理她话，但昂了头,却微笑起来,凤喜道:“你乐什么？我话说错了吗？你瞧，谁手白净。”家树道：“不是，不是，我觉得北京人说话，又伶俐，又俏皮，说起来真好听。譬如刚才你所说那句‘怪贫’的，那个‘贫’字，就有意思。”凤喜笑道：“是吗？”家树道：“我何曾说谎？尤其是北京的小姑娘，她们斯斯文文的谈起话，好像戏台上唱戏一样，真好听。”凤喜笑道：“以后您别听我唱大鼓书了，就到我家里来听我说话吧。”

沈大娘送了茶进来问道：“听你说什么？”凤喜将嘴向家树一努道：“他说北京话好听，北京姑娘说话更好听。”沈大娘道：“真的吗？樊先生！让我这丫头跟着你当使女去，天天伺候你，这话可就有得听了。”家树道：“那怎敢当！”只说到这里，凤喜斟了一杯热茶，双手递到家树面前，眼望着他，轻轻的道：“你喝茶，这样伺候，你瞧成不成？”家树接了那杯茶，也就一笑。他初进门的时候，觉得这屋又窄小，又不洁净，立刻就要走。这时坐下来了，尽管谈得有趣，就不觉时候长。那沈大娘只把茶伺候好了，也就走开。家树道：“你这院子里共有几家人家？”凤喜道：“一共三家，都是做小生意买卖的，你不嫌屋子脏，尽管来，不要紧的。”家树看了她，嘻嘻的笑，凤喜盘了两只脚坐在炕上，用手抱着膝盖，带着笑容，默然而坐。半晌，才问道：“你为什么老望着我笑？”家树道：“因为你笑我才笑的。”凤喜道：“这不是你的真话，这一定有别的缘故。”家树道：“老实说吧，我看你的样子，很像我一个女朋友。”凤喜摇摇头道：“不能，不能，你的女朋友，一定是千金小姐，哪能像我长得这样寒碜。”家树道：“不然，你比她长得好。”凤喜听了，且不说什么，只望着他把嘴一撇，家树见她这样子，更禁不住一阵大笑。

又谈了一会，沈大娘进来道：“樊先生！你别走，就在我们这儿吃午饭去。没有什么好吃的东西，给你做点炸酱面吧。”家树起身道：“不坐了，下次再来吧。”因在身上掏了一张五元的钞票，交在沈大娘手里，笑道：“小意思，给大姑娘买双鞋穿。”说毕，脸先红了，因不好意思，三脚两步抢着出来，牵了一牵衣服，慢慢走着，走不多路，后面忽然有人咳嗽了两三声，回头看时，凤喜笑着走上前，回头见没有人，因道：“你丢了东西了。”家树伸手到袋里摸了摸，昂头想道：“我没有丢什么。”凤喜也在身上一掏，掏出一个报纸包儿，纸包的很不齐整，像是忙着包的，她就递给家树道：“你丢的东西在这里。”家树接过来，正要打开，凤喜将手按住，瞟了他一眼，笑道：“别瞧，瞧了就不灵，揣起来，回家再瞧吧。再见！再见！”她说毕，也很快的回家去了。家树这时恍然大悟，才明白了并不是自己丢下的纸包，心里又是一喜。要知道那纸包里究竟是什么东西，下回分解。

第三回

颠倒神思书中藏倩影　缠绵情话林外步朝曦

却说家树临走的时候，凤喜给了他一个纸包，他哪里等得回家再看，一面走路，一面就将纸包打开。这一看，不觉心里又是一喜。原来纸包里不是别的什么，乃是一张凤喜本人四寸半身相片。这相片原是用一个小玻璃框子装的，悬在炕里面的墙上。当时因坐在对面，看了一看，现在凤喜追了送来，一定是知道自己很爱这张相片的了。心想：这个女子实在是可人意，只可惜出在这唱大鼓书的人家，近朱者赤，近墨者黑，温柔之中，总不免有一点放荡的样子，倒是怪可惜的。一路想着，一路就走了去，也忘了坐车。

及至到了家，才觉得有些疲乏，便斜躺在沙发上，细味刚才和她谈话的情形，觉得津津有味。刘福给他送茶送水，他都不知道，一坐就是两个多钟头，因起身到后院子里去，忽然有一阵五香炖肉的香味，由空气里传将过来。忽然心里一动，醒悟过来，今天还没有吃午饭。走回房去，便按铃叫了刘福来道："给我买点什么吃的来吧，我还没有吃饭。"刘福道："表少爷还没有吃饭吗？怎样回来的时候不说哩？"家树道："我忘了说了。"刘福道："你有什么可乐的事儿吗？怎么会把吃饭都给忘了？”家树也说不出所以然来，只是微笑。刘福道：“买东西倒反是慢了，我去叫厨房里赶着给你办一点吧。”说毕，他也笑着去了。

一会子，厨子送了一碟冷荤，一碗汤，一碗木樨饭来。这木樨饭就是蛋炒饭，因为鸡蛋在饭里像小朵的桂花一样，所以叫做木樨。但是真要把这话问起北京人来，北京人是数典而忘祖的。当时厨子把菜饭送到桌上来，家树便一人坐下吃饭。吃饭的时候，不免又想到凤喜家里留着吃炸酱面的那一幕喜剧，回想我要是真在她家里吃面，恐怕她会亲手做给我来吃，那就更觉得有味了，人在出神，手里拿了汤匙，就只管舀了汤向饭碗里倒，倒了一匙，又是一匙，不知不觉之间，在木樨饭碗里，倒上大半碗汤。偶然停止不倒汤了，低头一看，自己好笑起来。心想：从来没有人在木樨饭里淘汤的，听差看见，岂不要说我南边人，连吃木樨饭都不会？当时就低着头，稀里呼噜，把一大碗汤淘木樨饭，赶快吃了下去。

但是在他未吃完之前，刘福已经舀了水进来，预备打手巾把了。家树吃完，他递上手巾把来，家树一只手接了手巾擦脸，一只手伸到怀里去掏摸，掏摸一阵，忽然丢了手巾，屋子里四围找将起来。抽屉里，书架上，床上枕头下面，全都寻到了，里屋跑到外屋，外屋跑到里屋，尽管乱跑乱找。刘福看到忍不住了，便问道：“表少爷！你丢了什么？”家树道：“一个报纸包的小纸包，不到一尺长，平平的，扁扁的，你看见没有？”刘福道：“我就没有看见你带这个纸包回来，到哪儿找去？”家树四处找不着，忙乱了一阵子，只得罢了。休息了一会，躺在外屋里软榻上，一想起今天的报还没有看过。便叫刘福把里屋桌上的报取过来看。

刘福走进里屋，将折叠着还没有打开的一叠纸，顺手取了过来，报纸一拖，啪的一声，有一样东西落在地下。刘福一弯腰，捡起来一看，正是一个扁扁平平的报纸包。那报纸因为没有粘着物，已经散开了，露出里面一角相片来，刘福且不声张，先偷着看了一看，见是一个十六七岁小姑娘的半身相片。这才恍然大悟，表少爷今天回来丧魂失魄的原故，仍旧把报纸将相片包好，嚷起来道："这不是一个报纸包？"家树听说，连忙就跑进屋来，一把将报纸夺了过去，笑问道："你打开看了吗？"刘福道："没有。这里好像是本外国书。"家树道："你怎么知道是外国书。"刘福道："摸着硬邦邦的，好像是外国书的书壳子。"家树也不和他辩说，只是一笑，等刘福将屋子收拾得干净去了，他才将那相片拿出来，躺着仔细把握，好在那相片也不大，便把它夹在一本很厚的西装书里面。

到了下午，伯和由衙门里回来了，因在走廊上散步，便隔着窗户问道："家树，投考章程取回来了吗？"家树道："取回来了。"一面答话，一面在桌子抽屉里取出前几天邮寄来的一份章程在手里，便走将出来。伯和道："北京的大学，实在是不少，你若是专看他们的章程，没有哪个不是说得井井有条的，而且考起学生来，应有的功课，也都考上一考。其实考取之后，学校里的功课，比考试时候的程度，要矮上许多倍。所投考的学生，都是这样说，就是怕考不取。考取之后，到学校里去念书，是没有多大问题。"家树道："那也不可一概而论。"伯和道："不可一概而论吗？正可一概而论呢！国立大学，那完全是个名，只要你是出风头的学生，经年不跨过学校的大门，那也不要紧。常在杂志上发表作品的杨文佳，就是一个例。他曾托我写信，介绍到南边中学校里去，教了一年半书，现在因为他这一班学生要毕业了，他又由南边回来，参与毕业考。学校当局，因为他是个有名的学生，两年不曾上课，也不去管他。你看学校是多么容易进！”他一面说话，一面看那章程，看到后面，忽然一阵微笑，问道：“家树！你今天在哪里来？”家树虽然心虚，但不信伯和会看出什么破绽，便道：“你岂不是明知故问？我是去拿章程来了，你还不知道吗？”伯和手上捧了章程，摇了一摇头笑道：“你当面撒谎，把我老大哥当小孩子吗？这章程是一个星期以前，打邮政局里寄来的。”家树道：“你有什么证据，知道是邮政局里寄来的？”

当下伯和也不再说，一手托了章程，一手向章程上一指，却笑着伸到家树面前来。家树看时，只见那上面盖了邮政局的墨戳，而且上面的日期号码，还印得十分明显，无论如何，这是不容掩饰的了。家树一时急得面红耳赤，说不出所以然来，反是对他笑了一笑。伯和笑道：“小孩子！你还是不会撒谎，你不会说在抽屉里拿错了章程吗？今天拿来的，放在抽屉里，和旧有的章程，都混乱了，新的没有拿来，旧的倒拿来了，你这样一说，破绽也就盖过去了。为什么不说呢？”家树笑道：“这样看来，你倒是个撒谎的老内行了。”伯和道：“大概有这种能耐吧。你愿意学就让我慢慢的教你，你要知道应付女子，说谎是唯一的条件啊。”家树道：“我有什么女子？你老是这样俏皮我。”伯和道：“关家那个大姑娘，和你不是很好吗？你应该……”家树连忙拦住道：“那个关家大姑娘，现在在什么地方，你知道吗？”家树本是一句反问的话，实出于无心，伯和倒以为是他要考考自己，便道：“我有什么不知道？他搬开这里，就住到后门去了。你每次一人出去，总是大半天，不是到后门去，到哪里去了？”家树道：“你何以知道他住在后门，看见他们搬的吗？”

这时，陶太太忽然由屋子里走出来，连忙把话来扯开。问家树道："表弟什么时候回来的？在外面吃过饭吗？我这里有乳油蛋糕，玫瑰饼干，要不要吃一点？"家树道："我吃了饭，点心吃不下了。"陶太太一面说话，一面就把眼光对伯和浑身上下望了一望，伯和似乎觉悟过来了，便也进房去取了一根雪茄来抽着，也不知在哪里掏了一本书来，便斜躺在沙发上抽烟看书。家树虽然很惦记关寿峰，无如伯和说话，总要牵涉到关大姑娘身上去，犯着很大的嫌疑，只得默然无语，自走开了。不过心里就起了一个很大的疑问，关家搬走了，连自己都不知道，伯和何以知道他搬到后门去了？这事若果是真，必然是刘福报告的，回头我倒要盘问盘问他。当日且搁在心里。

次日早上，伯和是上衙门去了。陶太太又因为晚上闹了一宿的跳舞，睡着还没有起来，两个小孩子，有老妈子陪着，送到幼稚园里去了。因此上房里面，倒很沉静。家树起床之后，除了漱洗，接上便是拿了一叠报，在沙发上看。这是老规矩，当在看报的时候，刘福便会送一碟饼干，一杯牛乳来。陶家是带点欧化的人家，早上虽不正式开早茶，牛乳咖啡一类的东西，是少不了的。一会，送了早点进来，家树就笑道："刘福，你在这儿多少年了？事情倒办得很有秩序。"刘福听了这句话，心里不由得一阵欢喜，笑道："年数不少了，有六七年了。"家树道："你就是专管上房里这些事吧？"刘福道："可不是，忙倒是不忙，就是一天到晚都抽不开身来。"家树道："还好，大爷还只有一个太太，若是讨了姨太太，事情就要多许多了。"刘福笑道："照我们大爷的意思，早就要讨了，可大奶奶很精明，这件事不好办。"家树笑道："也不算精明，我看你们大爷，就有不少女朋友。"刘福道："女朋友要什么紧，我们大奶奶也有不少男朋友呢！"家树道："大奶奶的朋友，是真正的朋友，那没关系。你们大爷的女朋友，我在跳舞场上会过的，像妖精一样，可就不大妥当。你大爷的事情，我是知道，专门留心女子身上的事，好比我打算跟着那关寿峰想学一点武术，这也没有什么可注意的价值。他因为关家有个姑娘，就老提到她，常说关家搬到后门去住了，叫我找她去，你看好笑不好笑？”

刘福听了这话，脸上似乎有些不自在的样子。家树道："搬到后门去了，他怎么会知道？大概又是你给你们大爷调查得来的。"刘福也不知道自己主人翁是怎样说的，倒不敢一味狡赖，便道："我原来也不知道，因为有一次有事到后门去，碰着那关家老头，他说搬到那儿去了。究竟住在哪儿，我也不知道。"家树看那种情形，就料到关家搬家，和他多少有些关系。也不知道如何把个戆老头子气走了，心里很过意不去，不过他们老疑惑我认识那老头子，是别有用意，我倒不必去犯这个嫌疑。明白到此，也就不必向下追问，当时依然谈些别的闲话，将这事遮盖过去。

吃过午饭，家树心想这一些时候玩够了，从今天起，应该把几样重要功课趁闲理一理，于是找了两本书，对着窗户，就在桌上随便看。看不到三页，有个听差来说："有电话来了，请表少爷说话。"他是大门口的听差，家树就知道是前面小客堂里的电话机说话，走到前面去接电话。说话的是个妇人声音，自称姓沈。家树一听倒愣住了，哪里认识这样一个姓沈的？后来她说我们姑娘今天到先农坛一家茶社里去唱，你没有事，可以来喝碗茶。家树这才明白了，是凤喜的母亲沈大娘打来的电话。便问："在哪家茶社里？"她说："记不着字号，你要去，总可以找着的。"家树便答应了一个"来"字，将电话挂上了。

回到屋子里去想了一想，凤喜已经到茶社里去唱大鼓了，这茶社里，究竟像个局面，不是外坛钟楼下那样难堪，她今天新到茶社，我必得去看看。这样一计算，刚才摊出来的书本，又没有法子往下看了。好容易捺下性子来看书，没有看到三页，怎么又要走，还是看书吧！因此把刚才的念头抛开，还是坐定了看书。说也奇怪，眼睛对着书上，心里只管把凤喜唱大鼓的情形，和自己谈话的那种态度，慢慢的一样一样想起，仿佛那个人的声音笑貌，就在面前。自己先还看着书，以后不看书了，手压住了书。头偏着，眼光由玻璃窗内，直射到玻璃窗外。玻璃窗外，原是朱漆的圆柱，彩画的屋檐，绿油油的葡萄架。然而他的眼光，却一样也不曾看到，只是一个十七八岁的小姑娘，穿了淡蓝竹布的长衫，雪白的脸儿，漆黑的发辫，清清楚楚，齐齐整整的，对了他有说有笑。

家树脑子里有了这一个幻影，便记起那张相片，心里思索着：当时收起那张相片的时候，是夹在一本西装书里，可是夹在哪一本西装书里，当时又没有注意，现在寻起来，只得把横桌上摆好了的书，一本一本提出来抖一抖，以为这样找，总可以找出来的。不料把书一齐抖完了，也不见相片落下来。刚才分明夹在书里的，怎么一会儿又找不着了？今天也不知道为了什么，老是心猿意马，做事飘飘忽忽的，只这一张相片，今天就找了两次，真是莫明其妙。于是坐在椅子上出了一会神，细想究竟放在哪里，想来想去，一点不错，还是夹在那西装书里。因此站起来在屋子里踱来踱去，以便想起是如何拿书，如何夹起，偶然走到外边屋子里，看见躺椅边短几上，放了一本绿壳子的西装书，恍然大悟，原是放在这本书里的。当时根本上就没有拿到里边屋子里去，自己拼命的在里边屋里找，岂不可笑吗？在书里将相片取出，就靠在沙发上一看，把刚才一阵忙乱的苦恼，都已解除无遗。看见这相，含笑相视，就有一股喜气迎人。心想：她由钟楼的露天下，升到茶社里去卖唱，总算升一级了。今天是第一次，我不能不去看看。这样一想，便不能在家再坐了。在箱子里拿了一些零碎钱，雇了车，一直到先农坛去。

这一天，先农坛的游人最多，柏树林子下，到处都是茶棚茶馆。家树处处留意，都没有找着凤喜，一直快到后坛了，那红墙边，支了两块芦席篷，篷外有个大茶壶炉子，放在一张破桌上烧水，过来一点，放了有上十张桌子，蒙了半旧的白布，随配着几张旧藤椅，都放在柏树荫下。正北向，有两张条桌，并在一处，桌上放了一把三弦子，桌子边支着一个鼓架。家树一看，猜着莫非在这里？所谓茶社，不过是个名，实在是茶摊子罢了。有株柏树兜上，有一条二尺长的白布，上面写了一行大字是"来远楼茶社"。家树看到不觉笑了起来，不但不能"来远"，这里根本就没有什么"楼"。

家树望了一望，正要走开，只见红墙的下边，有那沈大娘转了出来。她手上拿了一把大蒲扇，站在日光下面，遥遥的就向樊家树招了两招，口里就说道："樊先生！樊先生！就是这儿。"同时凤喜也在她身后转将出来，手里提了一根白棉线，下面拴着一个大蚂蚱，笑嘻嘻向着这边点了一个头。家树还不曾转回去，那卖茶的伙计，早迎上前来，笑道："这儿清净，就在这里喝一碗吧。"家树看一看这地方，也不过坐了三四张桌子，自己若不添上去，恐怕就没有人能出大鼓书钱了。于是就含着笑，随随便便的在一张桌边坐了。凤喜和沈大娘，都坐在那横条桌子边。她只不过偶然向着这边一望而已，家树明白，这是她们唱书的规矩：卖唱的时候，是不来招呼客人的。

过了一会儿，只见凤喜的叔叔，口里衔着一支烟卷，一步一点头的样子，慢慢走了过来。他身后又跟着一个十二三岁的小女孩，黄黄的脸儿，梳着左右分垂的两条黑辫，她一跑一跳，两个小辫跳跑得一甩一甩的，倒很有趣。到了茶座里，凤喜的叔叔，和家树遥遥的点了两个头，然后就坐到横桌正面，抱起三弦试了一试。先是那个十二三岁的小女孩，打着鼓唱了一段，自己拿个小柳条盘子，挨着茶座讨钱。共总不过上十个人，也不过扔了上十个铜子。家树却丢了一张铜子票，女孩子收回钱去了。凤喜站起来，牵了一牵她的蓝竹布的长衫，又把手将头发的两鬓和脑顶上，各抚摩了一会子，然后才到桌子边，拿起鼓板，敲拍起来。当她唱的时候，来往过路的人，倒有不少的站在茶座外看。及至她唱完了，大家料到要来讨钱，零零落落的就走开了。凤喜的叔叔，放下三弦子，对着那些走开人的后背，望着微叹了一口气，却亲自拿了那个柳条盘子向各桌上化钱。他到了家树桌上，倒格外的客气，蹲了一蹲身子，又伸长了脖子，笑了一笑。家树也不知道什么缘故，只是觉得少了拿不出手，又掏了一块钱出来，放在柳条盘子里。凤喜叔叔身子向前一弯道："多谢！多谢！"家树因此地到东城太远，不敢多耽搁，又坐了一会，付了茶账，就回去了。

自这天起，家树每日必来一次，听了凤喜唱完，给一块钱就走。一连四五天，有一日回去，走到内坛门口，正碰到沈大娘。她一见面，先笑了，迎上前来道："樊先生！你就回去吗？明天还得请你来。"家树道："有工夫就来。"沈大娘笑道："别那样说，别那样说，你总得来一趟，我们姑娘，全指望着你捧，你要不来，我们就没意思了。"说时，她将那大蒲扇撑住了下巴颏，想了一想，就低声道："明天不要你听大鼓，你早一点儿来。"家树道："另外有什么事吗？"

沈大娘道："这个地方，一早来就最好。你不是爱听凤喜说话吗？明天我让她陪你谈谈。"家树红了脸道："你一定要我来，我下午来就是了。"沈大娘回头一望，见身后并没有什么人，却将蒲扇轻轻儿的拍了一拍他的手胳膊，笑道："别！早上来吸新鲜空气多好，我叫凤喜六点钟就在茶座上等你。我可是起不了那早，可是不能来陪。"家树要说什么，话到口头，又忍了回去，站在路心，对沈大娘一笑。沈大娘还是将扇叶子轻轻的拍了他，低低的道："别忘了，早来，明天会……不，明天我会你不着，过天会吧。"说罢，就一笑走了。家树心想，她叫凤喜明天一早陪我谈话，未见得出于什么感情作用，恐怕是特别联络，多要我两个钱而已。不过虽是这样，我还得来。我要不来，让凤喜一个人在这儿等，叫她等到什么时候哩！当日回去，就对伯和夫妇扯了一个谎，说是明天要到清华大学去找一个人，一早就要出城。伯和夫妇知道他有些旧同学在清华，对于这话，倒也相信。

次日，家树起了一个早，果然五点钟后就到了先农坛内守了。那个时候，太阳在东方起来不多高，淡黄的颜色，斜照在柏林东方的树叶一边，在林深处的柏树，太阳照不着，翠苍苍的，却吐出一股清芬的柏叶香。进内坛门，柏林下那一条平坦的大路，两面栽着的草花，带着露水珠子，开得格外的鲜艳。人在翠荫下走，早上的凉风，带了那清芬之气，向人身上扑将来，精神为之一爽。最是短篱上的牵牛花，在绿油油的叶丛子里，冒出一朵深蓝浅紫的大花，这种晨景，不是晚起人所轻易得见。绿叶里面的络纬虫，似乎还不知道天亮了，令叮令叮，偶然还发出夜鸣的一两声余响。

这样的长道，不见什么游人，只瓜棚子外面，伸出一个吊水辘轳。那下面是一口土井，辘轳转了直响，似乎有人在那里汲水。

在这样的寂静境界里，不见有什么生物的形影。走了一些路，有几个长尾巴喜鹊在路上带走带跳的找零食吃，见人来到，哄的一声，飞上柏树去了。家树转了一个圈圈，不见有什么人，自己觉的来得太早，就在路边一张露椅上坐下休息。那一阵阵的凉风，吹到人身上，将衣服和头发掀动，自然令人感到一种舒服。因此一手扶着椅背，慢慢的就睡着了。

家树正睡时，只觉有样东西，拂得脸上怪痒痒的，用手拨几次，也不曾拨去。睁眼看时，凤喜站在面前，手上高提了一条花布手绢，手绢一只犄角，正在鼻子尖上飘荡呢。家树站了起来笑道："你怎么这样顽皮？"看她身上，今天换了一件蓝竹布褂，束着黑布短裙，下面露出两条白袜子的圆腿来，头上也改绾了双圆髻，光脖子上，露出一排稀稀的长毫毛。这是未开脸的女子的一种表示。然而在这种素女的装束上，最能给予人们一种处女的美感。家树笑道："今天怎样换了女学生的装束了？"凤喜笑道："我就爱当学生。樊先生！你瞧我这样子，冒充得过去吗？"

家树笑道："岂但可以冒充，简直就是么！"她说着话，也一挨身在露椅上坐下。家树道："你母亲叫我一早到这里来会你，是什么意思？"凤喜笑道："因为你下午来了，我要唱大鼓，不能陪你，所以早晌约你谈谈。"家树笑道："你叫我来谈，我们谈什么呢？"凤喜笑道："谈谈就谈谈么，哪里还一定要谈什么呢。"家树侧着身子，靠住椅子背，对了她微笑。她眼珠一溜，也抿嘴一笑，在肋下纽襻上，取下手绢，右手拿着，只管向左手一个食指一道一道缠绕着，头微低着，却没有向家树望来。家树也不作声，看她何时为止。

过了一会子，凤喜忽然掉转身来，笑道："干嘛老望着我？"

家树道：“你不是找我谈话吗？我等着你说呢。”凤喜低头沉吟道：“等我想一想看，我要和你说什么……哦，有了，你家里有些什么人？”家树笑道：“看你的样子，你很聪明，何以你的记性，就是这样坏。我上次不是告诉你了吗？怎么你又问。”凤喜笑道：“你真的没有吗？没有……”说时，望了家树微笑。家树道：“我真没有定亲，这也犯不着说谎的事。你为什么老问？”凤喜这倒有些不好意思，将左腿架在右腿上，两只手扯着手绢的两只角，只管在膝盖上磨来磨去。半晌，才说道：“问问也不要紧呀。”家树道：“紧是不要紧，可是你老追着问，我不知你有什么意思？”凤喜摇了一摇头，微笑着道：“没有意思。”家树道：“你问了我了，我可以问你吗？”凤喜道:“我家里人你全知道,还问什么呢？”家树道:“见了面的，我自然知道，没有见过面的，我怎样晓得？你问我的有没有，你也有没有呢？”凤喜听说把头偏到一边，却不理他这话。在她这一边脸上，可以看到她微泛一阵喜色，似乎正在微笑呢。家树道:“你这人不讲理。”凤喜连忙将身子一扭，掉转头来道:“我怎样不讲理？”家树道：“你问我的话，我全说了，我问你的话，你就一个字不提，这不是不讲理吗？”凤喜笑道：“我问你的话，我是真不知道，你问我的话，你本来知道，你是存心。”家树被她说破，倒哈哈的笑起来了。

凤喜道:“早晌这里的空气很好,溜达溜达,别光聊天了。”说时，她已先站起身来，家树也就站起，于是陪着她在园子里溜达，二人走着，不觉到了柏林深处。家树道：“你实说，你母亲叫你一早来约我，是不是有什么事求我？”凤喜听说，不肯作声，只管低了头走。家树道：“这有什么难为情的呢？我办得到，我自然可以办；我办不到，你就算碰了钉子。这儿只你我两个人，也没有第三个人知道。”凤喜依然低了头，看着那方砖铺的路，一块砖一块砖，看了向着前面走，还是低了头道：“你若是肯办，一定办得到的。”家树道：“那你就尽管说吧。”凤喜道：“说这话，真有些不好意思，可是你得原谅我，我是不肯说的。”家树道：“你不说，我也明白了。莫不是你母亲叫你和我要钱？”凤喜听说，便点了点头。家树道：“要多少呢？”凤喜道：“我们总还是认识不久的人，你又花了好些个钱了，真不应该和你开口，也是事到头来不自由，这话不得不说，我妈和‘翠云轩’商量好了，让我到那里去唱。不过那落子馆里，不能像现在这样随便，总得做两件衣服，所以想和你商量，借个十块八块的。”家树道：“可以可以。”说时，在身上一摸，就摸出一张十元的钞票，交在她手上。

凤喜接了钱，小心的把钱放进口袋里，这才抬起头回过脸来，很郑重的样子说道：“多谢多谢。”家树道：“钱我是给你了，不过你真上落子馆唱大鼓，我很可惜。”凤喜道：“你倒说是这样要饭的一样唱才好吗？”家树道：“不是那样，你现在卖唱，是穷得没奈何，要人家的钱也不多，人家听了，随便扔几个子儿就算了；你若是上落子馆，一样的望客人花一块钱点曲子，非得人捧不可，以后的事就难说了。那个地方是很堕落的，‘堕落’这两个字你懂不懂？”凤喜道：“我怎样不懂。也是没有法子呀！”说时，依旧低了头，看着脚步下的方砖，一步一步，数了走过去。家树也是默然，陪着她走。过了一会道：“你不是愿意女学生打扮吗？我若送你到学堂里念书去，你去不去呢？”

凤喜听了这句话，猛然停住脚步不走。回过头却望着家树道：“真的吗？”接上又笑道：“你别拿我开玩笑！”家树道：“决不是开玩笑。我看你天分很好，像一个读书人，我很愿帮你的忙，让你得一个好结果。”凤喜道：“你有这样的好意，我死也忘不了。可是我家里指望着我挣钱，我不卖唱，哪成呢！”家树道：“我既然要帮你的忙，我就帮到底。你家里每月要用多少钱，都是我的。我老实告诉你，我家里还有几个钱，一个月多花一百八十，倒不在乎的。”凤喜扯着家树的手，微微的跳了一跳道:“我一世做的梦，今天真有指望了。你能真这样救我，我一辈子不忘你的大恩。”说着，站了过来，对着家树一鞠躬，掉转身就跑了。家树倒愣住了，她为什么要跑呢？要知跑的原因为何，下回分解。

第四回

邂逅在穷途分金续命　相思成断梦把卷凝眸

却说家树和凤喜在内坛说话，一番热心要帮助她念书，她听了这话，道了一声谢，竟掉过脸，跑向柏树林子里去。家树倒为之愕然，难道这样的话，她倒不愿听吗？自己呆呆立着，只见凤喜一直跑进柏树林子，那林子里正有一块石板桌子，两个石凳，她就坐在石凳上，两只胳膊伏在石桌上，头就枕在胳膊上。家树远远的看去，她好像是在那里哭，这更大惑不解了。本来想过去问一声，又不明白自己获罪之由，就背了两只手走来走去。

凤喜伏在石桌上哭了一会子，抬起一只胳膊，头却藏在胳膊下，回转来向这里望着，她看见家树这样来去不定，觉得他是没有领会自己的意思，因此很踌躇，再不忍让人家为难了，竭力的忍住了哭。站将起来，慢慢的转过身子，向着家树这边。家树看了这样子，知道她并不拒绝自己过去劝解的，就慢慢的向她身边走来。她见家树过来，便牵了牵衣襟，又扭转身去，看了身后的裙子，接着更抬起手来，轻轻的按着头上的双髻。她那眼光只望着地下，不敢向家树平视。家树道："你为什么这样子，我话说得太唐突了吗？”凤喜不懂“唐突”两个字是怎样解，这才抬头问道：“什么？”家树道：“我实在是一番好意，你刚才是不是嫌我不该说这句话？”凤喜低着头摇了一摇。家树道：“哦！是了。大概这件事你怕家里不能够答应吧？”凤喜摇着头道：“不是的。”家树道：“那为什么呢？我真不明白了。”

凤喜抽出手绢来，将脸上轻轻擦了一下，脚步可是向前走着，慢慢的道：“我觉得你待我太好了。”家树道：“那为什么要哭呢？”凤喜望着他一笑道：“谁哭了？我没哭。”家树道：“你当面就撒谎，刚才你不是哭，是做什么？你把脸我看看，你的眼睛还是红的呢。”凤喜不但不将脸朝着他，而且把身子一扭，偏过脸去。家树道：“你说，这究竟为了什么？”凤喜道：“这可真正奇怪，我不知道为着什么，好好儿的心里一阵……”她顿了一顿道：“也不是难过，不知道怎么着，好好的要哭。你瞧，这不是怪事吗？你刚才所说的话，是真的吗？可别冤我，我是死心眼儿，你说了，我是非常相信的。”家树道：“我何必冤你呢？你和我要钱，我先给了你了，不然，可以说是我说了话省得给钱。”凤喜笑道：“不是那样说。你别多心，我是……你瞧，我都说不上来了。”家树道：“你不要说，你的心事我都明白了。我帮你读书的话，你家里通得过通不过呢？”凤喜笑道：“大概可以办到。不过我家里……”说到这里，她的话又不说下去了。

家树道：“你家里的家用，那是一点不成问题的，只要你母亲让你读书，我就先拿出一笔钱来，做你们家的家用也可以。以后我不给你的家用，你就不念书，再去唱大鼓也不要紧。”凤喜道：“唉！你别老说这个话，我还有什么信你不过的！找个地方再坐一坐，我还有许多话要问你。”家树站住脚道：“有话你就问吧，何必还要找个地方坐着说呢！”凤喜就站住了脚，偏着头想了一想笑道：“我原是想有许多话要说，可是你一问起来，我也不知道怎样，好像就没有什么可说的了。你有什么要说的没有？”说时，眼睛就瞟了他一下。家树笑道：“我也没有什么可说的。”凤喜道：“那末我就回去了。今天起来得是真早，我得回去再睡一睡。”

当下两个人都不言语，并排走着，绕上了出门的大道。刚刚要出那红色的圆洞门了，家树忽然站住了脚笑道：“还走一会儿吧，再要向前走，就出了这内坛门了。”凤喜要说时，家树已经回转了身，还是由大路走了回去。凤喜也就不由自主的，又跟着他走。直走到后坛门口，凤喜停住脚笑道：“你打算还往哪里走？就这样走一辈子吗？”家树道:“我倒并不是爱走。坐着说话，没有相当的地方；站着说话，又不成个规矩。所以彼此一面走一面说话最好，走着走着，也不知道受累，所以这路越走越远了。我们真能这样同走一辈子，那倒是有趣。”

凤喜听着，只是笑了一笑，却也没说什么，又不觉糊里糊涂的还走到坛门口来。她笑道：“又到门口了。怎么样，我们还走回去吗？”家树伸出左手，掀了袖口一看手表笑道：“也还不过是九点钟。”凤喜道：“真够瞧的了，六点多钟说话起，已说到九点，这还不该回去吗？明天我们还见面不见面？”家树道：“明儿也许不见面。”凤喜道：“后天呢？”家树道：“无论如何，后天我们非见面不可。因为我要得你的回信啦！”凤喜笑道：“还是啊，既然后天就要见面的，为什么今天老不愿散开？”家树笑道：“你绕了这么大一个弯子，原来不过是要说这一句话。好吧，我们今天散了，明天早上，我们还是在这里相会，等你的回信。”凤喜道：“怎样一回事？刚才你还说明天也许不相会，怎么这又说明天早上等我的回信？”家树笑道：“我想还是明天会面的好。若是后天早上才见面，我又得多闷上一天了。”凤喜笑道：“我就知道你不成，好！你明天等我的喜信吧。”家树道：“就有喜信了吗，有这样早吗？”

凤喜笑着一低头，人向前一钻，已走过去好几步，回转头来瞅了他一眼道：“你这人总是这样说话咬字眼，我不和你说了。”凤喜越走越远，家树已追不上，因喊道：“你跑什么？我还有话说呢。”凤喜道：“已经说了这半天的话，没有什么可说的了。明儿个六点钟坛里见。”她身子也不转过，只回转头来和家树点了几点，他遥遥的看着她，那一团笑容，都晕满两颊，那一副临去而又惹人怜爱的态度，是格外容易印到脑子里去。

凤喜走了好远，家树兀自对着她的后影出神，直待望不见了，然后自己才走出去。可是一出坛门，这又为难起来了。自己原是说了到清华大学去的，这会子就回家去，岂不是前言不符后语，总要找个事儿，混住身子，到下半天回去才对。想着有了，后门两个大学，都是自己的朋友，不如到那里会他们一会，混去大半日的光阴，到了下午，我再回家，随便怎样胡扯一下子，伯和是猜不出来的。主意想定了，便坐了电车到后门来。

家树一下电车，身后忽然有人低低的叫了一声“樊先生”。家树连忙回头看时，却是关寿峰的女儿秀姑。她穿着一件旧竹布长衫，蓬了一把头发，脸上黄黄的，瘦削了许多，不像从前那样丰秀；人也没有什么精神，胆怯怯的，不像从前那样落落大方；眼睛红红的，倒像哭了一般。一看之下，不由心里一惊。因说道：“原来是关姑娘！好久不见了，令尊大人也没有通知我一声就搬走了，我倒打听了好几回，都没有打听出令尊的下落。”秀姑道：“是的，搬的太急促，没有告诉樊先生，他现在病了，病得很厉害，请大夫看着，总是不见好。”说着这话，就把眉毛皱着成了一条线，两只眉尖，几乎皱到一处来。家树道：“大姑娘有事吗？若是有工夫，请你带我到府上去，我要看一看令尊。”秀姑道：“我原是买东西回去，有工夫，我给你雇辆车。”家树道：“路远吗？”秀姑娘道：“路倒是不远，拐过一个胡同就是。”家树道：“路不远就走了去吧，请大姑娘在前面走。”秀姑勉强笑了一笑，就先走。

家树见她低了头，一步一步的向前走，走了几步，却又回头向家树看上一看，说道：“胡同里脏的很，该雇一辆车就好了。”家树道：“不要紧的，我平常就不大爱坐车。”秀姑只管这样慢慢的走去，忽然一抬头，快到胡同口上，把自己门口走过去一大截路，却停住了一笑道：“要命！我把自己家门口走过来了都不知道。”家树并没有说什么，秀姑脸却涨得通红，于是她绕过身来，将家树带回，走到一扇黑大门边，将虚掩的门推了一推走将进去。

这里是个假四合院，只有南北是房子，屋宇虽是很旧，倒还干净。一进那门楼，拐到一间南屋子的窗下，就听见里面有一阵呻吟之声。秀姑道:“爹！樊先生来了。”里面床上他父亲关寿峰道:“哪个樊先生？”家树道:“关大叔！是我。来看你病来了。”寿峰道:“呵哟！那可不敢当。”说这话时，声音极细微，接上又哼了几声，家树跟着秀姑走进屋去。秀姑道：“樊先生！你就在外面屋子里坐一坐，让我进去拾掇拾掇屋子，里面有病人，屋子里面乱得很。”家树怕他屋子里有什么不可公开之处，人家不让进去，就不进去。秀姑进去，只听里面屋子一阵器具搬移之声，停了一会，秀姑一手理着鬓发，一手扶着门笑道：“樊先生！你请进。”

家树走进去，只见上面床上靠墙头叠了一床被，关寿峰偏着头躺在上面。看他身上穿了一件旧蓝布夹袄，两只手臂，露在外面，瘦得像两截枯柴一样，走近前一看他的脸色，两腮都没有了，两根颧骨高撑起来，眼睛眶又凹了下去，哪里还有人形。他见家树上前，把头略微点了一点，断续着道："樊先生……你……你是……好朋友啊，我快死了，哪有朋友来看我哩！"家树看见他这种样子，也是惨然。秀姑就把身旁的椅子移了一移，请家树坐下。家树看看他这屋子，东西比从前减少得多，不过还洁净。有几支信香，刚刚点着，插在桌子缝里，大概是秀姑刚才办的。一看那桌子上放了一块现洋，几张铜子票，下面却压了一张印了蓝字的白纸，分明是当票。家树一见就想到秀姑刚才在街上说买东西，并没有见她带着什么，大概是当了当回来了，怪不得屋子里东西减少许多。因向秀姑问道："令尊病了多久了呢？"秀姑道："搬来了就病，一天比一天沉重，就病到现在。大夫也瞧了好几个，总是不见效，我们又没有一个靠得住的亲戚朋友，什么事全是我去办。我一点也不懂，真是干着急。"说着两手交叉，垂着在胸前，人就靠住了桌子站定，胸脯一起一落，嘴又一张，叹了一口无声的气。

家树看着他父女这种情形，委实可怜。既无钱，又无人力，想了一想，向寿峰道："关大叔！你信西医不信？"秀姑道："只要治得好病，倒不论什么大夫。可是……"说到这里，就现出很踌躇的样子。家树道："钱的事不要紧，我可以想法子，因为令尊大人的病，太沉重了，不进医院，是不容易奏效。我有一个好朋友，在一家医院里办事，若说是我的朋友，遇事都可以优待，花不了多少钱。若是关大叔愿意去的话，我就去叫一辆汽车来，送关大叔去。"

关寿峰睡在枕上，偏了头望着家树，都呆过去了。秀姑偷眼看她父亲那样子，竟是很愿意去的。便笑着对家树道："樊先生有这样的好意，我们真是要谢谢了。不过医院里治病，家里人不能跟着去吧。”家树听说，又沉默了一会，却赶紧一摇头道：“不要紧，住二等房间，家里人就可以在一处了。令尊的病，我看是一刻也不能耽搁，我有一点事，还要回家去一趟，请大姑娘收拾收拾东西，至多两个钟头我就来。”说时，在身上掏出两张五元的钞票，放在桌上，说道：“关大叔病了这久，一定有些煤面零碎小账，这点钱，就请你留下开销小账，我先去一去，回头就来，大家都不要急。”说着，他和床上点了一个头，自去了。他走的是非常的匆忙，秀姑要道谢他两句，都来不及，他已经走远了。

秀姑随着他身后，一直送到大门口，直望着他身后遥遥而去，不见人影，还呆呆的望了许久。因听到里边屋子有哼声，才回转身来，进得屋子，只见她父亲望了桌上的钞票，微笑道：“秀姑！天，天，天无绝人……之路呀……”他带哼带说，那脸上的微笑渐渐收住，眼角上却有两道汪汪的泪珠，斜流下来，直滴到枕上。秀姑也觉得心里头有一种酸甜苦辣，说不出来的感觉。微笑道：“难得有樊先生这样好人。你的病，一定可以好的。要不然，哪有这么巧，凭什么都当光了，今天就碰到了樊先生。”关寿峰听了，心里也觉宽了许多。

本来病人病之好坏，精神要做一半主，在这天上午，寿峰觉得病既沉重，医药费又毫无筹措的法子，心里非常的焦急，病势也自然的加重，现在樊家树许了给自己找医院，又放下了这些钱让自己来零花，心里突然得了一种安慰；二来平生是个尚义气的人，这种慷慨的举动，合了他的脾胃，不由得精神为之一振。所以当日樊家树去了以后，他就让秀姑叠了被条，放在床头，自己靠在上面，抬起了半截身子，看着秀姑收拾行李检点家具，心里觉得很为安慰。

秀姑道：“你老人家精神稍微好一点，就躺下去睡睡吧，不要久坐起来，省得又受了累。”寿峰点了点头，也没有说什么，依然望着秀姑检点东西。半晌，他忽然想起一件事，问秀姑道：“樊先生怎样知道我病了？是你在街上无意中碰见了他呢，还是他听说我病了，找到这里来看我的呢？”秀姑一想，若说家树是无意中碰到的，那末，人家这一番好意，都要失个干净；纵然不失个干净，他的见义勇为的程度，也大为减色。自己对于人家的盛意，固然是二十四分感谢了，可是父亲感谢到什么程度，却是不知，何妨说得更切实些，让父亲永久不忘记呢！因此借着检箱子的机会，低了头答道：“人家是听了你害病，特意来看你的。哪有那么样子巧，在路上遇得见他呢？”寿峰听说，又点了点头。

秀姑将东西刚刚收拾完毕，只听得大门外呜啦呜啦两声汽车喇叭响，不一会工夫，家树走进来问道：“东西收拾好了没有？医院里我已经定好了房子了，大姑娘也可以去。”秀姑道：“樊先生出去这一会子，连医院里都去了，真是为我们忙，我们心里过不去。”说着脸上不由得一阵红。家树道：“大姑娘你太客气了。关大叔这病，少不得还有要我帮忙的地方，我若是做一点小事，你心里就过意不去，一次以后，我就不便帮忙了。”秀姑望着他笑了一笑，嘴里也就不知道说些什么，只见她嘴唇微微一动，却听不出她说的是什么。寿峰躺在床上，只望着他们客气，也就不曾做声。家树站在一边，忽然“呵”了一声道：“这时我才想起来了，关大叔是怎样上汽车呢？大姑娘！你们同院子的街坊，能请来帮一帮忙吗？”秀姑笑道：“这倒不费事，有我就行了。”家树见她自说行了，不便再说。当下秀姑将东西收拾妥当，送了一床被褥到汽车上去，然后替寿峰穿好衣服，她伸开两手，轻轻便便的将寿峰一托，横抱在胳膊上，面不改色的，从从容容将寿峰送上汽车。家树却不料秀姑清清秀秀的一位姑娘，竟有这大的力量，寿峰不但是个病人，而且身材高大，很不容易抱起来的。据这样看来，秀姑的力气，也不在小处了。当时把这事搁在心里，也不曾说什么。

汽车的正座，让寿峰躺了，家树和秀姑，只好各踞了一个倒座。汽车猛然一开，家树一个不留神，身子向前一栽，几乎栽在寿峰身上。秀姑手快，伸了胳膊，横着向家树面前一拦，把他拦住了。家树觉得自己太疏神了，微笑了一笑，秀姑也不明缘由，微笑了一笑，及至秀姑缩了手回去，他想到她手臂，溜圆玉白，很合乎现代人所谓的肌肉美，这正是燕赵佳人所有的特质，江南女子是梦想不到的。心里如此想着，却又不免偏了头，向秀姑抱在胸前的双臂看去。忽然寿峰哼了一声，他便抬头看着病人憔悴的颜色，把刚才一刹那的观念给打消了。不多大一会，已到了医院门口。由医院里的院役，将病人抬进了病房，秀姑随着家树后面进去。这是二等病室，又宽敞，又干净，自然觉得比家里舒服多了。家树一直让他们安置停当，大夫来看过了，说是病还有救，然后他才安慰了几句而去。

秀姑一打听，这病室是五块钱一天，有些药品费还在外。这医院是外国人开的，家树何曾认识，他已经代缴医药费一百元了。她心里真不能不有点疑惑，这位樊先生，不过是个学生，不见得有多少余钱，何以对我父亲，是这样慷慨？我父亲是偌大年纪，他又是个青春少年，两下里也没有做朋友的可能性，那末，他为什么这样待我们好呢？父亲在床上安然的睡熟了，她坐在床下面一张短榻上沉沉的想着，只管这样的想下去，把脸都想红了，还是自己警戒着自己：父亲刚由家里，移到医院里来，病还不曾有转好的希望，自己怎样又去想到这些不相干的事情上去。于是把这一团疑云，又搁下去了。

自这天起，隔一半天，家树总要到医院里来看寿峰一次，一直约有一个礼拜下去，寿峰的病，果然见好许多。不过他这病体，原是十分的沉重，纵然去了危险期，还得在医院里调养。医生说，他还得继续住两三个星期。秀姑听了这话，非常为难，要住下去，哪里有这些钱交付医院？若是不住，岂不是前功尽弃！但是在这为难之际，院役送了一张收条进来，说是钱由那位樊先生交付了，收条请这里关家大姑娘收下。秀姑接了那收条一看，又是交付了五十元，他为什么要交给我这一张收条，分明是让我知道，不要着急了。这个人做事，前前后后，真是想得周到，这样看来，我父亲的病，可以安心在这里调治，不必忧虑了。心既定了，就离开医院，常常回家去看看。前几天是有了心事，只是向着病人发愁，现在心里舒适了，就把家里存着的几本鼓儿词，一齐带到医院里来看。

这一日下午，家树又来探病来了，恰好寿峰已是在床上睡着了，秀姑捧了一本小册子，斜坐在床面前椅子上看，似乎很有味的样子。她猛抬头，看见家树进来，连忙把那小本向她父亲枕头底下乱塞，但是家树已经看见那书面上的题名，乃是“刘香女”三个字。家树道：“关大叔睡得很香，不要惊醒他。”说着，向她摇了一摇手。秀姑微笑着，便弯了弯腰，请家树坐下。家树笑道：“大姑娘很认识字吗？”秀姑道：“不认识多少字。不过家父稍微教我读过两本书，平常瞧一份儿小报，一半看，还一半猜呢。”家树道：“大姑娘看的那个书，没有多大意思，你大概是喜欢武侠的。我明天送一部很好的书给你看看吧。”秀姑笑道：“我先要谢谢你了。”家树道：“这也值不得谢，很小的事情。”秀姑道：“我常听到家父说，大恩不谢，樊先生帮我这样一个大忙，真不知道怎样报答你才好。”说到这里，她似乎极端的不好意思，一手扶了椅子背，一手便去理那耳朵边垂下来的鬓发。家树看到她这种难为情的情形，不知道怎样和人家说话才好。走到桌子边，拿起药水瓶子看了看，映着光看着瓶子里的药水去了半截，因问道：“喝了一半了，这一瓶子是喝几次的？”其实这瓶子上贴着的纸标，已经标明了，乃是每日三次，每次二格，原用不着再问的了。他问过之后，回头看看床上睡的关寿峰，依然有不断的鼻息声，因道：“关大叔睡着了，我不惊动他，回去了，再见吧。”他说这句再见时，当然脸上带有一点笑容，秀姑又引为奇怪了，说再见就再见吧，为什么还多此一笑呢？于是又想到樊家树每回来探病，或者还含有其他的命意，也未可知。心里就不住的暗想着，这个人用心良苦，但是他虽不表示出来，我是知道的了。

正在她这样推进一步去想的时候，恰好次日家树来探病，带了一部《儿女英雄传》来了。当日秀姑接着这一部小说，还不觉得有什么深刻的感想，经过三天三晚，把这部《儿女英雄传》，看到安公子要娶十三妹的时候，心里又布下疑阵了。莫非他家里原是有个张金凤，故意把这种书给我看吗？这个人做事，好像是永不明说，只让人家去猜似的，这一着棋，我大概猜得不很离经。但是这件事，是让我很为难的，现在不是安公子的时代，我哪里能去做十三妹呢？这样一想，立刻将眉深锁，就发起愁来。眉一皱，心里也兀自不安起来。

关寿峰睡在床上，见女儿脸上红一阵白一阵，便道：“孩子！我看你好像有些不安的样子，你为着什么？”秀姑笑道：“我不为什么呀！”寿峰道:“这一向子，你伺候我的病，我看你也有些倦了，不如你回家去歇两天吧。”秀姑一笑道：“唉！你哪里就会猜着人的心事了。”寿峰道:“你有什么心事，我倒闲着无事，要猜上一猜。”秀姑笑道:“猜什么呢？我是看到书上这事。老替他发愁。”寿峰道:“喝！傻孩子，你真是‘听评书吊泪，替古人担忧’了。我们自己的事，都要人家替我们发愁，哪里有工夫替书上的人发愁呢？”秀姑道：“可不是难得樊先生帮了咱们这样一个大忙，咱们要怎样的谢人家哩。”寿峰道：“放着后来的日子长远，咱们总有可以报答他的时候。咱们也不必老放在嘴上说。老说着又不能办到，怪贫的！”秀姑听她父亲如此说，也就默然。这日下午，家树又来探病，秀姑想到父亲“怪贫”的那一句话，就未曾和他说什么。

家树看到关寿峰的病已经好了，用不着天天来看，就有三天不曾到医院里来。秀姑又疑惑起来，莫不是为了我那天对他很冷淡的，他恼起我来了。人家对咱们是二十四分的厚情，咱们还对人家冷冷淡淡的，当然是不对，也怪不得人家懒得来了。及至三天以后，家树来了，遂又恢复了以前的态度。便对家树道：“你送的那部小说，非常有趣，若是还有这样的小说，请你还借两本我看看。”家树道：“很有趣吗？别的不成，要看小说，那是很容易办的事，要几大箱子都办得到。但不知道要看哪一种的？”秀姑想了一想笑道:“像何玉凤这样的人就好。”家树笑道：“当然的，姑娘们就喜欢看姑娘的事。我明天送一部来吧，你看了之后，准会说比《刘香女》强，那里头可没有落难公子中状元。”秀姑笑道：“我也不一定要瞧落难公子中状元，只要是有趣味的就得了。”

家树在客边，就不曾预备有多少小说，身边就只有一部《红楼梦》，秀姑只说借书，并没有说一定要什么书，不如就把这个借给她得了。当日在医院里回来，就把那部《红楼梦》清理出来，到了次日亲自送到医院里去。秀姑向来不曾看过这种长江大河的长篇小说，自从看了《儿女英雄传》以后，觉得这个比那小本子《刘香女》、《孟姜女》强得多，因此接过《红楼梦》去，丝毫不曾加以考虑，就看起来。看了前几回，还不过是觉得热闹有趣而已。看了两本之后，心里想着幸而父亲还不曾问我书上是些什么，因此只将看的一本《红楼梦》，卷了放在身上，拿出来坐着离父亲远远的看。其余的都用报纸包了，放在包裹里，桌子上依然摆着那部《儿女英雄传》，“英雄传”上面，又覆了一本父亲劝她看的《太上感应篇》。关寿峰虽认得字，却捺不下性子看书，他以为秀姑看书，无非解闷，自己不要看，也不曾去过问。

秀姑看了两天以后，便觉一刻也舍不得放下。一直到第三日，家树又来探病来了，因问秀姑那书好看不好看？翻到什么地方了？秀姑还不曾答复，脸先红了，复又背对着床上，不让病人看见，嘴里支吾着一阵，随便说道：“我还没有看几本呢。”复又笑道：“不是没有看几本，不过看了几回罢了。”家树见她说得前后颠倒，就也笑了一笑，因寿峰躺在床上，脸望着他，便转过身去和寿峰说话。秀姑是一种什么情形，却没有理会。医院里本是不便久坐的，加上自己本又有事，谈一会便走了。

秀姑见家树是这样来去匆匆，心想他也是不好意思的了。既然不好意思，为什么又拿这种书我看哩！我看他问我话的时候，有些藏头露尾，莫非他有什么字迹放在书里头？想到这里，好像这一猜很是对劲，等父亲睡了，连忙将包裹打开，把那些未看的书，先拿在手里抖擞了一番，随后又将书页乱翻了一阵。翻到最后一本，果然有一张半裁的红色八行，心里先扑通跳了一下，将那纸拿过来看时，上写“九月九日，温《红楼梦》至此，不忍卒读矣。”秀姑揣测了一番，竟是与自己无关的，这才放心把书重新包好。不过《红楼梦》却是更看得有趣。晚上父亲睡了，躺在床上，亮了电灯，只管一页一页的向下看去。后来直觉得眼皮有点涩，两手一伸，打了一个呵欠，恰好屋外面的钟，当当当敲过三下，心想糟了，怎么看到这个时候，明天怎样起来得了呢？再也不敢看了，便熄了电灯。

秀姑闭眼睡觉，不料一夜未睡，现在要睡起来，反是清醒清醒的。走廊下那挂钟的摆声，滴答滴答，一下一下，听得清清楚楚。同时《红楼梦》上的事情，好像在目前一幕一幕，演了过去。由《红楼梦》又想到了送书的樊家树，便觉得这人只是心上用事，不肯说出来的。然而不肯说出来，我也猜个正着。我父亲就很喜欢他，论门第，论学问，再谈到性情儿，模样儿，真不能让咱们挑眼，这样的人儿都不要，亮着灯笼，哪儿找去？他是个维新的人儿，他一定会带着我一路上公园去逛的，那个时候，我也只好将就点儿了。可是遇见了熟人，我还是睬人不睬人呢？人家问起来，我又怎样的对答呢？

秀姑想着想着，也不知怎样，自己便恍恍惚惚的果然在公园里了。家树伸过一只手来挽了自己的胳膊，一步一步的走。公园里人一对一对走着，也有对自己望了来的，但是心里很得意，不料我关秀姑也有今日。正在得意，忽然有人喝道：“你这不知廉耻的丫头，怎么跟了人上公园来？”抬头一看，却是自己父亲。急得无地自容，却哭了起来。寿峰又对家树骂道：“你这人面兽心的人，我只说你和我交朋友，是一番好意，原来你是来骗我的闺女，我非和你打官司不可。”说时，一把已揪住了家树的衣领。秀姑急了，拉着父亲，连说“去不得去不得”。浑身汗如雨下，这一阵又急又哭，把自己闹醒了。睁眼一看，病室的窗外，已经放进来了阳光，却是小小的一场梦。一摸额角，兀自出着汗珠儿。

秀姑定了一定神，便穿衣起来，自己梳洗了一阵，寿峰方才醒来。他一见秀姑，便道：“孩子！我昨夜里做了一个梦。”秀姑一怔，吓得不敢做声，只低了头。寿峰又道：“我梦见病好了，可是和你妈在一处，不知道是吉是凶？”秀姑笑道：“你真也迷信，随便一个梦算什么。若是梦了就有吉有凶，爱做梦的，天天晚上做梦，还管不了许多呢！”寿峰笑道：“你现在倒也维新起来了。”秀姑不敢接着说什么，恰是看护妇进来，便将话牵扯过去了。但是在这一天，她心上总放不下这一段怪梦。心想天下事是说不定的，也许真有这样一天，若是真有这样一天，我父亲他也会像梦里一样，跟他反对吗？那可成了笑话了。

秀姑天天看小说，看得都非常有趣，今天看小说，便变了一种情形，将书拿在手上，看了几页，不期然而然的将书放下，只管出神。那看护妇见她右手将书卷了，左手撑住椅靠，托着腮，两只眼睛，望了一堵白粉墙，动也不动，先还不注意她，约莫有十分钟的工夫，见她眼珠也不曾转上一转，便走到她身后，轻轻悄悄儿的蹲下身去，将她手上拿的书抽了过来翻着一看，原来是《红楼梦》，暗中咬着嘴唇便点了点头。

这看护妇本也只二十岁附近，雪白的脸儿，因为有点近视，加上一副眼镜越见其媚。她已剪了发，养着刘海式的短发，又乌又亮，和她身上那件白衣一衬，真是黑白分明。院长因为她当看护以来惹了许多麻烦，现在拨她专看护老年人或妇女。寿峰这病室里，就是她管理，终日周旋，和秀姑倒很投机。常笑问秀姑：“家树是谁？”秀姑说是父亲的朋友，那看护笑着总不肯信。这时她看了《红楼梦》，忽然省悟，情不自禁，将书拍了秀姑肩上一下，又噗嗤一笑道：“我明白了，那就是你的贾宝玉吧！”这一嚷，连秀姑和寿峰都是一惊。秀姑还不曾说话，寿峰便问：“谁的宝玉？”女看护才知失口说错了话，和秀姑都大窘起来。可是寿峰依然是追问着，非问出来不可。要知她们怎样答话，下回分解。

第五回

颊有残脂风流嫌著迹　手加约指心事证无言

却说看护妇对秀姑说“那是你的贾宝玉吧”，一句话把关寿峰惊醒，追问是谁的宝玉。秀姑正在着急，那看护妇就从从容容的笑道：“是我捡到一块假宝石，送给她玩，她丢了，刚才我看见桌子下一块碎瓷片，以为是假宝石呢。”寿峰笑道：“原来如此，你们很惊慌的说着，倒吓了我一跳。”秀姑见父亲不注意，这才把心定下了，站起身来，就假装收拾桌上东西，将书放下。以后当着父亲的面，就不敢看小说了。

自这天起，寿峰的病，慢慢儿见好。家树来探望得更疏了，寿峰一想，这一场病，花了人家的钱很多，哪好意思再在医院里住着。就告诉医生，自己决定住满了这星期就走。医生的意思，原还让他再调理一些时。他就说所有的医药，都是朋友代出的，不便再扰及朋友。医生也觉得不错，就答应他了。恰好其间有几天工夫，家树不曾到医院来，最后一天，秀姑到会计部算清了账目，还找回一点零钱，于是雇了一辆马车，父女二人就回家去了。待到家树到医院来探病时，关氏父女，已出院两天了。

且说家树那天到医院里，正好碰着那近视眼女看护，她先笑道："樊先生！你怎么有两天不曾来？"家树因她的话问得突兀，心想莫非关氏父女因我不来，有点见怪了。其实我并不是礼貌不到，因为寿峰的病，实在好了，用不着作虚伪人情来看他的。他这样沉吟着，女看护便笑道："那位关女士她一定很谅解的。不过樊先生也应该到她家里去探望探望才好。"家树虽然觉得女看护是误会了，然而也无关紧要，就并不辩正。

当下家树出了医院，觉得时间还早，果然往后门到关家来。秀姑正在大门外买菜，猛然一抬头，往后退了一步笑道："樊先生！真对不住，我们没有通知，就搬出医院来了。"家树道："大叔太客气了，我既然将他请到医院里去了，又何在乎最后几天。这几天来也实在太忙，没着到医院里来看关大叔，我觉得太对不住。我是特意来道歉的。"秀姑听了这话，脸先红了，低着头笑道："不是不是，你真是误会了。我们是过意不去，只要在家里能调养，也就不必再住医院了。请家里坐吧。"说着，她就在前面引导。

关寿峰在屋子里听到家树的声音，便先嚷道："呵唷！樊先生吗？不敢当。"家树走进房，见他靠了一叠高被，坐在床头，人已爽健得多了，笑道："大叔果然好了，但不知道现在饮食怎么样了？"寿峰点点头道："慢慢快复原了，难得老弟救了我一条老命，等我好了，我一定要……"家树笑道："大叔！我们早已说了，不说什么报恩谢恩，怎么又提起来了？"秀姑道："樊先生！你要知道我父亲，他是有什么就要说什么的。他心里这样想着，你不要他说出来，他闷在心里，就更加难过了。"家树道："既然如此，大叔要说什么，就说出什么来吧。病体刚好的人，心里闷着也不好，倒不如让大叔说出来为是。"

寿峰凝了一会神，将手理着日久未修刮的胡子，微微一笑道："有倒是有两句话，现在且不要说出来，候我下了地再说吧。"秀姑一听父亲的话，藏头露尾，好生奇怪。而且害病以来，父亲今天是第一次有笑，这里面当另有绝妙文章。如此一想，羞潮上脸，不好意思在屋子里站着，就走出去了。家树也觉得寿峰说的话，有点尴尬；接上秀姑听了这话，又躲避开去，越发显着痕迹了。和寿峰谈了一会子话，又安慰了他几句，便告辞出来。秀姑原站在院子里，这时就借着关大门为由，送着家树出来。家树不敢多谦逊，只一点头就一直走出来了。

家树回得家来，想关寿峰今天怎么说出那种话来，怪不得我表兄说我爱他的女儿，连他自己都有这种意思了。至于秀姑，却又不同，自从她一见我，好像就未免有情，而今我这样援助她父亲，自然更是要误会的了。好在寿峰的病，现在总算全好了，我不去看他，也没有什么关系。自今以后，我还是疏远他父女一点为是，不然我一番好意，倒成了别有所图了。

话又说回来了，秀姑眉宇之间，对我自有一种深情，她哪里知道我现在的境况呢！想到这里，情不自禁的就把凤喜送的那张相片，由书里拿了出来，捧在手里看，看着凤喜那样含睇微笑的样子，觉得她那娇憨可掬的模样儿，决不是秀姑那样老老实实的样子可比。等她上学之后，再加上一点文明气象，就越发的好了。我手里若是这样把她栽培出来，真也是识英雄于未遇，以后她有了知识，自然更会感激我。由此想去，自觉得踌躇满志，在屋里便坐不住了。对着镜子，理了一理头发，就坐了车到水车胡同来。

凤喜家里现在已经收拾得很干净，凤喜也换了一件白底蓝鸳鸯格的瘦窄长衫，靠着门框，闲望着天上的白云在出神。一低头忽然看见家树，便笑道：“你不是说今天不来，等我搬到新房子里去再来吗？”家树笑道：“我在家里也是无事，想邀你出去玩玩。”凤喜道：“我妈和我叔叔都到新房子那边去拾掇屋子去了，我要在家里看家，你到我这里来受委屈，也不止一次，好在明天就搬了，受委屈也不过今天一天，你就在我这里谈谈吧，别又老远的跑到公园里去。”家树笑道：“你家里一个人都没有，你也敢留我吗？”凤喜笑着啐了一口，又抽出掖在肋下的长手绢，向着家树抖了几抖。家树道：“我是实话。你的意思怎么样呢？”凤喜道：“你又不是强盗，来抢我什么；再说我就是一个人，也没什么可抢的，青天白日，留你在这儿坐一会，要什么紧。”家树笑道：“你说只有一个人，可知有一种强盗专要抢人哩。你唱大鼓，没唱过要抢压寨夫人的故事吗？”凤喜将身子一扭道:“我不和你说了。”她一面说着，一面就跑到里面屋子里去了。家树也说道：“你真怕我吗？为什么跑了？”说着这话，也就跟着跑进来。

屋子里破桌子早是换了新的了。今天又另加了一方白桌布，炕上的旧被，也是早已抛弃，而所有的新被褥，也都用一方大白布被单盖上。家树道：“这是为什么？明天就要搬了，今天还忙着这样焕然一新。”凤喜笑道：“你到我们这儿来，老是说不卫生，我们洗的洗了,刷的刷了,换的换了,你还是不大乐意。昨天你对我妈说，医院里真卫生，什么都是白的。我妈就信了你的话，今天就赶着买了白布来盖上，那边新屋子里买的床和木器，我原是要红色的，信了你的话，今天又去换白漆的了。”家树笑道:“这未免隔靴搔痒，然而也用心良苦。”凤喜走上前，一把拉住了他的袖子道：“哼！那不行，你抖着文骂人。”说时，鼓了嘴，将身子扭了几扭。

家树笑道：“我并不是骂人，我是说你家人很能听我的话。”

凤喜道："那自然啦！现在我一家人，都愿望着你过日子，怎样能不听你的话。可是我得了你许多好处，我仔细一想，又为难起来了。据你说，你老太爷是做过大官的，天津还开着银行，你的门第是多么高，像我们这样唱大鼓的人，哪配呀？"说着靠了椅子坐下，低了头回手捞过辫梢玩弄。家树笑道："你这话，我不大明白，你所说的，是什么配不配？"凤喜瞟了一眼，又低着头道："别装傻了。你是聪明人里面挑出来的，倒会不明白？"家树笑道："明是明白了，但是我父亲早过世去了，大官有什么相干，我叔叔不过在天津银行里当一个总理，也是替人办事，并不怎样阔；就是阔，我们是叔侄，谁管得了谁？我所以让你读书，固然是让你增长知识，可也就是抬高你的身份。不过你把书念好了，身份抬高了，不要忘了我才好。"凤喜笑道："老实说吧，我们家里，真把你当着神灵了。你瞧他们那一份儿巴结你，真怕你有一点儿不高兴，我是更不要说了，一辈子全指望着你，哪里会肯把你忘了。别说身份抬不高，就是抬得高，也全仗着你呀。人心都是肉做的，我现在免得抛头露面，就和平地登了天一样。像这样的恩人，亮着灯笼哪儿找去，难道我真是个傻子，这一点儿事都不懂吗？"

凤喜这一番话，说得非常恳切。家树见她低了头，望了两只交叉摇曳的脚尖，就站到她身边，用手慢慢儿抚摩着她的头发，说道："你这话倒是几句知心话。我也很相信的。只要你始终是这样，花几个钱，我是不在乎的，我给的那两百块钱，现在还有多少？"凤喜望着家树笑道："你叔叔是开银行的，多少钱做多少事，难道说你不明白，添衣服，买东西，搬房子，你想还该剩多少钱了？"家树道："我想也是不够的。明天到银行里去，我还给你找一点款子来。"因见凤喜仰着脸，脸上的粉香喷喷的，就用手抚摸着她的脸。

凤喜笑着，将嘴向房门口一努，家树回头看时，原来是新制的门帘子，高高卷起呢，于是也不觉得笑了。

过了一会子，凤喜的叔叔回来了。他就是在先农坛弹三弦子的那人，他原名沈尚德。但是这一胡同的街坊，都叫他沈三弦子。又因为四个字叫得累赘，减称沈三弦，叫得久了，人家又改叫了沈三玄。这意思说他，吃饭，喝酒，抽大烟，三件大事，每天都得闹饥荒。不过这半个月来，有了樊家树这一个财神爷接济，沈三玄却成了沈三乐。今天在新房子里收拾了半天，精神疲倦了，就向他嫂子沈大娘要拿点钱去抽大烟。沈大娘说是昨天给的一块钱，今天不能再给，因此他又跑回来，打算和侄女来商量。一走到外边屋子里，见里面房子的门帘业已放下，就不便进去，先隔着门帘子咳嗽了两声。凤喜道："叔叔回来了吗？那边屋子拾掇得怎么样了？樊先生在这里呢。"沈三玄隔着门帘叫了一声"樊先生"，就不进来了。

凤喜打起门帘子，沈三玄笑道："姑娘！我今天的黑饭又断了粮了，你接济接济我吧。"家树便道："这大烟，我看你忌了吧。这年头儿，吃饭都发生问题，哪里还经得住再添上一样大烟。"沈三玄点着头，低低的道："你说的是，我早就打算戒的。"家树笑道："抽烟的人，都是这样，你一提起忌烟，他就说早要忌的。但是说上一千回一万回，背转身去，还照样抽。"沈三玄见家树有不欢喜的样子，凤喜坐在炕沿上，左腿压着右腿，两手交叉着，将膝盖抱住，两个小腮帮子，绷得鼓也似的紧。沈三玄一看这种神情，是不容开口讨钱的了。只得搭讪着和同院子的人讲话，就走开了。

家树望着凤喜低低的笑道："真是讨厌！不先不后，他恰好是这个时候回来。"凤喜也笑道："别瞎说，他听到了，还不知道咱们干了什么呢！”家树道：“我看他那样子，大概是要钱。你就……”凤喜道：“别理他，我娘儿俩有什么对他不住的。凭他那个能耐，还闹上烟酒两瘾，早就过不下去了。现在他说我认识你，全是他的功劳，跟着就长脾气。这一程子，每天一块钱还嫌不够，以后日子长远着咧，你想哪能还由着他的性儿？”家树笑道：“以前我以为你不过聪明而已，如今看起来，你是很识大体，将来居家过日子，一定不错。”凤喜瞟了他一眼道：“你说着说着，又不正经起来了。”家树笑着把脸一偏，还没有答话，凤喜“哟”了一声，在身上掏出手绢，走上前一步，按着家树的胳膊道：“你低一低头。”

家树正要把头低着，凤喜的母亲沈大娘，一脚踏了进来。凤喜向后一缩，家树也有点不好意思。沈大娘道：“那边屋子全拾掇好了，明天就搬。樊先生明天到我们家来，就有地方坐了。可是话又说回来了，明天搬着家，恐怕还是乱七八糟的，到后天大概好了，要不，你后天一早去，准乐意。”家树听说，笑了一笑。然而心里总不大自然，仍是无法可说。坐了一会儿，因道：“你们应该收拾东西了，我不在这里打搅你们了。”说毕，他拿了帽子戴在头上，起身就要走。

凤喜一见他要走，非常着急，连连将手向他招了几招道：“别忙啊！擦一把脸再走么。你瞧你瞧，哎哟！你瞧。”家树笑道：“回家去，平白地要擦脸做什么。”说了这句，他已走出了外边屋子。凤喜将手连推了她母亲几下。笑道：“妈！你说一声，让他擦一把脸再走。”沈大娘也笑道：“你这丫头，什么事拿樊先生开心，我大耳刮子打你，樊先生你请便吧，别理她。”家树以为凤喜今天太快乐了，果然也不理会她的话，竟自回家。

到了吃晚饭的时候，家树坐在正面，陶伯和夫妇坐在两边，陶太太正吃着饭，忽然噗嗤一笑，偏转头喷了满地毯的饭粒。伯和道："你想到什么事情，突然好笑起来？"陶太太笑道："你到我这边来，我告诉你。"伯和道："你就这样告诉我，还不行吗？为什么还要我走过来才告诉我。"陶太太笑道："自然有原因。我要是骗你，回头让你随便怎样罚我都成。"

伯和听他太太如此说了，果然放了碗筷，就走将过来。陶太太嘴对家树脸上一努，笑道："你看那是什么？"伯和一看，原来家树左腮上，有六块红印，每两块月牙形的印子，上下一对印在一处，六块红印，恰是三对。伯和向太太一笑道："原来如此。"家树见他夫妇注意脸上，伸手在脸上摸了一摸，并没有什么，因笑道："你们不要打什么哑谜，我脸上有什么，老实对我说了吧。"陶太太笑道："我们老实对你说吗？还是你老实对我们说了吧。再说要对你老实讲，我倒反觉得怪不好意思了。"于是走到屋子里去，连忙拿出一面镜子来，交给家树道："你自己照一照吧，我知道你脸上有什么呢。"家树果然拿着镜子一照，不由得脸上通红，一直红到耳朵后边去。陶太太笑道："是什么印子呢？你说你说。"顿了一顿，家树已经有了办法了，便笑道："我说是什么事情，原来是这些红墨水点，这有什么奇怪。大概是我写字的时候，沾染到脸上去了的。"伯和道："墨水瓶子上的水，至多是染在手上，怎么会染到脸上去？"家树道："既然可以沾染到手上，自然可以由手上染到脸上。"伯和道："这道理也很通的，但不知你手上的红墨水，还留着没有？"这一句话，把家树提醒了，笑道："真是不巧，手上的红印，我已经擦去了，现在只留着脸上的。"伯和听到，只管笑了起来，正有一句什么话待要说出，陶太太坐在对面，只管摇着头，伯和明白他太太的意思，就不向下说了。

家树放下饭碗赶忙就跑回自己屋子里，将镜子一照，这正是几块鲜红的印，用手指一擦，沾得很紧，并磨擦不掉。刘福打了洗脸水来，家树一只手掩住了脸，却满屋子去找肥皂。刘福道:“表少爷找什么？脸上破了皮，要找橡皮膏吗？”家树笑了一笑道:“是的，你出去吧，两个人在这里，我心里很乱，更不容易去找了。”刘福放下水，只好走了。家树找到肥皂，对了镜子洗脸，正将那几块红印擦着，陶太太一个亲信的女仆王妈，却用手端着一个瓷器茶杯进来。她笑道:“表少爷！我们太太叫我送了一杯醋来。她说，胭脂沾在肉上，若是洗不掉的话，用点醋擦擦，自然会掉了。”家树听了这话，半晌没有个理会处。这王妈二十多岁的人，头发老是梳得光溜溜的，圆圆的脸儿，老是抹着粉，向来做上房事，见男子就不好意思，现在奉了太太的命，送这东西来，很是尴尬。家树又害臊，不肯说什么，她也就一扭头走了。家树好容易把胭脂擦掉了，倒不好意思再出去了。反正是天色不早，就睡觉了。到了次日吃早饭，兀自不好意思。所幸伯和夫妇对这事一字也不提，不过陶太太有点微笑而已。

家树吃过了饭，便揣想到凤喜家里正在搬家，本想去看看，又怕引起伯和夫妻的疑心，只得拿了一本书，随便在屋里看。心里有事，看书是看不下去的。又坐在书案边，写了几封信，挨到下午，又想凤喜的新房子，一定布置完事了，最好是这个时候去看看，他们如有布置不妥当之处，可以立刻纠正过来。不过看表兄表嫂的意思，对于我几乎是寸步留意，一出门，回来不免又是一番猜疑。自己又害臊，镇定不住，还是不去吧——自己给自己这样难题做。到黄昏将近的时候，屋角上放过来的一线太阳，斜照在东边白粉墙上，紫藤花架的上半截，仿佛淡抹着一层金漆；至于花架下半截，又是阴沉沉的，罗列在地下的许多盆景，是刚刚由喷水壶喷过了水，显着分外的幽媚，同时并发出一种清芬之气。家树就在走廊下，两根朱红柱子下面，不住的来往徘徊。刘福由外面走了进来，便问道："表少爷！今天为什么不出门了。"家树笑着点了点头，没有说什么。心里立刻想起来，是啊！我是天天出门去一趟的，因为昨天晚上，发现了脸上的脂印，今天就不出去，这痕迹越是分明了，索性照常的出去，毫不在乎，倒也让他们看不出所以然来。因此又换了衣服戴上帽子，向凤喜新搬的地方而来。

这是家树看好了的房子，乃是一所独门独院的小房子。正北两明一暗，一间做了沈大娘的卧室，一间做了凤喜的卧室，还空出正中的屋子做凤喜的书房。外面两间东西厢房，一间住了沈三玄，一间做厨房，正是一点也不挤窄。院子里有两棵屋檐般高的槐树，这个时候，正好新出的嫩绿叶子，铺满了全树，映着地下都是绿色的；有几枝上，露着一两朵新开的白花，还透着一股香气。这胡同出去，就是一条大街。相距不远，便有一个女子职业学校。凤喜已经是在这里报名纳费了。现在家树到了这里，一看门外，一带白墙，墙头上冒出一丛绿树叶子来，朱漆的两扇小门，在白墙中间闭着，看去倒真有几分意思。

家树一敲门，听到门里边扑通扑通一阵脚步响，开开门来，凤喜笑嘻嘻的站着。家树道："你不知道我今天会来吧！"凤喜道："一打门，我就知道是你，所以自己来开门。昨天我叫你擦一把脸再走，为什么不理？"家树笑道："我不埋怨你，你还埋怨我吗？你为什么嘴上擦着那许多胭脂呢？"凤喜不等他说完，抽身就向里走。家树也就跟着走了进去。沈大娘在北屋子里迎了出来笑道：

“你们什么事儿这样乐，在外面就乐了进来？”家树道：“你们搬了房子，我该道喜呀，为什么不乐呢？”说着话，走进北屋子里来，果然布置一新。沈大娘却毫不迟疑的，将右边的门帘子，一只手高高举起，意思是让家树进去。他也未尝考虑，就进去了。

屋子里裱糊得雪亮，正如凤喜昨天所说，是一房白漆家具：上面一张假铁床，也是用白漆漆了，被褥都也是白布的。只是上面覆了一床小红绒毯子。家树笑道：“既然都是白的，为什么这毯子又是红的哩？”沈大娘笑道：“年轻轻儿的，哪有不爱个红儿绿儿的哩。这里头我还有点别的意思，你这样一个聪明人，不应该不知道。”家树道:“我这人太笨，非你告诉我，我是不懂的。你说，这里头还有什么问题？”沈大娘正待要说，凤喜一路从外面屋子里嚷了进来，说道：“妈！你别说。”沈大娘见她进来，就放下门帘子来走了。凤喜道:“你看看,这屋子干净不干净？”家树笑道:“你太舒服了。你现在一个人住一间屋子，一个人睡一张床，比从前有天渊之别了。你要怎样的谢我呢？”凤喜低了头,整理床上被单，笑着道：“现在睡这样的小木床，也没有什么特别，将来等你送了我的大铜床，我再来谢你吧。”家树道:“那倒也容易。不过‘特别’两个字，我有点不懂。睡了铜床，又怎样特别呢？”凤喜道：“那有什么不懂。不过是舒服罢了，你不许再往下说，你再要往下说，我就恼了。”跟着家树又抿嘴一笑。

当下家树向壁上四周看了一看，笑道：“裱糊得倒是干净，但是光突突的也不好，等我给你找点东西陈设陈设吧。”凤喜道：“我只要一样，别的都由你去办。”家树道：“要一样什么，要多少钱办呢？”凤喜道：“你这话说的真该打，难道我除了花钱的事，就不和你开口要的吗？”家树笑道：“我误会了，以为你要买什么值钱的古玩字画，并不是说你要钱。”凤喜道：“古玩字画，哪儿比得上。这东西只有你有，不知道你肯赏光不肯赏光。”家树道：“只有我有的，这是什么东西呢？我倒想不起来。等我猜猜。”家树两手向着胸前一环抱，偏着头正待要思索，凤喜笑道：“不要瞎猜，我告诉你吧。我看见有几个姐妹们，她们的屋子里，都排着一架放大的相片，我想要你一张大相片在这屋子里挂着，成不成？”家树万不料她郑重的说出来，却是这样一件事，笑道：“我不知道你说的是什么东西，原来是要我一张相片，有有有。”凤喜笑道：“从前在水车胡同住着，我不敢和你要。那样的脏屋子，挂着你的相片，连我心里也不安。现在搬到这儿来，干净是干净多了，一半也可以说是你的家……”凤喜说到这里，肩膀一耸，又将舌头一伸道：“这可是我说错了。”沈大娘在外面插嘴道：“干吗说错了呀？这儿里里外外，哪样不是樊先生花的钱，能说不是人家有一半儿份吗！最好是全份都算樊先生的，孩子，就怕你没有那大的造化。”说毕，接上哈哈一阵大笑。家树听了，不好怎样答言。凤喜却拉着他的衣襟一扯，只管挤眉弄眼，家树笑嘻嘻的，心里自有一种不易说出的愉快。

自这天起，沈家也就差不多把他当着家里人一样，随便进出。家树原是和沈大娘将条件商议好了，凤喜从此读书，不去卖艺，家树除供给凤喜的学费而外，每月又供给沈家五十块钱的家用。沈三玄在家里吃喝，他自己出去卖艺，却不管他；但是那些不上品的朋友，可不许向家里引。沈大娘又说：“他原是懒不过的人，有了吃喝住，他哪里还会上天桥，去挣那三五十个铜子去？”家树觉得话很对，也就放宽心了。

过了几天，凤喜又做了几件学生式的衣裙，由家树亲自送到女子职业学校补习班去，另给她起了一个学名，叫做“凤兮”。这学校是半日读书，半日做女红的，原是为失学和谋职业的妇女而设。所以凤喜在这学校里，倒不算年长；自己本也认识几个字，却也勉强可以听课。不过上了几天课之后，吵着要家树办几样东西：第一是手表；第二是两截式的高跟皮鞋；第三是白纺绸围巾。她说同学都有，她不能没有，家树也以为她初上学，不让她丢面子，扫了兴头，都买了。过了两天凤喜又问他要两样东西：一样是自来水笔；一样是玳瑁边眼镜。家树笑道：“英文字母，你还没有认全，要自来水笔做什么？这还罢了，你又不近视，也不远视，好好儿的戴什么眼镜？”凤喜道：“自来水笔，写中国字也是一样使啊。眼镜可以买平光的，不近视也可以戴。”家树笑道：“不用提，又是同学都有，你不能不买了。只要你好好儿的读书，我倒不在乎这个，我就给你买了吧。你同学有的，还有什么你是没有的，索性说出来，我好一块儿办。”凤喜笑道：“有是还有一样，可是我怕你不大赞成。”家树道：“赞成不赞成是另一问题，你且先说出来是什么？”凤喜道：“我瞧同学里面，十个倒有七八个戴了金戒指的，我想也戴一个。”

家树对她脸上望了许久，然后笑道：“你说，应该怎样的戴法？戴错了是要闹出笑话来的。”凤喜道：“这有什么不明白。”说着话，将小指伸将出来，勾了一勾，笑道：“戴在这个手指头上，还有什么错的吗？”家树道：“那是什么意思？你说出来。”凤喜道：“你要我说，我就说吧。那是守独身主义。”家树道：“什么叫守独身主义？”凤喜低了头一跑，跑出房门外去，然后说道：“你不给我买东西也罢，老问什么，问得人怪不好意思的。”家树笑着对沈大娘道：“我这学费总算花得不冤。凤喜念了几天书，居然学得这些法门了。”沈大娘也只说得一句“改良的年头儿嘛”，就嘻嘻的笑了。

次日恰恰是个星期日，家树吃过午饭，便约凤喜一同上街，买了自来水笔和平光眼镜，又到金珠店里，和她买了一个赤金戒指。眼镜她已戴上了，自来水笔，也用笔插来夹在大襟上，只有这个金戒指，她却收在身上，不曾戴上。家树将她送到家，首先便问她这戒指，为什么不戴起来？凤喜和家树在屋子里说话，沈大娘照例是避开的。这时凤喜却拉着家树的手道："你什么都明白，难道这一点事还装糊涂。"说着，就把盛戒指的小盒递给他，将左手直伸到他面前，笑道："给我戴上。"家树笑着答应了一声"是"。左手托着凤喜的手，右手两个指头，钳着戒指，举着问凤喜道："应该哪个指头？"凤喜笑着，就把无名指翘起来，嘴一努道："这个。"家树道："你糊涂，昨儿刚说守独身主义，守独身主义，是戴在无名指上吗？"凤喜道："我明白，你才糊涂。若戴在小指上，我要你给我戴上做什么？"家树拿着她的无名指，将戒指轻轻的向上面套，望着她笑道："这一戴上，你就姓樊了。明白吗？"凤喜使劲将指头向上一伸，把戒指套住，然后抽身一跑，伏在窗前一张小桌上，格格的笑将起来。

家树笑道："别笑别笑，我有几句话问你。你明日上学，同学看见你这戒指，她们要问起你的那人是谁，你怎样答应？"凤喜笑道："我以为是什么要紧的事，你这样很正经的问着，那有什么要紧。我随便答应就是了。"家树道："好！譬如我是你的同学吧，我就问：嘿！密斯沈啊，大喜啊！手上今天添了一个东西了，那人是谁？"凤喜道："那人就是送戒指给我的人。"家树道："你们是怎样认识的？这恋爱的经过，能告诉我们吗？"凤喜道："他是我表兄，我表兄就是他。这样说行不行？"家树笑道："行是行，我怎样又成了你的表哥了。"凤喜道："这样一说，可不就省下许多麻烦。"家树道：“你有表兄没有？”凤喜道：“有哇！可是年纪太小，一百年还差三十岁哩。”家树道：“今天你怎么这样乐？”凤喜道：“我乐啊，你不乐吗？老实对你说吧，我一向是提心吊胆，现在是十分放心了，我怎样不乐呢。”家树见她真情流露，一派天真，也是乐不可支，睡在小木床上，两只脚，直竖起来，架到床横头高栏上去，而且还尽管摇曳不定。沈大娘在隔壁屋子里问道：“你们一回来，直乐到现在，什么可乐的？说给我听听。”凤喜道：“今天先不告诉你，你到明天就知道了。”沈大娘见凤喜高兴到这般样子，料是家树又给了不少的钱，便留家树在这里吃晚饭，亲自到附近馆子去叫了几样菜，只单独的让凤喜一人陪着。家树也觉得话越说越多，吃完晚饭以后，想走几回，复又坐下。最后拿着帽子在手上，还是坐了三十分钟才走。

到了家里，已经十二点多钟了。家树走进房一亮电灯，却见自己写字台上，放着一条小小方块儿的花绸手绢。拿起一嗅，馥郁袭人，这自然是女子之物了。难道是表嫂到我屋子里，遗落在这里的？仔细拿起来一看，那巾角上，却另有红绿线绣的三个英文字母“H.L.N.”。表嫂的姓名是陈惠芳，这三个字母，和那姓名的拼音，差得很远，当然不是她了。既不是她，这屋子里哪有第二个用这花手绢的女子来呢？自己好生不解。这时刘福送茶水进来，笑道：“表少爷！你今天出门的工夫不小了，有一位生客来拜访你哩。”说着，就呈上一张小名片来。家树接过一看，恍然大悟。原来那手绢是这位向不通来往的女宾留下来的，就也视为意外之遇。要知道这是一个什么女子，下回交代。

第六回

无意过香巢伤心致疾　多情证佛果俯首谈经

却说家树见一条绣了英文字的手帕，正疑惑着此物从何而来，及至刘福递上一张小名片，却恍然大悟这是何丽娜的。家树便问她是什么时候来的？刘福道："是七点钟来的。在这里吃过晚饭，就和大爷少奶奶一块儿跳舞去了。"家树道："她又到我屋子里来做什么？"刘福道："她来——表少爷怎样知道了？她说表少爷不在家，就来看看表少爷的屋子，在屋里坐了一会，又翻了一翻书，交给我一张名片，然后才走的。"家树道："翻了一翻书吗？翻的什么书？"刘福道："这可没有留意。大概就是桌上放的书吧。"家树这才注意到桌上的一本红皮书，凤喜的相片，正是夹在这里面的，她要翻了这书，相片就会让她看见的。于是将书一揭，果然相片挪了页数了。原是夹在书中间的，现在夹在封面之下了。这样看来，分明是有人将书页翻动，又把相片拿着看了，好在这位何女士却和本人没甚来往，这相片是谁，她当然也不知道。若是这相片让表嫂看见，那就不免她要仔细盘问的了。而且凤喜的相，又有点和何小姐的相仿佛。她惊异之下，或者要追问起来的，那更是逼着我揭开秘幕了。今天晚上，伯和夫妇跳舞回来，当然是很夜深的了，明天吃早饭的时候，若是表嫂知道的话，少不得相问，明日再看话答话吧。这样想着，就不免拟了一番敷衍的话，预备答复。

可是到了次日，陶太太只说何小姐昨晚是特意来拜访的，不能不回拜，却没有提到别的什么。家树道："我和她们家里并不认识，专去拜访何小姐，不大好，等下个礼拜六，我到北京饭店跳舞厅上去会她吧。"陶太太道："你这未免太看不起女子了。人家专诚来拜访了你，你还不屑去回拜，非等到有顺便的机会不可。"家树笑道："我并不是不屑于去回拜，一个青年男子，无端到人家家里去拜访人家小姐，仔细人家用棍子打了出来。"陶太太道："你不要胡说，人家何小姐家里，是很文明的。况且你也不是没有到过人家家里去拜访小姐的呀。"家树道："哪有这事。"可是也就只能说出这四个字来分辩，不能更说别的了。伯和也对家树说："应该去回拜人家一趟。何小姐家里是很文明的，她有的是男朋友去拜访，决不会尝闭门羹的。"家树被他两人说得软化了，就笑着答应去看何小姐一次。

过了一天，天气很好，本想这天上午去访何小姐的，偏是这一天早上，却来了一封意外的信。信封上的字，写的非常不整齐。下款只署着"内详"，拆开来一看，信上写道：

家树仁弟大人台鉴：

一别芝颜，倏又旬日。敬惟文明进步，公事顺随，为畴为颂。卑人命途不佳，前者患恙，蒙得抬爱，赖已逢凶化吉，现已步履如亘，本当到寓叩谢，又多不便，奈何奈何。敬于月之十日正午，在舍下恭候台光，小酌爽叙，勿却是幸。套言不叙。台安。关寿峰顿首。

这一封信，连别字带欠通，共不过百十个字，却写了三张八行，看那口气，还是在《尺牍大全》上抄了许多下来的。像他那种人，生平也不曾拿几回笔杆，硬凑付了这样一封信出来，看他是有多么诚意。就念着这一点，也不能不去赴约。因此又把去拜访何小姐的原约打消，直向后门关寿峰家来。

一进院子，就见屋子里放了白炉子，煤球正笼着很旺的火，屋檐下放了一张小桌子，上面满放着荤素菜肴。秀姑系了一条围裙，站在桌子边，光了两只溜圆雪白的胳膊，正在切菜。她看见家树进来，笑道："爸爸！樊先生来了。"说着话，菜刀也来不及放下，抢一步，给家树打了帘子。寿峰听说，也由屋子里迎将出来，笑道："我怕你有事，或者来不了，我们姑娘说是只要有信去，你是一定来。真算她猜着了。"说时，便伸手拉着家树的手，笑道："我想在馆子里吃着不恭敬，所以我就买了一点东西，让小女自己做一点家常风味尝尝，你就别谈口味，让我们表表这一点心吧。"家树道："究竟还是关大叔过于客气，实在高兴的时候愿意喝两盅，随便哪一天来遇着就喝，何必还要费上许多事。"寿峰笑道："人有三分口福，似乎都是命里注定的。不瞒你说，这一场大病，是害得我当尽卖光，我哪里还有钱买大鱼大肉去。可巧前天由南方来了一个徒弟，他现在在大学堂里，当了一名拳术教师，混得比我强，看见我穷，就扔下一点零钱给我用，将来或者我也要找他去。"

说着话，秀姑已经进来，抢着拿了一条小褥子，铺在木椅上，让家树坐下。接上就提开水壶进来，沏上一壶茶，茶壶里临时并没有搁下茶叶，想是早已预备好了的了。沏完了茶，她又拿了两支卫生香进来，燃好了，插在桌上的旧铜炉里，一回头，看见茶杯子还空着，却走过来给他斟上一杯茶，笑道：“这是我在胡同口上要来的自来水，你喝一点。”她只说着这话，尽管低了头，家树眼里看见，心里不免盘算：我对这位姑娘，没有丝毫意思，她为什么一见了我，就是如此羞人答答神气？这倒叫我理是不好，不理也是不好了。索性大大方方的，只当自己糊涂，没有懂得她的意思就是了，因此一切不客气，只管开怀和寿峰谈话。

寿峰笑道：“我是个爽快人。老弟！你也是个爽快人，我有几句话，回头要借着酒盖了脸，和你谈谈。”他说到这里，伸着手搔了一搔头，又搓了一搓巴掌，正待接着向下说时，恰好秀姑走了进来，擦抹了桌子，将杯筷摆在桌上。家树一看，只有两副杯筷，便道：“为什么少放一副杯筷？大姑娘不上桌吗？”秀姑听了这话，刚待答言，只是她那脸上的红印儿，先起了一个小酒晕儿。寿峰踌躇着道：“不吧。她得拾掇东西，可是……那又显着见外了。也好，秀姑你把菜全弄好了，一块儿坐着谈谈。你要有事，回头再去也不迟。”秀姑心想，我何尝有事。便随便答应了一声，自去做菜去了。寿峰笑道：“老弟！你瞧我这孩子，真不像一个练把式人养的，我要不是她，我就不成家了。这也叫天无绝人之路。可是往将来说……”外面秀姑炒着菜，正呛着一口油烟，连连咳嗽了几声，接上她隔着窗户笑道：“好在樊先生不算外人，要不然你这样夸奖自己的闺女，给人笑话。”寿峰一听，哈哈大笑，两手向上一举，伸了一个懒腰。

家树见寿峰两只黄皮肤的手臂，筋肉怒张，很有些劲，便问道：“关大叔精神是复原了，但不知道力气怎么样？”寿峰笑道：“老了！本来就没有什么力量，谈不到什么复原。但是真要动起手来，自保总还有余吧。”家树道:“大叔的力量，第一次会面，我就瞻仰过了。除此以外，一定还有别的绝技，可否再让我瞻仰瞻仰。”寿峰笑道:“老弟台！我对你是用不着谦逊的，有是有两手玩艺，无奈家伙都不在手边。”秀姑道:“你就随便来一点儿什么吧。人家樊先生说了，咱们好驳回吗？”寿峰笑道：“既然如此说，我就来找个小玩意吧。你瞧帘子破了，飞进来许多蝇子，我把它们取消吧。”说着，他将桌上的筷子取了一双，倒拿在手里，依然坐下了，等到苍蝇飞过来，他随随便便的将筷子在空中一夹，然后送过来给家树看道：“你瞧，这是什么？”家树看时，只见那筷子头不偏不倚，正正当当，夹住一个小苍蝇。不由得先赞了一声“好”，然后问道：“这虽是小玩艺，却是由大本领练了来的，但不知道大叔是由练哪项本事练出来的？”关寿峰将筷子一松，一个苍蝇落了地，筷子一伸，接着一夹，又来了一个苍蝇。他就是如此一伸一夹，不多久的工夫，家树俯着身子看看寿峰脚下竟有一二十头苍蝇之多，一个个都折了翅膀横倒在地上。

家树鼓了掌笑道：“这不但是看得快，夹得准而已；现在看这蝇子，一个个都死了，足见筷子头上，一样的力到劲到了。”寿峰笑道：“这不过常闹这个玩意，玩得多了，自然熟能生巧，并不算什么功夫，若是一个人夹一只苍蝇都夹不死，那岂不成了笑话吗？”家树道：“我不是奇怪苍蝇夹死了，我只奇怪苍蝇的身体依然完整，不是像平常一巴掌扑了下去，打得血肉模糊的样子。”寿峰笑道:“这一点子事情，你还能论出个道理来，足见你遇事肯留心了。”家树笑道：“这种本领，扩而充之起来，似乎就可以伸手接人家放来的暗器。我们常在小说上，看到什么接镖接箭一类的武艺，大概也是这种手法。”寿峰笑道：“不要谈这个吧，就真有那种本领，现在也没用。谁能跑到阵头上，伸着两手接子弹去？”

秀姑见家树不住的谈到武艺，端了酒菜进来，只是抿嘴微笑。她给寿峰换了一双筷子，自己也就拿了一副杯筷来，放在一边。寿峰让家树上座，父女二人，左右相陪。秀姑先拿了家树面前的酒杯过来，将酒瓶子斟好了一杯酒，然后双手捧着送了过去。家树站起来道：“这样客气，那会让我吃不饱的。大姑娘！你随便吧。”嘴里说着这话，他的视线，就不由得射到秀姑的那双手上。见她的十指虽不是和凤喜那般纤秀，但是一样的细嫩雪白，那十个指头，剪得光光的，露着红玉似的指甲缝，心里便想：他父女意思之间，常表示他这位姑娘能接家传的，现在看她这般嫩手，未必能名副其实。他心里如此想着，当然不免呆了一呆。秀姑连忙缩着手，坐下去了。家树也猛然省悟：她或者误会的。因笑对寿峰道：“大叔的本领，如此了不得，这大姑娘一定也很好了。可是我仔细估量着，是很斯文的，一点看不出来。”寿峰笑道:“斯文吗？你是多夸奖了，这两年大一点，不好意思闹了，早几年她真能在家里飞檐走壁。”家树看了看秀姑的颜色，便笑道：“小时候，谁也是淘气的。说到飞檐走壁，小时候看了北方的小说，总是说着这种事，心里自然是奇怪。自从到了北方之后，我才明白了，原来北方的房屋，盖得既是很低，而且屋瓦都是用泥灰嵌住了的，这要飞檐走壁，并不觉得怎样难了。”秀姑坐在一边，还是抿了嘴微笑。

家树一面吃喝，一面和寿峰父女谈话，不觉到了下午三四点钟。寿峰道：“老弟！今天谈得很痛快，你若是没什么事，就坐到晚上再走吧。”家树因他父女殷勤款待，回去也是无事，就又坐下来。秀姑收了碗筷，擦抹了桌椅，重新沏了茶燃了香，拿了她父亲一件衣服，靠在屋门边一张椅子上坐了缝补，闲听着说话，却不答言。

后来寿峰和家树慢慢的谈到家事，又由家事谈到陶家，家树说表嫂有两个孩子，秀姑便像有点省悟的样子，“哦”了一声道：“那位小姐，在什么学堂里念书？”家树道：“小得很，还不曾上学呢。”秀姑道：“是吗？我从前住在那儿的时候，看见有位十六七岁的小姐，长得很清秀的，天天去上学，那又是谁？”家树笑道：“那是大姑娘弄错了。我表哥今年只二十八岁，哪里有那大的女孩子。”秀姑刚才好像是有一件什么事明白了，听到这里，脸上又罩着了疑幕，看了看父亲，又低头缝衣了。

寿峰见秀姑老不离开，便道：“我还留樊先生坐一会儿呢，你再去上一壶自来水来。”秀姑道：“我早就预备好了，提了一大桶自来水在家里放着呢。”寿峰见秀姑坐着不愿动，这也没有法子，只得由她。家树谈了许久，也曾起身告辞两次，寿峰总是将他留住。一直说到无甚可说了，寿峰才道：“过两天，我再约老弟一个地方喝茶去。天色已晚，我就不强留了。”家树笑着告辞，寿峰送到大门外。只在这个当儿，秀姑一个人在屋子里，连忙包了一个纸包，也跟着到大门口来，对寿峰道：“樊先生走了吗？他借给我的书，我还没有送还他呢。”寿峰道：“他不是回家，雇车要到大喜胡同，还不曾雇好呢。”秀姑赶出门外，家树还在走着，秀姑先笑道：“樊先生！请留步。”家树万不料她又会追出来相送，只得站住了脚问道：“大姑娘！你又要客气。”秀姑笑道：“不是客气，你借给我的几本书，请你带了回去。”说着，就把包好了的书，双手递了过去。家树道：“原来是这个，这很不值什么，你就留下也可以。我这时不回家，留在你这儿，下次我再来带回去吧。”秀姑手里捧了书包，低了头望着手笑道：“你带回去吧，我还做有一点活儿送给你呢。”她说到最后这一句，几乎都听不出是说什么话，只有一点微微的语音而已。家树见她有十分难为情的样子，只得接了过去，笑道："那末我先谢谢了。"秀姑见他已收下，说了一声"再会"，马上掉转身子自回家去。

寿峰道："人家并不是回家去，让人家夹了一包书到处带着，怪不方便的。"秀姑道："你说他是到大喜胡同去，我相信了，我在那地方，遇到他有两三回，有一次，他还同着一个女学生走呢。那是他什么人？"寿峰道："你这是少见多怪了，这年头儿，男女还要是什么人才能够在一处走吗？我今天倒是有意思问问他家中底细，偏是你又在面前，有许多话，我也不好问得。照说他在北京是不会有亲戚的。"

秀姑听父亲说到这里，却避开了。可是她心里未免有点懊悔，早知道父亲今天留着他谈话是有意的，早早避开也好。他究竟是什么意思？今晚便晓得了，也省得我老是惦记。今天这机会错过，又不知道哪一天可以能问到这话了。不过由今天的事看来，很可以证明父亲是有意的。以前怕父亲不赞成的话，却又不成问题了。只是自己亲眼得见家树同了一个女学生在大喜胡同走，那是他什么人？不把这事解释了，心里总觉不安。前后想了两天，这事情总不曾放心得下，仿佛记得那附近有个女学堂，莫非就是那里的学生，我倒要找个机会调查一下。在她如此想着，立刻就觉得要去看看才觉心里安慰，因此对父亲说，有点事要出去，自己却私自到大喜胡同前后来查访，以为或者又可以碰到他二人，当面一招呼，那个女子是谁？他就无可隐藏了。

当秀姑到大喜胡同来查访的时候，恰是事有凑巧，她经过两丛槐树一扇小红门之外，自己觉得这人家别有一种风趣。正呆了一呆，却听得白粉低墙里，有一个男子笑道："我晚上再来吧，趁着今天晚上好月亮，又是槐花香味儿，你把那《汉宫秋》给我弹上一段，行不行？”秀姑听那男子的声音正是樊家树，接上“呀”的一声，那两扇小红门已经开了。待要躲闪，已经来不及。只见家树在前，上次遇到的那个女学生在后，一路走将出来。家树首先叫道：“大姑娘！你怎么走到这里来了？”秀姑还未曾开言，家树又道：“我给你介绍，这是沈大姑娘。”说着将手向身边的凤喜一指，凤喜就走向前，两手握了秀姑一只右手，向她浑身一溜，笑道：“樊先生常说你来的，难得相会，请到家里坐吧。”秀姑听了她的话，一时摸不着头脑，心想她怎么也是称为先生？进去看看也好。于是也笑道：“好吧，我就到府上去看看。樊先生也慢点走，可以吗？”家树道：“当然奉陪。”于是二人笑嘻嘻地把她引进来。沈大娘见是家树让进来的，也就上前招呼。笑着道：“大姑娘！我们这儿，也就像樊先生家里一样，你别客气呀。”秀姑又是一怔，这是什么话？原先在外面屋子里坐着的，后来沈大娘一定把她让进凤喜屋子里，自己却好避到外面屋子里沏茶装糕果碟。

秀姑见这屋子里，陈设得很雅洁，正面墙上，高高的挂了一副镜框子，里面安好了一张放大的半身男相，笑容可掬，蔼然可亲的向着人，那正是樊家树。到了这时，心里禁不住扑通扑通乱跳一阵，把事也猜有个七八成了。再看家树也是毫无忌惮，在这屋子里陪客。沈大娘将茶点送了进来，见秀姑连向相片看了几下，笑道：“你瞧，这相片真像呀！是樊先生今天送来的，才挂上呢！我说这儿像他家里，那是不假啊！咱们亲戚朋友都不多，盼望你以后冲着樊先生的面子，常来啊！他每天都在这里的。”沈大娘这样说上了一套，秀姑脸上，早是红一阵，白一阵，很觉不安的样子。家树一想，她不要误会了，便笑道：“以前我还未曾对关大叔说过北京有亲戚呢，大姑娘回去一说，关大叔大概也要奇怪了。”家树望了秀姑，秀姑向着窗外看看天色，随意的答道：“那有什么奇怪呢？”声音答的细微极了，似乎还带一点颤音。家树也沉默了，无甚可说。还是沈氏母女，问问她的家事，才不寂寞。又约莫坐谈了十分钟，秀姑牵了一牵衣襟，站起来说声再会，便告辞要走。沈氏母女坚留，哪里留得住。

秀姑出得门来，只觉得浑身瘫软，两脚站立不住，只是要沉下去。赶快雇了一辆人力车，一直回家。到了家里，便向床上和衣倒下，扯了被将身子和颈盖住，竟哭起来了。寿峰见女儿回来，脸色已经不对，匆匆的进了卧房，又不曾出来，便站在房门口，先叫了一声，伸头向里一望，只见秀姑横躺在床上，被直拥盖着上半截，下面光着两只叉脚裤子，只管是抖颤个不了。寿峰道：“啊！孩子。你这是怎么了？”接连问了几句，秀姑才在被里缓缓的答应了三个字：“我……病……了。”寿峰道：“我刚刚好，你怎么又病了啊！”说着话，走上前，俯着身子，便伸了一只手，来抚摩她的额角。这一下伸在眼睛边，却摸了一把眼泪。寿峰道：“你头上发着烧呢。摸我这一手的汗，你脱了衣服好好的躺一会儿吧。”秀姑道：“好吧，你到外面去吧。我自己会脱衣服睡的。”寿峰听她说了，就走出房门去。秀姑急急忙忙就脱了长衣和鞋，盖了被睡觉。寿峰站在房门外连叫了几声。秀姑只哼着答应了一声，意思是表明睡了。寿峰听她的话，是果然睡了，也就不再追问。

可是秀姑这一场大睡，睡到晚上点灯以后，还不曾起床，似乎是真病了。寿峰不觉又走进房来，轻轻的问道：“孩子！你身体觉得怎么样？要不然，找一个大夫来瞧瞧吧。”秀姑半晌不曾说话，然后才慢慢的说道：“不要紧的，让我好好的睡一晚晌，明日就会好的。”寿峰道：“你这病来得很奇怪，是在外面染了毒气？还是走多了路，受了累？你在哪儿来，好好的变成这个样子？”秀姑见父亲问到了这话，要说出是到沈家去了，未免显着自己无聊；若不说是到沈家去的，自己又指不出别的地方来，事情更要弄糟。只得假装睡着，没有听见。寿峰叫唤了几声，因她没有答应，就走到外边屋子里去了。

过了一晚，次日一清早，隔壁古庙树上的老鸦，还在呱呱的叫。秀姑已经醒了，就在床上不断的咳嗽。寿峰因为她病了，一晚都不曾睡好。这边一咳嗽,他便问道:“孩子！你身子好些了吗？”秀姑本想不做声，又怕父亲挂记，只得答应道：“现在好了。没有多大的毛病，待一会我就好了。你睡吧，别管我的事。”寿峰听她说话的声音，却也硬朗，不会是有病，也就放心睡了。不料一觉醒来，同院子的人，都已起来了。秀姑关了房门，还是不曾出来。往日这个时候，茶水早都已预备妥当了，今天连煤炉子都没有笼上，一定是秀姑身体很疲弱，不能起来，因也不再言语，自起了床燃着了炉子，去烧茶水。

秀姑这时醒了，听到父亲在自烧茶水，心里很过不去，只得挣扎起来，一手牵了盖在被上的长衣，一手扶着头，在床上伸下两只脚，正待去踏鞋子，只觉头一沉，眼前的桌椅器具，都如风车一般，乱转起来。哼了一声，复又侧身倒在床上。过了许久，慢慢的起来，听到父亲拿了一只面钵子，放在桌上一下响，便叫道：“爸！你歇着吧，我起来了。你要吃什么，让我洗了脸给你做。”寿峰道：“你要是爬不起来，就睡一天吧，我也爱自做自吃。”

当下秀姑赶着将衣穿好，又对镜子拢了一拢头发，对着镜子里自己的影子，仔细看了看，皱了眉，摇摇头，长长的叹了一口气，走出房门来，嘻嘻地笑道："我又没病，不过是昨日跑到天桥去看看有熟人没有，就走累了。"寿峰道："你这傻子，由后门到前门，整个的穿城而过，怎么也不坐车？"秀姑笑道："说出来，你要笑话了，我忘了带钱，身上剩着几个铜子，只回来搭了一截电车。"寿峰道："你就不会雇洋车雇到家再给吗？"秀姑一看屋子外没人，便低声道："自你病后，我什么也没练过，我想先走走道，活动活动，不料走得太猛，可就受累了。"这一声话，寿峰倒也很相信，就不再问。秀姑洗了手脸，自接过面钵，和了面做了一大碗抻面给她父亲吃，自己却只将碗盛了大半碗白面汤，也不上桌，坐在一边，一口一口的呷着。寿峰道："你不吃吗？"秀姑微笑道："起来得晚，先饿一饿吧。"寿峰也未加注意，吃过饭，自出门散步去了。

秀姑一人在家，今天觉得十分烦恼，先倒在床上睡了片刻，哪里睡得着。想到没有梳头，就起来对着镜子梳，原想梳两个髻，梳到中间，觉得费事，只改梳了一条辫子。梳完了头，自己做了一点水泡茶喝，水开了，将茶泡了，只喝了半杯，又不喝了，无聊得很，还是找一点活计做做罢。于是把活计盆拿出来，随便翻了翻，又不知做哪样是好。活计盘子放在腿上，两手倒撑起来托着下颏，发了一会子呆，环境都随着沉寂起来。正在这时，就有一阵轻轻的沉檀香气，透空而来。同时剥剥剥，又有一阵木鱼之声，也由墙那边送过来。这是隔壁一个仁寿寺和尚念经之声呢。

原来这是一所穷苦的老庙，庙里只有一个七十岁的老和尚静觉在里面看守。寿峰闲着无事，也曾和他下围棋散闷。这和尚常说，寿峰父女，脸上总还带有一点刚强之气，劝他们无事念念经，寿峰父女都笑了。和尚因秀姑常送些素菜给他，曾对她说："大姑娘！你为人太实心眼了，心田厚，慧眼浅，是容易招烦恼的。将来有一天发生烦恼的时候，你就来对我实说吧。”秀姑因为这老和尚平常不多说一句话的，就把他这话记在心里，当寿峰生病的时候，秀姑以为用得着老和尚，便去请教他。他说这是愁苦，不是烦恼，好好的伺候你令尊吧，秀姑也就算了。今天行坐不安，大概这可以说是烦恼了。这一阵檀香，和一阵木鱼之声，引起了她记着和尚的话，就放下活计，到隔壁庙里来寻老和尚。

静觉正侧坐在佛案边，敲着木鱼。他一见秀姑，将木鱼棰放下，笑道："姑娘！别慌张，有话慢慢的说。”秀姑并不觉得自己慌张，听他如此说，就放缓了脚步。静觉将秀姑让到左边一个高蒲团上坐了，然后笑道:“你今天忽然到庙里来，是为了那姓樊的事情吗？”秀姑听了，脸色不觉一变，静觉笑道："我早告诉了你，心田厚，慧眼浅，容易生烦恼啊。什么事都是一个缘份，强求不得的，我看他是另有心中人呀！”秀姑听老和尚虽只说几句话，都中了心病，仿佛是亲知亲见一般，不由得毛骨悚然，向静觉跪了下去，垂着泪，低着声道："老师傅你是活菩萨，我愿出家了。”

静觉伸手摸着她的头笑道:“大姑娘！你起来，我慢慢和你说。”秀姑拜了两拜，起来又坐了。静觉微笑道："你不要以为我一口说破你的隐情，你就奇怪。你要知道天下事当局者迷，你由陪令尊上医院到现在，常有个樊少爷来往，街坊谁不知道呢。我在庙外，碰到你送那姓樊的两回，我就明白了。”秀姑道："我以前是错了，我愿跟着老师傅出家。”静觉微笑道："出家两个字，哪里是这样轻轻便便出口的。为了一点不如意的事出家，将来也就可以为了一点得意的事还俗了。我这里有本白话注解的《金刚经》，你可以拿去看看，若有不懂的地方，再来问我。你若细心把这书看上几遍，也许会减少些烦恼的。至于出家的话，年轻人快不要提，免得增加了口孽。你回去吧，这里不是姑娘们来的地方。”

秀姑让老和尚几句话封住了嘴，什么话也不能再说，只得在和尚手里拿了一本《金刚经》回去。到了家里，有如得了什么至宝一般，马上展开书来看，其中有懂的，也有不懂的。不过自己认为这书可以解开烦恼，就不问懂不懂，只管按住头向下看。第一天，寿峰还以为她是看小说，第二天，她偶然将书盖着，露出书面来，却是《金刚经》。便笑道：“谁给你的？你怎么看起这个来了。”秀姑道：“我和隔壁老师傅要来的，要解解烦恼哩。”寿峰道：“什么？你要解解烦恼。”但是秀姑将书展了开来，两只手臂弯了向里，伏在桌上，低着头，口里唧唧哝哝的念着。父亲问她的话，她却不曾听见。寿峰以为妇女们都不免迷信的，也就不多管。可是从这日起，她居然把经文看得有点懂了，把书看出味来，复又在静觉那里，要了两本白话注解的经书来再看。

这一天正午，寿峰不在家，她将静觉送的一尊小铜佛，供在桌子中央，又把小铜香炉放在佛前，燃了一炷佛香，摊开浅注的《妙法莲华经》一页一页的看着。同院子的人，已是上街做买卖去了。妇人们又睡了午觉，屋子里沉寂极了，那瓦檐上的麻雀，下地来找散食吃，却不时的在院子里叫一两声。秀姑一人在屋子里读经，正读得心领神会，忽然有人在院子里咳嗽了一声，接上问道：“大叔在家吗？”秀姑隔着旧竹帘子一看，正是樊家树。便道：“家父不在家。樊先生进来歇一会吗？”家树听说，便自打了帘子进来。

秀姑起身相迎道：“樊先生和家父有约会吗？他可没在家等。”说着话，一看家树穿了一身蓝哔叽的窄小西服，翻领插了一朵红色的鲜花，头发也改变了样子，梳得溜光，配着那白净的面皮，年少了许多。一看之下，马上就低了眼皮。家树道："没有约会，我因到后门来，顺便访大叔谈谈的。"秀姑点了一点头道："哦！我去烧茶。"家树道："不用，不用，我随便谈一谈就走的。上次多谢大姑娘送我一副枕头，绣的竹叶梅花，很好。大概费工夫不少吧？"秀姑道："小事情还谈他做什么。"说着，家树在靠门的一张椅子上坐下。秀姑也就在原地方坐下，低了头将经书翻了两页。家树笑道："这是木版的书，是什么小说？"秀姑低着头摇了一摇道："不是小说，是《莲华经》。"家树道："佛经是深奥的呀！几天不见，大姑娘长进不少。"秀姑道："不算深，这是有白话注解的。"家树走过来，将书拿了去坐下来看，秀姑重燃了一支佛香，还是俯首坐下，却在身边活计盆里，找了一把小剪刀，慢慢的剪着指甲，剪了又看，看了又剪。

这里家树翻了一翻书，便笑道："这佛经果然容易懂，大姑娘有些心得吗？"秀姑道："现在不敢说，将来也许能得些好处的。"家树笑道："姑娘们学佛的，我倒少见。太太老太太们，那就多了。"秀姑微笑道："她们都是修下半辈子，或者修哪辈子的，我可不是那样。"家树道："凡是学一样东西，或者好一样东西，总有一个理由的。大姑娘不是修下半辈子，也不是修哪辈子，为什么呢？"秀姑摇着头道："不为什么，也不修什么。看经就是看经，学佛就是学佛。"

家树听了这话，大觉惊讶，将经书放在桌上，两手一拍道："大姑娘你真长进得快，这不是书上容易看下来的，是哪个高僧高人，点悟了你？我本来也不懂佛学，从前我们学校里请过好和尚讲过经，我听过几回，我知道你的话有来历的。"秀姑道："樊先生！你别夸奖我，这些话，是隔壁老师傅常告诉我的。他说佛家最戒一个

‘贪’字，修下半辈子，或者修哪辈子，那就是贪。所以我不说修什么。”家树道：“大叔也常对我说，隔壁老庙里，有个七十多岁的老和尚，不出外做佛事，不四处化缘，就是他了。我去见见行不行？”秀姑道：“不行！他不见生人的。”家树道：“也是。大姑娘有什么佛经，借两部我看看？”

秀姑是始终低了头修指甲的，这时才抬起头来，向家树一笑道：“我就只有这个，看了还得交还老师傅呢。樊先生上进的人，干吗看这个？”家树道：“这样说，我是与佛无缘的人了。”秀姑不觉又低了头，将经书翻着道：“经文上无非是个空字。看经若是不解透，不如不看。解透了，什么事都成空的，哪里还能做事呢。所以我劝樊先生不要看。”家树道：“这样说，大姑娘是看透了，把什么事都看空了的了。以前没听到大姑娘这样说过呀，何以陡然看空了呢？有什么缘故没有？”家树这一句话，却问到了题目以外。秀姑当着他的面，却答不出来，反疑心他是有意来问的，只望着那佛香上的烟，卷着圈圈，慢慢向上升，发了呆。家树见她不作声，也觉问得唐突。正在懊悔之际，忽然秀姑笑着向外一指道：“你听，这就是缘故了。”要知道她让家树听些什么，下回交代。

第七回

值得忘忧心头天上曲　未免遗憾局外画中人

却说家树质问秀姑何以她突然学佛悟道起来，秀姑对于此点，一时正也难于解答。正在踌躇之间，恰好隔壁古庙里，又剥剥剥，发出那木鱼之声。因指着墙外笑道："你听听那隔壁的木鱼响，还不够引起人家学佛的念头吗？"家树觉得她这话，很有些勉强，但是人家只是这样说的，不能说她是假话。因笑道："果然如此，大姑娘，真算是个有悟性的人了。"说毕微微的笑了一笑。秀姑看他那神情，似乎有些不相信的样子，因笑道："人的心事，那是很难说的。"只说了这一句，她又低了头去翻经书了。

家树半晌没有说话，秀姑也就半晌没有抬头。家树咳嗽了两声，又掏身上的手绢擦了一擦脸问道："大叔回来时候，是说不定的了？"秀姑道："可不是。"家树望了一望帘子外的天色，又坐了一会，因道："大叔既是不知道什么时候能回来，我也不必在这里等。他回来的时候，请你说上一句，他若有工夫，请他打个电话给我，将来我们约一个日子谈一谈。"秀姑道："樊先生不多坐一会儿吗？"家树沉吟了一下子，见秀姑还是低头坐在那里，便道："不坐了，等哪天大叔在家的时候再来畅谈吧。”说毕，起身自打帘子出来，秀姑只掀了帘子伸着半截身子出来，就不再送了。家树也觉得十分的心灰意懒，她淡淡的招待，也就不能怪她。走出她的大门，到了胡同中间，再回头一看，只见秀姑站在门边，手扶了门框，正向这边呆呆的望着。家树回望时，她身子向后一缩，就不见了。家树站在胡同里也呆了一呆，回身一转，走了几步，又停住了。还是胡同口上，放着一辆人力车，问了一声“要车吗”，这才把家树惊悟了，就坐了那辆车子到大喜胡同来。

家树一到大喜胡同，凤喜由屋里迎到院子里来，笑道：“我早下课回来了，在家里老等着你，我想出去玩玩，你怎么这时候才来？”说时，她便牵了家树的手向屋里拉。家树道：“不行，我今天心里有点烦恼。懒得出去玩。”凤喜也不理会，把他拉到屋里，将他引到窗前桌子边，按了他对着镜子坐下，拿了一把梳子来，就要向家树头上来梳。家树在镜子里看得清楚，连忙用手向后一拦，笑道：“别闹了，别闹了！再要梳光些，成了女人的头了。”凤喜道：“要是不梳，索性让它蓬着倒没有什么关系；若是梳光了，又乱着一绺头发，那就寒碜。”家树笑道：“若是那样说，我明天还是让它乱蓬蓬的吧。我觉得是那样子省事多了。”说时，抬起左手在桌上撑着头。

凤喜向着镜子里笑道：“怎么了！你瞧这个人，两条眉毛，差不多皱到一块儿去了。今天你有什么事那样不顺心，能不能告诉我？”家树道：“心里有点不痛快倒是事实，可是这件事，又和我毫不相干。”凤喜道：“你这是什么话？既是不相干，你凭什么要为它不痛快？”家树道：“说出来了，你也要奇怪的。上次到我们这里来的那个关家大姑娘，现在她忽然念经学佛起来了。看那意思是要出家哩。一个很好的人，这样一来，不就毁了吗？”凤喜道：“那她为着什么？家事麻烦吗？怪不得上次她到我们家里来，是满面愁容了。可是这也碍不着你什么事，你干吗‘听评书吊泪，替古人担忧’？”家树笑道：“我自己也是如此说呀。可是我为着这事，总觉心里不安似的，你说怪不怪？”凤喜道：“那有什么可怪。我瞧你们的感情，也怪不错的啊。”家树道：“我和她父亲是朋友，和她有什么怪不错！”凤喜向镜子里一撇嘴道：“你知道不知道，那是一个大大的好人。”家树也就向着镜子笑了。

凤喜将家树的头发梳光滑了，便笑道：“我是想你带我出去玩儿的，既是你不高兴，我就不说了。”家树道：“不是我不高兴，我总怕遇着了人。你再等个周年半载的，让我把这事通知了家里，以后你爱上哪里，我就陪你到哪里。你不知道，这两天我表哥表嫂正在侦探我的行动呢。我也只当不知道，照常的出门，出门的时候，我不是到什么大学里去找朋友，就是到他们常去的地方去，回家的时候，我又绕了道雇车回去，让听差去给车钱。他们调查了我两个礼拜了，还没有把我的行踪调查出来，大概他们也有些纳闷了。”凤喜道：“他们是亲戚，你的事他们管得着吗？”家树道：“管是他们管不着，但是他们给我家里去一封信，这总禁他不住。在我还没有通知家里以前，家里先知道了这事，那岂不是一个麻烦！至少也得断了我们的接济，我到哪里再找钱花去？”

凤喜还不曾答话，沈大娘在外面屋子里就答起话来。因道：“这话对了。这件事总得慢慢儿的商量。现在只要你把书念的好好儿的，让大爷乐了，你的终身大事那就是铜打铁铸的了。”家树笑道：“你这话像有点儿不大相信我吧？要照你这话说，难道她不把书念得好好的，我就会变心吗？”沈大娘也没答应什么，就跟着进来，对家树眨了一眨眼，又笑了一笑。凤喜向家树笑道：“傻瓜！妈把话吓我，怕我不用功呢！你再跟着她的话音一转，你瞧我要怎么样害怕！”家树听她如此说，架了两只脚坐着，在下面的一只脚，却连连的拍着地作响，两手环抱了胸前，头只管望着自己的半身大相片微笑。

凤喜将手拍了他肩上一下，笑道：“瞧你这样子，又不准在生什么小心眼儿呢！你瞧你望着你自己的相。”家树笑道：“你猜猜，我现在是想什么心事？”凤喜道：“那我有什么猜不出的，你的意思说，这个人长的不错，要找一个好好儿的姑娘来配他才对，是不是？”家树笑道：“你猜是猜着了，可是只猜着一半。我的意思，好好儿的姑娘是找着了，可不知道这好好儿的姑娘，能不能够始终相信他。”凤喜将脸一沉道：“你这是真话呢，还是闹着玩儿的呢？难道说你一直到现在，你对于我还不大放心吗？”家树微笑道：“别急呀，有理慢慢讲呀！”凤喜道：“凭你说这话，我非得把心挖出来给你看不可。你想，别说我，就是我妈，就是我叔叔，他们哪一天不念你几声儿好！再要说他们有三心二意，除非叫他们供你的长生禄位牌子了。”家树见她脸上红红的，腮帮子微微的鼓着，眼皮下垂，越是显出那黑而且长的睫毛，这一种含娇微嗔的样子，又是一种形容不出来的美。因握了她一只手道：“这是我一句笑话，你为什么认真呢？”凤喜却是垂头不作声。

这个时候，沈大娘已是早走了。向来家树一和凤喜说笑，她就避开的。家树见她还有生气的样子，将她的手放了，就要去放下门帘子。凤喜笑着一把拉住他的手道：“干嘛？门帘子挂着，碍你什么事！”家树笑道：“给你放下来，不好吗？”凤喜索性将那一只手，也拉住了他的手，微瞪着眼道：“好好儿的说着话，你又要作怪。”家树道:“你还生气不生气呢?”凤喜想了一想,笑道:“我不生气了,你也别闹了,行不行?”家树笑道:“行!那你要把月琴拿来,唱一段儿给我听听。”凤喜道:“唱一段倒可以,可是你要规规矩矩的,像上次那样在月亮底下弹琴,你一高兴了,你就胡来。”家树笑道:“那也不算胡来啊。既是你声明在先,我就让你好好的弹上一段。”凤喜听说,果然洗了一把手,将壁上挂的月琴取了下来,对着家树而坐,就弹了一段《四季相思》。

家树道:“你干嘛只弹不唱?”凤喜笑道:“这词儿文绉绉的,我不大懂,我不愿意唱。”家树道:“你既是不愿唱,你干吗又弹这个呢?”凤喜道:“我听到你说,这个调子好,简直是天上有,地下无,所以我就巴巴的叫我叔叔教我。我叔叔说这是一个不时兴的调子,好多年没有弹过,他也忘了。他想了两天,又去问了人,才把词儿也抄来了。我等你不在这儿的时候,我才跟我叔叔学,昨天才刚刚学会,你爱听这个的,你听听我弹得怎样,有你从前听的那样好吗?”家树笑道:“我从前听的是唱,并不是弹。你要我说,我也说不出一个所以然来。”凤喜笑道:“干脆!你就是要我唱上一段罢了,那末你听着。”于是侧着身子,将弦子调了一调,又回转头来向家树微微一笑,这才弹唱起来。

家树向着她微笑,连鼻息的声音几乎都没有了。一直让凤喜弹唱完了,连连点头道:“你真聪明。不但唱得好,而且是体贴入微哩。”凤喜将月琴向墙上一挂,然后靠了墙一伸懒腰,向着家树微笑道:“怎么样?”家树也是望了她微笑,半晌作声不得。凤喜道:“你为什么不说话了?”家树道:“这个调子,我倒是吹得来。哪一天,我带了我那支洞箫来,你来唱,我来吹,看我们合得上合不上。刚才我一听你唱,想起从前所唱的词儿,未尝不是和你一样,可是就没有你唱得这样好听，我想想这缘故也不知在什么地方，所以我就出了神了。”凤喜笑道：“你这人……唉！真够淘气的，一会儿惹我生气，一会儿又引着我要笑，我真佩服你的本事就是了。”家树见她举止动作，无一不动人怜爱，把刚才在关家感到的烦闷，就完全取消了。

家树这天在沈家，谈到吃了晚饭回去。到家之后，见上房电灯通亮，料是伯和夫妇都在家里，帽子也不曾取下，就一直走到上房里来。伯和手里捧了一份晚报，衔着半截雪茄，躺在沙发上看。看见家树进门，将报向下一放，微笑了一笑，又两手将报举了起来，挡住了他的脸。家树只看到一阵一阵的浓烟，由报纸里直冒将出来，他手里捧的报纸，也是不住的震动着，似乎笑得浑身颤动哩。家树低头一看身上，领孔里正插着一朵鲜红的花，连忙将花取了下来，握在手心里。恰好这个时候，陶太太正一掀门帘子走出来，笑道：“不要藏着，我已经看见了。”家树只得将花朵摔在痰盂里。笑道：“我越是做贼心虚，越是会破案。这是什么道理？”陶太太笑道：“也没有哪个管那种闲事。要破你的案，我所不明白的，就是我们正正经经，给你介绍，你倒毫不在乎的，爱理不理，可是背着我们，你两人怎样又好到这般田地。”家树笑道：“表嫂这话，说得我不很明白，你和我介绍谁了？”陶太太笑道：“咦！你还装傻，我对于何小姐，是怎样的介绍给你，你总是落落难合，不屑和她做朋友。原来你私下却和她要好得厉害。”家树这才明白，原来她说的是何丽娜，把心里一块石头放下，因笑道：“表嫂你说这话，有什么证据吗？”陶太太道：“有有有，可是要拿出来了，你怎样答复？”家树笑道：“拿出来了，我赔个不是。”伯和脸藏在报里笑道：“你又没得罪我们，要赔什么不是？”家树道：“那末，做个小东吧。”陶太太道：“这倒像话。可是你一人做东不行，你们是双请，我们是双到。”家树笑道：“无论什么条件，我都接受，反正我自信你们拿不出我什么证据。”

当下陶太太也不作声，却在怀里轻轻一掏，掏出一张相片来向家树面前一伸，笑道：“这是谁啊？”家树看时，是凤喜新照的一张相片。这照片是凤喜剪发的那天照的，说是做为一种纪念品，送给家树，这相片和何丽娜的相，更相像了。因笑道：“这不是何小姐。”陶太太道：“不是何小姐是谁？你说出来，难道我和她这样好的朋友，她的相我都看不出来吗？”家树只是笑着说不是何小姐，可又说不出来这人是谁。陶太太笑道：“这样一来，我们可冤枉了一个人了。我从前以为你意中人是那关家姑娘，我想那倒不大方便，大家同住在一所胡同里，贫富当然是没有什么关系，只是那关老头子，刘福也认得，说是在天桥练把式的，让人家知道了，却不大好，后来他们搬走了，我们才将信将疑。直到于今，这疑团算是解决了。”家树道：“我早也就和他们叫冤了。我就疑心他们搬得太奇怪哩！”伯和将报放下，坐了起来笑道：“你可不要疑心是我们轰他走的。不过我让刘福到那大杂院里去打听过两回，那老头子倒一气跑了。”陶太太道：“不说这个了，我们还是讨论这相片吧。家树！你实说不实说？”家树这真为难起来了，要说是何小姐，那如何赖得上；要说是凤喜的，这事说破，恐怕麻烦更大。沉吟了一会，笑着：“你们有了真凭实据，我也赖不了。其实不是何小姐送我的，是我在照相馆里看见，出钱买了来的。这事做得不很大方的，请你二位千万不要告诉何小姐。不然我可要得罪一位朋友了。”伯和夫妇还没有答应，刘福正好进来说：“何小姐来了。”家树一听这话，不免是一怔。

就在这时，听到石阶上咯噔咯噔一阵皮鞋响声，接上娇滴滴有人笑着说一声“赶晚饭的客来了”，帘子一掀，何丽娜进来。她今天只穿了一件窄小的芽黄色绸旗衫，额发束着一串珠压发，斜插了一枝西班牙硬壳扇面牌花，身上披了一件大大的西班牙的红花披巾，四围垂着很长的穗子，真是活泼泼地。她一进门，和大家一鞠躬，笑道：“大家都在这里，大概刚刚吃过晚饭吧。我算没有赶上了。”说着话，背立着挨了一张沙发，胸面前握着披巾角的手一松，那围巾就在身后溜了下来，一齐堆在沙发上。

原来家树坐的地方正和这张沙发邻近，此刻只觉一阵阵的脂粉香气袭人鼻端。只在这时候，就不由得向何丽娜浑身上下打量了一番。当他的目光这样一闪时，伯和的眼光也就跟着他一闪。何丽娜似乎也就感觉到一点，因向陶太太道：“这件衣服不是新做的，有半年不曾穿了，你看很合身材吗？”陶太太对着她浑身上下，又看了一看，抿嘴笑了一笑，点点头道：“看不出是旧制的。这种衣服照相，非站在黑幕之前不可，你说是吗？”问着这话，又不由得看了家树一眼。家树通身发着热，一直要向脸上烘托出来，随手将伯和手上的晚报接了过来，也躺在沙发上捧着看。何丽娜道：“除了团体而外，我有许多时候没有照过相了。”陶太太顿了一顿，然后笑道：“何小姐！你到我屋子里来，我给你一样东西看。”于是手拉着何小姐一同到屋子里去。

到了屋里，手拉着手，一同挤在一张椅子上坐了，微微一笑道：“你可别多心，我拿一样东西给你瞧。”于是头偏着靠在何丽娜的肩上，将那张相片掏了出来，托在手掌给她看，问道：“你猜猜这张相片，我是从哪里得来的？”她正心里奇怪着，何以他们三人，对于我是这样。莫非就为的是这张相片？由此联想到上次在家树书夹里看到的那张相，心里就明白了一大半。因微笑道："我知道你是在哪里得来的。"陶太太伸过一只胳膊，抱住她的腰，更觉得亲密了。笑道："亲爱的！能不能照着样子送我一张呢？"何丽娜将相片拿起来看了一看，笑道："你这张相片，从哪里来的，我很知道，但是……"陶太太道："这用不着像外交家加什么但是的。你知道那就行了。不过他说，他是在照相馆里买来的，我认为这事不对。他要是真话，私下买女朋友的相片，是何居心？他要是假话呢，你送了他宝贵的东西，他还不见情，更不好了。"何丽娜笑道，"我的太太！你虽然很会说话，但是我没什么可说，你也引不出来的。这张相片的事，我实在不大明白。你若是真要问个清清楚楚，最好你还是去问樊先生自己吧。他若肯说实话，你就知道关于我是怎样不相干了。"陶太太原猜何小姐或者不得已而承认，或者给一个硬不知道。现在她说知是知道，可是与她无关，那一种淡淡的样子，果然另有内幕。何小姐虽是极开通的人，不过事涉爱情，这其间谁也难免有不可告人之隐。便笑道："哟！一张相片，也极其简单的事啊。还另有周折吗？那我就不说了。"当时陶太太一笑了之，不肯将何小姐弄得太为难了。何丽娜站起来，又向着陶太太微笑一下，就大着声音说道："过几天也许你就明白了。"

何丽娜说毕走出房来，只见家树欠着身子勉强笑着，似乎有很难为情的样子。何丽娜道："密斯脱樊！也新改了西装了。"家树明知道她是因无话可说，信口找了一个问题来讨论的，这就不答复也没有什么关系。不过自己不答复，也是感到无话可说。便笑道："屡次要去跳舞，不都是为着没有西装没有去吗？我是特意做了西装预备跳舞用的。"何丽娜笑道："好极了！我正是来邀陶先生陶太太去跳舞的，那末密斯脱樊！可以和我们一路去的了。”家树道：“还是不行，我只有便服，诸位是非北京饭店不可的，我临时做晚礼服，可有些来不及呀。”何丽娜道：“虽然那里跳舞，要守些规矩，但是也不一定的。”家树摇了摇头，笑道：“明知道是不合规矩，何必一定要去犯规矩呢？”何丽娜于是掉转脸来对陶太太道：“好久没有到那三星饭店去过，我们今晚上改到三星饭店去，好吗？”陶太太听说，望了伯和，伯和口里衔着雪茄，两手互抱着在怀里，又望着家树，家树却偏过头去，看着壁上的挂钟道：“还只九点钟，现在还不到跳舞的时候吧。”伯和于是对着夫人道：“你对于何小姐的建议如何？到三星去也好，也可以给表弟一种便利。”家树正待说下去，陶太太笑道：“你再要说下去，不但对不起何小姐，连我们也对不起了。”家树一想，何小姐对自己非常客气，自己老是不给人家一点面子，也不大好，便笑道：“我虽不会跳舞，陪着去看看也好。”

于是大家又闲谈了一会，出大门的时候，两辆汽车，都停在石阶下，伯和夫妇前面走上了自己的汽车，开着就走了。石阶上剩了家树和何丽娜。家树还不曾说话时，何丽娜就先说了：“密斯脱樊！我是一辆破车，委屈一点，就坐我的破车去吧。”家树因她已经说明白了，不能再有所推诿，就和她一同坐上车子。

在车上，家树侧了身子靠在车角上，中间椅垫上，和何丽娜倒相距着尺来宽的空地位。何丽娜一人先微笑了一笑，然后望了家树一眼，才笑道：“我有一句冒昧的话，要问一问密斯脱樊，上次我到宝斋去，看见一张留发女郎的相片，很有些和我同样，今天陶太太又拿了一张剪发女郎的相片给我看，更和我像得很了。陶太太她不问青红皂白，指定了那相片就是我。”家树笑道：“这事真对何小姐不住。”何丽娜道：“为什么对我不住呢？难道我还不许贵友和我相像吗？”家树笑道：“因……为……”何丽娜道：“不要紧的，陶太太和我说的话，我只当是一幕趣剧，倒误会的有味哩。但不知这两个女孩，是不是姊妹一对呢？”家树道：“原是一个人。不过一张相是未剪发时所照，一张是剪了发照的。”何丽娜道：“现在在哪个学校呢？比我年轻得多呢！”家树笑了一笑，何丽娜道：“有这样漂亮的女朋友，怎么不给我们介绍呢？这样漂亮的小姑娘，我没有看见过呀。”家树笑道：“本来有些像何小姐么。”何丽娜将脚在车垫上连顿了两顿，笑道：“你瞧，我只管客气，忘了人家和我是有些同样的了。好在这只是当了密斯脱樊说，知道我是赞美贵友的，若是对了别人说，岂不是自夸自吗？”家树待要再说什么时，汽车已停在三星饭店门口了。

当下二人将这话搁下，一同进舞厅去。这时，伯和夫妇已是要了饮料，在很重要的座位等候了。他们进来，伯和夫妇让座，那眉宇之间，益发的有些喜气洋洋了。何丽娜只当不知道一样，还是照常的和家树谈话。家树却是受了一层拘束，人家提一句，才答应一句。不多一会的工夫，音乐奏起来了，伯和便和何丽娜一同去跳舞。

家树是不会跳舞的，陶太太又没有得着舞伴，两人只坐着喝柠檬水。陶太太望着正跳舞的何小姐，却对家树道：“你瞧了看，这舞场里的女子，有比她再美的没有？”家树道：“何小姐果然是美，但是把她来比下一切，我却不敢下这种断语。”陶太太道：“情人眼里出西施，你单就你说，你看她是不是比谁都美些呢？”家树笑道：“‘情人’这两个字，我是不敢领受的。关于相片这一件事，过几天你也许就明白了。”陶太太笑道：“好！你们在汽车上已经商量好了口供了，把我们瞒得死死的，将来若有用我们的地方，也能这样吗？我没有别的法子报复你，将来我要办什么事，我对你也是瞒得死死的。那个时候，你要明白，我才不给你明白呢。”家树只是喝着水，一言不发。

伯和同何丽娜舞罢下来，一同归了座。何丽娜见陶太太笑嘻嘻的样子，便道：“关于那张相片的事，陶太太问明白了樊先生吗？”家树不料她当面锣对面鼓的就问起这话来，将一手扶了额头，微抵着下唇，只等她们宣布此事的内容。陶太太道：“始终没有明白，他说过几天我就明白了。”何丽娜道：“我实说了吧，这件事连我还只明白过来一个钟头。两个钟头以前，我和陶太太一样，也是不明白呢。”家树真急了，情不自禁的就用右手轻轻的在桌子下面敲了她一下，伯和道：“这话靠不住的，这是刚才二位同车的时候，商量好了的话呢！”何丽娜笑道：“实说就实说吧，是我新得的相片，送了一张给他，至于为什么……”伯和夫妇就笑着同时说：“只要你这样说那就行了。至于为什么，不必说，我们都明白的。”何小姐见他们越说越误会，只好不说了。

这时候乐队又奏起乐来了，伯和因他夫人找不着舞伴，就和他夫人去跳舞。何丽娜笑着对家树道：“你为什么不让我把实话说出来？”家树道：“自然是有点原故的。但是我一定要让密斯何明白。”何丽娜笑道：“你以为我现在并不明白吗？”说着，她将桌上花瓶子里的花枝，折了一小朵，两个手指头，拈着长花蒂儿，向鼻子尖上嗅了一嗅，眼睛皮低着，两腮上和凤喜一般，有两个小酒窝儿闪动着。家树却无故的噗嗤一笑，何丽娜更是笑得厉害，左手掏出花绸手绢来，握着脸伏在桌上。陶太太看到他两人笑成那样子，也不跳舞了，就和伯和一同回座。家树道：“你二位怎么舞得半途而废呢？”陶太太道：“我看你二人谈得如此有趣，我要来看看，你究竟有什么事这样好笑。”何丽娜只向伯和夫妇微笑，说不出所以然来。家树也是一样,不答一词。伯和夫妇心里都默契了，也是彼此微笑了一笑。

家树因不会跳舞，坐久了究竟感不到趣味，便对伯和道：“怎么办？我又要先走了。”伯和道:“你要走,你就请便吧。”陶太太道:“时候不早了，难道你雇洋车回去吗？”何丽娜道:“已经两点钟了，我也可以走了，我把车子送密斯脱樊回去吧。”她说了这话，已是站起身来和伯和道着“再见”。家树就不能再说不回去的话，大家到储衣室里取了衣帽，一路同出大门，同上汽车。

这时大街上，铺户一齐都已上门，直条条的大马路，却是静荡荡的，一点声息也没有。汽车在街上飞驶着，只觉街旁的电灯，排班一般，一颗一颗，向车后飞跃而去，偶然对面也有一辆汽车老远的射着灯光飞驰而来，喇叭呜呜几声过去了，此外街上什么也不看见。汽车转过了大街,走进小胡同,更不见有什么踪影和声音了。家树因对何丽娜道：“我们这汽车走胡同里经过，要惊破人家多少好梦。跳舞场上沉醉的人，也和抽大烟的人差不多，人家睡得正酣的时候，他们正是兴高采烈，又吃又喝，等到他们兴尽回家，上床安歇，那就别人上学的应该上学，做事的应该做事了。”何丽娜只是听他的批评,一点也不回驳。汽车开到了陶家门首,家树下车,不觉信口说了一句客气话：“明天见。”何丽娜也就笑着点头答应了一句“明天见”。

家树从来没有睡过如此晚的，因此一回屋里就睡了。伯和夫妇却一直到早晨四点钟才回家。次日上午，家树醒来，已是快十二点了。又等了一个多钟头，伯和夫妇才起。吃过早饭，走到院子里，只见那东边白粉墙上，一片金黄色的日光，映着大半边花影，可想日色偏西了。家树本想就出去看凤喜，因为昨天的马脚，露得太明显了，先且在屋子里看了几页书，直等伯和上衙门去了，陶太太也上公园去了，料着他们不会猜自己会出门的，这才手上拿了帽子，背在身后，当是散步一般，慢慢的走了出门。

走到胡同里，抬头一看天上，只见几只零落的飞鸟，正背着天上的残霞，悠然一瞥的飞了过去。再看电灯杆上，已经是亮了灯了。于是雇了一辆人力车，一直就向大喜胡同来。见了凤喜，先道："今天真来晚了。可是在我还算上午呢。"凤喜道："你睡得很晚，刚起来吗？昨天干嘛去了？"家树道："我表哥表嫂，拉着我跳舞去了。我又不会这个，在饭店里白熬了一宿。"凤喜道："听说跳舞的地方，随便就可以搂着人家大姑娘跳舞的。当爷们的人，真占便宜！你说你不会跳舞，我才不相信呢。你看见人家都搂着一个女的，你就不馋吗？"家树笑道："我这话说得你未必相信。我觉得男女交际，要秘密一点，才有趣味的。跳舞场上，当着许多人，甚至于当着人家的丈夫，搂着那女子，还能引起什么邪念！"凤喜道："你说得那样大方，哪天也带我瞧瞧去，行不行？"家树道："去是可以去的，可是我总怕碰到熟人。"

凤喜一听说，向一张藤椅子上一坐，两手十指交叉着，放在胸前，低了头，噘着嘴。家树笑着将手去摸她的脸，她一偏头道："别哄我了，老是这样做贼似的，哪儿也去不得，什么时候是出头年？和人家小姐跳舞，倒不怕人，和我出去，倒要怕人。"家树被她这样一逼，逼得真无话可说了。便笑道："这也值不得生这么大气，我就陪你去一回得了。那可是要好晚才能回来的。"凤喜道："我倒不一定要去看跳舞，我就是嫌你老是这样藏藏躲躲的，我心里不安，连我一家子也心里不安，因为你不肯说出来，我也不让我妈到处说。可是亲戚朋友陡然看见，我们家变了个样子，保不定猜我干了什么坏事哩。”家树道：“为了这事，我也对你说过多次了，先等周年半载再说，各人有各人的困难，你总要原谅我才好。”凤喜索性一句话不说，倒到床上去睡了。家树百般解释，总是无效，他也急了，拿起一个茶杯子，啪的一声，就向地下一砸。凤喜真不料他如此，倒吃了一惊，便抓着他的手，连问：“怎么了？”几乎要哭出声来。要知家树如何回答，下回交代。

第八回

谢舞有深心请看绣履　行歌增别恨拨断离弦

却说凤喜正向家树撒娇，家树突然将一只茶杯拿起，啪的一声，向地下一砸，这一下子，真把凤喜吓着了。家树却握了她的手道："你不要误会了，我不是生气。因为随便怎样解说，你也不相信，现在我把茶杯子摔一个给你看，我要是靠了几个臭钱，不过是戏弄你，并没有真心，那末，我就像这茶杯子一样。"凤喜原不知道怎样是好，现在听家树所说，不过是起誓，一想自己逼人太甚，实是自己不好，倒"哇"的一声哭了。

沈大娘在外面屋子里，先听到打碎一样东西，砸了一下响，已经不免发怔。正待进房去劝解几句，接上又听得凤喜哭了，这就知道他们是事情弄僵了。连忙就跑了进来，笑道："怎么了？刚才还说得好好儿的，这一会子工夫，怎么就恼了？"家树道："并没有恼。我扔了一个茶杯，她倒吓哭了。你瞧怪不怪？"沈大娘道："本来她就舍不得乱扔东西的，你买的这茶杯子，她又真爱，别说她，就是我也怪心疼的。你再要摔一个，我也得哭了。"说着放大声音，打了一个哈哈。凤喜一个翻身坐了起来，噘着嘴道：

"人家心里都烦死了，你还乐呢。"沈大娘笑道："我不乐怎么着？为了一只茶杯，还得娘儿俩抱头痛哭一场吗？"说着又一拍手，哈哈大笑的走开。

沈大娘走后，家树拉着凤喜的手，也就同坐在床上，笑问道："从今以后，你不至于不相信我了吧？"凤喜道："都是你自己生疑心，我几时这样说过呢？"一面说着，一面走下地来，蹲下身子去捡那打破了的碎瓷片。家树道："这哪里用得着拿手去捡。拿一把扫帚，随便扫一扫得了。你这样仔细割了你的手。"凤喜道："割了手，活该！那关你什么事？"家树道："不关我什么事吗？能说不关我什么事吗？"说着，两手搀着凤喜，就让她站起来。凤喜手上，正拿了许多碎瓷片，给家树一拉，一松手又扔到地上来，啪的一声响，沈大娘"哎哟"了一声，然后跑了进来道："怎么着，又揍了一个吗？可别跟不会说话的东西生气！我真急了，要是这样，我就先得哭。"一面说着，一面走进来，见还是那些碎瓷片，便道："怎么回事，没有揍吗？"凤喜道："你找个扫帚，把这些碎瓷片扫了去吧。"沈大娘看他们的面色，不是先前那气鼓鼓的样子，便找了扫帚，将瓷片儿扫了出去。家树道："你看你母亲，面子上是勉强的笑着，其实她心里难过极了。以后你还是别生气吧。"凤喜道："闹了这么久，到底还是我生气？"家树道："只要你不生气，那就好办。"于是将手拍了凤喜的肩膀，笑道："得！今天算我冒昧一点，把你得罪了，以后我遇事总是好好儿的说，你别见怪。"口里说着，手就扑扑扑的响，只管在她肩上拍着。

当下凤喜站起身来，对了镜子慢慢的理着鬓发，一句声也不作；又找了手巾，对了镜子揩了一揩脸上的泪容，再又扑了一扑粉。家树见着，不由得噗嗤一笑。凤喜道："你笑什么？"家树道："我想起了一桩事，自己也解答不过来。就是这胭脂粉，为什么只许女子搽，不许男子搽呢？而且女子总说不愿人家看她的呢。既是不愿人家看她，为什么又为了好看来搽粉呢？难道说搽了粉让自己看吗？”凤喜听说，将手上的粉扑遥遥的向桌上粉缸里一抛，对家树道：“你既是这样说，我就不搽粉了。可是我这两盒香粉，也不知道是哪只小狗给我买回来的。你先别问搽粉的，你还是问那买粉的去吧。”家树听说，向前一迎，刚要走近凤喜的身旁，凤喜却向旁边一闪，口里说着，头一偏道：“别又来哄人。”家树不料她有此一着，身子向壁上一碰，碰得悬的大镜子向下一落，幸而镜子后面有绳子拴着的，不曾落到地上。凤喜连忙两手将家树一扶，笑道：“碰着了没有？吓我一跳。”说着，又回转一只手去，连连拍了几下胸口。家树道：“你不是不让我亲热你吗？怎样又来扶着我呢？”说时望了她的脸，看她怎样回答这一句不易回答的话。凤喜道：“我和你有什么仇恨，见你要摔倒，我都不顾？”家树笑道：“这样说，你还是愿意我亲近的了。”凤喜被他一句话说破，索性伏到小桌上，格格的笑将起来。这样一来，刚才两人所起的一段交涉，总算烟消云散。

家树因昨晚上没有睡得好，也没有在凤喜这里吃晚饭，就回去了。到了陶家，刚一坐下，就来了电话。一接话时，是何丽娜打来的。她先开口说：“怎么样？要失信吗？”家树摸不着头脑，因道：“请你告诉我吧，我预约了什么事？一时我记不起来。”何丽娜道：“昨天你下车的时候，你不是对我说了今天见吗？这有多久的时候，就全忘了吗？”家树这才想起来了，昨日临别之时，对她说了一句“明天见”，当时极随便的一句敷衍话，不料她倒认为事实。她一个善于交际的人，难道这样一句客气话，她都会不知道吗？不过她既问起来，自己总不便说那原来是随便说的。因道："不能忘记，我在家里正等密斯何的电话呢！"何丽娜道："那末我请你看电影吧。我先到'平安'去，买了票，放在门口，你只一提到我，茶房就会告诉你我在哪里了。"家树以为她总会约着去看跳舞的，不料她又改约了看电影。不过这倒比较合意一点，省得到跳舞场里去，坐着做呆子，就在电话里答应了准来。

家树是在客厅里接的电话，以为伯和夫妇总不会知道。刚走进房去，只听到陶太太在走廊上笑道："开演的时候，也就快到了，还在家里做什么。我把车子先送你去吧！"家树笑道："你们的消息真灵通。何小姐约我看电影，你们怎样又知道了？"陶太太道："对不住，你们在前面说话，我在后面安上插销，偷听来着。但是不算完全偷听，事先我征求了何小姐同意的。"家树道："这有什么意思呢？"陶太太道："但是我虽有点开玩笑的意思，实在是好意。你信不信？"家树道："信的。表哥表嫂怕我们走不上爱情之路，特意来指导着呢！"陶太太于是笑着去了。不多一会，果然刘福进来说："车已开出去了，请表少爷上车。"家树一想，反正是他们知道了，索兴大大方方和何小姐来往，以后他们就不会疑到另和什么关家姑娘开家姑娘来往了。因此也不推辞，就坐了汽车到"平安"电影院去。

家树一进门，向收票的茶房只问了一个何字，茶房连忙答道："何小姐在包厢里。"于是他就引导着家树，掀开了绿幔，将他送到一座包厢里。何小姐把并排的一张椅子移了一移，就站起来让座。家树便坐下了。因道："密斯何是正式请客呢，还特意坐着包厢？"何丽娜笑道："这也算请客，未免笑话。不过坐包厢，谈话便当一点，不会碍着别人的事。"家树沉吟了一会，也没敢望着何丽娜的脸，慢慢的道："昨天那张照片的事，我觉得很对不住密斯何。"说着话时,手里捧了一张电影说明书,低了头在看。何丽娜道："这事我早就不在心上了，还提它做什么。就算我真送了一张相片，这也是朋友的常事，又要什么紧。令表嫂向来是喜欢闹着玩笑的人，她不过和你开开玩笑罢了。她哪里是干涉你的什么事情呢！"她说着话时，却把一小包口香糖打开来，抽出两片，自己送了一片到口里去含着，两个尖尖的指头，钳着一片，随便的伸了过来，向家树脸上碰了一碰。家树回头看时，她才回眸一笑，说了两个字"吃糖"，家树接着糖，不觉心里微微荡漾了一下，当时也说不出所以然来，却自然的将那片糖送到嘴里去。

一会儿电影开映了，家树默然的坐着，暗地只闻到一阵极浓厚的香味扑入鼻端。何丽娜反不如他那样沉默，射出英文字幕来，她就轻声喃喃的念着，偶然还提出一两句来，掉转头来和家树讨论。今天这片子，正是一张言情的：大概是一个贵族女子，很醉心一个艺术家，那艺术家嫌那女子太奢华了，却是没有一点怜香惜玉之意，后来那女子摈绝了一切繁华的服饰，也去学美术，再去和那艺术家接近。然而他只说那女子的艺术，去成熟时朗还早，并不谈到爱情，那女子又以为他是嫌自己学问不够，又极力的去用功。后来许多男子因为她既美又贤，都向她求爱，那艺术家才出来干涉。这时，女子问："你不爱我，又不许我爱人，那是什么意见呢？"他说："我早就爱你的，我不表示出来，就是刺激你去完成你的艺术呀。"

何丽娜看着，对家树说："这女子多痴呀！这男子要后悔的。"直到末了，又对家树道："原来这男子如此做作，是有用意的。我想一个人要纠正一个人的行为过来，是莫过于爱人的了。"家树笑道："可不是！不过还要补充一句：一个人要改变一个人的行为，也是莫过于爱人的。"家树本是就着影片批评，何丽娜却不能再作声。因为电影已完，大家就一同出了电影院。她道："密斯脱樊！还是我用车子送你回府吧。"家树道："天天都要送，这未免太麻烦吧。"何丽娜道："连今日也不过两回，哪里是天天呢？"家树因她站在身后，是有意让上车的，这也无须虚谦，又上了车同座，何丽娜对汽车夫道："先送樊先生回陶宅，我们就回家。"

车子开了，家树问道："不上跳舞场了吗？还早呀！这时候正是跳舞热闹的时候哩。"何丽娜道："你不是不大赞成跳舞的吗？"家树笑道："那可不敢。不过我自己不会，感不到兴趣罢了。"何丽娜道："你既感不到兴趣，为什么要我去哩？"家树道："这很容易答复，因为密斯何是感到兴趣的，所以我劝你去。"何丽娜摇了一摇头道："那也不见得，原来不天天跳舞的，不过偶然高兴，就去一两回罢了。昨天你对我说，跳舞的人，和抽大烟的人，是颠倒昼夜的。我回去仔细一想，你这话果然不错。可是一个人要不找一两样娱乐，那就生活也太枯燥了。你能不能够给我介绍一两样娱乐呢？"家树道："娱乐的法子是有的。密斯何这样一个聪明人，还不会找相当的娱乐事情吗？"何丽娜笑道："朋友不是有互助之谊吗？我想你是常常不离书本的人，见解当然比我们整天整夜都玩的人，要高出一筹。所以我愿你给我介绍一两样可娱乐的事。至于我同意不同意，感到兴味，不感到兴味，那又是一事。你总不能因为我是一个喜欢跳舞的人，就连一种娱乐品，也不屑于介绍给我。"家树连道："言重言重。我说一句老实话，我对于社会上一切娱乐的事，都不大在行。这会子叫我介绍一样给人，真是一部廿四史，不知从何说起了。"何丽娜道："你不要管哪样娱乐，于我是最合适，你只要把你所喜欢的说出来就成。”家树道：“这倒容易。就现在而论，我喜欢音乐。”何丽娜道：“是哪一种音乐呢？”家树刚待答复，车子已开到了门口。这次连“明天见”三个字，也不敢说了，只是点了一个头，就下车。心里念着：明日她总不能来相约了。

恰是事情碰巧不过，次日，有个外国钢琴圣手阔别列夫，在北京饭店献技。还不曾到上午十二点，何小姐就专差送了一张赴音乐会的入门券来，券上刊着价钱，乃是五元。时间是晚上九时，也并不耽误别的事情，这倒不能不去看看。因此到了那时，就一人独去。

这音乐会是在大舞厅里举行，临时设着一排一排的椅子，椅子上都挂了白纸牌，上面列了号码，来宾是按着票号，对了椅子号码入座的。家树找着自己的位子时，邻座一个女郎回转头来，正是何丽娜。她先笑道：“我猜你不用得电约，也一定会来的。因为今天这种音乐会，你若不来，那就不是真喜欢音乐的人了。”家树也就只好一笑，不加深辩。但是这个音乐会，主体是钢琴独奏。此外，前后配了一些西乐，好虽好，家树却不十分对劲。音乐会完了，何丽娜笑向他道：“这音乐实在好，也许可以引起我的兴趣来。你说我应该学哪一样，提琴呢？钢琴呢？”家树笑道：“这个我可外行。因为我只会听，不会动手呢。”

说着话，二人走出大舞厅。这里是饭厅，平常跳舞都在这里。这时饭店里使役们，正在张罗着主顾入座。小音乐台上，也有奏乐的坐上去了。看这样子，马上就要跳舞，便笑道：“密斯何不走了吧？”何丽娜笑道：“你以为我又要跳舞吗？”家树道：“据我所听到说，会跳舞的人，听到音乐奏起来，脚板就会痒的。而况现在所到的，是跳舞时间的跳舞场呢。”何丽娜道：“你这话说得是很有理。但是我今天晚上就没有预备跳舞呢。不信，你瞧瞧这个。”说时，她由长旗袍下，伸出一只脚来。家树看时，见她穿的不是那跳舞的皮鞋，是一双平底的白缎子绣花鞋，因笑道：“这倒好像是自己预先限制自己的意思，那为什么呢？”何丽娜道：“什么也不为。就是我感不到兴趣罢了。不要说别的，还是让我把车子送你回去吧。”家树索性就不推辞，让她再送一天。这样一来，伯和夫妇，就十分明了了：以为从前没有说破他们的交情，所以他们来往很秘密；现在既然知道了，索性公开起来，人家是明明白白正正当当的交际，也就不必去过问了。

就是这样，约莫有一个星期，天气已渐渐炎热起来。何丽娜或者隔半日，或者隔一日，总有一个电话给家树，约他到公园里去避暑，或者到北海游船。家树虽不次次都去，碍着面子，也不好意思如何拒绝。

这一天上午，家树忽然接到家里由杭州来了一封电报，说是母亲病了，叫他赶快回去。家树一接到电报，心就慌了。若是母亲的病，不是十分沉重，也不会打电报来的。坐火车到杭州，前后要算四个日子，是否赶上母子去见一面，尚不可知。因此便拿了电报，来和伯和商量，打算今天晚上搭通车就走。

伯和道：“你在北京，也没有多大的事情，姑母既是有病，你最好早一天到家，让她早一天安心，就是有些朋友方面的零碎小事，你交给我给你代办就是了。”家树皱了眉道：“别的都罢了，只是在同乡方面挪用了几百块钱，非得还人不可。叔叔好久没有由天津汇款来了，表哥能不能代我筹划一点？只要这款子付还了人家，我今天就可以走。”伯和道：“你要多少呢？”家树沉吟了一会道：

“最好是五百。若是筹不齐，就是三百也好。”伯和道：“你这话倒怪了，该人五百，就还人五百；该人三百，就还人三百，怎么没有五百，三百也好呢？”家树道：“该是只该人三百多块钱。不过我想多有一二百元，带点东西回南送人。”伯和道：“那倒不必，一来你是赶回去看母亲的病，人家都知道你临行匆促；二来你是当学生的人，是消耗的时代，不送人家东西，人家不能来怪你。至于你欠了人家一点款子，当然是要还了再走的好，我给你垫出来就是了。”家树听说，不觉向他一拱手，笑道：“感激得很！”伯和道：“这一点款子，也不至于就博你一揖，你什么事这样急着要钱？”家树红了脸道：“有什么着急呢。不过我爱一个面子，怕人家说我欠债脱逃罢了。”

当下伯和想着，一定是一二月以来应酬女朋友闹亏空了，何小姐本是自己介绍给他的，他就是多花了钱，自己也不便于去追究。于是便到内室去，取了三百元钞票，送到家树屋子里来。他拿着的钞票五十元一叠，一共是六叠。当递给家树的时候，伯和却发现了其中有一叠是十元一张，因伸着手，要拿回一叠五元一张的去。家树拿着向怀里一藏笑道：“老大哥！你只当替我饯行了，多借五十元与我如何？”伯和笑道：“我倒不在乎。不过多借五十元，你就多花五十元，将来一算总账，我怕姑母会怪我。”家树道：“不，不，这个钱，将来由我私人奉还，不告诉母亲的。”他一面说着，一面在身上掏了钥匙，去开箱子，假装着整理箱子里的东西，却把箱子里存的钞票，也一把拿起来，揣在身上，把箱子关了，对伯和道：“我就去还债了。不过这些债主，东一个，西一个，我恐怕要很晚才能回来呢。”伯和道：“不到密斯何那里去辞行吗？”家树也不答应他的话，已是匆匆忙忙走出大门来了。

家树今天这一走，也不像往日那样考虑，看见人力车子，马上就跳了上去，说着“大喜胡同，快拉”。人力车夫见他是由一所大宅门里出来的，又是不讲钱的雇主，料是不错，拉了车子飞跑。不多时到了沈家门口。家树抓了一把铜子票给车夫，就向里跑。

这时凤喜夹了一个书包在胁下，正要向外走，家树一见，连忙将她拉住，笑道：“今天不要上学了。我有话和你说。”凤喜看他虽然笑着，然而神气很是不定，也就握着家树的手道：“怎么啦？瞧你这神气。”家树道：“我今天晚上就要回南去了。”凤喜道：“什么？什么？你要回南去！”家树道：“是的，我一早接了家里的电报，说是我母亲病了，让我赶快回去见一面。我心里乱极了，现在一点办法没有。今天晚上有到上海的通车，我就搭今晚上的车子走了。”凤喜听了这话，半晌作声不得，噗的一声，胁下一个书包，落在地上。书包恰是没有扣得住，将砚台墨水瓶书本所有的东西，滚了一地。

沈大娘听到家树要走，身上系了一条蓝布大围襟，也来不及解下，光了两只胳膊，拿起围襟，不住的擦着手，由旁边厨房里三脚两步走到院子里，望着家树道：“我的先生！瞧，压根儿就没听到说你老太太不舒服，怎么突然的打电报来了哩？”说毕这话，望着家树只是发愣。家树道：“这话长，我们到屋子里去再说吧。”于是拉了凤喜，一同进屋去。沈大娘还是掀起那围襟，不住的互擦着胳膊。

家树道：“你们的事我都预备好了。我这次回南迟则三个月，快则一个月，或两个月，我一定回来的。我现在给你们预备三个月家用，希望你们还是照我在北京一样的过日子。万一到了三个月……但是不能不能，无论如何，两个月内，我总得赶着回来。”说着，就在身上一掏，掏出两卷钞票来，先理好了三百元，交给沈大娘，然后手理着钞票，向凤喜道：“我不在这里的时候，你少买点东西吧。我现在给你留下一百块钱零用，你看够是不够？”那沈大娘听到说家树要走，犹如晴天打了一个霹雳，什么话也说不出来。及至家树掏出许多钱来，心里一块石头就落了地。现在家树又和凤喜留下零钱花，便笑道：“我的大爷！你在这里，你怎样的惯着她，我们管不着，你这一走，哪里还能由她的性儿呀！你是给留不给留都没关系，你留下这些，那也尽够了。”凤喜听到家树要走，好像似失了主宰，要哭，很不好意思，不哭，又觉得心里只管一阵一阵的心酸，现在母亲替她说了，才答道：“我也没有什么事要用钱。”家树道：“有这么些日子，总难免有什么事要花钱的。”于是就把那卷钞票，悄悄的塞在凤喜手里。

凤喜道：“钱我是不在乎，可是你在三个月里，准能回来吗？”说着话，坐到椅子上，两手伏在茶几上枕了头。家树道：“我怎么不回来？我还有许多事都没有料理哩！而且我今天晚上走，什么东西也不带，怎么不回来呢？”说着，便在身上掏出那张电报纸来，因道：“你看看，我母亲病了，我怎能……”凤喜站起来，按住他的手，向着他微笑道：“难道我还疑心你不成，你不要我，干脆不来就是了，谁也不能找到陶宅去挨上几棍子。可是我心里慌得很，怎么办？”于是就牵了他一只手按在胸前，果然隔着衣服，兀自感觉到心里噗突噗突乱跳。

当下家树便携着凤喜的手到屋子里去，软语低声的安慰了一顿，又说：“关寿峰这人，古道热肠，是个难得的老人家，回头我到那里去辞行，我就拜托拜托他常来看看你们，你们有什么事要找他帮忙，我知道他准不会推辞。”凤喜道：“你留下这些钱，大家有吃有喝，我想不会有什么事。和人家不大熟，就别去麻烦人家了。”家树道：“这也不过备而不用的一着棋罢了。谁又知道什么时候有事，什么时候没事呢？”凤喜点点头。

家树把各事都已安排妥当了，就是还有几句话，要和沈三玄说，恰是他又上天桥茶馆去了，只得下午再来一趟。在沈家坐了一会，就到几个学友寓所告别，然后到关寿峰家来。

家树进了院子，只见寿峰光了脊梁，紧紧的束着一根板带在腰里。他挺直着一站，站在院子当中，将那只筋纹乱鼓着的右胳膊，伸了出去。秀姑也穿了紧身衣服，把父亲那只胳膊当了杠子盘。四周屋檐下，男男女女，站了一周，都笑笑嘻嘻地望着。秀姑正把一只脚勾住了她父亲的胳膊，一脚虚悬，两脚张开，做了一个飞燕投林的势子。她头朝着下倒着背向上一翻，才看见了家树，噗的一声，一脚落地，人向上一站，笑道：“哟！客来了，我们全不知道。”寿峰一回转身来，连忙笑着点头，在柱上抓住挂的衣服穿了，因道：“这后门鼓楼下茶铺子里，咱们又凑付了一个小局面，天天玩儿，他们哥儿们，要瞧瞧我爷儿俩的玩艺儿。今天在家里，也是闲着，一高兴，就在院子里耍上了。”那些院子里的人，见寿峰来了客，各自散了。

寿峰将家树让到屋子里，笑道：“老弟台我很惦记你。你不来，我又不便去看你。今天你怎么有工夫来了？今天咱们得来上两壶。”家树道：“照理我是应该奉陪，可是来不及了。”于是把今天要走的话说了一遍，寿峰道：“这是你的孝心，为人儿女的，当这么着。可是咱们这一份交情，就让你白来辞一辞行，有点儿说不过去。”家树道：“大叔是个洒脱人，难道还拘那些俗套？”一句未了，秀姑已经换了一身衣服出来，便笑问道："樊先生这一去，还来不来呢？"家树道："来的。大概三个月以内，就回来的。因为我在北京还有许多事情没有办完呢。"秀姑道："是呀！令亲那边，不全得你自家照应吗？"她说着这话时，就向家树偷看了一眼，手上可是拿了茶壶，预备去泡茶。家树摇手道："不必费事了。我今天忙得很，不能久坐了。三个月后，再见吧。"说着起身告辞，秀姑也只说得一声"再见"。

当下寿峰却握了他的手，缓步而行，一直送到胡同口上，家树站住了。对寿峰道："大叔！我有一件事要重托你。"关寿峰将他的手握着摇撼了几下，注视着道："小兄弟！你说吧。我虽上了两岁年纪，若说遇到大事，我还能出一身汗，你有什么事交给我就是了。办得到办不到，那是另外一句话，但是我决不省一分力量。"家树顿了一顿，笑道："也没有什么重大的事，只是舍亲那边，一个是小孩子，她的大人，又不大懂事。我去之后，说不定他们会有要人帮忙的时候。"寿峰道："你的亲戚，就是我的亲戚，有事只管来找我，她要是三更天来找我，我若是四更天才去，我算不是咱们武圣人后代子孙。"家树连忙笑道："大叔言重了。送君千里，终须一别，请回府吧。我们三个月后见。"寿峰微笑了一笑，握了一握手，自回去了。

当家树坐了车子，二次又到大喜胡同来。这时，沈三玄还没回来，凤喜母女倒是没有以先那样失魂落魄的。家树道："我的行李箱子，全没有检，坐了一会，就要回去的。你们想想，还有什么话要说的吗？"凤喜道："什么话也没有，只是望你快回来，快回来，快回来！"家树道："怎么这些个'快回来'？"凤喜道："这就多吗？我恨不得说上一千句哩。"家树和沈大娘都笑起来了。

沈大娘道："我本想给大爷饯行的，大爷既是要回去收拾行李，我去买一点切面，煮一碗来当点心吧。"家树点头说了一句"也好"，于是沈大娘走了。

屋子里，只剩凤喜和家树两个人。家树默然，凤喜也默然。院子里槐树，这时候丛丛绿叶，长得密密层层的了。太阳虽然正午，那阳光射不过树叶，树叶下更显得凉阴阴地，屋子里却平添了一种凄凉况味似的。四周都岑寂了，只远远的有几处新蝉之声，喳喳的送了来。家树望了窗户上道："你看这窗格子上，新糊了一层绿纱，屋子更显得绿阴阴的了。"凤喜抿嘴一笑道："你又露了怯了。冷布怎么叫着绿纱呢？纱有那么贱，只卖几个子儿一尺。"家树道："究竟是纱，不过你们叫做冷布罢了。这东西很像做帐子的珍珠罗，夏天糊窗户真好，南方不多见，我倒要带一些到南方去送人。"凤喜笑道："别缺德！人家知道了，让人笑掉牙。"家树也不去答复她这句话。见她小画案上花瓶里插着几枝石榴花，有点歪斜，便给她整理好了，又偏着头看了一看。凤喜道："你都要走了，就只这一会子，光阴多宝贵。你有什么话要吩咐我的没有？若是有，也该说出来呀。"家树笑道："真奇怪！我却有好些话要说，可是又不知道说哪一种话好。要不，你来问我吧？你问我一句，我答应一句。"凤喜于是偏着头，用牙咬了下唇，凝眸想了一想，突然问道："三个月内，你准能回来吗？"家树道："我以为你想了半天，想出一个什么问题来，原来还是这个，我不是早说了吗？"凤喜笑道："我也是想不起有什么话问你。"家树笑道："不必问了，实在我们都是心理作用，并没有什么话要说，所以也说不出什么话来。"

二人正说着话，家树偶然看到壁上挂了一支洞箫，便道："几时你又学会了吹的了？”凤喜道：“我不会吹。上次我听到你说，你会吹，我想我弹着唱着，你吹着，你一听是个乐子，所以我买了一支箫一支笛子在这里预备着。要不，今天我们就试试看，先乐他一乐好吗？”家树道:“我心里乱得很，恐怕吹不上。”凤喜道：“那么，我弹一段给你送行吧。”家树接了母亲临危的电报，心里一点乐趣没有，哪有心听曲子。凤喜年轻，一味的只知道取自己欢心，哪里知道自己的意思。但是要不让她唱，彼此马上就分别了，又怕扫了她的面子，便点了点头。

凤喜将壁上的月琴，抱在怀里，先试着拨了一拨弦子，然后笑问道：“你爱《四季相思》，还是来这个吧。”家树道：“这个让我回来的那天再唱，那才有意思。你有什么悲哀一点的调子，给我唱一个？”凤喜头一偏道：“干嘛？”家树道：“我正想着我的母亲。要唱悲哀些的，我才听得进耳。”凤喜道:“好！我今天都依你，我给你弹一段《马鞍山》的反二簧吧，可是我不会唱。”家树道：“光弹就好。”于是凤喜斜侧了身子，将《伯牙哭子期》的一段反调，缓缓的弹完。家树一声不言语的听着，最后点了点头，凤喜见他很有兴会的样子，便道：“你爱听，索性把《霸王别姬》那四句歌儿，弹给你听一听吧，你瞧怎么样？”家树心里一动，便道：“这个调子……但是我以前没听到你说过，你几时学会的？”凤喜道：“这很容易呀。归里包堆只有四句，我叔叔说，戏台上唱这个，不用胡琴，就是月琴和三弦了，我早会了。”说时，她也不等家树再说什么，一高兴，就把项羽的《垓下歌》弹了起来。

家树听了一遍，点点头道：“很好。我不料你会这个，再来一段。”凤喜脸望着家树，怀里抱了月琴，十指齐动，只管弹着。家树向来喜欢听这出戏，歌的腔味，也曾揣摩，就情不自禁的合着月琴唱起来。只唱得第三句“骓不逝兮可奈何”，一个“何”字未完，只听得“嘣”的一声，月琴弦子断了。凤喜“哎呀”了一声，抱着月琴望着人发了呆。家树笑道：“你本来把弦子上得太紧了，不要紧的，我是什么也不忌讳的。”凤喜勉强站起来笑道：“真不凑巧了。”说着话，将月琴挂在壁上，她转过脸来时，脸儿通红了。家树虽然是个新人物，然而遇到这种兆头，究竟也未免有点芥蒂，也愣住了。两人正在无法转圜的时候，又听得院子外“当啷”一声，好像打碎了一样东西，正是让人不快之上又加不快了。那么院外又是什么不好的兆头，下回交代。

第九回

星野送归车风前搔鬓　歌场寻俗客雾里看花

却说凤喜在屋中弹月琴给家树送行，“嘣”的一声，弦子断了，两人都发着愣。不先不后，偏是院子里又“当啷”一声，像砸了什么东西似的。凤喜吓了一跳，连忙就跑到院子里来看是什么。只见厨房门口，洒了一地的面汤，沈大娘手上正拿了一些瓷片，扔到秽土筐子里去。她见凤喜出来，伸了一伸舌头，向屋子里指了一指，又摇了一摇手，凤喜跑近一步，因悄悄的问道：“你是怎么了？”沈大娘道：“我做好了面刚要端到屋子里去，一滑手，就落在地下打碎了。不要紧，我做了三碗，我不吃，端两碗进去，你陪他吃去吧。”凤喜也觉得这事未免太凑巧。无论家树忌讳不忌讳，总是不让他知道的好。因站在院子里高声道：“又吓了我一下，死倒土的没事干，把破花盆子扔着玩呢。”家树对这事，也没留心，不去问她真假，让凤喜陪着吃过了面，就有三点多钟了，因道：“时候不早了，我要回去了。”凤喜听了这话，望着他默然不语。家树执着她的手，一掌托着，一掌去抚摩她的手背，微笑道：“你只管放心，无论如何，两个月内，我一准回来的。”凤喜依然不语，低了头，左手抽了肋下的手绢,只左右擦着两眼。家树道:“何必如此。不过六七个礼拜,说过也就过去了。”说着话,携着凤喜的手,向院子外走。沈大娘也跟在后面,扯起大围襟来,在眼睛皮上不住的擦着。

三人都默默的走出大门,家树掉转身来,向着凤喜道:“我的话都说完了。你只紧紧的记上一句,好好念书。”凤喜道:“这个你放心,我不念书整天在家里也是闲着,我干什么呢?”家树又向沈大娘道:“你老人家,用不着叮嘱,三叔偏是一天都没回来,我的话,都请你转告就是了。”沈大娘道:“你放心,他天天只要有喝有抽,也没有什么麻烦的。”家树向着凤喜,呆立了许久,然后握了一握她的手道:“走了,你自己珍重点吧!”说毕,转身就走。凤喜靠着门站定,等家树走过了几家门户,然后嚷道:“你记着,到了杭州,就给我来信。”家树回转身来,点了点头,又道:“你们进去吧。”凤喜和沈大娘只点了点头,依然的站着。

家树缓缓的走出了胡同口,回头望不见了她们,这才雇了人力车到陶宅来。伯和夫妇已经买了许多东西,送到他房里,桌上却另摆着两个锦边的玻璃盒子,由玻璃外向内看,里面是红绸里子,上面用红丝线拦着几条人参。家树正待说表哥怎么这样破费,却见一个盒子里,参上放着一张小小的名片,正是“何丽娜”。那名片还有紫色水钢笔写的字,于是打开盒子,将名片拿起来一看,上面写道:“闻君回杭探伯母之疾,吉人天相,谅占勿药。兹送上关东人参两盒,为伯母寿,粗饯谅已不及,晚间当至车站恭送。”家树将名片看完了,自言自语道:“这又是一件出人意外的事。听说她每日都是睡到一两点钟起来的人,这些事情,她怎么知道了?而且还赶着送了礼来。只在这一点上看来,也就觉得人情很重了。”正这般道着。何丽娜却又打了电话来。在电话里说是赶不及饯行,真对不住，晚上再到车站来送。说的话，也还是名片上写下的两件事。家树也无别话可说，只是道谢而已。

通车是八点多钟开。伯和催着提前开了晚饭，就吩咐听差，将行李送上汽车去。正在这时，何丽娜笑着一直走进来，后面跟了汽车夫，又提着一个蒲包。陶太太笑道："看这样子，又是二批礼物到了。"家树便道："先前那种厚赐，已经是不敢当，怎么又送了来了？"何丽娜笑道："这个可不敢说是礼。津浦车我是坐过多次的，除了梨没有别的好水果，顺便带了这一点来，以破长途的寂寞。"伯和是始终不离开那半截雪茄的。这时他嘴里衔着烟，正背了两手在走廊上踱着，头上已经戴了帽子，正是要等家树一路出门。他听了何丽娜的话，突然由屋子外跑了进来，笑道："密斯何什么时候有这样一个大发明，水果可以破岑寂？"何丽娜一弯腰，在地板上捡起半截雪茄笑道："我也是第一次看到，陶先生嘴里的烟，会落到地上。"陶太太道："不要说笑话了，钟点快到了，快上车吧。车票早买好了，不要误了车，白扔掉几十块钱。"家树也是不敢耽误，于是四人一齐走出大门来。伯和夫妇，还是自己坐了一辆车先走了。

家树却坐在何丽娜的车子上。家树道："我回来的时候，要把什么东西送你才好哩？你的人情太重了。"何丽娜笑道："怎么你也说这话，说得我倒怪寒碜的。你府上在杭州什么地方，请你告诉我，我好写信去问老伯母的好。"家树道："到了杭州，我自会写信来的。在信上告诉你通信地点吧。"何丽娜道："设若你不写信来呢？"家树道："你难道不能去问伯和吗？"何丽娜道："我不愿意问他们。"说着就在手提小包里，拿出一个小日记本子来，又取下衣襟上的自来水笔，然后向着家树微微一笑道："你先考量考量，是什么地方通信好。"家树道："朋友通信，要什么紧！"于是把自己家里所在，告诉她了，何丽娜将大腿拱起来，短旗袍缩了上去，将芽黄丝袜子紧蒙着的一对膝盖，露了出来，就将日记本子按在膝上，一个字，一个字，慢慢儿的写着。写完了，将自来水笔筒好，点着念了一遍，笑问家树道：“对吗？”家树道：“写这几个字，哪里还有错误之理，你这人未免太慎重了。”何丽娜笑道：“你不批评荒唐，倒批评我太慎重，这是我出于意料以外的事呀。”说着将自来水笔和日记本子，一齐收在小皮包里了，然后对家树道：“这话不要告诉他们，让他们纳闷去。”家树随便点了点头，未曾答应什么。汽车到了车站，何丽娜给他提着小皮包一路走进站去。伯和夫妇，已经在头等车房里等候了。

到了车上，陶太太对家树道：“今天你的机会好，头等座客人很少，你一个人可以住下这间房了。”伯和笑道：“在车上要坐两天，一个人坐在屋子里，还觉得怪闷的。”陶太太将鞋尖，向摆在车板上的水果蒲包，轻轻踢了两下，笑道：“那要什么紧，有这个东西，可以打破长途的岑寂呢。”这一说，大家又乐了。何丽娜笑道：“陶太太！你记着吧，往后别当着我说错话，要说错了，我可要捞你的后腿哩。”陶太太笑道：“是的，总有那一天。若是不捞住后腿，怎么向墙外一扔呢？”何丽娜还不懂这话，怔怔的向陶太太望着。陶太太笑道：“这是一个俗语典故，你不懂吗？就叫‘进了房，扔过墙’。”家树听了这话，觉得她这言语，未免太显露一点。正怕何丽娜要生气，但是她倒笑嘻嘻的，伸着手在陶太太肩上，轻轻拍了一下。这一间屋子放了两件行李，又有四个人，就嫌着挤窄。家树道：“快开车了，诸位请回吧。”陶太太就对伯和丢了一个眼色，微笑道：“我们先走一步，怎么样？”伯和便向家树叮嘱了几句好好照应姑母病的话，到了家，就写信来，然后就下车。

这时何丽娜在过道上，靠了窗户站住，默然不语。家树只得对她道：“密斯何！也请回吧。”何丽娜道：“我没有事。”说着这四个字，依然未动。伯和夫妇，已经由月台上走了。家树因她未走，就请她到屋子里来坐。她手拿着那小皮包，只管抚弄，家树也不便再催她下车，就搭讪着去整理行李。忽然月台上当当的打着开车铃了，何丽娜却打开小皮包来，手里拿着一样东西，笑道：“我还有一样东西送你。”递着东西过来时，脸上也不免微微的有点红晕，家树接过来一看，却是她的一张四寸半身相片。看了一看，便捧着拱了一拱手道声“谢谢”，何丽娜已是走出车房门，不及听了。家树打开窗子，见她站在月台上，便道：“现在可以请回去了。”何丽娜道：“既然快开车，何以不等着开车再走呢。”说着话时，火车已缓缓的移动。何丽娜还跟着火车急走了两步，笑道：“到了就请来信，别忘了，别忘了。”她一只右手，早举着一块粉红绸手绢，在空中招展。家树凭了窗子，渐渐的和何丽娜离远，最后是人影混乱了，看不清楚，这才坐下来。将她递的一张相片，仔细看了看，觉得这相片，比人还端庄些。纸张光滑无痕，当然是新照得的了。于此倒也见得她为人与用心了。满腹为着母亲病重的烦恼，有了何丽娜从中一周旋，倒解去烦闷不少。

车子开着，查过了票，茶房张罗过去了，家树拉拢房门，一人正自出神。忽听得门外有人说道：“你找姓樊的不是？这屋子里倒是个姓樊的。”家树很纳闷：在车上有谁来找我？随手将门拉开，只见关寿峰和着秀姑，正在和茶房说话，便说道：“是关大叔！你们坐车到哪里去？”于是将他二人引进房来。寿峰笑道：“我们哪里也不去，是来送行的。”家树道：“大概是在车上找我不着，车子开了，把你带走的。补了票没有？”寿峰连连摇手道：“不是不是，我们原不打算来送行，自你打我舍下去了之后，我就找了我一个关外新拜门的徒弟，和他要了一支参来，这东西虽然没有玻璃盒子装着，倒是地道货，我特意送到车站，请你带回去给老太太泡水喝。可是一进站，就瞧见有贵客在这儿送行，我们爷儿俩，可不敢露面。买了到丰台的票，先在三等车上等着，让开了车，我再来找你。”说着话时，他将胁下夹着的一个蓝布小包袱打开，里面是个人家装线袜的旧纸盒子。打开盒子，里面铺着干净棉絮，上面也放着两支整齐的人参，比何丽娜送的还好。

家树道:“大叔！你这未免太客气了。让我心里不安。”寿峰道:“不瞒你说，叫我拿钱去买这个，我没有那大力量。我那徒弟，就是在吉林采参的。我向来不开口和徒弟要东西，这次我可对他说明，要送一个人情，叫他务必给我找两支好的。我就是怕他身边没有，要不，白天我就对你明说了。”家树道：“既不是大叔破费买来的，我这就拜领了。只是不敢当大叔和大姑娘还送到丰台。”寿峰笑道:“这算不了什么？我爷儿俩，今夜在丰台小店里睡上一宿，明天早上慢慢溜达进城，也是个乐事。”他虽这样说，家树觉着这老人的意思，实在诚恳，口里连说“感激感激”，寿峰笑道:“这一点子事，都得说上许多感激，那我关老寿一生，也不知道要感激人家多少呢！”家树道：“大叔来倒罢了，怎好又让大姑娘也出一趟小小的门。”秀姑自见面后，一句话也不曾说，这才对家树微微笑了一笑。寿峰道：“老弟！咱们用不着客气。”

说话时，火车将到丰台，寿峰又道：“你白天说，有令亲的事，要我照顾，我瞧你想说又怕说，话没有说出来，你尽管说，究竟是怎么回事。”家树顿一顿，接上又是一笑，寿峰道:“有什么意思，只管说，我办得到，当面答应下了，让你好放心;办不到，我也直说，咱们或者也有个商量。”家树又低头想了想，笑道：“实在也没有什么了不得的事。你二位无事，可以常到那边坐坐。她们真有事，就会请教了。”寿峰还要问时，秀姑就道：“好！就是那么着吧。你瞧外面，到了丰台了。”大家向外看时，一排一排的电灯，在半空里向车后移去。灯光下，已看到站台。寿峰说了一声“再会”，就下了车。家树也出了车房，送到车门口，见他父女二人立在露天里，电灯光下，晚风一阵阵吹动他们的衣服角，他们也不知道晚凉，呆呆的望着这边。寿峰这老头子，却抬起一只手来，不住的抓着耳朵边短发，彼此对着呆立一会，在微笑与点头的当儿，火车已缓缓出了站。

寿峰父女，望不见了火车，然后才出站去，找了一家小客店住下。第二天，起了个早，就走回北京来。过了两天，便叫秀姑到沈家去了一趟。沈家倒待她很好，留着吃饭，才让她回家。秀姑对父亲说：“他们家，一共只三口子人，一个叔叔，是整天的不回家；家里就是娘儿俩，瞧着去，姑娘上学，娘在家里做活，日子过得很顺遂的，大概没什么事。”寿峰听说人家家里面只有娘儿俩，去了也觉着不便。过一个礼拜，就让秀姑去探望她们一次。后来接到家树由杭州寄来的回音，说是母亲并没大病，在家里料理一点事务，就会北上的。寿峰听到这话，更认为照应沈家一事，无关重要了。

有一天秀姑又从沈家回来，对寿峰道：“你猜沈姑娘那个叔叔是谁吧？今天可让咱碰着了。瞧他那大年纪，可不说人话。”寿峰道：“据你看是个怎样的人？”秀姑哼了一声道：“他烧了灰，我也认识。不就是在天桥唱大鼓的沈三玄吗？”寿峰道：“不能吧！樊先生会和这种人结亲戚？”秀姑道：“一点也不会假。他今天回来，醉得像烂泥似的，他可不知道我在他们姑娘屋子里，一进门就骂上了。他说：‘姓樊的太不懂事，娘也有钱，女也有钱，怎么就不给我的钱！咱们姑娘吃他一点，喝他一点，就这样给他，没那么便宜事。他家在南方，知道他家里是怎么回事？咱们姑娘，说不定是给他做二房做三房，要不，他会找媳妇找到唱大鼓的家里来？既是那末着，咱们就得卖一注子钱。我沈三玄混了半辈子，找着有钱的主儿了，我还不应该捞几文吗？’她母女俩听了这话，真急了，都跑了出去说是有客，你猜他怎么说？他说‘客要什么紧，还能饿肚子不吃饭吗？她也要吃饭，咱们闹吃饭的事，就不算冲犯着她’。”

寿峰手上，正拿着三个小白铜球儿，挪搓着消遣，听了这话，三个铜球，在右掌心里，得儿丁当，得儿丁当，转着乱响。左手捏着一个大拳头举起来，瞪了眼向秀姑道：“这小子别撞着我！”秀姑笑道：“你干嘛对我生这么大气？我又没骂人。”寿峰这才把一只举了拳头的手，缓缓放下来，因问道：“后来他还说什么了？”秀姑道：“我瞧着她娘儿俩怪为难的，当时我就告辞回来了。我想这姑娘，一定是唱大鼓书的。她屋子里，都挂着月琴三弦子呢。”

寿峰听了，昂着头只管想，手心里三个白铜球，转的是更忙更响了。自言自语的道：“樊先生这人，我是知道的，倒不会知道什么贫贱富贵。可是不应该到唱大鼓书的里面去找人。再说，还是这位沈三玄的贤侄女，这位姑娘长得美不美呢？”秀姑道：“美是美极了。人是挺活泼，说话也挺伶俐，她把女学生的衣服一穿，真不会想到她是打天桥来的。”寿峰点点头道：“是了。算樊先生在草窠里捡到这样一颗夜明珠，怪不得再三的说让我给她们照应一点。大概也是怕会出什么毛病，所以一再的托着我，可又不好意思说出来。既是这么着，我明天就去找沈三玄，教训他一顿。”秀姑道："不是我说你，你心眼儿太直一点。随便怎么着，人家总是亲戚，你的言语又不会客气，把姓沈的得罪了，姓樊的未必会说你一声好儿。他又没做出对不住姓樊的什么事，不过言语重一点，你只当我没告诉你，就完了。"寿峰虽觉得女儿的话不错，但是心里头，总觉得好不舒服。

当天憋了一天的闷气，到了第二日，寿峰吃过午饭，实在憋不住了，身上揣了一些零钱，瞒着秀姑，就上天桥来。自己在各处露天街上转了一周，那些唱大鼓的芦席棚里，都望了一望，并不见沈三玄，心想这要找到什么时候？便走到从前武术会喝水的那家"天一轩"茶馆子里来。只一进门，伙计先叫道："关大叔！咱们短见，今天什么风吹了来？"寿峰道："有事上天桥来找个人，顺便来瞧瞧朋友。"后面一些练把式的青年，都扔了家伙，全拥出来，将他围着坐在一张桌子上，又递烟，又倒茶，忙个不了。有的说："难得大叔来的，今天给我们露一手，行不行？"寿峰道："不行，我今儿要找个人，这个人若找不着，什么事也干得无味。"大家知道他脾气，就问他要找谁？寿峰说是找沈三玄。有知道的，便道："大叔！你这样一个好人，干嘛要找这种混蛋去？"寿峰道："我就是为了他不成人，我才来找他的。"那人便问："是在什么地方找他？"寿峰说是大鼓书棚，那人笑道："现在不是从前的沈三玄了。他不靠卖手艺了，不过他倒常爱上落子馆找朋友。你要找他，倒不如上落子馆去瞧瞧。"寿峰听了这话，立刻站起来，对大家道："咱们改日会。"说毕，就向外走。有人道："你别忙呀，你知道上哪一家呢？我在'群乐'门口，碰到过他两回，你上那儿试试看。"

寿峰已经走到了老远，便点点头，不多的路，便是群乐书馆，站在门口，倒愣住了，不知道怎么好。在天桥这地方，虽然盘桓过许多日子，但是这大鼓书馆，向来不曾进去过。今天为了人家的事，倒要破这个例，进去要怎样的应付，可别让人笑话。正在犹豫着，却见两个穿绸衣的青年，浑身香扑扑的，一推进去。心想有个做样子的在先，就跟着进去吧。接上一推门，便有一阵丝弦鼓板之声，送入耳来。

迎面乃是一方板壁，上面也涂了一些绿漆，算是屏风。转过屏风去，见正面是一座木架支的小台，正中摆了桌案，一个弹三弦子，两个拉胡琴的汉子，围着两面坐了。右边摆了一个小鼓架，一个十几岁的女孩子，油头粉面，穿着一身绸衣，站在那里打着鼓板唱书。执着鼓条子的手，一举一落，明晃晃的戴了一只手表，又是两个金戒指，台后面左右放着两排板凳，大大小小，胖胖瘦瘦，坐着七八个女子，都是穿得像花蝴蝶儿似的。寿峰一见，就觉得有点不顺眼。待要转身出去，就有一个穿灰布长衫人，一手拿了茶壶，一手拿了一个茶杯，向面前桌上一放，和寿峰翻了眼道："就在这里坐怎么样？"寿峰心想，这小子瞧我像不是花钱的，也翻着眼向他一哼。

寿峰坐下来看时，这里是一所大敞厅，四面都是木板子围着，中间有两条长桌，有两丈多长，是直摆着，桌子下，一边一条长板凳。靠了板壁，另有几张小桌子向台横列。各桌上，一共也不过十来个听书的，倒都也衣服华丽。自己所坐的地方，乃是长桌的中间，邻座坐着一个穿军服的黑汉子，帽子和一根细竹鞭子放在桌上，一只脚架在凳上，露出他那长腰漆黑光亮的大马靴来。他手指里夹着半支烟卷，也不抽一口，却只管向着台上，不住的叫着好。台上那个女子唱完了，又有一个穿灰布长衫的，手里拿了个小藤簸箕，向各人面前讨钱。寿峰看时，可有扔几个铜子的，也有扔一两张铜子票的。寿峰一想，这也不见怎样阔，就瞧我姓关的花不起吗？

收钱的到了面前，一伸手，就向簸箕里丢了二十枚铜子，收钱的人笑也不笑一笑，转身去了。

只在这时，走进来一个黑麻子，穿了纺绸长衫纱马褂，戴了巴拿马草帽，只一进门，台上的姑娘，台下的伙计，全望着他。先前那个送茶壶的，早是远远的一个深鞠躬，笑道："二爷！你刚来？"便在旁边桌子下，抽出一块蓝布垫子，放在一张小桌边的椅子上，笑着点头道："二爷！你这儿坐。给你泡一壶龙井好吗？天气热了，清淡一点儿的，倒是去心火。"那二爷欲理不理的样子，只把头随了点一点，随手将帽子交给那人，一屁股就在椅子上坐下。两只粗胳膊向桌上一伏，一双肉眼，就向台上那些姑娘瞅着一笑。寿峰看在眼里，心里只管冷笑。本来在这里找不到沈三玄，就打算要走，现在见这个二爷进门，这一种威风，倒大可看一看。于是又坐着喝了两杯茶，出了两回钱。

这时就有个矮胖子，一件蓝布大褂的袖子，直罩过手指头，轻轻悄悄的走到那个邻座的军人面前，由衫袖笼里，伸出一柄长折扇来。他将那折扇打开，伸到军人面前，笑着轻轻的道："你不点一出？"寿峰偷眼看那扇子上，写了铜子儿大的字。三字一句，四字一句，都是些书曲名：如《宋江杀惜》、《长坂坡》之类。心里这就明白，鼓儿词上，常常闹些舞衫歌扇，歌扇这名堂，倒是有的。那军人却没有看那扇子，向那人翻了眼一望道："忙什么！"那人便笑着答应一个"是"字，然后转身直奔那二爷桌上。他俯着身子，就着二爷耳朵边，也不知道咕哝了一些什么，随后那人笑着去了。台上一个黄脸瘦子，走到台口，眼睛向着二爷说道："红宝姑娘唱过去了，没有她的什么事，让她休息休息。现在特烦翠兰姑娘，唱她的拿手好曲子《二姐姐逛庙》。"末了的两句，将声音特别的提高。

他说完退下去，就有一个十八九岁的姑娘站在台口，倒有几分姿色，一双水汪汪的眼睛，滴溜溜的转着眼珠子，四面看人。她拿着鼓条子，先合着胡琴三弦，奏了一套军鼓军号，然后才唱起来。唱完了，收钱的照例收钱，收到那二爷面前，只见掏了一块现洋钱“当”的一声，扔在藤簸箕里。寿峰一见，这才明白，怪不得他们这样欢迎，是个花大钱的。那个收钱的笑着道：“二爷还点几个，让翠兰接着唱下去吧。”二爷点了一点头，收钱以后，那翠兰姑娘接着上台。这次她唱的极短，还不到十分钟的工夫，就完了事。收钱的时候，那二爷又是掏出一块现洋，丢了出去。

寿峰等了许久，不见沈三玄来，料是他并不一准到这儿来的，在这里老等着，听是听不出什么意味，看又看不入眼，怪不舒服的，因此站起来就向外走。书场上见这么一个老头子，进来就坐，起身便去，也不知道他是干什么的，都望着他，寿峰一点也不为意，只管走他的。

走不了多少路，遇到了一个玩把式的朋友，他便问道：“大叔！你找着沈三玄了吗？”寿峰道：“别提了。我在群乐馆子里坐了许久，我真生气。老在那儿待着吧，知道来不来？到别家去找吧，那是让我这糟老头子多现一处眼。”那人道：“没有找着吗？你瞧那不是。”说着他用手向前一指。寿峰跟着他手指的地方一看，只见沈三玄手上拿了一根短棍子，棍子上站着一只鸟，晃着两只膀子，他有一步没一步的，慢慢走了过来。寿峰一见，就觉有气。口里哼着道：“瞧你这块骨头，只吃了三天饱饭，就讲究玩个鸟儿。”迎了上去，老远的就喝了一声道：“呔！沈三玄！你抖起来了。”

原来关寿峰在天桥茶馆子里练把式的时候，很有个名儿，沈三玄又到茶馆子门口弹过弦子的，所以他认识寿峰，平空让他喝了一声，很不高兴，但是知道这老头子很有几分力量，不敢惹他，便远远的蹲了一蹲身子，笑道："大叔！你好，咱们短见。"寿峰见他这样一客气，不免心里先软化了一半。因道："我有什么好！你现在找了一门做官的亲戚，你算好了。"沈三玄笑道："你怎么也知道了。咱们好久没谈过，找个地方喝一壶儿好不好？"寿峰翻了眼睛望着他道："怎么着，你请我，喝酒还是喝茶呢？"沈三玄道："既然是请大叔，当然是喝酒。"寿峰道："我倒是爱喝几杯，可是要你请，两个酒鬼到一处，人家会疑心我混你的酒喝，往南有遛马的，咱们到那里喝碗水，看他们跑两趟。"

沈三玄一见寿峰撅着胡子说话，不敢不依，穿过两条地摊，沿路一列席棚茶馆，人都满了。道外一条宽土沟，太阳光里，浮尘拥起，有几个人骑着马来往的飞跑。土沟那边，一大群小孩子随着来往的马，过去一匹，嚷上一阵。沈三玄心想：这有什么意思？但是看看寿峰倒现出笑嘻嘻的样子来，似乎很得劲，只得就在附近一家小茶馆，拣了一副沿门向外的座头坐下。喝着茶，沈三玄才慢慢的问道："大叔！你怎么知道我攀了一门子好亲？"寿峰道："怎么不知道，我闺女还到你府上去过好几回呢。"沈三玄道："呵呀！她们老说有个关家姑娘来串门子，我说是谁，原来是你的大姑娘。我一点不知道，你别见怪。"寿峰道："谁来管这些闲帐！我老实对你说，我今天上天桥，就是来找你来了。我听说你嫌姓樊的没有给你钱，你要捣乱。我不知道就得，我知道了，你可别胡来。姓樊的临走，他可拜托了我，给他照料家事。他的事就像我的事一样，你要胡来，我关老头子不是好惹的。"沈三玄劈头受了他这"乌天盖"，又不知道说这话是什么意思，便笑道："没有的话，我从前一天不得一天过，恨不得都要了饭了，而今吃喝穿全不愁，不都是姓樊的好处吗？我怎么能使坏，难道我倒不愿吃饱饭吗？”说着就给寿峰斟茶，一味的恭维。寿峰让他一陪小心，先就生不起气来，加上他说的话，也很有理，并不勉强，气就全消了。因道：“但愿你知道好了。我是姓樊的朋友，何必要多你们亲戚的事。”沈三玄道：“那也没关系。你就是个仗义的老前辈，不认识的人，你见他受了委屈，都得打个抱不平儿，何况是朋友，又在至好呢？”

说着话时，只见那土沟里两个人骑着两匹没有鞍子的马，八只蹄子，蹴着那地下的浮土，如烟囱里的浓烟一般，向上飞腾起来，马就在这浮烟里面，浮着上面的身子，飞一般的过去。寿峰只望着那两匹马出神，沈三玄说些什么，他都未曾听到。沈三玄见寿峰不理会这件事了，就也不向下说。等寿峰看得入神了，便道：“大叔！我还有事，不能奉陪，先走一步，行不行？”寿峰道：“你请便吧。”沈三玄巴不得一声，会了茶账，就悄悄的离开了这茶馆。

沈三玄手上拿棍子，举着一只小鸟，只低着头想：这老头子那个点得着火的脾气，是说得到，做得到的，也不知道他为了什么事，巴巴的来找我。幸而我三言两语，把他糊过去了，要不然，今天就得挨揍，正想到这里，棍子上那小鸟，扑哧一声，向脸上一扑。自已突然吃了一惊，定睛看时，却是从前同场中的一个朋友，那人先笑道：“沈三哥！听说你现在攀了个好亲戚，抖起来了！怎么老瞧不见你？”沈三玄笑道：“你还说我抖起来了，你瞧你这一身衣服，穿得比我阔啊。”原来那人正穿的是纺绸长衫，纱马褂，拿着尺许长的檀香折扇，不像是个书场上人了。那人道；“老朋友难得遇见的，咱们找个地方谈谈，好吗？”沈三玄连说“可以”。于是二人找了一家小酒馆，去吃喝着谈起来。二人不谈则已，一谈之下，就把沈家事，发生了一个大变化。要知道谈的什么，下回交代。

第十回

狼子攀龙贪财翻妙舌　兰闺藏凤炫富蓄机心

却说沈三玄在路上遇着一个阔朋友，二人同到酒店，便吃喝起来。原来那人叫黄鹤声，也是个弹三弦子的。因为他跟着的那个姑娘嫁了一个师长做姨太太，他就托了那位姑娘说情，在师长面前，当了一名副官。因他为人有些小聪明，遂不断的和姨太太买东西，中饱的款子不少，也就发了小财了。当时黄鹤声多喝了几杯酒，又不免把自己得意的事，夸耀了几句。沈三玄听在心里，也不愿丢面子，因道："我虽没有你的事情好，可是也凑付着过得去。我那侄姑娘，你也见过的。现在找着一个有钱的主儿，我们一家子，现在都算吃她的。"于是把大概的情形，说了一遍，因又道："你要是得空，可以到我们那里去瞧瞧。"黄鹤声也就笑道："朋友都乐意朋友好的，我得去瞧瞧。"两人说着话，便已酒醉饭饱。黄鹤声也不待沈三玄谦逊，先就在身上掏出一个皮夹子，拿出一大卷钞票，由钞票内抽出一张十元的，给了店伙去付酒饭账，找了钱来，他随手就付了一块钱的小费，然后大摇大摆，走出门去。看到人力车停在路边，一脚跨上去，坐着车便走了。

沈三玄看着，点了点头，又叹了口气，到了家里，直奔入房，见着沈大娘便问道："大嫂！你猜到我们家来的那关家姑娘是谁吧？她就是天桥教把式关老头子的闺女。我在街上见着了那老头子，就会害怕，你干吗把他闺女望家里引？这老头子，有人说他是强盗出身，我瞧就像。你瞧着吧，总有一天，他要吃'卫生丸'的。"沈大娘道："哪个练把式的老头子，我不认识，你干吗好好儿的骂人？"沈三玄道："天桥地方大着呢，什么人没有，你们哪里会全认得。你不知道这老头子真可恶，今天他遇着我，好好儿的教训我一顿，瞧他那意思还是姓樊的拜托他这样的，各家有各家的事，干吗要他多咱们的事？他妈的！他是什么东西。"沈大娘道："又在哪里灌了这些个黄汤，张嘴就骂人。姓关的得罪了你，姓樊的又没得罪你，干嘛又把姓樊的拉上。"沈三玄道："那是啊！姓樊的临走，给了你几百块钱，你们哪里见过这个。就把他当了一尊佛爷了，哪里敢得罪他。就凭那几个小钱，把你娘俩的心，都卖给人家了，真是不值啊。你瞧黄鹤声大哥，而今多阔！身上整百块的揣着钞票，他不过是雅琴的师傅，雅琴做了太太就把他升了副官，凤喜和我是什么情份，我待她又怎么来着？可是，我捞着什么了？花几个零钱……"沈大娘道："你天天用了钱，天天还要回来唠叨一顿，你侄女可没做太太，哪儿给你找副官做去。醉得不像个人样了，躺着炕上找副官做去吧。"沈大娘也懒得理他，说完自上厨房去了。沈三玄却也醉得厉害，摸进房去，果然倒到炕上躺下。

到了次日，沈三玄想起约黄鹤声今天来，便在家里候着，不曾出去。上午十一点多钟的时候，只听到门外一阵汽车响，接上就有人打门。沈三玄倒有两个朋友是给人开汽车的，正想莫非他们来了。自己一路来开门，口里可就说着："你们有事干的，干嘛也学着我，到处胡串门子。”手上将门一开，只见黄鹤声手里摇着扇子，走下汽车来，一伸手拍了沈三玄的肩道：“你还是这样子省俭，怎么听差也不用一个，自己来开门？”沈三玄心里想着，我哪辈子发了财没用，怎么说出“省俭”两个字来了？心里如此想着，口里也就随便答应他，把黄鹤声请到屋子里，自己就忙着泡茶拿烟卷。

黄鹤声用手掀了玻璃上的白纱向窗子外一看，口里说道：“小小的房子，收拾得倒很精致。”正说完这句话，只见一个十六七岁的女郎剪了头发，穿着皮鞋，短短的白花纱旗袍，只好比膝盖长一点，露出一大截穿了白袜子的腿，胁下却夹了一个书包，因回转头来问道：“老玄！你家里从哪儿来的一位女学生？”沈三玄道：“黄爷！我昨天不是告诉了你吗？这就是我那侄女姑娘。”黄鹤声笑道：“嘿！就是她。可真时髦，越长越标致了。凭她这个长相儿，要去唱大鼓书，准红的起来。这话可又说回来了，趁早儿找了个主，有吃有喝，一家都安了心，也好。”

沈三玄对窗子外望了一望，然后低声说道：“安了心吗？我们这是骑了驴子翻账本，走着瞧。你想一个当少爷的人到外面来念书，家里能给他多少钱花？头里两个月，让他东拉西扯，找几个钱。凑付着安了这个家，这也就是现在，过两个月瞧瞧，我猜就不行了。就是行，也不过是她娘儿俩的好处，我能捞着什么好处？那小子临走的时候，给我留下钱没留下钱？我也不知道。可是我大嫂，每天就只给一百多铜子我花。现在铜子儿是极不值钱，一百多铜子，不过合三四毛钱，你说让我干嘛好？从前没有这个姓樊的，我一天也找百十来个子儿，而今还不是一样吗？依着我，姑娘现在有两件行头了，趁着这个机会，就找家馆子露一露，也许真红起来。

到那时候，随便怎样，也捞个三块两块一天，你说是不是？”黄鹤声笑道：“照你的算法，你是对了。你们那侄姑娘放着现成的女学生不做，又要去唱曲子伺候人，她肯干吗？”沈三玄道：“当女学生，瞎扯罢了。我说姓樊的那小子，自己就胡来。现在当女学生的，几个能念书念得像爷们一样，能干大事？我瞧什么也不成。念了三天书，先讲平等自由。”说到这里，他声音又低了一低道：“我这侄女自小儿就调皮，往后再一讲平等自由，她能再跟姓樊的，那才怪呢！”

黄鹤声正要接话，只听到沈大娘在北屋子里嚷道：“三弟！咱们门口停着一辆汽车，是谁来了？”黄鹤声就向屋子外答道：“沈家大嫂子！是我。我还没瞧你呢！”说着话已经走出屋来，老远的连作几个揖道：“咱们住过街坊，我和老玄是多年的朋友了，你还认得我吗？”沈大娘站在北屋门口，倒愣住了。虽觉得有点面熟，可是记不起来，他究竟是姓张姓李。她正在愣着，沈三玄抢着跑了出来道：“大嫂！黄爷你怎样会记不起来？他现在可阔了。当了副官了！他们衙门里有的是汽车，只要是官，就可坐公家的汽车出来。门口的汽车，就是黄爷坐来的，你瞧见没有？那车子是真大，坐十个人，都不会嫌挤。黄大哥！你的师长大人姓什么？我又忘了。”黄鹤声便说是“姓尚”。沈三玄道：“对了！是有名的尚大人。雅琴姑娘，现在就是尚大人的二房，虽然是二房，可是尚大人真喜欢她，比结发的那位夫人还要好多少倍。不然，怎样就能给黄爷升了副官呢！”

黄鹤声因为沈大娘不知道他最近的来历，正想把大概情形先说了出来，现在沈三玄抢出来一介绍，自己不曾告诉她的，他都说出来了，这就用不着再说了。沈大娘这时也记起从前果然住过街坊的，便笑道："老街坊还会见着，这是难得的事啊！请到北屋子里坐坐。"沈三玄巴不得一声，就携着黄鹤声的手，将他向北屋子里引。沈大娘说是老街坊，索性让凤喜也出来见见。黄鹤声就近一看凤喜，心想这孩子修饰得干净点，确比小时俊秀得多。怪不怪，老鸦窠里真钻出一个凤凰来！

当时坐着闲谈了一会，就告辞出门。沈三玄抢着上前来开大门，黄鹤声见沈大娘在屋子里没有出来，就执着沈三玄的手道："你在自己屋子里，先和我说的那些话，是真的吗？"沈三玄猛然间听到，不懂他用意所在，却只管望着黄鹤声的脸。黄鹤声道："我说的话，你没有懂吗？就是你向着我抱怨的那一番话。"沈三玄忽然醒悟过来，连道："是了，是了，我明白了，黄爷！你看是有什么路子，提拔做小弟的，小弟一辈子忘不了。"黄鹤声牵着他的手，摇撼了几下，笑道："碰巧也许有机会，你听信儿吧。"说毕，黄鹤声上车而去。

原来黄鹤声跟的这位尚师长所带的军队，就驻扎在北京西郊。他的公馆设在城里，有一部分人，也就在公馆里办事。这黄鹤声副官，就是在公馆里办事的一位副官。当时他回了公馆，恰好尚师长有事叫他，他就放下帽子和扇子，整了一整衣服，然后才到上房来见尚师长，尚师长道："我找了你半天，都没有看见你，你到……"黄鹤声不等他把这一句问完，就笑起来道："师长上次吩咐要找的人，今天倒是找着了。今天就是为这个出去了一趟。"尚师长道："刘大帅这个人，眼光是非常高的，差不多的人，他可看不上眼。"黄鹤声道："这个人准好，模样儿是不必提了。在先她是唱大鼓书的，现在又在念书，透着更文明。光提那性情儿，现在就不容易找得着。要是没有几门长处的人，也不敢给师长说。"

尚师长将嘴唇上养的菱角胡子，左右拧了两下，笑道："口说无凭，我总得先看看人。"黄鹤声道："这容易。这人儿的三叔，和鹤声是至好的朋友。只要鹤声去和他说一说，他是无不从命，但不知师长要在什么地方看她？"尚师长道："当然把她叫到我家里来，难道我还为了这个，找地方去等着她不成？"黄鹤声答应了两声"是"，心里可想着，现在人家也是良家妇女，好端端的要人家送来看，可不容易。一面想着，一面偷看尚师长的脸色，见他脸色还平常。便笑道："若是有太太的命令，说是让她到公馆里来玩玩，她是一定来的。"原来这师长的正室现在原籍，下人所谓太太，就是指着雅琴而言。尚师长道："那倒没关系，只要她肯来，让太太陪着，在我们这儿多玩一会儿，我倒可以看个仔细。"说着，他那菱角式的胡子尖笑着向上动了两动，露出嘴里两粒黄灿灿的金牙。

当下黄鹤声见上峰已是答应了，这事自好着手，便约好了明天下午，把人接了来。当天晚上就派人把沈三玄叫到尚宅，引了他到自己卧室里谈话。前后约谈了一个钟头，沈三玄笑得由屋子里滚将出来。黄鹤声因也要出门，就让他同坐了自己的汽车，把他送到家门口。

沈三玄下了车，见自己家的大门，却是虚掩的，倒有点不高兴。推了门进去，在院子里便嚷起来道："大嫂！你不开门，没有看见，我是坐汽车回来的。今天我算开了眼，尝了新，坐了汽车了。黄副官算待咱们不错，他这样阔了，还认识咱们，真是难得。"沈大娘道："别现眼了，归里包堆，人家请你吃了一回馆子，坐了一趟汽车，就恨不得把人家捧上天。这要他是给你百儿八十的，你没有老子，得把他认作老子看待了。"沈三玄道："百儿八十，那不算什么。也许不止帮我百儿八十的忙呢。人家有那番好意，你娘儿俩乐意不乐意，我都不管，可是我总得说出来。就是现在这位尚师长的太太，想着瞧瞧小姊妹们，要接凤喜到她家去玩玩。明天打过两点，就派两名护兵押了汽车来接，就说人家虽是同行出身，可是现成的师长太太了。师长有多大，大概你还不大清楚。若说把前清的官一比，准是头品顶戴吧。人家派汽车来接凤喜，这面子可就大了。若是不去，可真有些对不住人。”

沈大娘道：“你别瞎扯。从前咱们和雅琴就没有什么来往，这会子她做了阔太太了，倒会和咱们要好起来。我不信！”沈三玄道：“我也是这样说呀，可是今天黄副官为了这个，特意把我请去说的。假是一点儿也假不了，难得尚太太单单的念叨咱们，所以我说这交情大了，不去真对不住人。”沈大娘道：“我想雅琴未必记得起咱们，不过是黄鹤声告诉了她，她就想起咱们来了。”沈三玄道：“大嫂！你别这样提名道姓的，咱们背后叫惯了，将来当面也许不留神叫了出来的。人家有钱有势，攀交情还怕攀不上，把人家要得罪了，那可是不大方便。明天凤喜还是去不去呢？”沈大娘道：“也不知道你的话靠得住靠不住。若是人家真派了汽车来接，那倒是不去不成。要不，人家真说咱们不识抬举。”沈三玄心下大喜，因道：“你是知情达礼的人，当然会让她去。可是咱们这位侄姑娘，可有点怯官……”他们在外面屋子说话。凤喜在屋子里，已听了一个够，便道：“别那样瞧不起人，我到过的地方，你们还没有到过呢。雅琴虽然做了太太，人还总是那个旧人，我怕什么。”沈三玄道：“只要你能去就行，我可不跟你赌嘴。”沈三玄心里又怕把话说僵了，说完了这句，就回到自己屋子里去了。

到了次日，沈三玄起了个早，可是起来早了，又没有什么事可做，他就拿了一把扫帚，在院子里扫地。沈大娘起来，开门一见，笑道:“哟！咱们家要发财了吧。三叔会起来这么早，给我扫院子。”沈三玄笑了，答道：“我也不知道怎么着，天亮就醒了，老睡不着，早上闲着没有事，扫扫院子，比闲等着强。再说咱们家人少，我又光吃光喝，凤喜更是当学生了，里里外外，全得你一个人照理，我也应该给你娘儿俩帮点忙了。”说着，用手向凤喜屋子里指了一指，轻轻的道：“她起来没有？尚太太那儿，她答应准去吗？她要是不去，你可得说着她一点，咱们现在好好的做起体面人家，也该要几门子好亲好友走走。你什么事不知道，觉得我做兄弟这句话，说的对吗？”沈大娘笑道：“你这人今天一好全好，肯做事，说话也受听。”沈三玄笑道:“一个人不能糊涂一辈子，总有一天明白过来。好比就像那尚师长太太，从前唱大鼓书的时候，不见得怎样开阔，可是如今一做了师长太太，连我们这样的老穷街坊，她也记起来了，说来说去，我们这侄姑娘到底是决定了去没有？”沈大娘道：“这也没有什么决定不决定，汽车来了，让她去就是了。”沈三玄道：“让她去不成，总要她自己肯去才成呢。”沈大娘道：“唉！怪贫的，你老说这做什么？”沈三玄见嫂嫂如此说，就不好意思再说了。

过了一会，凤喜也起床了，她由厨房里端了一盆水，正要向北屋子里去，沈三玄道：“侄姑娘！今天起来得早哇。”凤喜将嘴一撇道：“干嘛啊！知道你今天起了一天早，一见面就损人。”沈三玄由屋子里走了出来，笑嘻嘻的道：“我真不是损你。你看，今天这院子扫得干净吗？”凤喜微微一笑道：“干净。”说时，她已端了水走进房去。

沈三玄在院子里槐树底下徘徊了一阵，等着凤喜出来。半晌，还在里面，自己转过槐树那边去，哗啦一声，一盆洗脸水，由身后泼了过来，一件蓝竹布大褂，湿了大半截。凤喜站在房门口，手里拿着空洗脸盆，连连叫着“糟糕”。沈三玄道:“还好！没泼着上身，这件大褂,反正是要洗的。”凤喜见他并不生气,笑道:“我回回泼水，都是这样，站在门口，望槐树底下一泼，哪一回也没事，可不知道今天你会站在这里，你快脱下来，让我给你洗一洗吧。”沈三玄道：“我也不等着穿，忙什么？我不是听到你说，要到尚师长家里去吗？”凤喜道：“是你回来要我们去的，怎么倒说是听到我说的呢？”沈三玄道：“消息是我带来的，可是去不去，那在乎你。我听到你准去,是吗？姊妹家里,也应该来往来往,将来……”凤喜道：“唉！你淋了一身的水，赶快去换衣服吧，何必站在这里废话。”

沈三玄让凤喜一逼，无可再说了，只得走回房去，将衣服换下。等到衣服换了，再出来时，凤喜已经进房去了。于是装着抽烟找取火儿，走到北屋子里来，隔着门问道：“侄姑娘！我要不要给黄副官通个电话？”凤喜迎了出来道：“哪个什么黄副官？有什么事要通电话？”沈三玄笑道：“你怎么忘了，不是到尚家去吗？”凤喜道:“你怎么老蘑菇！我不去了。”说着手一掀门帘子，卷过了头，身子一转，便进房去了。

沈三玄看她身子突然一掉，头上剪的短发，就是一旋，仿佛是僵着脖子进去了。他心里扑通一跳，要安慰两句是不敢，不安慰两句,又怕事情要决裂,站在屋子中间,只管抽烟卷。半晌,才说道：“我没有敢麻烦呀，我只说了一句，你就生气了。”凤喜道：“早上我还没起来,就听见你问妈了。你想巴结阔人,让我给你去做引线，是不是？凭你这样一说，我要不去了，看你怎么样？”沈三玄不敢作声，溜到自己屋子里去了。

到了吃午饭的时候，沈三玄一看凤喜的脸色，已经和平常一样，这才从从容容的对沈大娘道：“你下午要出去的话，你就出去吧。我在家看一天的家得了。”沈大娘口里正吃着饭，就只对他摇了一摇头，沈三玄道：“那尚太太就只说了要大姑娘去，要不然，你也可以跟了去。可是话又说回来了，以后彼此走熟了，来往自然可以随便。”他说话，手里捧着筷子碗，下巴直伸到碗中心，向对面坐的凤喜望着。凤喜却不理会，只是吃她的饭。沈三玄将筷子一下一下的扒着饭，却微微一笑。沈大娘看了一看，也没有理会。沈三玄只得笑道：“我这人还是这样的脾气，人家有什么事没有办了，我只同人家着急。大姑娘到底去不去？应该决定一下。过一会子，人家的汽车也来了，可是依着我说，哪怕去一会儿就回来哩，那都不要紧，可是敷衍面子，总得去一趟，原车子回来，要不了多少时候，至多一点钟罢了！”

说到这里，凤喜已是先吃完了饭，就放下了碗，先进去了。沈三玄轻轻的道：“大嫂你可别让她不去。”沈大娘道：“你真贫。”说着，将筷子一按，啪的一声响，左手将碗放在桌上，又向中间一推，她虽没有说什么，好像一肚子不高兴，都在这一按一推上，完全表示出来。沈三玄一人自笑起来道：“我是好意，不愿我说，我就不说。”他只说了这句话，也就只管低头吃饭。

往常沈三玄一放下饭碗，就要出门去的，今天他吃过饭之后，却只是衔了一根烟卷，不停的在院子里闲步。到了两点钟，门口一阵汽车响，他心里就是一跳。出去开门一看，正是尚宅派来的汽车。车子上先跳下两位挂盒子炮的武装兵士来，沈三玄笑着点了点头道：“二位不是黄副官派来接沈姑娘的吗？她就是我侄女，黄副官和我是至好的朋友。”于是把那两位兵士，请到自己屋子里待着，自己悄悄的走到北屋子里去，对沈大娘道：“怎么办？汽车来了。”沈大娘道：“你侄女儿她闹别扭，她不肯去哩。”沈三玄一听这话慌了，连道："不成，那可不成。"沈大娘道："她不愿去，我也没法子。不成又怎么样呢？"沈三玄皱了双眉，脖子一软，脑袋歪着偏到肩上，向着沈大娘笑道："你何必和我为难，你叫她去吧。两个大兵，在我屋子里待着，他们身上，都带着家伙，我真有些怕。"说话时，活现出那可怜的样子，给沈大娘连连作了几个揖。沈大娘笑道："我瞧你今天为了这事，真出了一身汗。"沈三玄还要说时，只见凤喜换了衣履出来，正是要出门的样子，因问道："要不要让那两个大兵喝一碗水呢？"凤喜道："你先是怕我不去，我要去了，你又要和人家客气。"沈三玄笑着向外面一跑，口里连道："开车开车，这就走了。"他走忙了，后脚忘了跨门槛，扑通一声，摔了个蛙翻白出阔。他也顾不了许多，爬了起来，就向自己屋子里跑，对着那两个兵，连连作揖道："劳驾久等，我侄女姑娘出来了。"

两个护兵，一路走出去，见凤喜长衫革履，料着就是要接的那人了。便齐齐的走上前，和凤喜行了个举手军礼。凤喜向来见了大兵就有三分害怕，不料今天见了大兵，倒大模大样的，受他俩的敬礼，心下不由得就是一阵欢喜。两个大兵在前引路，只一出大门，早有一个兵抢上前一步，给她开了汽车门。凤喜坐上汽车，汽车两边，一边站着一个兵，于是风驰电掣，开向尚宅来。

凤喜坐在车上，不由得前后左右，看了个不歇。见路上的行人，对于这车子，都非常注意。心想他们的意思，见我坐了带着护兵的汽车，那还不会猜我是阔人家里的眷属吗？

车子到了尚家，两个护兵，一个抢进门去报信，一个就来开车门。凤喜下了车子，便见有两个穿得齐整一点的老妈子，笑嘻嘻的同叫了一声"沈小姐"，接上蹲着身子请了一个安。一个道：

“你请吧。我们太太等着哩！”凤喜也不知道如何答复是好，只是用鼻子哼着应了一声，老妈子带她顺着走廊，走过两道金碧辉煌的院落，到了第三进，只见高台阶上一个浑身罗绮的少妇，扶着一个十二三岁的女孩，杨柳临风的一般，站在那里，却是笑嘻嘻的，先微微的点了一点头。那不是别人，正是从前唱大鼓书现在做师长太太的雅琴。

记得当年，她身体很强健的，能骑着脚踏车，在城南公园跑，如今倒变得这样娇嫩相，站着都得扶住人。她这里打量雅琴，雅琴也在那里打量她。雅琴总以为凤喜还是从前那种小家子，今天来至多是罩上一件红绿褂子而已。现在一看她是个极文明的样子，虽然不甚华丽，然而和从前，简直是两个人了。她不等凤喜上前，立刻离开扶着的那女孩，迎上前来，握着凤喜的手道：“大妹子！你好吗？想不到咱们今天在这儿见面啊！你现在很好吗？”说着这话，她执着凤喜的手。依然还是向她浑身上下打量，笑道：“我真想不到呀，怪不得黄副官说你好了。”凤喜只笑着，不知道她命意所在，也就不好怎样答复她的话。她牵着凤喜的手，一路走进屋子里去。

凤喜进门来，见这间堂屋，就像一所大殿一样，里面陈设的那些木器，就像图画上所看到的差不多。四处陈设的古玩字画，也说不上名目；只看正中大理石紫檀木炕边，一面放着一架钟，就有一个人高；其次容易令人感觉的，就是脚下踏着的地毯，也不知道有多厚，仿佛人在床上行路一般，只觉软绵绵的。这时有个老妈子在右边门下，高卷着门帘，让了雅琴带凤喜进去。穿过一间房子，这才是雅琴的卧室，迎面一张大铜床，垂着珍珠罗的帐子，床上的被褥，就像绸缎庄的玻璃样子柜一般，不用得再看其他的陈设，就觉得眼花缭乱了。雅琴道："大妹子！我不把你当外人，所以让你到我屋子里来坐。咱们不容易见面，你可别走，在我这里吃了晚饭去，回头谈谈，开话匣子给你听也好，开无线电收音机给你听也好。咱们这无线电和平常的不同，能听到外国的戏院子唱戏。你瞧这可透着新鲜。"说着又向床后一指道："你瞧那不是一扇小门吗？那里是洗澡的屋子。"说着拉了凤喜的手，推门让她向里看。里面白玉也似的，上下全是白瓷砖砌成的。凤喜不好意思细看，只伸头望了一望，就退回来了。雅琴笑道："吃完了饭，你在我这里洗了澡再走。"一直让雅琴把殷勤招待的意思都说完了，才让着她在一张紫皮沙发上坐了。对过小茶桌上，正放了一架小小的电扇，一个老妈子张罗过茶水，正要去开电扇，雅琴道："别忙，拿一瓶香水来。"老妈子取了一瓶香水来，雅琴接过手，打开塞子，向满屋子一洒，然后再让老妈子开电扇，风叶一动，于是满室皆香——凤喜在未来之先，心里也就想着，雅琴虽是个师长的姨太太，自己这一会儿，也算不错，就是和她谈谈，也不见得相差若干。现在这一比较之下，这才觉得自己所见的不广。雅琴说起话来，咱们师长长，咱们师长短，这也就不好说什么，只是听一句是一句而已。

她们在这里说话，那位尚师长早已偷着在隔壁屋子里，一架绿纱屏风后，看了一个饱。觉得自己的如夫人，和凤喜一比，就是泥土见了金。人家并不用得要脂粉珠玉那些东西陪衬，自然有一种天生的媚态。可惜这话已和刘将军说过，不然这个美人，是不能不据为己有的了。

原来这刘将军，是刘大帅的胞兄弟，现在以后备军司令的资格，兼任了驻京办公处长，就是刘大帅的灵魂。当凤喜来的时候，这刘将军也就到尚师长家里来小坐，因为无聊得很，要想找两个人，就在尚家打个小牌消遣消遣。闲谈了一会，尚师长笑道："我听说大帅要在北京找一个如夫人，我就托人去访。今天倒找来了一位，是我们姨太太的姊妹，不知道究竟如何，让我先偷着去看看。"刘将军笑道："我们老二的事，我是知道。这人究竟他看得上眼，看不上眼，让我先考一考分数，那才不错。若是我说行，至少有个大八成儿他乐意。要不然，你胡往那里送，闹不出一个好处来，先倒碰钉子，那又何必。"尚师长一听他这话有理，就约好自己先进去，把凤喜叫出来，大家见面。刘将军听说，很是赞成，就让尚师长先进上房去，他在客厅里等。不料等了大半天，还不见尚师长出来。他在尚家是很熟识的，也等得有些不耐烦，就向上房走去，口里喊着尚师长的号道："体仁！体仁！怎么一进去就不出来了？"尚师长连忙离开了碧纱屏风，走到门口来迎着他，因笑道："错是真不错，似乎年岁太小一点。"刘将军道："越小越好哇！你怎么倒有嫌她过小的意思呢？请出来见见吧。"尚师长连连摇着手道："别嚷！别嚷！究竟能不能够请出来见一见，我还不敢硬做这个主，得问问我们'内阁总理'呢。"于是把刘将军让到内客厅，然后吩咐听差，去请姨太太出来。

雅琴一进门，尚师长先笑道："人，我瞧见了。你说从前她也唱过大鼓书，我是不相信。你瞧瞧她那斯斯文文的样子，真像一个……"雅琴哪里等他说完，连忙微瞪着眼道："你以为这是好话吗？谁不愿意一生下地，就是大小姐？投胎投错了可也没法子。唱大鼓书的人，也是人生父母养的。在台上唱大鼓书，一下了台，一样的是穿衣吃饭。难道说唱大鼓书，脸子上还会长着一行字是下等人，到哪儿也挂上这块牌子吗？你说她斯斯文文的，不像唱大鼓的，我不知道其余唱过大鼓的，有怎样一个坏相。"尚师长坐在沙发上，两脚一抬，手一拍，身子向后一仰，哈哈大笑道："这可了不得。一句话，把咱们夫人的怒气引上来了。我说她没有唱大鼓书的样子，并不是说你有那个样子呀！在你面前，说你姊妹们好，你也是有体面的事，干吗这样生气？"说毕，又哈哈大笑。

雅琴道："别乐了！有什么事快对我说吧。人家屋子里还有客呢！"尚师长笑道："就是为了她，才请你来呢。你去请她出来，我们大家谈一谈行不行？"雅琴便低声音道："别胡闹吧！人家有了主儿了，虽然是没嫁过去，她现在就过的是男家的日子，总算是一位没过门的少奶奶，要把她当着……"尚师长道："是你的姊妹们，也算是我的小姨子。让她瞧瞧这不成器的老姊夫，我把她当着亲戚，还不成吗？"他说了这话，放大着声音，打了一个哈哈，就径自走进房去。刘将军急于要看人，也紧紧跟着。但是当他二人进房时，屋子里何曾有人。刘将军先急了，连嚷："客呢？客呢？"要知凤喜是否逃出了他们这个锦绣牢笼，下回分解。

第十一回

竹战只攻心全局善败　钱魔能作祟彻夜无眠

却说尚体仁师长和刘将军扑进屋来，却不见了凤喜，刘将军大叫起来道："体仁！你真是岂有此理，有美人儿就有美人儿，没有美人儿，干嘛冤我？"尚师长笑着，也不作声，却只管向浴室门里努嘴。雅琴已是跑进来，笑道："我妹子年轻，有点害臊，你们可别胡捣乱。"说着，走进浴室，只见凤喜背着身子，朝着镜子站住，雅琴上前一把将她拉住，笑着："为什么要藏起来？都是朋友亲戚，要见，就大家见见，他们还能把你吃下去不成？"说着将凤喜拼命的拉了出来。凤喜低了头，身子靠了壁，走一步，挨一步，挨到铜床边，无论如何，不肯向前走了。

当雅琴在浴室里说话之时，刘、尚二人的眼光，早是两道电光似的，射进浴室门去。及至凤喜走了出来，刘将军早是浑身的汗毛管向上一翻，酥麻了一阵，不料凭空走出这样美丽的一个女子来，满脸的笑容朝着雅琴道："这是尚太太不对。有上客在这里，也不好好的先给我们一个信，让我们糊里糊涂嚷着进来，真是对不住。"说着，走上前一步，就向凤喜鞠了半个躬笑道："这位小姐贵姓？

我们来得鲁莽一点，你不要见怪。”凤喜见人家这样客客气气，就不好意思不再理会，只得摆脱了雅琴的手，站定了，和刘将军鞠躬回礼。雅琴便站在三人中间，一一介绍了，然后大家一路出了房门，到内客厅里来坐。

凤喜挨着雅琴一处坐下，低了头，看着那地毯织的大花纹，上牙微微的咬了一点下嘴唇，在眼里虽然讨厌刘将军那样年老，更讨厌他斜着一双麻黄眼睛只管看人。可是常听到人说，将军这官，位分不小，就是在大鼓词上也常常唱到将军这个名词的。现在的将军，虽然和古来的不见得一样，然而一定是一个大官。所以坐在一边，也不免偷看他两眼，心里想着：大官的名字，听了固然是好听，可是一看起来，也不过是一个极平凡的人，这又是叫闻名不如见面了。当她这样想时，雅琴在一边就东一句西一句，只管牵引着凤喜说话。

大家共坐了半点钟，也就比初见面的时候熟识的多了。刘将军道：“我们在此枯坐，有什么意思？现成的四只脚，我们来场小牌，好不好？”尚师长和雅琴都同声答应了，凤喜只当没有知道，并不理会。雅琴道：“大妹子！我们来打四圈玩儿，好不好？”凤喜掉转身，向雅琴摇了一摇头，轻轻的道：“我不会！”雅琴还不曾答话，刘将军就笑着道：“不能够，现在的小姐们，没有不会打牌的。来来来，打四圈。若是沈小姐不来的话，那就嫌我们是粗人，攀交不上。”凤喜只得笑道：“你说这话，我可不敢当。”刘将军道：“既不是嫌我们粗鲁，为什么不来呢？”凤喜道：“不是不来，因为我不会这个。”刘将军道：“你不会也不要紧，我叫两个人在你后面看着，做你的参谋就是了，输赢都不要紧，你有个姐姐在这儿保着你的镖呢。再说我们也不过是图个消遣，谁又在乎几个钱。来吧！

来吧！”

在刘将军说时，尚师长已是吩咐仆役们安排场面，就是在这内客厅中间摆起桌椅，桌上铺了桌毯，以至于放下麻雀牌，分配着筹码。凤喜坐在一边，冷眼看看，总是不做声。等场面一齐安排好了，雅琴笑着一伸手挽住凤喜一只胳膊道："来吧来吧！人家都等着你，你一个人好意思不来吗？”凤喜心想，若是不来，觉得有点不给人家面子，只得低了头，两手扶了桌子沿，站着不动，却也不说什么。雅琴笑道："来吧！我们两个人开来往银行。我这里先给你垫上一笔本钱，输了算是我的。”说时，她就在身上掏出一沓钞票，向凤喜衣袋里一塞，笑道："那就算你的了。”凤喜觉得那一沓票子，厚得软绵绵的，大概不会少。只是碍了面子，不好掏出来看一看。然而有了这些钱，就是输，也可以抵挡一阵，不至于不能下场的了。因之才抬头一笑道："我的母亲说了让我坐一会子就回去的，我可不能耽误久了。”雅琴道："哟！这么大姑娘，还离不开妈妈。在我这里，还不是像在你家里一样吗？多玩一会子，要什么紧！咱们老不见面，见了干嘛就走？你不许再说那话，再说那话，我就和你恼了。”

刘、尚二人，一看她并没有推辞的意思，似乎是允许打牌的了，早是坐下来，将手伸到桌上，乱洗着牌。刘将军笑道："沈小姐！来来来，我们等着呢。”雅琴用手将她一按，按着她在椅子上坐下，自己也就坐到凤喜的下手来。凤喜因大家都坐定了，自己不能呆坐在这里，两只手不知不觉的伸上桌去，也将牌和弄起来。她的上手，正是刘将军。她一上场，便是极力的照应，所打的牌，都是中心张子，凤喜吃牌的机会，却是随时都有。一上场两圈中就和了四牌，从此以后，手气是只见其旺。上手的刘将军恰成了个反比例，一牌也没有和。

有一牌，凤喜手上，起了八张筒子，只有五张散牌，心想：赢了钱不少，牺牲一点也不要紧。因是放开胆子来，只把万子、索子打去，抓了筒子，一律留着。自己起手就拆了一对五万打去，接上又打了一对八索，心想在上手的人，或者会留心。可是刘将军也不打万子，也不打索子，张张打的都是筒子，凤喜吃七八九筒下来，碰了一对九筒，手上是一筒作头，三四五六筒，外带一张孤白板，等着吃二五四七筒定和。刘将军本就专打筒子的，他打了一张七筒，凤喜喜不自胜，叫一声“吃”，正待打出白板去，同时雅琴叫了一声“碰”，却拿了两张七筒碰去了。凤喜吃不着不要紧，这样一来，自己一手是筒子，不啻已告诉人，这样清清顺顺的清一色，却和不到，真是可惜得很。刘将军偷眼一看她，见她脸上，微微泛出一层红晕，不由得微微一笑，到了他起牌的时候，起了一张一万，他毫不考虑的，把手上四五六三张筒子，拆了一张四筒打出去。凤喜又怕人碰了，等了一等，轻悄悄的，放出五六筒吃了。雅琴向刘将军道：“瞧见没有？人家是三副筒子下了地，谁要打筒子，谁就该吃包子了。”刘将军微笑道：“她是假的，决计和不了筒子。”雅琴道：“和筒子不和筒子，那都不管它，你知道她要吃四七筒，怎么偏偏还打一张四筒她吃？”刘将军“呵”了一声，用手在头上一摸道：“这是我失了神。”

说话之间，又该刘将军打牌了，他笑道：“我不信，真有清一色吗？我可舍不得我这一手好牌拆散来，我包了。”说着抽出张五筒来，向面前一摆，然后两个指头按着，由桌面上，向凤喜面前一推，笑道：“要不要？”凤喜见他打那张四筒，就有点成心。如今更打出五筒来，明是放自己和的，心里一动，脸上两个小酒窝儿，就动了一动，微笑道：“可真和了。”于是将牌向外一摊，刘将军嚷起来道：“没有话说，吃包子，吃包子。”于是将自己的牌，向牌堆里一推，接上就掏钞票，点了一点数目，和零碎筹码，一齐送到凤喜面前来。凤喜笑道：“忙什么呀！”刘将军道：“越是吃包子，越是要给钱给的痛快，要不然，人家会疑心我是撒赖的。”如此一说，大家都笑了。凤喜也就在这一笑中间，把钱收了去。尚师长在桌子下面，用脚踢了一踢雅琴的腿，又踢了一踢刘将军的腿，于是三个人相视而笑。

四圈牌都打完了，凤喜已经赢三四百元，自己也不知道牌有多大，也不知道一根筹码，应该值多少钱，反正是人家拿来就收，给钱出去，问了再给。虽然觉得有点坐在闷葫芦里，但是一问起来，又怕现出了小家子气象，只好估量着罢了。她心里不由连喊了几声惭愧，今天幸而是刘将军牌打得松，放了自己和了一副大牌，设若今天不是这样，只管输下去，自己哪里来的这些钱付牌账。今天这样轻轻悄悄的上场，总算冒着很大的危险，回头看看他们输钱的，却是依然笑嘻嘻的打牌。原来富贵人家，对于银钱是这样不在乎，平常人家把十块八块钱，看得磨盘那样重大，今天一比，又算长了见识了。在这四圈牌打完之后，凤喜本想不来了，然而自己赢了这多钱，这话却不好说出口。可是他们坐着动也不动，并不征求凤喜的同意，接着向下打。

又打完四圈，凤喜却再赢了百多元，心里却怕他们不舍。然而刘将军站起来，打一个呵欠，伸了一个懒腰，这是疲倦的表示了。大家一起身，早就有老妈子打了香喷喷的手巾把递了过来。手巾放下，又另有个女仆，恭恭敬敬的送了一杯茶到手上。凤喜喝了一口，待要将茶杯放下，那女仆早笑着接了过去。刚咳嗽了一声，待要吐痰，又有一个听差，抢着弯了腰，将痰盂送到脚下。心想富贵人家，实在太享福，就是在这里做客，偶然由他照应一二，真也就感到太舒服了。因对雅琴道："你们太客气了，要是这样，以后我就不好来。"雅琴道："不敢客气呀！今天留你吃饭，就是家里的厨子，凑合着做的，可没有到馆子里去叫菜，你可别见怪。"凤喜笑道："你说不客气不客气，到底还是客气起来了。"她说着，心里也就暗想：大概是他们家随便吃的菜饭。

这时，雅琴又一让，把她让到内客厅里，这里是一间小雅室，只见一张小圆桌上，摆满了碗碟，两个穿了白衣服的听差，在屋子一边，斜斜的站定，等着恭敬侍候。尚师长说凤喜是初次来的客，一定要她坐了上位，刘将军并不谦逊，就在凤喜下手坐着，尚师长向刘将军笑了一笑，就在下面坐了。刚一坐定，穿白衣服的听差，便端上大碗红烧鱼翅，放在桌子中间。凤喜心里又自骂了一声惭愧，原来他们家的便饭，都是如此好的。那刘将军端着杯子，喝了一口酒，满桌的荤菜，他都不吃，就只把手上的牙筷，去拨动那一碟生拌红皮萝卜与黄瓜。雅琴笑道："刘将军今天要把我们的菜，一样尝一下才好，我们今天换了厨子了。"刘将军道："这厨子真是难雇，南方的，北方的，我真也换得不少了，到于今也没有一个合适的。"尚师长笑道："你找厨子，真是一个名，家里既然没有太太，自己又不大住家里，干嘛要找厨子？"刘将军道："我不能一餐也不在家吃呀。若是不用厨子，有不出门的时候，怎么办呢？唉！自从我们太太去世以后，无论什么都不顺手。至少说吧，我花费的，和着没有人管家的那档子损失，恐怕有七八万了。"尚师长道："据我想，恐怕还不止呢。自从你没有了太太，北京，天津，上海，你到哪儿不逛？这个花的钱的数目，你算得出来吗？"刘将军听说，哈哈的笑了。凤喜坐在上面，听着他们说话，都是繁华一方面的事情，可没有法子搭进话去，只是默然的听着。吃了一餐饭，刘将军也就背了一餐饭的历史。

饭后，雅琴将凤喜引到浴室里去，她自出去了。凤喜掩上门连忙将身上揣的钞票拿出，点了一点，赢的已有四百多元。雅琴借垫的那一笔赌本，却是二百五十元。那叠钞票是另行卷着的，却未曾和赢的钱混到一处，因此将那卷钞票，依然另行放着。洗完了一个澡出来，就把那钞票递还雅琴道："多谢你借本钱给我，我该还了。"雅琴伸着巴掌，将凤喜拿了钞票的手，向外一推，一摇头道："小事，这还用得挂在口上啦。"凤喜以为她至多是谦逊两句，也就收回去了，不料这样一来，她反认为是小气，不由得自己倒先红了脸，因笑道："无论多少，没有个人借钱不还的。"雅琴道："你就留着吧，等下次我们打小牌的时候再算得了。"凤喜一见二百多元，心想很能置点东西，她既不肯要，落得收下。便笑道："那样也好。"于是又揣到袋里去。看一看手表，因笑道："姐姐不是说用汽车送我回去吗？劳你驾，我要走了，快九点钟了。"雅琴道："忙什么呢！有汽车送你，就是晚一点也不要紧啊。"凤喜道："我是怕我妈惦记，不然多坐一会儿，也不算什么。再说，我来熟了，以后常见面，又何在乎今天一天哩。"雅琴道："这样说，我就不强留。"于是吩咐听差，叫开车送客。

这时，刘将军也跑了进来，笑道："怎么样，沈小姐就要走么？我还想请尚太太陪沈小姐听戏呢。"凤喜轻轻的说了一声"不敢当"，雅琴代答道："我妹子还有事，今天不能不回去。刘将军要请，改一个日子，我一定奉陪的。"刘将军道："好好！就是就是，让我的车子，送沈小姐回去吧。"雅琴笑道："我知道刘将军要不做一点人情，心里是过不去的。那么，大妹子！你就坐刘将军的汽车去吧。”凤喜只道了一声“随便吧”，也不能说一定要坐哪个的车子，一定不坐哪个的车子。于是尚氏夫妇和刘将军，一同将凤喜送到大门外来，一直在电灯光下，看她上了车，然后才进去。

凤喜到家只一拍门，沈大娘和沈三玄都迎将出来。沈三玄见她是笑嘻嘻的样子，也不由得跟着笑将起来。凤喜一直走回房里，便道：“妈！你快来快来。”沈大娘一进房，只见凤喜衣裳还不曾换，将身子背了窗户，在身上不断的掏着，掏了许多钞票放在床上，看那票子上的字，都是十元五元的，不由得失声道：“哎呀！你是在哪里……”说到一个“里”字，自己连忙抬起自己的右手将嘴掩上，然后伸着头望了钞票，又望了一望凤喜的脸，低低的微笑道：“果然的，你在哪里弄来这些钱？”凤喜把今天经过的事，低着声音详详细细的说了，因笑道：“我一天挣这么些个钱，这一辈子也就只这一次。可是我看他们输钱的，倒真不在乎。那个刘将军，还说请我去听戏呢。”说到这句话，声音可就大了。沈大娘道：“这可别乱答应。一个大姑娘家跟着一个爷们去听戏，让姓樊的知道了，可是不便。”

一句未了，只听到沈三玄在窗子外搭言道：“大嫂你怎么啦？这位刘将军，就是刘大帅的兄弟，这权柄就大着啦。”沈大娘和凤喜同时吓了一跳。沈大娘望屋子外头一跑，向门口一拦，凤喜就把床上的钞票向被褥底下乱塞。沈三玄走到外面屋子里，对沈大娘道：“大嫂！刚才我在院子里听到说，刘将军要请大姑娘听戏，这是难得的事。人家给的这个面子可就大了，为什么不能去？他既然是和尚太太算朋友，咱们高攀一点，也算是朋友。”沈大娘连忙拦住道：

“这又碍着你什么事？要你噼里啪啦说上一阵子。”沈三玄有一句话待说，吸了一口气，就笑着忍回去了。他嘴里虽不说，走回房去，心里自是暗喜。

当下沈大娘装着要睡，就去早早的关了北屋子门，这才到凤喜屋子里来将钞票细细的点了五次，共是七百二十元。沈大娘一屁股坐在床上，拉着凤喜的手，微笑着低声道：“孩子！咱们今年这运气可不算坏啊！凑上樊大爷留下的钱，这就是上千数了。要照着放印子钱那样的盘法，过个周年半载，咱们就可以过个半辈子了。”凤喜听了，也是不住的微笑。到了睡觉的时候，在枕头上还不住的盘算那一注子钞票，应该怎样花去。若是放在家里，钱太多了，怕出什么乱子；要存到银行里去，向来又没有经历过，不知道是怎么一个手续；要是照母亲的话，放印子钱，好是好，自己家里，也借过印子钱用的，借人家三十块钱，作为铜子一百吊，每三天还本利十吊，两个月还清，整整是个对倍，母亲还一回钱，背地里就咒人家一次，总说他吃一个死一个，自己放起印子钱来，人家又不是一样的咒骂吗？想了大半晚上，也不曾想一个办法。有了这多钞票，一点好处没有得到，倒弄得大半晚没有睡好。

次日清晨，一觉醒来，连忙就拿了钥匙去开小箱子，一见钞票还是整卷的塞在箱子犄角上，这才放了心。沈大娘一脚踏进房来，张着大嘴，轻轻的问道：“你干什么？”凤喜笑道：“我做了一个噩梦。”说了将手向沈三玄的屋子一指道：“梦到那个人，把钱抢去了。我和他夺来着，夺了一身的汗。你摸摸我的脊梁。”沈大娘笑道：“我也是闹了一晚上的梦。别提了，闹得酒鬼知道了，可真是个麻烦。”

她母女二人这样的提防沈三玄，但是沈三玄一早起来，就出门去了。到晚半天他才回家。一见着凤喜，就拱了拱手道：“恭喜你发了一个小财呀。我劝你去，这事没有错吧！”凤喜道：“我发了什么财？有钱打天上掉下来吗？”沈三玄笑道：“虽然不能打天上掉下来，反正也来得很便宜。昨晚在尚家打牌，你赢了好几百块钱，那不算发个小财吗？反正我又不想分你一文半文，瞒着我做什么？我刚才到尚公馆去，遇到那黄副官，他全对我说了，还会假吗？他说了呢，尚太太今天晚上在第一舞台包了个大厢，要请你去听戏，让我回来先说一声，大概等一会就要派汽车来接你了。”凤喜因道：“我赢是赢了一点款子，可是借了雅琴姐两三百块，还没有还她呢。”沈三玄连连将手摇着道：“这个我管不着，我是问你听戏不听戏？”

当下凤喜犹豫一阵，却没有答应出来。因见沈大娘在自己屋子里，便退到屋子里问她道：“妈！你说我去还是不去呢？要是去的话，一定还有尚师长刘将军在内，老和爷们在一处，可有些不便。况且是晚晌，得夜深才能回来。要是不去，雅琴待我真不错；况且今天又是为我包的厢，我硬要扫了人家面子，可是怪不好意思的。”她说着这话，眉毛皱了很深。沈大娘道：“这也不要什么紧，愁得两道眉毛拴疙瘩做什么？你就坐了他们的车子到戏馆子去走一趟，看一两出戏，早早的回家来就是了。”沈三玄在外面屋子里听到这话，一拍手跳了起来道：“这不结了，有尚太太陪在一块儿，原车子来，原车子去，要什么紧！掇饰掇饰换了衣服等着吧。汽车一来，这就好走。”凤喜虽觉得他这话有点偏于奉承，但是真去坐着包厢听戏，可不能不修饰一番。因此扑了一扑粉，又换了一件自己认为最得意的鹦绿纺绸旗衫。因为家树在北京的时候，说她已经够艳丽的了。衣服宁可清淡些，而况一个做女学生的人，也不宜穿得太华丽了，所以在凤喜许多新装项下，这一件衣服，却是上品。

凤喜换了衣服，恰好尚师长派来接客的汽车，也就刚刚开到。押汽车的护兵已经熟了，敲了门进来，就在院子里叫道："沈太太！我们太太派车子来接小姐了。"沈大娘从来不曾经人叫过太太，在屋子里听到这声太太，立刻笑了起来道："好好！请你们等一等吧。"两个护兵答应了一声"是"，沈大娘于是笑着对凤喜道："人家真太客气了，你就走吧。"凤喜笑着出了门，沈大娘本想送出去的，继而一想，那护兵都叫了我是太太，自己可不要太看不起自己了。哪有一个太太，黑夜到大门口来关门的。因此只在屋子里叫一声"早些回来吧"。凤喜正自高兴，一直上汽车去，也没有理会她那句话。

这汽车一直开到第一舞台门口，另有两个护兵站了等候，一见凤喜从汽车上下来，就上前叫着"小姐"，在前引路。二门边戏馆子里的守门与验票人，共有七八个，见着凤喜前后有四个挂盒子炮的，都退后一步，闪在两旁，一齐鞠着躬。还有两个人说："小姐，你来啦？"凤喜怕他们会看出不是真小姐来，就挺着胸脯子并不理会他们，然后走了进去。到了包厢里，果然是尚师长夫妇，和刘将军在那里。这是一个大包厢，前面一排椅子，可以坐四个人。凤喜一进来，他们都站起来让坐。一眼看见刘将军坐在北头，正中空了一把椅子，是紧挨着他的，分明这就是虚席以待的了。本当不坐，下手一把椅子却是雅琴坐的，她早是将身子一侧，把空椅子移了一移，笑道："我们一块儿坐着谈谈吧。"凤喜虽看到身后有四张椅子，正站着一个侍女，两个女仆，自己决不能与她们为伍，只得含着笑坐下来。刚一落座，刘将军便斟了一杯茶，双手递到她面前栏杆扶板上，还笑着叫了一声“沈小姐喝茶”。接上，又把碟子里的瓜子、花生糖、陈皮梅、水果之类，不住的抓着向面前递送。凤喜只能说着“不要客气”，可没有法子禁止他。

这个时候，台上正演的是一出《三击掌》，一个苍髯老生呆坐着听，一个穿了宫服的旦角，慢慢儿的唱，一点引不起观客的兴趣。因之满戏园子里，只听到一种轰隆轰隆闹蚊子的声浪。先是少数人说话，后来听不见唱戏，索性大家都说话。刘将军也就向着凤喜谈话，问她在哪家学校，学校里有些什么功课。由学校里，又少不得问到家里。刘将军听她说只有一个叔叔，闲在家里，便问从前他干什么的呢？凤喜想要说明，怕人家看不起，红着脸，只说了一句“是做生意”，刘将军也就笑了。

这里凤喜越觉得不好意思，就回转头来和雅琴说话。只见她项脖上挂了一串珠圈，在那雪青绸衫上，直垂到胸脯前，却配衬得很明显，因此笑问道：“这珠子买多少钱啦？”她问时，心里也想着，曾见人在洋货铺里买的，不过是几毛钱罢了。她的虽好，大概也不过一两块钱。心里正自盘算着，可不敢问出来。不料雅琴答复着道：“这个真倒是真的，珠子不很大，是一千二百块钱买的。”凤喜不觉心里一跳，复又问一声道：“多少钱呢？”雅琴道：“一千二百块钱买的。贵了吗？有人说只值八九百块钱呢。”凤喜将手托了珠圈，偏着头做出鉴赏的样子，笑道：“也值呢！前些时我看过一副不如这个的，还卖这样的价钱呢。”只在这时，凤喜索性看了看雅琴穿的衣服，只觉那料子又细又亮，可是不知道这个该叫什么名字。再看那料子上，全用了白色丝线，绣着各种白鹤，各有各式的样子，两只袖口和衣襟的底摆，却又绣了浪纹与水藻，都是绿白的丝线配成的，这一比自己一件鹦绿的半新纺绸旗衫，清雅都是一样，然而自己一方，未免显着单调与寒酸起来。估量着这种衣料，又不知道要值一百八十，自己不要瞎问给人笑话。于是就把词锋移到看戏上去，问唱的戏是什么意思？戏词是怎样？雅琴望着刘将军，将嘴一努，笑道："喏！你问他，他是个老戏迷，大概十出戏，他就能懂九出。"

凤喜自从昨日刘将军放一牌和了清一色，就觉得和这人说话有点不便。但是人家总是一味的客气，怎能置之不理！他滔滔不绝的说着，凤喜也只好带一点笑容，半晌答应一句很简单的话。大家正将戏看得有趣，那尚师长忽然将眉毛连皱了几皱，因道："这戏馆子里空气真坏，我头晕得天旋地转了。"雅琴听说，连忙掉转身来，执着尚师长的手，轻轻的道："今天的戏也不大好，要不，我们先回去吧。"尚师长道："可有点对不……"刘将军一迭连声的说："不要紧，不要紧，回头沈小姐要回家，我可以用车送她回去的。"凤喜听说，心里很不愿意。但是自己既不能挽留有病的人不回家，就是自己要说回去，也有点和人存心闹别扭似的，只是站了起来，踌躇着说不出所以然来。在她这踌躇期间，雅琴已是走出了包厢，连叫了两声"对不住"，说"改天再请"，于是她和尚师长就走了。

这里凤喜只和刘将军两人看戏，椅后的女仆，早是跟着雅琴一同回去。这时凤喜虽然两只眼注射在台上，然而台上的戏，演的是些什么情节，却是一点也分不出来。本来坐着的包厢，临头就有一架风扇，吹得非常凉快的，偏是身上由心里直热出来，热透脊梁，仿佛有汗跟着向外冒。肚子里有一句要告辞回家的话，几次要和刘将军说，总觉突然怕人家见怪。本来刘将军就处处体贴，和人家同坐一个包厢，多看一会儿戏，也很不算什么，难道这一点面子都不能给人？因此坐在这里，尽管是心不安，那一句话始终不能说出来，还是坐着。

刘将军给她斟了一杯茶，她笑着欠了一欠身子，刘将军趁着这机会望了她的脸道："沈小姐！今天的戏不大很好，这个礼拜六，这儿有好戏，我请沈小姐再来听一回，肯赏光吗？"凤喜听说，顿了一顿，微笑道："多谢！怕是没有工夫。"刘将军笑道："现在是放暑假的时候，不会没有工夫。干脆，不肯赏光就是了。既不肯赏光，那也不敢勉强。刚才沈小姐看着尚太太一串珠链，好像很喜欢似的，我家里倒收着有一串，也许比尚太太的还好，我想送给沈小姐，不知道沈小姐肯不肯赏收？"凤喜两个小酒窝儿一动，笑道："那怎样敢当！那怎样敢当！"刘将军道："只要肯收，我一定送来。府上在大喜胡同门牌多少号？"凤喜道："门牌五号。可是将军送东西去，万不敢当的。"说着又笑了。由这里起，两人索性谈起话来，把戏台上的戏都忘了。说着话，不知不觉戏完了。刘将军笑道："沈小姐！让我送你回去吧。夜深了，雇车是不容易的。"凤喜只说"不客气"，却也没有拒绝。刘将军和她一路出了戏院门，刘将军的汽车是有护兵押着的，就停放在戏院门口。要上车之际，刘将军不觉搀了凤喜一把，跟着一同坐上车去。上车以后，刘将军却吩咐站在车边的护兵，不必跟车，自走了回去。随手又把车篷顶上嵌着的那盏干电池电灯给拧灭了。

汽车走得很快，十分钟的时间，凤喜已经到了家门口。刘将军拧着了电灯，小汽车夫便跳下车来开了车门。凤喜下了车，刘将军连道："再见再见！"凤喜也没有作声，自去拍门，门铃只一响，沈大娘一迭连声答应着出来开了门，一面问道："就是前面那汽车送你回来的吗？我是叫你去了早点回，还是等戏完了再回来吗？一点多钟了，这真把我等个够。”凤喜低了头，悄然无语的走回房去。沈大娘见她如此，也就连忙跟进房来。见她脸上红红的，额前垂发，却蓬松了一点。轻轻问道：“孩子！怎么了？”凤喜强笑道:“不怎么样呀！干吗问这句话？”沈大娘道:“也许受了热吧！瞧你这不自在的样子。”凤喜道：“可不是。”沈大娘觉着尚太太请听戏，也不至于有什么岔事，也就不问了。

这里凤喜慢慢的换着衣履，却在衣袋里又掏出一卷钞票来，点了一点，乃是十元一张的三十张。心想：这钱要不要告诉母亲呢？当他在汽车上，捉着我的手，把钞票塞我手里的时候，说“这三百块钱，拿去还尚太太的赌本吧”，我不该收他的就好了，因之让他小看了我。就说“沈小姐！你以为我不知道你的历史吗？你和从前的尚太太干一样的事情哩”——他能说出这话来，所以他就毫无忌惮了。想到这里，呆呆的坐在小铁床上，左手捏着那一卷钞票，右手却伸了食指中指两个指头，去抚摩自己的嘴唇。想到这里，起身掩了房门又坐下，心想他说明天还要送一串珠圈给我，若是照雅琴的话，要值一千多块钱，一个新见面的人，送我这重的礼，那算什么意思呢？据他再三的说，他的太太是去世了的，那末，他对于我……想到这里，不由得沉沉地想。

凤喜一手扶了脸，正偏过头，只见壁上挂着的家树半身像，微笑的向着自己。也不知什么缘故，忽然打了一个寒噤，接上就出了一身冷汗，不敢看了。于是连忙将枕头挪开，把那一卷钞票，塞在被褥底下。就只这一掀，却看见那里有家树寄来的几封信，将信封拿在手上，一封一封的将信纸抽出来看了一看。信上所说的，如：“自别后，看见十六七岁的女郎就会想到你”；“我们的事情，慢慢的对母亲说，大概可望成功。我向来不骗母亲，为了你撒谎不少，我说你是个穷学生呢，母亲倒很赞成这种人，以后回北京，我们就可以公开的一路走了”；“母亲完全好了，我恨不得飞回北京来，因为我们的前途，将来是越走越光明的。我要赶回来过过这光明的爱情日子”；“我们的爱情，决不是建筑在金钱上，我也决不敢把这几个臭钱来侮辱你，但是我愿帮助你能够自立，不至于像以前去受金钱的压迫”。

这些话，在别人看了，或者觉得很平常，凤喜看了，便觉得句句话都打入自己的心坎里。看完信之后，不觉得又抬头看了一看家树的相，觉得他在镇静之中，还含着一种安慰人的微笑。他说决不敢拿金钱来侮辱我，但是愿帮助我自立，不受金钱的压迫，这是事实。要不然，他何必费那些事送我进职业学校呢？在先农坛唱大鼓书的时候，他走来就给一块钱，那天他决没有想到和我认识的，不过是帮我罢了。不是我们找他，今天当然还是在钟楼底下卖唱。现在用他的钱，培植自己成了一个小姐，马上就要背着他做对不住他的事，那末，良心上说得过去吗？这刘将军那一大把年纪，又是一个粗鲁的样子，哪有姓樊的那样温存？姓刘的虽然能花钱，我不用他的钱，也没有关系。姓樊的钱，虽然花得不像他那样慷慨，然而当日要没有他的钱，就成了叫化子了。想着又看看家树的相，心里更觉不安。有了，我今天以后，不和雅琴来往也就是了。于是脱了衣服，灭了电灯，且自睡觉。

凤喜一挨着枕头，便想到枕头下的那一笔款子，更又想到刘将军许的那一串珠子，想到雅琴穿的那身衣服，想到尚师长家里那种繁华。设若自己做了一个将军的太太，那种舒服，恐怕还在雅琴之上。刘将军有些行动，虽然过粗一点，那正是为了爱我，哪个男子又不是如此的呢？我若是和他开口，要个一万八千，决计不成问题，他是照办的。我今年十七岁，跟他十年也不算老，十年之闪，我能够弄他多少钱，我一辈子都是财神了。想到这里，洋楼，汽车，珠宝，如花似锦的陈设，成群结队的佣人，都一幕一幕在眼面前过去。这些东西，并不是幻影，只要对刘将军说一声“我愿嫁你”，一齐都来了。生在世上，这些适意的事情，多少人希望不到，为什么自己随便可以取得，倒不要呢？虽然是用了姓樊的这些钱，然而以自己待姓樊的而论，未尝对他不住。退一步说的话，就算白用了他几个钱，我发了财，本息一并归算，也就对得住他了。这样掉背一想，觉得情理两合，于是汽车，洋房，珠宝，又一样一样的在眼前现了出来。凤喜只觉富贵逼人来，也不知道如何措置才好。仿佛自己已是贵夫人，就正忙着料理这些珠宝财产，却忘了在床上睡觉。

正是这样神魂颠倒的时候，忽有一种声音，破空而来，将她的迷梦惊醒，好像家树就在面前微笑似的。要知道这是一种什么声音，下回交代。

第十二回

比翼羡莺俦还珠却惠　舍身探虎穴鸣鼓怀威

却说凤喜睡在床上，想了一宿的心事，忽然当当当一阵声音，由半空传了过来，倒猛然一惊。原来离此不远，有一幢佛寺，每到天亮的时候，都要打上一遍早钟。凤喜听到这种钟声，这才觉得颠倒了一夜。心想:我起初认识樊大爷的时候，心里并没有这样乱过，今天我这是为着什么？这刘将军不过是多给我几个钱，对于“情义”两个字，哪里有樊大爷那样体贴！樊大爷当日认得我的时候，我是什么样子，现时又是什么样子？那个时候没有饭吃，就一家都去巴结人家，而今还吃着人家的饭，看着别人比他阔，就不要他，良心太讲不过去了。这时窗纸上慢慢的现出了白色，屋子里慢慢的光亮，睁眼一看，便见墙上所挂着家树的相，正向人微笑。凤喜突然自说了一句道：“这是我不对。”沈大娘正也醒了，便在那边屋子问道：“孩子！你嚷什么？说梦话吗？”凤喜因母亲在问，索性不作声，当是说了梦话，这才息了一切的思虑。她睡到正午十二点钟后，方才醒过来。

凤喜起床后，也不知道是何缘故，似乎今日的精神，不如往日那样自然。沈大娘见她无论坐在哪里，都是低了头，将两只手去搓手绢，手绢不在手边，就去卷着衣裳角，因问道："你这是怎么了？别是咋晚回来着了凉吧！本来也就回来得太晚一点啦。"凤喜对于此话也不承认，也不否认，总是默然的坐着。一人坐在屋子里，正想到床头被褥下，将家树寄来的信，又看上一遍。一掀被褥，就把刘将军给的那卷钞票看到了，便想起这钱放在被褥下，究是不稳当，就拿着点了一点数目，打开自己装零碎什物的小皮箱，将钞票收进去。正关上箱子时，只听得沈三玄由外面一路嚷到北屋子里来，说是刘将军派人送东西来了。凤喜听了这话，倒是一怔，手扶了小箱子盖，只是呆呆的站着。

过了一会子，沈大娘自己捧了一个蓝色细绒的圆盒子进来，揭开盖子双手托着，送到凤喜面前，笑道："孩子！你瞧，人家又送这些东西来了。"凤喜看了，只是微微一笑，沈大娘道："我听说珍珠玛瑙，都是很值钱的东西。这大概值好几十块钱吧。"凤喜道："赶快别嚷，让人听见了，说咱们没有见过世面。雅琴姐一挂，还不如这个呢，都值一千二百多。这个当然不止呢。"沈大娘听了这话，将盒子放在小茶桌上，人向后一退，坐在床上，半晌说不出话来，只望了凤喜的脸。凤喜微笑道："你以为我冤你吗？我说的是真话。"沈大娘轻轻一拍手道："想不到，一个生人，送咱们这重的礼，这可怎么好。"这时，沈三玄道："大嫂！人家送礼的，在那里等着哩。他说，让咱们给他一张回片；他又说，可别赏钱，赏了钱，回去刘将军要革掉他的差事。"凤喜听说，和沈大娘都笑了。于是拿了一张沈凤喜的小名片，让来人带了回去。

这个时候，刘将军又在尚师长家里，送礼的人拿了名片，一直就到尚家回信。刘将军正和尚师长在一间私室里，躺着抽大烟。

铜床下面横了一张方凳子，尚师长的小丫头小金翠儿，烧着烟两边递送。刘将军横躺在三个叠着的鸭绒方枕上,眼睛鼻子歪到一边，两只手捧着烟枪塞在嘴里，正对着床中间烟盘里一点豆大的灯光，努力的吞吸。屋顶上下垂的电扇，远远有风吹来，微微的拂动绸裤脚。他并不理会，加上那灯头上烟泡子叽哩呼噜之声，知道他吸得正出神了。就在这个时候，送礼的听差一直到屋子里来回话。刘将军一见他，翻了眼睛，可说不出话来，却抬起一只手来，向那听差连招了几招，一口气将这筒烟吸完，一头坐了起来，抿紧了嘴不张口。小金翠儿连忙在旁边桌上斟了一杯茶，双手递到刘将军手上，他接过去，昂起头来，咕嘟一声喝了，然后喷出烟来，在面前绕成了一团，这才问道："东西收下了吗？"听差道："收下了。"说着，将那张小名片呈了过去。刘将军将手一挥，让听差退出去，然后笑着将名片向嘴上一贴，叫了一声："小人儿！"

尚师长正接过小金翠儿烧好的烟要吸，见他有这个动作便放下烟枪，笑着叫了他的名字道："德柱兄！瞧你这样子，大概你是自己要留下来的了。我好容易给大帅找着一个相当的人儿，你又要了去。"刘将军笑道："我们大爷有的是美人，你给他找，缓一步要什么紧。"尚师长也坐了起来，拍了一拍刘将军的肩膀道："人家是有主儿的，不是落子馆里的姑娘，出钱就买得来的。"刘将军道："有主儿要什么紧！慢说没出门，还是人家大闺女，就算出了门子，让咱们爷们爱上了，会弄不到手吗？你猜怎么着？"说到这里，眼望着小金翠儿，就向尚师长耳朵里说了几句。尚师长道："这是昨晚晌的事吗？我可不敢信。"刘将军道："你不信吗？我马上试验给你看看。"于是将床头边的电铃按了一按，吩咐听差将自己的汽车开到沈小姐家去，就说刘将军在尚师长家里，接沈小姐到这里来打小牌玩儿。听差传话出去,两个押车的护兵就驾了汽车,飞驰到沈家来。

这时，凤喜又坐在屋子里发愁，她一手撑了桌子托着头，只管看着玻璃窗外的槐树发呆。一枝横枝上，正有两个小麻雀儿站着，一个小麻雀儿站着没动，一个小麻雀儿在那麻雀左右，展着小翅膀，摇动着小尾巴，跳来跳去，口里还不住喳喳的叫着。沈大娘坐在一张矮凳上，拿了一柄蒲扇，有一下没一下的招着，轻轻的道："这事透着奇怪。干嘛他送你这些东西哩？照说咱们不怕钱咬了手，可知道他安着什么心眼儿哩？我也不知道怎么回事。今天只是心里跳着,也不知道是爱上了这些钱,也不知道是怕事。"说时，用手摸了一摸胸口，凤喜道："我越想越怕了。樊大爷待咱们那些个好处，咱们能够一掉过脸来就忘了吗？"

正说到这里，只听见院子里有人叫道："密斯沈在家吗？"凤喜向玻璃窗外看时，只见她的同学双璧仁，站在槐树荫下。她穿着一件水红绸敞领对襟短衣，翻领外套着一条宝蓝色长领带，光着一大截胳膊，和一片白胸脯在外面，下面系着宝蓝裙子，只有一尺长，由上至下，露着整条套着白丝袜的圆腿，手上却挽着一顶细梗草帽。凤喜笑道："嚯！打扮的真俏皮，上哪儿打拳去？"一面说着，一面迎出院子来。

双璧仁笑道:"我知道你有一枝好洞箫，今天借给我们用一用，行不行？"凤喜道："可以。谈一会儿再去吧，我闷的慌呢！"双璧仁笑道："别闷了，你们密斯脱樊快来了，我今天可不能坐，大门外还有一个人在那里等着呢！"凤喜笑道："是你那人儿吗？"双璧仁笑着咬了下唇，点了点头，凤喜道："不要紧，也可以请到里面来坐坐呀！"双璧仁道："我们上北海划船去，不在你这儿打搅了。”凤喜点了点头，就不留她了，取了洞箫交给她，携着她的手，送出大门，果然一个西装少年，正在门口徘徊。见了凤喜，笑着点了一个头，就和双璧仁并肩而去。双璧仁本来只有十七八岁，这西装少年，也不过二十边，正是一对儿。她心里不由得想着，郎才女貌，好一个黄金时代啊！论起樊大爷来，不见得不如这少年；只是双女士是位小姐，我是个卖艺的，这却差远了。然而由此可知樊大爷更是待我不错。望着他二人的后影，却呆呆的站住。

一阵汽车车轮声，惊动了凤喜的知觉。那一辆汽车，恰好停在自己门口，凤喜连忙缩到屋子里去。一会便听到沈大娘嚷进来，说是刘将军派汽车来接，到尚师长家里去打小牌玩儿。凤喜皱眉道：“今天要我听戏，明天要我打牌，咱们这一份儿身份，够得上吗？我可不去。”沈大娘道：“呀！你这是什么话呢？人家刘将军和咱们这样客气，咱们好意思驳回人家吗？”凤喜掀着玻璃窗上的纱幕，向外看了一看，见沈三玄不在院子里，便回转头来，正色向沈大娘道：“妈！我现在要问你一句话，设若你现在也是一个姑娘，要是找女婿的话，你是愿意像双小姐一样，找个品貌相当的人，成双成对呢，还是只在乎钱，像雅琴姐，去嫁一个黑不溜秋的老粗呢？”

沈大娘听她这话，先是愣住了，后就说道：“你的话，我也明白了。可是什么师长，什么将军，全是你自己去认得的，我又没提过半个字。”凤喜道：“那就是了，什么废话也不用说。劳你驾，你给我走一趟，把这个珠圈和他给我的款子，送还给他，咱们不是陪老爷们开心的。他有钱，到别地方去抖吧。”说着，忙开了箱子，把珠圈和那三百元钞票，一齐拿了出来，递给沈大娘。沈大娘见凤喜的态度这样坚决，便道：“你不去就不去，他还能把你抢了去吗？干嘛把这些东西送还他呢！”凤喜冷笑道：“你不想想他送这些东西给我们干嘛的吗？你收了他的东西，要想不去，可是不成呢。我刚才不是说了吗，你是不是光贪着钱呢？你既然不是光贪着钱，那我就请你送回去。”沈大娘将东西捧在手里，不免要仔细筹划一番，尤其是那三百元钞票，事先并不知道有的，原来昨晚刘将军送她回家，还给了这些钱，怪不得闹着一宿都不安了。因点头道：“我哪有不乐意发财的，不过这个钱，倒是不好收。你既然是不肯收，自然你的算盘打定了的。那末，我也犯不着多你的什么事，就给你送回去。可是这事别让酒鬼知道，我看这件事，他是在里头安了心眼儿。”凤喜冷笑道：“这算你明白了。”

沈大娘又犹疑了一阵子，看看珠子，又看看钞票，叹了一口气，就走出去对来接的人道：“我们姑娘不大舒服，我亲自去见你们将军道谢吧。”接的人，本不知道这里面的事情，现在见有这屋里的主人出来，不愁交不了差，便和沈大娘一路去了。凤喜很怕沈三玄知道，又要来纠缠，因此躲在屋里也不敢出去。不多一会儿，只听他在院子里叫道：“大嫂！我出去了。你来带上门，今天我们大姑娘，又不定要带多少钞票回来了，明天该给我几个钱去买烟土了吧。”说毕，唱着“孤离了龙书案”的二簧，走出门去了。凤喜关了门，一人在院子里徘徊着，却听到邻居那边有妇人的声音道：“唉！我是从前错了，图他是个现任官，就受点委屈跟着他了，可是他倚恃着他有几个臭钱，简直把人当牛马看待，我要不逃出来，性命都没有了。”又一妇人答道：“是啊！年轻轻儿的，干嘛不贪个花花世界，只瞧钱啊。你没听见说吗？当家是个年轻郎，餐餐窝头心不凉。大姐！你是对了。”凤喜不料好风在隔壁吹来，却带来这种安慰的话，自然的心旷神怡起来。

约有一个半小时，沈大娘回来了。这次，可没有那带盒子炮的护兵押汽车送来，沈大娘是雇了人力车子回来的。不等到屋里，凤喜便问他们怎样说？沈大娘道："我可怯官，不敢见什么将军。我就一直见着雅琴，说是不敢受人家这样的重礼，况且你妹子，是有了主儿的人，也不像从前了。雅琴是个聪明人，我一说，她还有什么不明白，她也就不往下说了。我在那儿的时候，刘将军请她到前面客厅里说话去的，回来之后，脸上先是有点为难似的，后来也就很平常了。我倒和她谈了一些从前的事才回来，大概以后他们不找你来了。"凤喜听了这话，如释重负，倒高兴起来。到了晚上，原以为沈三玄知道了，一定要啰唆一阵的，不料他只当不知道，一个字也不提。

到了第三日，有两个警察来查户口。沈三玄倒抢着上前说了一阵，报告是唱大鼓书的，除了自己，还有一个侄女凤喜，也是干这个的。凤喜原来报户口是学界，叔叔又报了是大鼓娘，很不欢喜，但是他已经说出去了，挽回也来不及，只得罢了。

又过了一天，沈三玄整天也没出去。到了下午三点钟的时候，一个巡警领了三个带盒子炮的人，冲了进来，口里先嚷道："沈凤喜在家吗？"凤喜心想谁这样大名小姓的，一进门就叫人？掀了玻璃窗上的白纱一看，心里倒是一怔：这为什么？这个时候，沈三玄迎了上前，就答道："诸位有什么事找她？"其中一个护兵道："你们的生意到了。我们将军家里今天有堂会，让凤喜去一趟。"沈大娘由屋子里迎了出去道："老总！你错了。凤喜是我闺女，她从前是唱大鼓，可是现在她念书，当学生了。怎么好出去应堂会？"一个护兵道："你怎么这样不识抬举？咱们将军看得起你，才叫你去唱堂会，你倒推诿起来。"第二个护兵就道："有工夫和他们说这些个吗？揍！”只说了一个“揍”字，只听砰的一声，就碎了门上一块玻璃。沈三玄却作好作歹，央告了一阵，把四个人劝到他屋子里去坐了。

沈大娘脸上吓变了色，呆坐在屋子里，作声不得。凤喜伏在床上，将手绢擦着眼泪。沈三玄却同一个警察一路走了进来，那警察便道：“这位大娘，你们姑娘现在是学生，我也知道，我天天在岗位上，就看见她夹了书包走过去的。可是你们户口册上，报的是唱大鼓书。人家打着官话来叫你们姑娘去，这可是推不了的。再说……”沈大娘生气道：“再说什么？你们都是存心。”沈三玄便对巡警笑道：“你这位先生，请到外面坐一会儿，等我慢慢的来和我大嫂说吧。”说着，又拱了拱手，巡警便出去了。沈三玄对沈大娘道：“大嫂！你怎么啦？我们犯得上和他们一般见识吗？说翻了，他真许开枪。好汉不吃眼前亏，他们既然是驾着这老虎势子来了，肯就空手回去吗？我想既然是堂会，自然不像上落子馆，让大姑娘对付着去一趟，早早的回来，就结了。谁叫咱们从前是干这个的！若说将来透着麻烦，咱们趁早找房子搬家，以后隐姓埋名，他也没法子找咱们了。你若是不放心，我就和大姑娘一路去。再说堂会里，也不是咱们姑娘一个人，人家去得，咱们也去得，要什么紧！”

沈大娘正想驳三玄的话，在竹帘子缝里，却见那三个护兵，由三玄屋子里抢了出来。其中有一个，手扶着装盒子炮的皮袋，向着屋子里瞪着眼睛，喝道：“谁有这么些工夫和你们废话，去，不去，干脆就是一句。你若是不去，我们有我们的打算。”说着话时，手将去解那皮袋的扣子，意思好像是要抽出那盒子炮来。沈大娘“哟”了一声，身子向旁边一闪，脸色变成白纸一般。沈三玄连连摇手道：“不要紧！不要紧！”说着，又走到院子里去，赔着笑作揖道：“二位老总！再等一等吧。她已经在换衣服了，顶多还有十分钟，请抽一根烟吧。”说着，拿出一盒烟卷，躬着身子，一人递了一支，然后笑着又拱了一拱手。那三个护兵，经不住他这一份儿央告，又到他屋子里去了。

当下沈三玄将脑袋垂得偏在肩膀上，显出那万分为难的样子，走进屋来，皱着眉对沈大娘道："你瞧我这份为难。"又低了一低声音道："我的嫂嫂！那枪子儿，可是无情的。若是真开起枪来，那可透着麻烦。"沈大娘这两天让刘将军、尚师长一抬，已经是不怕兵，现在让盒子炮一吓，又怕起来，一句话也说不出。沈三玄道："姑娘！你瞧你妈这份儿为难，你换件衣服，让我送你去吧。"

凤喜这时已哭了一顿子，又在窗户下躲着看了一阵，见那几个护兵，在院子里走来走去，那大马靴只管走着咯吱咯吱的响，也呆了。听了三玄说陪着一路去，胆子略微壮了一些，正要到外面屋子里去，和母亲说两句，两只脚却如钉在地上一般，提不起来。停了一停，扶着壁子走出来，只见她母亲两只胳膊互相抱着，浑身如筛糠一般的抖，凤喜将两手慢慢的抚摸着头发，望了沈大娘道："既是非去不可，我就去一趟。反正也不能把我吃下去。"沈三玄拍掌一笑道："这不结了！大姑娘！我陪你去，保你没事回来。你赶快换衣服去。"凤喜道："咱们卖的是嘴，又不是开估衣铺，穿什么衣服去。"

只在这时，已经有一个兵闯进屋来，问道："闹了半天，怎么衣服还没有换呢？我们上头有命令，差使办不好，回去交不了数，那可别怪我们弟兄们不讲面子了。"沈三玄连道："这就走，这就走。"说着话，将凤喜先推进屋子里去，随后两手拖起沈大娘离开椅子，也将她推进屋去。当她们进了屋子，其余两个兵，也进了外面屋子了。娘儿俩话也不敢说，凤喜将冷手巾擦了一擦脸上的泪痕，换了件长衣，走到外面屋子里，低声说道:“走哇。”三个兵互相看看，微笑了一笑，走出了院子。沈三玄装出一个保护人的样子，紧紧跟随凤喜，一同上了汽车，一直开到刘将军家来。

一路上，凤喜心里想着，所谓堂会，恐怕是靠不住的事。我是个不唱大鼓书的人了，为什么一定要我去？及至到了刘将军家门首,一见汽车停了不少,是个请客的样子,堂会也就不假了。下了车，三玄已不见，就由两个护兵引导，引到一所大客厅前面来。客厅前帘子高挂，有许多人在里面，有躺在藤榻上的，有坐着说话的，有斜坐软椅上，两脚高高支起，抽着烟卷的，看那神情，都是大模大样。刘将军、尚师长也在那里，今天见面，那一副面孔，可就不像以前了，望着睬也不一睬。

这大厅外是个院子，院子里搭着凉棚，六七个唱大鼓书的姑娘，都在那里向着正面容厅坐着。凤喜也认得两三个，只得上前招呼，坐在一处。因为这院子里四围，都站着拿枪的兵，大姑娘们，都斯斯文文的，连咳嗽起来，都掏出手绢来捂住了嘴。坐了一会，由客厅里走出一个武装马弁，带了护兵，就在凉棚中间，向上列着鼓案，先让几个大鼓娘各唱了一支曲子，随后，客厅里电灯亮了。中间正摆着筵席，让客入座。

这时，刘将军将手向外一招道:“该轮着那姓沈的小妞儿唱了。叫她就在咱们身边唱。”说着，用手向酒席边地上一指，表示是要她在那里唱的意思。马弁答应着，在外面将沈三玄叫了进来。沈三玄提着三弦子走到客厅里去，突然站定了脚，恭恭敬敬向筵席上三鞠躬。凤喜到了这种地步，也无可违抗，便低了头，走进客厅。沈三玄已是和别人借好了鼓板，这时由一个护兵捧了进来。所放的地方，离着筵席，也不过二三尺路。

刘将军见她进来，倒笑着先说道："沈小姐！劳驾，我们可就不客气了。"说时，他用手上的筷子，照着席面，在空中画了一个大圈，然后将筷子向凤喜一指，笑道："诸位！你可别小瞧了人，这是一位女学生啦。我有心抬举她，和她交个朋友，她可使出小姐的身份，不肯理我。可是我有张天师的照妖镜，照出了她的原形，今天叫两个护兵，就把她提了来了。今天我得让我的同行，和她的同行，比上一比，瞧瞧咱们可够得上交个朋友。"沈三玄听说，连忙放下三弦，走近前一步，向刘将军请了一个安，满面的笑道："将军！请你息怒，我这侄女儿，她是小孩子，不懂事。她得罪了将军，让她给将军赔上个不是，总让将军平下这口气。"刘将军眼睛一瞪道："你是什么东西？这地方有你说话的份儿？"说着，端起一杯酒，照着沈三玄脸上泼了过去。沈三玄碰了这样一个大钉子，站起来，便偏到一边去。

这时，尚师长已是伸手摇了两摇，笑道："德柱！你这是何必，犯得着跟他们一般见识。他既然是说，让凤喜给你赔不是，我们就问问他，这个不是，要怎样的赔法？"说着话时，偷眼看看凤喜，只见凤喜手扶着鼓架，背过脸去，只管抬起手来擦着眼睛。沈三玄像木头一般笔直的站着，便笑道："你这一生气不打紧，可是你看看，把人家逼得那样子。"说时，将手向沈三玄一挥，笑道："得！你先和她唱上一段吧。唱得刘将军一开心，不但不罚你，还有赏呢。"沈三玄借了这个机会，请了一个安，就坐下去，弹起三弦子来。

凤喜一看这种形势，知道反抗不得，只好将手绢擦了一擦眼睛，回转身来，打着鼓板，唱了一支《黛玉悲秋》。刘将军见她那楚楚可怜的模样儿，又唱得这样凄凉婉转，一腔怒气，也就慢慢消除。凤喜唱完，合座都鼓起掌来。刘将军也笑着吩咐马弁道：“倒一杯茶给这姑娘喝。”尚师长便向凤喜笑道：“怎么样？我说刘将军自然会好不是？你这孩子！真不懂得哄人。”他一说，合座大笑起来。凤喜心想，你这话分明是侮辱我，我凭什么要哄姓刘的？心里正在发狠，手上让人碰了一碰。看时，一个彪形大汉，穿了武装，捧了一杯茶送到面前来。凤喜倒吃了一惊，便勉强微笑着道了“劳驾”，接过茶杯去。刘将军道：“凤喜！你唱得是不错，可是刚才唱的那段曲子，显着太悲哀，来一个招乐儿的吧。”尚师长道：“那末，唱个《大妞儿逛庙》吧。”刘将军笑道:“不！还是来个《拴娃娃》吧。”这一说，大家都看着凤喜微笑。

原来旧京的风俗，凡是妇人，求儿子不得的，或者闺女大了，没有找着婆婆家，都到东岳庙里去拴娃娃。拴娃娃的办法，就是身上暗藏一根细绳子，将送子娘娘面前泥塑小孩，偷偷的拴上。这拴娃娃的大鼓词，就是形容妇人上庙拴娃娃的一段事情，出之于妙龄女郎之口，当然是一件很有趣的事了。而且唱这种曲子，不但是需要口齿伶俐，而且脸上总要带一点调皮的样子，才能合拍。若是板着一副面孔唱，就没有意思了。凤喜不料他们竟会点着这种曲子。正要说不会时，沈三玄就对她笑道：“姑娘！你对付唱一个吧。”刘将军道：“那不行，对付唱不行！一定得好好的唱。若是唱得不好，再唱一遍；再唱不好，还唱三遍，非唱好不能完事。”凤喜一肚子苦水，脸上倒要笑嘻嘻的逗着老爷们笑，恨不得有地缝都钻了下去。转身一想，唱好既是可以放走，倒不如哄着他们一点，早早脱身为妙。心思一变，马上就笑嘻嘻的唱将起来。满席的人，不像以前那样爱听不听的了，听一段，叫一阵好，听一段，叫一阵好。

凤喜把这一段唱完，大家都称赞不已，就有人说：“咱们都是拿枪杆儿的，要谈个赏罚严明。她先是得罪了刘将军，所以罚她唱，现在唱得很好，就应该赏她一点好处。”刘将军用两个指头拧着上嘴唇短胡子的尖端，就微微一笑，因道：“对付这位姑娘，可是不容易说个赏字，我送过她上千块钱的东西，她都给我退回来了，我还有什么东西可赏呢？”尚师长笑道：“别尽谈钱啦。你得说着人话，沈姑娘只谈个有情有义，哪在乎钱！”刘将军笑道：“是吗？那就让你也来坐一个，咱们还交朋友吧。”说着，先向凤喜招了一招手，接着将头向后一偏，向马弁瞪了一眼，喝道：“端把椅子来，加个座儿。”看那些马弁，浑身武装，雄赳赳的样子，只是刘将军这一喝，他们乖得像驯羊一般，蚊子的哼声也没有。于是就紧靠着刘将军身旁，放下一张方凳子。凤喜一想，那些武夫都是那样怕他，自己一个娇弱女孩子，怎样敢和他抵抗。只好大着胆子说道：“我就在一边奉陪吧，这可不敢当。”刘将军道：“既然是我们叫你坐，你就只管坐下。你若不坐下，就是瞧不起我了。”尚师长站起走过来，拖了她一只手到刘将军身边，将她一按，按着凤喜在凳子上坐下。

这时席上已添了杯筷，就有人给她斟上一满杯酒。刘将军举着杯子向她笑道：“喝呀！”凤喜也只好将杯子闻了一闻，然后笑道：“对不住！我不会喝酒。”刘将军听她如此说，便表示不愿意的样子。停了半晌。才板着脸道：“还是不给面子吗？”凤喜回头一看，沈三玄已经走了，这里只剩她一人，立刻转了念头，笑道：“喝是不会喝，可是这头一杯酒，我一定要喝下去的！”说着，端起杯子，一仰脖子，全喝下去了，喝完了，还对大众照了一照杯，杯子放下，马上在旁边桌上拿过酒壶，挨着席次，斟了一遍酒。每斟一位酒，都问一问贵姓，说两句客气话。这些人都笑嘻嘻的，端起杯子来，一饮而尽，到了最后，便是刘将军面前了。凤喜笑着对他道：“刘将军！请你先干了杯子里的。”刘将军更不推辞，将酒喝完了，便伸了杯子，来接凤喜的酒。凤喜斟着酒，眼睛向他一溜，低低的笑着道：“将军！你还生我小孩子的气吗？”刘将军端着杯子也咕嘟一声喝完了，撑不住哈哈大笑道：“我值得和你生气吗？来，咱们大家乐一乐吧。”于是向客厅外一招手，对马弁道：“把她们全叫进来。”马弁会意，就把阶下一班大鼓娘，一齐叫了进来。刘将军向着全席的客道：“诸位别瞧着我一个人乐，大家快活一阵子。”

说时，那些来宾，如蜂子出笼一般，各人拉着一个大鼓娘，先狂笑一阵，这一桌酒席，也就趁此散了。有碰着合意的，便拉到一处坐了，碰不着合意的，又向别一对里面去插科打诨。

这里刘将军携着凤喜的手，同到一边一张沙发上坐下，笑道：“你瞧人家是怎样找乐儿？那一天晚晌，咱们分手，还是好好儿，为什么到了第二日，就把我的礼物，都退回哩？”凤喜被他拉住了手，心里想挣脱，又不敢挣脱，只得微笑道：“无缘无故的，我怎样敢受将军这样重的礼哩？”她口里说着话，脚就在地下涂抹，那意思是说：我恨你！我恨你！刘将军笑道：“在你虽然说是无缘无故，可是我送你的礼，是有缘有故呀。你很聪明，你难道还不明白？”他口里说着话，一只手抚摸着凤喜的胳膊，就慢慢向上伸。凤喜突然向上一站，手向回一缩，笑道：“我母亲很惦记我的，我和你告假，我……”刘将军也站了起来，将手摆了两摆道:“别忙呀，我还有许多话要和你说呢。”凤喜笑道：“有话说也不忙呀，让我下次再来说就是了。”刘将军两眼望着她，好久不作声。耸着双肩，冷笑了一声，便吩咐叫沈三玄。

沈三玄被马弁叫到里面，不敢近前，只是远远的垂手站着，刘将军道："我告诉你，今天我叫你们来，本想出我一口恶气，可是我这人心肠又软不过，你侄女只和我赔不是，我也不好计较了。你回去说，我还没有娶太太，现在的姨太太，也就和正太太差不多，只要你们懂事，我也不一定续弦的。我姓刘的，一生不亏人，叫你嫂子来，我马上给她几千块钱过活。你明白一点，别不识抬举！"刘将军越说越厉害，说到最后，瞪了眼，喝道："你去吧！她不回去，我把她留下了。"凤喜听了这一通话，心里一急，一阵头晕目眩，便倒在沙发上，昏了过去。要知她生死如何，下回交代。

第十三回

沽酒迎宾甘为知己死　越墙窥影空替美人怜

却说刘将军向沈三玄说出一番强迫的话，凤喜知道没有逃出囚笼的希望，心里一急，头一发晕，人就向沙发椅子上倒了下去。沈三玄眼睁睁望着，可不敢上前搀扶，刘将军用手抚摸着她的额角，说道："不要紧的，我有的是熟大夫，打电话叫他来瞧瞧就是了。"这大厅里一些来宾，也立刻围拢起来。沈三玄不敢和阔人们混迹在一处，依然退到外面卫兵室里来听消息。不到十分钟，来了一个西医，一直就奔上房。有了一会儿，大夫出来了，他说："打了一针，又灌下去许多葡萄酒，人已经回转来了。只要休养一晚，明天就可以像好人一样的。"沈三玄听了这消息，心里才落下一块石头，只要她无性命之忧，在这里休养几天，倒是更好。不过心里踌躇着，她发晕了，要不要告诉嫂嫂呢？正在这时，刘将军派了一个马弁出来说："人已不要紧了，回去叫她母亲来，将军有话要对她说。"沈三玄料是自己上前不得，就回家去，把话告诉了沈大娘。沈大娘一听这话，心里乱跳，将大小锁找了一大把出来，把箱子以至房门都锁上了，出了大门，雇了一乘人力车，就向刘将军家来。

这时业已夜深，刘将军家里的宾客也都散了。由一个马弁将沈大娘引进上房，后又由一个老妈子，将沈大娘引上楼去。这楼前是一字通廊，一个双十字架的玻璃窗内，垂着紫色的帷幔。隔着窗子看那灿烂的灯光，带着鲜艳之色，便觉这里不是等闲的地方了。由正门穿过堂屋，旁边有一挂双垂的绿幔。老妈子又引将进去，只见里面金碧辉煌，陈设得非常华丽。上面一张铜床，去了上半截的栏杆。天花板上，挂着一副垂钟式的罗帐，罩住了这张床，在远处看着，那电光映着，罗帐如有如无，就见凤喜侧着身子躺在里面。床前两个穿白衣的女子,坐着看守她。沈大娘曾见过，这是医院里来的人了。

沈大娘要向前去掀帐子，那女看护对她摇摇手道："她睡着了，你不要惊动她，惊醒了她是很危险的。"沈大娘看女看护的态度是那样郑重，只好不上前，便问老妈子道:"这是你们将军的屋子吗？"老妈子道："不是！原是我们太太的屋子，后来太太回天津，就在天津故世了，这屋子还留着。老太太你瞧瞧，这屋子多么好。你姑娘若跟了我家将军，那真是造化。"沈大娘默然。因问："刘将军哪里去了？"老妈子道："有要紧的公事，开会去了。大概今天晚晌，不能回家，他是常开会开到天亮的。"沈大娘听了这话，倒又宽慰了一点子。可是坐在这屋子里，先是女看护不许惊动凤喜，后来凤喜醒过来了，女看护又不让多说话。相守到了下半夜，两个女看护出去睡了，老妈子端了两张睡椅，和沈大娘一个人坐了一张，轻轻的对沈大娘道："我们将军吩咐了，只叫你来陪着你姑娘，可是不让多说话。你要有什么心事，等我们将军回来了，和我们将军当面说吧。"沈大娘到了这里，也不知道怎么回事，心里自然畏惧起来。老妈子不让多说话，也就不多说话。

夏日夜短，天快亮了，凤喜睡足了，已是十分清醒，便下床将沈大娘摇撼着。她醒过来，凤喜将手把老妈子一指，又摇了一摇，然后轻轻的道："我只好还装着病，要出去是不行的了。回头你去问问关家大叔，看他还有救我的什么法子没有？"说时，那老妈子在睡椅上翻着身，凤喜就溜上床去了。

沈大娘心里有事，哪里睡得着。约有六七点钟的光景，只听到窗外一阵脚步声，就有人叫道："将军来了。"那老妈子一个翻身坐起来，连连摇着沈大娘道："快起快起！"沈大娘起身时，刘将军已进门了。仿佛见绿幔外有两个穿黄色短衣服的人，在那里站着，自己打算要质问刘将军的几句话，完全吓回去了。还是刘将军拿了手上的长柄折扇指点着她道："你是凤喜的妈吗？"沈大娘说了一个"是"字，手扶着身边的椅靠，向后退了一步。刘将军将扇子向屋子四周挥了一挥，笑道："你看，这地方比你们家里怎样？让你姑娘在这里住着，不比在家里强吗？"沈大娘抬头看了看他，虽然还是笑嘻嘻的样子，但是他那眼神里，却带有一种杀气，哪里敢驳他，只说得一个"是"字。刘将军道："大概你熬了一宿，也受累了。你可以先回去歇息歇息，晚半天到我这里来，我有话和你说。"沈大娘听他的话，偷一眼看了看凤喜，见她睡着不动，眼珠可向屋子外看着。沈大娘会意，就答应着刘将军的话，走出来了。

她记着凤喜的话，并不回家，一直就到关寿峰家来。这时寿峰正在院子里做早起的功夫，忽然见沈大娘走进来，便问道："你这位大嫂，有什么急事找人吗？瞧你这脸色！"沈大娘站着定了一定神，笑道："我打听打听，这里有位关大叔吗？"关寿峰道："你大嫂贵姓？"沈大娘说了，寿峰一掀自己堂屋门帘子，向她连招几下手道："来来！请到里面来说话。"沈大娘一看他那情形，大概就是关寿峰了。跟着进屋来，就问道："你是关大叔吗？"秀姑听说，便由里面屋子里走出来，笑道："沈大婶！你是稀客……。"寿峰道："别客气了，等她说话吧。我看她憋着一肚子事要说呢。大嫂！你说吧，若是要我姓关的帮忙的地方，我要说一个不字，算不够朋友。"沈大娘说道："你请坐。"自己也就在桌子边一张方凳上坐下。寿峰道："大嫂！要你亲自来找我，大概不是什么小事。你说你说。"说时，睁了两个大圆眼睛，望着沈大娘。沈大娘也忍耐不住了，于是把刘将军关着凤喜的事说了一遍，至于以前在尚家往来的事，却含糊其辞只说了一两句。

寿峰听了此言，一句话也不说，咚的一声，便将桌子一拍。秀姑给沈大娘倒了一碗茶，正放到桌子上，桌子一震，将杯子当啷一声震倒，溅了沈大娘一袖口水。秀姑忙着找了手绢来和她擦抹，只赔不是。寿峰倒不理会，跳着脚道："这是什么世界！北京城里，大总统住着的地方，都是这样不讲理，若是在别地方，老百姓别过日子了。大街上有的是好看的姑娘，看见了……"秀姑抢着上前，将他的手使劲拉住，说道："爸爸！你这是怎么了？连嚷带跳一阵子，这事就算完了吗？幸亏沈大婶早就听我说了，你是这样点爆竹的脾气，要不然，你先在自己家里，这样闹一阵子，那算什么？"寿峰让他姑娘一劝，突然向后一坐，把一把旧太师椅子哗啦一声，坐一个大窟窿，人就跟着椅子腿，一齐倒在地下。

沈大娘不料这老头子会生这么大气，倒愣住了，望着他做声不得。寿峰站了起来，便不言语，坐到靠门一个石凳上去，两手托了下巴，撅着胡子，兀自生气。一看那把椅子，拆成了七八十块木片，倒又噗嗤一声，接上哈哈大笑起来。因站着对沈大娘拱拱手道："大嫂！你别见笑，我就是点火药似的这一股子火性，凭怎么样忍耐着，也是改不了。可是事情一过身，也就忘了。你瞧我这会子出了这椅子的气，回头我们姑娘一心痛，就该叨唠三天三宿了。”说时，不等沈大娘答词，昂头想了一想，一拍手道：“得！就是这样办。这叫先下手为强，后下手遭殃。大嫂！你赞成不赞成？”秀姑道：“回头又要说我多事了。你一个人闹了半天，也没有说出一个字来，你问人家赞成不赞成，人家知道赞成什么呢？”寿峰笑道：“是了，我倒忘了和大嫂说。你的姑娘，若是照你说的话，就住在那楼上，无论如何，我可以把她救出来。可是这样一来，不定闯上多大的乱子。你今晚上二更天，收拾细软东西，就带到我这里来。我这里一拐弯，就是城墙，我预备两根长绳子吊出城去。我有一个徒弟，住在城外大王庄，让他带你去住几时，等樊先生来了，或是带你们回南，或是暂住在城外，那时再说，你瞧怎样？”沈大娘道：“好是好，但是我姑娘在那里面，你有什么法子救她出来呢？”寿峰道：“这是我的事，你就别管了。我要屈你在我这儿吃一餐便饭，不知道你可有工夫？也不是光吃饭，我得引几个朋友和你见见。”沈大娘道：“若是留我有话说，我就扰你一顿，可是你别费事。”寿峰道：“不费事不行，可也不是请你。”于是伸手在他裤带子中间挂着的旧褡裢里，摸索了一阵，摸出一元银币，又是些零碎铜子票，一齐交到秀姑手上道：“你把那葫芦提了去，打上二斤白干，多的都买菜。买回来了，就请沈大婶儿帮着你做，我去把你几位师兄找来。”说毕，他找了一件蓝布大褂披上，就出门去了。

秀姑将屋子收拾了一下，不便留沈大娘一人在家里，也邀着她一路出门去买酒菜。回来时，秀姑买了五十个馒头，又叫切面铺烙十斤家常饼，到了十二点钟，送到家里去。沈大娘道：“姑娘！你家请多少客，预备这些个吃的？”秀姑笑道：“我预备三个客吃的。

若是来四个客，也许就闹饥荒了。”沈大娘听了秀姑的话，只奇怪在心里，陪着她到家，将菜洗做时，便听到门口一阵杂乱的脚步声。

见先来的一个人，一顶破旧草帽，戴着向后仰，一件短褂，齐胸的钮扣全敞着，露出一片黑而且胖的胸脯子来。后面还有一个长脸麻子，一个秃子，都笑着叫“师妹”，抱了拳头作揖。最后是关寿峰，却倒提了一只羊腿子进来。远远的向上一举道：“你周师兄不肯白吃咱们一餐，还贴一只羊腿，咱们烧着吃吧。”于是将羊腿放在屋檐下桌上，引各人进屋。沈大娘也进来相见，寿峰给他介绍：那先进来的叫快刀周，是羊屠夫；麻子叫江老海，是吹糖人儿的；秃子便叫王二秃子，是赶大车的。寿峰道：“大嫂！你的事我都对他们说了，他们都是我的好徒弟，只要答应帮忙，掉下脑袋来，不能说上一个不字。我这徒弟他就住在大王庄，家里还种地，凭我的面子，在他家里吃上周年半载的窝窝头，决不会推辞的。”说时，就指着王二秃子，王二秃子也笑道：“你听着，我师傅这年高有德的人，决不能冤你，我自己有媳妇，有老娘，还有个大妹子，我又整个月不回家，要说大姑娘寄居在我们那儿，是再能够放心没有的了。”江老海道：“王二哥！当着人家大婶儿在这儿，干吗说出这样的话来？”王二秃子道：“别那么说呀，这年头儿，知人知面不知心，十七八岁大姑娘，打算避难到人家家里去，能不打听打听吗？我干脆说出来，也省得人家不放心。话是不好听，可是不比人家心里纳闷强吗？”这一说，大家都笑了。

一会儿，秀姑将菜做好了。摆上桌来，乃是两海碗红烧大块牛肉，一大盘子肉丝炒杂拌，一大瓦盆子老鸡煨豆腐。秀姑笑道：“周师兄！你送来的羊腿，现在可来不及做，下午煨好了，给你们下面条吃。”快刀周道：“怎么着，晚上还有一餐吗？这样子，连师妹都发下重赏了。王二哥！江大哥！咱们得费力啊！”王二秃子将脑袋一伸，用手拍着后脑脖子道：“这大的北京城，除了咱们师傅，谁是知道咱们的？为了师傅，丢下这颗秃脑袋，我都乐意。”大家又笑了。说话时，秀姑拿出四只粗碗，提着葫芦，倒了四大碗酒，笑道：“这是给你们师弟四位倒下的，我和大婶儿都不喝。”王二秃子道：“好香牛肉。”说着，拿了一个馒头蘸着牛肉汁，只两口，先吃了一个，一抬腿，跨过板凳，先坐下了。因望着沈大娘道：“大婶你上座，别笑话。我们兄弟都是老粗，不懂得礼节。”于是大家坐下，只空了上位。沈大娘看他们都很痛快的，也就不推辞，坐下了。

寿峰见大家坐定，便端着碗，先喝了两口酒，然后说道：“不是我今天办不了大事，要拉你们受累，我读过两句书，知道古人有这样一句话：‘士为知己者死。’像咱们这样的人，老爷少爷，哪里会看在眼里？可是这位樊先生就不同，和我交了朋友，还救了我一条老命，他和我交朋友的时候，不但是他亲戚不乐意，连他亲戚家里的听差，都看着不顺眼。我看遍富贵人家的子弟，没有像他这样胸襟开阔的。二秃子！你不说没有人识你们吗？我敢说那樊先生若和你们见了面，他就能识你们。这样的朋友，我们总得交一交。这位大婶儿的姑娘，就是樊先生没过门的少奶奶，我们能眼见人家吃亏吗？”秀姑道：“你老人家要三位师兄帮忙，就说要人帮忙的话，这样牛头不对马嘴，闹上一阵，还是没有谈到本题。”快刀周道：“师傅！我们全懂，不用师傅再说了。师傅就是不说，叫我们做一点小事，我们还有什么为难的吗？”

说话时，大家吃喝起来。他们将酒喝完，都是左手拿着馒头，右手拿着筷子，不住的吃。五十个馒头，沈大娘和秀姑，只吃到四五个时，便就光了。接上切面铺将烙饼拿来，那师徒四人，各取了一张四两重的饼，摊在桌上，将筷子大把的夹着肉丝杂拌，放在饼上，然后将饼卷成拳头大的卷儿，拿着便吃。不一会，饼也吃光。秀姑用大碗盛上几碗红豆细米粥，放在一边凉着。这时端上桌来，便听到稀里呼噜之声，粥又喝光。沈大娘坐着，看得呆了，寿峰笑道："大婶！你看到我们吃饭，有点害怕吗？大概放开量来，我们吃个三五斤面，还不受累呢。要不，几百斤气力，从哪里来？"王二秃子站起来笑道："师傅！你不说这几句话，我真不敢……"以下他也不曾说完，已端了那瓦盆老鸡煨豆腐，对了盆口就喝，一口气将剩的汤水喝完，"哎"的一声，将瓦盆放下，笑着对秀姑道："师妹！你别生气，我做客就是一样不好，不让肚子受委屈。"秀姑笑道："你只管吃，谁也没拦你。你若是嫌不够，还有半个鸡架子，你拿起来吃了吧。"王二秃子笑道："吃就吃，在师傅家里，也不算馋。"于是在盆子里，拿起那半只鸡骨头架子，连汤带汁，滴了一桌，他可不问，站着弯了腰，将骨头一顿咀嚼。沈大娘笑道："这位王二哥，人真是有趣。我是一肚子有事的人，都让他招乐了。"这句话，倒提醒了关寿峰。便道："大嫂！你是有事的人，你请便吧。我留你在这里，就是让你和我徒弟见一见面，好让你知道他们并不是坏人。请你暗里给你大姑娘通个信，今天晚上，无论看到什么，都不要惊慌。一惊慌，事情可就糟了。"沈大娘听着，心里可就想：他们捣什么鬼？可不要弄出大事来。但是人家是一番好意，这话可不能说出来，当时道谢而去。

沈大娘走了以后，寿峰就对江老海道："该先用着你了。你先去探探路，回头我让老周跟了去，给你商量商量。"江老海会意，先告辞回去，将糖人儿担子挑着，一直就奔到刘将军公馆。先到大门口看看，那里是大街边一所横胡同里，门口闪出一块石板铺的敞地，围了八字照墙，当照墙正中，一列有几棵槐树；有一挑卖水果的，一挑卖烧饼的，歇在树荫下。有几个似乎差役的人，围着担子说笑。大门口两个背大刀的卫兵，分左右站着。他一动，那刀把垂下来整尺长的红绿布，摆个不住，便觉带了一种杀气。

江老海也将担子在树荫歇了，取出小糖锣敲了两下。看看大门外的墙，都是一色水磨砖砌的，虽然高不过一丈五六尺，可是墙上都挂了电网。这墙是齐檐的，墙上便是屋顶了。由这墙向右，转着向北，正是一条直胡同。江大海便挑了担子走进那胡同去，一看这墙，拖得很远，直到一个隔壁胡同，方才转过去。分明这刘家的屋子，是直占在两胡同之间了。挑着担子，转到屋后，左方却靠着人家，胡同曲着向上去了。这里算闪出一小截胡同拐弯处，于是歇了担子，四处估量一番，见那墙上的电网也是牵连不断，而且电线上还缚了许多小铁刺，墙上插了尖锐的玻璃片。看墙里时，露出一片浓密的枝叶，仿佛是个小花园。在转弯处的中间，却有三间小小的阁楼，比墙又高出丈多。墙中挖了三个百叶窗洞，窗口子紧闭，窗口与墙一般平，只有三方隔砖的麻石，突出来约三四寸，那电网只在窗户头上横空牵了过去。江老海看着发呆，只管搔着头发。

就在这时，有人“呔”了一声道：“吹糖人儿的，你怎么不敲锣？”江老海回头看时，乃是快刀周由前面走过来。江老海四周一看无人，便低声道：“我看这里门户很紧，是不容易进去的。只有这楼上三个窗户，可以设法。”快刀周道：“不但是这个，我看了看，这两头胡同口上，都有警察的岗位。晚上来往，真很不方便呢。”江老海道：“你先回去告诉师傅，我还在这前后转两个圈儿，把出路多看好几条。”快刀周去了，江老海带做着生意，将这里前前后后的街巷都转遍了，直等太阳要落西山，然后挑了担子直回关家来。

寿峰因同住还有院邻，却并不声张。晚餐时，只说约了三个徒弟吃羊腿煮面，把事情计议妥了，院邻都是做小买卖的，而且和关氏父女感情很好，也不会疑到他们要做什么惊人的事。吃过晚饭，寿峰说是到前门去听夜戏，师徒就陆续出门。王二秃子借了两辆人力车，放在胡同口。大家出来了，王二秃子和江老海各拉了一辆车，走到有说书桌子的小茶馆外，将一人守着车，三人去听书。书场完了已是十二点钟以后，寿峰和快刀周各坐了一辆车，故意绕着街巷，慢慢的走。约莫挨到两点多钟，车子拉到刘宅后墙，将车歇了。

这胡同转角处，正有一盏路灯，高悬在一丈多高以外，由胡同两头黑暗中看这里，正是清楚。寿峰在身上掏出一个大铜子，对着电灯泡抛了去，只听噗的一声，眼前便是一黑。寿峰抬头将阁楼的墙看了一看，笑道：“这也没有什么难，就是照着我们所议的法子试试。”于是王二秃子面墙站定，蹲了下去，快刀周就站在他的肩上，他慢慢站起来，两手反背，伸了巴掌，江老海踏在他的手上，走上他的肩，接着踏了快刀周的手，又上他的肩，便叠成了三层人。最后寿峰踏在江老海的肩上，手向上一伸，身子轻轻一耸，就抓住了窗口上的麻石，起一个鹞鹉翻架式，一手抓住了百叶窗格的横缝，人就蹲在窗口。墙下三个人，见他站定，上面两个，便跳下了地，寿峰将窗上的百叶，用手捏住，只一揉，便有一块成了碎粉。接连碎了几块，就拆断一大片百叶，左手抓住窗缝，右手伸进去，开了铁钩与上下插闩，就开了一扇窗户，身子一闪，两扇齐开，立脚的地就大了。百叶窗里是玻璃窗，也关上的。于是将身上预备好了的一根裁玻璃针拿出，先将玻璃划了一个小洞，用手捏住，然后整块的裁了下来，接着去了两块玻璃，人就可以探进身子了。

寿峰倒爬了进去，四周一看，乃是一所空楼，于是打开窗户，将衣服下系在腰上的一根麻绳解了下来，向墙下一抛，下面快刀周手拿了绳子，缘了上来。二人依旧把朝外的百叶窗关好，下楼寻路。这里果然是一所花园，不过到处是很深的野草，似乎这里很久没有人管理的了。在野草里面寻到一条路，由路过去，穿过一座假山，便是一所矮墙，由假山石上轻轻一纵，便站在那矮墙上。寿峰一站定脚，连忙蹲了下来。原来墙对过是一列披屋，电光通亮，隔了窗子，刀勺声，碗碟声，响个不了。同时有一阵油腥味，顺着风吹来。观测以上种种，分明这是厨房了。快刀周这时也蹲在身边，将寿峰衣服一扯，轻轻的道："这时候厨房里还做东西吃，我们怎样下手？"寿峰道："你不必做声，跟着我行事就是了。"蹲了一会，却听见有推门声，接上有人问道："李爷！该开稀饭了吧？"又有一个人道："稀饭不准吃呢。你预备一点面条子吧。那沈家小姐还要和将军开谈判呢。"又有一个道："什么小姐？不过是个唱大鼓书的小姑娘罢了。"寿峰听了这话，倒是一怔。怎么还要吃面开谈判，难道这事还有挽回的余地吗？

寿峰跨过了屋脊，顺着一列厢房屋脊的后身，向前面走去，只见一幢西式楼房迎面而起，楼后乃是齐檐的高墙，上下十个窗口，有几处放出亮光来。远看去，那玻璃窗上的光，有映带着绿色的，有映带着红色的，也有是白色的。只在那窗户上，可以分出这玻璃窗那里是一间房，那两处是共一间房，那有亮光的地方，当然是有人的所在了，远远望去，那红色光是由楼上射出来的，在楼外光射出来的空间，有一丛黑巍巍的影子，将那光掩映着，带着光的地方，可以看出那是横空的树叶，树叶里面有一根很粗的横干，却是由隔壁院子里伸过来的。回头看隔院时，正有一棵高出云表的老槐树。寿峰大喜，这正是一个绝好的梯子，于是手扶着瓦沟，人作蛇行，到了屋檐下，向前一看，这院子里黑漆漆的，正没有点着电灯，于是向下一溜，两手先落地，拿了一个大顶，一点声音没有，两脚向下一落，人就站了起来。

快刀周却依旧在屋檐上蹲着，因为这里正好借着那横枝儿树叶，挡住了窗户里射出来的光。寿峰缘上那大槐树，到了树中间，看出那横干的末端，于是倒挂着身子，两手两脚横缘了出去。缘到尖端，看此处距那玻璃窗，还有两三尺，玻璃之内，垂着两幅极薄的红纱。在外面看去，只能看到屋子里一些隐约中的陈设品：仿佛有一面大镜子，悬在壁中间，那里将电灯光反射出来。这和沈大娘所说关住凤喜的屋子，颇有些相像。只是这屋子里是否还有其他的人陪着，却看不出来。于是一面静听屋里的响动，一面看这屋子的电灯线是由哪里去的。

只在这静默的时间，沉寂阴凉的空气里，却夹着一阵很浓厚的鸦片烟气味，用鼻子去嗅那烟味传来的地方，却在楼下。沈大娘曾说过：刘将军会抽鸦片烟的。在上房里这样夜深能抽出这样的烟气味来，这当然不是别人所干的事。便向下看了一下地势，约莫相距两丈高。于是盘到树梢，让横干向下沉着，然后一放手，轻轻的落在地上。顺着墙向右转，是一道附墙的围廊。只刚到这里，便听得身后有脚步声，这可不能大意，连忙向走廊顶上一跳，平躺在上面。果然有两个人说着话过来。人由走廊下经过，带着一阵油酱气味，这大概是送晚餐过去了。等人过去，寿峰一昂头，却见楼墙上有一个透气眼透出光来，站在这走廊顶上，正好张望。这眼是古钱式的格子，里头小玻璃掩扇却搁在一边，在外只看到正面半截床，果然是一个人横躺在那里抽烟。刚才送过去的晚餐，却不见放在这屋子里。一会，进来一个三十上下的女仆，床上那人，一个翻身向上一爬，右手上拿了烟枪，直插在大腿上，左手撅了胡子尖，笑问道："她吃了没有？"女仆道："她在吃呢，将军不去吃吗？"那人笑道："让她吃得饱饱的吧。我去了，她又得碍着面子，不好意思吃。她吃完了，你再来给我一个信，我就去。"女仆答应去了。

寿峰听了纳闷得很，一回身，快刀周正在廊下张望，连忙向下一跳，扯他到了僻静处问道："你怎么也跑了来？"快刀周道："我刚才爬在那红纱窗外看的，正是关在那屋子里，可是那姑娘自自在在的在那儿吃面，这不怪吗？"寿峰埋怨道："你怎么如此大意！你伏在窗子上看，让屋子里人看见，可不是玩的。"快刀周道："师傅你怎么啦？窗纱这种东西，就是为了暗处可以看明处，晚上屋子里有电灯，我们在窗子外，正好向里面看。"寿峰"哦"了一声道："我倒一时愣住了。我想这边屋子有通气眼的，那边一定也有通气眼的，我们到那边去看看。听那姓刘的说话，还不定什么时候睡觉，咱们可别胡乱动手。"

当下二人伏着走过两重屋脊，再到长槐树的那边院子，沿着靠楼的墙走来。这边墙和楼之间，并无矮墙，只有一条小夹道。这边墙上没有透气眼，却有一扇小窗。寿峰估量了一番，那窗子离屋檐约莫有一人低，他点了头，复爬上大槐树，由槐树渡到屋顶上，然后走到左边侧面，两脚勾了屋檐，一个"金钩倒挂"式，人倒垂下来。恰是不高不低，刚刚头伸过窗子，两手反转来，一手扶着一面，扒开百叶窗扇，看得屋子里清清楚楚：对着窗户，便是一张红皮的沙发软椅子，一个很清秀的女子，两手抱着右膝盖，斜坐在上面，那正是凤喜无疑了。看她的脸色，并不怎样恐惧，头正对了这窗子，眼珠也不转一转，似乎在想什么。先前在楼下看到的那个女仆，拿了一个手巾把，送到她手上，笑道："你还擦一把，要不要扑一点粉呢？"凤喜接过手巾，在嘴唇上只抹了一抹，懒懒的将手巾向女仆手上一抛，女仆含笑接过去。一会儿，却拿了一个粉膏盒，一个粉缸，一面小镜子，一齐送到凤喜面前。凤喜果然接过粉缸，取出粉扑，朝着镜子扑了两扑，女仆笑道："这是外国来的香粉膏，不用一点吗？"凤喜将粉扑向粉缸里一掷，摇了一摇头，女仆随手将镜子、粉扑，放在窗下桌上。看那桌上时，大大小小，摆了十几个锦盒，盒子也有揭开的，也有关上的。看那盒子里时，亮晶晶地，也有珍珠，也有钻石，这些盒子旁，另外还有两本很厚的账簿，一小堆中外钥匙。

寿峰在外看见，心里有一点明白了。接着，只听一阵步履声，坐在沙发上的凤喜，突然将身子掉了转去，原来是刘将军进来了。他笑向凤喜道："沈小姐！我叫他们告诉你的话，你都听见了吗？"凤喜依然背着身子不理会他。刘将军将手指着桌上的东西道："只要你乐意，这大概值二十万，都是你的了。你跟着我，虽不能说要什么有什么，可是准能保你这一辈子都享福。我昨天的事，做得是有点对不起你，只要你答应我，我准给你把面子挽回来。"凤喜突然向上一站，板着脸问道："我的脸都丢尽了，还有什么法子挽回来？你把人家姑娘关在家里，还不是爱怎样办就怎样办吗？"刘将军笑着向她连作两个揖，笑道："得！都是我的不是。只要你乐意，我们这一场喜事，大大的铺张一下。"凤喜依然坐下，背过脸去。刘将军道："我以前呢，的确是想把你当一位姨太太，关在家里就得了。这两天，我看你为人，很有骨格，也很懂事，足可以当我的太太，我就正式把你续弦吧。我既然正式讨你，就要讲个门当户对，我有个朋友沈旅长，也是北京人，就让他认你做远房的妹妹，然后嫁过来，你看这面子够不够？"凤喜也不答应，也不拒绝，依然背身坐着。刘将军一回头，对女仆一努嘴，女仆笑着走了。

刘将军掩了房门，将桌上的两本账簿捧在手里，向凤喜面前走过来。凤喜向上一站，喝问道："你干嘛？"刘将军笑道："我说了，你是有志气的人，我敢胡来吗？这两本账簿，还有账簿上摆着的银行折子和图章，是我送你小小的一份人情，请你亲手收下。"凤喜向后退了一退，用手推着道："我没有这大的福气。"刘将军向下一跪，将账簿高举起来道："你若今天不接过去，我就跪一宿不起来。"凤喜靠了沙发的围靠，倒愣住了。停了一停，因道："有话你只管起来说，你一个将军，这成什么样子？"刘将军道："你不接过去，我是不起来的。"凤喜道："唉！真是腻死我了。我就接过来。"说着，不觉嫣然一笑。正是：无情最是黄金物，变尽天下儿女心！寿峰在外面看见，一松脚向墙下一落，直落到夹道地下。快刀周在矮墙上看到，以为师傅失脚了，吃了一惊。要知寿峰有无危险，下回交代。

第十四回

早课欲疏重来怀旧雨　晚游堪乐小聚比秋星

却说快刀周正在矮墙上给关寿峰巡风，见他突然由屋脊上向下一落，以为他失了脚，跌下来了，连忙跑上前去。只见寿峰好好的迎上前来，在黑暗中将手向外一探，做着要去的样子。于是二人跳过几重墙，直向后园子里来。快刀周道:“师傅！怎么回事？”关寿峰昂着头，向天上叹了一口气。快刀周道：“怎么样？这事很棘手吗？”寿峰道：“棘手是不棘手，我们若有三十万洋钱，就好办了！出去说吧。”二人依然走到阁楼上，打开窗子，放下绳子，快刀周先握了绳子向下一溜，寿峰却解了绳子，跳将下去。江老海、王二秃子，迎上前来，都忙着问：“顺手吗？”寿峰叹着气，将看到的事，略略说了一遍，因道：“我若是不看在樊先生的面上，我就一刀杀了她，我还去救她吗？”王二秃子道：“古语道得好，‘宁度畜牲不度人’，就是这个说法。咱们在阁楼上放一把火，烧他妈的一场，也出这口恶气。”寿峰笑道：“不要说孩子话，我们去给那大婶儿一个信，叫她预备做外老太太发洋财吧。”快刀周道:“不，若要是照这样子看，大概她母亲是来过一趟的。既来了，一定说好了条件，她未必还到师傅家里去了。”寿峰道：“好在我们回去，走她门口过，也不绕道，我们顺便去瞧瞧。”

说着二人坐车，二人拉车，虽然夜深，岗警却也不去注意。一路走到大喜胡同，停在沈家门首。这里墙很低，寿峰凭空一跃就跳进去，到了院子里，先藏在槐树里，见屋子里都是黑漆漆的，似乎都睡着了，便溜下树来，贴近窗户用耳朵一听，却听得里面呼声大作，这是上房，当然是沈大娘在这里睡的了。再向西厢房外听了一听，也有呼声。沈家一共只有三个人，一个在刘家，两个在家里，当然没有人到自己家里去。正在这窃听的时候，忽听到沈大娘在上房里说起话来。寿峰听到,倒吓了一跳。连忙向树上一跳，这院子不大，又是深夜，说话的声音，听得清清楚楚。她道：“将军待我们这样好，我们要不答应，良心上也说不过去呀。”听那声音，正是沈大娘的声音。原来在说梦话呢！寿峰听了，又叹了一口气，就跳出墙来，对大家道：“走走走！再要待一会，我要杀人了。”快刀周等一听，知道是沈家人变了心，若再要纠缠，真许会生出事故来。大家便一阵风似的，齐回关家来。

到了门口，寿峰道：“累了你们一宿，你们回去吧，说不定将来还有事，我再找你们。”王二秃子道：“我明天上午来听信儿，瞧瞧他们究竟是怎么回事。我今天晚上，一定是睡不着。要不，我陪师傅谈这么一宿，也好出胸头这口恶气。”寿峰笑着拍了他的肩膀道：“你倒和我一样，回去吧！别让师妹不乐意了。”王二秃子一拍脖子道：“忙了一天一宿，没闯祸。脑袋跟秃子回去吧。”大家听着，都乐了，于是一笑而散。

秀姑心里有事，也是不曾睡着。听得门外有人说话，知道是寿峰回家来了，就开了门。秀姑道：“沈家大婶儿可没来，你们怎样办的？”寿峰一言不发，直奔屋里。秀姑看那样子，知道就是失败了。因道："一个将军家里，四周都是警卫的人，本来也就不易下手！”寿峰道："什么不易下手！只要她们愿意出来，十个姑娘也救出来了。”秀姑道："怎么样？难道她娘儿俩还变了心吗？”寿峰道:"怎么不是。”于是把今晚上的事，说了一遍，叹口气道:"从今以后，我才知道人心换人心这句话是假的，不过是金子换人心罢了。”秀姑道:"有这样的事吗？那沈家姑娘，挺聪明的一个样子，倒看不出是这样下场。她们倒罢了。可是樊先生回来，有多么难过，把他的心都会灰透了。”寿峰冷笑道："灰透了也是活该！这年头儿干嘛做好人呢？”秀姑笑道："你老人家气得这样，这又算什么。快天亮了，睡觉吧。”寿峰道："我也是活该！谁教我多管闲事哩。”秀姑也好笑起来，就不理他了。

寿峰找出他的旱烟袋，安上一小碗子关东叶子，端了一把藤椅，拦门坐着，望了院子外的天色抽烟。寿峰的老脾气，不是气极了，不会抽烟的。现在将烟抽得如此有味，那正是想事情想得极厉害了。秀姑因为夜深了，怕惊动了院邻，也不曾作声。却也说是奇怪，这事并不与自己什么相干，偏是睡到床上，就会替他们当事人设想：从此以后，凤喜还有脸和樊家树见面吗？家树回来了，还会对她那样迷恋吗？就情理而论，他们是无法重圆的了。无法重圆，各人又应该怎么样？自己只管一层一层推了下去，一直到天色大亮，这也用不着睡觉了，便起床洗扫屋子。

在往日，做了事，便应该听到隔壁庙里的木鱼念经声，自己也就捧了一本经书来做早课，今天却是事也不曾做完，隔壁的木鱼声已经起来了。也不知道是老和尚今天早课提了前，也不知道是自己做事没有精神，把时间耽误了。现在炉子不曾笼着火，水也不曾烧，父亲醒过来，洗的喝的会都没有，今天的早课，只好算了吧。于是定了定神，将茶水烧好，然后才把寿峰叫醒。

寿峰站起来，伸了个懒腰，笑道："我老了，怎么小小的受这么一点子累，就会睡得这样死。"秀姑道："我想了一晚晌，我以为这件事不能含糊过去。我们得写一封快信给樊先生去吧。"寿峰笑道："你还说我喜欢管闲事呢。我都没有想一宿，你怎么会想一宿呢？想了一宿，就是这么一句话吗？你这孩子太没有出息了。"秀姑脸一红，便笑道："我干嘛想一宿，我也犯不上呀。"寿峰道："是你自己说的，又不是我说的，我知道犯得上犯不上呢？"秀姑本觉得要写一封信告诉家树才对的，而且也要到沈家去看看沈大娘这时究竟取的什么态度。可是经了父亲这一度谈话，就不大好意思过问了。

又过了两天，江老海却跑来对关寿峰道："师傅！这事透着奇怪，沈家搬走了。我今天走那胡同里过身，见那大门闭上，外面贴了招租帖子了。我做生意的时候，和买糖人儿的小孩子一问，据说头一天一早就搬了。"寿峰道："这是理之当然，也没有什么可怪的。她们不搬走，还等着姓樊的来找她吗？"江老海道："她们这样忘恩负义，师傅得写一封信告诉那樊先生。"寿峰道："我早写了一封信去了。"秀姑在屋子里听到，就连忙出来问道："你写了信吗？我怎么没有看见你写哩？"寿峰道："我这一肚子文字，要写出这一场事来，不是自己给自己找罪受吗？而且也怕写的不好，人家看不清楚，我是请隔壁老和尚写的。他写是写了，却笑着对我说：'好管闲事的人，往往就会把闲事管得成了自己的正事，结果，比原来当事人也许更麻烦。'他话是说得有理，但是我怎么能够不问哩？老和尚把那信写得很婉转，而且还劝了人家一顿。可是这样失意的事，年轻轻的人遇到，哪里几句话就可以解劝得了的！也许他也不用回信，过两天就来了。”江老海道：“他来了，我很愿和他见见。”寿峰道:“那很容易，他回了京，还短得了到我这里来吗？”秀姑道：“这里寄信到杭州，要几天到哩？”寿峰笑道：“我没在邮政局里干过事，这个可不知道。”秀姑噘了嘴道：“你这老人家，也不知道怎么回事。说起话来，老是给我钉子碰。”寿峰笑道：“我是实话呀。可是照火车走起来说，有四个日子，到了杭州了。”

当下秀姑走回房去，默计了一会儿日期：大概信去四天，动身四天，再耽误两天，有十天总可以到京了。现在信去几天，一个星期内外，必然是来的。那个时候，看他是什么态度？难道他还能像以前那种样子对人吗？秀姑心里有了这样一个问题，就不住的盘算，尤其是每日晚晌，几乎合眼就会想到这件事上来。起先几天，每日还是照常的念经，到了七八天头上，心里只管乱起来，竟按捺不下心事去念经。心想不要得罪了佛爷，索性抛开一边，不要作幌子吧。关寿峰看到，便笑道：“你也腻了吗？年轻人学佛念经，哪有那么便宜的事呀！”秀姑道：“我哪是腻了？我是这两天心里有点不舒服，把经搁下了，从明天起，我还是照常念起来的。”秀姑说了，便紧记在心上。

到了次日，把屋子打扫完毕，将小檀香炉取来放在桌上，用小匙子挑了一小匙檀香末放在炉子里，点着了，刚刚要进自已屋子去，要去拿一本佛经出来，偶一回头，只见帘子外一个穿白色长衫的人影子一闪，接上那人咳嗽了一声。秀姑忙在窗纸的破窟窿内向外一看，虽不曾看到那人的面孔，只就那身材言，已可证明是樊家树无疑了。一失神便不由嚷起来道：“果然是樊先生来了！”寿峰在屋子里听到，迎了出去，便握着家树的手，一路走进来。

秀姑站在内房门口，忘了自己是要进屋去拿什么东西的了，便道：“樊先生来了！今天到的吗？”说着话时，看樊家树虽然风度依旧，可是脸上微微泛出一层焦黄之色，两道眉峰都将峰尖紧束着。当秀姑问话时候，他虽然向着人一笑，可是那两道眉毛，依然紧紧的皱将起来，答应着道：“今天早上到的，大姑娘好！”秀姑一时也想不起用什么话来安慰人家，只得报之以笑。

当下寿峰让家树坐下，先道：“老弟！你不要灰心，人生在世，就如做梦一般，早也是醒，迟也是醒，天下无百年不散的筵席，你不要放在心上吧。”秀姑笑道：“你先别劝人家，你得把这事经过，详详细细告诉人家呀。”寿峰将胡子一摸，笑道：“是啊！信上不能写得那么明白，我得先告诉你。”于是昂着头想了一想，笑道：“我打哪儿说起呢？”家树笑道：“随便吧。反正我有的是工夫，和大叔谈谈也好。”秀姑心想道：他今天不忙了，以前他何以是那样忙呢？嘴里不曾说出来，可就向着他微笑了。家树也不知道她这微笑由何而来？也就跟着报之以微笑了。

这里寿峰想过之后，急着就先把那晚上到刘将军家里的事先说了。家树听到，脸上青一阵，白一阵，最后，就勉强笑道：“本来银钱是好的东西，谁人不爱！也不必去怪她了。”寿峰点了点头道：“老弟！你这样存心不错，一个穷人家出身的女孩子，哪里见得惯这个呢。不怪她动心了。”秀姑坐在一边，她的脸倒突然红了，摇了摇头道：“你这话，不见得吧，是穷人家姑娘，就见不得银钱吗？”寿峰哈哈笑道：“是哇！我们只管说宽心话，忘了这儿有个穷人家姑娘等着呢。”家树笑道：“无论哪一界的人，本来不可一概而论的。但不知道这个姓刘的，怎样凭空的会把凤喜关了去的？”寿峰道：“这个我们原也不清楚，我们是听沈大嫂说的。”于是将查户口唱堂会的一段事说了，家树本来有忿恨不平的样子的，听到这里，脸色忽然和平起来，连点了几下头道："这也就难怪了。原是天上掉下来的一场飞祸，一个将军要算计一个小姑娘，哪有什么法子去抵抗他呢？"

寿峰道："老弟！你这话可得考量考量，虽然说一个小姑娘，不能和一个将军抵抗，要说真不爱他的钱，他未必忍心下那种毒手，会要沈家姑娘的性命。就算性命保不了，凭着你待她那样好，为你死了也是应该。我可不知道抖文，可是师傅就相传下来两句话，是'疾风知劲草，板荡识忠臣'。要到这年头儿，才能够看出人心来。"家树叹了一口气道："大叔说的，怕不是正理，可是一个未曾读过书……"家树说到这里，将关氏父女看着，顿了一顿，就接着道："而且又没经过贤父兄贤师友指导过她，她哪里会明白这些大道理，我们也只好责人欲宽了。"秀姑忍不住插口道："樊先生真是忠厚一流，到了这种地步，还回护着沈家妹子呢。"家树道："不是我回护她，她已经做错了，就是怪她也无法挽救的了。一个人的良心，总只能昧着片刻的，时间久了，慢慢的就会回想过来的，这个日子，怕她心里不会比我更难受吗？"秀姑淡淡一笑，略点了一点头道："你说的也是。"

家树一看秀姑脸上，有大不以为然的样子，便笑道："她本来是不对，要说是无可奈何，怎么她家都赶着搬开了哩？"寿峰道："你怎么知道她家搬走了？你先去了一趟吗？"家树道："是的。我不能不先去问问她母亲，这一段缘由因何而起。"寿峰道："树从根下烂，祸事真从天上掉下来的，究竟是少！"说到这里，就想把凤喜和尚师长夫妇来往的事告诉他。秀姑一看她父亲的神气，知是要如此，就眼望着她父亲，微微的摆了两摆头。寿峰也看出家树还有回护凤喜的意思，这话说出来，他格外伤心，也就不说了。但家树却问道：“大叔说她们树从根下烂，莫不是我去以后，她们有些胡来吗？”寿峰道:“那倒没有,不过是她们从前干了卖唱的事,人家容易瞧她不起罢了。”家树听了寿峰的话，虽然将信将疑，然而转念一想，自己临走之时，和她们留下那么些个钱，在最短期内，不应该感到生活困难的。那么，凤喜又不是天性下贱的人，何至于有什么轨外行动呢？如此一想，也不追究寿峰的话了。

当日关氏父女极力的安慰了他一顿，又留着他吃过午饭。午饭以后，秀姑道：“爸爸！我看樊先生心里怪闷的，咱们陪着他到什刹海去乘凉吧。”家树道：“这地方我倒是没去过，我很想去看看。”秀姑道：“虽然不是公园，野景儿倒是不错，离我们这儿不远。”家树见她说时，眉峰带着一团喜容。说到游玩，今天虽然没有这个兴致，却也不便过拂她的盛意。寿峰一边看出他踌躇的样子，便道：“大概樊先生一下车就出门，行李也没收拾呢。后日就是旧历七月七，什刹海的玩意儿会多一点。”家树便接着道：“好！就是后天吧，后天我准来邀大叔大姑娘一块儿去。”秀姑先觉得他从中拦阻，未免扫兴；后来想到他提出七月七，这老人家倒也有些意思，不可辜负他的盛意，就是后天去也好。于是答道:“好吧！那天我们等着樊先生，你可别失信。”接着一笑，家树道:“大姑娘！我几时失过信？”秀姑无可说了。于是大家一笑而别。

家树回得陶家，伯和已经是叫仆役们给他将行李收拾妥当。家树回到房里，觉得是无甚可做，知道伯和夫妇在家，就慢慢的踱到上房里来。陶太太笑道：“你什么事这样忙？一回京之后，就跑了个一溜烟。何小姐见着面了吗？”家树淡淡的道：“事情忙得很，哪有工夫去见朋友！”陶太太道：“这就是你不对了。你走的时候，人家巴巴的送到车站，你回来了，可不通知人家一声，你什么大人物，何小姐非巴结你不可？”家树道：“表嫂总是替何小姐批评我，而且还是理由很充足，叫我有什么可说的。那么，劳你驾，就给我打个电话通知何小姐一声吧。”家树说出来了，又有一点后悔。表嫂可不是听差，怎么叫她打电话呢？自己是这样懊悔着，不料陶太太坐在横窗的一张长桌边，已经拿了桌上的分机，向何家打通了电话。

陶太太一面说着话，一面将手向家树连招了几招，笑道：“来！来！她要和你说话。”家树上前接着话机，那边何丽娜问道：“我很欢迎啦。老太太全好了吗？”家树道：“全好了，多谢你惦记着。”何丽娜笑道：“还好！回南一趟，没有把北京话忘了，今天上午到的吗？怎么不早给我一个信？不然我一定到车站上去接你。”家树连说：“不敢当。”何丽娜又道：“今天有工夫吗？我给你接风。”家树道：“不敢当。”何丽娜道：“大概是没工夫，现在不出门吗？我来看你。”家树道：“不敢当。”伯和坐在一边，看着家树打电话，只是微笑，便插嘴道：“怎么许多不敢当？除了你不敢当，谁又敢当呢？”何丽娜道：“你为什么笑起来？”家树道：“我表兄说笑话呢！”何丽娜道：“他说什么呢？”陶太太走上前夺过电话来道：“密斯何！我们这电话借给人打，是照长途电话的规矩，要收费的。而且好朋友说话加倍，我看你为节省经济起见，干脆还是当面来谈谈吧。”于是就放下了电话筒。

家树道：“我回京来，应该先去看看人家才是，怎样倒让人家来？”伯和笑道：“家树！你取这种态度，我非常表同情。从前我和你表嫂经过你这个时代，我是处处卑躬屈节，你表嫂却是敢当的。我也问过人，男女双方的爱情，为什么男子要处在受降服的情形里呢？有些人说，这事已经成了一种趋势，男子总是要受女子挟制的。不然，为什么男子要得着一个女子，就叫‘求恋’呢？有求于人，当然要卑躬屈节了。这话虽然是事实，但是在理上却讲不通，为什么女子就不求恋呢？现在我看到你们的情形，恰是和我当年的情形相反，算是给我们出了一口恶气。”陶太太道：“原来你存了这个心眼儿，怪不得你这一向子对着我都是那样落落难合的样子了。”伯和笑道：“哪里有这样的事！有了这样的事，我就没有什么不平之气。惟其是自己没有出息，这才希望人家不像我，聊以解嘲了。”陶太太正待要搭上一句话，家树就道：“表兄这话，说得实在可怜。要是这样，我不敢结婚了。”他说了这话，就是陶太太也忍不住笑了。

过了一会，何丽娜早是笑嘻嘻的由外面走了进来，先给家树一点头，笑问道：“伯母好？”家树答应：“好。”又问：“今天什么时候到的？”答：“是今天早上到的。陶太太笑道：“你们真要算不怕腻。我猜这些话，你们在电话里都问过了，这是第二次吧？”何丽娜道：“见了面，总得客气一点。要不然，说什么呢？”家树因道：“说起客气来，我倒想起来了。何小姐送的那些东西，实在多谢得很。我这回北上，动身匆忙得很，没有带什么来。”何丽娜道：“哪有老人家带东西给晚辈的，那可不敢当了。”但是家树说着时，已走了出去，不一会子，捧了一包东西进来，一齐放在桌上笑道：“小包是土产，杭州带来的藕粉和茶叶，那两大卷，是我在上海买的一点时新衣料。”何丽娜连道：“不敢当！不敢当！”伯和听了，和陶太太相视而笑。何丽娜道：“二位笑什么，又是客气坏了吗？”陶太太道：“倒不是客气坏了，正是说客气得有趣呢。先前打电话，家树说了许多不敢当，现在你两人见面之后，你又说了许多不敢当。都说不敢当，实在都是敢当。”伯和斜靠在沙发上，将右腿架了起来，摇曳了几下，口里衔着雪茄，向陶太太微笑道：“敢当什么？不敢当什么？当官呢？当律师呢？当教员呢？”陶太太先是没有领会他的意思，后来他连举两个例，就明白了，笑道：“你说当什么呢？无非当朋友罢了。”何丽娜只当没有听见，看到那屋角上放着的话匣子，便笑问道：“你们买了什么新片子没有？若是买了，拿出来开一遍让我听听看，我也要去买。”陶太太笑着点头道：“好吧，新买了两张爱情曲的片子，可以开给你听听。”何丽娜摇摇头道：“不，我腻烦这个。有什么皮簧片子，倒可以试试。”伯和依然摇曳着他的右腿，笑道：“密斯何！你腻烦‘爱情’两个字吗？别啊！你们这个年岁，正当其时呢！要是你们都腻烦爱情，像我们中年的人，应该入山学道了。可是不然，我们爱情的日子，过得是非常甜蜜呢！”陶太太回头瞟了他一眼道：“不要胡扯。”何丽娜将两掌一合，向空一拜，笑道：“阿弥陀佛！陶先生也有个管头。”于是大家都笑了。

且说家树在一边坐着，总是不言语。他一看到何小姐，不觉就联想到相像的凤喜。何小姐的相貌，只是比凤喜稍为清瘦一点，另外有一种过分的时髦，反而失去了那处女之美与自然之美，只是成了一个冒充的外国小姐而已。可是这是初结交时候的事，后来见着她有时很时髦，有时很朴素，就像今天，她只穿了一件天青色的直罗旗衫，从前披到肩上的长发，这是家树认为最不惬意的一件事。以为既无所谓美，而又累赘不堪。这话于家树动身的前两天，在陶太太面前讨论过，却不曾告诉过何丽娜。但是今天她将长发剪了，已经改了操向两鬓的双钩式，这样一来，她的姿势不同了，脸上也觉得丰秀些，就更像凤喜了。自己正是在这里鉴赏，忽然又看到她举起手来念佛,又想到了关秀姑。她乃另是一种女儿家的态度，只是合则留，不合则去的样子。何丽娜和凤喜都不同，却是一味的缠绵，凤喜是小儿女的态度居多，有些天真烂漫处;何丽娜又不然，交际场中出入惯了，世故很深，男子的心事怎样，她不言不语之间，就看了一个透。这种女子，好便是天地间惟一无二的知己，不好呢，男子就会让她玩弄于股掌之上。家树只是如此沉沉的想着，屋子里的人议论些什么，他都不曾去理会。

这时，伯和看看挂钟道："时间到了，我要上衙门去了。你们今天下午，打算到什么地方去消遣？回头我好来邀你们一块儿去吃饭。今天下午，还是这样的热，到北海乘凉去，好不好？"何丽娜道："就是那样吧，我来做个小东请三位吃晚饭。"陶太太笑道："也请我吗？这可不敢当啊！"何丽娜笑道："我不知陶太太怎么回事，总是喜欢拿我开玩笑。哪怕是一件极不相干的事，一句极不相干的话呢，可是由陶太太看去，都非常可笑。"伯和道："人生天地间，若是遇到你们这种境遇的人，都不足作为谈笑的资料，那么，天地间的笑料，也就会有时而穷了。"说毕，他笑嘻嘻的走了。

这里陶太太听到了有出去玩的约会，立刻心里不安定起来，因道："密斯何坐车来的吗？我们三人同坐你的车子去吧。"说时，望着家树道："先生走哇！"家树心里有事，今天下车之后，忙到现在，哪有兴致去玩。只是她们一团高兴，都说要去，自己要拦阻她们的游兴，未免太煞风景，便懒懒的站将起来，伸了一个懒腰，只是向她们二人一笑。陶太太道："干嘛呀？不带我同坐汽车也不要紧,你们先同坐着汽车去,我随后到。"家树道:"这是哪里来的话。

我并没有做声，你怎么知道我不要你同坐汽车呢？”陶太太笑道：“我还看不透你的性情吗？我是老手呢！”家树道：“得！得！我们同走吧。”于是不再待陶太太说话，就起身了。

三人同坐车到了北海，一进门，陶太太就遇着几个女朋友，过去说话去了，回着头对何丽娜道：“南岸这时正当着西晒，你们先到北岸五龙亭去等我吧。”说完管自便走。

何丽娜和家树顺着东岸向北行，转过了琼岛，东岸那一带高入半空的槐树，抹着湖水西边的残阳，绿叶子西边罩着金黄色，东边避着日光，更阴沉起来。一棵树连着一棵树，一棵树上的蝉声，也就连着一棵树上的蝉声；树下一条宽达数丈的大道，东边是铺满了野草的小山，西边是绿荷万顷的北海，越觉得这古槐，不带一点市廛气，树既然高大，路又远且直，人在树荫下走着，仿佛渺小了许多。何丽娜笑道：“密斯脱樊！你又在想什么心事了？我看你今天虽然出来玩，是很勉强的。”家树笑道：“你多心了，我正欣赏这里的风景呢！”何丽娜道：“这话我有些不相信。一个刚从西湖来的人，会醉心北海的风景吗？”家树道：“不然！西湖有西湖的好处，北海有北海的好处。像这样一道襟湖带山的槐树林子，西湖就不会有。”说着将手向前一指道：“你看北岸那红色的围墙，配合着琉璃瓦，在绿树之间，映着这海里落下去的日光，多么好看，简直是绝妙的着色图画。不但是西湖，全世界也只有北京有这样的好景致。我这回到杭州去，我觉得在西湖盖别墅的人，实在是笨，放着这样东方之美的屋宇不盖，要盖许多洋楼。尤其是那些洋旅馆，俗不可耐。倘若也照宫殿式盖起红墙绿瓦的楼阁来，一定比洋楼好。”何丽娜笑道：“这个我很知道，你很醉心北京之美的，尤其是人的一方面。”家树只好一笑。

说着话，已到了北岸五龙亭前。因为最后一个亭子人少些，就在那里靠近水边一张茶座上坐下。自太阳落水坐起，一直等到星斗满天，还不见伯和夫妇前来。家树等不过，直走出亭子，迎上大道来，这才见他夫妻俩并排走着，慢慢由水岸边踱将来。陶太太先开口道："你们话说完了吗？伯和早在南岸找着了我，我要让你们多说几句话，所以在那边漪澜堂先坐了一会，然后坐船过来的。"家树想分辩两句，又无话可讲，也默然了。到了亭子里坐下，陶太太道："伯和！我猜的怎么样？不是第五个亭子吗？惟有这里是僻静好谈心的了。"何丽娜觉得他们所猜的很远，也笑了。

当下由何丽娜做东，陪着大家吃过了晚饭，已是夜色深疏了。天上的星斗，倒在没有荷叶的水中，露出一片天来，却荡漾不定；水上有几盏红灯移动，便是渡海的小画舫了。远望漪澜堂的长廊，楼上下几列电灯，更映到水里去，那些雕栏石砌，也隐隐可见。伯和笑道："我每在北岸，看见漪澜堂的夜色，便动了归思。"家树道："那为什么？"伯和道："我记得在长江上游做客的时候，每次上江轮，都是夜里。你看这不活像一只江轮，泊在江心吗？"何丽娜笑道："陶先生！真亏你形容得出，真像啊。"伯和道："我还有个感想，我每在北海乘凉，觉得这里天上的星光，别有一种趣味。"家树道："本来这里很空阔，四围是树，中间是水，衬托得好。"伯和笑道："非也。我觉得在这里看天上的银河，格外明亮。设若那河就只有北海这样宽，我要是牛郎织女，我都不敢从鹊背上渡过去。何况天河决不止这样宽呢。"家树笑道："胡扯胡扯！"陶太太也是怔怔的听，以为他们在这里对天河有什么感想，现在却明白了，笑道："这真是'听评书掉泪，替古人担忧'哩！现在天上也是物质文明的时代，有轮船，有火车，还有飞机，怕不容易过河吗？我猜今年是牛郎先过河，因为他是坐火车来的。”伯和道：“可不是，初五一早，牛郎就过河了。这个时候，也许他们见面了。”陶太太抬着头望了一望道：“我看见了。他们两个人，这时坐在水边亭子下喝汽水呢。”

这时，家树和何丽娜，都拿了玻璃杯子，正喝着汽水。何丽娜一听忍笑不住，头一偏，将汽水喷了。陶太太两只长统丝袜都喷湿了，便将一只胳膊横在茶桌上，自己伏在臂膊上笑个不停。陶太太道：“这也没有什么可乐的事，为什么笑成这个样子？”何丽娜道：“你这样拿我开玩笑，笑还不许我笑吗？”说着，抬起头来，只管用手绢去拂拭面孔。家树对于伯和夫妇开玩笑，虽是司空见惯，但是笑话说得这样着痕迹的，今天还是第一回，而且何丽娜也在当面。一个小姐，让人这样开玩笑，未免难堪。但是看看何丽娜却笑成那样子，一点不觉难堪，于是这又感到新式的女子，态度又另是一种的了……

当下伯和见大家暂时无话可说，想了一想于是又开口道：“其实我刚才这话，也不完全是开玩笑。听说这北海公园的主办人，要在七月七日，开双七大会，在这水中间，用电灯架起鹊桥来，水里大放河灯。那天晚上，一定可以热闹一下子。你二位来不来呢？”家树道：“太热闹的地方，我是不大爱到的。再说吧！”何丽娜一句话没有说出，经他一说，就忍回去了。陶太太道：“你爱游清雅的地方，下一个礼拜日，我们一块儿到北戴河洗海水澡去，好吗？到那里还用不着住旅馆，我们认得陈总长，有一所别墅在那里，便当得多了。”何丽娜道：“有这样的好地方，我也去一个。”家树道：“我不能玩了。我要看一点功课，预备考试了。若要考不上一个学校，我这次赶回北京来，就无意义了。”伯和道：“你放心！

有你这样的程度，学校准可以考取的。若是你赶回北京来，不过是如此，那才无意义呢。”伯和这样说着，虽然没有将他的心事完全猜对，然而他不免添了无限的感触，望着天上的银河，一言不发。家树这种情形，何丽娜却能猜个八九，她坐在对面椅子上，望着他，只嗑着白瓜子，也是不作声。半晌，忽然叹了一口气，她这一口气叹着，大家倒诧异起来。陶太太首先就问她这为什么？要知她怎样的答复，下回交代。

第十五回

柳岸感沧桑翩鸿掉影　桐荫听夜雨落木惊寒

却说何丽娜忽然叹一口气，陶太太就问她是什么原因。她笑道：“偶然叹一口气，有什么原因呢？”陶太太笑道：“这话有点不通吧！现在有人忽然大哭起来，或者大笑起来，要说并没有原因，行吗？叹气也是人一种不平之气，当然有原因，伯和他常常说‘不平则鸣’——你鸣的是哪一点呢？”何丽娜道：“说出来也不要紧，不过有点孩子气罢了！我想一个人修到了神仙，总算有福了，可是他们一样的有别离，那末，人在世上，更难说了。”家树忍不住了，便道：“密斯何说的是双星的故事吗？这天河乃是无数的恒星……”伯和拦住道：“得了！得了！这又谁不知道？这种神话，管它是真是假，反正在我们这样干燥烦闷的人生里，可以添上一些有趣的材料，我们拿来解解闷也好，这可无所碍于物质文明，何必戳穿它。譬如欧美人家在圣诞节晚上的圣诞老人，未免增加儿童迷信思想，然而至今，小孩儿的长辈依然假扮着，也无非是个趣字。”家树笑道：“好吧，我宣告失败。”陶太太道：“本来嘛，密斯何借着神仙还有别离一句话来自宽自解，已经是不得已，退一步想了，偏是你还要证明神仙没有那件事，未免大煞风景。密斯何！你觉我的话对吗？”何丽娜道：“都对的。”陶太太笑道：“这就怪了，怎么会都对呢？”何丽娜道：“怎么不是都对呢！樊先生是给我常识上的指正，陶先生是给我心灵上的体会。”陶太太笑道：“你真会说话，谁也不得罪。”

当他们在这里辩论的时候，家树又默然了。伯和夫妇还不大留意，何丽娜却早知道了。越是看出他无所可否，就越觉得他是真不快。他这不快，似乎不是从南方带来的，乃是回北京以后，新感到的。那是什么事呢？莫非他那个女朋友对他有不满之处吗？何丽娜这样想着，也就沉默起来。这茶座上，反而只剩伯和夫妇两个人说话了。坐久一点，陶太太也感到他们有些郁郁不乐了，就提议回家。伯和道：“我们的车子在后门，我们不过海去了。”陶太太道：“这样夜深，让密斯何一个人到南岸去吗？”伯和道：“家树送一送吧。到了前门，正好让何小姐的车子送你回家。”何丽娜道：“不要紧的，我坐船到漪澜堂。”陶太太道：“由漪澜堂到大门口，还有一大截路呢。”她听说，就默然了。家树觉得，若是完全不作声，未免故作痴聋，太对不住人。便道：“不必客气。还是我来送密斯何过去吧！”伯和突然向上一站，将巴掌连鼓了一阵，笑道：“很好，很好，就是这样吧。”家树笑道：“这也用不着鼓掌呀。”伯和未加深辩，和他太太走了。

这里何丽娜慢慢的站起，正想举着手要伸一个懒腰，手只略抬了一抬，随又放下来，望着他微笑道：“又要劳你驾一趟，我们不坐船，还走过去，好吗？”家树笑着说了一声“随便”。于是何丽娜会了账，走出五龙亭来。

当二人再走到东岸时，那槐树林子，黑郁郁的，很远很远，有一盏电灯，树叶子映着，也就放出青光来。这树林下一条宽而且长的道，越发幽深了，要走许多时间，才有两三个人相遇，所以非常的沉静。两人的脚步，一步一步在道上走着，噗噗的脚踏声，都能听将出来。在这静默的境地里，便仿佛嗅到何丽娜身上的一种浓香，由晚风吹得荡漾着，只在空气里跟着人盘旋。走到树荫下，背着灯光处，就见那露椅上，一双双的人影掩藏着，同时唧唧哝哝的有一种谈话声，在这阴沉的空气里，格外刺耳。离着那露椅远些，何丽娜就对他笑道："你看这些人的行为，有什么感想？"家树道："无所谓感想。"何丽娜道："一人对于眼前的事情，感想或好或坏都可以，决不能一点感想都没有。"家树道："你说是眼前的事吗？越是眼前的事，越是不能发生什么感想。譬如天天吃饭，我们一定有筷子碗的，你见了筷子碗，会发生什么感想呢？"何丽娜笑道："你这话有些不近情理。这种事，怎么能和吃饭的事成一样呢？"家树道："就怕还够不上这种程度！若够得上这种程度，就无论什么人，看到也不会发生感想了。"何丽娜笑道："你虽不大说话，说出话来，人家是驳不倒的。你对任何一件事，都是这样不肯轻易表示态度的吗？"家树不觉笑起来了。何丽娜又不便再问，于是复沉寂起来。

二人走过这一道东岸，快要出大门了。走上一道长石桥，桥下的荷叶，重重叠叠，铺成了一片荷堆，却看不见一点水。何丽娜忽然站住了脚道："这里荷叶太茂盛，且慢点走。"于是靠在桥的石栏杆上，向下望着。这时并没有月光，由桥上往下看，只是乌压压的一片，并看不出什么意思来。家树不作声，也就背对了桥栏杆，站立了一会，何丽娜转过身来道："走吧，但是……樊先生！你今天好像有什么心事似的。"家树叹了一口长气，不曾答复她的话，何丽娜以为他有难言之隐，又不便问了。二人出了大门，同上了汽车，还是静默着。直等汽车快到陶家门首了，何丽娜道：

“我只送你到门口，不进去了。你……你……你若有要我帮忙之处，我愿尽量的帮忙。”家树道：“谢谢。”说着，就和她点了一个头，车子停住，自作别回家去。

这天晚晌，家树心里想着：我的事，如何能要丽娜帮忙？她对于我总算很有好感，可是她的富贵气逼人，不能成为同调的。到了次日，想起送何丽娜的东西，因为昨天要去游北海，匆忙未曾带走，还放在上房，就叫老妈子搬了出来，雇了一辆人力车，一直就到何宅来，到了门房一问，何小姐还不曾起床，家树一想，既是不曾起床，也就不必惊动了。因掏出一张片子，和带来的东西，一齐都放在门房里。

家树刚一转身，只觉有一阵香气扑鼻而来。看时，有一个短衣汉子，手里提着白藤小篮子站在身边。篮子浮面盖了几张嫩荷叶，在荷叶下，露出一束一尺多长的花梗来。门房道：“糙花儿！我们这里天天早上有人上菜市带回来，没有花吗？谁叫你送这个？”那人将荷叶一掀，又是一阵香气。篮子里荷叶托着红红白白鲜艳夺目的花朵，那人将一束珊瑚晚香玉，一束玉簪花，拿起来一举道：“这是送小姐插花瓶的，不算钱。”说毕，却另提了两串花起来，一串茉莉花穿的圆球，一串是白兰花穿的花排子。门房道：“今天你另外送礼了。这要多少钱？”那人道：“今天算三块钱吧。”说着向门房一笑。家树在一边听了，倒不觉一惊，因问道：“怎么这样贵？”那卖花人将家树看了看，笑道：“先生！你是南方人，你把北京城里的茉莉花，白兰花，当南方价钱卖吗？我是天天上这儿送花，老主雇，不敢多说钱，要在生地方，我还不卖呢！”家树道：“天天往这儿送花，都是这么些个价钱吗？”卖花的道：“大概总差不多呢，这儿大小姐很爱花，一年总做我千儿八百块钱的生意呢。”家树听着点了一点头，自行回去了。

他刚一到家，何丽娜就来了电话，说是刚才失迎，非常抱歉。向来不醒得这般晚，只因昨夜回来晚了，三点钟才睡着，所以今天起床很迟，这可对不住。家树便答应她：“我自己也是刚醒过来就到府上去的。”何丽娜问他：“今天在不在家？”家树就答道：“回京以后，要去看许多朋友，恐怕有两天忙。”何丽娜也就只好说着“再会”了。其实这天家树整日不曾出门，看了几页功课，神志还是不能定，就长长的作了一篇日记。日记上有几句记着是：“从前我看到妇人一年要穿几百元的跳舞鞋子，我已经惊异了。今天我更看到一个女子，一年的插头花，要用一千多元，于是我笑以前的事少见多怪了。不知道再过一些时，我会看到比这更能花钱的妇女不能？或者今天的事，不久也是归入少见多怪之列了。”写好之后，还在最后一句旁边，加上一道双圈。这天，伯和夫妇以为他已开始考试预备，也就不来惊动他了。

到了次日，已是阴历的七月七，家树想起秀姑的约会，吃过午饭，身上揣了一些零钱，就到关家来。老远的在胡同口上，就看见秀姑在门外盼望着，及至车子走近时，她又进去了。走了进去，寿峰由屋里迎到院子里来，笑道：“不必进去了。要喝茶说话，咱们到什刹海说去。”家树很知道这老头儿脾气的，便问道：“大姑娘呢？同走哇！”秀姑在屋子里咳嗽了两声，整着衣襟走了出来，寿峰是不耐等了，已经出门，秀姑便和家树在后跟着。秀姑自己穿了一件白褂，又系上一条黑裙，在鞋摊子上昨日新收的一双旧皮鞋，今天也擦得亮亮的穿了，这和一个学生模样的青年男子在一处走，越可以衬着自己是个朴素而又文明的女子了。走出胡同来，寿峰待要雇车，秀姑便道：“路又不远，我们走了去吧。”她走着路，心里却在盘算着：若是遇见熟人，他们看见我今天的情形，岂不会疑心到我……记得我从前曾梦到同游公园的一回事，而今分明是应了这个梦了……她只管沉沉的想着，忘了一切，及至到了什刹海，眼前忽然开阔起来，这才猛然的醒悟。

家树站在寿峰之后，跟着走到海边。原来所谓海者，却是一个空名。只见眼前一片青青，全是些水田，水田中间，斜斜的土堤，由南至北，直穿了过去。这土堤有好几丈宽，长着七八丈高的大柳树；这柳树一棵连着一棵，这上堤倒成了一条柳岸了。水田约莫有四五里路一个围子，在柳岸上，露出人家屋顶和城楼宫殿来。虽然这里并没有什么点缀，却也清爽宜人，所有来游的游人，都走上那道土堤。柳树下临时支着芦席棚子，有小酒馆，有小茶馆，还有玩杂耍的。寿峰带着家树走了大半截堤，却回头笑问道："你觉得这里怎么样，有点意思吗？"家树笑道："反正比天桥那地方干净。"寿峰笑道："这样说，你是不大愿意这地方。那么，我们先去找地方坐一坐再说吧。"于是三个人放慢了脚步，两边找座。芦席棚里，便有一个人出来拦住了路，向三人点着头笑道："你们三位歇息吧。我们这儿干净，还有小花园，雅致的很！"家树看时，这棚子三面敞着，向东南遥对着一片水田，水田里种的荷叶，乱蓬蓬的，直伸到岸上来。在棚外柳树荫下，摆了几张红漆桌子，便对寿峰道："就是这里吧。"寿峰还不曾答言，那伙计已经是嚷着打手巾，事实上也不能不进去了。

三人拣了一副靠水田的座位坐下，伙计送上茶来，家树首先问道："你说这儿有小花园，花园在哪里？"伙计笑着一指说："那不是？"大家看时，原来在柳荫下挖大餐桌面大的一块地，栽了些五色小喇叭花和西洋马齿苋；沿着松土，插了几根竹竿木棍，用细粗绳子编了网，上面爬着扁豆丝瓜藤，倒开了几朵红的黄的花朵。大家一见都笑了。家树道："天下事，都是这样闻名不如见面。北京的陶然亭，去过了，是城墙下苇塘子里一所破庙；什刹海现在又到了，是些野田。"寿峰道："这个你不能埋怨传说的错了，这是人事有变迁。陶然亭那地方，从前四处都是水，也有树林子，一百年前，那里还能撑船呢，而今水干了，树林子没有了，庙也就破了。再说到什刹海，那是我亲眼得见的，这儿全是一片汪洋的大湖，水浅的地方，也有些荷花。而且这里的水，就是玉泉山来的活水，一直通三海。当年北京城里，先农坛，社稷坛，都是禁地，更别提三海和颐和园了。住在北京城里的阔人，整天花天酒地，闹得腻，要找清闲之地，换换口味，只有这儿和陶然亭了。至于现在的阔人，一动就说上西山。你想，那个时候，可是没汽车，谁能坐着拖厂的骡车，跑那么远去？可是打我眼睛里看去，我还是乐意在这种芦席棚子下喝一口水，比较的舒服。有一次，我到中央公园去，口渴了，要到茶座上找个座儿，你猜怎么着？我走过去，简直没有人理会。叫了两声茶房，走过来一个穿白布长衣的，他对我瞪着眼说：'我们这儿茶卖两毛钱一壶。'瞧他那样子，看我是个穷老头儿，喝不起茶。我不和他说就走了。你瞧，一到了这什刹海，这儿茶房是怎样，我还是我上次到中央公园去穿着的那件蓝布大褂，可是他老远的就招呼着我请到里面坐了。"家树笑道："那总算好。大叔不曾把公园里的伙计打上一顿呢。"寿峰道："他和我一样，也是个穷小子，犯不着和他计较。好像什刹海这地方，从前也是不招待蓝布大褂朋友，而今穿绸衣的不大来，蓝布大褂朋友就是上客。也许中央公园，将来也有那样一天。"家树道："桑田变沧海，沧海变桑田，古今的事，本来就说不定。若是这北京三海，改成四海，这什刹海，也把红墙围起，造起宫殿来，当然这里的水田，也就成了花池了。”说着，将手向南角一指，指着那一带绿柳里的宫墙。

就在这一指之间，忽然看见一辆汽车，由南岸直开上柳提来。柳提上的人，纷纷向两边让开。这什刹海虽是自然的公园，可是警厅也有管理的规则。车马在两头停住，不许开进柳堤上来。这一辆汽车，独能开到人丛中来，大概又是官吏了。寿峰也看见了，便道：“我们刚说要阔人来，阔人这就来了！若是阔人都要这样骑着老虎横冲直撞，那就这地方不变成公园也好。因为照着现在这样子，我们还能到这儿来摇摇摆摆，若一抖起来，我们又少一个可逛的地方了。”家树听着微笑。只一回头，那辆汽车，不前不后，恰恰停在这茶棚对过。只见汽车两边，站着四个背大刀挂盒子炮的护兵，跳下车来，将车门一开，家树这座上三个人，不由得都注意起来，看是怎样一个阔人？及至那人走下车来，大家都吃一惊。原来不是赳赳武夫，也不是衣冠整肃的老爷，却是一个穿着浑身绮罗的青年女子。再仔细看时，那女子不是别人，正是凤喜。家树身子向上一站，两手按了桌子，“啊”了一声，瞪了眼睛，呆住了作声不得。凤喜下车之时，未曾向着这边看来，及至家树“啊”了一声，她抬头一看，也不知道和那四个护兵说了一句什么，立刻身子向后一缩，扶着车门，钻到车子里去了。接着那四个护兵，也跟上车去，分两边站定，马上汽车“呜”的一声，就开走了。家树在凤喜未曾抬头之时，还未曾看得真切，不敢断定。及至看清楚了，凤喜身子猛然一转，她脚踏着车门下的踏板，穿的印花亮纱旗衫，衣褶掀动，一阵风过，飘荡起来，因衣襟飘荡，家树连带的看到她腿上的跳舞袜子。家树想起从前凤喜曾要求过买跳舞袜子，因为平常的也要八块钱一双，就不曾买，还劝了她一顿，以为不应该那样奢侈，而今她是如愿以偿了。在这样一凝想之间，喇叭呜呜声中，汽车已失所在了。

秀姑坐的所在，正是对着芦棚外的大道，更看得清楚。知道家树心中，是一定受了很大的刺激，要安慰他两句，又不知要怎样说着才好。家树脸对着茶棚外呆了，秀姑又向着家树的脸看呆了。寿峰先是很惊讶，后来一想，明白了，便站起来，拍着家树的肩膀道："老弟！你看着什么了？"家树点了点头，坐将下来，微微的叹了一口气，脸却望着秀姑。寿峰问道："我的眼睛不大好，刚才车上下来的那个人，我没有十分看清楚，是姓沈的吗？"秀姑道："没有两天，你还见着呢，怎样倒问起我来？"寿峰道："虽然没有两天，地方不同呀，穿的衣服也不同呀，这一股子威风，更不同呀！谁想得到呢？"

家树听了寿峰这几句话，脸上一阵白似一阵，手拿着一满杯茶，喝一口便放下，放下又端起来喝一口，却只是不作声。秀姑一想：今天这一会，你应该死心塌地，对她不再留恋了吧！因对寿峰道："刚才我倒想向前看看她的，反正我也是个女子，她就是有四个护兵，谅她也不能将我怎样。"寿峰道："那才叫多事呢！这种人还去理她做什么？她有脸见咱们，咱们还没有脸见她呢。总算她还知道一点羞耻，避开了咱们了。"家树手摸着那茶杯，摇着头，又叹了一口气。寿峰笑道："樊家老弟！我知道你心里有些不好过，可是你刚才还说了呢，桑田变成沧海，沧海变成桑田。那么大的东西，说变就变，何况一个人呢。我说一句不中听的话，你就只当这趟南下，她得急病死了，那不也就算了吗？"秀姑笑道："你老人家这话有些不妥，何不说是只当原来就不认识她呢？若是她真得急病死了，樊先生能这样子吗？"秀姑把这话刚说完，忽然转念：我这话更不妥了，我怎么会知道他不能这样？我一个女子，为什么批评男子对于女子的态度，这岂不现出轻薄的相来吗？于是先偷看了看寿峰，再又偷看家树。见他们并没有什么表示，自己的颜色才安定了。

家树沉思了许久，好像省悟了一件什么事的样子，然后点点头对寿峰道："世上的事，本来难说定。她一个弱女子，上上下下，用四个护兵看守着她，叫她有什么法子？设若她真和我们打招呼，不但她自己要发生危险，恐怕还不免连累着我们呢。"寿峰笑道："老弟！你这人太好说话了。我都替你生气呢，你自己倒以为没事。"家树道："宁人负我吧。"寿峰虽不大懂文学，这句话是明白的。于是用手摸着胡子，叹了一口气。秀姑更不作声，却向他微笑了一笑。笑是第一个感觉的命令，当第二个感觉发生时，便想到这笑有点不妥，连忙将手上的小白折扇打开，掩在鼻子以下。家树也觉自己这话有点过分，就不敢多说了。

坐谈了一会，寿峰遇到两个熟人，那朋友一定要拉着过去谈谈，只得留下家树和秀姑在这里，二人默然坐了一会。家树觉得老不开口又不好，便问道："我去了南方一个多月，大姑娘的佛学，一定长进了不少了，现在看了些什么佛经了？"秀姑摇了一摇头，微笑道："没有看什么佛经。"家树道："这又何必相瞒！上次我到府上去，我就看到大姑娘燃好一炉香，正要念经呢。"秀姑道："不过是《金刚经》《心经》罢了。上次老师傅送一本《莲华经》给我，我就看不懂，而且家父说，年轻的人看佛经，未免消磨志气，有点反对，我也就不勉强了。樊先生是反对学佛的吧？"家树摇着头道："不！我也愿意学佛。"秀姑道："樊先生前程远大，为了一点小小不如意的事，就要学佛，未免不值！"家树道："天下哪有样样值得做的事，这也只好看破一点罢了。"秀姑道："樊先生真是一片好心待人，可惜人家偏不知道好歹。”家树将手指蘸着茶杯子里的剩茶，在桌上搽抹着，不觉连连写了好几个“好”字。寿峰走回来了，便笑道：“哎！你什么事想出了神？写上许多“好”字。”家树笑了，站起来道：“我们坐得久了，回去吧。”寿峰看他心神不定，也不强留，就约他再看一看这里的露天游戏场去。

会了茶钱，一直顺着大道向南，见柳荫下渐渐芦棚相接，除茶酒摊而外，有练把式的，有说相声的，有唱绷绷儿戏，有拉画片的，尽头还有一所芦棚戏园。家树看着倒也有趣，把心里的烦闷，解除了一些。又走过去，却听到一阵弦索鼓板之声顺风吹来。看时，原来是柳树下水边，有一个老头子带着一个女孩子在那儿唱大鼓书，周围却也摆了几条短脚长板凳。家树一看到这种现象，不由得前尘影事，兜上心来，一阵头晕，几乎要摔倒在地。连忙一手按住了头，站住了不动，寿峰抢上前，搀着他道：“你怎么了，中了暑吗？”家树道：“对了，我闻到一种不大好的气味，心里难受得发昏了。”寿峰见路边有个茶座，扶着他坐下。秀姑道：“樊先生大概坐不住了。我先去雇一辆车来，送樊先生回去吧。”她一人走上前，又遇到一所芦棚舞台，这舞台比较齐整一点，门口网绳拦上，挂着很大的红纸海报，上面大书特书：今天七月七日应节好戏《天河配》。

秀姑忽然想起，父亲约了今天在什刹海相会，不能完全是无意的啊！本来大家谈得好好的，又遇见了那个人。但是他见那个人，不但不生气，反而十分原谅她，那末，今天那个人没来，他又能有什么表示呢。这倒很好，可以把他为人看穿了……秀姑只是这样想着，却忘了去雇车子。寿峰忽然在后面嚷道：“怎么了？”回头看时，家树已经和寿峰一路由后面跟了来。家树笑道：“大姑娘为什么对戏报出神？要听戏吗？”秀姑笑着摇了一摇头，却见他走路已是平常，颜色已平定了，便道：“樊先生好了吗？刚才可把我吓了一跳。”说到这个“跳”字，可又偷眼向寿峰看了一看，接上脸也就红了。寿峰虽不曾注意，但是这样一来，就不便说要再玩的话，只得默然着走了。

到了南岸，靠了北海的围墙，已是停着一大排人力车，随便可雇，家树站着呆了一呆，因问寿峰道：“大叔，我们分手吗？”寿峰道:“你身体不大舒服，回去吧。我们也许在这里还溜一溜弯。”秀姑站在柳树下，那垂下来的长柳条儿，如垂着绿幔一般，披到她肩上。她伸手拿住了一根柳条，和折扇一把握着，右手却将柳条上的绿叶子，一片一片儿的扯将下来，向地下抛去。只是望着寿峰和家树说话，并不答言，那些停在路旁的人力车夫，都是这样想着:这三个人站在这里不曾走，一定是要雇车的了。一阵风似的，有上十个车夫围了上来，争问着要车不要？家树被他们围困不过，只得坐上一辆车子就拉起走了。只是在车上揭了帽子，和寿峰点点头说了一声“再会”。

当下寿峰对秀姑道：“我们没事，今天还是个节期，我带着你还走走吧。”秀姑听说，这才把手上的柳条放下了，跟着父亲走。寿峰道：“怎么回事？你也是这样闷闷不乐的样子。你也是中了暑了？”秀姑笑道：“我中什么暑？我也没有那么大命啦！”寿峰道：“你这是什么话？中暑不中暑，还论命大命小吗？”秀姑依旧是默然的跟着寿峰走，并不答复。寿峰看她是这样的不高兴，也就没有什么游兴，于是二人就慢慢开着步子，走回家去。

到了家之后，天色也就慢慢的昏黑了。吃过晚饭，秀姑净了手脸，定了一定心事，正要拿出一本佛经来看，却听得院子里有人道：“大姑娘！你也不出来瞧瞧吗？今天天上这天河，多么明亮呀！”秀姑道：“天天晚上都有的东西，那有什么可看的。”院子外有人答道:“今天晚上，牛郎会织女。”秀姑正待答应，有人接嘴道:“别向天上看牛郎织女了，让牛郎看咱们吧。他们在天上，一年倒还有一度相会，看着这地下的人，多少在今天生离死别的人，换了一班，又是一班。他们俩是一年一度的相会着，多么好！我们别替神仙担忧,替自己担忧吧。”秀姑听了这话,就不由得发起呆来，把看佛经的念头丢开，径自睡觉了。

自这天起，秀姑觉着有什么感触，一会儿很高兴，一会儿又很发愁，只是感到心神不宁。但是就自那天起，有三天之久，家树又不曾再来。秀姑便对寿峰说道：“樊先生这次回来，不像从前，几天不见，也许他会闹出什么意外！我们得瞧他一瞧才好。”寿峰道：“我要是能去瞧他，我早就和他往来了。他们那亲戚家里总看着我们是下等人，我们去就碰上一个钉子，倒不算什么。可是他们亲戚要说上樊先生两句,人家面子上怎样搁的下？”秀姑皱了眉道:“这话也是。可是人家要有什么不如意的话，咱们也不去瞧人家一瞧,好像对不住似的。”寿峰道:“好吧！今天晚上我去瞧他一瞧吧。”秀姑便一笑道：“不是我来麻烦你，这实在也应该的事。”父女们这样的约好，不料到了这天晚上，寿峰有点不舒服，同时屋檐下也滴滴答答有了雨声，秀姑就不让她父亲去看家树，以为天晴了再说。寿峰觉得无甚紧要，自睡着了。

但是这个时候，家树确是身体有病。因为学校的考期已近，又要预备功课，人更觉疲倦起来。这天晚上，他只喝了一点稀饭，便勉强的打起精神在电灯下看书。偏是这一天晚上，伯和夫妇都没有出门，约了几位客，在上房里打麻将牌。越是心烦的人，听了这种哗啦哗啦的牌声，十分吵人，先虽充耳不闻，无奈总是安不住神。恍惚之间，有一种凉静空气，由纱窗子里透将进来，加上这屋子里，只有桌上的一盏铜檠电灯，用绿绸罩了，便更显得这屋子阴沉沉的了。家树偶然一抬头，看到挂着的月份牌，已经是阴历七月十一了。今夜月亮，该有大半圆。一年的月色，是秋天最好，心里既是烦闷，不如到外面来看看月色消遣。于是熄了电灯，走出屋来，在走廊上走着。向天上看时，这里正让院子里的花架，挡得一点天色都看不见。于是绕了个弯子，弯到左边一个内跨院来。

这院子里北面，一列三间屋，乃是伯和的书房，布置得很是幽雅的，而且伯和自己，也许整个星期，不到书房来一次，这里就更觉得幽静了。这院子里垒着有一座小小的假山，靠山栽了两丛小竹子，院子正中，却一列栽有四棵高大的梧桐，向来这里就带着秋气的，在这阴沉沉的夜色里，这院子里就更显得有一种凄凉萧瑟的景象。抬头看天上，阴云四布，只是云块不接头的地方，露出一点两点星光来，那大半轮新月，只是在云里微透出一团散光，模模糊糊，并不见整个的月影。那云只管移动，仿佛月亮就在云里钻动一般。后来，月亮在云里钻出来，就照见梧桐叶子绿油油的，阶石上也是透湿。原来晚间下了雨，并不知道呢。那月亮正偏偏的照着，挂在梧桐一个横枝上，大有诗意。心里原是极烦闷的，心想看看月亮，也可以解解闷。于是也不告诉人，就拿了一张帆布架子床，架在走廊下来看月。

不料只一转身之间，梧桐叶上的月亮不见了，云块外的残星也没有了，一院漆黑，梧桐树便是黑暗中几丛高巍巍的影子。不多久，树枝上有噗笃噗笃的声音落到地上。家树想，莫不是下雨了？

于是走下石阶，抬头观望，正是下了很细很密的雨丝。黑夜里虽看不见雨点，觉得这雨丝，由树缝里带着寒气，向人扑了来。梧桐叶上积得雨丝多,便不时滴下大的水点到地上。家树正这样望着，一片梧桐叶子，就随了积雨，落在家树脸上。家树让这树叶一打，脸上冰了一下，便也觉得身上有些冷了。就复走到走廊下，仍在帆布床上躺着。

现在，家树只觉得院子的沉寂，在那边院子里的打牌声一点听不见，只有梧桐上的积雨，点点滴滴向下落着，一声一声很清楚。这种环境里，那万斛闲愁，便一齐涌上心来，人不知在什么地方了。家树正这样凝想着，忽然有一株梧桐树，无风自动起来了，立时稀里沙啦，水点和树叶，落了满地。突然有了这种现象，不由得吃了一惊，自己也不知道是何缘故，连忙走回屋子里去，先将桌灯一开，却见墨盒下面，压了一张字条，写着酒杯大八个字，乃是："风雨欺人，劝君珍重。"一看桌上放的小玻璃钟，已是两点有余，这时候，谁在这里留了字？未免奇怪了。要知道这字条由何而来，下回交代。

第十六回

托迹权门姑为蜂蝶使　寻盟旧地喜是布衣交

却说家树拿了那张字条，仔细看了看，很是疑惑，不知道是谁写着留下来的。家里伯和夫妇用不着如此，听差自然是不敢。看那笔迹，还很秀润，有点像女子的字。何丽娜是不曾来，哪还有第二个女子，能够在半夜送进这字条来呢？再一看桌上，墨盒不曾盖得完整，一支毛笔，没有套笔帽，滚到了桌子犄角上去了。再一想想，刚才跨院里梧桐树上那一阵无风自动，更加明白。心里默念着，这样的风雨之夜，要人家跳墙越屋而来，未免担着几分危险。她这样跳墙越屋，只是要看一看我干什么，未免隆情可感。要是这样默受了，良心上过不去；要说对于她去作一种什么表示，然而这种表示，又怎样的表示出来呢？自己受了她这种盛情，不由得心上添了一种极深的印象；但是自己和她的性情，却有些不相同，这是无可如何的事了。睡上床去，辗转不寐，把平生的事，像翻乱书一般，东一段西一段，只是糊里糊涂的想着。到了次日清晨，自己忽然头晕起来，待要起床，仿佛头上戴着一个铁帽子，脑袋上重颠颠的抬不起来，只好又躺下了。这一躺下，不料就病起来。

一病两天，不曾出卧室。

第二天下午，何丽娜才知道这个消息，就专程来看病。她到了陶家，先不向上房去，一直就到家树的屋子里来，站在门外，先轻轻咳嗽了两声，然后问道："樊先生在家吗？"家树听得清楚，是何丽娜的声音，就答道："对不住，我病了，在床上呢！"何丽娜笑道："我原知道你病了，特意来看病的。"说着话，她已经走进屋子来了。

家树穿了短衣，赤着双脚，高高的枕着枕头，在枕边乱堆着十几本书，另外还有些糖果瓶子和丸药纸包。但是这些东西之中，另有一种可注目的东西，就是几张相片背朝外，面朝下，覆在书页上。何丽娜进得门来，滴溜一双眼睛的光线，就在那书页上转着。家树先还不知道，后来明白了，就故意整理着书，把那相片夹在书本子里，一齐放到一边去了。笑道："我真是不恭得很，衣服没有穿，袜子也没有穿。"说着，两手扶了床沿，就伸脚下床来踏着鞋。何丽娜突然向前，一伸两手道："我们还客气吗？"她说这话时，本想就按住了家树的肩膀，不让他站起来的，后来忽然想到，这事未免孟浪一点。她这一犹豫，那两只伸出来的手，也就停顿了，再伸不上前去，只把两只手做了一个伸出去的虚势子，离着床沿有一二尺远，倒呆住了。家树若是站起来，便和她面对面的立着了；坐着不动，也是不好，只得笑道："恭敬不如从命，我就躺下了。何小姐请坐，我叫他们倒茶。"何丽娜笑道："我是来探病的，你倒要张罗我。"

家树还不曾答话时，陶太太从外面答着话进来了，她道："你专程来探病，他张罗张罗，还不应该的吗？你别客气，你再客气，人家心里就更不安了。"何丽娜笑道："陶太太又该开玩笑了。"说着话，向后退了两步，陶太太一只手挽着她的手，一只手拍着她的肩膀，向她微微一笑，却不说什么。何丽娜却正着颜色道：“樊先生怎么突然得着病了，找大夫瞧瞧吗？”陶太太道：“我早就主张他瞧瞧去的，况且快要考学校呢。”何丽娜这才抽开了陶太太两只手，又向后退了几步，搭讪着就翻桌上的书。只翻了两页，却在书页子里面翻出一张字条来，乃是：“风雨欺人，劝君珍重。”大字下面，却有两行小字：“落花有意，流水无情，奈何奈何！”这大字和小字，分明是两种笔迹，而且小字看得出家树添注的。自己且不作声，就悄悄的将这字纸握在手心里，然后慢慢放到衣袋里去了。因为陶太太在屋子里，也不便久坐，又劝家树还是上医院看看好，不要酿成了大病，就和陶太太到上房去了。家树也想着自己既要赶去考试，不可耽误，去看看也好；又想着关氏父女对自己很留心，要通知他们一声才对。这天晚上，人静了，就起床写了一封信给寿峰。又想到寿峰在家的时候少，这信封面上就写了秀姑的名字。信写完了，人也够疲倦的了，将信向桌上一本书里一夹，便上床睡了。

次日早上，还不曾醒过来。何丽娜又来看他的病，见他在床上睡的正酣，未便惊动，就到桌上打开墨盒，要留上一个字条。忽见昨日夹着字条的书本，还在那里，心想这书里或者不止这一张字条，还有可寻的材料也未可知。于是又将书本翻了一翻，只一掀，那一封信就露了出来。信上写着：后门内邻佛寺胡同二十号关秀姑女士收启。何丽娜看了，不由心里一跳。回头一看家树，依然稳睡，于是心里将这地址紧紧的记下了，信还夹在书里，也不留字条，自出房去了。

家树醒来，已是十点钟，马上上医院，中途经过邮局，将给秀姑的信投寄了。到了医院里，仔细一检查，也没有什么大病，医生开了药单，却叫他多多的到公园里去散步，认为非处在良好的环境，解放心灵不可。今天吃了这药，明天再来看。家树急于要自己的病好，自然是照办。

这医院，便是上次寿峰养病的所在，那个有点近视的女看护，一见迎了上来，笑道："樊先生！密斯关好吗？"家树点了点头，女看护道："密斯关怎样不陪看来呢？"家树笑道："我们也不常见面的。"说着就走开了。

到了次日下午，家树上医院来复诊。一进门，就见那女看护向这里指着道："来了来了。"原来秀姑正站着和她说话，是打听打听家树来没有来呢。秀姑一见，也不和女看护谈话了，自迎上来。她见家树时，帽子拿在手上，蓬蓬的露出一头乱发，脸上伸出两个高拱的颧骨来，这就觉得上面的眼眶，下面的腮肉，都凹了进去。脸上白得像纸一般，一点血色没有，只有穿的那件淡青秋罗长衫，飘飘然不着肉，越是现出他骨瘦如柴了。秀姑"啊"了一声道："几天不见，怎么病得这样厉害？你是那晚让雨打着，受了凉了。"家树道："我很感谢大姑娘照顾。"说着，回头四周看了一看，见没有人，因低声道："我有一件大事，要拜托大叔！今天约大叔来，大叔没来吗？"秀姑沉吟了一会道："是，你有什么话，告诉我是一样的。"

当下二人走到廊上，家树在一张露椅上坐下了，因道："我这病是心病……"秀姑站在他面前，脸就是一红。家树正着色道："也不是别的心病，就是每天晚晌，我都会做可怕的梦，梦到凤喜受人的虐待。咋晚又梦见了，梦见她让人绑在一根柱子上，头上的短头发披到脸上和口里，七八个大兵围着她，一个大兵，拿了藤鞭子，在她身上乱抽。她满脸都是眼泪，张着嘴叫救命，有一个抽出手枪来，对着她说：‘你再嚷就把你打死。’我吓醒了，一身的冷汗，将里衣都湿透了。我想这件事，不见得完全是梦，最好能打听一点消息出来才好。这事除了大叔，别人也没有这大的能耐。”秀姑笑道：“樊先生你这样一个文明人，怎么相信起梦来了呢？你要知道她现在很享福，用不着你挂念她的。”家树道：“虽然这样说，可是这是理想的话，究竟在里面是不是受虐待，我们哪会知道！况且我这种恶梦，不是做了一天，这里面恐怕总不能没有一点缘故！”秀姑见他那种忧愁的样子，两道眉峰，几乎紧凑到一处去。他心中的苦闷，决不是言语可以解释的。便道：“樊先生！你宽心吧。我回去就可以和家父商量的。好在他是熟路，再去看一趟，也不要紧。”家树便带一点笑容道：“那就好极了，什么时候回我的信呢？”秀姑想了一想，笑道：“你身体不大好，自然是等着回信的，三天之内吧。”家树站了起来，抱着拳头，微微的向秀姑拱了拱手，口里连道：“劳驾！劳驾！”

秀姑心里虽觉得不平，可是见他那可怜的样子，却又老大不忍，陪着他挂了复诊的号，送着他到了候诊室，看到他由诊病室又出来了，然后问他医生怎么说，要紧不要紧？家树笑道：“你瞧，我还能老远的到医院来治病，有什么要紧。不过他总说我精神上受了刺激，要好好的静养，多多上公园。”说着话时，秀姑见他只管喘气，本想搀着他出门上车，无如自己不是那种新式的女子，没有那种勇气，只是近近的跟在家树后面走，眼望着他上车而去，自己才一步一步挨着人家墙脚下走路。心里想着刘将军家里，上次让父亲去了一次，已经是冒险，现在哪有再让他去的道理？但是樊先生救了我父亲一条命，现在眼见得他害了这种重病，我又怎能置之不理。我且先到刘家前后去看看，究竟是怎么个样子。于是决定了主意，向刘家而来。

秀姑自刘家前门绕到屋后，看了一周，不但是大门口有四个背大刀的，另外又加了两个背快枪的。那条屋边的长胡同，丁字拐弯的地方，添了一个警察岗位，又添了一个背枪的卫兵，似乎刘家对于上次的事，有点知道，现在加以警戒了。据着这种情形看来，这地方是冒险不得了，但进不去，又从何处打听凤喜的消息？这只有一个办法，去找凤喜的母亲，然而她的母亲在哪里？又是不知道。一天打听不出凤喜的消息，家树一天就不安心。他既天天梦到凤喜，也许凤喜真受了虐待。看那个女子，不是负心人，她让姓刘的骗了去，又拿势力来压迫一个十几岁的女孩子，她哪里抵抗得了！若是她真还有心在樊先生身上，我能把她二人弄得破镜重圆，她二人应当如何感激我哩。

秀姑一人只管低头想着，也不知走到了什么地方，猛然抬头看时，却是由刘家左边的小巷，转到右边的小巷来了。走了半天，只把人家的屋绕了一个大圈圈。自己前面有两个妇人一同走路，一个约莫有五十多岁，一个只有二十上下。那年老的道："我看那大人，对你还不怎样，就是嫌你小脚。"那一个年轻的道："不成就算了。我看那老爷脾气大，也难伺候呢！可是那样大年纪的老爷，怎么太太那样小，我还疑心她是小姐呢。"秀姑听了这话，不由得心里一动，这所说的，岂不是刘家吗？那年老的又道："李姐，你先回店去吧。我还要到街上去买点东西，回头见。"说着，她就慢慢的走上了前。秀姑这就明白，那老妇是个介绍佣工的，少妇是寄住在介绍佣工的小店里的，便走紧两步，跟着那老妇，在后面叫了一声"老太太"。这"老太太"三字，虽是北京对老妇人普通的称呼，但是下等人听了，便觉得叫者十分客气。所以那老妇立刻掉转身子来问道：“你这位姑娘面生啦，有什么事？”

秀姑见旁边有个僻静的小胡同，将她引到里面，笑问道：“刚才我听到你和那位大嫂说的话，是说刘将军家里吗？”老妇道:“是的,你打听做什么？”秀姑笑道:“那位大嫂既是没有说上,老太太！你就介绍我去怎么样？”那老妇将秀姑浑身上下打量了一番,笑道:“姑娘！你别和我开玩笑。凭你这样子，会要去帮工？况且我们店里来找事的人，都要告诉我们底细，或者找一个保人，我们才敢荐出去。”秀姑在身上一摸，掏出两块钱来，笑道:“我不是要去帮工，老实告诉你吧，我有一个亲戚的女孩子，让拐子拐去了，我在四处打听，听说卖在刘家，我想看看，又没法子进去。你若是假说我是找事的，把我引进去看看，我这两块钱，就送你去买一件衣服穿。”说时，将三个指头，钳住两块光滑溜圆的洋钱，搓着嘎嘎作响。

老妇眼睛望了洋钱，掀起一只衣角，擦着手道：“去一趟得两块钱，敢情好！可是你真遇到了那孩子，那孩子一嚷起来，怎么办呢？那刘将军脾气可不好惹呀。”秀姑笑道：“这个不要紧。那孩子三岁让人拐走,现在有十八九岁了。哪里会认得我！我去看看，不过是记个大五形儿，我也不认得她呀。”老妇将手一伸，就要来取那洋钱，笑道：“好事都是人做的，听你说得怪可怜儿的，我带你去一趟吧。”秀姑将手向怀里一缩，笑道：“设若他们说我不像当老妈子的,那怎么办呢？”老妇笑道:“大宅门里出来的老姐妹们，手上带着金溜子的，还多着呢。不过没有你年轻罢了。可是刘家他正要找年轻的。这倒对劲儿，要去我们就去，别让店里人知道。”秀姑见她答应了，就把两块钱交给她。那老妇又叫秀姑进门之后少说话，只看她的眼色行事。于是就引着秀姑向刘宅来。

秀姑只低了头，跟着老妇进门，由门房通报以后，一路走进上房。远远的就见走廊下，摆了一张湘妃榻，凤喜穿着粉红绸短衣，踏着白缎子拖鞋，斜靠在那榻上。榻前一张紫檀小茶几，上面放了两个大瓷盘子，堆上堆下，放着雪藕、玫瑰葡萄、苹果、玉芽梨，浅红嫩绿，不吃也好看。湘妃榻四围，罗列着许多盆景。这晚半天，那晚香玉珍珠兰之属，正放出香气来。老妇看见凤喜，远远的蹲下去请了一个安，笑道："太太！你不是嫌小脚的吗？我给你找一个大脚的来了。"

凤喜一抬头，不料来的是秀姑，脸色立刻一红。秀姑望了她，站在老妇身后，摇了一摇手，又将嘴微微向老妇一努。凤喜本由湘妃榻上站了起来，一看秀姑的情形，又镇定着坐了下去。

恰是巧，一句话不曾问，刘将军出来了。秀姑偷眼看他时，粗黑的面孔上，那短胡子尖向上竖起，那麻黄眼睛，如放电光一般的看着人。身上穿着纺绸短衫裤，衫袖卷着肘弯以外，一手叉着腰，一手拿了一个大梨，夹着皮乱咬。秀姑不敢看他，就低了头。他将梨指着秀姑道："她也是来做工的吗？"老妇蹲着向刘将军请了一个安，笑道："可不是吗？她妈是在一个总长家里做工的，她跟着她妈做细活，现在想自己出来找一点事。她可是个大姑娘，你瞧成不成？"刘将军笑着点了头道："怎么不成！今天就上工吧。我们太太年轻，就要找个年轻的人伺候她才对。这个姑娘倒也不错，你瞧怎么样？"

当刘将军走出来了的时候，凤喜站了起来，拿了一串葡萄，只管一颗一颗的摘了下来，向口里吸着蜜瓤，吸了一颗，又摘一颗，眼睛只望着果盘子里，不敢看秀姑，等到刘将军问起她的话来，她才答道："我随便你。"

刘将军张着嘴哈哈大笑起来，走了过来，将右手一伸，托住凤喜的下巴颏，让凤喜扬着脸，左手一个指头，点着凤喜道：“找一个漂亮的人儿，你不乐意吗？去年我到上海去，看见人家有雇大姑娘做事的，叫做大姐，我就羡慕得了不得。回北京来，找了一年，也没找着，今天真找着了，我为什么不用？别说她是一个人，就是一个狐狸精变的，我也就得用下。”说着抽了手回来，自己一阵乱鼓掌，又道：“那不行！你有生气的样子，你得乐。”说时，横了眼睛望着凤喜，凤喜果然对他嘻嘻的笑了。

秀姑看了这样子，嘴里说不出什么，可是两只脚站在地上，恨不得将地站下一个窟窿去。刘将军道：“呔！那姑娘你在我这里干下去吧。我给你三十块钱一个月，你嫌不嫌少？”秀姑一看他那样子，便微微一笑，低着声音道：“今天我得回去取铺盖，明天来上工吧。”刘将军走近一步，向她道：“你别害臊，有话对我说呀。好吧，我明天上天津去，后天就回来的，你别因为没看见我就不干，也别听我这小太太的话，她做不了主的。”凤喜手里拿着一个雪梨，背过脸用小刀子削皮，对秀姑以目示意。秀姑领悟了，便扯了一扯老妇的衣襟，一同出来了。老妇走到僻巷里，将衣襟扯起来，揩着额角上的冷汗道：“我的妈！我的魂都吓掉了。这真不是可以闹着玩的。”秀姑一笑，转身回自家了。

秀姑到了家里，将话告诉了寿峰，寿峰笑道：“使倒使得，可是将来你一溜，那姓刘的和老婆子要起人来，她要受累了。”秀姑见父亲答应了，很是欢喜。

次日上午就先到医院里见家树，将详细的经过，都告诉了他，家树忘其所以，不觉深深的对秀姑作了三个揖。秀姑向后退了两步，笑着低了声音道：“你这样多礼。”家树道：“我也来不及写信了，请你今天，仔细的问她一问，她若是不忘记我，我请她趁着今明天这个机会，找个地方和我谈两句话。”说着，又想了一想道：“不吧，我还是写几个字给她。”于是向医院里要了一张纸，用身上的自来水笔，就在候诊室里，伏在长椅的椅靠上写。可是提起笔先写了“凤喜”两字，就呆住了。以下写什么呢？候诊室里人很多，又怕自己只管出神会引起人家注意，于是接着写了八个字：“我对于你依然如旧。”写完，摇了一摇头，把笔收起，将纸捏成一团，对秀姑道：“我没法写，还是你告诉她的好。”秀姑也只好点了点头，起身便走。家树又追到候诊室外来，对秀姑道：“信还是带去吧。她总看得出是我的亲笔。”于是又把纸团展开，找了一个西式窗口，添上一行字：“伤心人白。”秀姑看他写这四个字的时候，脸色惨白，秀姑也觉得他实可伤心，心里有点忍不住凄楚，手里拿过字纸就闪开一边，因道：“我有了机会，再打电话告诉你吧！”

秀姑匆匆的离开了医院，就到刘将军家来，向门房里说明了是来试工的，一直就奔上房。上房另有女仆，再引她到凤喜卧室里去。凤喜一见，便说道：“将军到天津去了，我也不知道他有什么事分配你做。今天你先在我屋子里陪着我，做点小事吧。”秀姑会意，答应了一声“是”，等到屋子里无人，凤喜才皱了眉道：“大姐！你的胆子真大，怎么敢冒充找事，混到这里来。若是识破了，恐怕你的性命难保，就是我也不得了。”秀姑笑道：“是呀！这是将军家里不是闹着玩的。可是还有个人，性命也难保呢！我拼了我这条命，也只好来一趟，为什么呢？因为人家救过我父亲的命，我不能不救他的命。”秀姑说着话，脸色慢慢的不好看，最后就板着脸，两手一抱膝盖，坐到一边椅子上。凤喜道：“大姐！你这话是说我忘恩负义吗？我也是没有法子呀！现在樊大爷怎么样了，他叫你来有什么意思？”秀姑便在身上掏出字条，交给凤喜道：“这是他让我带给你的信。”于是把那天什刹海见面，以至现在的情形，说了一遍。凤喜将字条看了一看，连忙捏成一个纸团，塞在衣袋里，因道：“他忘不了我，我知道。可是我现在已经嫁了人，我还有什么法子！就请你告诉他，多谢他惦记。至于他待我的好处，我也忘不了。不瞒你说，现在我手上倒也方便，拿个一万八千儿的，还不值什么，我有点东西谢他，请你给我拿了去。”秀姑笑道：“一万八千？就是十万八万，你也拿得出来，这个我早知道了。但是他不望你谢他，只要你治他的病。”凤喜道：“我又不是大夫，我怎么能治他的病？”秀姑道：“你想，他害病，无非是想你。现在你有两个药方可以治他的病：其一，你是趁了这个机会，跟他逃去；其二，你当面对他说明，你不爱他了，现在日子过得很好。这样，他就死心塌地不再想你了，病也就好了。我跟人家传信，只得说到这种样子。你要怎么办，那就听凭于你。”说完，又板起了脸孔。

凤喜看着秀姑的脸色，又想想她的话，过了好一会儿，才开口道：“好吧，我就见见他也不要紧。这两天我妈不大舒服，明天起个早吧，我回家去看我母亲，我就由后门溜出去找个地方和他见见。不过要碰到了人，那祸不小。还是先农坛地方，早上僻静，叫他一早就在那里等着我吧。”秀姑道：“你答应的话，可不能失信。不去不要紧，约了不去，你是更害了他。”凤喜道：“我决不失信。你若不放心，你就在我这里假做两天工，等我明天去会着了他，或者你不愿意做，或者我辞你。”秀姑站立起来，将胸一拍道：“好吧，就是你们将军回来了，我也不怕。”于是让凤喜看守住了家中下人，趁着机会，打了一个电话给家树，约他明天一早，在先农坛柏树林下等着。

家树正在床上卧着揣想：秀姑这个人，秉着儿女心肠，却有英雄气概，一个姑娘，居然能够假扮女仆，去探访侯门似海的路子，义气和胆略，都不可及，这种人固然是天赋的侠性，但若非对我有特别好的感情，又哪里肯做这种既冒险又犯嫌疑的事！可是她对我这样的好，我对她总是淡淡的，未免不合。这种人心地忠厚，行为爽快，都有可取。虽然缺少一些新式女子的态度，而也就在这上面可以显出她的长处来，我还是丢了凤喜去迎合她吧。

正是这样想着，秀姑的电话来了，说凤喜约了明日一早到先农坛去会面。家树得了这个消息，把刚才所想的一切事情，又完全推翻了。心想凤喜受了武力的监视，还约我到先农坛去会面，可想那天什刹海会面，她躲了开去，乃是出于不得已。先农坛这地方，本是和凤喜定情之所，凤喜而今又约着在先农坛会面，这里面很含有深情。这样一早就约我去，莫非她有意思言归于好吗？说好了，也许她明天就跟着我回来，那么，我向哪一方面逃去为是呢？若是真有这样的机会，我不在北京读书了，马上带了她回杭州去。据这种情形看来，恐怕虽有武力压迫她，她也未必屈服的。越想越对，连次日怎样雇汽车，怎样到火车站，怎样由火车上写信通知伯和夫妇，都计划好了。

这一晚晌，就完全计划着明日逃走的事，知道明天要起早的，一到十二点钟，就早早的睡觉，以便明日好起一个早。谁知上床之后，只管想着心事，反而是延到了两点钟才算睡着。一觉醒来，天色大亮，不免吃了一惊。赶快披衣起床，扭了电灯一看，却原来是两点三刻，自己还只睡了四十五分钟的觉，并不曾多睡。低着头，隔着玻璃窗向外看时，原来是月亮的光，到天亮还早呢！重新睡下，迷迷糊糊的，仿佛是在先农坛，仿佛又是在火车上，仿佛又是在西湖边。猛然一惊，醒了过来，还只四点钟。自己为什么这样容易醒？倒也莫名其妙。想着不必睡觉，坐着养养神吧。秋初依然是日长夜短，五点钟，天也就亮了。这时候，什么人都是不会起来的。家树自己到厨房里舀了一点凉水洗脸,就悄悄的走到门房里，将听差叫醒，只说依了医生的话，要天亮就上公园去吸新鲜空气，叫他开了门，雇了人力车，直向先农坛来。

这个时候，太阳是刚出土，由东边天坛的柏树林子顶上，发着黄黄的颜色,照到一片青芦地上。家树记得上次到这里来的时候，这里的青芦，不过是几寸长，一望平畴草绿，倒有些像江南春草。现在的青芦，都长得有四五尺深，外坛几条大道，陷入青芦丛中，风刮着那成片的长芦，前仆后继，成着一层一层的绿浪。那零落的老柏，都在绿浪中站立，这与上次和凤喜在这里的情形，有点不同了。下车进了内坛门，太阳还在树梢，不曾射到地上来。柏林下大路，格外阴沉沉的。这里的声音，是格外沉寂。在树外看藏在树里的古殿红墙，似乎越把这里的空气衬托得幽静下来。有只喜鹊飞到家树头上，踏下一枝枯枝，噗的一声，落了下来，打破了这柏林里的沉寂。

家树顺着路，绕过了一带未曾开门的茶棚，走到古殿另一边，一个石凳边。这正是上次说明帮凤喜的忙，凤喜乐极生悲，忽然痛哭的地方。一切都是一样，只是殿西角映着太阳的阴影，略略倾斜着向北，这是表示时序不同了。家树想着，凤喜来到这里，一定会想起那天早上定情的事。记得那天早上的事,当然会找到这里来的。因之就在石凳上坐下,静等凤喜自来。但是心里虽主张在这里静等，然而自己的眼睛，可忍耐不住，早是四处张望。张望之后，身子也忍耐不住,就站起来不住的徘徊。这柏林子里,地下的草,乱蓬蓬的，都长有一两尺深。夏日的草虫，现在都长老了，在深草里唧唧的叫着。这周围哪里有点人影和人声……

正是这样踌躇着，忽然听到身后有一阵窸窣之声，只见草丛里走出一个人来，手中拿着一把花纸伞，将头盖了半截，身上穿的是蓝竹布旗衫，脚由草里踏出来，是白袜白布鞋，家树虽知道这是一个女子，然而这种服饰不像是现在的凤喜，不敢上前说话。及至她将伞一收，脸上虽然还戴着一副墨晶眼镜，然而这是凤喜无疑。他连忙抢步上前，握着她的手道："我真不料我回南一趟，有这样的惨变！"凤喜默然，只叹了一口气。家树接过她的伞放在石桌上，让她在石凳上坐下，因问道："你还记得这地方吗？"凤喜点点头。家树道："你不要伤心，我对你的事，完全谅解的。不看别的，只看你现在所穿的衣服，还是从前我们在一处用的，可见你并不是那种人，只图眼前富贵的。你对旧时的布衣服还忘不了，穿布衣服时候交的朋友，当然忘不了的。你从前在这儿乐极生悲，好好的哭了出来，现在我看到你这种样子，我喜欢到也要哭出来了。"说着，就拿出手绢擦了一擦眼睛。

凤喜本有两句话要说，因他这一阵夸奖，把要说的话又忍回去了。家树道："人家都说你变了心了，只是我不相信。今日一见，我猜的果然不错，足见我们的交情，究竟不同呀。你怎么不作声？你赶快说呀！我什么都预备了，只要你马上能走，我们马上就上车站。今天十点钟正有一班到浦口的通车，我们走吧！"

家树说了这几句话，才把凤喜的话逼了出来。所说是什么，下回交代。

第十七回

裂券飞蚨绝交还大笑　挥鞭当药忍痛且长歌

却说家树见着凤喜，以为她还像从前一样，很有感情，所以说要她一路同去。凤喜听到这话，不由得吓了一吓，便道："大爷！你这是什么话？难道我这样败柳残花的人，你还愿意吗？"家树也道："你这是什么话？"凤喜道："事到如今，什么话都不用说了。只怪我命不好，做了一个唱大鼓书的孩子，所以自己不能做主，有势力的要怎么办，我就怎么办。像你樊大爷，还愁讨不到一头好亲事吗？把我丢了吧。可是你待我的好处，我也决不能忘了，我自然要报答你。"家树抢着道："怎么样？你就从此和我分手了吗？我知道，你的意思说，以为让姓刘的把你抢去了，这是一件可耻的事情，不好意思再嫁我，其实是不要紧的。在从前，女子失身于人，无论是愿意，或者被强迫的，就像一块白布染黑了一样，不能再算白布的。可是现在的年头儿，不是那样说，只要丈夫真爱他妻子，妻子真爱她丈夫，身体上受了一点侮辱，却与彼此的爱情，一点没有关系。因为我们的爱情，都是在精神上，不是在形式上，只要精神上是一样的……"家树这样絮絮叨叨的向下说着，凤喜却是低着头看着自己的白皮鞋尖，去踢那石凳前的乱草。看那意思，这些话，似乎都没有听得清楚。

家树一见这样，很着急，伸手携着她一只胳膊，微微的摇撼了两下，因问道："凤喜！怎么样，你心里还有什么说不出来的苦处吗？"凤喜的头，益发的低着了。半晌，说了一句道："我对不起你！"家树放了她的手，拿了草帽子当着扇子摇了几摇道："这样说，你是决计不能和我相合了。也罢，我也不勉强你，那姓刘的待你怎么样，能永不变心吗？"凤喜仍旧低着头，却摇了两摇，家树道："你既然保不住他不会变心，设若将来他真变了心，他是有势力的，你是没有势力的，那怎么办？你还不如跟着我走吧。人生在世，富贵固然是要的，爱情也是要的。你是个很聪明的人，难道这一点，你还看不出来？而况我的家里虽不是十分有钱，不瞒你说，两三万块钱的家财，那是有的。我又没有三兄四弟，有了这些个钱，还不够养活我们一辈子的吗？"凤喜本来将头抬起来了。家树说上这一大串，她又把头低将下去了。家树道："你不要不作声呀！你要知道，我望你跟着我走，虽然一半是自己的私心，一半也是救你。"

只在这时，凤喜忽然抬起头来，扬着脸问家树道："一半是救我吗？我在姓刘的家里，料他也不会吃了我，这个你倒可以放心。"家树听到这话，不由得他的脸色不为之一变，站在一边，只管发愣。停了一会，点了一点头道："好！这算我完全误会了。你既是决定跟姓刘的，你今天来此地是什么意思？是不是和我告别，今生今世，永不见面了吧？"凤喜道："你别生气，让我慢慢的和你说。人心都是肉做的，你樊大爷待我那一番好处，我哪里忘得了！可是我只有这个身子，我让人家强占了去了，不能分开一半来伺候你。"家树皱了眉，将脚一顿道："你还不明白，只要你肯回来……" 凤喜道："我明白，你虽然那样说不要紧，可是我心里总过不去的！干脆一句话，我们是无缘了。我今天是偷出来的，你不见我还穿着这样一身旧衣服吗？若是让他们看见了，放了好衣服不穿，弄成这种样子，他们是要大大疑心的。我自己私下，也估计了一下子，大概用你樊大爷的钱，总快到两千吧！我也没有别个法子，来报你这个恩，不瞒你说，那姓刘的，一把就拨了五万块钱，让我存在银行里。这个钱，随便我怎么样用，他不过问。现在我自己，也会开支票，拿钱很方便。" 说到这里，凤喜在身上掏出一个粉镜盒子来。打开盒子却露出一张支票，她将支票递给家树道："不敢说是谢你，反正我不敢白用大爷的钱。"

当凤喜打开粉镜，露出支票的时候，家树心里已是噗突噗突跳了几下；及至凤喜将支票送过来，不由得浑身的肌肉颤动，面色如土。她将支票递过来，也就不知所以的将支票接着，一句话说不出来。停了一停，醒悟过来了。将支票一看，填的是四千元整，签字的地方，印着小小的红章，那四个篆字，清清楚楚，可以看得出，乃是"刘沈凤喜"。家树镇定了自己的态度，向着凤喜微笑道："这是你赏我的钱吗？" 凤喜道："你干嘛这样说呀？我送你这一点款子，这也无非聊表寸心。" 家树笑道："这的确是你的好心，我应该领受的。你说花了我的钱，差不多快到两千，所以现在送我四千，总算是来了个对倍了。哈哈！我这事算做得不错，有个对本对利了。" 越说越觉得笑容满面，说完了笑声大作，昂着头，张着口，只管哈哈哈笑个不绝。

凤喜先还以为他真欢喜了，后来看到他的态度不同，也不知道他是发了狂，也不知道他是故意如此，靠了石桌站住，呆呆的向他望着。家树两手张开，向天空一伸，大笑道："好！我发了财了。我没有见过钱，我没有见过四千块钱一张的支票，今天算我开了眼了，我怎么不笑？天哪！天哪！四千块一张的支票，我没有见过呀！"说着，两手垂了下来，又合到一处，望了那张支票笑道："你的魔力大，能买人家的身子，也能买人家的良心，但是我不在乎呢！"两手比齐，拿了支票，嗤的一声，撕成两半边，接上将支票一阵乱撅，撅成了许多碎块，然后两手握着向空中一抛，被风一吹，这四千元就变成一二十只小白蝴蝶，在日光里飞舞。家树昂着头笑道："哈哈！这很好看哪。钱呀，钱呀，有时候你也会让人看不起吧！"

到了这时，凤喜才知道他是恨极了这件事，特意撕了支票来出这一口气的。顷刻之间，既是惭羞，又是后悔，不知道如何是好？待要分说两句，家树是连蹦带跳，连嚷带笑，简直不让人有分说的余地。就是这伴，凤喜是越羞越急，越急越说不出话，两眼眶子一热，却有两行眼泪，直流下来。

家树往日见着她流泪，一定百般安慰的；今天见着她流泪，远远的弯了身子，却是笑嘻嘻的看着她。凤喜见他如此，越是哭得厉害，索性坐在石凳上伏在石桌上哭将起来。家树站立一边，慢慢的止住了笑声，就呆望着她，见她哭着，两只肩膀只管耸动，虽然她没有大大的发出哭声，然而看见这背影，知道她哭得伤心极了。心想她究竟是个意志薄弱的青年女子，刚才那样羞辱她，未免过分。爱情是相互的，既是她贪图富贵，就让她去贪图富贵，何必强人所难！就是她拿钱出来，未尝不是好意，她哪里有那样高超的思想，知道这是侮辱人的行为。思想一变迁，就很想过去赔两句不是。

这里刚一移脚，凤喜忽然站了起来，将手揩着眼泪，向家树一面哭一面说道："你为什么这样子对待我？我的身子，是我自己的，我要嫁给谁，就嫁给谁，你有什么法子来干涉我？"说着，她一只手伸到衣袋里，掏出一个金戒指来，将脚一顿道："我们并没有订婚的，这是你留着我做纪念的，我不要了，你拿回去吧。"说时，将戒指向家树脚下一丢，恰好这里是砖地，金戒指落在地上，丁零零一阵响，家树不料她一反脸，却有此一着，弯着腰将戒指捡起，便戴在指头上，自说道："为什么不要？我自己还留着纪念吧。"说毕，取了帽子，和凤喜深深的一鞠躬，笑嘻嘻的道："刘将军夫人！愿你前途幸福无量！我们再见了！"说毕，戴着草帽，掉转身子便走，一路打着哈哈，大笑而去。

凤喜站在那里，望着家树转入柏林，就不见了。自己呆了一阵子，只见东边的太阳，已慢慢升到临头，时候不早了，不敢多停留，又怕追上了家树，却是慢慢的走出内坛。她的母亲沈大娘，由旁边小树丛里，一个小亭上走下来，迎着她道："怎么去这半天，把我急坏了。我看见樊大爷，一路笑着，大概他得了四千块钱，心里也就满足了。"凤喜微笑，点着头道："他心里满足了。"沈大娘道："哎呀！你眼睛还有些儿红，哭来着吧？傻孩子！"凤喜道："我哭什么？我才犯不上哭呢。"说着，掏出一条潮湿的手绢，将眼睛擦了一擦。沈大娘一路陪着行走，一路问道："樊大爷接了那四千块钱的支票，他说了些什么呢？"凤喜道："他有什么可说的！他把支票撕了。"沈大娘道："什么，把支票撕了？"于是就追着凤喜，问这件事的究竟。凤喜把家树的情形一说，沈大娘冷笑道："生气！活该他生气！这倒好，一下说破了，断了他的念头，以后就不会和咱们来麻烦了。"凤喜也不作声，出了外坛雇了车子，同回母亲家里，仍然由后门进去，急急的换了衣服，坐上大门口的汽车，就向刘将军家来。

因为凤喜出去得早，这时候回来，还只有八点钟。回到房里，秀姑便是不住的向她打量。凤喜怕老妈子看出破绽来，对屋子里的老妈子道："你们都出去，我起来得早了，还得睡睡呢。"大家听她如此说，都走开了。凤喜睡是不要睡，只是满腔心事，坐立不安，也就倒在床上躺下，便想着家树今日那种大笑，一定是伤心已极。虽然他的行为不对，然而他今日还痴心妄想，打算邀我一同逃走，可见他的心，的确是没有变的。但是你不要钱，也不要紧，为什么当面把支票扯碎来呢？这不是太让我下不去吗……糊里糊涂的想着，便昏昏沉沉的睡去。及至醒来，不觉已是十一点多钟了。坐在床上一睁眼，就见秀姑在外面探头望了一望，凤喜对她招招手，让她走了进来。秀姑轻轻的问道："你见着他没有？"凤喜只说了一声"见着了"，就听到外面老妈子叫道："将军回来了。"秀姑赶快闪到一边站住。

那刘将军一走进门，也不管屋子里有人没人，抢着上前，走到床边，两手按了凤喜两只肩膀，轻轻拍了两下，笑道："好家伙！我都由天津回到北京了，你还没有起来。"说着，两手捧了凤喜的脸，将头一低，凤喜微微一笑，将眼睛向秀姑站的地方一瞟，又把嘴一努，刘将军放了手掉转身来，向秀姑先打了一个哈哈，然后笑道："你昨天就来了吗？"秀姑正着脸色，答应了一声"是"。刘将军回头向凤喜道："这孩子模样儿有个上中等，就是太板一点儿。"又和秀姑点着头笑道："你出去吧，有事我再来叫你。"

秀姑巴不得一声，刚要出去，刘将军忽然向凤喜的脸上注视着道："你又哭了吗？我走了，准是你想着姓樊的那个小王八蛋。"

两手扶了凤喜的肩膀向前一推，凤喜支持不住，便倒在床上了。凤喜一点也不生气，坐了起来，用手理着脸上的乱发，向他笑道:“你干嘛总是这样多心？我凭什么想他？我是起了一个早，回去看了看我妈。我妈昨晚晌几乎病得要死。你想想看,我有个不着急的吗？”刘将军笑道：“我猜你哭了不是？你妈病了，怎么不早对我说，我也好找个大夫给她瞧瞧去。小宝贝儿哪,你要什么,我总给你什么。”说着，一伸手，又将凤喜的小脸泡儿撅了一下。

秀姑一见这副情形，很不入眼，一低头，就避出屋外去。她心想着：这种地方，怎样可以长住呢？但是凤喜是不是有什么话要自己转达，却又不敢断定，总得等一个机会，和她畅谈畅谈，然后才可以知道她和家树的事情，究竟如何。因此一想，便忍耐着住下了。

刘将军在屋子里麻烦了一阵子，已到开午饭的时候，就和凤喜一路出来吃午饭去了。一会子工夫，伺候吃饭的老妈子来说:“将军不喜欢年纪大的，还是你去吧。”秀姑走到楼下堂屋里，只见他二人，对面坐着。刘将军手上拿了一个空碗向秀姑照了一照，望着她一笑，那意思就是要秀姑盛饭。秀姑既在这里，不能不上前，只得走到他面前，接了碗过来。他左手上的空碗，先不放着，却将右手的筷子倒过来，在秀姑的脸上，轻轻的戳了一下，笑道:“你在那张总长家里也闹着玩吗？”秀姑望了他一眼，却不做声，接过碗给他盛了饭，站到一边，凤喜笑道：“人家初来，又是个姑娘，别和人家闹,人家怪不好意思的。”刘将军道:“有什么怪不好意思？要不好意思,就别到人家家里来。我瞧你这样子,倒是有点儿吃醋。”凤喜见他脸上并没有笑容，却不敢做声。刘将军回过头来，向秀姑笑道：“别信你太太的话，我要闹着玩，谁也拦阻不了我。你听见说过没有？北京有种老妈子，叫做……叫做……哈哈，叫做上炕的。”

这时，秀姑正在一张茶几边，茶几上有一套茶杯茶壶，手摸着茶壶，恨不得拿了起来，就向他头上劈了过去。凤喜眼睛望了她，又望了一望门外院子里。看那院子里，正有几个武装兵士，走来走去，秀姑只得默然无语，将手缩了回来。他二人吃完了饭，另一个老妈子打了手巾把过去。刘将军却向凤喜笑道：“刚才我说了你一句吃醋，大概你又生气了。这里又没有外人，我说了一句，又要什么紧呢？小宝贝儿！别生气，我来给你擦一把脸。”说着，他也不管这儿有人无人，左手一抱，将凤喜搂在怀里，右手拿了洗脸手巾，向她满脸一阵乱擦。凤喜两手将毛巾拉了下来，见刘将军满脸都是笑容，便撅了嘴，向旁边一闪道：“谢谢！别这样亲热，少骂我两句就是了。”刘将军笑道：“我是有口无心的，你还有什么不知道？以后我不生你的气就是了。”凤喜也不说什么，回身自上楼去了。秀姑不敢多在他面前停留，也跟着她走上楼去，便和大家在楼廊上搭的一张桌子上吃饭。

秀姑她们吃饭吃到半中间，只见刘将军穿着短衣，袖子卷得高高的，手上拿了一根细藤的马鞭子，气势汹汹的走了上来。大家看了他这种情形，都是为之一怔。他也不管，脚步走着咚咚的响，掀开帘子，直到屋子里去。在外面就听到他大喝一声道：“我今天打死你这贱东西！”只这一句话说完，就听见鞭子刷的响了一声，接上又是一声“哎哟”，嚎陶大哭起来。顷刻之间，鞭子声，哭声，嚷声，骂声，东西撞打的声，闹成一片。秀姑和三个老妈子吃饭，先还怔怔的听着，后来凤喜只嚷“救命哪！救命哪！”秀姑实在忍耐不住，放下碗来就跑进房去，其余三个老妈子见着这种情形，也跟了进去。只见凤喜蹲着身子，躲在桌子底下，头发蓬成一团，满面都是泪痕，口里不住的嚷，人是不住左闪右避。刘将军手上拿了鞭子向着桌子腿与人，只管乱打乱抽，秀姑抢了上前，两手抱住他拿鞭子的一只手，连叫道："将军！请你慢慢说，可别这样。"刘将军让秀姑抱住了手，鞭子就垂将下来，人不住的喘着气，望了桌子底下。那三个老妈子，见秀姑已是劝解下来了，便有人上前，接过了鞭子；又有人打了手巾把，给他擦脸；又有人斟了一杯热茶，送到他手上。

秀姑看他不会打了，闪开一边。只看屋里的东西，七零八乱，满地是衣袜瓷片碎玻璃。就是这一刻儿工夫，倒不料屋子里闹得如此的厉害！再看桌子底下的凤喜，一只脚穿了鞋，一只脚是光穿了丝袜，身上一件蓝绸旗衫，撕着垂下来好几块，一大半都染了黑灰，她简直不像人样子。秀姑走上前，向桌子下道："太太！你起来洗洗脸吧。"刘将军听到这一声"太太"，将手上的茶杯，连着一满杯茶，当一声，摔在楼板上，突然站了起来喝着道："什么太太？她配吗？他妈的臭窑姐儿！好不识抬举，我这样的待她，她会送一顶绿帽子给我戴。"说着，他又捡起了楼板上那根鞭子。秀姑便抢了他拿鞭的手，向他微笑道："将军！你怎么啦？她有什么不对，尽管慢慢的问她，动手就打，你把她打死了，也是分不出青红皂白的，你瞧我吧。"说着，又向他更做了一个长时间的微笑，他手上的鞭子，自然的落在地下。

秀姑将一张椅子，移了一移。因道："你坐下！等她起来，你有什么话再和她说，反正她也飞不了。你瞧，你气得这个样儿。"说着，又斟了一杯茶，送到刘将军手里，笑道："你喝一点儿，先解解渴。"刘将军看看秀姑道："你这话倒也有理。让她起来，等我来慢慢的审问她，我也不怕她飞上天去。”接过那一杯茶，一仰脖子喝了，秀姑接过空杯子，由桌子底下，将凤喜牵出来，暗暗向她使了一个眼色，然后把她牵到隔壁的屋子里去，给她洗脸梳头。别的老妈子要来，秀姑故意将嘴向外面一努，教她们伺候男主人。老妈子信以为真，也就不进来了。

这里秀姑细看凤喜身上，左一条红痕，右一条红痕，身上犹如画的红网一样。秀姑轻轻的道：“我的天！怎么下这样的毒手。”凤喜本来止住了哭，不过是不断的叹着冷气。秀姑这一惊讶，她又哭将起来。紧紧的拉住了秀姑的手，好像有无限的心事，都由这一拉手之中，要传说出来。秀姑也很了解她的意思，因道：“这或者是他一时的误会，你从从容容的对他说破也就是了。不过你要想法子，把我的事遮掩过去，我倒不要紧，别为了这不相干的事，又连累着我的父亲。”凤喜道：“你放心，我不能那样不知好歹，你为了我们的事这样的失身份，我还能把你拉下水来吗？”秀姑安顿了她，不敢多说话。怕刘将军疑心，就先闪到外边屋子里来。

刘将军见秀姑出来，就向她一笑，笑得他那双麻黄眼睛，合成了一条小缝，用一个小萝卜似的食指指着她道：“你别害怕，我就是这个脾气，受不得委屈。可是人家要待我好呢，把我这脑袋割了给他，我也乐意。你若是像今天这样做事，我就会一天一天的更加欢喜你的。”刘将军说着话，一手伸了过来，将秀姑的胳膊一捞，就把她拉到怀里。秀姑心中如火烧一般，恨不得回手一拳，就把他打倒，只得轻轻的道：“这些个人在这儿，别这样呀。你不是还生着气吗？”刘将军听她如此说，才放了手，笑道：“我就依着你，回头我们再说吧。”

这时，凤喜已是换了一件衣服走了出来，刘将军立刻将脸一板，用手指着她道："你说，你今天早上，为什么打你妈家里后门溜出去了，我可有人跟着你。你不是到先农坛去了吗？你说那是为什么？你还瞒着我，说瞧你妈的病吗？那老帮子就不是好东西！她带着你为非作歹，可和你巡风，你以为我到了天津去了，你就可以胡来了。可是我有耳报神，我全知道呢。你好好的说，说明白了，我不难为你。要不然，你这条小八字儿，就在我手掌心里。"说着，将左手的五指一伸，咬着牙捏成了拳头，翻了两个大眼睛望着她。

凤喜一想，这事大概瞒不了，不如实说了吧。因道："你不问青红皂白，动手就打，叫我说什么？现在你已经打了我一顿，也出了气，可以让我说了。我现在不是决计跟着你过吗？可是我从前也得过姓樊的好处不少，叫我就这样把他扔了，我心里也过不去。我听到我妈说，他常去找我妈。我想我是姓刘的人啦，常要他到我家里去走着，那算怎么一回事呢？所以我就对妈说，趁你上天津，约他会一面，一来呢，绝了他的念头，不再找我家了。二来呢，我也报他一点儿恩，所以我开了一张四千块钱的支票给他。他一听说我跟定了你，把支票就撕了，一句话不说，就走了。你想，我要是还和他来往，我约着他在家里会面，那多方便。我不肯让他到我家里去，就是为了不让他沾着。你信不信，可以再打听去。"

刘将军听了她这话，不觉得气先平了一半，因道："果然是这样吗？好！我把人叫你妈去了，回头一对口供，对得相符，我就饶了你；要不然，你别想活着。"说到这里，恰好听差进来说："外老太太来了。"刘将军喝道："什么外老太太，她配吗？叫她在楼下等着。"秀姑就笑着向他道："你要打算问她的话，最好别生气，慢慢的和她商量着，我先去安顿着她，你再消消气，慢慢的下来，看好不好呢？"刘将军点头道："行！你是为着我的，就依着你。"

秀姑连忙下楼，到外面将沈大娘引进楼下，匆匆的对她道:“你只别提我，说是姓樊的常到你家，你和姑娘约着到先农坛见面，其余说实话，就没事了。”沈大娘也猜着今天突然的派人去叫来，而且不让在家里片刻停留，料着今日就有事，马上到了刘家。及至一听秀姑的话,心里不住的慌乱。秀姑只引她到屋子里来就走开了，又不敢多问。

不多一会，刘将军已换了一件长衣，一面扣纽扣，一面走进屋来。沈大娘因他脸上一点笑容都没有，就老远的迎着他，请了个双腿安。刘将军点了点头道 :“你姑娘太欺负我了。对不住，我教训了她一顿，你知道吗？”沈大娘笑道 :“她年轻，什么不懂，全靠你指教，怎么说是对不住啊！”刘将军道 :“你坐下，我有话要和你慢慢说。”他说毕，一抬腿，就坐在正中的紫檀方桌上，指着旁边的椅子，沈大娘坐下了。刘将军道 :“你娘儿俩今天早晌做的事，我早知道了。你说出来，怎么回事？若是和你姑娘口供对了，那算我错了；若是不对，我老刘是不好惹的！”沈大娘一听，果然有事，料着秀姑招呼的话没有错，就照着她的意思把话说了。刘将军听着口供相同，伸手抓了抓耳朵，笑道:“他妈的！我真糟糕，这可错怪了好人。其实这样办，我也很赞成，明明告诉我，我也许可的，反正你姑娘是一死心儿跟着我啊。你上楼给我劝劝她去，我还有事呢。”

沈大娘不料这大一个问题，随便几句话就说开了。身上先干了一把汗。到了楼上，只见凤喜眼睛红红的，靠了桌子，手指上夹了一支烟卷，放在嘴里抽着。就在她抬着胳膊的当儿，远远看见她手脉以下，有三条手指粗细的红痕。凤喜看见母亲，只叫了一声“妈”！哇的一声就哭出来了。秀姑在旁看到,倒替她们着急。

因道：“这祸事刚过去，你又哭？”沈大娘一看这样子，就知道她受了不小的委屈，连忙上前，拉着她的胳膊，问道：“这都是打的吗？”凤喜道:“你瞧瞧我身上吧。”说着，掉过背去，对了她的妈，沈大娘将衣襟一掀，倒退两步，拖着声音道：“我的娘呀！这都是什么打的,打得这个样子厉害？我的……儿……”只这一个“儿”字，她也哭了。凤喜转过身，握着她母亲的手，便道：“你别哭，哭着让他听到了，他一生气，那藤鞭子我可受不了！”秀姑道:“这话对。只要说明白了，把这事对付过去了，大家乐得省点事，干嘛还闹不休？”沈大娘道：“大姑娘！你哪里知道，我这丫头长这么大，重巴掌也没有上过她的头。不料她现在跟着将军做太太,一呼百诺的，倒会打的她满身是伤。你瞧,我有个不心痛的呀！”这几句话说着，正兜动了凤喜一腔苦水，也哽哽咽咽，哭了起来。

秀姑正待劝止她们不要哭，那刘将军却放开大步，走将进来。秀姑吓了一跳，她母女两人正哭得厉害，他一不高兴，恐怕要打在一处，心里一横，他果然那样做，今天我要拼他一下，非让他受一番教训不可。不料那刘将军进来,却换了一副和蔼可亲的样子，对沈大娘笑道：“刚才你说的话，我听到了，你说你舍不得你姑娘，我哪里又舍得打她？可是你要知道，咱们这样有面子的人，什么也不怕，就怕戴绿帽子！无论怎么说，你们瞒着我去瞧个小爷们，总是真的。凭了这一点，我就可以拿起枪来打死了她。”刘将军说到这里，右手捏了拳头，在左拳心里，击了一下，又将脚一顿，同时这屋子里三个女人，都不由得吃了一惊。刘将军又接着道：“这话可又说回来了，她虽然是瞒着我做的事，心眼儿里可是为着我。我抽了她一顿鞭子，算是教训她以后不要冒失，我都不生气，你们还生气吗？”

沈氏母女本就有三分怕他，加上他又叮嘱了不许生气，娘儿俩只好掏出手绢，揩了一揩眼睛，将泪容收了。刘将军对沈大娘道："现在没事，你可以回去了。你在这里，又要引着她伤心起来的。"沈大娘见女儿受了这样的委屈，正要仔仔细细和她谈一谈，现在刘将军要她回家，心里未免有点不以为然，因笑道："我不惹她伤心就是了。你瞧，这屋子里弄得乱七八糟，我给她归拾归拾吧。"刘将军道："我这里有的是伺候她的人，这个用不着担心，你回去吧。你若不回去，那就是存心和我捣乱。"凤喜道："妈！你回去吧！我不生气就是了。"沈大娘看了看刘将军的颜色，不敢多说，只得低着头回去了。

当下刘将军叫人来收拾屋子，却带凤喜到楼下卧室里去烧鸦片烟，并吩咐秀姑跟着。到了卧室里，铜床上的烟具是整日整夜摆着，并不收拾的。凤喜点了烟灯，和刘将军隔着烟盘子，横躺在床上。刘将军歪了头，高枕在白缎子软枕上，含着微笑，看看凤喜，又看看秀姑，一只手先抚弄着烟扦子，然后向她点了一点，笑道："烧烟非要你们这种人陪着，不能有趣味。"又指着秀姑道："有了你，那些老帮子我就看不惯了。你好好的巴结差使，将来有你的好处，我只要痛快，花钱是不在乎的。"秀姑不作声，扬了头只看壁上镜框中的西洋画。凤喜只把烟扦子拈着烟膏子烧烟，却当不知道。

原来凤喜本不会烧烟，因为到了刘家来，刘将军非逼着她烧烟不可，她只得勉强从事。好在这也并非什么难事，自然一学自会。刘将军因她不作声，便问道："干嘛不言语，还恨我吗？"凤喜道："说都说明白了，我还恨你做什么呢？况且我做的事，本也不对，你教训我，是应该的。"说着，拿起烟枪，在烟斗上装好了烟泡，便递了过来，在刘将军嘴上碰了一碰，同时笑着向他道："你先抽一口。”刘将军笑着捧了烟枪抽起来，因笑道:“你现在不恨我了吗？”凤喜笑道：“我不是说了吗，你教训我也是应该的，怎么你还说这话呢？”刘将军笑道：“你嘴里虽然这样说，可是你究竟恨我不恨，是藏在你心里，我哪里会知道！”凤喜道：“这可难了。你若是不相信，自然我嘴里怎么说也不成。我又没有那样的本领，可以把心掏给你看。”刘将军笑道:“我自然不能那样不讲理，要你掏出心来，可是要看出你的心来，也不算什么，只要你好好儿的唱上一段给我听，我就会看出你的心来了。你果然不恨我，你就会唱得像平常一样,若是你心里不乐意,你就唱不好的。你唱不唱？”凤喜笑道:“我为什么不唱？你要唱什么，我就唱什么。”刘将军喷着烟突然坐了起来，将大腿一拍道：“若是这样，我就一点不疑心了。你随便唱吧，越唱得多，我越是不疑心。你别烧烟，我自己会来。”说着又倒在床上，斜着眼睛，望了凤喜道：“你唱你唱。”

凤喜看那样子，大概是不唱不行，自己只轻轻将身子一转，坐了起来，只在这一转身之间，身上的皮肤，和衣裤互相磨擦，痛入肺腑，两行眼泪，几乎要由眼睛眶子里抢了出来。但是这眼泪真要流出来，又是祸事。连忙低了头咳嗽不住，笑道：“烟呛了嗓子,找一杯茶喝吧。”于是将手绢擦了眼睛,自己起身倒了一杯茶喝。刘将军道：“这两天你老是咳嗽，大概伤了风了，可是我这一顿鞭子，当了一剂良药，一定给你出了不少的汗。伤风的毛病，只要多出一点儿汗，那就自然会好的。”凤喜笑道:“这样的药，好是好，可是吃药的人，有些受不了呢！”她说时，用眼睛斜看着刘将军微笑。刘将军笑道：“你这小东西！倒会说俏皮话。你就唱吧！这个时候，我心里乐着呢。”

凤喜将一杯茶喝完了，就端了一张方凳子，斜对床前坐着，问道:“唱大鼓书,还是唱戏呢? ”刘将军道:“大鼓书我都听得腻了,戏是清唱没有味,你给我唱个小调儿听听吧。”凤喜没有法子,只得从从容容的唱起来。唱完了一支,刘将军点头道:“唱得不错。”因见秀姑贴近房门口一张茶几站着,便笑问道:“这曲子唱得很好听吗?你会不会? ”秀姑用冷眼看着他,牙齿对咬着,几乎都要碎开。这时他问起来了,也不好说什么,只微笑了一笑。刘将军对凤喜道:“唱得好,你再唱一个吧。”凤喜不敢违拗,又唱了一个。刘将军听出味来了,只管要她唱,一直唱了四个,刘将军还要听。凤喜肚子里的小调,向来有限,现在就只剩一个《四季相思》了。这个老曲子,是家树教了唱的,一唱起来就会想着他,因之踌躇着一会,才淡淡一笑道:“有是还有一支曲子,很难唱,怕唱不好呢。”刘将军道:“越是难唱的,越是好听,更要唱,非唱不行。”说着,一头坐了起来,望着凤喜。

凤喜看了看刘将军,又回头看了看秀姑,便唱起来。但是口里在唱,脑筋里人就仿佛在腾云驾雾一般,眼面前的东西,都觉有点转动。唱到一半,头重过几十斤,身子向旁边一歪,便连着方凳,一齐倒了下来。刘将军连连喝问道:“怎么了? ”要知他生气也无,下回交代。

第十八回

惊疾成狂坠楼伤往事　因疑入幻避席谢新知

却说刘将军逼着凤喜唱曲，凤喜唱了一支，又要她唱一支，最后把凤喜不愿唱的一支曲子，也逼得唱了出来。凤喜一难受，就晕倒在地下。秀姑看到，连忙上前，将她搀起时，只见她脸色灰白，两手冰冷，人是软绵绵的，一点也站立不定。秀姑就两手一抄，将她横抱着，轻轻的放在一张长沙发上。刘将军已是放了烟枪，站立在地板上，看到秀姑毫不吃力的样子，便微笑道："你这人长的这样，倒有这样大力气！"说着，一伸手就握住了秀姑的右胳膊，笑道："肉长的挺结实，真不含糊。"秀姑将手一缩，沉着脸道："这儿有个人都快要死了，你还有心开玩笑。"刘将军笑道："她不过头晕罢了，躺一会儿就好了的。"说着，也就摸了摸凤喜的手，"呀"了一声道："这孩子真病了，快找大夫吧。"便按着铃将听差叫进来，吩咐打电话找大夫，自己将凤喜身上抚摸了一会，自言自语的道："刘德柱！你下的手也太毒了，怎么会把人家打得浑身是伤呢？这样子还要她唱曲子，也难怪她受不了的了。"他这样说着，倒又拿起凤喜一只胳膊，不住的嗅着。

这时，屋子里的人，已挤满了，都是来伺候太太的。随着一位西医也跟进来了，将凤喜身上看了一看，就明白了一半。又诊察了一会子病象，便道："这个并不是什么重症，不过是受了一点刺激，好好的休养两天就行了。屋子里这些人，可是不大合宜。"说着，向屋子四周看了一看。刘将军便用手向大家一挥道："谁要你们在这儿？你们都会治病，我倒省了钱，用不着找大夫来瞧了。走走走！"说着，手只管推，脚只管踢，把屋子里的男仆女仆，一齐都轰了出去。秀姑让刘将军管束住了，正是脱身不得，趁着这个机会，就正好躲出房来——因为人家被轰，她也就一块儿躲出来。心里本想着今天晚上，就溜回家去的，但是一看凤喜这种情形，恐怕是生死莫卜，若是走了，重来不得，这以后的种种消息，又从何处打听出来呢？于是悄悄的到了楼上，给家树通了一个电话，说是这里发生了很重大的事，只好在这里再看守一宿，请他和父亲通个信。秀姑把话说完，也不等家树再问，就把电话挂上了。

这一天晚上，果然凤喜病得很重。大家将她搬到楼上寝室里。一个上半夜，她都是昏迷不醒。刘将军听了医生的话，让她静养，却邀了几个朋友到饭店里开房间找乐去了。

两点钟以后，女仆们都去睡觉了，只剩秀姑和一个年老的杨妈，同坐在屋子里，伺候着凤喜的茶水。秀姑无事，却和杨妈谈着话来消磨时间。说到了凤喜的伤，杨妈将头一伸，轻轻的说道："唉，这就算厉害吗？真厉害的，你还没有看见过呢！从前，我们这儿也是一个正太太，一个姨太太。不用提，正太太是上了年纪的人，整天的受气，她受气不过，回老家去了。不多时，就在老家过去了。太太一死，姨太太就抖了，整天的坐着汽车出去听戏游公园。据说，她在外面认识了男朋友了。有一天晚晌，姨太太听夜戏，十二点多钟才回来，咱们将军偏是那天没有出门，抽着大烟等着，看看表，又抽抽烟，抽抽烟，又坐起来。一打过十二点，他就要了一杯子白兰地酒喝了，一个人在屋子里，又跳又骂。一会子工夫，姨太太回来了。只刚上这楼，将军走上前就是一脚，把她踢在地下，左手一把揪着她的头发，右手在怀兜里掏出一管手枪，指着她的脸，逼问她从哪里来。姨太太吓慌了，告着饶，哭着说：‘没有别的，就是和表哥吃了一会馆子，听戏是假的。’我们老远的站着，哪敢上前。只听到那手枪啪啪两下响，将军抓着人，隔了栏杆，就向楼下一扔……”

杨妈不曾说完，只听到床上“啊呀”一声，回头看时，凤喜在床上一个翻身，由床上滚到楼板上来。秀姑和杨妈都吓了一跳，连忙走上前，将她扶到床上去。她原来并不曾睡着，伸了手拉住秀姑的衣襟，哭着道：“吓死我了！你们得救我一救呀。”杨妈也吓慌了，呆呆的在一边站着望了她，作声不得。秀姑却用手拍着凤喜道：“你不要害怕！杨妈只当你睡着了，和我说了闹着玩的，哪里有这一回事！”凤喜道：“假是假不了的，我也不害怕了，害怕我又怎么样呢？”说时又叹了一口气。秀姑待要再安慰她两句，便听到楼下一阵喧哗，大概是刘将军回来了。杨妈就颤巍巍的对凤喜道：“我的太太！刚才的话，你可千万别说出来。说出来了，我这小八字，有点靠不住。”凤喜笑道：“你放心，我决不说的。”

只在这时，忽听到刘将军在窗子外嚷道：“现在怎么样，比以前好些了吗？”凤喜在床上一个翻身面朝里，秀姑和杨妈也连忙掉转身来，迎到房门口。刘将军进了房，便笑着向秀姑道：“她怎么样？”秀姑道：“睡着没有醒呢，我们走开别吵了她吧。”说毕，便匆匆走开了。秀姑的行李用物，都不曾带来，刘将军却是体贴得到，早是给了她一张小铁床和一副被褥，而且不要和那些老妈子同住，就在楼下廊子边一间很干净的西厢房里住。

秀姑下得楼来，那杨妈又似乎忘了她的恐惧，在电灯光下，向秀姑微微一笑。而这一笑时，她便望着秀姑住的那间屋子。秀姑也明白她的意思，鼻子一哼，也冷笑了一声。她悄悄的进房去，将门关紧，熄了电灯，便和衣而睡。一觉醒来时，太阳已由屋檐下，照下大半截白光来，只听得刘将军的声音，在楼檐上骂骂咧咧的道："捣他妈的什么乱！闹了我一宿也没有睡着。家里可受不了，把她送到医院里去吧。"

秀姑听了这话，逆料是凤喜的病没有好，赶忙开了门出来，一直上楼，只见凤喜的头发，乱得像一团败草一般，披了满脸，只穿了一件对襟的粉红小褂子，却有两个纽扣是错扣着，将褂子斜穿在身上。她一言不发，直挺着胸脯，坐在一把硬木椅子上，两只眼睛，在乱头发里看人。一条短裤，露出膝盖以下的白腿与脚，只是如打秋千一样，摇摆不定。她看到秀姑进来，露着白牙齿向秀姑一笑，那样子真有几分惨厉怕人。

秀姑站在门口顿了一顿，然后才进房去，向她问道："太太！你是怎么了？"凤喜笑道："我不怎么样。他说我疯了，拿手枪吓我，不让我言语，我就不言语。我也没犯那么大罪，该枪毙。你说是不是？我没有陪人去听戏，也没有表哥，不能把我枪毙了往楼下扔。我银行里还有五万块钱，首饰也值好几千，年轻轻儿的，我可舍不得死。大姐！你说我这话对不对？"秀姑一手握着她手，一手却掩住了她的嘴，复又连连和她摇手。

这时，进来两个马弁，对凤喜道："太太你不舒服，请你……"他们还没有说完，凤喜哇的一声哭了起来，赤着脚一蹦，两手抱了秀姑的脖子，爬在秀姑身上，嚷道："了不得！了不得！他们要拖我去枪毙了。"马弁笑道："太太！你别多心，我们是陪你上医院去的。”凤喜跳着脚道："我不去，我不去，你们是骗我的！”两个马弁看到这种样子，呆呆的望着，一点没有办法。刘将军在楼廊子上正等着她出去呢，见她不肯走，就跳了脚走进来道："你这两个饭桶！她说不走，就让她不走吗？你不会把她拖了去吗？”马弁究竟是怕将军的，将军都生了气了，只得大胆上前，一人拖了凤喜一只胳膊就走。凤喜哪里肯去，又哭又嚷，又踢又倒，闹了一阵，便躺在地下乱滚。秀姑看了，心里老大不忍，正想和刘将军说，暂时不送她到医院去，可是又进来两个马弁，一共四个人，硬把凤喜抬下楼去了。凤喜在人丛中伸出一只手来，向后乱招，直嚷："大姐救命！”一直抬出内院去了，还听见嚷声呢。

秀姑自从凤喜变了心以后，本来就十分恨她；现在见她这样疯魔了，又觉她年轻轻的人，受了人家的欺骗，受了人家的压迫，未免可怜。因此伏在楼边栏杆上，洒了几点泪。刘将军在她身后看见，便笑道："你怎么了？女人的心总是软的！你瞧，我都不哭，你倒哭了。”秀姑趁了这个机会，便揩着眼泪，向刘将军微微一笑道："可不是，我就是这样容易掉泪。太太在哪个医院里，回头让我去看看，行不行？”刘将军笑道："行！这是你的好心，为什么不行？你们老是这样有照应，不吃醋，那就好办了。我也不知道哪个医院好，我让他们把她送到普救医院去了。那个医院很贵的，大概坏不了，回头我让汽车送你去吧。今天上午，你陪我一块儿吃饭，好不好？”秀姑道："那怎样可以？一个下人，和将军坐在一处，那不是笑话吗？”刘将军笑道："有什么笑话？我爱怎样抬举你，就怎样抬举你。就是我的太太，她出身还不如你呢。”秀姑道："究竟不大方便，将来再说吧。”说毕，下楼去了。刘将军看了她害臊的情形，得意之极，手拍着栏杆，哈哈大笑。

到了正午吃饭的时候，刘将军一个人吃饭，却摆了一桌的菜，他却把伺候听差老妈，一齐轰出了饭厅，只要秀姑一个人盛饭。那些男女仆役们，都不免替她捏了一把汗，她却处之泰然。刘将军的饭盛好了，放在桌上，然后向后倒退两步，正着颜色说道："将军，你待我这一番好心，我明白了。谁有不愿意做将军太太的吗？可是我有句话要先说明：你若是依得了我，我做三房四房都肯；要不然，我在这里，工也不敢做了。"刘将军手上捧了筷子碗，只呆望着秀姑发笑道："这孩子干脆，倒和我对劲儿。"秀姑站定，两只手臂，环抱在胸前，斜斜的对了刘将军说道："我虽是一个当下人的，可是我还是个姑娘，糊里糊涂的陪你玩，那是害了我一生，就是说你不嫌我寒碜，收我做个二房，也要正正当当的办喜事。一来我家里还有父母呢，二来，你有太太，还有这些个底下人，也让人家瞧我不起，我是千肯万肯的，可不知道你是真喜欢我，是假喜欢我？你若是真喜欢我，必能体谅我这一点苦心。"说着说着，手放下来了，头也低下去了，声音也微细了，现出十二分不好意思的形状来。

刘将军放下碗筷，用手摸着脸，踌躇着笑道："你的话是对的。可是你别拿话来骗我！"秀姑道："这就不对了。我一个穷人家的孩子，像你这样的人不跟，还打算跟谁呢？你瞧我是骗人的孩子吗？"刘将军笑道："得！就是这样办。可是日子要快一点子才好。"秀姑道："只要不是今天，你办得及，明天都成。可是你先别和我闹着玩，省得下人看见了，说我不正经。"刘将军笑道："算你说得有理，也不急在明天一天，后天就是好日子，就是后天吧。今天你不是到医院里去吗？顺便你就回家对你父母说一声儿，大概他们不能不答应吧。"秀姑道："这是我的终身大事，他们怎么样管得了！再说，他们做梦也想不到呢，哪有不答应的道理！”这一套话，说得刘将军满心搔不着痒处，便道：“你别和老妈子那些人在一处吃饭了，我吃完了就走的，你就在这桌上吃吧。”秀姑噗嗤一笑，点着头答应了。刘将军心想：无论哪一个女子，没有不喜欢人家恭维的。你瞧这姑娘，我就只给她这一点面子，她就乐了。他想着高兴，也笑了。只是为了凤喜，耽误了一早晌没有办事，这就坐了汽车出门了。

秀姑知道他走远了，就叫几个老妈子，一同到桌上来，大家吃了一个痛快。秀姑吃得饱了，说是将军吩咐的，就坐了家里的公用汽车，到普救医院来看凤喜。

凤喜住的是头等病室，一个人住了一间很精致干净的屋子。她躺在一张铁床上，将白色的被褥，包围了身子，只有披着乱蓬蓬散发的头，露出外面，深深的陷入软枕里。秀姑一进房门，就听到她口里絮絮叨叨什么用手枪打人，把我扔下楼去，说个不绝。她说的话，有时候听得很清楚，有时却有音无字。不过她嘴里，总不断的叫着“樊大爷”。床前一张矮的沙发，她母亲沈大娘却斜坐在那里掩面垂泪。一抬头看见秀姑，站起来点着头道：“关大姐！你瞧，这是怎么好？”只说了这一句，两行眼泪，如抛沙一般，直涌了出来。秀姑看床上的凤喜时，两颊上，现出很深的红色，眼睛紧紧的闭着，口里含糊着只管说：“扔下楼去，扔下楼去！”秀姑道：“这样子她是迷糊了。大夫怎么说呢？”沈大娘道：“我初来的时候，真是怕人啦。她又能嚷，又能哭，现在大概是累了，就这样的躺下两个钟头啦。我看人是不成的了。”说着，就伏在沙发靠背上窸窸窣窣的抬着肩膀哭。

秀姑正待劝她两句，只见凤喜在床上将身子一扭，格格的笑将起来。越笑越高声，闭着眼睛道："你冤我，一百多万家私，全给我管吗？只要你再不打我就成。你瞧，打的我这一身伤！"说毕，又哭起来了。沈大娘伸着两手颠了几颠道："她就是这样子笑一阵子，哭一阵子，你瞧是怎么好？"凤喜却在床上答道："这件事，你别让人家知道，传到樊大爷耳朵里去了，你们是多么寒碜哪！"说着，她就睁开眼了。看见了秀姑，便由被里伸出一只手来，摇了一摇，笑道："你不是关大姐？见着樊大爷给我问好。你说我对不住他，我快死了，他原谅我年轻不懂事吧！"说着，放声大哭。秀姑连忙上前，握了她的手，她就将秀姑的手背去擦眼泪。秀姑另用一只手，隔了被去拍她的脊梁，只说："樊大爷一定原谅你的，也许来看你呢。"

这里凤喜哭着，却惊动了医院里的女看护，连忙走进来道："你这位姑娘，快出去吧！病人见了客是会受刺激的。"秀姑知道医院里规矩，是不应当违抗看护的，就走出病室来了。这一来，她心里又受一种感触，觉得人生的缘法，真是有一定的：凤喜和家树决裂到这种地步，彼此还有一线牵连。看凤喜睡在床上，不断的念着樊大爷，樊大爷哪里会知道，我给他传一个信吧。于是就在医院里打了一个电话给家树，请他到中央公园去，有话和他说。家树接了电话，喜不自胜，约了马上就来。

当下秀姑吩咐汽车回刘宅，自雇人力车到公园来。到了公园门口，她心里猛可的想起一桩事：记得在医院里伺候父亲的时候，曾做了一个梦，梦到和家树挽了手臂，同在公园里游玩，不料今日居然有和他同游的机会，天下事就是这样：真事，好像是梦；做梦，也有日子会真起来的，我这不是一个例子吗？只是电话打得太匆促了，只说了到公园来相会，却忘了说在公园里一个什么地方相会。

公园里是这样的大，到哪里去找他呢？心里想着，刚走上大门内的游廊，这个哑迷，就给人揭破了。

原来家树就在游廊总口的矮栏上坐了，他是早在这里等候呢。他一见秀姑便迎上前来，笑道："我接了电话，马上雇了车子就抢着来了。据我猜，你一定还是没有到的，所以我就在这里坐着等候。不然，公园里是这样大，你找我，我又找你，怎么样子会面呢？大姑娘真为我受了屈，我十二分不过意。我得请请你，表示一番谢意。"秀姑道："不瞒你说，我们爷儿俩，就是这个脾气，喜欢管闲事。只要事情办得痛快，谢不谢，倒是不在乎的。"

两人说着话，顺着游廊向东走，经过了阔人聚合的"来今雨轩"，复经过了地僻少人行的故宫外墙，秀姑单独和一个少年走着，是生平破题儿第一遭的事情。在许多人面前，不觉是要低了头；在不见什么人的地方，更是要低了头。自己从来不懂得怕见人，却不解为了什么，今天只是心神不宁起来。同走到公园的后身，一片柏树林子下，家树道："在这儿找个地方坐坐，看一看荷花吧。"秀姑便答应了。

在柏林的西犄角上，是一列茶座，茶座外是皇城的宽濠，濠那边一列萧疏的宫柳，掩映着一列城墙，尤其是西方城墙转角处，城下四五棵高柳，簇拥着一角箭楼，真个如图画一般。但是家树只叫秀姑看荷花，却没有叫秀姑看箭楼。秀姑找了一个茶座，在椅子上坐下，看看城濠里的荷叶，一半都焦黄了，东倒西歪，横卧在水面，高高儿的挺着一些莲蓬，伸出荷叶上来，哪里有朵荷花？家树也坐下了，就在她对面。茶座上的伙计，送过了茶壶瓜子，家树斟过了茶，敬过了瓜子，既不知道秀姑有什么事要商量，自己又不敢乱问，便笑了一笑。秀姑看了一看四周，微笑道："这地方景致很好。"家树道："景致很好。"秀姑道："前几天我们在什刹海，荷叶还绿着呢！只几天工夫,这荷叶就残败了。"说到这里,秀姑心里忽然一惊，这是个敷衍话，不要他疑心我有所指吧。便正色道："樊先生！我今天和你通电话，并不是我自己有什么事要和你商量，就是那沈家姑娘,她也很可怜。"家树哈哈一笑道:"大姑娘！你还提她做什么？可怜不可怜与我有什么相干！"秀姑道："她从前做的事，本来有些不对，可是……"家树将手连摇了几摇道："大姑娘既然知道她有些不对，那就行了。自那天先农坛分手以后，我就决定了，再不提到她了，士各有志，何必相强。大姑娘是个很爽快的人，所以我也不要多话。干脆，今生今世，我不愿意再提到她。"

秀姑听他说得如此决绝，本不便再告诉凤喜的事，只是他愿意提凤喜不提凤喜是一事，凤喜现在的痛苦，要不要家树知道又是一事。因笑道："设若她现在死了，樊先生作何感想？"家树冷笑道："那是她自作自受，我能有什么感想？大姑娘你不要提她，一提她，我心里就难过得很。"秀姑道："既然如此，我暂时就不提她，将来再说吧。"家树道:"'将来再说'这四个字，我非常赞成。无论什么事,就眼前来说,决不能认为就是一定圆满的。古人说:'疾风知劲草，板荡识忠臣。'所以必定要到危难的时候，才看得出好人来的。不过那个时候，就知道也未免迟了。而且真是好人，他也决不为了要现出自己的真面目,倒愿人有灾有难。譬如令尊大人，他是相信古往今来那些侠客的，但侠客所为，是除暴安良，锄强扶弱，没有强暴之人，做出不平的事来，就用不着侠客。难道说做侠客的为了自己要显一显本领，还希望生出不平的事情来不成？所以到了现在，我又算受了一番教训，增长了一番知识。我现在知道从前不认识好人了。"

秀姑听他这种口音，分明是句句暗射着自己。一想自认识家树以来，这一颗心，早就许给了他，无如殷勤也罢，疏淡也罢，他总是漠不关心，所以索性跳出圈子外去，用第三者的资格，来给他们圆场。不料自己已经跳出圈子外来了，偏是又突然有这样向来不曾有的恳切表示，这真是意料所不及了。因笑道："樊先生说得很透彻。就是像我这样肚子里没有一点墨水的人，也明白了。"家树笑着只管嗑瓜子，又自己斟了一杯茶喝了，问道："大叔从前很相信我的，现在大概知道我有点胡闹吧。"秀姑道："不！他老人家有什么话，都会当面说的。"家树道："自然，他老人家是很爽快的，不过也有件事很让我纳闷：两个月前，仿佛他老人家有一件事要和我说，又不好说似的，我又不便问，究竟不知道是一件什么事？"

秀姑这时正看着濠里的荷叶，见有一个很大的红色蜻蜓，在一片小荷叶边飞着，却把它的尾巴，在水上一点一起，经过很久的时间，不曾飞开。她也看出了神，所以家树说的这些话，秀姑是不是听清楚了；或者听得越清楚，反而不肯回答，这都让家树无法揣测，随话答话，也没有可以重叙之理，这也就默然了。秀姑看了城墙，笑道："我家胡同口上，也有一堵城墙，出来就让它抵住，觉得非常讨厌，这里也是一堵城墙，看了去，就是很好的风景了。"家树道："可不是，我也觉得这里的城墙有意思。"两个人说来说去，只是就风景上讨论。

正说到很有兴趣的时候，树林子里忽有茶房嚷着有："有樊先生没有？"家树点着头只问了一声："哪里找？"一个茶房走上前来，便递了一张名片给秀姑道："你贵姓樊吗？我是'来今雨轩'的茶房，有一位何小姐请过去说话。"秀姑接着那名片一看，却是"何丽娜"三个字，犹疑着道："我并不认得这个人。是樊先生的朋友吧？”家树道：“是的，是的。这个人你不能不见，待一会我给你介绍。”因对茶房道：“你对何小姐说，我们就来。”茶房答应去了，家树道：“大姑娘，我们到‘来今雨轩’去坐坐吧。那何小姐是我表嫂的朋友，人倒很和气的。”秀姑笑道：“我这样子，和人家小姐坐在一处，不但自己难为情，人家也会怪不好意思的。”家树笑道：“大姑娘是极爽快的人，难道还拘那种俗套吗？”秀姑就怕人家说她不大方，便点点头道：“见见也好。可是我坐不了多大一会儿就要走的。”家树道：“那随便你，只要介绍你和她见一见面，那就行了。”于是家树会了茶账，就和秀姑一路到“来今雨轩”来。

家树引秀姑到了露台栏杆边，只见茶座上一个时装女郎笑盈盈的站了起来，向着这边点头。秀姑猛然看到她，不由得吓了一大跳：凤喜明明病在医院里，怎么到这里来了？老远的站着，只是发愣。家树明白，连忙抢上前介绍，说明这是“何女士”，这是“关女士”。何丽娜见秀姑只穿了一件宽大的蓝布大褂，而且没有剪发，挽着一双细辫如意髻，骨肉停匀，脸如满月，是一个很健康朴素的旧式女子，就伸着手握了秀姑的手，笑道：“请坐，请坐。我就听见樊先生说过关女士，是一个豪爽的人，今天幸会。”秀姑等她说出话来，这才证明她的确不是凤喜。家树向来没有提到认识一个何小姐，怎么倒在何小姐面前会提起我？大概他们的交情，也非同泛泛吧。她既是一见面这样的亲热，也就不能不客气一点。因笑道：“刚才何小姐去请樊先生，我是不好意思来高攀，樊先生一定要给我介绍介绍，我只好来了。”何丽娜笑道：“不要那样客气，交朋友只要彼此性情相投，是不应该在形迹上有什么分别的啊。”于是挪了一挪椅子，让秀姑坐下。家树也在何丽娜对面坐下了。

秀姑这时将何丽娜仔细看了一看，见她的面孔和凤喜的面孔，大体上简直没有多大的分别，只是何丽娜的面孔略为丰润一点，在她的举动和说话上，处处持重一点，不像凤喜那样任性。这两个人若是在一处走着，无论是谁，也会说她们是姊妹一对儿。她模样儿既然是这样的好，身份更不必提，学问自然是好的。除了年岁而外，恐怕凤喜没有一样赛得过她的呢！那末，家树丢了一个凤喜，有这一个何小姐抵缺，他也没有什么遗憾的了，又何怪对于凤喜的事淡然置之哩。心里想着事，何小姐春风满面的招待，就没有心去理会，只是含着微笑，随便去答应她的话。

何丽娜道："我早就在这里坐着的。我看见关女士和樊先生走过去，我就猜中了一半。"家树道："哦！你看见我们走过去的，我们在那边喝茶，你也是猜中的吗？"何丽娜道："那倒不是，刚才我在园里兜了一个圈子，我在林子外边，看见你二位呢。"家树听了默然不语。何丽娜道："难得遇到关女士的，我打算请关女士喝一杯酒，肯赏光吗？"秀姑道："今天实在有点事，不能叨扰，请何小姐另约一个日子，我没有不到的。"何丽娜笑道："莫不是关女士嫌我们有点富贵气吧？若说是有事，何以今天又有工夫到公园里来呢？"家树道："她的确是有事，不是我说要介绍她和密斯何见面，她早就走了。"何丽娜看着二人笑了一笑，便道："既是如此，我就不必到公园外去找馆子。这里的西餐，倒也不错，就在这里吃一点东西，好不好？"

秀姑这时只觉心神不安贴起来，哪有心吃饭，便将椅子一挪，站立起来，笑道："真对不住，我有事要走了。"何丽娜和家树都站起来，因道："就是不肯吃东西，再坐一会儿也不要紧。"秀姑笑道："实在不是不肯，老实说，我今天到公园里来，就是有要紧的事，和樊先生商量。虽然没有商量出一个结果来，我也应该去回人家的信了。”她说了这话，就离开了茶座。何丽娜见她不肯再坐，也不强留，握着她的手，直送到人行路上来，笑嘻嘻的道：“今天真对不住，改天我一定再奉邀的。樊先生和我差不多天天见面，有话请樊先生转达吧。”说着，又握着秀姑的手摇撼了几下，然后告别回座去了。

秀姑低着头，一路走去，心里想：我们先由“来今雨轩”过，她就注意了；我们到柏树林子里去喝茶，她又在林子外侦查，这样子，她倒很疑心我。其实我今天是为了凤喜来的，与我自己什么相干呢？她说，她天天和樊先生见面，这话不假，不但如此，樊先生到“来今雨轩”去，那么些茶座，并不要寻找，一直就把她找着了，一定他们是常在这里相会的。沈凤喜本是出山之水，人家又有了情人，你还恋她则甚？至于我呢，更用不着为别人操心了。心里想着，也不知是往哪里走去了，见路旁有一张露椅，就随意坐下了，一人静坐着。忽又想到：家树今天说的“疾风知劲草”那番话，不能无因，莫非我错疑了。自己斜靠在露椅上，只是静静的想，远看那走廊上的人，来来往往，有一半是男女成对的。于是又联想到从前在医院里做的那个梦，又想到家树所说父亲要提未提的一个问题。由此种种，就觉得刚才才对这位何小姐的看法似乎不对，因此心里感到一些宽慰。

心里一宽慰，也就抬起头来，忽然见家树和何丽娜并肩而行，由走廊上向外走去。同时身边有两个男子，一个指道：“那不是家树？女的是谁？”一个道：“我知道，那是他的未婚妻沈女士，他还正式给我介绍过呢。”这个“沈”字，秀姑恰未听得清楚，心里这就恍然大悟，自己一人微笑了一笑，起身出园而去，这一去，却做了一番惊天动地的事。要知如何惊天动地，下回分解。

第十九回

慷慨弃寒家酒楼作别　模糊留血影山寺锄奸

却说秀姑在公园里看到家树和何丽娜并肩而行，恰又听到人说，他们是一对未婚夫妇，这才心中恍然：无论如何，男子对于女子的爱情，总是以容貌为先决条件的。自己本来毫无牵挂的了，何必又卷入旋涡。刚才一阵胡思乱想，未免太没有经验了。想到这里，自己倒笑将起来。刘将军也罢，樊大爷也罢，沈大姑娘也罢，我一概都不必问了，我还是回家去，陪着我的父亲。意思决定了，便走出公园来，也不雇车了。出了公园，便是天安门外的石板旧御道，御道两旁的绿槐，在清朗的日光里，留下两道清凉的浓荫。秀姑缓着脚步，一步一步的在浓荫下面走。自己只管这样走着，不料已走到了离普救医院不远的地方来，心想既是到了这地方来，何不顺便再去看看凤喜，从此以后，我和这可怜的孩子，也是永不见面了。如此想着，掉转身就向医院这条路上来。

刚刚要进医院门，却看到刘将军坐的那辆汽车横拦在大门口。自己一愣，待要缩着脚转去，刘将军开了车门，笑着连连招手道：“你不是来了一次吗？还去看她做什么，我们一块儿回家去吧！”

他说着话已经走下车来，就要来搀住秀姑，秀姑想着，若是不去，在街上拉拉扯扯，未免不成样子，好在自己是拿定了主意的了，就是和他去，凭着自己这一点本领，也不怕他。于是微微笑着，就和刘将军一路坐上汽车去。

到了刘家。刘将军让她一路上楼，笑着握了她的手道："医院里那个人，恐怕是不行了，你若是跟着我，也许就把你扶正。"秀姑听了这话，一腔热血沸腾，簇涌到脸上来，仿佛身上的肌肉，都有些颤动。刘将军看她脸上泛着红色，笑道："这儿又没有外人，你害什么臊！你说，你究竟愿不愿意这样？"秀姑微笑道："我怎么不愿意，就怕没有那种福气。"刘将军将她的手握着摇了两摇，笑道："你这孩子看去老实，可是也很会说话。我们的喜事，就定的是后天，你看怎么样？你把话对你父亲说过没有？"秀姑道："说了，他十分愿意。他还说喜事之后，还要来见见你，请你给他个差事办办呢。"刘将军一拍手笑道："这还要说吗？有差事不给老丈人办，倒应该给谁去办呢？今天晚上，你无论如何，得陪着我吃饭，先让底下人看看，我已经把你抬起来了，也省得后天办喜事，他们说是突然而来。"秀姑道："你左一句办喜事，右一句办喜事，这喜事你打算是怎样的办法呢？"

刘将军听说，又伸手搔了一搔头发，笑道："这件事，我觉得有点为难的。若是办大了，先娶的哪一个，我都很随便，娶你更加热闹起来，有点说不过去；再说日子也太急一点，似乎办不过来。若是随便呢，我又怕你不愿意。"秀姑道："我倒不在乎这个，就是底下人看不起，我倒有个法子，一来你可以省事一点，二来我也可以免得底下人看不起。"刘将军笑道："有这一个好法子，我还有不乐意的吗？你说，要怎样的办？"秀姑道："若是叫我想这个法子，我也想不出来。我想起从前有个人也是为了省事，就是新郎和新娘同跑到西山去等着，等回来之后，他们就说办完了喜事，连客都没有请，我们要是这样的办才好。”

刘将军一听这话笑得跳了起来，拉着秀姑的手道：“我的小宝贝！你要是肯这样办，我省了不少的事。我又是个急性子的人，说要办，巴不得马上就办，要一铺张的话，两天总会来不及的。现在只要上西山一走，那费什么事？有的是汽车，什么时候都成。反正赶出城去，就用不着回来的，今天我们就去，你看好不好？”秀姑笑道：“你不是说了，不忙在一两天吗？”刘将军肩膀耸了一耸，又偏了头对秀姑的脸色看了一看，笑道：“也不知道怎么回事，我对你是越看越爱，恨不得马上……”说着，只管格格的笑。秀姑道：“今天太晚了。明天吧！”刘将军笑道：“得啦！我的新太太！就是今天吧，你要些什么，你快说。我这就叫人去办，办来了，我们一块儿出城。”说时，又来抓住秀姑的手，秀姑笑道：“婚姻大事，你这人有这样子急！”刘将军笑道：“你不知道，我一见就想你。等到今天，已经是等够了。喜期多延误一天，我是多急一天。要不然，我们同住着一个院子，我在楼上，你在楼下，那也是不便当不是？”说着又把肩膀抬了一抬，秀姑眉毛一动，眼睛望着刘将军，用牙咬着下唇，向他点了一点头。

在秀姑这一点头之间，似乎鼻子微微的哼了一声。可是刘将军并没有听见，他笑道：“怎么样，你答应了吗？”秀姑笑道：“好吧，就是今天，你干脆，我也给你一个痛快！”刘将军笑得浑身肌肉都颤起来，向秀姑行了一个举手礼道：“谢谢你答应了，你要些什么东西？我好预备着。”秀姑道：“除非你自己要什么，我是一点也不要。此外我还有一件事，和你要求一下，请你派四个护兵，一辆汽车，送我回家对父亲辞别。你若是有零碎现款的钱，送我一点，我也好交给父亲，办点喜酒，请请亲戚朋友，也是他养我一场。”刘将军道:“成成成！这是小事，本来我也应该下一点聘礼。现款家里怕不多，我记得有两千多块钱，你全拿去吧。反正你父亲要短什么，我都给他办。”秀姑将手指头掐着算了一算，笑道:“要不了许多。穷人家里多了钱，那是要招祸的！你就给我一千四百块钱吧。”刘将军道：“你这是个什么算法？”秀姑道：“你不必问，过了些时候，你或者就明白了。”说毕，格格的笑将起来，笑得厉害，把腰都笑弯了。刘将军也笑道：“这孩子淘气，打了一个哑谜，我没有猜着，就笑的这样。好吧，我就照办。”于是在箱子里取出一千二百元钞票，二百元现洋来，交给秀姑道：“我知道你父亲一定喜欢看白花花的洋钱的，所以多给他找些现洋。”秀姑笑道：“算你能办事，我正这样想着，话还没有说出来呢。”刘将军笑道：“我就是你小心眼儿里的一条混世虫，你的心事，我还有猜不透的吗？”秀姑听了这话，真个心里一阵恶心，哈哈大笑，笑得伏在桌上。刘将军拍着她的肩膀道：“别淘气了！汽车早预备好了，快回去吧。我还等着你回来出城呢。”

当下秀姑抬头一看壁上的钟，已经四点多，真也不敢耽误，马上出门，坐了汽车回家。汽车两边，各站两个卫兵，围个风雨不透，秀姑看了，痛快之极，只是微笑。

不多一会，汽车到了家门口，恰好关寿峰在门口盼望。秀姑下了车，拉着父亲的手进屋去，笑道：“还好！你在家，要不然我还得去找师兄，那可费事了。”说着，将手上夹的一个大手巾包，放在桌上。寿峰看了，先是莫名其妙，后来秀姑详详细细一说，他就摸着胡子点点头道：“你这办法对！我教把式，教的有点腻了，借着刘将军找个出头之日也好。别让人家尽等，你就快去吧。”秀姑含着微笑，走出屋来，和同院的三家院邻都告了辞，说是已经有了出身之所，不回来了，大家再见吧。院邻见她数日不回，现在又坐了带兵的汽车回来告别，都十分诧异，可是知道他爷儿俩脾气：他们做事，是不乐意人家问的，也就不便问，只猜秀姑是必涉及婚姻问题罢了。

秀姑出门，大家打算要送上车，寿峰却在院子里拦住了，说道：“那里有大兵，你们犯不上和他们见面。”院邻知道寿峰的脾气大，不敢违拗，只得站住了。寿峰听得汽车呜呜的一阵响，已经走远了，然后对院邻拱拱手道：“我们相处这久，我有一件事，要拜托诸位。不知道肯不肯？”院邻都说：“只要办得到，总帮忙。”寿峰道：“我的大姑娘，现在有了人家了，今天晚晌就得出京，我有点舍不得，要送她一送，可是我身边又新得了一点款子，放在家里，恐怕不稳当，要分存在三位家里，不知道行不行？”大家听说，不过是这点小事，都答应了。寿峰于是将一千二百元钞票分作四百块钱三股，用布包了，那二百元现款，却放在一条板带里，将板带束在腰上，然后将这三个布包，一个院邻家里存放一个，对他们道：“我若是到了晚上两点钟不回来，就请你们把这布包打开看看；可是我若在两点钟以前回来，还得求求各位，将原包退回我。”说毕，也不等院邻再说话，拱了一拱手，马上就走了。

寿峰走到街上，在一家熟铺子里，给家树通了一个电话。正好家树是回家了，接着电话，寿峰便说：“有几句要紧的话，和你当面谈一谈，就在四牌楼一家‘喜相逢’的小馆子里等着你，你可不要饿着肚子来，咱们好放量喝两盅。”家树一想：一定是秀姑回去，把在公园里的话说了，这老头子是个急性人，他一听了就要办，所以叫我去面谈。这是老头子一番血忱，不可辜负了。便答应着马上来。

家树到了四牌楼，果然有家小酒馆，门口悬着“喜相逢”的招牌，只见寿峰两手伏在楼门口栏杆上，也是四处瞧人，看见了家树连招带嚷的道：“这里这里。”家树由馆子走上楼去，便见靠近楼口的一张桌上，已经摆好了酒菜，杯筷却是两副，分明是寿峰虚席以待了。寿峰让家树对面坐下，因问道：“老弟！你带了钱没有？”家树道：“带了一点款子。但是不多，大叔若是短钱用，我马上回家取了来。”寿峰连连摇着手道：“不，不，我今天发了一个小财，不至于借钱，我问你有钱没有，是说今天这一餐酒应该你请的了。”家树笑道：“自然自然。”寿峰道：“你这话有点不妥，难道说你手上比我宽一点，或者年纪比我小一点，就该请我吗？我可不是那样说，我老实告诉你吧，今天这一顿酒吃过，咱们就要分手了。咱们交了几个月好朋友，你岂不应该给我饯一饯行？”家树听了，倒吃了一惊，问道：“大叔突然要到哪里去？大姑娘呢？”寿峰道：“我们本是没有在哪里安基落业的，今天爱到哪里就上哪里，明天呆得腻了，再搬一处，也没有什么牵挂，谈不上什么突然不突然。我一家就是爷儿俩，自然也不分开。”家树道：“大叔是个风尘中的豪侠人物，我也不敢多问，但不知大叔哪一天动身？以后我们还有见面的日子没有？”寿峰道：“吃完了酒我就走。至于以后见面不见面，那可是难说。譬如当初咱们在天桥交朋友，哪里是料得到的呢！”他说着话，便提起酒壶来，先向家树杯子里斟上了一杯，然后又自斟一杯，举起杯子来，向家树比了一比，笑道：“老兄弟！咱们先喝一个痛快，别说那些闲话。”于是两人同干了一杯，又照了一照杯，家树道：“既是我给大叔饯行，应当我来斟酒！”于是接过酒壶，给关寿峰斟起酒来，寿峰酒到便喝，并不辞杯。

一会儿工夫，约莫喝了一斤多酒，寿峰手按了杯子，站将起来，笑道："酒是够了，我还要赶路，我还有两句话要和你说一说。"家树道："你有什么话尽管说。只要是我能做的事，我无不从命。"寿峰道："有一件事，大概你还不知道，有一个人为了你，可受了累了。"于是将凤喜受打得了病，睡在医院里的话，都对他说了。又道："据我们孩子说，她人迷糊的睡着，还直说对不住你。这个孩子，只可以说是年轻不懂事，不能说她忘恩负义，最好你得给她想点法子。"家树默然了一会，因道："纵然我不计较她那些短处，但是我是一个学生，怎么和一个有势力的军阀去比试？她现时不是在人家手掌心里吗？"寿峰昂头一笑道："有势力的人就能抓得住他爱的东西吗？那也不见得——楚霸王百战百胜，还保不住一个虞姬呢！我这话是随便说，也不是叫你这时候在人家手心里抓回来，以后有了机会，你别记着前嫌就是了。"家树道："果然她回心转意了，又有了机会，我自然也愿意再引她上正路，但是我这一颗心，让她伤感极了。现在我极相信的人，实在别有一个，却并不是她。"寿峰笑道："我听到我们孩子说，你还认识一个何小姐，和沈家姑娘模样儿差不多。可是这年头儿，大小姐更不容易应付啊！这话又说回来了，你究竟相信哪一个，这凭你的意思，旁人也不必多扯谈。只是这个孩子，也许马上就得要人关照她。你有机会，关照她一点就是了。时候已经是不早，我还得赶出城去，我要吃饭了。"于是喊着伙计取了饭来，倾了菜汤在饭碗里，一口气吃下去几碗饭，放下碗筷，站起来道："咱们是后会有期。"伙计送上手巾把，他一面揩着，一面就走，家树始终不曾问得他到哪里去，又为了什么缘故要走，怔怔的望着他下楼而去，转身伏到窗前看时，见他背着一个小包袱在肩上，已走到街心，回过头看见家树，点着头笑了一笑，竟自开着大步而去。

这里家树想着：这事太怪！这老头子虽是豪侠的人，可是一样的儿女情长——上次他带秀姑送我到丰台，不是很依恋的吗？怎么这次告别，极端的决绝。看他表面上镇静，仿佛他心里却有一件急事要办，所以突然的走了。他十几年前本来是个风尘中的人物，难保他不是旧案重提。又，这两天秀姑冒充佣工，混到刘家去，也是极危险的事，或者露出了什么破绽，也未可知。心里这样踌躇着，伏在栏杆上望了一会，便会了酒饭账，自回家去。

家树到了家里，桌上却放了一个洋式信封，用玫瑰紫的颜色墨水写着字，一望而知是何丽娜的字。随手拿起来拆开一看，上写着："家树，今晚群英戏院演全本《能仁寺》，另外还有一出《审头刺汤》，是两本很好的戏，我包了一个三号厢，请你务必赏光。你的好友丽娜。"家树心里本是十分的烦闷，想借此消遣也好。

吃过晚饭以后，便上戏院子包厢里来，果然是何丽娜一个人。她见家树到了，连忙将并排那张椅子上夹斗篷拿起，那意思是让他坐下，他自然坐下了。看过了《审头刺汤》，接上便是《能仁寺》。家树看着戏，不住的点头，何丽娜笑道："你不是说你不懂戏吗？怎么今晚看得这样有味？"家树笑道："凑合罢了，不过我是很赞成这戏中女子的身份。"何丽娜道："这一出《能仁寺》和《审头刺汤》连续在一处，大可玩味。设若那个雪艳，有这个十三妹的本领，她岂不省得为了报仇送命？"家树道："天下事哪能十全！这个十三妹，在《能仁寺》这一幕，实在是个生龙活虎，可惜作《儿女英雄传》的人，硬把她嫁给了安龙媒，结果是作了一个当家二奶奶。”何丽娜道：“其实天下哪有像十三妹这种人，中国人说武侠，总会流入神话的。前两天我在这里看了一出《红线盗盒》，那个红线，简直是个飞仙，未免有点形容过甚。”家树道：“那是当然，无论什么事，到了文人的笔尖，伶人的舞台上，都要烘染一番的。若说是侠义之流，倒不是没有。”何丽娜道：“凡事百闻不如一见，无论人家说得怎样神乎其神，总要看见，才能相信。你说有剑侠，你看见过没有？”家树道：“剑侠或者没有看见过，若说侠义的武士，当然看过的。不但我见过，也许你也见过，因为这种人，绝对不露真面目的，你和她见面，她是和平常的人一样，你哪里会知道！”何丽娜道：“你这话太无凭据了，看见过，自己并不知道，岂不是等于没有看见过一样！”家树笑道：“听戏吧，不要辩论了。”

这时，台上的十三妹，正是举着刀和安公子张金凤做媒，家树看了只是出神，一直等戏完，却叹了一口气。何丽娜笑道：“你叹什么气？”家树道：“何小姐这个人，有点傻。”何丽娜脸一红，笑道：“我什么傻？”家树道：“我不是说你，我是说台上那个十三妹何玉凤何小姐有点傻。自己是闲云野鹤，偏偏要给人家做媒，结果，还是把自己也卷入了旋涡，这不是傻吗？”何丽娜自己误会了，也就不好意思再说，一同出门。到了门口，笑着和家树道：“我怕令表嫂开玩笑，我只能把车子送你到胡同口上。”家树道：“用不着，我自己雇车回去吧。”于是和她告别，自回家去。

到家一看手表，已是一点钟，马上脱衣就寝。在床上想到人生如梦，是不错的。过去一点钟，锣鼓声中，正看到十三妹大杀黑风岗强梁的和尚，何等热闹！现时便睡在床上，一切等诸泡影。当年真有个《能仁寺》，也不过如此，一瞬即过。可是人生为七情所蔽，谁能看得破呢？关氏父女，说是什么都看得破，其实像他这种爱打抱不平的人，正是十二分看不破。今天这一别，不知他父女干什么去了？这个时候，是否也安歇了呢？秀姑的立场，固然不像十三妹，可是她一番热心，胜于十三妹待安公子、张姑娘了。自己就这样胡思乱想，整夜不曾睡好。

次日起来，已是很迟，下午是投考的大学发榜的时候了，便去看榜。所幸自己考得努力，竟是高高考取正科生了。有几个朋友知道了，说是他的大问题已经解决，拉了去看电影吃馆子。家树也觉得去了一桩心事，应当痛快一阵，也就随着大家闹，把关沈两家的事，一时都放下了。

又过了一天，家树清早起来之后，一来没有什么心事，二来又不用得赶忙预备功课，想起了何丽娜请了看戏多次，现在没有事了，看看今天有什么好戏，应当回请她一下才好。这样想着，便拿了两份日报，斜躺在沙发上来看。偶然一翻，却有一行特号字的大题目，射入眼帘。乃是“刘德柱将军前晚在西山被人暗杀！”随后又三行头号字小题目，是“凶手系一妙龄女郎，题壁留言，不知去向。案情曲折，背景不明。”家树一看这几行大字，不由得心里噗突噗突乱跳起来。匆匆忙忙，先将新闻看了一遍。看过之后，复又仔细的看了一遍。仔细看过一遍之后，再又逐段的将字句推敲。他的心潮起落，如狂风暴雨一般，一阵一阵紧张，一阵一阵衰落，只是他人躺在沙发上，却一分一厘不曾挪动。颈脖子靠着沙发靠背的地方，潮湿了一大块，只觉上身的小衣，已经和背上紧紧的粘着了。原来那新闻载的是：

刘巡阅使介弟刘德柱，德威将军，现任五省征收督办，兼驻北京办公处长，为政治上重要人物。最近刘新娶一夫人，欲觅一伶俐女佣服侍，佣工介绍所遂引一妙龄女郎进见。刘与新夫人一见之下，认为满意，遂即收下。女郎自称吴姓，父业农，母在张总长家佣工，因家贫而为此，刘以此亦常情，未予深究。惟此间有可疑之点，即女郎上工以后，佣工介绍者，并未至刘宅向女郎索佣费，女亦未由家中取铺盖来，至所谓张总长，更不知何家矣！

女在宅佣工数日，甚得主人欢，适新夫人染急症，入医院诊治，女乃常独身在上房进出。至前三日，刘忽扬言，将纳女为小星，女亦喜，洋洋有得色，因双方不愿以喜事惊动亲友，于前日下午五时，携随从二人，同赴西山八大处，度此佳期。

抵西山后，刘欲宿西山饭店，女不可，乃摒随从，坐小轿二乘，至山上之极乐寺投宿。寺中固设有洁净卧室，以备中西游人栖息者也。寺中僧侣，闻系刘将军到来，殷勤招待，派人至西山饭店借用被褥，并办酒食上山。

晚间，刘命僧燃双红烛，与女同饮，谈笑甚欢。酒酣，由女扶之入寝，僧则捧双烛台为之导。僧别去，恐有人扰及好梦，且代为倒曳里院之门。

至次日，日上山头而将军不起，僧不敢催唤，待之而已。由上午而正午，由正午而日西偏，睡者仍不起，僧颇以为异，在院中故作大声惊之，因室中寂无人声，且呼且推门入，则见刘高卧床上，而女不见矣。僧犹以刘睡熟，女或小出，缩身欲退，偶抬头，则见白粉壁上，斑斑有血迹，模糊成字。字云：“（上略）现在他又再三蹂躏女子，逼到我身，我谎贼至山上，点穴杀之，以为国家社会除一大害，我割贼胳臂出血，用棉絮蘸血写在壁上，表明我做我当，与旁人无干。中华民国 × 年 × 月 × 日夜十二时，不平女士启。”文字粗通，果为女子口吻。僧大骇，即视床上之人，已僵卧无气息矣。当即飞驰下山报警，一面通电话城内，分途缉凶。

军警机关，以案情重大，即于秘密中以迅速的手腕，觅取线索。因刘宅护兵云：女曾于出城之前回家一次，即至其家搜索，则剩一座空房，并院邻亦于一早迁出，询之街邻，该户有爷女二人姓关，非姓吴也。关以教练把式为业，亦尚安分，何以令其女为此，则不可知。及拘佣工介绍所人，店东称此女实非该处介绍之人，其引女入刘宅之女伙友，则谓女系在刘宅旁所遇，彼以两元钱运动，求引入刘宅，一觅亲戚者。不料刘竟收用，致生此祸。故女实在行踪，彼亦无从答复。

观乎此，则关氏父女之暗杀刘氏，实预有布置者。现军警机关，正在继续侦缉凶犯，详情未便发表。但据云已有蛛丝马迹可寻，或者不难水落石出也。

家树想，新闻中的前段还罢了，后段所载，与关氏有点往来的人，似乎都有被捕传讯的可能。自己和关氏父女往来，虽然知道的很少，然而也不是绝对没有人知道。设若自己在街上行动，让侦探捉去，自己坐牢事小，一来要连累表兄，二来要急坏南方的母亲，不如暂时躲上一躲，等这件事有了着落再上课。

家树想定了主意，便装着很从容的样子，慢慢的踱到北屋子来。伯和正也是拿了一份报，在沙发上看，放下报向家树道："你看了报没有？出了暗杀案了。"家树淡淡的一笑道："看见了，这也不足为奇。"伯和道："不足为奇吗？孩子话，这一件事，一定是有政治背景的。"说着昂了头想了一想，摇一摇头道："这一着棋子下得毒啊！只可惜手段卑劣一点，是一条美人计。"家树道："不像有政治背景吧。"伯和道："你还没有走入仕途，你哪里知道仕途勾心斗角的巧妙。这一个女子，我知道是由峨眉山上买下来的，报酬总在十万以上。"伯和说得高兴，点了一支雪茄烟吸着，将最近时局的大势，背了一个滚瓜烂熟。家树手上拿了一本书，只管微笑。一直等他说完了，才道："我想今天到天津看看叔叔去，等开学时候再来。本来我早就应去的了，只因为没有发榜，一点小病又没有好，所以迟延了。"陶太太在屋子里笑道："我也赞成你去一趟。前天在电话里和二婶谈话还说到你呢。只是不忙在今天就走。"家树笑道："我在北京又没事了，只是静等着开学，我的性子又是急的，说要做什么，就想做什么的。"陶太太道："今天走也可以，你搭四点半钟车走吧，也从容一点。"家树道："四点钟以前就没有车吗？"陶太太道："你干嘛那样急？两点钟倒是有一趟车，那是慢车，你坐了那车，更要急坏了。"家树怕伯和夫妇疑心，不便再说，便回房去收拾收拾零碎东西。自己也不知什么原故，表面上尽管是尽量的镇静，可是心里头，却慌乱得异常。

吃过了午饭，家树便在走廊下踱来踱去，不时的看看表，是否就到了三点。踱了几个来回，因听差望着，又怕他们会识破了，复走进房去在床上躺着。好容易熬到三点多钟，便辞了陶太太上车站。一直等着坐在二等车里，心里比较的安贴一点了。却听到站台上一阵乱,立刻几个巡警,和一群人向后拥着走。只听见说:“又拿住了两个了，又拿住了两个了。”家树听了这话，一颗心几乎要由腔子里直跳到口里来，连忙在提囊里抽了一本书，放出很自然的样子，微侧着身子看。耳边却听到同车子的人说：“捉到了扒儿手了。”家树觉得又是自己发生误会了，身子上干了一阵冷汗，心里现在没有别的希望，只盼望着火车早早的开。

一会儿，车轮辗动着，很快出了东便门。家树如释重负，这才有了工夫鉴赏火车窗外的风景。心里想：人生的祸福，真是说不定，不料我今天突然要到天津去。寿峰这老头儿前天和我告别的时候，何以不通我一点消息，也省得我今天受这一阵虚惊。既而又转身一想；自己本来有些过虑，几个月来，我也不过到关家去过四五次，谁人在社会上没有朋友？朋友犯了事，不见得大家都要犯嫌疑，何况我和关寿峰的来往，就不足引起人家的注意呢。至于我和刘德柱这一段关系，除了关氏父女，也是没有人知道的。除非是凤喜，她知道秀姑为了我去的，然而她要把我说出来，她自己也脱不了干系呀！这样看来，自己一跑，未免过于胆小。寿峰再三的提到凤喜，说是我有机会和她复合，莫非这件事，凤喜也参与机密的？但是事实上又不能，凤喜在医院里既是成了疯子，她的母亲，她的叔叔，又是极不堪的，哪里可以商量这样重大的问题……一个人在火车里只管这样想着，也就不知不觉的到了天津。

家树的叔叔樊端本，在法租界有一幢住房，下了火车之后，雇着人力车，就向叔叔家来。这里是一所面马路的洋楼，外面是铁栅门，进去是个略有花木的小院子，迎面就是一座品字红砖楼，高高直立。走进铁栅门，小门房里钻出一个听差来，连忙接住了手提箱道:“我们接着北京电话，正打算去接侄少爷呢，你倒来了。”

家树道："老爷在家吗？"答道："到河北去了。听说有应酬。"问："二位小姐呢？"答："看电影去了。"问："太太呢？"说到这里时，只听到哗啦哗啦一阵响声，由楼窗户里传出来。听差答道："太太在打牌。"问："姨太太呢？"答："有张家姨太太，李家少奶奶邀上中原公司买东西带听戏去了，你歇着吧。"说着，便代提了提箱上楼。家树道："打牌的是些什么人？"听差道："是几位同乡太太。他们是车盘会，今天这家，明天那家，刚上场呢。"家树道："既是刚上场，你就不必通知，我在楼下等着老爷回来吧。"于是又下了楼，就在端本的书房里看看书，看看报，等他们回来。

过一会，淑宜和静宜两妹妹先回来了。淑宜现在十七岁，静宜十四岁，都是极活泼的小姑娘。静宜听说家树来了，在院子里便嚷了起来道："哥哥来了，在哪儿？怎么早不给我们一个信呢？"家树走出来看时，见静宜穿了绿哔叽短西服，膝盖上下，露一大截白腿子，跳着皮鞋咚咚的响，说道："大哥！恭喜呀！你大喜呀！"她说着时，那蓬头发上插着的红结花，跳得一闪一闪，看她是很乐呢。家树倒莫名其妙，究竟是喜从何来？却因这一说又有了意外的变化，要知是什么变化，下回交代。

第二十回

辗转一封书红丝误系　奔波数行泪玉趾空劳

却说家树见静宜和他道喜，倒愣住了。自己避祸避到天津来，哪里还有什么可喜的事情？因道："一个当学生的人，在大学预科读完了书之后，不应该升入正科的吗？就是这一点，有什么可喜的呢。"静宜将嘴一撇道："你真把我们当小孩子骗啦！事到于今，以为我们还不知道吗？你要是这样，到了你做新郎的时候，不多罚你喝几盅酒，那才怪呢！"家树道："你这话真说得我莫名其妙！什么大喜，做什么新郎？"淑宜穿的是一件长长的旗衫，那袖子齐平手腕，细得像笔管一般。两只手和了袖子，左右一抄，同插在两边肋下插袋里，斜靠了门，将一只脚微微提起，把那高跟鞋的后跟踏着地板，得得作响，衣服都抖起波浪纹来，眼睛看了家树，只管微笑。家树道："怎么样，你也和我打这个哑谜吗？"淑宜笑道："我打什么哑谜？你才是和我们打哑谜呢！我总不说，等到哪一天水落石出，你自然会把哑谜告诉人的，我才犯不着和你瞎猜呢！反正我心里明白就是了。"淑宜在这里说着，静宜一个转身，就不见了。

不多一会儿的时候，又听到地板咚咚一声响，静宜突然跳进房来，手上拿了一张相片和家树对照了一照，笑道："你不瞧瞧这是谁？你能屈心，说不认得这个人吗？"家树一看，乃是凤喜的四寸半身相片，这种相片，自己虽很多，却不曾送人，怎样会有一张传到天津来了。便点点头道："这个人，不错，我认识。但是你们把她当什么人呢？"淑宜也走近前，在静宜手里，将相片拿了过来，在手上仔细的看了一看，微笑道："现在呢，我们不知道要怎么样的称呼，若说到将来，我们叫她一声嫂嫂，大概还不至于不承认吧！"家树道："好吧，将来再看吧。"静宜道："到现在还不承认，将来我们总要报复你的。"家树见两个妹妹，说得这样切实，不像是毫无根据，大概她们一定是由陶家听到了一点消息，所以附会成了这个说法。当时也只得装傻，只管笑着，却把在北京游玩的事情和两个妹妹闲谈，把喜事问题牵拉开去。

过了一会，有个老妈子进来道："樊太太吩咐，请侄少爷上楼。"于是家树跟着老妈子一直到婶娘卧室里，只见婶娘穿了一件黑绸旗衫，下摆有两个纽扣不曾扣住，脚上踏了拖鞋，口里衔着烟卷，很舒适的样子，斜躺在沙发上。家树站着叫了一声"婶娘"，在一边坐下。樊太太道："你早就来了，怎么不通知我一声呢！打牌，我也是闷得无聊，借此消遣，若是有人陪着我谈谈，我倒不一定要打牌。你来了很好，你不来，我还要写信去叫你来呢。"家树道："有什么事吗？"樊太太将脸色正了一正，人也坐正了，便道："不就是为了陶家表兄来信，提到你的亲事吗？那孩子我曾见过的，相片大家也瞧见了，自然是上等人才。据你表嫂说，人也很聪明，门第本是谈不上；就是谈门第的话，也是门当户对。这年头儿，婚姻大事，只要当事人愿意，我们做大人的人，当然是顺水推舟，落得做个人情。”家树笑道：“婶娘说的话，我倒有些摸不透了。我在北京，并没有和表哥表嫂谈到什么婚姻问题。要说到那个相片子上的人，我虽认识，并不是朋友，若说到门当户对，我要说明了，恐怕婶娘要哈哈大笑吧。”樊太太道：“事情我都知道了，你还赖什么呢？她父亲做过多年的盐务署长，她伯父又是一个代理公使，和我们正走的是一条道，怎么说是我要哈哈大笑呢？”说了，又吸着烟卷。

家树想想心里好笑，原来他们也误会了，又是把凤喜的相片儿，当了何丽娜。要想更正过自己的话来，又怕把凤喜这件事，露出破绽来了，便道：“那些话，都不必去研究了，我实在没有想到什么婚姻问题，不知道陶家表兄，怎样会写信通知我们家里的？”樊太太道：“当然啰，也许是你表嫂要做这一个媒，有点买空卖空。但是不能啦，像她那样的文明人，还会做旧社会上那种说谎的媒人吗？而且这位何小姐的父亲，前几天到天津来了一趟，专门请你叔父吃了一餐饭，又提到了你，将你的文才品行，着实夸奖了一阵子。”家树笑道：“这话我就不知从何而起了。那位何署长我始终没有见过面，他哪里会知道我？而且我听到说，何家是穷极奢华的，我去了有点自惭形秽，我就只到他家里去了两三回，他又何从而知我的文才品行呢？”樊太太道：“难道就不许他的小姐对父亲说吗？陶太太信上说，你和那何小姐，几乎是天天见面，当然是无话不说的了。我倒不明白，你为了这件事来，为什么又不肯说？”家树笑道：“你老人家有所不知！这件事，陶太太根本就误会了。那何小姐本是她的朋友，怎样能够不到陶家来？何小姐又是喜欢交际的，自然我们就常见面了。陶太太老是开玩笑，说是要做媒，我们以为她也不过开玩笑而已。不料她真这样做起来，其实现在男女社交公开的时候，男女交朋友的很多，不能说凡是男女做了朋友，就会发生婚姻问题。”樊太太听了他这些话，只管将烟卷抽着，抽完了一根，接着又抽一根，口里只管喷着烟，昂了头想家树说的这层理由。家树含笑道:“你老人家想想看,我这话不说的是很对吗？”

樊太太还待说时，老妈子来说：“大小姐不愿替了，还是太太自己去打牌吧。”樊太太这就去打牌，将话搁下。家树到楼下，还是和妹妹谈些学校里的事。姨太太是十二点钟回来，叔叔樊端本是晚上两点钟回来。这一晚晌，算是大家都不曾见面。

到了次日十二点钟以后，樊端本方始下床，到楼下来看报，家树也在这里，叔侄便见着了。樊端本道：“我听说你已经考取大学本科了，这很好，读书总是以北京为宜，学校设备很完全，又有那些图书馆，教授的人才，也是在北京集中。”他说着话时，板了那副正经面孔，一点笑容也没有。家树从幼就有点怕叔叔，虽然现在分居多年，然而那先入为主的思想，总是去不掉。樊端本一板起脸子来，他就觉得有教训的意味，不敢胡乱对答。

这时樊端本坐在长椅子上，随手将一叠报，翻着看了一看，向着报上自言自语的道：“这政局是恐怕有一点变动。照洁身的历史关系说起来，这是与他有利的。这样一来，恐怕他真会跳上一步，去干财长，就是这个口北关，也就不用费什么力了。”说着，他的嘴角微微一欠，接上按着上下嘴唇，左一把，右一把，下巴上一把，轮流的抹着胡子——这是他最得意时候的表示。家树老早的就听过母亲说，若遇到你叔叔分三把摸胡子的时候，两个妹妹就会来要东西。因为那个时候，是要什么就给什么的。家树想到母亲的话，因此心里暗笑了起来。樊端本原戴了一副托力克的眼镜，这镜子的金丝脚，是很软的，因为戴得久了，眼镜的镜架子，便会由鼻梁上坠了下来。樊端本也来不及用手去托镜子了，眼光却由镜子上缘平射出来，看家树何以坐不定。他这一看不要紧，家树肚子里的陈笑，和现在的新笑，并拢一处，噗嗤一声，笑了出来。樊端本用右手两个指头，将眼镜向上一托，正襟坐着，问家树道："你笑什么？"

家树吃了一惊，笑早不知何处去了，便道："今年回杭州去，在月老祠里闹着玩，抽了一张签，签上说是'怪底重阳消息好，一山红叶醉于人'。"家树说了这话，自己心里可就想着，实在诌的不成诗句。说毕，就看了樊端本的脸色道："我想这两句话，并不像月老祠里的签，若是说到叔叔身上，或有点像。倒好像说叔叔的差事，重阳就可发表似的。"

樊端听了此言，本将手不住的理着胡子，手牵着几根胡子梢，点了几点头道："虽然附会，倒有点像。你不知道，我刚才所说的话，原是有根据的。何洁身做这些年的阔差事，钱是挣的不少，可是他也实在花的不少，尤其是在赌上，前次在张老头子家里打牌，八圈之间，输了六七万，我看他还是神色自若，口里衔着雪茄烟，烟灰都不落一点下来，真是镇静极了。不过输完之后，也许有点心痛，就不免想法子要把钱弄回来。上次就是输钱的第二天，专门请我吃饭，有一件盐务上的事，若办成功，大概他可以弄一二十万，请我特别帮忙。报酬呢，就是口北关监督。我做了这多年的商务，本来就懒作冯妇；无奈他是再三的要求，不容我不答应。我想那虽是个小职，多少也替国家办点事；二来我也想到塞北地方去看看，赏玩赏玩关塞的风景。洁身倒也很知道你，说是你少年老成，那意思之间，倒也很赞成你们的亲事。"家树这才明白了。闹了半天，他和何小姐的父亲何廉，在官场上有点勾搭，自己的婚事，还是陪笔。叔父早就想弄个盐运使或关监督做做，总是没有相当的机会，现在他正在高兴头上，且不要当面否认何丽娜的婚事。好在叔叔对于自己的婚事，又不能干涉的，就由他去瞎扯吧。因此话提到这里，家树就谈了一些别的话，将事扯了开去。

这时，恰好姨太太打扮得花蝴蝶儿似的，走了进来，笑着向家树点了点头，并没有说什么。家树因为婶母有命令，不许称姨太太为长辈，当了叔叔的面，又不敢照背地里称呼，叫她为姨太太，也就笑着站起来，含糊的叫了一声。姨太太也不理会，走上前，将端本手上的报夺了过来，一阵乱翻。端本那一副正经面孔，维持不住了，皱了一皱眉，又笑道："你认识几个字，也要查报？"姨太太听说，索性将报向端本手上一塞道："你给我查一查，今天哪一家的戏好？"端本道:"我还有事，你不要来麻烦。"一面说时，一面给姨太太查着报了。家树觉得坐在这里有些不便，就避开了。

家树只来了十几个钟头，就觉得在这里起居，有许多不适。见叔叔是不能畅谈的，而且谈的机会也少。婶娘除说家常话，便是骂姨太太，只觉得唠叨。姨太太更是不必说，未便谈话的了。两个妹妹，上午要去上学，下午回来，不是找学伴，又是出去玩去了。因此一人闷着，还是看书。天津既没有朋友，又没有一点可清游的地方，出了大门，便是洋房对峙的街道。第一二天，还在街上走走，到了第三天，既不买东西，就没有在满街车马丛下一个人走来走去之理。加上在陶家住惯了那花木扶疏的院子，现在住这样四面高墙的洋房子,便觉得十分的烦闷。加上凤喜和刘将军的事情，又不知道变化到什么程度。虽然是避开了是非地，反是焦躁不安。

一混过了一个星期，这天下午，忽然听差来说："北京何小姐请听电话。"家树听了，倒不觉一惊。有什么要紧的事，巴巴的打了长途电话来！连忙到客厅后接着电话一问，何丽娜首先一句便道："好呀！你到天津来了，都不给我一个信。"家树道："真对不住。我走得匆忙一点，但是我走的时候，请我表嫂转达了。"何丽娜问："怎么到了天津！信也不给我一封呢？"家树无话可答，只得笑了。她道："我请你吃午饭，来不来？"家树道："你请我吃饭，要我坐飞机来吗？"何丽娜笑道："你猜我在哪儿，以为我还在北京吗？我也在天津呢。我家到府上不远，请你过来谈谈好不好？"家树知道阔人们在京津两方，向来是有两份住宅的。丽娜说在家里，当然可信，不过家树因为彼此的婚姻问题，两家都有些知道了，这样往还交际，是更着了痕迹。便道："天津的地方，我很生疏，你让我到哪里撞木钟去？"何丽娜笑道："我也知道你是不肯到我这里来的。天津的地方，又没有什么可以会面谈话的地方，这样吧，由你挑一个知道的馆子吃午饭，我来找你。不然的话，我到你府上来也可以。"家树真怕她来了，就约着在一家新开的馆子"一池春"吃饭。

家树坐了人力车到饭馆子里时，伙计见了就问："你是樊先生吗？"家树说："是。"他道："何小姐已经来了。"便引家树到了一个雅座。何丽娜含笑相迎，就给他斟了一杯茶。安下坐位，家树劈头一句，就问："你怎么来了？"何丽娜也笑说："你怎么来了？"家树道："我有家在这儿。"何丽娜便笑着说："我也有家呀！"家树被她驳得无言可答了，就只好一口一口的喝着茶。

二人隔了一个方桌子犄角斜坐着，沉默了一会，何丽娜一个指头，钩住了茶杯的小柄，举着茶杯，只看茶杯上出的热气，眼睛望了茶上的气，却笑道："我以为你很老实，可是你近来也很调皮了。"说毕，嘴唇抵住了茶杯口，向家树微笑。家树道："我什么事调皮了？以为我到天津来，事先不曾告诉你吗？但是我有苦衷，也许将来密斯何会明白的。”何丽娜放下茶杯，两手按住了桌子，身子向上一伸道：“干嘛要将来？我这就明白了。我也知道，你对于我，向来是不大了解的，不过最近好一些，不然，我也不到天津来，我就不明白这件事，你和我一点表示没有，倒让你令叔出面呢？”她这样说着，虽然脸上还有一点笑意，却是很郑重的说出来，决不能认为是开玩笑的了。家树因道：“密斯何！这是什么话，我一点不懂，家叔有什么事出面？”何丽娜道：“你令叔写信给陶先生，你知道不知道？”答不知道。又问：“那末，你到天津来，是不是与我有点关系？”家树道：“这可怪了。我到天津来，怎么会和密斯何有关系呢？我因为预备考大学的时候，不能到天津来；现在学校考取了，事情告了一个段落，北京到天津这一点路，我当然要来看看叔叔婶婶，这决不能还为了什么。”

家树原是要彻底解释丽娜的误会，却没有想到话说得太决绝了。何丽娜也逆料他必有一个很委婉的答复，不想碰了这一个大钉子，心里一不痛快，一汪眼泪，恨不得就要滚了出来。但是她极力的镇定着，微微一笑道：“这真是我一个极大的误会了。幸而这件事，还不曾通知到舍下去，若是这事让下人知道了，我面子上多少有点下不去哩！我不明白令叔什么意思，开这一个大玩笑。”说时，打开她手拿的皮包，在里面取出一封信来，交给家树。看时，是樊端本写给伯和的。信上说：

伯和姻侄文鉴：

这次舍侄来津，近况均已获悉，甚慰。所谈何府亲事，彼已默认，少年人终不改儿女之态，殊可笑也。此事，请婉达洁身署长，以早成良缘。洁身与愚，本有合作之意，两家既结秦晋之好，将来事业，愈觉成就可期矣。至于家嫂方面，愚得贤伉俪来信后，即已快函征求同意。兹得复，谓舍侄上次回杭时，曾在其行箧中发现女子照片两张，系属一人。据云：舍侄曾微露其意，将与此女订婚，但未详言身家籍贯。家嫂以相片上女子，甚为秀慧，若相片上即为何小姐，彼极赞成。并寄一相片来津，嘱愚调查。按前内人来京，曾在贵寓，与何小姐会面多次，愚亦曾晤何小姐。兹观相片，果为此女，家嫂同情，亦老眼之非花也。总之，各方面皆不成问题，有劳清神，当令家树多备喜酒相谢月老耳。专此布达，即祝俪福。

愚樊端本顿首

家树将信从头看了两遍，不料又错上加错的，弄了这一个大错。若要承认，本无此事；若要不承认，由北京闹到天津，由天津闹到杭州，双方都认为婚姻成就，一下推翻全案，何丽娜是个讲交际爱面子的人，这有多难为情。因之拿了这封信，只管是看，半晌作声不得。

这里何丽娜见他不说，也不追问，自要了纸笔开了一个菜单子，吩咐伙计去做菜。反是家树不过意，皱了眉，用手搔着头发，口里不住的说："我很抱歉！我很抱歉！"何丽娜笑道："这又并不是樊大爷错了，抱什么歉呢？"她说着话，抓了碟子里的花生仁，剥去外面的红衣，吃得很香，脸色是笑嘻嘻，一点也不介意。家树道："天下事情，往往是越巧越错，其实我们的友谊，也不能说错，只是……"说到"只是"两个字，他也拿了一粒花生仁在嘴里咀嚼着，眼望了何丽娜，却不向下说了。何丽娜笑道：“只是性情不同罢了，对不对呢？樊大爷虽然也是公子哥儿，可是没有公子哥儿的脾气。我呢，从小就奢华惯了，改不过来。其实我也并不是不能吃苦的人，当年我在学校读书时候，我也是和同学一样，穿的是制服，吃的是学校里的伙食。你说我奢华过甚，这是环境养成我的，并不是生来就如此。”

家树正苦于无词可答，好容易得到这样一个回话的机会，却不愿放过，因道：“这话从何而起，我在什么地方，批评过何小姐奢华？我是向来不在朋友面前攻击朋友的。”何丽娜道：“我自然有证据，不过我也有点小小的过失。有一天，大爷不是送了杭州带来的东西，到舍下去吗？我失迎得很，非常抱歉，后来你有点贵恙，我去看了，因为你不曾醒，随手翻了一翻桌上的书，看到一张‘落花有意，流水无情’的字条，是我好奇心重，拿回去了。回家之后，我想这行为不对，于是次日又把字条送回去，在送回桌上的时候，无意中我看到两样东西：第一样是你给那关女士的信，我以为这位关女士，就是和我相貌相同的那位小姐，所以注意到她的通信地址上去；第二样是你的日记，我又无意翻了一翻，恰恰看到你批评我买花的那一段批评，这不是随便撒谎的吧！不过我对于你的批评，我很赞成，本来太浪费了，只是这里又添了我一个疑团。”说着便笑了一笑。

这时，伙计已送上菜来了，伙计问一声：“要什么酒？”家树说：“早上吃饭，不要酒吧。”丽娜道：“樊大爷能喝的，为什么不喝？来两壶白干，你这里有论杯的白兰地没有？有就斟上两杯。要是论瓶买的话，我没有那个量，那又是浪费了！”说着，向家树一笑，家树道：“白兰地罢了。白干就厉害了。”何丽娜眉毛一动，腮上两个浅浅的小酒窝儿一闪，用手一指鼻尖道："我喝！"家树却没有法子禁止她不喝酒，只得默然。伙计斟上两杯白兰地，放到何丽娜面前，然后才拿着两壶白干来。她端起小高脚玻璃杯子，向家树请了一请，笑道："请你自斟自饮，不要客气。我知道你是喜欢十三妹这一路人物的，要大马关刀，敞开来干的。"说着，举起杯子，一下就喝了小半杯。家树知道她是没有多大酒量，见她这样放量喝起酒来，倒很有点为她担心。她喝了酒，笑道："我知道这件事与私人道德方面有点不合，然而自己自首了，你总可以原谅了。我还有一个疑团，借着今天三分酒气，盖了面子，我要问一问樊大爷。那位关女士我是见面了，并不是我理想中相貌和我相同的那一位，不知樊大爷何以认识了她？她是一个大侠客呀！报上登的，西山案里那个女刺客，她的住址，不是和这位关女士相同吗？难怪那晚你看戏，口口声声谈着侠女。如今我也明白了，痛快！我居然也有这样一个朋友，不知她住在哪里，我要拜她为师，也做一番惊人的事业去。"说着，端起酒杯。

家树见何丽娜又要喝酒连忙站起来，一伸手按住了她的酒杯，郑重的说道："密斯何！我看你今天的神气，似乎特别的来得兴奋，你能不能安静些，让我把我的事情，和你解释一下子？"何丽娜马上放了酒杯笑道："很好，那我是很欢迎啦。就请你说吧。"家树见她真不喝了。于是将认识关、沈以至最近的情形，大概说了一遍，因道："密斯何！你替我想想，我受了这两个打击，而且还带点危险性，这种事，又不可以乱对人说，我这种环境，不是也很难过的吗？"何丽娜点点头道："原来如此，那完全是我误会。大概你老太太寄到天津来的那张相片，又是张冠李戴了！"家树道："正是这样，可是现在十分后悔，不该让我母亲看到那相片，将来要追问起来，我是何词以对？”何丽娜默然的坐着吃菜，不觉得又端起酒杯子来喝了两口，家树道：“密斯何现在可以谅解我了吧。”何丽娜笑着点了点头道：“大爷！我完全谅解。”家树道：“密斯何！你今天为什么这样的客气？左一句大爷，右一句大爷，这不显着我们的交情生疏得多吗？”何丽娜道：“当然是生疏得多！若不是生疏……唉！不用说了，反正是彼此明白。”说完，又端起酒杯，接连喝上几口。家树也不曾留意，那两杯白兰地，不声不响的，就完全喝下去了。

这时，家树已经是吃饭了，何丽娜却将坐的方凳向后一挪，两手食指交叉，放在腿上，也不吃喝，也不说话。家树道：“密斯何！你不用一点饭吗？上午喝这些空心酒，肚子里会发烧的。”何丽娜笑道：“发烧不发，不在乎喝酒不喝酒。”家树见她总有些愤恨不平的样子，欲待安慰她几句，又不知怎样安慰才好。吃完了饭，便笑道：“天津这地方，只有热闹的马路，可没有什么玩的，只有一样比北京好，电影片子，是先到此地。下午我请你看电影，你有工夫吗？”何丽娜想了一想道：“等我回去料理一点小事，若是能奉陪的话，我再打电话给你奉约。”说着叫了声伙计开账来。待等伙计开了账来时，何丽娜将菜单抢了过去，也不知在身上掏出了几块钱，就向伙计手上一塞，站起来对家树道：“既然是看电影，也许我们回头再会吧。”说毕，她一点也不犹豫，立刻掀开帘子就走出去了。家树是个被请的，决没有反留住主人之理，只听得一阵皮鞋响声，何丽娜是走远了。表面看来，她是很无礼的，不过她受了自己一个打击，总不能没有一点不平之念，也就不能怪她了。

家树一个人很扫兴的回家，在书房里拿着一本书，随便的翻了几页，只觉今天这件事，令人有点不大高兴。由此又转身一想，我只碰了这一个钉子，就觉得不快；她呢，由北京跑到天津来，满心里藏了一个水到渠成、月圆花好之梦，结果，却完全错了。她那样一个慕虚荣的女子，能和我说出许多实话，连偷看日记的话都告诉我了，她是怎样的诚恳呢！而且我那样的批评，都能诚意接受，这人未尝不可取。无论如何，我应当安慰她一下。好在约了她下午看电影，我就于电影散场后再回请她就得了。家树是这样想着，忽然听差拿了一封信进来递给他，信封上写着："专呈樊大爷台启，何缄。"连忙拆开来一看，只有一张信纸，草草的写了几句道：

> 家树先生：别矣！我这正是高兴而来，扫兴而去。由此我觉得还是我以前的人生观不错，就是：得乐且乐，凡事强求不来的。伤透了心的丽娜手上。于火车半小时前。

家树看这张纸是钢笔写的，歪歪斜斜，有好几个字都看不出，只是猜出来的，文句说的都不很透彻，但是可以看出她要变更宗旨了。末尾写着"于火车半小时前"，大概是上火车半小时前，或者是火车开行时半小时以前了。心想，她要是回北京去，还好一点，若是坐火车到别处去，自己这个责任就大了。连忙叫了听差来，问："这时候，有南下的火车没有？有出山海关的火车没有？"听差见他问得慌张，便笑道："我给你向总站打个电话问问。"家树道："是了。火车总要由总站出发的，你给我叫辆汽车上总站，越快越好。"听差道："向银行里去个电话，把家里汽车叫回来，不好吗？"家树道："胡说！你瞧我花不起钱？"听差好意倒碰了钉子，也不知道他有什么急事，便用电话向汽车行里叫车。

当下家树拿了帽子在手上，在楼廊下来往徘徊着，又吩咐听差打电话催一催。听差笑道："我的大爷！汽车又不是电话，怎么叫来就来。总得几分钟呀！"家树也不和他去深辩，便站在大门口站着。好容易汽车到了门口，车轮子刚一停，家树手一扶车门，就要上去；车门一开，却出来一个花枝招展的少妇，笑着向家树点头道："啊哟！侄少爷！不敢当，不敢当。"家树看时，原来这是缪姨太太，是来赴这边太太的牌约的。她以为家树是出来欢迎，给她开汽车门呢！家树忙中不知所措，胡乱的说了一句道："家叔在家里呢。请进吧！"说了这句话，又有一辆汽车来了。家树便掉转头问道："你们是汽车行里来的吗？"汽车夫答应是。家树也不待细说，自开了车门，坐上车去，就叫上火车总站。弄得那缪姨太太站着发愣，空欢喜了一下子。

家树坐在车里，只嫌车子开得不快，到了火车站，也来不及吩咐汽车夫等不等，下了车，直奔卖月台票的地方，买了月台票。进站门，只见上车的旅客，一大半都是由天桥上绕到月台那边去，料想这是要开的火车，也由天桥上跑了过去。到月台上一看火车，见车板上写着"京奉"两个大字，这不是南下，是东去的了。看看车上，人倒是很多，不管是与不是，且上去看看。于是在头等包房外转了一转，又在饭车上，又到二等车上，都看了看，并没有何丽娜。明知道她不坐三等车的，也在车外，隔着窗子向里张望张望。身旁恰有一个站警，就向他打听："南下车，现在有没有？"站警说，"到浦口的车，开出去半个钟头了。这是到奉天去的车。"家树一想：对了，用写信的时间去计算，她一定是搭南下车到上海去了。她虽然有钱，可是上海那地方，越有钱越容易堕落，也越容易遭危险，而况她又是个孤身弱女，万一有点疏虞，我虽不杀伯仁，伯仁由我而死，责任是推卸不了的。于是无精打采的，由天桥上转回这边月台来。

刚下得天桥，却见这边一列车，也是纷纷的上着人，车上也是写着“京奉”二字，不过火车头却在北而不在南，好像是到北京去的。因又找着站警问了一问，果然是上北京的，马上就要开了。家树想着，或者她回京去也未可料。因慢慢的挨着车窗找了去。这一列车，头等车挂在中间，由三等而二等，由二等而头等，找了两个窗子，只见有一间小车室中，有一个女子，披了黑色的斗篷，斜了身子坐在靠椅上，用手绢擦着泪。她的脸，是半背着车窗的，却看不出来。家树想着：这个女子，既是垂泪惜别，怎么没有人送行？何丽娜在南下车上，不是和她一样吗？如此一想，不由得呆住了，只管向着车子出神。

只在这时，站上几声钟响，接上这边车头上的汽笛，呜呜几声，车子一摇动，就要开了。车子这样的摆荡，却惊醒了那个垂泪的女子，她忽然一抬头，向外看着，似乎是侦察车开没有开。这一抬头之间，家树看清楚了，正是何丽娜。只见她满脸都是泪痕，还不住的擦着呢。家树一见大喜，便叫了一声：“密斯何！”但是车轮已经慢慢转动向北，人也移过去了。何丽娜正看着前面，却没有注意到车外有人寻她。玻璃窗关得铁紧，叫的声音，她也是不曾听见。

家树心里十分难过追着车子跑了几步，口里依然叫着：“密斯何！密斯何！”然而火车比他跑得更快，只十几步路的工夫，整列火车都开过去了。眼见得火车成了一条小黑点，把一个伤透了心而又满面泪痕的人，载回北京去了。家树这一来，未免十分后悔，对于何丽娜，也不免有一点爱惜之念。要知他究竟能回心转意与否，下回交代。

第二十一回

艳舞媚华筵名姝遁世　寒宵飞弹雨魔窟逃生

却说何丽娜满面泪痕，坐车回北京去了。家树怅怅的站在站台上望了火车的影子，心里非常的难受。呆立了一会子，仍旧出站坐了汽车回家。到了门口，自给车钱，以免家里人知道，可是家里人全知道了。静宜笑问道：“大哥为什么一个人坐了车子到火车站去，是接何小姐吗？我们刚才接到陶太太的信，说是她要来哩！你的消息真灵通啊。”家树欲待否认，然则到火车站去为什么呢？只得笑了。自这天起，心里又添了一段放不下的心事。

然而何丽娜却处在家树的反面。这时，她一个人在头等车包房里落了一阵眼泪，车子过了杨村，自己忽然不哭了。向茶房要了一把手巾擦擦脸，掏出身上的粉匣，重新扑了一扑粉，便到饭车上来，要了一瓶啤酒，凭窗看景，自斟自饮。这饭车上除了几个外国人而外，中国人却只有一个穿军服的中年军官。那军官正坐在何丽娜的对面，先一见，他好像吃了一惊；后来坐得久了，他才镇定了。何丽娜见他穿黄呢制服，系了武装带，军帽放在桌上，金边帽箍黄灿灿的，分明是个高级军官。这里打量他时，他倒偏了头去看窗外的风景。何丽娜微笑了一笑，等他偏过头来，却站起身和他点了点头。那军官真出于意外，先是愣住了，然后才补着点了一点头。何丽娜笑道："阁下不是沈旅长吗？我姓何，有一次在西便门外看赛马，家父介绍过一次。"那军官才笑着"呵"了一声道："对了！我说怪面善呢。我就是沈国英，令尊何署长没曾到天津来？"何丽娜和他谈起世交了，索性就自己走过来，和沈国英在一张桌上，对面坐下，笑道："沈旅长刚才我看见你忽然遇到我，有一点惊讶的样子，是不是因为我像个熟人？"沈国英被她说破了，笑道："是的。但是我也说不起来在哪里会过何小姐的。"何丽娜笑道："你这个熟人，我也知道，是不是刘德柱将军的夫人？我是听到好些人说，我们有些相像呢。沈旅长不是和刘将军感情很好吗？"沈国英听了这话，沉吟了一会，笑道："那也无所谓。不过他的夫人，我在酒席上曾会过一次面。刘德柱还要给我们攀本家，不料过两天就出了西山那一件事，我又有军事在身，不常在京。那位新夫人，现在可不知道怎样了。何小姐认识吗？"何丽娜道："不认识。我倒很想见见她，我们究竟是怎样一个想法。沈旅长能给我们介绍吗？"沈国英又沉吟了一下，笑道："看机会吧。"何丽娜这算找着一个旅行的伴侣了，便和沈国英滔滔不绝，谈到了北京。下车之时，约了再会，就走了。

何丽娜回了家，就打了一个电话给陶太太，约了晚上，在北京饭店跳舞场上会。陶太太说："你不是到天津去了吗？而且你也许久不跳舞了，今天何以这样的大高兴而特高兴？"何丽娜笑而不言，只说见面再谈。

到了这晚十点钟，陶太太和伯和一路到北京饭店来，只见何丽娜新烫着头发，脸上搽着脂粉，穿了袒胸露臂的黄绸舞衣，让一大群男女围坐在中间。她看见陶伯和夫妇，便起身相迎。陶太太拉着她的手，对她浑身上下看了一看，笑道：“美丽极了。什么事这样高兴，今天重来跳舞？”何丽娜道：“高兴就是了，何必还要为什么呢？”话说到这里，正好音乐台上奏起乐来，何丽娜拉着伯和的手道：“来！今天我们同舞。”说着，一手握着伯和的手，一手搭了伯和的肩，不由伯和不同舞。舞完了，伯和少不得又要问何丽娜为什么这样高兴。她就表示不耐烦的样子道：“难道我生来是个忧闷的人，不许有快乐这一天的吗？”伯和心知有异，却猜不着她受了什么刺激，也只好不问了。

这天晚晌，何丽娜舞到三点钟方才回家。到了次日，又是照样的快乐，舞到夜深。一连三日，第四日，舞场上不见她了。可是在这天，伯和夫妇，接到她个人出名的一封柬帖：礼拜六晚上，在西洋同学会大厅上，设筵恭候，举行化装跳舞大会，并且说明用俄国乐队，有钢琴手脱而乐夫加入。

伯和接到这突如其来的请柬，心中诧异，便和夫人商量道：“照何小姐那种资格，举行一个跳舞大会，很不算什么。可是她和家树成了朋友以后，家树是反对她举止豪华的人，她也就省钱多了，这次何以变了态度，办这样盛大的宴会？这种行动，正是和家树的意见相反。这与他们的婚姻，岂不会发生障碍吗？”陶太太道：“据我看，她一定是婚姻有了把握了，所以高兴到这样子。可是很奇怪，尽管快活，可不许人家去问她为什么快活。”伯和笑道：“你这个月老，多少也担点责任啦！别为了她几天快活，把系好了的红丝给绷断了。这一场宴会，当然是阻止不了她；最好是这场宴会之后，不要再继续向下闹才好。”陶太太道：“一个人忽然变了态度，那总有一个缘故的，劝阻反而不好，我看不要去管她，看她闹出一个什么结局来——反正不能永久瞒住人不知道的。”伯和也觉有理，就置之不问。

到了星期六七点钟，伯和夫妇前去赴会。一到西洋同学会门口，只见车马停了一大片，朱漆的一字门楼下，一列挂了十几盏五彩灯笼。在彩光照耀里面，现出松枝架和国旗。伯和心里想：真个大闹，连大门外都铺张起来了。进了大门，重重的院落和廊子，都是彩纸条和灯笼。那大厅上，更是陈设得花团锦簇。正中的音乐台，用了柏枝鲜花编成一双大孔雀，孔雀尾开着屏，宽阔有四五丈，台下一片宽展的舞场，东西两面，用鲜花扎着围屏与栏杆，彩纸如雨丝一般的挤密，由屋顶上坠了下来。伯和看了，望着夫人，陶太太微笑点点头。何丽娜穿了一件白底绿色丝绣的旗衫，站在大厅门口，电光照着，喜气洋洋的迎接来宾。就有她的男女招待，分别将客请入休息室。伯和见了何丽娜笑道：“密斯何！你快乐啊！”何丽娜笑道：“大家的快乐。”伯和待要说第二句话时，她又在招呼别的客了。

当下伯和夫妇在休息室里休息着，一看室外东客厅列了三面连环的长案，看看那位子，竟在一百上下，各休息室里男女杂沓，声音闹哄哄的，这里自然不少伯和夫妇的朋友，二人也就忙着在里面应酬起来。一会儿工夫，只听到一阵铃响，就有人来招待大家入席。按着席次，每一席上，都有粉红绸条，写了来宾的姓名，放在桌上。伯和夫妇按照自己的席次坐下。一看满席的男女来宾，衣香鬓影，十分热闹。但是各人的脸上，都不免带点惊讶之色，大概都是不知道何丽娜何以有此一会。

这时何丽娜出来了。坐在正中的主人席上。她已不是先前穿的那件白底绿绣花旗衫了，换了一件紫色缎子绽水钻辫的旗衫，身上紧紧的套着一件蓝色团花一字琵琶襟小坎肩，这又完全是旗家女郎装束了。大家看见，就噼噼啪啪鼓掌欢迎。何丽娜且不坐下，将刀子敲了空盘。大家肃静了，她笑道："诸位今天光临，我很荣幸。但是我今天突然招待诸位，诸位一定不明白是什么理由？我先不说出来，是怕阻碍了我的事，现在向诸位道歉，可是现在我再要不说出来，诸位未免吃一餐闷酒。老实奉告吧，我要和许多好朋友，暂时告别了。我到哪里去呢？这个我现在还不能决定，也不能发表。不过我可以预告的，就是此去，是有所为，不是毫无意味的。我要借此读些书，而且陶冶我的性情，从此以后，我或者要另做一个新的人。至于新的人，或者是比于今更快乐呢？或者十分的寂寞呢？我也说不定。总之，人生于世，要应当及时行乐。现在能快乐，现在就快乐一下子，不要白费心机，去找将来那虚无缥缈的快乐。大家快乐快乐吧！"说着，举起一大满杯酒，向满座请了一请，大家听了她这话，勉强也有些人鼓掌，可是更疑惑了——尤其是伯和夫妇和那沈国英旅长是如此。

且说那沈旅长自认识何丽娜以后，曾到何家去拜会两次，谈得很投机。他想刘将军讨了那位夫人，令人欣羡不置，不料居然还有和她同样的人儿可寻，而且身份知识，都比刘太太高一筹，这个机会不可失。现在要提到婚姻问题，当然是早一点，可是再过一个星期，就有提议的可能了。在这满腔热血腾涌之间，恰好是宴会的请帖下到。所以今天的宴会，他也到了。何丽娜似乎也知道他的来意似的，把他的坐位，定着紧靠了主人翁。沈旅长找着自己的座位时，高兴得了不得。现在听到何丽娜这一番演说，却不能不奇怪了。可是这在盛大的宴会上，也没有去盘问人家的道理，也只好放在心上。

当下何丽娜说完了，人家都不知道她葫芦里卖的什么药？也没有接着演说，还是陶太太站起来道：“何小姐的宗旨，既是要快乐一天，我们来宾，就勉从何小姐之后，快乐一番，以答主人翁的雅意。诸位快快吃,吃完了好化装跳舞去。今晚我们就是找快乐，别的不必管，才是解人。”大家听说，倒鼓了一阵掌。

这时，大家全副精神都移到化装上去，哪有心吃喝？草草的终了席，各人都纷纷奔往那化装室中去。不到一个钟头，跳舞场上，已挤满了奇装异服的人：有的扮着鬼怪，有的扮着古人，有的扮着外国人，有的扮着神仙，不一而足。忽然之间，音乐奏起，五彩的小纸花，如飞雪一般，漫空乱飘。那东向松枝屏风后，四个古装的小女孩，各在十四五岁之间，拿着云拂宫扇，簇拥着何丽娜出来。何丽娜戴了高髻的头套，穿了古代宫装，外加着黄缎八团龙衣，竟是戏台上的一个中国皇后出来。在场的人，就如狂了一般，一阵鼓掌，拥上前来。有几个新闻记者，带了照相匣子，就在会场中给她用镁光照相。照相已毕，大家就开始跳舞了，何丽娜今晚却不择人，只要是有男子和她点一点头，她便迎上前去，和人家跳舞，看见旁边没有舞伴，站在那里静候的男子，她又丢了同舞的人，去陪着那个人舞。舞了休息着，休息着又再舞。约莫有一个钟头，只苦了那位沈旅长，他穿了满身的戎服，不曾化装，也不曾跳舞，只坐在一边呆看。何丽娜走到他身边坐下，笑道：“沈旅长！你为什么不跳舞？”沈国英笑着摇了一摇头，说是少学。何丽娜伸手一拍他的肩膀笑道：“唉！这年头儿，年轻人要想时髦，跳舞是不可不学的呀！你既是看跳舞的，你就看吧。”说毕，大袖一拂，她笑着转到松枝屏风后去了。

不多一会的工夫，何丽娜又跳跃着出来。她不是先前那个样子了：散着短发，束了一个小花圈，耳上垂着两个极大的圆耳环，上身脱得精光，只胸前松松的束了一个绣花扁兜肚，又戴了一串长珠圈，腰下系着一个绿色丝条结的裙，丝条约有二尺长，稀稀的垂直向下，光着两条腿，赤了一双白脚，一跳便跳到舞场中间来。她两只光胳膊，带了一副香珠，垂着绿穗子，在夏威夷土人的装束之中，显出一种妩媚来。她将手一举，嚷着笑道："诸位！我跳一套草裙舞，请大家赏光。"有些风流子弟，便首先鼓掌，甚至情不自禁，有叫好的。于是大家围了一个圈子，将何丽娜围在中间。音乐台上，奏起胡拉舞的调子，何丽娜就舞起来。这种草裙舞，舞起来，由下向上，身子成一个横波浪式，两只手臂和着身子的波浪，上下左右的伸屈；头和眼光，也是那样流动着。只看那假的草裙，就是那丝条结的裙，及胸前垂的珠圈，两耳的大环子，都摇摇摆摆起来，在一个粉装玉琢的模样之下，有了这种形象，当然是令人回肠荡气。惯于跳舞的人，看到还罢了，沈国英看了，目瞪口呆，作声不得。

舞了一阵，何丽娜将手一扬，乐已止了，她笑着问大家道："快乐不快乐？"大家一齐应道："快乐快乐！"何丽娜将两手向嘴上连比几比，再向着人连抛几抛，行了一个最时髦最热烈的抛吻礼，然后又两手牵着草裙子，向众人蹲了一蹲，她一转身子，就跑进松枝屏风后去了。大家以为她又去化装了，仍旧杂沓跳舞，接上的闹。不料她一进去之后，却始终不曾出来。直等到大家闹过一个钟头，到化装室里去找她，她却托了两个女友告诉人，说是身子疲乏极了，只得先回家去，请大家继续的跳舞。大家一看钟，已是两点多了。主人翁既是走了，也就不必留恋，因之也纷纷散去。

这一晚，把个沈国英旅长，闹个未免有些儿女情长，英雄气短。

眼看来宾成双作对，并肩而去，自己却是怅怅一人独回旅司令部。到了次日，他十分的忍耐不住了，就便服简从，到何廉家里去拜会。原来这个时候，政局中正酝酿了一段极大的暗潮，何廉和沈国英都是里面的主要分子，他们本也就常见面的。沈国英来了，何廉就在客厅里和他相见。沈国英笑道："昨晚女公子在西洋同学会举行那样盛大的宴会，实在热闹！晚生有生以来，还是第一次，今天特意来面谢。"一个做文官的人，有一个英俊的武官，当面自称晚生，不由人不感动。而况沈国英的前途，正又是未可限量的，更是不敢当了。便笑道："老弟台！你太客气，我这孩子，实在有些欧化。只是愚夫妇年过五十，又只有这一个孩子，只要她不十分胡闹，交际方面，也只好由她了。"说着哈哈一笑，因回头对听差道："去请了小姐来，说是沈旅长要面谢她。"听差便道："小姐一早起来，九点钟就出去了。出去的时候，还带了两个小提箱，似乎是到天津去了。"何廉道："问汽车夫应该知道呀。"听差道："没有坐自己的车子出去。"沈国英一听，又想起昨晚何丽娜说要到一个不告诉人的地方去，如今看来，竟是实现了。看那何廉形色，也很是惊讶，似乎他也并不知道，便道："既是何小姐不在家，改日再面谢吧。"说毕，他也就告辞而去。

从此一过三天，何丽娜的行踪，始终没有人知道。就是她家里父母，也只在屋里寻到一封留下的信，说是要避免交际，暂时离开北京。于是大家都猜她经西伯利亚铁路到欧洲去了。因为她早已说过，要到欧洲去游历一趟的。那沈国英也就感到何小姐是用情极滥，并不介意男女接近的人，自己一番倾倒，总算梦幻了。恰好时局的变化，一天比一天紧张，那个中流砥柱的刘巡阅使，忽然受了部下群将的请愿，自动的挂冠下野。同时政府方面，又下了一道查办令。因为沈旅长有功，就突然高升了，升了爱国爱民军第三镇的统制。以刘大帅为背景的内阁，当然是解散。在旧阁员里找了一个非刘系的人代理总揆。何廉如愿以偿，升了财政总长。刘将军西山那桩案件，自然是不值得注意，将它取消了。所有因嫌疑被传的几个人，也都开释了。因为刘家方面的财产，都归沈统制清理，沈国英就借住在刘将军家里，把他的东西，细细的清理。

一日，沈国英在刘将军的卧室里，寻到了沈凤喜一笔存款折子，又有许多相片，他未免一惊：难道这些东西，这位新夫人都不曾拿着，就避开了？因叫了刘家的旧听差来，告诉转告刘太太，不必害怕，虽然公事公办，可是刘太太自己私人的东西，当然由刘太太拿去，可以请刘太太出面来接洽。听差说："自从刘太太到医院里去了，就没有回来过。初去两天，刘将军还派人去照应，后来将军在西山过世去了，有从前正太太的两个舅老爷，带着将军两个远方侄少爷，管理了家事，不认这个新太太。后来时局变了，统制派了军警来，他们也跑了。这几天，我们是更得不着消息。"沈国英听说，就亲自坐了汽车，到医院里去看望她。自己又怕是男子看望女子不便，就说凤喜是他妹子。可是医院里人说："刘太太因为存款用完，今天上午已出院去了。"沈国英听了这话，随口道："原来她已回家了，我不曾回家，还不知道呢！"口里这样遮盖着，心中十分的叹息，又只得算了。好在他身上负着军国大事，日久也就自然忘却。不过一个将军的夫人，现在无影无踪，也是社会上值得注意的一件事，而况刘氏兄弟，又是时局中大不幸的人物，因之这一件事，在报上也是特别的登载出来。

这新闻传到了天津，家树看到，就一忧一喜：忧的是凤喜不免要作一个二次的出山泉水，将来不知道要流落到什么地步？喜的是西山这件案子，从此一点痕迹都没有，可以安心回京上学了。

这天晌午，和婶婶妹妹一家人吃饭，只见叔叔樊端本，手上拿着帽子，走进屋来，就向婶婶作揖，笑道："恭喜，恭喜！太太！我发表了。"说着，将帽子放下，分左右中间三把，摸着胡子。他的帽子，随手一放，放在一只珐琅瓷的饭盂上，樊太太一见不妥，连忙起身拿在手里，笑道："发表了？恭喜，恭喜！"说着，也拿了帽子作揖。樊端本随手接过帽子，又戴在头上，樊太太道："你又要出去吗？你太辛苦了，吃了饭再去吧。"樊端本道："我不出去，休息一会，下午我就要到北京去见何总长了。"说着，向家树拱拱手道："也就是你的泰山。"樊太太道："你既不走，为什么还戴上帽子？"樊端本哈哈笑了一声，取下帽子，随手一放，还是放在那饭盂上。姨太太在太太当面，是不敢发言的，然而今天听了这消息，也十分的欢喜，只管笑嘻嘻的，捧着饭碗，半晌只送几粒饭到嘴里去。还是静宜不曾十分的了解，便问道："你们都说发表了，发表了什么？"樊太太道："你这孩子太不留心了，你爸爸新得了一个差使，是口北关监督，马上就要上任了。这样一来，便宜了你们，是实实在在的小姐了。"

家树一看叔叔婶婶乐的是真有点过分了，也不愿插嘴说什么。陪着吃完了饭，家树就向樊端本说："现在学校要正式上课了，若是叔叔上北京去，就一同去。"樊端本道："好极了！也许我可以借此介绍你见见未来的泰山哩。"家树也不便否认叔叔的话，免得扫了他的官兴，自去收拾行囊。待到下午，和樊端本一路乘火车北上，好在婶婶叔叔妹妹，都是欢天喜地的，并无所谓留恋。

到了北京，叔侄二人依然住在陶伯和家。伯和因端本是个长辈，自然殷勤的招待。家树也没工夫和伯和夫妇谈别后的话，但是逆料那个多情多事的陶太太，一定和何丽娜打了电话，不到两三个钟头，她就要来的。可是候了一夜，也不见一点消息。

次日中午，樊端本出门应酬去了，家树和伯和夫妇吃饭。吃饭的时候，照例是有一番闲话的。家树由叔叔的差使，谈到了何廉，由何廉谈到何丽娜，因道："这些时候，何小姐不常来吗？"陶太太鼻子哼了一声，随便答应，依然低头吃她的饭。家树道："为什么不常来呢？"陶太太道："那是人家的自由啊！我管得着吗？"家树碰了一个钉子，笑了一笑，也就不问了。谈了一些别的话，又道："我在天津接到何小姐一封信。"陶太太当没有听见，只是低头吃她的饭。伯和将筷子头轻轻的敲了她一下手背，笑道："你这东西，真是淘气。人家要讨你一点消息，你就一点口风不露。"陶太太头一偏，"噗嗤"一声笑了，因道："表弟！你虽然狡猾，终究不过是鲁肃一流的人物，哪里能到孔明面前来献策呀？你要打听消息，就干脆问我得了，何必闷到现在呢？你也熬不住了，我告诉你吧，人家到外国去了。"家树笑道："你又开玩笑。"陶太太道："我开什么玩笑？实实在在的真事呢。"于是把何丽娜恢复跳舞的故态，以及大宴会告别的事，说了一遍。伯和笑道："这一场化装跳舞，她在交际界倒出了一个小小风头。可是花钱也不少，听说耗费两三千呢。"家树听了默然。伯和道："你也不必懊丧，她若是到欧洲去了，少不得要家里接济款子，自然有信来的。我和姑母令叔商量商量，让你也出洋，不就追上她了吗？"陶太太道："男子汉，都是贱骨头！对于人家女子有接近的可能，就表示不在乎；女子要不理他，就寻死寻活的害相思病了。谁叫表弟以前不积极进行！”家树受了这几句冤枉，又不敢细说出来，以至牵出关沈两家的事，这一份苦闷，比明显失败的滋味，还要难受。家树自从这一餐饭起，又不敢再提何小姐了。这几个月来，自己周旋在三个女子之间，接近一个，便失去一个，真是大大的不幸。对何丽娜呢，本来无所谓，只是被动的；关秀姑呢，她有个好父亲，自己又是个豪侠女子，不必去挂念；只有这个沈凤喜，一朵好花，生在荆棘丛中，自己把她寻出来，加以培养，结果是饱受蹂躏，而今是生死莫卜，既是可惜，又是可怜！虽然她对不住我，只可以怨她年纪太小，家庭太坏了。而且关寿峰临别又再三的教我搭救她，莫非她还在北京？于是又到从前她住的医院里去问。医院里人说："她哥哥沈统制曾来接她的，早已出院了。"家树一听，气极了。心想这个女子，如何这样没骨格！沈统制是她什么哥哥。她倒好，跟着刘德柱的家庭，一齐换主了，关大叔叫我别忘了她，这种人不忘了她，也是人生一种耻辱了。于是将关于女子的事，完全丢开，在北京耽搁了几天，待樊端本到口北关就监督去了，自己也就收拾书籍行李，搬入学校。

原来他的学校——春明大学，在北京北郊，离城还有十余里之遥。当学生的人，是非住校不可的。家树这半年以来，花了许多钱，受了许多气，觉得离开城市的好。因此安心在学校里读书。这样一来，也不觉得时光容易过去，一混就是秋末冬初了。

这天，是星期天，因为家树常听人说，西山的红叶，非常的好看。这一天星期，一个人骑了一匹牲口，就向西山而来。离着校舍，约莫有四五里路，这人行大道，却凹入地里，有一丈来深，虽然骑在驴子背上，也只看到两边园林，一些落叶萧疏的树梢。原来北地的土质很松，大路上走着，全是铁壳双轮的大车，这车轮一轧就是两条大辙，年深月久，大道便成了大沟，家树正走到沟的深处，忽然旁边树林子里，有人喊出来道：“樊少爷！樊少爷！慢走一步，我们有话说。”

家树正在疑惑，树丛子里跑出四个人，由土坡上向沟里一跳，赶驴子的驴夫，见他们其势汹汹，吆喝一声，便将驴子站住了。家树看那四个人时，都是短衣卷袖。后面两个，腰上捆了板带，板带上各斜插了一把刀；当头两个，一个人手上，各拿了一支手枪，当路一站，横住了去路，再看土坡上，还站有两个巡风的。家树心里明白，这是北方人所谓路劫的了，因向来受了关寿峰的陶融，知道怕也无益，连忙滚下驴背，向当头四个人拱拱手道：“兄弟是个学生，出来玩玩，也没带多少钱，诸位要什么，尽管拿去。”当头一个匪人，瘦削的黄脸，却长了一部络腮的胡子，露着牙齿，打了一个哈哈，笑道：“我们等你不是一天了。你虽是一个学生，你家里人又做大官，又开银行，还少的是钱吗？就是你父亲那个关上，每天也进款论万。”家树道：“诸位错了。那是我叔叔。”匪人道：“你父亲也好，你叔叔也好，反正你是个财神爷。得！你就辛苦一趟吧。”说着，不由家树不肯，两个人向前，抄着他的胳膊，就架上土坡。

家树被人架着，心里正自慌张，却不防另有一个匪人，拿出两张膏药，将家树的眼睛贴住，于是家树就坠入黑暗世界了。接上抬了一样东西来，似乎是一块门板，用木扛子抬着，却叫家树卧倒，平睡在那门板上，又用了一条被，连头带脚，将他一盖，他们而且再三的说：“你不许言语，你言语一声，就提防你的八字！”家树知道是让人家绑了票，只要家里肯出钱，大概还没有性命的危险。

事已至此，也只好由他。

他们高高低低的抬着，约莫走了二三十里路，才停了一停，却有一个生人的声音，迎头问道："来了吗？"答："来了！"在这时，却听到有牲口嚼草的声音，有鸡呼食的声音，分明是走到有人家的地方来了。可是这里人声很少，只听到头上一种风过树梢声，将树刮得哗啦哗啦的响。好像这地方，四面是树，中间却有一座小小的人家，自然是僻静的所在了。一阵忙乱，家树被他们搀着到了空气很郁塞的地方。有人说："这是你的屋子，你躺下也行，坐着也行，听你的便吧。"说着，就走出去了。

这里家树摸着，身旁硬邦邦的，有个土炕，炕上有些乱草，草上也有一条被，都乱堆着。炕后有些凉飕飕的风吹来。按照北方人规矩，都是靠了窗子起炕的，不像南方人床对着窗户。家树想，大概这里也有个窗户了。向前走，只有两三步路，便是土壁，门却在右手。因为刚才听到他们出去时关门的响声。门边总有一个人守着，听那窸窸窣窣的声音，分明是靠门放了一堆高粱秸子，守的人躺在上面。家树对于身外的一切，都是以耳代目，以鼻代目，分别去揣想。起初很是烦闷，后来一想，烦闷也没用，索性泰然的躺在炕上。所幸那些匪人，对于饮食的供给，倒很丰盛，每顿都有精致的面食和猪肉鸡蛋，还有香片茶，随时取饮。要大小便，也有匪人陪他出房去。

在初来的两天，这地方虽然更替换人看守，但是声音很沉寂，似乎人不多，大概匪人出去探听消息去了。到了第四天，人声便嘈杂，他们已安心无外患了。于是有个人坐在炕上对他道："樊少爷！我们请你来，实在委屈一点。可是我们只想和府上筹点款子，和你并无冤无仇，你给我们写一封信到府上去通知一声，你看怎么样？"

家树哪敢不依，只得说听便，于是就有人来，慢慢揭下脸上的膏药。家树眼前豁然开朗，看看这屋子，果然和自己揣想的差不多，门口站了两个匪人，各插着一把手枪在衣袋里，面前摆了一张旧茶几，一个泥蜡台，插了一支红烛，并放了笔砚和信纸信封。原来已是夜里了。坐在炕沿上的匪人，戴了一副墨晶眼镜，脸上又贴了两张膏药，大概他是不肯露真面目的了。那人坐在一边，就告诉他道："请你写信给樊监督，我们要借款十万，凭你做个中。若是肯借的话，就请他在接到信的半个月以内，派人到北郊大树村老土地庙里接洽。来人只许一个，戴黑呢帽，戴墨晶眼镜为记，过期不来，我们就撕票了。'撕票'两个字，你懂得吗？"说着，露了牙齿，嘿嘿一笑。家树轻轻说知道，但是对于十万两个字，觉得过分一点。提笔之时，想抬头解释两句，匪人向上一站，伸手一拍他的肩膀，喝道："你就照着我的话写，一点也改动不得！改一字添一千。"家树不敢分辩了，只好将信写给伯和，请伯和转交。

当下家树写完信交给他们，脸上复又给贴上了膏药。那信如何送去，不得而知，只好每天在黑暗中闷着吃喝而已。一想这信不知何日到伯和手上；伯和接了信，又不知要怎样通知叔叔？若是一犹豫，这半个月的工夫，就要延误了。他们期限半月，只是要来人接洽，并不是要先交款，这一点，最好也不要误解了……一人就这样胡思乱想，度着时光。

转眼就是十天了。家树慢慢的和匪人也就熟识一点，知道这匪首李二疙疸，乃是由口外来的。北京近郊，却另有内线，那个戴黑眼镜的就是了。守住的却是两个人换班，一个叫胡狗子，一个叫唐得禄。听他们的口音，都是老于此道的。因为在口北听说樊端本有钱，有儿子在北京乡下读书，他们以为是好机会，所以远道而来。家树一想他们处心积虑，为的是和我为难，我既落到他们手心里来了，岂肯轻易放过？这也只好听天由命了。

有一天晚上，已经很深夜了，忽然远远的有一种脚步声，跑了过来，接上有人在屋外叫了一声，这里全屋的人，都惊醒了。有人说："走了水了，他妈的！来了灰叶子了。"家树在北方日久，也略略知道他们的黑话。灰叶子是指着兵，莫非剿匪的人来了。这一下子，也许有出险的一线希望。这时隔壁屋里，一个带着西北口音的人说道："来多少，三十上下吗？我们八个人，一个也对付他四五个！打发他们回姥姥家去。狗子！票交给你了，我们干。快拿着家伙。"说话的正是李二疙疸。胡狗子答应了，接上就听到满屋子脚步声，试枪机声，装子弹声，搬高粱秸子、搬木器家具声，闹成一片。李二疙疸问道："预备齐了没有？狗子！你看着票。"大家又答应了一声，呼呼而下。这时内外屋子里的灯，都吹灭了，便听到那些人，全到院子里去，接上，啪！啪！遥遥的就有几下枪声。家树这时心里乱跳，身上一阵一阵的冷汗向外流。实在忍不住了，他便轻轻的问道："胡大哥……"一句话没说完，胡狗子轻轻喝道："别言语！下炕来，趴在地下。"家树让他一句话提醒，连爬带滚，下得炕来，就伏在炕沿下。这时：外面的枪声已连续不断。有时刷的一声，一粒子弹，射入屋内，这屋里一些匪人，却像死过去了一样。于是外面的枪声也停止了。不到半顿饭时，这院子里，忽然噼啪噼啪，枪向外一阵乱放。接上那李二疙疸骂道："好小子！你们再过来。哈哈！揍！朋友，揍他妈的！"啪！啪！啪！"哎哟，谁？刘三哥挂了彩了。他妈的！是什么揍的？打后面来。"啪！啪！啪！"打走了没有？朋友！沉住气。"刷！"好小子！把我帽子揍了。"

家树趴在地下，只听到这种枪声骂声，人的跑动声，院子里闹成一片。自己一横心，反正是死，想到屋子里没灯，于是也不征求胡狗子的同意，就悄悄的将脸上的膏药撕下。偷着张望时，由窗户上射出来一些星光，看见胡二狗子趴在炕上，头伸在窗户一边张望，其余是绝无所睹。只听到院子外，天空里，啪啪刷刷之声，时断时续，紧张一阵，又平和一阵。一会儿，进来一个人，悄悄的向胡狗子道："风紧得很，天亮就不好办了，咱们由后面沟里冲出去。"说话的便是李二疙疸，只见他站在炕上，向土墙上扑了两扑，壁子摇撼着，立刻露了一条缝，他又用手扒了几扒，立刻有个大窟窿。他用了一根木棍子，挑了一件衣服，由窟窿里伸出去，然后缩了进来，他轻轻的笑道："这些浑蛋，只管堵着门，咱们不走等什么？"他于是跑到院子里去，又乱骂乱嚷，接上紧紧的放着枪。

就在这个时候，有两个匪人进来，喁喁的商量了两句，就爬出洞口。胡狗子在家树脸上一摸，笑道："你倒好，先撕了眼罩子了，爬过洞去，趴在地下走。"家树虽觉得出去危险，不容不走，只得大着胆，爬了出来；随后胡二狗子也出来了。

这里是个小土堆，胡狗子伸手将他使劲一推，便滚入一条沟内；接上胡狗子也滚了下来。刚刚滚到沟里，刷刷！头上过去两颗子弹。于是伏在这地沟里的有四个人，都死过去了一般。一点不动不响。听那屋前面，骂声枪声，已经不在院子里，似乎李二疙疸，冲出大门去了。伏了一会，不见动静，家树定了一定神，抬头看看天上，满天星斗，风吹着光秃秃的树梢，在星光下摆动作响。那西北风带了沙土，吹打到脸上，如利刀割人一样。在屋里有暖炕，不觉夜色寒冷。这时，便格外的难受了。三个匪人，听屋前面打得正厉害，就两个在前，一个在后，将家树夹在中间，教他在地上爬着向前，如蛇一般的走。他们走走又昂头探望探望，走着离开屋有三四十丈路，胡狗子吩咐家树站起来弯着腰，拖了就跑。一口气跑有半里之遥，这才在一丛树下坐着。听那前面，偶然还放一枪。

约有一个钟头，忽听得前面有脚步响，胡狗子将手里快枪瞄准着问道："谁？"那边答说二疙疸回来了。胡狗子放下枪，果然李二疙疸和一个匪人来了。他喘着气道："趁着天不亮，赶快上山。今天晚晌，算扎手，伤了三个兄弟！"另一个土匪，看见家树骂道："好小子！为了你，几乎丢了吃饭的家伙。豁出去了！毁了你吧。"说时，掏出手枪，就比了家树的额角，接上啪哒一声。这一枪要知道家树还有性命也无，下回交代。

第二十二回

绝地有逢时形骸终隔　圆场念逝者啼笑皆非

却说那匪人将手枪比着家树的额角，只听到啪哒一声，原来李二疙疸，已在一边看见，飞起一脚，将手枪踢到一边去了。抢上前一步，执着他的手道：“你这是做什么，发了疯了吗？”那人笑道：“我枪里没有了子弹，吓唬吓唬他，看他胆量如何。谁能把财神爷揍了！”李二疙疸道：“他那个胆量，何用得试。你要把他吓唬死了怎么办？别废话了，走吧。”于是五个匪人，轮流搀着家树，就在黑暗中向前走。

家树惊魂甫定，见他又要带着另走一个地方，不知道要到什么地方去，心里慌乱，脚下七高八低，就跟了他们走。约莫走了二十里路，东方渐渐发白，便有高山迎面而起。家树正待细细的分辨四向，胡狗子却撕下了一片小衣襟，将他的眼睛，重重包起，他扶着匪人，又走了一程，只觉得脚下，一步一步向高登着山。是不是迎面那高山，却不知道。一会工夫，脚下感着无路，只是在斜坡上带爬带走，脚下常常的踏着碎石，和挂着长刺，虽然有人搀着，也是一走一跌，分明是在乱山上爬，已走的不是路了。走了许久，脚下才踏着石台阶，听着几个匪人推门响。继而脚下又踏着很平正的石板，高山上哪里有这种地方，却不知是什么人家？后来走到长桌边，闻到一点陈旧的香味，这才知道是一所庙。

匪人将家树让在一个草堆上坐下，他们各自忙乱着，好像他们是熟地方，却分别去预备柴火。后来他们就关上了佛殿门，弄了一些枯柴，在殿中间烧着火。五个匪人，都围了火坐在一处，商量着暂熬过今天，明天再找地方。家树听到他们又要换地方，家里人是越发不容易找了，心里非常焦急。这天五个匪人都没有离开，就火烧了几回白薯吃。李二疙疸道："财神爷！将就一天吧，明天我们就会想法子给你弄点可口的。"家树也不和他们客气，勉强吃了两个白薯，只是惊慌了一夜，又跑了这些路，哪里受得住。柴火一熏，有点暖气，就睡着了。

家树迷迷糊糊的就睡了一天，也不知是什么时候，睡得正香甜的时间，忽觉自己的身子让人一夹，那人很快的跑了几步，就将自己放下。只听得有人喝道："呔！你这些毛贼，给我醒过来，大丈夫明人不做暗事。"家树听那声音，不是别人，正是关寿峰。这一喜非同小可，也顾不得什么利害，马上将扎住眼睛的布条向下一扯，只见秀姑也来了。她和寿峰齐齐的站在佛殿门口，殿里烧的枯柴，还留着些摇摆不定的余焰，照见李二疙疸和同伙都从地上草堆里，一骨碌的爬起来，寿峰喝道："都给我站着。你们动一动，我这里两管枪一齐响。"原来寿峰、秀姑各端了一枝快枪，一齐拿着平直，向了那五个匪人瞄准，他们果然不动，李二疙疸垂手直立微笑道："朋友！你们是哪一路的？有话好说，何必这样？"寿峰道："我们不是哪一路，不要瞎了你的狗眼！你们身边的两枝快枪，我都借来了，你们腰里还拴着几枝手枪，一齐交出来，我就带着人走。"

说时，将枪又举了一举。

李二疙疸一看情形不好，首先就在身上掏出手枪来，向地下一丢，笑道："这不算什么，走江湖的人，走顺风的时候也有，翻船的时候也有。"接着又有两个人，将手枪丢在地下，寿峰将枪口向里拨着，让他们向屋犄角上站，然后只一跳跳到屋子中间，将手枪捡了起来，全插在腰里板带上，复又退到殿门口，点了点头，笑道："我已经知道你们身上没有了枪，可是别的家伙，保不住还有，我得在这里等一等了。"说着，就身上插的手枪，取出一枝交给秀姑道："你带着樊先生先下山，这几个人交给我了，准没有事。"

秀姑接了手枪，将身子在家树面前一蹲，笑道："现在顾不得许多了，性命要紧，我背着你走吧。"家树一想也不是谦逊之时，就伸了两手，抱住秀姑的脖子，她将快枪夹在肋下，两手向后，托着家树的膝盖，连蹦带跑，就向前走。黑夜之间，家树也不知经过些什么地方，一会儿落了平地，秀姑才将家树放下来，因道："在这里等一等家父吧，不要走失了。"

家树舒了一口气，这才觉得性命是自己的了。抬头四望，天黑星稀，半空里呼呼的风吹过去，冷气向汗毛孔里钻进去，不由人不哆嗦起来。秀姑也抬头看了一看天色。笑道："樊先生！你身上冷得很厉害吧？破大袄子穿不穿？"说着，只见她将身一耸，爬到树上去，就在树上取下一个包袱卷，打了开来。正是三件老羊皮光套子，就拿了一件提着领，披到家树身上。家树道："这地方哪有这样东西，不是大姑娘带来的吗？"秀姑道："我们爷儿俩原各有一件，又给你预备下一件，上山的时候，都系在这树上的。"家树道："难得关大叔和大姑娘想得这样周到，教我何以为报呢？"秀姑听了这话，却靠了树干，默然不语。

四周一点没有声音，二人静静的站立一会，只听到一阵脚步响，远远的寿峰问道："你们到了吗？"秀姑答应："到了。"寿峰倒提着那枝快枪，到了面前。家树迎上前向寿峰跪了下去。寿峰丢了枪，两手将他搀起来道："小兄弟！你是个新人物，怎样行这种旧礼！"家树道："大叔这大年纪，为小侄冒这大危险来相救，小侄这种感激，也不知道要由何说起。"寿峰哈哈笑道："你别谢我，你谢老天。他怎么会生我这一个好管闲事的人哩！"家树便问："何以知道这事，前来相救？"寿峰道："你这件事，报上已经登得很热闹了。我一听到，就四处来访。我听到我徒弟王二秃子说，甜枣林里，有几个到乡下来的贩枣子贩柿子的客人，形迹可疑，我就和我几个徒弟，前后一访，果然不是正路。昨夜正想下手，恰好军队和他们开了火，我躲在军队后面，替你真抓了两把汗。后来我听到军队里人只嚷人跑了，想你已经脱了险。一早的时候，我装着过路，看到地沟里有好几处人爬的痕迹，都向着西北。我一直寻到大路上，还看到有些枪托的印子，我这就明白了，他们上了这里的大山。这山有所玄帝庙，好久没有和尚。我想他们不到这里来，还上哪里去藏躲？所以我们爷儿俩，趁着他们昨天累乏了，今天晚上好下他们的手。他们躲在这山上，做梦也不会想到有人算计他，就让我便便易易的将你救出来了。不然我爷儿俩，可没有枪，只带了两把刀，真不好办呢！"说毕，哈哈大笑了。

这时，远远的有几声鸡啼，关寿峰道："天快亮了，我们走吧。老在这里，仔细贼跟下来，这两根长枪，带着走可惹人注意。我们把它毁了，扔在深井里去吧。"于是将子弹取下，倒拿了枪，在石头上一顿乱砸，两枝枪都砸了，寿峰一齐送到路旁一口井边，顺手向里一抛，口里还说道："得！省了留着害人。"于是他父女披上老羊裘，和家树向大路上走。

约走了有二三里路，渐渐东方发亮。忽听到后面一阵脚步乱响，似乎有好几个人追了来。寿峰站住一听，便对秀姑道："是他们追来了。你引着樊先生先走，我来对付他们。"说着，见路边有高土墩，掏出两枝手枪，便蹲了身子，隐在土墩后。不料那追来的几个人，并不顾虑，一直追到身前，他们看见面前有个土堆，似乎知道人藏在后面，就站定了嚷道："朋友！你拿去的手枪，可没有子弹。你把快枪扔了，我们不怕你了。我们现在也没带枪，是好汉，你出来给我们比一比。"寿峰听了这话，将手枪对天空放了一下，果然没有子弹。本想走出来，又怕匪人有枪弹，倒上了他的当，且不作声，看他们怎么样。只在这时，早有一个人跳上土墩，直扑了过来。寿峰见他手上，明晃晃拿着一把刀，不用说，真是没有枪，于是将手枪一扔，笑道："来得正好。"身子一偏，向后一蹲一伸，就捞住了那人一条腿，那人啪咤一声倒在地下。寿峰一脚踢开了他手上的刀，然后抓住他一只手，举了起来，向对面一扔，笑道："饭桶！去你的吧。"两个匪人正待向前，被扔的人一撞，三个人滚作一团。

这时，寿峰在朦胧的晓色里，看见后面还站着两个人，并没有枪，这就不怕了。走上前一笑道："就凭你这几个角色，想来抢人？回去吧，别来送死！"有个人道："老头子，你姓什么？你没打听我李二疙疸不是好惹的吗？"寿峰说不知道，李二疙疸见他直立，不敢上前。另一个匪人，手上举了棍子，不管好歹，劈头砍来，寿峰并不躲闪，只将右手抬起一隔，那棍子扑在胳膊上，直飞入半空里去。那人"哎哟"了一声，身子一晃，向前一扑，寿峰把腿一扫，他就滚在地上。先两个被撞在地上的，这时一齐过来，都让寿峰一闪一扫一推，再滚了下去。

李二疙疸站在老远的道："朋友！我今天算栽了跟斗，认识你了。"说毕，转身便走。约莫走有四五步，回身一扬手，一样东西，向寿峰头上直射过来。寿峰将右手食指中指向上一伸，只一夹，将那东西夹住，原来是一只钢镖。刚一看清，李二疙疸第二只又来，寿峰手上就像有吸铁石一样，完全都吸到手上，夹一只，扔一只，夹到最后一只，寿峰笑道："这种东西，你身上带有多少？干脆一齐扔了来吧。你扔完了，可就该轮着我来了。"说毕，将手一扬。李二疙疸怕他真扔出来，撒腿就跑。寿峰笑道："我要进城去，没工夫和你们算账，便宜了你这小子。"说毕，捡起两枝手枪，也就转身走了。秀姑和家树在一旁高坡下迎出来，笑道："我听到他们没动枪，知道不是你的对手，我就没上前了。"于是三人带说带走，约莫走了十几里路，上了一个集镇。这里有到北京的长途汽车，三人就搭了长途汽车进城。

到了城里，寿峰早将皮袭、武器作了一卷，交给秀姑，吩咐她回家，却亲自送家树到陶伯和家来。家树在路上问道："大叔原来还住在北京城里，在什么地方呢？"寿峰笑道："过后自知，现在且不必问。"

二人雇了人力车，乘到陶家，正有樊端本一个听差在门口，一见家树，转身就向里嚷道："好了好了，侄少爷回来了！"家树走到内院时，伯和夫妇和他叔叔都迎了出来。伯和上前一步，执着他的手道："我们早派人和前途接洽多次，怎么没交款，人就出来了呢？"家树道："一言难尽。我先介绍这位救命大恩人。"于是把关寿峰向大家介绍着，同到客厅里，将被救的事说了一遍。樊端本究竟是阅世很深的人，看到寿峰精神矍铄，气宇轩昂，果然是位豪侠人物，走上前，向他深深三个大揖，笑道：“大恩不言报，我只是心感，不说虚套了。”寿峰道：“樊监督！你有所不知，我和令侄，是好朋友。朋友有了患难，有个不相共的吗？你不说虚套，那就好。”刘福这时正在一边递茶，寿峰一摸胡子，向他笑道：“朋友！你们表少爷，交我这老头子，没有吃亏吧？你别瞧在天桥混饭吃的，九流三教，什么都有，可是也不少够朋友的！以后没事，咱们闹两壶谈谈，你准会知道练把式的，敢情也不错。”刘福羞了一大通红的脸，不敢说什么，自退去了。

当下寿峰拱拱手道：“大家再会！”起身就向外走。家树追到大门口，问道：“大叔！你府上在哪里？我也好去看你啊。”寿峰笑道：“我倒忘了，大喜胡同你从前住的所在，就是我家了。”说毕，笑嘻嘻的而去。家树回家，又谈起往事，才知道叔叔为赎票而来，已出价到五万，事被军队知道，所以有一场夜战。说到关寿峰父女，大家都嗟赏不已，樊端本还非和他换帖不可。这日家树洗澡理发，忙乱一阵，便早早休息了。

次日早上，家树向大喜胡同来看寿峰。不料刮了半夜北风，便已飘飘荡荡，下了一场早雪。走上大街一看，那雪都有一尺来深，南北遥遥，只是一片白。天上的雪片，正下得紧，白色的屋宇街道，更让白色的雪片，垂着白络，隐隐的罩着，因之一切都在朦胧的白雾里。家树坐了车子，在寒冷的白雾里，穿过了几条街道，不觉已是大喜胡同。也不知道什么缘故，一进这胡同，便受着奇异的感觉，又是欢喜，又是凄惨。自己原将大衣领子拉起来挡着脸，现在把领子放下，雪花乱扑在脸上，也不觉得冷。

这时，忽然有人喊道：“这不是樊大爷？”说着，一个人由车后追了上前来。家树看时，却是沈三玄。他穿着一件灰布棉袍子，横一条，直一条，都是些油污墨迹。头上戴的小瓜皮帽，成了膏药一样，沾了不少的雪花。他缩了脖子，倒提一把三弦子，喷着两鼻孔热气，追了上来，手扶着车子。家树跳下车来，给了车钱，便问道:“你怎么还是这副情形。你的家呢? ”沈三玄不觉蹲了一蹲，给家树请了个半腿儿安，哭丧着脸道:“我真不好意思再见你啦! 老刘一死，我们什么都完了。关大叔真仗义，他听到大夫说，凤喜的病，要用她心里愿意的事，愿意的人，时时刻刻在面前逗引着，或者会慢慢醒过来。恰好这里原住的房子又空着，他出了钱，就让我们搬回来……”家树不等他说完，便问道:“凤喜什么病? 怎么样了? ”沈三玄道:“从前她是整天的哭，看见穿制服的人，不问是大兵，是巡警，或者是邮差，就说是来枪毙她的，哭的更厉害。搬到大喜胡同来了，倒是不哭，又老是傻笑。除了她妈，什么人也不认得。大夫说她没有什么记忆力了。这大的雪,你到家里坐吧。”说着，引着家树上前。

没多远，家树便见到了熟识的小红门。白雪中那两扇小红门，格外触目，只是墙里两棵槐树，只剩杈杈丫丫的白干，不似以前绿叶荫森了。那门半掩着，家树只一推，就像身子触了电一样，浑身麻木起来。首先看到的，便是满地深雪，一个穿黑布裤红短袄子的女郎，站在雪地里，靠了槐树站住，两只脚已深埋在雪里。她是背着门立住的，看她那蓬蓬的短发上，洒了许多的雪花，脚下有一只大碗，反盖在雪上，碗边有许多雪块，又圆又扁，高高的垒着，倒像银币，那正是用碗底印的了——北京有些小孩子们，在雪天喜欢这样印假洋钱玩的。有人在里面喊道:“孩子! 你进来吧，一会儿樊大爷就来了。我怕你闹，又不敢拉你，冻了怎么好呢？”这时门一响，那女郎突然回过脸来，正是凤喜。脸色白如纸，又更瘦削了。

沈三玄上前道：“姑娘！你瞧，樊大爷真来了。”只这一声，沈大娘寿峰父女，全由屋里跑了出来。秀姑在雪地里牵着凤喜的手，引她到家树面前，问道：“大妹子！你看看这是谁？”凤喜微微的偏着头，对家树呆望着，微微一笑，又摇摇头。家树见她眼光一点神也没有，又是这副情形，什么怨恨也忘了。便对了她问道：“你不认得我吗？你只细细想想看。”于是拉了她的手，大家一路进屋来。

家树见屋里的布置，大概如前，自己那一张大相片，还微笑的挂着，只是中间有几条裂缝，似乎是撕破了，重新拼拢的了。屋子中间，放了一个白煤炉子。凤喜伸了一双光手，在火上烘着，偏了头，只是看家树。看的时候，总是笑吟吟的。家树又道：“你真不认得我了吗？”她忽然跑过来，笑道：“你们又拿相片儿冤我。可是相片儿不能够说话啊！让我摸摸看。”于是站在家树当面，先摸了一摸他周身的轮廓，又摸着他的手，又摸着他的脸。凤喜摸的时候，大家看她痴得可怜，都呆呆的望着她。家树一直等她摸完了，才道：“你明白了吗？我是真正的一个人，不是相片啦。相片在墙上不是？”说着一指，凤喜看看相片，看看人，笑容收起来，眼睛望了家树，有点转动，闭上眼，将手扶着头，想了一想，复又睁开眼来点点头道：“我……我……记……记起来了，你是大爷，不是梦！不是梦！”说时，手抖颤着，连说不是梦，不是梦，接上，浑身也抖颤起来。望了家树有四五分钟，哇的一声，哭将起来。沈大娘连忙跑了过来，将她搀着道：“孩子！孩子！你怎么了？”凤喜哭道：“我哪有脸见大爷呀。”说着，向床上趴了睡着，更放声大哭起来。

家树看了这情形，一句话说不得，只是呆坐在一边。寿峰摸着胡子道："她或者明白过来了，索性让她躺着，慢慢的醒吧！"于是将凤喜鞋子脱了，让她和衣在床上躺下，大家都让到外面屋子里来坐。其间沈大娘、沈三玄一味的忏悔；寿峰一味的宽解；秀姑常常微笑；家树只是沉思，却一言不发。寿峰知道家树没有吃饭，掏出两块钱来，叫沈三玄买了些酒菜，约着围炉赏雪。家树也不推辞，就留在这里。

大家在外面坐时，凤喜先是哭了一会，随后昏昏沉沉睡过去了。等到大家吃过饭时，凤喜却在里面呻吟不已。沈大娘为了她却进进出出好几回，出来一次，却看家树脸色一次。家树到了这屋里，前尘影事，一一兜上心来，待着是如坐针毡，走了又觉有些不忍。寿峰和他谈话，他就谈两句；寿峰不谈话，他就默然的坐着。这时他皱了眉，端了一杯酒，只用嘴唇一点一点的呷着，仿佛听到凤喜微微的喊着樊大爷。寿峰笑道："老弟！无论什么事，一肚皮包容下去。她到了这种地步，你还计较她吗？她叫着你，你进去瞧瞧她吧。"家树道："那么，我们大家进去瞧瞧吧。"

当下沈大娘将门帘挂起，于是大家都进来了。只见凤喜将被盖了下半截，将两只大红袖子露了出来。那一张白而瘦的脸，现时却在两颊上露出两块大红晕，那一头的蓬头发，更是散了满枕。她看见家树，那一张掩在蓬蓬乱发下的小脸，微点了一点，手半抬起来，招了一招，又指了一指床。家树会意，走近前一步，要在床沿上坐下，回头一看有这些人，就在凤喜床头边一张椅子上坐下。秀姑环了一只手，正靠在这椅子背上呢。凤喜将身子挪一挪，伸手握着了家树的手道："这是真的，这不是梦！"说着，露齿一笑道："哈哈！我梦见许多洋钱，我梦见坐汽车，我梦见住洋楼……呀！他要把我摔下楼，关大姐，救我！救我！"说着，两手撑了身子，从床上要向上一坐；然而她的气力不够，只昂起头来，两手撑不住，便向下一倒。沈大娘摇头道："她又糊涂了，她又糊涂了。哎！这可怎么好呢？我空欢喜了一阵子了。"说着便流下泪来。寿峰也因为信了大夫的主意，凤喜一步一步有些转头的希望了，而今她不但不见好，连身体都更觉得衰弱，站在身后，摸着胡子点了一点头道："这孩子可怜！"

家树刚才让凤喜的手摸着，只觉滚热异常。如今见大家都替她可怜，也就作声不得，大家都寂然了。只听到一阵呼噜呼噜的风过去，沙沙沙，扑了一窗子的碎雪。阴暗的屋子里，那一炉子煤火，又渐渐的无光了，便觉得加倍的凄惨。外面屋子里，吃到半残的酒菜，兀自摆着，也无人过问了。再看凤喜时，闭了眼睛，口里不住的说道："这不是梦，这不是梦！"家树道："我来的时候，她还是好好的，这样子，倒是我害了她了。索性请大夫来瞧瞧吧。"沈大娘道："那可是好，只是大夫出诊的诊金，听说是十块……"家树道："那不要紧，我自然给他。"

大家商议了一阵，就让沈三玄去请那普救医院的大夫。沈大娘去收拾碗筷。关氏父女和家树三人，看守着病人。家树坐到一边，两脚踏在炉上烤火，用火筷子不住的拨着黑煤球。寿峰背了两手，在屋子里走来走去，点点头，又叹叹气。秀姑侧身坐在床沿上，给凤喜理一理头发，又给她牵一牵被，又给她按按脉，也不作声。因之一屋三个人，都很沉寂。凤喜又睡着了……

约有一个钟头，门口汽车喇叭响，家树料是大夫到了，便迎出来。来的大夫，正是从前治凤喜病的。他走进来，看看屋子，又看看家树，便问道：“刘太太家是这里吗？”家树听了“刘太太”三个字，觉得异常刺耳，便道：“这是她娘家。”那大夫点着头，跟了家树进屋。不料这一声喇叭响，惊动了凤喜，在床上要爬起来，又不能起身，只是乱滚，口里嚷道：“鞭子抽伤了我，就拿汽车送我上医院吗？大兵又来拖我了，我不去，我不去！”关氏父女，因大夫进来，便上前将她按住，让大夫诊了一诊脉。大夫给她打了一针，说是给她退热安神的，便摇着头走到外边屋子来，问了一问经过，因见家树衣服不同，猜是刘将军家的人，便道：“我从前以为刘太太症不十分重，把环境给她转过来，恶印象慢慢去掉，也许好了。现在她的病突然加重，家里人恐怕不容易侍候，最好是送到疯人院去吧。”说着又向屋子四周看了一看，因道：“那是官立的，可以不取费的，请你先生和家主商量吧。精神病，是不能用药治的，要不然，在这种设备简单的家庭，恐怕……”说着，他淡笑了一笑，家树看他坐也不肯坐，当然是要走了，便问：“送到疯人院去，什么时候能好？”大夫摇头道：“那难说。也许一辈子……但是她或者不至于。好在家中人若不愿意她在里面，也可以接出来。”家树也不忍多问了，便付了出诊费，让大夫走了。

沈大娘垂泪道：“我让这孩子拖累的不得了，若有养病的地方，就送她去吧。我只剩一条身子，哪怕去帮人家呢，也好过活了。”家树看凤喜的病突然有变，也觉家里养不得病。设若家里人看护不周，真许她会闹出什么意外，只是怕沈大娘不答应，也就不能硬作主张；现在她先声明要把凤喜送到疯人院去，那倒很好，就答应愿补助疯人院的用费，明天叫疯人院用病人车来接凤喜。

当大家把这件事商量了个段落之后，沈大娘已将白炉子新添了一炉红火进来，她端了个方凳子，远远的离了火坐着，十指交叉，放在怀里，只管望了火，垂下泪来道："以后我剩一个孤鬼了！这孩子活着像……"连忙抄起衣襟捂了嘴，肩膀颤动着，只管哽咽。秀姑道："大婶，你别伤心。要不，你跟我们到乡下过去。"寿峰道："你是傻话了。人家一块肉放在北京城里呢，丢得开吗？"

家树万感在心，今天除非不得已，总是低头不说话。这时忽然走近一步，握着寿峰的手道："大叔！我问了好几次了，你总不肯将住所告诉我，现在我有一个两全的办法，不知道你容纳不容纳？"寿峰摸了胡子道："我们也并不两缺呀，要什么两全呢？"家树被他一驳，倒愣住了不能说了。寿峰将他的手握着，摇了两摇道："你的意思我明白了。什么办法呢？"家树偷眼看了看秀姑，见她端了一杯热茶，喝一口，微微"呵"一声，似乎喝得很痛快，因道："我们学校里，要请国术教师，始终没有请着，我想介绍大叔去。我们学校，也是乡下，附近有的是民房，你就可以住在那里，而且我们那里有附属平民的中小学，大姑娘也可以读书。将来我毕了业，我还可以陪大叔国里国外，大大的游历一趟。"说着，偷眼看秀姑。秀姑却望着她父亲微笑道："我还念书当学生去，这倒好，八十岁学吹鼓手啦。"寿峰点点头道："你这意思很好。过两天，天气晴得暖和了，你到西山'环翠园'我家里去仔细商量吧。"家树不料寿峰毫不踌躇，就答应了，却是苦闷中的一喜，因道："大叔家里就住在那里吗？这名字真雅。"寿峰道："那也是原来的名字罢了。"

沈三玄在屋里进进出出，找不着一个搭言的机会，这时听寿峰说到"环翠园"，便插嘴道："这地方很好，我也去过哩。"他说着，也没有谁理他。他又道："樊大爷！你还念书呀！你随便就可弄个差使了。你叔老太爷不是很阔么？你若是肯提拔提拔我，要不……

嘿嘿……给我荐个事，赏碗饭吃。”家树见他的样子，就不免烦恼，听了这话，加倍的不入耳，突然站起来，望着他道：“你们的亲戚，比我叔叔阔多着呢！”只说了这两句，坐下来望着他，又作声不得。寿峰道：“嗳！老弟！你为什么和他一般见识？三玄！你还不出去呀！”沈三玄垂了头，出屋子去了。

这时，沈大娘正想有番话要说，见寿峰一开口，又默然了。寿峰道：“好大雪！我们找一个赏雪的地方，喝两盅去吧。”家树也真坐不住了，便穿了大衣起身。正要走时，却听到微微有歌曲之声，仔细听时，却是“……忽听得孤雁一声叫，叫得人真个魂销呀。可怜奴的天啦，天啦！郎是个有情的人，如何……”这正是凤喜唱着《四季相思》的秋季一段，凄楚婉转，还是当日教她唱的那种音韵，不觉呆了。寿峰道：“你想什么？”家树道：“我的帽子呢？”寿峰道：“你的帽子，不是在你头上吗？你真也有些精神恍惚了。”家树一摸，这才恍然，未免有点不好意思，马上就跟了寿峰走去。

二人在中华门外，找了一家羊肉馆子，对着皇城里那一片琼楼玉宇，玉树琼花，痛饮了几杯。喝酒的时间，家树又提到请寿峰就国术教师的事，寿峰道：“老弟！我答应了你，是冤了你；不答应你，是埋没了你的好意。我告诉你说，我是为沈家姑娘，才在大喜胡同借住几天，将来你到我家里去看看，你就明白了。”家树见老头子不肯就，也不多说。寿峰又道：“咱们都有心事，闷酒能伤人，八成儿就够，别再喝了。你精神不大好，回家去休息吧。医院的事，你交给我了，明天上午，大喜胡同会。”家树真觉身子支持不住，便作别回家。

到了次日，天色已晴，北方的冬雪，落下来是不容易化的。家树起来之后，便要出门，伯和说：“吃了半个多月苦，休息休息吧。

满城是雪，你往哪里跑呢？”家树不便当了他们的面走，只好忍耐着，等到不留神，然后才上大喜胡同来。老远的就看见医院里一辆接病人的厢车，停在沈家门口。走进她家门，沈大娘扶着树，站在残雪边，哭得涕泪横流，只是微微的哽咽着，张了嘴不出声，也收不拢来。秀姑两个眼圈儿红红的跑了出来，轻轻的道：“大婶，她快出来了，你别哭呀。”沈大娘将衣襟掀起，极力的擦干眼泪，这才道：“大爷！你来得正好，不枉你们好一场，你送送她吧。这不就是送她进棺材吗？”说着，又哽咽起来。秀姑擦着泪道：“你别哭呀，快点让她上车，回头她的脾气犯了，可又不好办。”家树见她这样，也为之黯然，站在一边移动不得。寿峰在里面喊道：“大嫂！你进来搀一搀她吧。”沈大娘在外面屋子里，用冷手巾擦了一把脸，然后进屋去。

不多一会儿，只见寿峰横侧身子，两手将凤喜抄住，一路走了出来。凤喜的头发，已是梳得油光，脸上还扑了一点胭脂粉，身上却将一件紫色缎夹衫罩在棉袍上，下面穿了长筒丝袜，又是一双单鞋。沈大娘并排走着，也搀了她一只手，她微笑道：“你们怎么不换一件衣裳？箱子里有的是，别省钱啦！”她脸上虽有笑容，但是眼光是直射的。出得院来，看见家树，却呆视着，笑道：“走呀！我们听戏去呀，车在门口等着呢。”望了一会，忽然很惊讶的将手一指道：“他，他，他是谁？”寿峰怕她又闹起来，夹了她便走，连道：“好戏快上场了。”凤喜走到大门边，忽然死命的站住，嚷道：“别忙，别忙！这地下是什么？是白面呢，是银子呢？”沈大娘道：“孩子！你不知道吗？这是下雪。”她这样一耽误，家树就走上前了，凤喜笑道：“七月天下雪，不能够。我记起来了，这是做梦，梦见樊大爷，梦见下白面。”说着，对家树道：“大爷！你别吓唬我，相片不是我撕的……”说着，脸色一变，要哭起来。

汽车上的院役，只管向寿峰招手，意思叫他们快上车。寿峰又一使劲，便将凤喜抱进了车厢。却只有沈大娘一人跟上车去，她伸出一只手来，向外乱招。院役将她的手一推，“砰”的一声关住了车门，车厢上有个小玻璃窗，凤喜却扒着窗户向外看，头发又散乱了，衣领也歪了，却只管对着门口送的人笑道：“听戏去，听戏去……”地上雪花乱滚，车子便开走了。

关氏父女、沈三玄和家树同站在门口，都作声不得。家树望了门口两道很宽的车辙，印在冻雪上，叹了一口气，只管低着头抬不起来，寿峰拍了他的肩膀道：“老弟！你回去吧。五天后，西山见。”家树回头看秀姑时，她也点头道：“再见吧。”

这里家树点了一点头，正待要走，沈三玄满脸堆下笑来，向家树请了一个安道：“过两天我到陶公馆里和大爷问安去，行吗？”家树随在身上掏了几张钞票，向他手上一塞，板着脸道：“以后我们彼此不认识。”回头对寿峰道：“我五天后准到。”掉转身便走了。这时地下的冻雪，本是结实的，让行人车马一踏，又更光滑了。家树只走两步，噗的一声，便跌在雪里。寿峰赶上前来，问怎么了？家树站起来，说是路滑，扑了一扑身上的碎雪，两手抄了一抄大衣领子，还向前走。也不知道什么缘故，也不过再走了七八步，脚一滑，人又向深雪里一滚，秀姑“哟”了一声，跑上前来，正待弯腰扶他，见他已爬起来，便缩了手。家树站起来，将手扶着头，皱眉头道：“我是头晕吧，怎么连跌两回呢？”这时，恰好有两辆人力车过来，秀姑都雇了，对家树笑道：“我送你到家门口吧。”寿峰点点头道：“好！我在这里等你。”家树口里连说“不敢当”，却也不十分坚拒，二人一同上车，家树车在前，秀姑车在后，路上和秀姑说几句话，她也答应着。后来两辆车，慢慢离远，及至进了自己胡同口时，后面的车子，不曾转过来，竟自去了。

家树回得家去，便倒在一张沙发上躺下，也不知心里是爽快，也不知心里是悲惨，只推身子不舒服，就只管睡着。因为樊端本明天一早要回任去，勉强起来，陪着吃了一餐晚饭，便早睡了。

次日，家树等樊端本走了，自己也回学校去，师友们见了，少不得又有一番慰问。及至听说家树是寿峰、秀姑救出来的，都说要见一见，最好就请寿峰当国术教师。家树见同学们倒先提议了，正中下怀。到了第五天的日子，坐了一辆汽车，绕着大道直向西山而来。

到了碧云寺附近，家树向乡民一打听，果然有个“环翠园”，而且园门口有直达的马路，就叫汽车夫一直开向环翠园。及至汽车停了，家树下车一看，不觉吃了一惊。这里环着山麓，一周短墙，有一个小花园在内，很精致的一幢洋楼，迎面而起。家树一人自言自语道：“不对吧。他们怎么会住在这里？”心里犹豫着，却尽管对那幢洋楼出神，在门左边看看，在门右边又看看。正是进退莫定的时候，忽然看见秀姑由楼下走廊子上跳了下来，一面向前走，一面笑着向家树招手道：“进来啊！怎样望着呢？”家树向来不曾见秀姑有这样活泼的样子，这倒令人吃一惊了，因迎上前去问道：“大叔呢？”秀姑笑道：“他一会儿就来的，请里面坐吧。”说着，她在前面引路，进了那洋楼下，就引到一个客厅去。

这里面陈设得极华丽，两个相连的客厅，一边是紫檀雕花的家具，配着中国古董；一边却是西洋陈设和绒面沙发。家树心想，小说上常形容一个豪侠人物家里，如何富等王侯，果然不错！心里想着，只管四面张望，正待去看那面字画上的上款，秀姑却伸手一拦，笑道："就请在这边坐。"家树哪里见她这样随便的谈笑，更是出于意外了。笑道："难道这还有什么秘密吗？"秀姑道："自然是有的。"家树道:"这就是府上吗？"秀姑听到，不由格格一笑，点头道："请你等一等，我再告诉你。"这时，有一个听差送茶来，秀姑望了他一望，似乎是打个什么招呼，接上便道："樊先生！我们上楼去坐坐吧。"家树这时已不知到了什么地方，且自由她摆布，便一路上楼去。

到了楼上，却在一个书室里坐着，书室后面，是个圆门，垂着双幅黄幔，这里更雅致了，黄幔里仿佛是个小佛堂，有好些挂着的佛像和供着的佛龛。家树正待一探头看去，秀姑嚷了一声"客来了"。黄幔一动，一个穿灰布旗袍的女子，脸色黄黄的，由里面出来。两人一见，彼此都吃惊向后一缩，原来那女子却是何丽娜。她先笑着点头道："樊先生好哇！关姑娘只说有个人要介绍我见一见，却不料是你。"家树一时不能答话，只"呀"了一声，望着秀姑道："这倒奇了。二位怎么会在此地会面？"秀姑微笑道："樊先生何必奇怪！说起来，这还得多谢您在公园里给咱们那一番介绍。我搬出了城，也住在这里近边，和何小姐成了乡邻。有一天，我走这园子门口,遇到何小姐,我们就来往起来了。她说,搬到乡下来住,要永不进城了。对人说,可说是出了洋哩。我们这要算是在'外国'相会了。"说着，又吟吟微笑。

家树听她说毕，恍然大悟。此处是何总长的西山别墅，倒又入了关氏父女的圈套了。对着何丽娜，又不便说什么，只好含糊着道："恕我来得冒昧了。"何丽娜虽有十二分不满家树，然而满地的雪，人家既然亲自登门，应当极端原谅。因之也不追究他怎样来的，免得他难为情，就很客气的，让他和秀姑在书房里坐下。笑问道:“什么时候由天津回来的？”家树随答:“也不多久呢。”问:“陶先生好？”答:“他很好。”问:“陶太太好？”答:“她也好。”问:“前几天这里大雪，北京城里雪也大吗？”家树道：“很大的。”问到这里，何丽娜无甚可问了，便按铃叫听差倒茶。听差将茶送过了，何丽娜才想起一事，向秀姑笑道：“令尊大人呢？”秀姑将窗幔掀起一角，向楼下指道：“那不是？”家树看时，见园墙外，有两匹驴子，一只骆驼，骆驼身上，堆了几件行李，寿峰正赶着牲口到门口呢。家树道:“这是做什么？”秀姑又一指道:“你瞧，那丛树下，一幢小屋，那就是我家了。这不是离何小姐这里很近吗？可是今天，我们爷儿就辞了那家，要回山东原籍了。”家树道:“不能吧？”只说了这三字，却接不下去。秀姑却不理会，笑道：“二位！送送我哇！”说了，起身便下楼。

何丽娜和家树便一齐下楼，跟到园门口来。寿峰手上拿了小鞭子，和家树笑着拱了拱手道:“你又是意外之事吧？我们再会了！我们再会了！”何丽娜紧紧握了秀姑的手，低着声道：“关姑娘！到今日，我才能完全知道你，你真不愧……”秀姑连连摇手道:“我早和你说过，不要客气的。”说时，她撒开何丽娜的手，将一匹驴子的缰绳，理了一理。寿峰已是牵一匹驴子在手，家树在寿峰面前站了许久，才道：“我送你一程，行不行？”寿峰道：“可以的。”秀姑对何丽娜笑着道了一声“保重”，牵了一匹驴子和那匹骆驼先去。家树随着寿峰也慢慢走上大道，因道：“大叔！我知道你是行踪无定的，谁也留不住，可不知道我们还能会面吗？”寿峰笑道：“人生也有再相逢的，你还不明白吗？只可惜我为你尽力，两分只尽了一分罢了。天气冷，别送了。”说着和秀姑各上驴背，加上一鞭，便得得顺道而去。

秀姑在驴上先回头望了两望，约跑出几十丈路，又带了驴子转来，一直走到家树身边，笑道:“真的，你别送了，仔细中了寒。”说毕，一掉驴头，飞驰而去。却有一样东西，由她怀里取出，抛在家树脚下。家树连忙捡起看时，是个纸包，打开纸包，有一缕乌而且细的头发，又是一张秀姑自己的半身相片，正面无字，翻过反面一看，却有两行字道:“何小姐说，你不赞成后半截的十三妹，你的良心好，眼光也好，留此做个纪念吧。”家树念了两遍，猛然省悟，抬起头来，她父女已踪影全无了。对着那斜阳偏照的大路，不觉洒下几点泪来。

这里家树心里正感到凄怆，却不防身后有人道：“这爷儿俩真好，我也舍不得啊！”家树回头看时，却是何丽娜追来了，她笑道:“樊先生！能不能到我们那里去坐坐呢？”家树连忙将纸包向身上一塞，说道：“我要先到西山饭店去开个房间，回头再来畅谈吧。”何丽娜道：“那末，你今天不回城了，在我舍下吃晚饭好吗？”家树不便不答应，便说:“准到。”于是别了何丽娜，步行到西山饭店，开了一个窗子向外的楼房，一人坐在窗下，看看相片，又看看大路，又看看那一缕青丝，只管想着：这种人的行为真猜不透，究竟是有情是无情呢？照相片上的题字说，当然她是个独身主义者；照这一缕头发说，旧式的女子，岂肯轻易送人的！她就未曾剪发，何等宝贵头发，用这个送我，交情之深，更不必说了。可是她一拉我和凤喜复合，二拉我和丽娜相会，又决不是自谋的人。越想越猜不出个道理来，只管呆坐着，到了天色昏黑，何丽娜派听差带了一乘山轿来，说是汽车夫让他休息去了，请你坐轿子去吃饭。家树也是盛意难却，便放下东西，到何丽娜处来。

这时，何家别墅的楼下客厅，已点了一盏小汽油灯，照得如白昼一般。家树刚一进门，脱下大衣，何丽娜便迎上前来，代听差接着大衣和帽子，一见帽子上有许多雪花，便道："又下雪了吗？这是我大意了，这里的轿子，是个名目，其实是两根杠子，抬一把椅子罢了。让你吹一身雪，受着寒，该让汽车接你才好。"家树笑道："没关系，没关系。"说着搓了搓手，便靠近炉子坐着。炉子里哄哄的响，火势正旺，一室暖气如春。客厅里桌上茶几上，摆了许多晚菊和早梅的盆景，另外还有秋海棠和千样莲之属，正自欣欣向荣。家树只管看着花，先坐了看，转身又站起来看。何丽娜道："这花有什么好看的吗？"便也走过来，家树见她脸上已薄施脂粉，不是初见那样黄黄的了，因道："屋外下雪，屋里有鲜花，我很佩服北京花儿匠技巧。"何丽娜见他说着，目光仍是在花上，自己也觉得羞答答的，便道："请你喝杯热茶，就吃饭吧。"说着，亲自端了一杯热茶给他。家树刚一接茶杯，便有一阵花香，正是新彻的玫瑰茶呢。

在家树正喝着茶的当儿，何丽娜便同着一个女仆，在一张圆桌上，相对陈设两副筷碟。接着送上菜来，只是四碗四碟，都是素的，一边放下一碗白饭，也没有酒。最特别的，两个银烛台，点着一双大红洋蜡烛，放在上方，何丽娜笑道："乡居就是一样不好，没有电灯。"家树倒也没注意她的解释，便将拿在手上出神的茶杯放了，和她对面坐下吃饭。何丽娜将筷子拨了一拨碗里菜，笑道："对不住，全是素菜。不过都是我亲手做的。"家树道："那真不敢当了。"何丽娜等他吃了几样菜，便问："口味怎样？"家树说："好。"何丽娜道："蔬菜吃惯了，那是很好的。我一到西山来，就吃素了。"说着，望了家树，看他怎样问话。他不问，却赞成道："吃素我也赞成，那是很卫生的呀。"何丽娜见他并不问所以然，也只得算了。

一时饭毕，女仆来送手巾，又收了碗筷。此刻，桌上单剩两支红烛。何丽娜和家树对面在沙发上坐下，各端了一杯热气腾腾的玫瑰茶，慢慢呷着。何丽娜望了茶几上的一盆红梅，问道："你以为我吃素是为了卫生吗？你都不知道，别人就更不知道了。"家树停了一停，才"哦"了一声道："是了。密斯何现在学佛了。一个在黄金时代的青年，为什么这样消极呢？"何丽娜抿嘴一笑，放下了茶杯，因走到屋旁话匣子边，开了匣子，一面在一个橱屉里取出话片来放上，一面笑道："为什么呢？你难道一点不明白吗？"她并不曾注意是什么片子，一唱起来，却是一段《黛玉悲秋》的大鼓书。家树一听到"那清清冷冷的潇湘院，一阵阵的西风吹动了绿纱窗"，不觉手上的茶杯子向下一落，"啊呀"了一声。所幸落在地毯上，没有打碎，只泼出去了一杯热茶。何丽娜将话匣子停住，连问怎么了？家树从从容容捡起茶杯来，笑道："我怕这凄凉的调子……"何丽娜笑道:"那么，我换一段你爱听的吧。"说着，便换了一张片子了。

原来那片子有大段道口，有一句是："你们就对着这红烛磕三个头。"这正是《能仁寺》十三妹的一段，家树一听，忽然记起那晚听戏的事，不觉一笑道："密斯何！你好记性。"何丽娜开了话匣子站到家树面前，笑道:"你的记性也不坏……"只这一句，"啪"的一声窗户大开，却有一束鲜花，由外面抛了进来。家树走上前，捡起来一看，花上有一个小红绸条，上面写了一行字道："关秀姑鞠躬敬贺！"连忙向窗外看时，大雪初停，月亮照在积雪上，白茫茫一片乾坤，皓洁无痕，哪里有什么人影。家树忽然心里一动，觉得万分对秀姑不住，一时百感交集，猛然的坠下几点泪来。

何丽娜因窗子开了，吹进一丝寒风，将烛光吹得闪了两闪，连忙将窗子关了，随手接过这一束花来。家树手上却抽下了一枝白色的菊花拿着，兀自背着烛光，向窗子立着。何丽娜将花上的绸条看了一看，笑道:“你瞧，关家大姑娘，给我们开这大的玩笑！”家树依然背立着，并不言语。何丽娜道：“她这样来去如飞的人，哪里会让你看到，你还呆望了做什么？”家树道：“眼睛里面，吹了两粒沙子进去了。”说着，用手绢擦了眼睛，回转头来。何丽娜一想，到处都让雪盖着，哪里来的风沙？笑道：“眼睛和爱情一样，里面掺不得一粒沙子的，你说是不是？”说着，眉毛一扬，两个酒窝儿一旋，望了家树。

家树呆呆的站着，左手拿了那枝菊花，右手用大拇指食指，只管拈那花干儿。半晌，微微的笑了一笑。正是：

> 毕竟人间色相空，
>
> 伯劳燕子各西东。
>
> 可怜无限难言隐，
>
> 只在捻花一笑中。

然而何丽娜哪里会知道这一笑命意的曲折，就一伸手，将紫色的窗幔，掩了玻璃窗，免得家树再向外看。那屋里的灯光，将一双人影，便照着印在紫幔上。窗外天上那一轮寒月，冷清清的，孤单单的，在这样冰天雪地中，照到这样春气荡漾的屋子，有这风光旖旎的双影，也未免含着羡慕的微笑哩。

一九三〇年作完《啼笑因缘》后的说话

对读者一个总答复

在《啼笑因缘》作完以后，除了作一篇序而外，我以为可以不必作关于此书的文字了。不料承读者的推爱，对于书中的情节，还不断的写信到“新闻报馆”去问。尤其是对于书中主人翁的收场，嫌其不圆满，甚至还有要求我作续集的。这种信札，据独鹤先生告诉我，每日收到很多，一一答复，势所难办，就叫我在本书后面作一个总答复。一来呢，感谢诸公的盛意；二来呢，也发表我一点意见。

凡是一种小说的构成，除了命意和修辞而外，关于叙事，有三个写法：一是渲染，二是穿插，三是剪裁。什么是渲染，我们举个例，《水浒》“武松打虎”一段，先写许多“酒”字，那便是武松本有神勇，写他喝得醉到恁地，似乎是不行了，而偏能打死一只虎，他的武力更可知了。这种写法，完全是“无中生有”，许多枯燥的事，都靠着它热闹起来。什么是穿插，一部小说，不能写一件事，要写许多事。这许多事，若是写完了一件，再写一件，时间空间，都要混乱，而且文字不容易贯穿。所以《水浒》“月夜走刘唐”，顺插上了“宋公明杀阎惜姣”那一大段；“三打祝家庄”，又倒插上“顾大嫂劫狱”那一小段。什么叫剪裁，譬如一匹料子，拿来做衣，不能整匹的做上。有多数要的，也有少数不要的，然后衣服成功。——小说取材也是这样。

史家作文章，照说是不许“偷工减料”的了；然而我们看《史记》第一篇《项羽本纪》，写得他成了一个慷慨悲歌的好男子，也不过“鸿门”、“垓下”几大段加倍的出力写。至于他带多少兵，打过多少仗，许多许多起居，都抹煞了。我们岂能说项羽除了《本纪》所叙而外，他就无事可纪吗？这就是因为不需要，把他剪了。也就是在渲染的反面，删有为无了。再举《水浒》一个例，史进别鲁达而后，在少华山落草，以至被捉入狱，都未经细表。——我的笔很笨，当然作不到上述三点，但是作《啼笑因缘》的时候，当然是极力向着这条路上走。

明乎此，读者可以知道本书何处是学渲染，何处是学穿插，何处是学剪裁了。据大家函询，大概剪裁一方面，最容易引起误会；其实仔细一想，就明白了。譬如樊家树的叔叔，只是开首偶伏一笔，直到最后才用着他。这在我就因为以前无叙他叔叔之必要；到了后来，何丽娜有“追津”的一段渲染，自然要写上他。不然，就不必有那伏笔了。又如关氏父女，未写与何丽娜会面，却把樊家树引到西山去，然后才大家相聚。有些人，他就疑惑了：关、何是怎么会晤的呢？诸公当还记得，家树曾介绍秀姑与何小姐在中央公园会面，她们自然是熟人；而且秀姑曾在何家楼上，指给家树看，她家就住在窗外一幢茅屋内。请想，关、何之会面，岂不是很久？当然可以简而不书了。类此者,大概还有许多,也不必细说了。我想读者都是聪明人,若将本书再细读一遍，一定恍然大悟。

又次，可以说上结局了。全书的结局，我觉得用笔急促一点。但是事前,我曾费了一点考量:若是稍长,一定会把当剪的都写出来,拖泥带水，空气不能紧张。末尾一不紧张，全书精神尽失了。就人而论，樊家树无非找个对手，这倒无所谓。至于凤喜，自以把她写死了干净；然而她不过是一个绝顶聪明、而又意志薄弱的女子，何必置之死地而后快！可是要把她写得和樊家树坠欢重拾,我作书的,又未免“教人以偷”了。总之，她有了这样的打击，疯魔是免不了的。问疯了还好不好？似乎问出了本题以外。可是我也不妨由我暗示中给读者一点明示：她的母亲，不是明明白白表示无希望了吗?凤喜不见家树是疯,见了家树是更疯！——我真也不忍心向下写了。其次，便是秀姑。我在写秀姑出场之先，我就不打算将她配于任何人的。她父女此一去，当然是神龙不见尾。问她何往，只好说句唐诗“只在此山中，云深不知处”了。

最后，谈到何丽娜。起初，我只写她是凤喜的一个反面。后来我觉得这种热恋的女子，太合于现代青年的胃口了，又用力的写上一段，于是引起了读者的共鸣。一部分人主张樊、何结婚，我以为不然:女子对男子之爱，第一个条件，是要忠实。只要心里对她忠实，表面鲁钝也罢，表面油滑也罢，她就爱了。何女士之爱樊家树，便是捉住了这一点。可是樊家树呢，他是不喜欢过于活泼的女子，尤其是奢侈。所以不能认为他怎样爱何丽娜。在不大爱之中，又引他不能忘怀的，就是以下二点:一、何丽娜的面孔，像他心爱之人。二、何丽娜太听他的话了。其初,他别有所爱。当然不会要何小姐;现在,走的走了,疯的疯了,只有何小姐是对象,而且何小姐是那样的热恋,一个老实人，怎样可以摆脱得开！但是，老实人的心，也不容易转移的，在西山别墅相会的那一晚，那还是他们相爱的初程，后事如何，正不必定哩。

结果，是如此的了。总之，我不能像作《十美图》似的，把三个女子，一齐嫁给姓樊的；可是我也不愿择一嫁给姓樊的。因为那样，便平庸极了。看过之后，读者除了为其余二人叹口气而外，决不再念到书中人的——那有什么意思呢？宇宙就是缺憾的，留些缺憾，才令人过后思量，如嚼橄榄一样，津津有味。若必写到末了，大热闹一阵，如肥鸡大肉，吃完了也就完了，恐怕那味儿，不及这样有余不尽的橄榄滋味好尝吧！

不久，我再要写一部，在炮火之下的热恋，仍在《快活林》发表。或者，略带一点圆场的意味，还是到那时再请教吧。

是否要做续集

——对读者打破一个哑谜

由《新闻报》转来读者诸君给我的信，知道有一部分人主张我作《啼笑因缘》续集，我感谢诸公推爱之余，却有点下情相告。凡是一种作品，无论剧本或小说，以至散文，都有适可而止的地位，不能乱续的。古人游山，主张不要完全玩通，剩个十之二三不玩，以便留些余想，便是这个意思。所以近来很有人主张吃饭只要八成饱的。回转来，我们再谈一谈小说。小说虽小道，但也自有其规矩：不是一定“不团圆主义”，也不是一定“团圆主义”。不信，你看，比较令人咀嚼不尽的，是团圆的呢，是不团圆的呢？

如《三国演义》，几个读者心目中的人物，关羽、张飞、孔明结果如何？反过来，读者极不愿意的人，如曹家、司马家，都贵为天子了。假若罗贯中把历史不要，一一反写过来，请问滋味如何？这还算是限于事实，无可伪造。我们又不妨再看《红楼梦》，它的结局惨极了，是极端“不团圆主义”的。后来有些人“见义勇为”，什么《重梦》、《后梦》、《复梦》、《圆梦》，共有十余种，乱续一顿。然而到今日，大家是愿意团圆的呢，或是不团圆的呢？

《啼笑因缘》万比不上古人。古人之书，尚不可续，何况区区！再比方说两段：第一是《西厢》曲本，到“草桥惊梦”为止，不但事未完，文也似乎未完。可是他不愿把一个“始乱终弃”的意思表示出来，让大家去想吧。及后面加上了四折，虽然有关汉卿那种手笔，依然免不了后人的咒诅呢！我们再看看《鲁滨逊飘流记》，著者作了前集，震动一世。离开荒岛，也就算了。他因为应了多数读者的要求，又重来一个续集。而下笔的时候，又苦于事实不够，就胡乱凑合起来，结果是续集相形见绌；甚至有人疑惑前集不是原人作的。书之不可乱续也如此！《啼笑因缘》自然是极幼稚的作品，但是既承读者推爱，当然不愿它自我成之，自我毁之。若把一个幼稚的东西再幼稚起来，恐怕这也有负读者之爱了。所以归结一句话：我是不能续，不必续，也不敢续。

几个重要问题的解答

由《新闻报》转来的消息，我知道有许多读者先生打听《啼笑因缘》主人翁的下落。其实，这是仁者见仁，智者见智，用不着打听的。好在这件事，随便说说，也不关于书的艺术方面，兹简单奉答如下：

一、关秀姑的下落，是从此隐去。倘若你愿意她再回来的话，随便想她何时回来都可。但是千万莫玷污了侠女的清白。

二、沈凤喜的下落，是病无起色。我不写到如何无起色，是免得诸公下泪。一笑。

三、何丽娜的下落，去者去了，病者病了，家树的对手只有她了。你猜，应该怎样望下做呢？诸公如真多情，不妨跑到书里作个陶伯和第二，给他们撮合一番吧。

四、何丽娜口说出洋，而在西山出现，情理正合。小孩儿捉迷藏，乙儿说："躲好了没有？"甲儿在桌下说："我躲好了。"这岂不糟糕？何小姐言远而近，那正是她不肯做甲儿。

五、关、何会面，因为她们是邻居，而且在公园已认识的了。关氏父女原欲将沈、何均与樊言归于好，所以寿峰说："两分心力，只尽了一分。"又秀姑明明说："家住在山下。"关于这一层，本不必要写明，一望而知。然而既有读者诸君来问，我已在单行本里补上一段了。

啼笑因缘续集

一九三三年续集作者自序

《啼笑因缘》问世以来，前后差不多有四年，依然还留存在社会上，让人注意着，却出乎我的意料之外。有些读者，固然说这是茶余酒后的东西，一改便完了。可是也有些读者，说在文艺上，多少有点意味。我对于这一层，都不去深辩，只是有些读者却根据了我的原书，另做些别的文字。当然，有比原书好的；可是对于原书，未能十分了解的，也未尝没有。一个著作者，无论他的技巧如何，对于他自己的著作，多少总有些爱护之志，所谓"敝帚自珍"，所谓"卖瓜的说瓜甜"。假使这"敝帚"有人替我插上花，我自是欢喜；然而有人涂上烂泥，我也不能高兴。

在三年以来，要求我作续集的读者，数目我不能统计；但是这样要求的信，不断的由邮政局寄到我家，至今未曾停止。有人说："你自己不续，恐怕别人要续了。"起初，我以为别人续，就让他续吧。可是这半年以来，我又想着，假使续书出来并不如我所希望的那样圆满，又当如何呢？原书是我做的，当然书中人物，只有我知道最详细；别人的续著，也许是新翻别样花。为了这个原故，我正踌躇着，而印行原书的三友书社又不断的来信要求我续著，他们的意思，也说是读者的要求。我为了这些原因，便想着，不妨试一试。对于我的原来主张“不必续，不可续”当然是矛盾的；然而这里有点不同的，就是我的续著，是在原著以外去找出路，或者不算完全蛇足。这就是我作续著的缘起。其他用不着“卖瓜的说瓜甜”了。

第一回

雪地忍衣单热衷送客　山楼苦境寂小病留踪

却说西山的何氏别墅中，紫色的窗幔上，照着一双人影。窗外冰天雪地中的一轮凉月，也未免对了这旖旎的风景，发生微笑。这两个人影，一个是樊家树，一个是何丽娜，影子是那样倚傍一处，两个人也就站着不远。何丽娜眉毛一扬，两个酒窝儿掀动起来，她没有说话，竟是先笑起来了。家树笑道："你今天太快活了吧？"何丽娜笑道："我快活，你不快活吗？"说着，微微的摇了一摇头，又笑道："你不见得会快活吧？"家树道："我怎么不快活？在西山这地方，和'出洋'的朋友见面了。"何丽娜笑着，也没有什么话说，向沙发椅子上引着道："请坐，请坐。"家树便坐下了。

何丽娜见家树终于坐下，就亲自重斟了一杯热热的玫瑰茶，递到家树手上，自己却在他对面，一个锦墩上坐着。家树呷了茶，眼望了茶杯上出的热气，慢慢的看到何丽娜脸上，笑道："何女士，你现在可以回城去了吧？"他说这句话不要紧，何丽娜心里，不觉荡漾了一下。因为这句话以内，还有话的。自己是为婚姻不成功，一生气避到西山来的。他现在说可以回城了吧，换句话说，也就是不必生气了。不必生气了，就是生气的那个原因，可以消灭了。她不觉脸上泛起两朵红云，头微微一低。心里可也就跟着为难：说是我回城了，觉得女儿家，太没有身份，在情人面前，是一只驯羊。可是说不回城去，难道自己还和他闹气吗？那末，这个千载一时的机会，又要失去了。纵然说为保持身份起见，也说含混一点，但是自己绝对没有那个勇气。究竟她是一个聪明女郎，想起刚才所说，眼睛和爱情一样，里面夹不得一粒沙子，便笑道：“你眼睛里那一粒沙子，现在没有了吗？”家树微微点点头道：“没有沙子了，很干净的。”他虽是那样点了头，可是他的眼光，却并不曾向她直视着，只是慢慢的呷着茶，看了桌上那对红烛的烛花……

何丽娜看看家树，见他不好意思说话，不便默然，于是拿出往日在交际场中那洒脱的态度来，笑道：“茶太热了吧，要不要加点凉的？”家树道：“不用加凉的，热一点好。”何丽娜也不知是何缘故，突然噗嗤一声笑了出来。笑毕，身子跟着一扭。家树倒也愕然，自己很平常的说了这样一句话，为什么惹得她这样大笑？喝玫瑰茶，是不能热一点的吗？他正怔怔的望着，何丽娜才止住了笑向他道：“我是想起了一件事，就笑起来了，并不是笑你回答我的那一句话。“家树忽然有一点省悟，她今天老说双关的话，大概这又是双关的问话，自己糊里糊涂的答复，对上了她那个点子了。当然，这是她愿听的话，自然是笑了。自己老实得可怜，竟是在一个姑娘当面，让人家玩了圈套了。便举起茶杯来一饮而尽，然后站了起来道：“多谢密斯何，吵闹了你许久，我要回旅馆去了。”何丽娜道：“外面的雪很深，你等一等，让我吩咐汽车夫开车送你回去。”说着，她连忙跑到里面屋子里去拿了大衣和帽子出来，先将帽子交给家树，然后两手提了大衣，笑着向他点头，那意思是让他穿大衣。

这样一来，家树也不知如何是好，向后退了一步，两手比着袖子,和她连连拱了几下手道:“不敢当,不敢当！”何丽娜笑道:“没关系，你是一个客，我做主人的招待招待那也不要紧。”家树穿是不便穿,只好两手接过大衣来,自行穿上。何丽娜笑道:“别忙走呀,让我找人来送。”家树道:“外面虽然很深的雪，可月亮是很大的！”他一面说,一面就向外走。何丽娜说是吩咐人送,却并没有去叫人,轻轻悄悄的就在他身后紧紧的跟了出来，由楼下客厅外，直穿过花圃，就送到大门口来。

家树刚到大门口，忽然一阵寒气，夹着碎雪，向人脸上、脖子上直洒过来，这就想起何丽娜身上，还穿的是灰布旗袍，薄薄的分量,短短的袖子,怎样可以抗冷？便回转身道:“何女士请回吧,你衣裳太单薄。”何丽娜道:“上面是月，下面是雪，这景致太好了，我愿意看看。”家树道：“就是要看月色，也应当多穿两件衣服。”何丽娜听说,心里又荡漾了一下,站在门洞子里避着风,且不进去,迟疑了一会，才低声道：“樊先生明天不回学校去吗？”家树道：“看天气如何，明天再说吧。”何丽娜道：“那末，明天请在我这里午饭。就是要回学校，也吃了午饭去。”说到这里，女仆拿着大衣送了来，汽车夫也将车子开出大门来。何丽娜笑道：“人情做到底，我索性送樊先生回旅馆去。”说时，她已把大衣穿了，开了汽车门，就坐上车去等着。这是何小姐的车子，家树不能将主人翁从她自己车子上轰了下来，只得也跟着坐上车来，笑道：“像主人翁这样殷勤待客的，我实在还是少见。”何丽娜笑道：“本来我闲居终日，一点事情没有，也应该找些事情做做呀。”

二人说着话，汽车顺了大道，很快的已经到了西山旅馆门口。

家树一路之上，心里也就想着：假使她下车还送到旅馆里面去，那倒让自己穷于应付了……可这时何丽娜却笑道："恕我不下车了，明天见吧。"家树下得车来时，她还伸出一只手在车外招了两招呢。

当时家树走进旅馆里，茶房开了房门，先送了一个点了烛的烛台进来，然后又送上一壶茶，便向家树道："不要什么了吗？"家树听听这旅馆里，一切声音寂然。乡下人本来睡得很早，今晚又是寒夜，大概都安歇了，也没有什么可要，便向茶房摆了一摆头，让他自去。这屋子里炉火虽温，只是桌上点了一支白蜡烛，发出那摇摇不定的烛光，在一间很大的屋子里，更觉得这光线是十分微弱。自己很无聊的，将茶壶里的茶，斟上一杯。那茶斟到杯子里，只有铃铃铃的响声，一点热气也没有，喝到嘴里和凉水差不多，也仅仅是不冰牙罢了。他放下茶杯，隔了窗纱，向外面看看，月光下面的雪地，真是银装玉琢的世界。家树手掀了窗纱，向外面呆看了许久，然后坐在一张椅子上，只望了窗子出神。心里就想着：这样冷冷静静的夜里，不知关氏父女投宿在何处？也不知自己去后，何丽娜一人坐汽车回去，又作何种感想？他只管如此想着，也不知混了多少时间，耳边下只听到楼下面的钟，当当敲上了一阵，在乡郊当然算是夜深的了，自已也该安歇了吧。于是展开了被，慢慢的上床去睡着。因为今天可想的事情太多了，靠上枕头，还是不住的追前揣后想着……

待到次日醒来，这朝东的窗户，正满满的，晒着通红的太阳。家树连忙翻身起床，推开窗纱一看，雪地上已经有不少的人来往。可是旅馆前的大路，已经被雪遮盖着，一些看不出来了。心想：昨天的汽车，已经打发走了，这个样子，今天要回学校去已是不可能，除非向何丽娜借汽车一坐。但是这样一来，二人的交情进步，可又要公开到朋友面前去了。第一是伯和夫妇,又要进行“喝冬瓜汤”的那种工作了。想了一会，觉得西山的雪景，很是不坏，在这里多耽搁一天,那也无所谓。于是吩咐茶房,取了一份早茶来,靠了窗户，望着窗外的雪景，慢慢的吃喝着。吃过了早茶，心里正自想着：要不要去看一看何丽娜呢？果然去看她,自己的表示,就因昨晚一会，太切实了。然而不去看她，在这里既没有书看，也没有朋友谈话，就这样看雪景混日子过吗？如此想着，一人就在窗子下徘徊。

忽然，一辆汽车很快的开到旅馆门前。家树认得，那是何丽娜的车子，不想自己去访她不访她这个主意未曾决定，人家倒先来了。于是走出房来，却下楼去相迎，然而进来的不是何小姐，乃是何小姐的汽车夫。他道：“樊先生，请你过去吧，我们小姐病了。”家树道:“什么，病了？昨天晚上，我们分手，还是好好的呀。”汽车夫道：“我没上楼去瞧，不知道是什么病。据老妈子说，可病得很厉害呢！”家树听说，也不再考虑，立刻坐了来车到何氏别墅。女仆早是迎在楼梯边，皱了眉道：“我们小姐烧得非常的厉害，我们要向宅里打电话，小姐又不许。”家树道：“难道到现在为止，宅里还不知道小姐在西山吗？”女仆道：“知道了几天了，这汽车不就是宅里打发着来接小姐回去的吗？”

家树说着话,跟了女仆,走进何丽娜的卧室。只见一张小铜床，斜对了窗户，何丽娜卷了一床被躺着，只有一头的乱发，露在外面。她知道家树来了,立刻伸出一只雪白的手臂,将被头压了一压，在软枕上，露出通红的两颊来。她看到家树，眼珠在长长的睫毛里一转，下巴微点着，那意思是多谢他来看病。家树遂伸手去摸一摸她，觉得不对，她又不是凤喜！

在家树手一动，身子又向后一缩的时候，何丽娜已是看清楚了，立刻伸手向他招了一招道："你摸摸我的额头，烧得烫手呢。"家树这就不能不摸她了，走近床边，先摸了她的额头，然后又拿了她的手，按了一按脉。何丽娜就在这时候连连咳嗽了几声。家树道："这病虽来的很猛，我想，一定是昨晚上受了凉感冒了。喝一碗姜汤，出一身汗，也就好了。"何丽娜道："因为如此，所以我不愿意打电话回家去。"家树笑道："这话可又说回来了，我可不是大夫，我说你是感冒，究竟是瞎猜的，设若不是的呢，岂不耽误了医治？"何丽娜道："当然是的。医治是不必医治，不过病里更会感到寂寞。"家树笑道："不知道我粗手大脚的，可适合看护的资格？假使我有那种资格的话……"何丽娜不等他说完，烧得火炽一般的脸上，那个小酒窝儿依然掀动起来，微笑道："看护是不敢当。大雪的天，在我这里闲谈谈就是了。我知道你是要避嫌疑的，那末，我移到前面客厅里去躺着吧。"这可让家树为难了：是承认避嫌呢，还是否认避嫌呢？踌躇了一会子，却只管笑着。何丽娜道："没关系，我这床是活动的，让他们来推一推就是了。"

女仆们早已会意，就有两个人上前，来推着铜床。由这卧室经过一间屋子，就是楼上的客室，女仆们在脚后推着，家树也扶了床的铜栏杆，跟了床，一步一步的向外走。何丽娜的一双目光，只落到家树身上。

到了客厅里，两个女仆走开了。家树就在旁边一张椅子上坐了。他笑了，她也笑了。何丽娜道："你笑什么呢？"家树道："何女士的行动，似乎有点开倒车了，若是在半年以前，我想卧室里也好，客厅里也好，是不怕见客的！"何丽娜想了一想，才微微一摇头道："你讲这话似乎很知道我，可也不尽然。我的脾气向来是放浪的，我倒也承认，可是也不至于在卧室里见客。我今天在卧室里见你，那算是破天荒的行动呢！”家树道：“那末，我的朋友身份，有些与人不同吗？”何丽娜听了这话，脸上是很失望的样子，不作声。家树就站了起来，又用手扶了床栏杆，微低了腰道：“我刚才失言了。我的环境，你全知道，现在……”何丽娜道：“我不能说什么了，现在是实逼处此。”家树道：“你刚才笑什么呢？”何丽娜道：“我不能说。”家树道：“为什么不能说呢？”何丽娜叹了一口气道：“无论是旧式的，或者是新式的，女子总是痴心的！”家树用手摸了床栏杆，说不出话来。何丽娜道：“你不要疑心，我不是说别的，我想在三个月以前，要你抵我的床栏杆边推着我，那是不可能的！”家树听了这话，觉得她真有些痴心，便道：“过去的事，不必去追究了。你身体不好，不必想这些。”何丽娜道：“你摸摸我的额头，现在还是那样发烧吗？”家树真也不便再避嫌疑，就半侧了身子，坐在床上，用手去摸她的头。

她的额头，被家树的手按着，似乎得了一种很深的安慰，微闭了眼睛，等着家树抚摸。这个时候，楼上固然是寂然，就是楼下面，也没有一点声音，墙上挂的钟，那机摆的响声，倒是轧唧轧唧，格外的喧响。

过了许久，何丽娜就对家树道：“你替我叫一叫人，应该让他们给你做一点吃的了。”家树道：“我早上已经吃过饭的，不忙，你不吃一点吗？”何丽娜虽是不想吃，经家树如此一问，也只好点了一点头。于是家树就真个替她做传达之役，把女仆叫了来，和她配制饮食。这一天，家树都在何氏别墅中。到了晚半天，何丽娜的病，已经好了十之六七，但是她怕好得太快了，仆人们会笑话，所以依然躺着，吃过晚饭，家树才回旅馆去。

次日早上，家树索性不必人请，就直接的来了。走到客厅里时，那张铜床，还在那里放着。何丽娜已是披了一件紫绒的睡衣，用枕头撑了腰，靠住床栏杆，捧了一本书，就着窗户上的阳光看。她脸上已经薄薄的抹了一层脂粉，简直没有病容了。家树道：“病好些吗？”何丽娜道：“病好些了，只是闷得很。”家树道：“那就回城去吧。”何丽娜笑道：“你这话不通！人家有病的人，还要到西山来养病呢；我在西山害了病，倒要进城去。”家树道：“这可难了，进城去不宜于养病，在乡下又怕寂寞。”何丽娜道：“我在乡下住了这久，关于寂寞一层，倒也安之若素了。”家树在对面一张椅子上坐了，笑问道：“你看的什么书？”何丽娜将书向枕头下一塞，笑道：“小说。”家树道：“小说吗，一言以蔽之，不是女不爱男，就是男不爱女，或者男女都爱，男女都不爱。”何丽娜道：“我瞧的不是言情小说。”家树道：“可是新式的小说，没有男女问题在内，是不叫座的。有人要把爱因斯坦的相对论编到小说里来，我相信那小说的主人翁，还是一对情侣。”何丽娜笑道：“你的思想进步了。这个世界，是爱的世界，没有男女问题，什么都枯燥。所以爱情小说尽管多，那不会讨厌的。譬如人的面孔，虽不过是鼻子眼睛，可是一千个人，就一千个样子。所以爱情的局面，也是一千个人一千个样子。只要写得好，爱情小说是不会雷同的。”家树笑道：“不过面孔也有相同的。”何丽娜道：“面孔纵然相同，人心可不相同呀！”家树一想，这辩论只管说下去，有些不大妙的，便道：“你不要看书吧。你烦闷得很，我替你开话匣子好吗？”何丽娜点点头道：“好的，我愿听一段大鼓。你在话匣子底下，搁片子的第二个抽屉里，把那第三张片子拿出来唱。”家树笑道：“次序记得这样清楚。是一张什么片子，你如此爱听？”

这话匣子，就在房屋角边，家树依话行事，取出话片子一看，却是一张《宝玉探病》，不由得微微一笑，也不做声，放好片子，就拨动开闸。那话起报着名道："万岁公司，请红姑娘唱《宝玉探病》。"何丽娜听到，就突然"哟"了一声。家树倒不解所谓。看她说出什么来，下回交代。

第二回

言笑如常同归谒老父　庄谐并作小宴闹冰人

却说家树将话匣子一开，报了《宝玉探病》，何丽娜却“哟”了一声叫将起来，她笑道：“我请你把《马鞍山》那片子唱一遍，你怎么唱起《宝玉探病》来了呢？”家树不知道她的命意所在，听说之后，立刻将话匣子关起来了。这才坐下来向她笑道：“这个片子不能唱吗？”何丽娜笑道：“你何必问我！我现在怎么样，你又来做什么的？你把我当林黛玉，我怎样敢当？”家树一想，这真是冤枉，我何尝要把你当林黛玉？而且我也不敢自比贾宝玉呀！便笑道：“这一段子错，不知其错在我，也不知其错在你？”何丽娜抿嘴微笑了一笑，向家树身上打量了一番。家树笑道：“得啦！就算是我的错处，你别见怪。”何丽娜笑道：“哟！你那样高比我，我还能怪你吗？你若是愿意唱，你就唱吧，我就勉强作个林黛玉。”

家树听了此话，也不知道是唱好，还是不唱好，只是向她微笑着。何丽娜又向他微笑了一笑，然后说道：“其实不必唱《宝玉探病》。百年之后，也许有人要编《家树探病》呢。”家树笑道：“你今日怎么这样快活，病全好了吧？”有了这一句话，才把何丽娜提醒：自己原是个病人，躺在床上的，怎么如此高兴呢？眼珠一转，有了主意了，笑道："所以我说，不配听《宝玉探病》的片子，我就学不会那多愁多病林姑娘的样子。你再摸摸我看，我是一点也不发烧了。"家树因她好好的靠在床栏杆上，不好意思摸她的腮和额头，只弯了腰站在床边，抚摸了她的手背，依然向后退一步，坐在椅子上。家树看了她，她也看了家树，二人对了视线，却噗嗤一声的笑了，大家也不知说什么是好。

这时，女仆却来报告，说是宅里打了电话来请小姐务必回去，今天若不回去，明天一早，太太亲自来接。何丽娜道："你回个电话，说我回去就是了。可是叮嘱家里，不许对外面说我回去了。"女仆答应去了。家树笑道："回城以后，行踪还要守秘密吗？"何丽娜道："并不是我有什么亏心的事怕见人。可是你想想，那天我大大的热闹一场，在跳舞之后，与大家分手；结果，我不过是在西山住了些时，并没有什么伟大的举动，那倒怪寒碜的。不但如此，我就回自己的家去，也有些不好意思。我无所谓而来，无所谓而去，不太显着孩子气吗？樊先生，我有一个无理的要求，你能答应吗？"家树心里怦怦跳了两下，心想她不开口则已，如果开了口，只有答应的了。这件事，倒有女子先向男子开口的吗？便勉强的镇静着道："你太客气，怎么说上无理的要求呢？只要是办得到的，我一定照办。"何丽娜笑道："其实也没有什么了不得。请你念我是个病人，送我进城去。假使我父亲在家呢，我介绍你谈谈；就是我父亲不在家，你和我母亲谈谈也好。"家树心想：送她回家去，这倒可以说是我把她接回去的；其二呢，也好像我送上门去让人家相亲。然而尽管明白这个原因，却已答应在先，尽力去办，难道这还有什么不能尽力的！表面上就慨然的答应了。何丽娜大喜，立刻下床趿拉了拖鞋，就进卧室里面梳洗打扮去了。家树一看这样子，她简直是没有什么病呢。

当日在何氏别墅中吃了午饭，两个女仆收拾东西先行，单是何丽娜和家树同坐了一辆汽车进城。何丽娜是感冒病，只要退了烧，病就算是好了的，所以在汽车上有说有笑。她说父亲虽是一个官僚，然而思想是很新的，只管和他说话。母亲是很仁慈的，对于女儿是十分的疼爱，女儿的话，她是极能相信的。家树心里想：这些话，我都没有知道的必要，不过她既说了，自己不能置之不理，因之也就随着她的话音，随便答话，口里不住的说“是”。何丽娜笑道：“你不该说‘是’！你应该说‘喳’！”家树倒莫名其妙，问这是什么意思？何丽娜笑道：“我听说前清的听差，答应老爷说话的时候，无论老爷笑他，骂他，申斥他，他总直挺挺的站着，低了脑袋，答应一个‘喳’字。我瞧你这神气，很有些把我当大老爷，所以我说你答复我，应该说‘喳’！不应该说‘是’！”家树笑了。何丽娜眼睛向他一瞅道：“以后别这样，你不是怕我，就是敷衍我了。”家树还只是笑，汽车已到了何家大门口。

汽车夫一按喇叭，门房探头看到，早一路嚷了进去：“小姐回来了，小姐回来了！”何丽娜先下车，然后让家树下车，家里男女仆人，早迎到门口，都问：“小姐好哇？”何丽娜脸上那个酒窝，始终没有起复起来，只说是“好”。大家向后一看，见跟着一个青年，有些人明白，各对了眼光，心里说，敢怕是他劝回来的。何丽娜问道：“总长在家吗？”答说：“听说小姐要回来了，在家里等着呢。”何丽娜向家树点头笑道：“你跟我来。”又向起人道：“请总长到内客厅，说是我请了樊少爷来了，就是口北关樊监督的侄少爷。”她说着，向后退一步，让家树前走。家树心里想着，送上门让人家看姑爷了，这倒有些羞人答答，只得绷住了面子，跟了何丽娜走。

经过了几重碧廊朱槛，到了一个精致的客厅里来。家树刚坐定，何廉总长只穿了一件很轻巧的哔叽驼绒袍子，口里衔了雪茄，缓步踱了进来。何丽娜一见，笑着跳了上前，拉住他的手道："爸爸，我给你介绍这位樊君。你不是老说，少年人总要老成就好吗？这位樊君，就是你理想中那样一个少年。是我的好朋友，你得客气一点，别端老伯的架子。"何廉年将半百，只有这个女儿，自她失踪，寸心如割，好容易姑娘回来了，比他由署长一跃而为财政总长，还要高兴十倍。虽然姑娘太撒娇了，也不忍说什么，笑道："是了，是了，有客在此啦。"家树看他很丰润的面孔，留了一小撮短小的胡子，手是圆粗而且白，真是个财政总长的相，于是上前一鞠躬，口称老伯。何丽娜道："请坐吧。"何廉这句话，是姑娘代说了，也就宾主坐下，寒暄了几句，他道："我宦海升沉，到了风烛之年，只有这个孩子，未免惯养一点，樊君休要见笑。"家树欠身道："女公子极聪明的，小侄非常佩服。早想过来向老伯请教，又怕孟浪了。在女公子口里，知道老伯是个很慈祥的人。"何廉笑了，见家树说话很有分寸，却也欢喜，又问问他念些什么书，喜欢什么娱乐。

谈到娱乐，何丽娜坐在一边，就接嘴了，笑道："说了你也不相信。一个大学生，不会跳舞，也不会溜冰，也不会打牌。"何廉笑道："淘气！你以为大学生对于这些事，都该会的吗？"正说到这里，听差来说："陶宅来了电话，问樊少爷就过去呢，还是有一会？"家树坐在这里，究竟有些局促不安，便答道："我就过去。"说着向何廉告辞。何廉道："内人原想和樊君谈一谈，晚间无事吗？到舍下来便饭。"何丽娜听了这话，喜欢得那小酒窝儿，只管旋着，眼珠瞧了家树。家树看了她带有十分希望着的神气，心中实在不敢违拗，便答道：“请不要客气。”何廉道：“伯和夫妇，请你代我约会一声，我不约外人。”说着，送出内院门。

像何廉这种有身份的人，送客照例不能远，而况家树又是未来的姑爷，当然也就不便太谦，只送到这里，就不送了。何丽娜却将家树送过了几重院子。家树道：“你回来，还没有见伯母，别送了。”何丽娜道：“我也要吩咐汽车夫送你呀。”于是将家树送到大门，直等他坐上了自己的汽车，才走到车门边，向他低声笑道：“陶太太又该和你乱开玩笑了。”家树微笑着。何丽娜又笑道：“晚上见。”说着，给他代关了车门，于是车子开着走了。

何丽娜回转身正要进去，却有一辆站着四个卫兵的汽车，“呜”的一声，抢到门口。她知道是父亲的客到了，身子一闪，打算由旁边跨院里走进去，然而那汽车上的客人走下来，老远的叫了两声“何小姐”。她回头看时，却是以前当旅长、现在做统制的沈国英。他今天穿的是便服，看去不也是一个英俊少年吗？他老早的将帽子取在手中，向何丽娜行一鞠躬礼，笑道：“呵哟！不料在这里会到何小姐。”何丽娜笑道：“沈统制是听到朋友说，我出洋去了，所以在家里见着我，很以为奇怪吧？”沈国英笑道：“对了，自那天跳舞会以后，我是钦佩何小姐了不得。次日就到府上来奉访，不想说是何小姐走了。”何丽娜道：“对的，我本来要出洋，不想刚要动身就害了病，没有法子，只好到西山去休养些时。我今天病好刚回来，连家母还没有会面呢。请到里面坐，我见了家母再来奉陪。”说毕，点个头就进去了。

沈国英心想：这位何小姐，真是态度不可测。那次由天津车上遇到，她突然的向我表示好感，跳舞会里，也是十分的亲近，后来就回避不见，今天见着了，又是这样的冷淡，难道像我这样一个少年得意的将领，她都不看在眼睛里面吗？他在这里沉吟着，何廉得了消息，已经远迎出来。沈国英笑道："刚才遇到令爱……"何廉道："她昨天还病着，刚由西山回家，还没有到上房去呢。"沈国英跟着何廉到内客室里，见椅子上还有一件灰背大衣，便笑道："刚才有女宾到此？"何廉道："这就是小女回家来，脱下留在这里的。因为有人送了她回家来，她在这里陪着。"沈国英道："怪不得刚才令爱在大门口送一辆汽车走了。这人由西山送何小姐回来，一定是交谊很厚的。"何廉没有说什么，只微笑了一笑。沈国英想了一想，心里似乎有一句话想说出来，但是他始终不肯说，只和何廉谈了一小时的军国大事，也就去了。

何廉走回内室，只见夫人在一张软榻上坐了，女儿靠了母亲，身子几乎歪到怀里去。何廉皱了眉道："丽娜一在家里，就像三岁的小孩子一样；可是一出去呢，就天不怕地不怕。"何丽娜坐正了道："我也没有什么天不怕地不怕呀！有许多交际地方，还是你带了我去的呢。"何太太拍了她肩膀一下道："给她找个厉厉害害的人，管她一管，就好了。"何廉道："樊家那孩子，就老实。"何太太道："你不要把事情看得太准了，还说不定人家愿意不愿意呢。"何廉道："其实我也不一定要给他。"何丽娜突然的站了起来，绷了脸子，就向自己屋子里去，鞋子走着地板，还咚咚作响。何太太微笑着，向她身后只努嘴。听不见她的鞋响了，何廉才微笑道："这冤家对于姓樊的那个孩子，却是用情很专。"何太太道："那还不好吗？难道你希望她不忠于丈夫吗？这孩子一年以来，越来越浪漫，我也很发愁，既是她自己肯改过来，那就很好。"何廉却也点了点头，一面派人去问小姐，说是今晚请客，是家里厨子做呢，还是馆子里叫去？小姐回了话："就是家里厨子做吧。"何廉夫妇知道姑娘不生气了，这才落下一块石头。

到了晚上七点钟，家树同着伯和夫妇，一齐来了。先是何丽娜出来相陪，其次是何廉，最后何太太出来。陶太太立刻迎上前问好，又向家树招招手道："表弟过来，你看这位老伯母是多么好呵！"家树过来，行了个鞠躬礼。何太太早是由头至脚，看了个够。这内客室里，有了陶太太和何太太的话家常，又有何廉同伯和谈时局，也就立刻热闹起来。

到了吃饭的时候，饭厅里一张小圆桌上，早陈设好了杯筷。陶太太和伯和丢了一个眼色，就笑道："我们这里，是三个主人三个客，我同伯和干脆上坐了，不必谦虚。二位老人家请挨着我这边坐。家树，你坐伯和手下。"这里只设了六席，家树下手一席，她不说，当然也就是何丽娜坐了。家树并非坐上席，不便再让。何丽娜恐怕家树受窘，索性做一个大方，靠了家树坐下。听差提了一把酒壶，正待来斟酒，陶太太一挥手道："这里并无外人，我们自斟自饮吧。"何丽娜是主人一边，决没有让父母斟酒之理，只好提了壶来斟酒。斟过了伯和夫妇，她才省悟过来，又是陶太太捣鬼，只得向家树杯子里斟去。家树站起来，两手捧了杯子接着。陶太太向何廉道："老伯，你是个研究文学有得的人，我请问你一个典，'相敬如宾'这四个字，在交际场上，随便可以用吗？"她问时，脸色很正。何廉一时不曾会悟，笑道："这个典，岂是可以乱用的？这只限于称赞人家夫妇和睦。"何丽娜已是斟完了酒，向陶太太瞟了一眼。倒是何太太明白了，向她道："陶太太总是这样淘气！"何廉也明白了，不觉用一个指头擦了小胡子微笑。伯和端了杯子来向何丽娜笑道："多谢，多谢！"又向家树道："喝酒，喝酒。"何廉笑道："有你贤伉俪在座，总不愁宴会不热闹！"于是全席的人都笑了。在家树今天来赴约的时候，樊、何两方的关系，已是很明白的表示出来了。现在陶太太如此一用典，倒有些"画龙点睛"之妙。陶太太是个聪明人，若是那话不能说时，如何敢造次问那个典。这一个小约会，大家吃得很快乐。

饭毕，何丽娜将陶太太引到自己卧室后盥洗房去洗脸，便笑问道："你当了老人家，怎么胡乱和我开玩笑？"陶太太道："你可记得？我对你说过，总有那样一天——现在是那样一天了。你们几时结婚？"何丽娜笑道："你越来越胡说了，怎么提到那个问题上去？你们当了许多人，就这样大开起玩笑，闹得大家都怪难为情的。"陶太太笑道："哟！这就怪难为情？再要向下说，比这难为情的事还多着啦。"说着话时，走到外面屋子里来，在梳妆台边，将各项化装品，都看了一看，拿起一盒子法国香粉，揭了盖子，凑在鼻尖上闻了一闻，笑道："这真是上等的东西，你来擦吧。"何丽娜道："晚上了，我又不出门，抹点雪花膏得了。"陶太太对着镜子里她的影子微笑了一笑，道："虽然不出门，可是比出门还要紧，今天你得好好的化妆才对。"何丽娜笑道："陶太太，我求饶了，你别开玩笑。我这人很率直的，也不用藏假，你想，现在到了开玩笑的时候吗？"陶太太道："你要我不闹你也成，你得叫我一声表嫂。"何丽娜道："表嫂并不是什么占便宜的称呼呀！"陶太太道："你必得这样叫我一声。你若不叫我，将来你有请我帮忙的时候，我就不管了。"可何丽娜总是不肯叫。

二人正闹着，何太太却进来，问道："你们进来许久，怎么老不出去？"何丽娜鼓了嘴道："陶太太尽拿人开玩笑。"陶太太笑道："伯母，请你评评这个理，我让她叫我一声表嫂，她不肯。"何太太笑着，只说她淘气。陶太太笑道："这碗冬瓜汤，我差不多忙了一年，和你也谈过多次，现在大家就这样彼此心照了。"何太太道："这个年月的婚姻，父母不过是顾问而已，我还有什么说的？好在孩子是很老成，洁身已很中意。"陶太太道："那么，要不要让家树叫开来呢？"何太太道："那倒不必，将来再说吧。"

陶太太这样说着话，一转眼，却不看见了何丽娜，伸头向盥洗房里一看时，只见她坐在洗脸盆边的椅子上，只管将湿手巾去擦眼泪。陶太太倒吃了一惊：她如今苦尽甘来，水到渠成，怎么哭起来呢？便走上前握了她的手道："你怎么了，你怎么了？"要知何丽娜如何回答，下回交代。

第三回

种玉来迟解铃甘谢罪　留香去久击案誓忘情

却说陶太太拉住何丽娜的手，连问她怎么了。何丽娜将湿手巾向脸盆里一扔，微笑道:“我不怎么样呀！”何太太却未留心此事，已经走开了。陶太太看看外面屋子里，并没有人，这才低声笑道:“你哭什么？”何丽娜叹了一口气道:“女子无论思想新旧，总是痴心的。我对于家树，真受了不少的委屈。这些事，你都知道，我不瞒你。”陶太太道:“好在现时是大事成功了，你何必还为了过去的事伤心。”何丽娜道：“就为了现在的情形，勾引起我以前的烦恼来。俗言说，事久见人心……”陶太太拍了她的肩膀笑道：“不要孩子气了。你不是很爱家树吗？你说这样负气的话，倒像有了什么芥蒂，不是真爱他了。”何丽娜一笑，就不说了。陶太太说她脸上有泪容，怎好出去。何丽娜于是擦了一把脸，在梳妆台前，将法国香粉，在脸上淡敷了一层，而且还抹上了一点胭脂。陶太太只抿嘴笑着。到了小客室里，宾主又坐谈了许久，直到十二点钟才分散。

临别，陶太太向何丽娜笑道：“明天到我们家去玩啦。明天是星期日，家树不回学校去。”何丽娜笑道：“我该休息休息了。”

陶太太道："难道你不到我们那里去吗？其实一切要像以前一样才好；要不然，躲躲闪闪的，倒显着小家子气象。当了老伯、伯母的面，我声明一句，在你二位面前，我决不开玩笑。"何太太笑道："陶太太，你这就不对。就算是你刚才的话，要她叫你一声表嫂，一个做表嫂的人，对表妹总是这样的乱开玩笑，还说你疼我们丽娜呢！"陶太太这才笑嘻嘻的走了。

这一晚，是何丽娜最高兴的一晚，到一点多钟，还不曾睡觉，就打了个电话到陶家，问表少爷睡着了没有。那边是刘福接的电话，悄悄的告诉家树。家树刚从上房下来，就到外边小客室里来接电话。何丽娜首先一句，就问在哪里接电话，其后便道："我明天来不来呢？"家树道："没关系，来吧。"何丽娜道："怪难为情的。"家树道："那你就别来了。"何丽娜道："那又显得我不大方似的。"家树还不曾答话，电话里忽然有第三个人答道："你瞧，这可真为难煞人！"家树笑道："喝呵！表嫂在卧房里插销上偷听呢。"陶太太道："我一听到电话铃响，我就知道是密斯何……"顿了一顿，她似乎和人在说话，她又道："伯和说不应当叫密斯何了。"于是换一个男人的嗓子道："表弟，表妹，恭喜呀。"何丽娜道："缺德！"说毕，嘎然一声，将电话挂起来了。家树走回书房去，还听到上房里伯和夫妇笑成一团呢。

到了次日，家树果然不曾回学校，何丽娜在十点钟的时候就来了。陶太太乘机要挟，要何小姐请看电影，请吃饭。玩到晚上，又要请上跳舞场。还是伯和解围，说，"密斯何不像以前，以前为了家树，还不跳舞，而今人家怎好去呢？你不瞧人家穿的是平底软帮子鞋？"于是改了请听戏。到夜深十二时，方始回家。

在何丽娜如此高兴的时候，何廉在家里可为难起来了。原来这天晚上，有位夏云山总长来拜会他。这个人是沈国英的把兄弟，现任交通总长，在政治上有绝大的势力。当晚他来了，何廉就请到密室里会谈。夏云山首先笑道："我今天为私而来，不谈公事，我要请你做个忠实的批评，国英为人怎样？可是有话要声明，你不要认为他是我盟弟，就恭维他。"何廉倒摸不着头脑，为什么他说起这话来。沈国英是手握兵权的人，岂可以胡乱批评！才笑道："他少年英俊，当然是国家一个人才，这一次政局革新……"夏云山连连摇手道："不对不对，我说了今天为私而来，你只说他在公事以外的行为如何就得了。"何廉靠了椅子背，抽着雪茄，昂了头静想，偷看夏云山时，见他斜躺在睡榻上微笑。这个情形，并不严重，但是捉摸不到他问的是什么用意，便笑道："论他私德——也很好么。第一，他绝对不嫖，这是少年军人里面难得的！赌小钱或者有之，然而这无伤大雅。听说他爱跳舞，爱摄影，这都是现代青年人不免的嗜好。为人很谦和，思想也不陈腐，听说现在还请了一位老先生，和他讲历史，这都不错。"夏云山点头笑道："这不算怎样出格的恭维。他的相貌如何呢？"何廉笑道："为什么要评论到人家相貌上去，我对于星相一道，可是外行。"夏云山笑道："既然你有这种好的印象，我可以先说了。国英对于令爱，他是十分的钦慕，很愿意两家作为秦晋之好。不过他揣想着，怕何总长早有乘龙快婿了。四处打听，有的说有，有的又说没有，特意让我来探听消息。"

何廉听了这话，不免踌躇一番，接着便道："实不相瞒。小女以前没有提到婚姻问题上去。最近两个月，才有一位姓樊的，提到这事，而且仅仅是前两天才定局的。"夏云山道："已经放定了吗？"何廉道："小女思想极新，姓樊的孩子，也是个大学生，他们还需要什么仪式？”夏云山听了这话，不觉连叹了两口气道:“可惜，可惜！”默然了许久，又道：“能不能想个法子转圜呢？”何廉道：“我要是个旧家庭，这就不成问题了，一切的婚姻仪式都没有，我随便的可以把全局推翻。于今小孩子们的婚姻，都建筑在爱情之上，我们做父母的，怎好相强！小女正是和那姓樊的孩子，去消磨这星期日的时光去了。等她回来，我再问她，对于沈统制的盛意，我也只好说两声‘可惜’。不过见了沈统制，请你老哥还要婉婉的陈说才好。“说着，向夏云山连拱了几下手。夏云山对于这个月老做不成功，大是扫兴，然而事实所限，也没有法子，很是扫兴的告辞走了。

当夏云山出去的时候，何丽娜正自回来，到了母亲房里，告诉今天很是快乐。何廉在一边听到，却不住的叹气，就把夏云山今晚的来意说了一遍。何丽娜道:“爸爸不必踌躇,你的意思我知道，以为我的婚姻，你不能勉强;可是沈国英掌有兵权，又不敢得罪他。那不要紧，我明天亲自去见一见他，把我的困难告诉一遍，也许他就谅解了。”何廉道:“你亲自去见他，有些不妥吧？”何丽娜道:“那要什么紧，难道他还能把我扣留下来吗？”她说毕，倒坦然无事的去睡觉了。

到了次日，何丽娜一早起来。就到沈宅去拜会。原来沈国英前曾娶有夫人，亡故了两年，现在丢下了一儿一女，上面还有兄嫂，因之他虽没有家眷，却也有很大的住宅。何丽娜打听得他九点钟要上衙门，八点钟就来拜访。门房将名片送到上房去，沈国英看到，倒吓了一大跳，昨天派人去做媒，答应呢，你是不好意思见我;不答应呢，没有关系，难道还来兴问罪之师不成？只是她来了，不能不见，立刻就迎到客厅里来。何丽娜一见，老早的就伸了手和他相握。自己将那件灰背大衣脱了下来，放在椅子上。

坐下来，还不曾说一句寒暄的话，先笑道："我今天没有别事，特意来和沈统制道歉。"沈国英虽是一个豪爽的军人，听了这话，也是心里微微一动，不免将脸红了起来，笑道："呵哟！何小姐太客气，什么事呢？"听差们倒上茶来，沈国英道："到厨房里去给我泡两杯柠檬茶来，何小姐在这里，还给我预备两份点心。"何丽娜笑道："不必客气，我说几句话就要走的。沈统制有事，我不多说话了，就是昨晚夏总长到舍下去说的那一番话，家父答复的，都是事实。不但如此，我是要贯彻我出洋的计划，不久，就要动身。本来呢，我不必亲自到府上来解释的，只是家父觉得这事很有些对人不住，好象是成心撒谎，我想沈统制是个胸襟洒落的人，我为人又很浪漫，"说到这里，又微微一笑道："若不是浪漫性成，今天也不会到府上来拜访。"沈国英欠身道："太客气，太客气。"何丽娜眉毛一扬，酒窝儿一掀，笑道："这是真话。我想事实是这样，那要什么紧，不如自己来直说了，彼此心里坦然。若沈统制是像刘德柱将军那样的人，我就大可以不冒这个险了。"她笑着将肩膀抬了一抬，眼睛向沈国英看着。沈国英今天穿的是军服，他将胸脯一挺，牵了一牵衣摆，以便掩盖他羞怯的态度，又作了一个无声的咳嗽才道："绝对没有关系，请不要介怀。"何丽娜听说，立刻站了起来，向他一鞠躬道："我不敢多吵闹，再见了。"沈国英笑道："何小姐纵然不愿与武人为伍，既是来了，喝一杯茶去，大概不要紧。"何丽娜笑道："我倒是愿意叨扰，只怕沈统制没有闲工夫会客。"说着，又坐了下来。恰是听差捧了茶点来，放在一张紫檀木的桌子上，二人隔了桌面坐下。

当下沈国英举了杯子喝着茶，看看何丽娜，又看看那件大衣，记起那天在何家内客厅里何廉说的话，便想那天内客厅里的客，就是姓樊的了，他有福气，得了这样一位太太。何丽娜见他那样出神的样子，笑道：“沈统制想什么？不必失望，像你这样的少年英雄，婚姻问题，是最容易解决的了，像我这样的人才，可以车载斗量，留着机会望后去挑选吧。”沈国英笑道：“我想着武人总是粗鲁的，很觉得昨天的事有些冒昧，请何小姐不必深究。“何丽娜微笑着，端起玻璃杯子，呷了两口茶。沈国英坐在她对面，看了她那腥红的嘴唇，雪白的牙齿，未免有些想入非非。何丽娜放下茶杯，又突然站起来，沈国英抢上前一步，将大衣取在手里，就要替她穿上。何丽娜连说“不敢当”。然而他拿了大衣，坚执非代为穿上不可！何丽娜道声“劳驾”，只得背转身来向着他，将大衣穿了。不料沈国英和她穿衣，闻到她身上那一阵脂粉香，竟是呆了，手捏了衣服领子，不曾放下来。何丽娜回头看着，他才省悟着放下了手。何丽娜看了这个样子，不敢再坐，又和他握了一握手，笑着说声“再见”，立刻就走了。

沈国英是没有法子再挽留人家的了，只得跟在后面，送到大门口来，直看到何丽娜坐上了汽车方始回去。他并不回上房，依然走到客厅里来。只见何丽娜放的那杯柠檬茶，依然放在桌子边，于是将杯子取在手里，转着看了一看，心里就想着：假使她是我的，我愿意天天陪着她对坐下来喝柠檬茶。不必说别的，仅仅是那红嘴唇白牙齿，已经够人留恋的了！心里默念着，大概杯子朝怀里的所在，就是何丽娜嘴唇所碰着的所在，于是对准了那个方向，将茶慢慢的呷着。自己所站的这方，也就是她座椅的前面，那末，坐在这椅子上，也就如坐在她身上一般了。他坐下去，一手捏了杯子，一手撑了头，静静的想着：假如是我有这样一位夫人，无论什么交际场合，我都能带她去了，她不但长得美丽，而且言语流利，举止大方，绝对是一位文明太太的资格。然而她不久以前，已为别人抢去了，假使自己在一二月之前，就进行这件事，或者可以到手，挽了这样丰姿翩翩的新夫人，同出同进，人生就满足了。

想到这里，他便微闭了眼睛，玩味挽着何丽娜的那种情形。心有所思，鼻子里也如有所闻，仿佛便有一种芬芳之气，不断的向鼻子里袭了来。立刻睁眼一看，还不是一座空的客厅，哪里有什么女人？但是目前虽没有女人，那一种若有若无的香气，却依然闻得着。是了是了，这一定是她坐在这椅子上的时候，由衣服上落下来的香气。她去了如此之久，这一股子香气，还是如有如无的留着，这决不是物质上单纯的原故，加之还有心理作用在内。这样看起来，自己简直要为何小姐疯魔了。我这样一个堂堂的男子汉，中国的政局，我还能左右一番，难道对于这样一个女子，就不能左右她吗？凭我的力量，在北京城里，慢说是个何丽娜，就是……想到这里，突然站了起来，捏了拳头，将桌子重重的拍了一下。停了一停，自己忽然摇了一摇头，想着，慢来慢来，人家肝胆相照的，把肺腑之言来告诉我，我岂能对人家存什么坏心眼！她以为我是武人，怕遇事要用武力，所以用情理来动我，若是我再去强迫人家，那真个与刘德柱无异了！难道武人都是一丘之貉吗？我不能让人家料着，大丈夫做事，提得起放得下，算了，我忘了她了！他一个人沉沉的如此想着，已经把上衙门的时间，都忘掉了。

那夏云山昨天晚上由何家出来，曾到这里来向沈国英回信，说是何洁身不知是何想法，对我们提的这件事，倒不曾同意。沈国英笑着，只说爱情是不能勉强的，说完了也就不再提了。夏云山摸不着头脑，今天一早，便打电话来问统制出去了没有。这边听差答复，刚才有一位何小姐来拜会统制，一人坐在客厅里，还没有走呢。夏云山听到，以为何小姐投降了，赶快坐了汽车，就到沈宅来探访消息。

这个时候，沈国英依然坐在客厅里。夏云山是个无日不来的熟人，不用通报，径直就向里走。他走到客厅里时，只见沈国英坐在一张紫檀太师椅上，一手撑了椅靠，托住了头，一手放在椅上，只管轻轻的拍着。他的眼光，只看了那地毯上的花纹，并不向前直视，夏云山进来了，他也并不知道。他忽然将桌子一拍，又大声喝道："我决计忘了她了。我要不忘了她，算不得是个丈夫！"他这样一作势，倒吓了夏云山一跳，倒退一步，问道："国英怎么了？"沈国英一抬头，见盟兄到了，站起来，摇了一摇头道："何丽娜这个女子，我又爱她，我又恨她，我又佩服她。"夏云山笑道："那是什么原故？"沈国英就把何丽娜今天前来的话说了一遍。因道："这个女子，我真不奈她何！"夏云山笑道："既是老弟台如此说了，我又要说一句想开来的话，天下多美妇人，何必呢！就以何小姐而论，这种时髦女子，除了为花钱，也不懂别的，你忘了她，才是你的幸福。"沈国英哈哈大笑道："我忘了她了，我忘了她了！"夏云山一看他的态度，真有些反常，就带拉带劝，把他拉出门，让他上衙门去了。

夏云山经过了这一件事，对于二三知己，不免提到几句，辗转相传，这话就转到陶伯和耳朵里来了。陶伯和鉴于沈凤喜闹出一个大乱子，觉得家树和沈国英做三角恋爱的竞争，那是很危险的事，于是和他们想出一个办法，更惹出一道曲折来。要知有甚曲折，下回交代。

第四回

借鉴怯潜威悄藏艳迹　移花弥缺憾愤起飘茵

却说陶伯和怕家树和沈国英形成三角恋爱，就想了个调和之策。过了几天，又是一个星期日，家树由学校里回来了，伯和备了酒菜，请他和何丽娜晚餐。吃过了晚饭，大家坐着闲谈，伯和问何丽娜道：“今晚打算到哪里去消遣？”何丽娜道：“家树这一学期的功课，耽误得太厉害了，明天一早，让他回学校去。随便谈谈就得了，让他早点睡吧。”陶太太笑道：“真是女大十八变，我们表妹，那样一个崇尚快乐主义者，到了现在，变成一个做贤妻良母的资格了。”

陶伯和口里衔了雪茄，点了点头道：“密斯何这倒也是真话。俗话说的，乐不可极。我常看到在北京的学生，以广东和东三省的学生最奢侈，功课上便不很讲究。广东学生，多半是商家，而且他们家乡的文化，多少还有些根底。东三省的学生，十之七八，家在农村，他们的父兄，也许连字都不认识。若是大地主呢，还好一点；若是平常的农人，每年汇几千块钱给儿子念书，可是不容易！”何丽娜不等他说完，抢着笑道：“这样说起来，也是男大十八变呀。像陶先生过这样舒服生活的人，也讲这些。”伯和叹了一口气道："我们是混到外交界来了，生活只管奢侈起来，没有法子改善的……" 陶太太笑道："得了，别废话了。你自己有一起文章要做，这个反面的起法，起得不对，话就越说越远了，你还是言归正传吧。"

陶太太这样说着，伯和于是取下雪茄，向烟灰缸里弹了一弹灰，然后向樊、何二人道："我有点意见，贡献给二位，主张你们出洋去一趟。经费一层，密斯何当然是不成问题的了。就是家树，也未尝不能担负。像你们这样青春少年，正是求学上进的时候，随便混过去了，真是可惜。"家树道："出洋的这个意思，我是早已有之的，只是家母身弱多病，我放心不下。而且我也决定了，从即日起，除了每星期回城一次，一切课外的事，我全不管。"陶太太道："关于密斯何身上的事，是课以外呢，课以内呢？" 伯和笑道："人家不说了一星期回城一次吗？难道那是探望表兄表嫂不成？你别打岔了，让他向下说。"家树道："我不能出洋，就是这个理由，倒不用再向下说。"伯和道："若仅仅是这个理由，我倒有办法，把姑母接到北京来，我们一处过。我是主张你到欧洲去留学的，由欧洲坐西伯利亚火车回来，也很便当。你对于机械学，很富于兴趣，干脆，你就到德国去。于今德国的马克不值钱，中国人在德国留学，乃是最便宜不过的事了。"家树想了一想道："表兄这样热心，让我考量考量吧。"说时偷眼去看何丽娜的神气。何丽娜含笑着，点了一点头。陶太太笑道："有命令了，表弟，她赞成你去呀。"

然而何丽娜却微摆着头，笑道："不是那个意思。我以为陶先生今天突然提到出洋的问题，那是有用意的。是不是为了沈国英的事，陶先生有些知道了，让我躲避开来呢？" 伯和口衔了雪茄，靠在椅子上，昂了头作个沉思的样子道："我以为犯不上和这些武人去计较。”何丽娜笑道：“不用这样婉转的说。陶先生这个建议我是赞成的，我也愿意到德国去学化学。这一个礼拜以内，我已筹划好，这就请陶先生和我们办两张护照吧。家树就因为老太太的事，踌躇不能决，既然陶先生答应把老太太接来，他就可以放胆走了。”伯和望了家树道：“你看怎么样？”说着，将半截雪茄，只管在茶几上的烟缸边敲灰，似乎一下一下的敲着，都是在催家树的答复。家树胸一挺道：“好吧，我出洋去一趟，今天就写信回家。”陶太太道：“事情既议定了，我同伯和有个约会，你二位自去看电影吧。”何丽娜道：“二位请便，我回家去了。”伯和夫妇微笑着，换了衣服出门而去。

这里何丽娜依然同家树坐在上房里谈话。这一间屋子，有点陈设得像客厅，凡是陶家亲近些的朋友，都在这里谈话。这里有话匣，有钢琴，有牌桌，几个朋友小集合，是很雅致的。靠玻璃窗下，一张横桌上，放了好几副棋具，又有两个大册页本子，上面夹了许多朋友的相片。何丽娜本想取一副象棋，来和家树对子，看到册页本子翻开，上面有几个小孩子的相片，活泼可爱，于是丢了棋子不拿，只管翻看相片。她只掀动了四五页，有一张自己的相片，夹在中间。仔细看时，又不是自己的相片。哦，是了，正是陶太太因之引起误会，错弄姻缘的一个线索，乃是沈凤喜的相片。这张相片，不料陶太太留着还在，这不应当让家树再看见，他看见了，心里会难受的。回头看着家树捧了一份晚报，躺在椅子上看，立刻抽了下来，向袋里一塞，家树却不曾留意。

她不看册页了，坐到家树身边，向他笑道：“伯和倒遇事留心，他会替我们打算。”家树放下报来，望了何丽娜的脸，微笑道：“他遇事都留心，我应该遇事不放心了。”何丽娜道：“此话怎讲？”家树道：“他都知道事情有些危险性的了，可是我还不当什么，人心是难测的，假使……”说到这里，顿住了，微笑了一笑。何丽娜笑道：“下面不用说了，我知道——假使沈国英像刘德柱呢？”家树听了这话，不觉脸色变了起来，目光也呆住了，说不出话来。何丽娜笑道：“你放心，不要紧的，我的父亲，不是沈三玄。你若是还不放心的话，你明天走了，我也回西山去，对外就说我的病复发了，到医院去了。”家树道：“我并不是说沈国英这个人怎么样……”何丽娜笑道：“那么你是不放心我怎么样啦？这真是难得的事，你也会把我放在心里了。”家树笑道：“你还有些愤愤不平吗？”何丽娜笑着连连摇手道：“没有没有，不过我为你安心预备功课起见，真的，我明天就到西山去。我不好意思说预备功课的话，先静一静心，也是好的。”家树笑道：“这个办法，赞成我是赞成的，但是未免让你太难堪了。”何丽娜笑着，又叹了一口气道：“这就算难堪吗？唉！比这难堪的事，还多着呢！”家树不便再说什么了，就只闲谈着笑话。

也不知经过了多少时间，门口有汽车声，乃是伯和夫妇回来了。伯和走进来，笑道：“哟，你们二位还在这里闲谈呀？”何丽娜道：“出去看电影，赶不上时间了。”陶太太道：“何小姐不是说要回家去的吗？”伯和道：“那是她谈着谈着就忘了。不记得我们刚订婚的时候，在公园里坐着，谈起来就是一下午吗？”陶太太笑道：“别胡说，哪有这么一回事？”何丽娜笑道：“陶太太也有怕人开玩笑的日子了！我走了，改天见。”陶太太道：“为什么不是明天见呢？明天家树还不走啦。”何丽娜也不言语，自提了大衣步出屋子来，家树赶到院子里，接过大衣，替她穿上了。她低声道：“你明天下午，向西山通电话，我准在那里的。”说时，暗暗的携了家树的手，紧紧的捏着，摇撼了两下，那意思表示着，就是让他放心。家树在电灯光下向她笑了，于是送出大门，让她上了汽车，然后才回去。

有了这一晚的计议，一切事情都算是定了。次日何丽娜又回到西山去住。她本来对于男女交际场合是不大去了，回来之后，上过两回电影院，一回跳舞场，男女朋友们都以日久不见，忽然遇到为怪。现在她又回到西山去，真个是昙花一现，朋友们更为奇怪。

再说那沈国英对何丽娜总是不能忘情。为了追踪何丽娜，探探她的消息起见，也不时到那时髦小姐喜到的地方去游玩，以为或者偶然可以和她遇到一回，然而总是不见。在朋友口中，又传说她因病入医院了。沈国英对于这个消息，当然是不胜其怅惘，可是他自己已经立誓把何丽娜忘了，这句话有夏云山可以证明的，若是再去追求何丽娜，未免食言，自己承认不是个大丈夫了。所以他在表面上，把这事绝口不提。夏云山有时提到男女婚姻问题的事，探探他的口气，沈国英叹了一口气道："那位讲历史的吴先生，对我说了:'欲除烦恼须无我，各有因缘莫羡人'。我今日以前，是把后七个字来安慰我，今日以后，我可要把前七个字来解脱一切了。"

夏云山听他那个话，分明是正不能无我，正不免羡人。于是就让自己的夫人到何家去打小牌玩儿的时候，顺便向何太太要一张何小姐的相片。何太太知道夏太太是沈统制的盟嫂，这张相片，若落到他手上去，她就不免转送到沈统制手上去，这可不大好。想起前几天，何丽娜曾拿了一张相片回来，说是和她非常之相像，何太太一看可不是吗？大家取笑了一回，就扔在桌子抽屉了。至于是什么人，有什么来历，何丽娜为了家树的关系，却是不曾说，因之也不曾留什么意。这时夏夫人要相片，何太太给是不愿意，不给又抹不下情面，急中生智，突然的想起那张相片来，好在那张相片和女儿的样子差不多的，纵然给人，人家也看不出来。于是也不再考量，就把那张相片交给了夏夫人，去搪塞这个人情——其间仅仅是三小时的勾留，这张相片就到了沈府。

沈国英看到相片，吃了一惊，这张相片，似乎在哪里看到过她，那决不是何小姐！现在怎么变成何小姐的相了呢？那张相片，穿的是花柳条的褂子，套了紧身的坎肩，短裙子，长袜统，这完全是个极普通的女学生装束,何小姐是不肯这样装扮的。哦！是了，这是刘德柱如夫人的相片，在刘德柱家检查东西的时候，不是检查到了这样一张相片吗？这张相片，不知道与何家有什么关系，何太太却李代桃僵的把这张相片来抵数，这可有些奇怪了。于是拿了相片在手，仔细端详了一会，在许多地方看来，这固然与何丽娜的相貌差不多，可是她那娇小的身材，似乎比何小姐还要活泼。刘德柱这个蠢材，对于这样一个可爱的女子，竟是把她逼得成神经病了。后来派人到医院里去打听，只说刘太太走了，至于走了以后，是向哪里去了，却不知道，于今倒可以把她找来看看。她果然是个无主的落花，不妨把爱何丽娜的情，移到她身上去，我就是这样办。假使那个沈凤喜，她能和我合作，我一定香花供养，尽量灌输她的知识，陶养她的体质，然后带了她出入交际场合，让他们看看，除了何小姐外，我能不能找个漂亮的夫人？他心里如此想着的时候，一手拿了相片注视着，一手伸了一个指头不住的在桌面上面着圈圈。最后紧紧的捏了拳头，抖了两下；捏了拳头，凭空捶了两下，咬了牙道:“我决计把你弄了来，让大家看看。”他如此想着，当天就派人四处去打听沈凤喜的下落。

到了次日，他手下一个副官，却把沈三玄带了来和他相见。

沈国英听说刘太太的叔父到了，却不能不给一点面子，因之就到客厅里来接见。及至副官带了进来，只见一个蜡人似的汉子，头上戴了膏药品似的瓜皮小帽，身上一件灰布棉袍，除了无数的油渍和脏点，还大大小小有许多烧痕，这种人会做刘将军的叔泰山，令人有些不肯信。正如此犹豫着的时候，沈三玄在门槛外抢进来一步，身子蹲着，垂了一只右手，就向沈国英请了一个安。沈国英是个崭新的军人，对于这种腐败的礼节，却是有些看不惯，心里先有三分不高兴。可是他又转念一想，假使这个刘太太家里人身份太高了，又岂能让我拿来做个泄气的东西！惟其是让自己可以随便指挥，这才要利用她家里面的人格低。如此一转念，便向三玄点了个头。

三玄站起来笑道："刚才吴副官到小人家里去，问我那侄女的下落。唉！不瞒统制说，她疯了，现在疯人院里。"沈国英道："我也听见说她有神经病的，但是在医院里不久就出来了。"三玄道："她出来了，后来又疯了，我们全家闹的不安，没有法子，只好又把她送到疯人院里去。"说着，在身上掏出一张相片，双手颤巍巍的送到沈国英面前。笑道："你瞧，这是疯人院里给她照的一张相。"

沈国英接过来一看，乃是一张半身的女相，清秀的面庞，配着蓬乱的头发，虽然带些憔悴的样子，然而那带了酒窝的笑靥，喜眯眯的眼睛，向前直视，左手略略高抬，右手半向着怀里，作个弹月琴的样子。沈国英道："这就是刘太太吗？"沈三玄早已从吴副官口中略略知道了一点消息，便道："她没有得病的时候，刘将军就和她翻了脸了，她早就不是刘家的人，刘家人谁也不认她。要不，稍微有碗饭吃，家里怎样也容留着她，不让她上疯人院了。其实，只要让她顺心，她的病就会好的。"

沈国英将这张相片，拿在手里沉吟了一会，因道：“猛然一看，不像有病；仔细一看，她这一双眼睛，向前笔直的看着，那就是有病了。我派人和你一同去，把她接了来，我亲眼看看，究竟是怎么一个样子？”沈三玄道：“疯人院的规矩，要领病人出来，那是很不容易的。”吴副官站在门外，就插嘴道：“任凭在什么地方，有我们宅里一个电话，没有不放出来的。”沈三玄退后一步，于是又笑着向沈国英请了一个安道：“若是我那侄女救好了，我一家人永生永世忘不了你的大恩大德。”沈国英向他微笑道：“这倒无须。我并不是对你侄女儿有什么感情，也不是在北京十几万户人家里面，单单的怜惜你一家。只因你的侄女，像我一个朋友……”说到这里，觉得以下的话不大好说，就微笑了一笑。沈三玄怎敢问是什么原故，口里连连答应了几声“是”。沈国英向他一挥手道：“你跟着我的副官去，先预备衣服鞋袜，明天把她接了来，她的病要是能治，我就找医生和她治一治，若是不能治，我可只好依然送到疯人院里去。”沈三玄弯了一弯腰道:“是,那自然。”倒退两步，就跟着吴副官走了。

这个消息传遍了沈宅，上下人等，没有一个不奇怪的：莫不是主人翁也疯了，怎么要接个疯子女人到家里来？沈国英的兄长，是没法劝止这个有权有势的弟弟，只得打电话给夏总长请他来劝阻。夏云山深以为怪，说沈国英是胡闹，决不许他这样干。有了这样一个波折，要知凤喜能接出疯人院与否，下回交代。

第五回

金屋蓄痴花别具妙计　玉人作赝鼎激走情俦

却说沈国英要把沈凤喜接回家来看看，夏云山听到了这个消息，很是惊异。次日当凤喜还没有接来之先，夏云山就赶到沈国英家来拦阻。一见面，他就笑着喊道："我的老弟台，你自己也患神经病了吧？怎么要把一个疯子女人接到家里来看看。"沈国英笑道："对了，我是有了神经病。但是全世界的人，真不患神经病的，却有几个？"夏云山道："难道你要弄个疯子做太太？那在闺房里，也没有什么乐趣吧！"沈国英道："她不过是一种病，并不是一种毒！是病就可以治，治好了病，我再收她做太太；治不好病，我把她当个没有灵魂的何丽娜，在我面前摆着，也是好的。我只把她当何小姐，就不嫌她病了。"他如此说着，夏云山也无以相难，心想：何以把疯子当何丽娜？我且看看这个没有灵魂的何丽娜，究竟是什么样子？于是就陪了沈国英坐着等候。

不到一小时，吴副官进来报告，说是把沈凤喜接来了。沈国英站起身来，笑着向院子里迎上去。却回过头来向夏云山笑道："老实告诉你，我接的是何小姐，你不信，何小姐来了。那不是？"说着，手向进院子的那扇花隔扇门一指。夏云山看时，果然是何小姐。只是她穿得很朴素，只穿了一件黑绸的绒袍，头发蓬蓬松松的，脸上白中带黄，并没有擦什么脂粉，好像是生了病的样子。不过虽然带几分病象，然而她却是笑嘻嘻的露着两排白牙，眼睛直朝前面看着，两个黑眼珠子并不转动。他是在交际场上，早就认识何小姐了。虽然把她烧了灰，自已也是认得的，这不是何小姐是谁？不过猛然间看到，不免吓得自已突然向后一缩，若不是看着身前身后，站有许多人，一定要突然的叫了出来。但是那个何小姐，今天服装不同了，连态度也不同了。她并不像往日一样，见人言笑自若，她除了眼睛一直向前看着别人而外，就是对人嘻嘻的笑着。她后面跟着一个类似下流社会的人物，抢上前一步，对她道："孩子，你别傻笑了，这是沈统制，你不认识吗？"她两道眼睛的视线，依然向前，微摇了两摇头。夏云山这有点疑惑了：怎么会让这种人叫何小姐做孩子？于是也就瞪了两只眼睛望了她。沈国英走到她的面前，笑道："你不是叫沈凤喜吗？"她笑道："对呀，我叫沈凤喜呀，樊大爷没回来吗？"夏云山这才恍然，所谓没灵魂的何小姐，那是很对的，原来沈凤喜的相貌，和何丽娜相象，竟是到了这种地步！

当下沈国英回转头来向夏云山笑道："这不是我撒的什么谎吧？你看这种情形，装扮起来，和何小姐比赛一下，那不是个乐子吗？"夏云山还不曾去加以批评，沈国英已经掉过脸，又去向沈凤喜说话了，便道："哪个樊大爷？"凤喜笑道："哟！樊大爷你会不认识，就是我们的樊大爷么。"说毕，将两只眼睛，笑眯眯的看了沈国英。跟在她后面的沈三玄，就上前一步，拉了她的衣袖道："凤喜，你不知道吗？这是沈统制，他老人家的官可就大着啦！"凤喜望了沈国英微笑道："他的官大着啦，樊大爷的官也不小呀！"

夏云山问道："怎么她口口声声不离樊大爷？"沈国英微笑道："这里面当然是有些原因。当了她的面，我们暂不必说。"于是吩咐仆役们，团团将凤喜围住，却叫人引了沈三玄到客厅里来。

沈三玄一到客厅里面，沈国英就问他道："她怎么口口声声都叫樊大爷，这樊大爷是谁呢？"沈三玄到了现在，实在是走投无路了；不想却又有了这样一个沈统制和他谈和，真是喜从天降，于是就把樊家树和凤喜的关系，略微说了一点。沈国英道："咦！怎么又是个姓樊的？这个姓樊的是哪里人？"沈三玄道："是浙江人，他叔叔还是个关监督啦。"沈国英道："原来还是他？难怪他那样钟情于何小姐了！"又冷笑了一声道："我这里有的是闲房子，收拾出三间，让你侄女在那里养病，我相信她的病治得好。她病里头闹不闹呢？"三玄道："她不闹，除非有时唱上几句。她平常怕见胖子，怕见马鞭子，怕听保定口音的人说话；遇到了，她就会哭着嚷着，要不然，她老是见着人就笑，见人就问樊大爷，倒没有别的。她知道挑好吃的东西吃，也知道挑好看的衣服穿。"沈国英昂头想了一想道："我们这东跨院里有几间房子，很是僻静的，那就让她暂时在我这里住十天半个月再说吧。"说着，向沈三玄望了问道："你对于我的这种办法，放心吗？"三玄见统制望了他，早就退后一步，笑着请了一个安道："难道在这儿养病，还不比在疯人院里强上几十万倍吗？"沈国英淡淡的一笑道："一切都看你们的造化。你去吧！"说着，将手一挥，把沈三玄挥了出去，自己躺在一张躺椅上把脚架了起来。顺手在茶几上的雪茄烟盒子里取了一根雪茄衔在嘴里，在衣袋里取出打火机，点着了烟，慢慢的吸着，向半空里喷出一口烟来，接着还放出淡淡的微笑。

夏云山看见他那逍遥自得的样子，倒不免望了他发呆，许久，才问道："国英！我看你对于这件事，倒像办得很得意。"沈国英口里喷着烟笑道："那也无所谓，将来你再看吧。"夏云山正色道："你就要出一口气，凭你这样的地位，什么法子都有。疯子可不是闹着玩的！"沈国英也一正脸色，坐了起来道："你不必多为我担心。你再要劝阻我这一件事，我就要拒绝你到我家里来了。"夏云山虽是一个盟兄，其实任何事件，都要请教这位把弟，把弟发了脾气，他也就不敢再说。沈国英既然把事情做到了头，索性放出手来做去：收拾了三间屋子，将凤喜安顿在里面；统制署里，有的是军医，派了一个医官和看护，轮流的去调治；而且给了沈家一笔费用，准许沈大娘和沈三玄随时进来看凤喜。

原来沈大娘自从凤喜进了疯人院以后，虽然手边上还有几个积蓄，一来怕沈三玄知道会抢了去，二来是有减无增的钱，也不敢浪用，所以她就在大喜胡同附近，找了一所两间头的灰棚屋子住下。沈三玄依然是在天桥鬼混，沈大娘却在家里随便做些女工。想到自己年将半百，一点依靠没有，将来不知是如何了局。自己的姑娘，现在是病在疯人院里，难道她就这样的疯上一辈子吗？想到这里，便是泪如泉涌的流将下来。所以她在苦日子以外，还过着一份伤心的日子。现在凤喜到了沈国英家，她心里又舒服了，心想：这样看起来，还是养姑娘比小子的好，姑娘就是疯了，现在还有人要她，而且一家人都沾些好处。将来姑娘要是不疯了，少不了又是沈大人面前得宠的姨太太了。从前刘将军说，要找个姓沈的旅长，做她的干哥哥，于今不想这个沈旅长官更大了，还记得起她呢，这可好了。因之她收拾得干干净净的，每天都到沈宅跨院里来探访姑娘——以沈国英的地位，拨出两间闲房，去安顿两个闲人，这也不算什么。所以在头一两天，大家都觉得他弄个疯子女人在家里住着有些奇怪，过了两天，大家也就把这事情看得很淡薄了。沈国英也是每天到凤喜的屋子里来看上一趟，迟早却不一定。

这天，沈国英来看凤喜的时候，恰好是沈大娘也在这里，只见凤喜拿了一张包点心的纸，在茶几上折叠着小玩意儿，笑嘻嘻的。沈大娘站在一边望了她发呆，沈国英进来，她请了个安，沈国英向她摇摇手，让她别做声，自己背了两手，站在房门口望着。凤喜将纸叠成了个小公鸡，两手牵扯着，那两个翅膀闪闪作动，笑得格格不断。沈大娘道："姑娘，别孩子气了，沈统制来了。"她对于"沈统制"三个字，似乎感不到什么兴奋之处，很随便的回转脸来看了一看，依然去牵动折叠的小鸡。沈国英缓缓走到她面前，将她折的玩物拿掉，然后两手按住了她的手，放在茶几上，再向她脸上注视着道："凤喜，你还不认得我吗？"凤喜微偏了头，向他只是笑。沈国英笑道："你说，认识不认识我？你说了，我给糖你吃。"凤喜依然向着他笑，而且双目注视着他。国英不按住她的手了，在衣服袋里取出一包糖果来，在她面前一晃，笑道："这不是？你说话。"凤喜用很高的嗓音问道："樊大爷回来了吗？"她突然用很尖锐的声音，送到耳鼓里面来，却不由人不猛然吃上一惊。他虽是个上过战场的武夫，然而也情不自禁的向后退了一步。沈大娘看到这个样子，连忙抢上前道："不要紧的，她很斯文的，不会闹。"沈国英也觉得让一个女子说着吓得倒退了，这未免要让人笑话，便不理会沈大娘的话，依然上前，执着她一只手道："你问的是樊大爷吗？他是你什么人？"凤喜笑道："他呀？他是我的樊大爷呀，你不知道吗？"说毕，她坐在凳上，一手托了头，微起着向外，口里依旧喃喃的小声唱着。虽然听不出来唱的是些什么词句，然而听那音调，可以听得出来是《四季相思》调子。

当下沈国英便向沈大娘点点头，把她叫出房门外来，低声问道："以前姓樊的，很爱听她唱这个曲子吗？"沈大娘皱了眉低声道："可不是。你修好，别理她这个岔儿，一提到了姓樊的，她就会哭着闹着不歇的。"沈国英想了一想道："姓樊的现时在北京，你知道吗？"沈大娘道："唉！不瞒你说，自己的姑娘不好，我也不好意思再去求人家了。你在她面前，千万可别提到他。"沈国英道："难道这个姓樊的他就不再来看你们了吗？"沈大娘却只叹了一口气。沈国英看她这情形，当然也是有难言之隐，一个无知识的妇女，在失意而又惊吓之后，和她说这些也是无用，于是也就不谈了。

当沈国英正在沉吟的时候，忽听得窗户里面，娇柔婉转唱了一句出来，正是《四季相思》中的句子："才郎一去常常在外乡……可怜奴哇瘦得不像人模样。——樊大爷回来了吗？"沈国英听了这话，真不由心里一动，连忙跨进房来一看，只见凤喜两手按了茶几，瞪了大眼睛向窗子外面看着。她听了脚步响，回转头来看着，便笑嘻嘻的望了沈国英，定了眼珠子不转。沈国英笑着和她点了几点头，有一句话正想说出来，她立刻就问出来道："樊大爷回来了吗？"沈国英把这句话听惯了，已不是初听那样的刺耳，便道："樊大爷快回来了。"他以为这是一句平常的话，却不料偏偏引起她重重的注意，抢上前一步，拉了沈国英的手，跳起来道："他不回来的，他不回来的，他笑我，他挖苦我，他骗我上戏馆子听戏把我圈起来了，他……"说着说着，她哇的一声哭了起来，伏在桌子上，又跳又哭。沈国英这可没有了办法，望了她不知所云。沈大娘走向前，将她搂在怀里，心肝宝贝，摸着拍着，用好言安慰了一阵。她还哭着樊大爷长樊大爷短，足足闹了二三十分钟，方才停止。沈国英这算领教了，樊大爷这句话却是答复不得的。次日，凤喜躺在床上，却没有起来，据医生说，她的心脏衰弱过甚，应该要好好休养几天，才能恢复原状。沈国英这更知道是不能撩拨她，只有让她一点儿也不受刺激，自由自便的过下去的了。

这样的过了一个月之久，已是腊尽春回。凤喜的脾气，不但医生看护知道，听差们知道，就是沈国英也知道，所以大家都让她好好的在房子里一人调养，并不去撩拨她的脾气。因之她除了见人就笑，见人就问樊大爷，倒也并没有别的举动。

沈国英看她的精神，渐渐有些镇静了，于是照着何丽娜常穿出来的几套衣饰，照样和凤喜做了几套。不但衣饰而已，何丽娜耳朵上垂的一对翠玉耳坠子，何丽娜身上的那件灰背大衣，一齐都替凤喜预备好。星期日，沈国英在家里大请一回客，其间有十之七八，都认得何小姐的。在大客厅里，酒席半酣，一个听差来报告，姨太太回来了。沈国英笑着向听差道："让她到这里来和大家见见吧。"听差答应着一个"是"，去了。不多一会儿，两个听差，紧紧的跟着凤喜走了进来。客厅里两桌席面，男女不下三十人，一见之下，都不由吃了一惊：何总长的小姐，几时嫁了沈国英做姨太太？原来刚才凤喜穿了紫绒的旗袍，灰鼠皮的大衣，打扮了一身新，正是高兴的了不得，精神上略微有点清楚。听差又再三的叮嘱，等会见人一鞠躬，千万别言语，回头多多的给你水果吃。凤喜也就信了。因之现在她并不大声疾呼，站在客厅外，老远的就向人行了个鞠躬礼。沈国英站了起来笑道："这是小妾，让她来斟一巡酒吧。"大家哪里肯？同声推谢。沈国英手向凤喜一挥道："你进去吧！"于是两个听差，扶了凤喜进去。

在座的人，这时心里就稀罕大了：那分明是何小姐！不但脸貌对，就是身上穿的衣服，也是何小姐平常喜欢穿的，不是她是谁？这岂非沈国英故意要卖弄一手,所以让她到酒席筵前来。不然，一个姨太太由外面回家，有在宴会上报告之必要吗？而且听差也是不敢呀！大家如此揣想，奇怪上加上一道奇怪：以为何廉热衷做官，所以对沈国英加倍的联络，将他的小姐，屈居了作如夫人，怪不得最近交际场上，不见其人了。

过不几天，这个消息传到何廉耳朵里去了，气得他死去活来。仔细一打听，才知道那天沈国英将如夫人引出和大家相见虽是真的，但是他并没有说如夫人姓何，也没有说如夫人叫丽娜，别人要说是何小姐，与沈国英有什么相干？前次丽娜也说过有个女子和她相貌相同，也许沈国英就是把这个人讨去了。而且有人说，这个女子，是个疯子，一度做过刘将军的妾，更可以知道沈国英将她卖弄出来，是有心要侮弄自己的姑娘。只是抓不着人家的错处，不能去质问他。因为他讨一个和何小姐相貌相同的人作妾，将妾与来宾相见，这并不能构成侮辱行为的。

何廉吃了这一个大亏，就打电话把何丽娜叫回来。这时，家树放寒假之后也住在西山，就一同回来。何丽娜知道这件事，倒笑嘻嘻的说："那才气我不着呀。真者自真，假者自假。要证明这件事，我一出面，不用声明，事情就大白了。他那叫瞎费心机，我才不气呢！"可是家树听说凤喜又嫁了沈统制，以为她的疯病好了。觉得这个女子，实在没有人格，一嫁再嫁。当时作那军阀之奴，自己原还有爱惜她三分的意思，如今是只有可恨与可耻了。当他在何家听得这消息的时候，没有什么表示，及至回到陶伯和家来，只推头晕，就躺在书房里不肯起来。

这天晚上，何丽娜听说他有病，就特意到书房来看病。家树手上拿了一本老版唐诗，斜躺在睡榻上看下去。何丽娜挨着他身边坐下，顺手接过书来一翻，笑道："你还有工夫看这种文章吗？"家树叹了口气道："我心里烦闷不过，借这个来解解闷，其实书上说的是些什么，我全不知道。"何丽娜笑道："你为什么这样子烦闷，据我想，一定是为了沈凤喜。她……"家树一个翻身坐了起来，连忙将手向她手上一按，皱了眉道："不要提到这件事了。"何丽娜笑道："我怎能不提？我正为这个事来和你商量呢。"说着，在身上掏两张字纸，交给他道："你瞧瞧，我这样措词很妥当吗？"家树接了字纸看时，何丽娜却两手抱了膝盖，斜着看家树的脸色是很平和的，就向着他嘻嘻的笑了起来。家树看完了稿子，也望了何丽娜，二人噗嗤一笑，就挤到一处坐着了。

到了次日，各大报上，却登了两则启事，引起了社会上不少的人注意。那启事是：

樊家树 何丽娜	订婚启事	家树、丽娜，以友谊日深，爱好愈笃，兹双方禀明家长，订为终身伴侣，凡诸亲友，统此奉告。

何丽娜启事

丽娜现已与樊君家树订婚，彼此以俱在青年，岁月未容闲度，相约订婚之后，即日同赴欧洲求学。芸窗旧课，喜得重温；舞榭芳尘，实已久绝。纵有阳虎同貌之奇闻，实益曾参杀人之噩耗，特此奉闻，诸维朗照。

这两则启事，在报上登过之后，社会上少不得又是一番哄动。樊、何二人较为亲密的朋友，都纷纷的预备和他二人饯行。但是樊、何二人，对于这些应酬，一齐谢绝，有一个月之久，才两三天和人见一面。大家也捉摸不定他们的行踪。最后,有上十天不见，才知道已经出洋了。樊、何一走,这里剩下了二沈,这局面又是一变。要知道这个疯女的结局如何，下面交代。

第六回

借箸论孤军良朋下拜　解衣示旧创侠女重来

光阴是箭一般的过去，转眼便是四年了。这四年里面樊家树和何丽娜在德国留学，不曾回来。沈国英后来又参加过两次内战，最后，他已解除了兵权，在北平做寓公。因为这时的政治重心，已移到了南京，北京改了北平了。只是有一件奇怪的事，便是凤喜依然住在沈家。她的疯病虽然没有好，但是她绝对不哭，绝对不闹了，只是笑嘻嘻的低了头坐着，偶然抬起头来问人一句："樊大爷回来了吗？"沈国英看了她这样子，觉得她是更可怜，由怜的一念慢慢的就生了爱情，心里是更急于的要把凤喜的病来治好。她经了这样悠久的岁月，已经认得了沈国英，每当沈国英走进屋子来的时候，她会站起来笑着说："你来啦。"沈统制去的时候，她也会说声："明儿个见。"沈国英每当屋子里没有人的时候，便拉了她在一处坐着，用很柔和的声音向她道："凤喜，你不能想清楚以前的事，慢慢醒过来吗？"凤喜却是笑嘻嘻的，反问他道："我这是做梦吗？我没睡呀。"沈国英有时将大鼓三弦搬到她面前，问道："你记得唱过大鼓书吗？"她有时也就想起一点，将鼓搂抱在怀里，沉头静思，然而想不多久，立刻笑起来，说是一个大倭瓜。沈国英有时让她穿起女学生的衣服，让她夹了书包，问她："当过女学生吗？"她一看见镜子里的影子，哈哈大笑，指着镜子里说："那个女学生学我走路，学我说话，真淘气！"类于此的事情，沈国英把法子都试验过了，然而她总是醒不过来。沈国英种种的心血都用尽了，她总是不接受。他也只好自叹一句道："沈凤喜，我总算对得住你，事到如今我总算白疼了你！因为我怎样的爱你，是没有法子让你了解的了。"他如此想着，也把唤醒凤喜的计划，渐渐抛开。

有一天，沈国英由汤山洗澡回来，在汽车上看见一个旧部李永胜团长在大路上走着。连忙停住了汽车，下车来招呼。李团长穿的是呢质短衣，外罩呢大衣，在春潮料峭的旷野里，似乎有些不胜寒缩的样子。便问道："李团长，多年不见了，你好吗？"李永胜向他周身看了一遍，笑答道："沈统制比我的颜色好多了，我怎能够像你那样享福呢。唉！不过话又说回来了，在这个国亡家破的年头儿，当军人的，也不该想着享什么福！"沈国英看他脸色，黑里透紫，显着是从风尘中来，便道："你又在哪里当差事？"李永胜笑道："差事可是差事，卖命不拿钱。"沈国英道："我早就想破了，国家养了一二百万军队，哪有这些钱发饷？咱们当军人的，也该别寻生路，别要国家养活着了。你就是干，国家发不出饷来，也干得没有意思。"李永胜笑道："你以为我还在关里呀？"沈国英吃了一惊的样子，回头看了一看，低声道："老兄台，怎么着，你在关外混吗？饿死事小，失节事大，你怎么跟亡国奴后面去干？"说着，将脸色沉了一沉。李永胜笑道："这样说，你还有咱们共事时候的那股子劲。老实告诉你，我在义勇军里面混啦。这里有义勇军一个机关，我有事刚在这里接头来着。"说着，向路外一个村子里一指。沈国英和他握了手笑道:“对不住，对不住，我说错了话啦。究竟还是我们十八旅的人有种，算没白吃国家的粮饷。你怎么不坐车，也不骑头牲口？”李永胜笑道：“我的老上司，我们干义勇军是种秘密生活，能够少让敌人知道一点，就少让敌人知道一点，那样大摇大摆的来来去去做什么？”沈国英笑道：“好极了，现在回城去，不怕人注意，你上我的车子到我家里去，我们慢慢的谈一谈吧。”李永胜也是盛情难却，就上了车子，和他一路到家里来。

沈国英将李永胜引到密室里坐着，把仆从都禁绝了，然后向他笑道：“老兄台，我混得不如你呀，你倒是为国为民能作一番事业。”李永胜坐在他对面，用手搔了头发，向着他微微一笑道：“我这个事，也不算什么为国为民，只是吃了国家一二十年的粮饷，现在替国家还这一二十年的旧账。”沈国英两手撑了桌沿，昂了头望着天道：“你比我吃的国家粮饷少，你都是这样说，像我身为统制的人，还在北京城里享福，岂不要羞死吗？”李永胜道：“这是人人可做的事呀，只要沈统制有这份勇气，我们关外有的是弟兄们，欢迎你去做总司令、总指挥。只是有一层，我们没钱，也没有子弹。吃喝是求老百姓帮助，子弹是抢敌人的，没有子弹的时候，我们只凭肉搏和敌人拼命。这种苦事,沈统制肯干吗？”说时,笑着望了他，只管搔自己的头发。沈国英皱了眉，依旧昂着头沉思，很久才道：“我觉得不是个办法。”李永胜看他那样子，这话就不好向下说，只淡淡的一笑。沈国英道：“你以为我怕死不愿干吗？我不是那样说。我不干则已,一干就要轰轰烈烈的惊动天下。没有钱还自可说；没有子弹，那可不行！”李永胜看他的神情态度，不像是说假话，便道：“依着沈统制呢？”沈国英道：“子弹这种东西，并不是花钱买不到的。我想假使让我带一支义勇军，人的多少，倒不成问题，子弹必定要充足。”李永胜突然站起来道:“沈统制这样说起来，你有法子筹得出钱吗？”沈国英道：“我不敢说有十分把握，我愿替你借箸一筹，出来办一办。”李永胜一听，也不说什么，突然的跪下地去，朝着他端端正正的磕了三个头。

这一突如其来的行为，是沈国英没有防到的，吓得他倒退一步，连忙将李永胜搀扶起来。问道：“老兄台，你为什么行这样重的大礼，我真是不敢当。”李永胜起来道：“老实说，不是我向你磕头，是替我一千五百名弟兄向你磕头。他们是敌人最怕的一支军队，三个月以来，在锦西一带建立了不少的功绩。只是现在缺了子弹，失掉了活动力，再要没有子弹接济，不是被敌人看破杀得同归于尽，也是大家心灰气短，四处分散。我们的总指挥派了我和副指挥到北平来筹款筹子弹，无如这里是求助的太多，一个一个的来接济，摊到我们头上，恐怕要在三个月之后。为了这个，我是非常之着急。沈统制若是能和我们想个两三万块钱，让我们把军械补充一下，不但这一路兵有救，就是对于国家，也有不少的好处。沈统制，我相信你不是想不出这个法子的人，为了国家……”说到这四个字，他又朝着沈国英跪了下去。沈国英怕他又要磕头，抢向前一步，两手将他抱住，拖了起来道：“我的天，有话你只管说，老是这个样子对付我，你不是叫我，要求我，你是打我，骂我了。”李永胜道：“对不住，请你原谅我，我是急糊涂了。”沈国英笑道：“要我帮你一点忙，也未尝不可以，就是义勇军真正的内容我有些不知道。请你把关外义勇军详细的情形，告诉我一点，我向别人去筹款子，人家问起来了，我也好把话去对答人家。”李永胜道：“你要知道那些详细的情形，不如让我引一个人和你相见，你就相信我的话不假了。我先说明一下，此人不是男的，是个二十一二的姑娘。”沈国英道："我常听说义勇军里面有妇女，于今看起来，这话倒是不假的了。"李永胜道："这当然是真的。不过她不是普通女兵，却是我们的副指挥呢！只是有一层，她的行踪很守秘密的，你要见她，请你单独的定下内客厅会她，我明天下午四点钟以后，带了她来。也许你见了认识她。因为她这个人，不但是现在当义勇军，以前在北京，她就做过一番轰轰烈烈的举动。"

沈国英越听越奇怪了。这到底是怎么回事呢？当然啰，现在各报上老是登着什么"现代之花木兰"，也许这副指挥就是所谓的"现代之花木兰"了。但是怎么我会认识她？在北平的一些知名女士，是数得出的，我差不多都碰过面，她们许多人只会穿了光亮的鞋子，到北京饭店去跳舞，哪里能到关外去当义勇军呀？沈国英急于要结识这个特殊的人物，于是又把自己的想法问了李永胜。李永胜微笑道："这些都不必研究。明天沈统制一见，也许就明白了。只请你叮嘱门房一声，明天我来的时候，通名片那道手续最好免了，让我一直进来就是。"沈国英道："不，我要在大门口等着，你一来，我就带着向里行。"李永胜也不再打话，站起来和他握了一握手，笑道："明天此时，我们大门口相见。"说毕，径直的就走了。

沈国英送他出了大门口，自己一人低头想着向里走。奇怪？李永胜这个人有这股血性，倒去当了义勇军；我是他的上司，倒碌碌无所表现！正这样走着，猛然听到一种很尖锐的声音，在耳朵边叫道："樊大爷回来了吗？"他看时，凤喜站在一丛花树后面，身子一闪，跑到一边去了。自己这才明白，因为心中在想心事，糊里糊涂的，不觉跑到了跨院里来，已经是凤喜的屋子外面了。因追到凤喜身边，望了她道："你为什么跑到院子里来，伺候你的老妈子呢？"凤喜抬了肩膀，格格的笑了起来。沈国英握了她一只手，将她拉到屋子里去；她也就笑了跟着进来，并不违抗。伺候她的两个老妈子都在屋里，并没有走开。沈国英道：“两人都在屋里，怎么会让她跑出去了的？”老妈子道：“我们怎么拦得住她呢？真把她拦住不让走，她会发急的。”沈国英道：“这话我不相信。你们在屋子里的人都拦不住她，为什么我在门外，一拉就把她拉进来了呢？”老妈子道：“统制，你有些不明白。我们这些人，在她面前，转来转去，她都不留意；只有你来了，她认得清楚，所以你说什么，她都肯听。”沈国英听了这话，心中不免一动，心想：这真是“精诚所至，金石为开”了。这样子做下去，也许我一番心血，不会白费。因拉着凤喜的手，向她笑道：“你真认得我吗？”凤喜笑着点了点头，将一个食指，放在嘴里咬着，眼皮向他一撩，微笑着道：“我认得你，你也姓沈。”沈国英道：“对了，你像这样说话，不就是好人吗？”凤喜道：“好人？你以为我是坏人吗？”她如此说时，不免将一只眼珠横着看人。两个老妈子，赶快向沈国英丢着眼色，拉了凤喜便走，口里连道：“有好些个糖摆在那里，吃糖去吧。”说时，回过头来，又向沈国英努嘴。他倒有些明白，这一定是凤喜的疯病，又要发作，所以女仆招呼闪开，自己叹了一口气，也就走回自己院子里来了。当他走到自己院子里来的时候，忽然想起李永胜说的那番话，心想，我这人，究竟有些傻，当这样国难临头的时候，要我们军人去做的事很多，我为什么恋恋于一个疯了五年的妇人？我有这种精神，不会用到军事上去，做一个军事新发明吗？这样一转，他真个又移转到义勇军这个问题上去设想了。

到了次日，沈国英按着昨天相约的时候，亲自站在大门口，等候贵客光临。但是汽车、马车、人力车、行路的人来来往往不断的在门口过着，却并没有李永胜和一个女子同来。等人是最会感到时间延长的，沈国英等了许久许久，依然不见李永胜到来，这便有些心灰意懒，大概李永胜昨天所说，都是瞎诌的话，有些靠不住的。他正要掉转身向里走，只见一辆八成旧的破骡车，蓝布篷子都变成了灰白色了。一头棕色骡子拉着，一直向大门里走。那个骡车夫，带了一顶破毡帽，一直盖到眉毛上来，低了头，而且还半偏了身子，看不清是怎样一个人。沈国英抢上前拦住了骡头，车子可就拉到了外院，喝道："这是我们家里，你怎么也不招呼一声，就往里闯！"那车夫由骡车上跳了下来，用手将毡帽一掀，向他一笑。出其不意的，倒吓沈国英一跳，这不是别人，正是李永胜，不觉"咦"了一声道："你扮的真像，你在哪里找来的这一件蓝布袍子和布鞋布袜子？还有你手里这根鞭子……"李永胜并不理会他的话，手带了缰绳，把车子又向里院摆了一摆。沈国英道："老李，你打算把这车还往哪里拉？"李永胜道："你不是叫我请一位客来吗？人家是不愿意在大门外下车的。"

这里沈国英还不曾答话，忽听得有人在车篷里答应着道："不要紧的，随便在什么地方下车都可以。"说着话时，一个穿学生制服的少年跳下车来。但是他虽穿着男学生的制服，脸上却带有一些女子的状态，说话的声音，可是尖锐得很，看他的年纪，约在二十以上，然而他的身材，却是很矮小，不像一个男子。沈国英正怔住了要向他说什么，他已经取下了头上的帽子，笑着向沈国英一个鞠躬，道："沈统制，我来得冒昧一点吧？"这几句话，完全是女子的口音，而且他头上散出一头黑发。沈国英望了李永胜道："这位是——"李永胜笑着道："这就是我们的副指挥，关秀姑女士。"沈国英听到，心里不由得发生了一个疑问：关秀姑？这个名字太熟，在哪里听到过……关秀姑向他笑道："我们到哪里谈话？"沈国英见她毫无羞涩之态，倒也为之慨然无忌，立刻就把关、李二人引到内客厅里来。

三人分宾主坐下了，秀姑首先道："沈先生，我今天来，有两件事，一件是为公，一件是为私，我们先谈公事。我们这一路义勇军前后一十八次，截断伪奉山路，子弹完了，弟兄们也散去不少，现在想筹一笔款子买子弹。这子弹在关外买，我们有个来源，价钱是非常的贵，至低的价钱，要八毛一粒，贵的贵到一块二毛，两三万块钱的子弹，不够打一仗的。最好是关里能接济我们的子弹，不能接济我们的子弹，多接济我们的钱也可以。沈先生是个少年英雄，是个爱国军人，又是在政治上占过重要地位的，对于我的要求，我敢大胆说一句，是义不容辞，而且也是办得到的。所以我一听李团长的话，立刻就来拜访。沈统制不是要知道我们详细的情形吗？我们造有表册，可以请看。只是这东西也可以假造的。要证据，我身上倒现成。"说着，她将右手的袖子向上一卷，露出圆藕似的手臂，正中却有一块大疤痕。沈国英是个军人，他当然认得，乃是子弹创痕。她放下袖子，抬起一只右脚，放在椅子档上，卷起裤脚，又露出一只玉腿来，腿肚子上，也是一个挺大的疤痕。沈国英看她脸上，黑黑的，满面风尘，现在看她的手臂和腿，却是其白如雪，其嫩如酥，实在是个有青春之美的少女。他这样的老作遐思，秀姑却是坦然无事的，放下裤脚来，笑向沈国英道："这不是可以假造出来的。不过沈统制再要知道详细，最好是跟了我们到前线去看看。你肯去吗？"说时，淡淡的笑着看人。

沈国英见关秀姑说话那样旁若无人的样子，心里不由得受了很大的冲动，突然站起来，将桌子一拍道："女士这样说，我相信了。

只是我沈国英好惭愧！我当军人，做到师长以上，并没有挂过一回彩，倒不如关女士挂了彩又挂彩，不愧军人本色。关女士深闺弱女，都能舍死忘生，替国家去争人格，难道我就不能为国出力吗？好，多话不用说，我就陪你到关外去看一趟，假使我找得着一个机会，几万粒子弹，也许可以筹得出来。”秀姑猛然伸了手，向他一握道：“这就好极了。只要沈先生肯给我们筹划子弹，我们就一个钱不要。”沈国英道：“假使子弹可以到手，我们要怎样的运送到前方去呢？”秀姑道：“这个你不必多虑，只要你有子弹，我们就有法子送到前方去。现在公事算谈着有点眉目了，咱们可以来谈私事了。”沈国英想着，我们有什么私事呢？这可奇了！要知她说出什么私事来，下回交代。

第七回

伏枥起雄心倾家购弹　登楼记旧事惊梦投怀

却说关秀姑说是有私事要和沈国英交涉，使他倒吃了一惊，自己与这位女士素无来往，哪有什么私事要交涉？当时望了秀姑却说不出话来。秀姑微微一笑道："沈统制，你得谢谢我呀！四年前你们恼恨的那个刘将军，常常和你们捣乱，你们没法子对付他，那个人可是我给你们除掉的呀。"说毕，眉毛一扬，又笑道："要是刘德柱不死，也许你们后来不能那样得意吧？"沈统制头一昂道："哦！是了。我说你的大名，我很熟呢，那次政变以后，外边沸沸扬扬的传说着，都说是姓关的父女两个干的，原来就是关女士。老实说，那次政变，倒也幸得是北京先除刘巡阅使的内应。可是那些占着便宜的人，现在死的死了，走的走了，要算这一笔旧账，也无从算起。"秀姑微笑摇了两摇头道："你错了！你们升官发财，你们升官发财去，我管不着。而且那回我把刘德柱杀了，我是为了我的私事，与你们不相干。可是说着与你们不相干也不全是，仔细说起来，与你又有点儿关系。"沈国英道："关女士说这话，我可有些糊涂。"秀姑微笑道："你府上，到现在为止，不是还关着一个疯子女人吗？我是说的她。现在，我要求你，让我看看她。”

这一说不要紧，沈国英脸上顿时收住笑容，一下子站了起来，望着秀姑，沉吟着道：“你是为了她？不错，她是刘德柱的如夫人，以前很受虐待的，这与关女士何干？”秀姑微笑道：“你对这件事，原来也是不大明白的，这可怪了。”沈国英看看李永胜，有一句话想问，又不便问，望了只是沉吟着。李永胜倒有些情不自禁。关于秀姑行刺刘将军的事，关寿峰觉得是他女儿得意之作，在关外和李永胜一处的时候，源源本本，常是提到，只有秀姑对家树亦曾钟情的事，没有说起。这时，李永胜也就将关寿峰所告诉的话，完全说了出来。

沈国英一听，这才舒了一口气，拍手道：“原来关女士和凤喜还是很好的姊妹们，这就好极了！我们立刻引关女士见她。她现在有时有些清醒，也许认得你的。”秀姑摇了一摇头道：“不，我这个样子去见她，她还以为是来了一个大兵呢。骡车上，我带有一包衣服，请你借间屋子，我换一换。我很忙，在家里来不及换衣服就来了。”沈国英连说：“有，有。”便在上房里叫了个老妈子就出来，叫她拿了骡车上的衣包，带着关秀姑去换衣服。

不一刻，秀姑换了女子的长衣服出来，咬了下唇，微微的笑。沈国英笑道：“关女士男装，还不能十分相像；这一改起女装来，眉宇之间，确有一股英雄之气！”秀姑并不说什么，只是微笑着。沈国英看她虽不是落落难合，却也不肯对人随声附和，不便多说话，便引了她和李永胜，一路到凤喜养病的屋子里来。

这天，恰是沈大娘来和凤喜送换洗的衣服，见关秀姑来了，不由“呀”的一声迎上前来，执着她的手叫道：“大姑娘，你好哇？多年不见啦。”秀姑道：“好，我瞧我们妹妹来了。”她口里如此说着，眼睛早是射到屋子里。见凤喜长的更丰秀些了，坐在一张小铁床上，怀里搂了个枕头，并不顾到怀里的东西，微起了头，斜了眼光，只管瞧着进来的人。秀姑远远的站住，向她点了两个头，又和她招了两招手。凤喜看了许久，将枕头一抛，跳上前来，握了秀姑的手道："你是关大姐呀！"另一只手却伸出来摸着秀姑的脸，笑道："你真是关大姐？这不是做梦？这不是做梦？"秀姑笑着点头道："谁说做梦呢，你现在明白了吗？"凤喜道："樊大爷回来了吗？"秀姑道："他回来了，你醒醒吧。"凤喜的手执了秀姑的手，"哇"的一声哭出来了。沈大娘抢上前，分开她的手，用手抚着她的脊梁道："孩子，人家没有忘记你，特意来看你，你放明白一点，别见人就闹呀！"凤喜一哭之后，却是忍不住哭声，又跳又嚷，闹个不了。沈大娘和两个老妈子，好容易连劝带骗，才把她按到床上躺下了。

秀姑站在屋子里，尽管望着凤喜，倒不免呆了。沈国英便催秀姑出来，又把沈大娘叫着，一同到客厅里坐。因指着秀姑向沈大娘道："这位姑娘了不得，她父女俩带了几千人在关外当义勇军，为国家报仇，我看见她这样有勇气，我自己很惭愧，决计把家财不要，买了子弹，亲自送到关外去。这样一来，我这个家是我兄嫂的了。你的闺女，就不能再在我这里养病。但是不在我这里养病，难道还把她送进疯人院不成？我和医生研究了许多次，觉得她还不是完全没有知识，断定了她疯病是为什么情形而起的，我们还用那个情节，再逼引她一回。这一回逼得好，也许就把她叫醒过来了。不好呢，让她还是这样疯着，倒没有什么关系。就怕的是刺激狠了，会把她引出什么差错来，我和你商量一下，你能不能放手让我去做。"沈大娘道："我有什么不能放手呢？养活着这样一个疯子，什么全不知道，也就死了大半个啦。凭她的造化，治好了她的病，我也好沾她一些光；治不好她的病，就是死了那也是命该如此，有什么可说的呢！”

沈国英道：“今天听这位李团长所说，凤喜发疯的那一天，关女士是亲眼看见的。因为刘德柱打了她，又逼她唱。老妈子又说，他从前打死过一个姨太太，所以她又气又急又害怕，成了这个疯病。若是原因如此，这就很好办啦。刘德柱以先住的那个房子，现在正空在那里。有关女士在这里，那卧房上下几间屋子是怎样的情形，关女士一定还记得。就请关女士出来指点指点，照以前那样的布置法子，再布置一番，就等她睡觉的时候，悄悄的把她搬到那新屋子里去住下。我手下有一个副官，长得倒有几分像刘将军，虽然眉毛淡些，没有胡子，这个都可以假装。到了那天让他装做刘将军的样子，拿鞭子抽她；回头再让关女士装成当日的样子，和他一讲情，活灵活现，情景逼真，也许她就真个醒过来了。”秀姑笑道：“这个法子倒是好，那天的事情，我受的那印象太深，现在一闭眼睛，完全想得起来，就让我带人去布置。”沈国英道：“那简直好极了，诸事就仰仗关女士。”说着，拱了一拱手。秀姑对沈大娘道：“大婶你先回去，回头我再来看你。”沈国英看这情形，料着秀姑还有什么话说，就打发沈大娘走开。

这里秀姑突然的站起，望了沈国英道：“我有一句话要问你，假使凤喜的病好了，你还能跟着我们到关外去吗？”沈国英道：“那是什么话？救国大事，我岂能为了一个女子把它中止了。总而言之，她醒了也好，她死了也好，我就是这样做一回。二位定了哪天走，我决不耽误。不瞒二位说，我做了这多年的官，手上大概有十几万元。除了在北京置的不动产而外，在银行里还存有八万块钱。我一个孤人，尽可自谋生活，要这许多钱何用？除了留下两万块钱而外，其余的六万块钱，我决计一齐提出来，用五万块钱替你们买子弹，一万块钱替你们买药品。当军事头领的人，买军火总是内行。天津方面，我还有两条买军火的路子，今天我就搭夜车上天津，如果找着了旧路的话，我付下定钱，就把子弹买好。等我回来，将合同交给你们。那么，不问我跟不跟你们去，你们都可以放心了。”说着微笑了一笑道：“老实说，我倾家荡产帮助你们，我自己不去看看，也是不放心的。你不要我去，我还要去呢。我的钱买的子弹，我不能全给人家去放，我自己也得放出去几粒呢。”秀姑道：“好哇！我明天什么时候来等你的回信？”沈国英道：“我既然答应了，走得越快越好。我一面派人和关女士到刘将军家旧址去布置，一面上天津办事。我无论明天回来不回来，随时有电话向家里报告。”秀姑向李永胜笑道：“这位沈先生的话，太痛快了，我没有什么话说，就是照办。李团长，你看怎么样？”李永胜笑道：“这件事，总算我没有白介绍，我更没有什么话说，心里这份儿痛快，只有跟着瞧热闹的哇。”

当下沈国英叫了一个老听差来，当着秀姑的面，吩咐一顿，叫他听从秀姑的指挥，明天到刘家旧址布置一切。好在那里乃是一所空房子，房东又是熟人，要怎样布置，都是不成问题的。老听差虽然觉得主人这种吩咐，有些奇怪，但是看到他那样郑重的说着，也就不敢进一词，答应着退下去了。

秀姑依然去换好了男子的制服，向沈国英笑道：“我的住址没有一定……”沈国英道：“我也不打听你的住址，你明天到我这里来，带了听差去就是了。”秀姑比齐脚跟站定了，挺着胸向他行了个举手礼，就和李永胜径直的走出去了。

这天晚上，沈国英果然就到天津去了。天津租界上，有一种秘密经售军火的外国人，由民国二三年起，直到现在为止，始终是在一种地方坐庄。中国连年的内乱，大概他们的功劳居多，所以在中国久事内战的军人，都与他们有些渊源可寻。沈国英这晚上到了天津，找着卖军火的人，一说就成功。次日下午，就坐火车回来了。他办得快，北平这边秀姑布置刘家旧址，也办得不缓，到了晚半天，大致也就妥当了，大家见面一谈，都非常之高兴。

次日下午，沈国英等着凤喜睡着了，用一辆轿式汽车，放下车帘，将她悄悄的搬上车，送到刘家。到了那里，将一领斗篷，兜头一盖，送到当日住的楼上去。屋子里亮着一盏光亮极小的电灯，外罩着一个深绿色的纱罩，照着屋子里，阴暗得很。

再说凤喜被人再三搬抬着，这时已经醒了。一到屋子里，看看各种布置，好像有些吃惊，用手扶了头，闭着眼睛想了一想，又重睁开来。再一看时，却是不错，铜床，纱帐，锦被，窗纱，一切的东西都是自己曾享受过的。看看这屋子里并没有第二个人，又没有法子去问人。仿佛自做过这样一个梦，现在是重新到这梦里来了。待要走出门去时，房门又紧紧的扣着。掀开一角窗纱向外一看，呵哟！是一个宽的楼廊，自己也曾到过的。正如此疑惑着，忽听得秀姑在楼梯上高声叫道："将军回来了。"凤喜听了这话，心里不觉一惊。不多一会，房门开了，两个老妈子进来，板着脸色说道："将军由天津回来了，请太太去，有话说。"凤喜情不自禁的就跟了她们出来。走到刘将军屋子里，只见刘将军满脸的怒容，操了一口保定音道："我问你，你一个人今天偷偷到先农坛去做什么？"凤喜还不曾答话，刘将军将桌子一拍，指着她骂道："好哇！我这样待你，你倒要我当王八，我要不教训教训你，你也不知道我的厉害！你瞧，这是什么？”说着，手向墙上一指。凤喜看时，却是一根藤鞭子。这根藤鞭子，她如何不认得！哇的一声，叫了起来。刘将军更不打话，一跳上前，将藤鞭子取到手上，照定凤喜身边，就直挥过来。虽然不曾打着她，这一鞭子打在凤喜身边一张椅子上，就是“啪”的一下响。凤喜张大了嘴，哇哇的乱叫，看到身边一张桌子，就向下面一缩。她不缩下去犹可，一缩下去之后，刘将军的气就大了，拿了鞭子，照定桌子脚，就拼命的狂抽。凤喜吓得缩做一团，只叫“救命”。

就在这时，秀姑走了进来，抢了上前，两手将刘将军的手臂抱住，问他道：“将军，你有话，只管慢慢的问她，把她打死了，问不出所以来，也是枉然。”凤喜缩在桌子底下，大声哭叫着道：“关大姐救命呀！关大姐救命呀！”秀姑听她说话，已经和平常人无二，就在桌子底下，将她拖了出来。她一出来之后，立刻躲到秀姑怀里，只管嚷道：“大姐，不得了啦，你救救我啦，我遍身都是伤。”秀姑带拖带拥，把她送到自己屋子里去。电灯大亮，照着屋子里一切的东西，清清楚楚。凤喜藏在秀姑怀里，让她搂抱住了，垂着泪道：“大姐，这是什么地方，我在做梦吗？”秀姑道：“不是做梦，这是真事，你慢慢的想想看。”凤喜一手搔了头，眼睛向上翻着，又去凝神的想着。想了许久，忽然哭起来道：“我这是做梦呀！要不，我是做梦醒了吧？”说时，藏在秀姑怀里，只管哇哇的哭叫着。秀姑一手搂住她的腰，一手抚摸着她的头发，向她安慰着道：“不要紧的，做梦也好，真事也好，有我在这里保护着你呢。你上床去躺一躺吧。”于是两手搂抱着她，向床上一放，便在床面前一张椅子上坐下。凤喜也不叫了，也不哭了，一人躺在床上，就闭了眼睛，静静的想着过去的事情。一直想过两个钟头以后，秀姑并不打岔，让她一个人静静的去想。凤喜忽然一头坐了起来，将手一拍被头道："我想起来了，不是做梦，不是做梦，我糊涂了，我糊涂了。"秀姑按住她躺下，又安慰着她道："你不要性急，慢慢的想着就是了。只要你醒过来了，你是怎么了，我自然会慢慢的告诉你的。"凤喜听她如此说又微闭了眼，想上一想，而且将一个指头伸到嘴里用牙齿去咬着。她闭了眼睛，微微的用力将指头咬着，觉得有些痛，于是将手指取了出来，口里不住的道："手指头也痛，不是梦，不是梦。"秀姑让她一个人自自在在的睡着，并不惊扰她。

这时，沈国英在楼廊上走来走去，不住的在窗子外向里面张望，看到里面并没有什么动静，却悄悄的推了门进来向秀姑问道："怎么了？"秀姑站起来，牵了一牵衣襟，向他微微的笑着点头道："她醒了，只是精神不容易复原，你在这里看守住她，我要走了。"沈国英道："不过她刚刚醒过来，总得要有一个熟人在她身边才好。"秀姑道："沈先生和她相处几年，还不是熟人吗？再说，她的母亲也可以来，何必要我在这里呢？我们的后方机关，今天晚上还有一个紧急会议要开，不能再耽误了。"说毕，起身便走。沈国英也是急于要知道凤喜的情形，既是秀姑要走，落得自己一个人在屋子里，缓缓的问她一问，便含了微笑，送到房门口。

当下沈国英回转身来，走到床面前，见凤喜一只手伸到床沿边，就一伸手，握着她的手，俯了身子向她问道："凤喜，你现在明白一些了吗？"她静静的躺在床上，正在想心事，经沈国英一问，突然的回转身来望着他，"呀"了一声，将手一缩，人就立刻向床里面一滚。沈国英看她是很惊讶的样子，这倒有些奇怪，难道她不认识我了吗？他站在床面前，望了凤喜出神，凤喜躺在床上，也是望了他出神。她先是望了沈国英很为惊讶，经了许久，慢慢现出一些沉吟的样子来，最后有些儿点头，似乎心里在说：认得这个人。沈国英道:“凤喜,你现在醒过来了吗？”凤喜两手撑了床，慢慢的坐起，微偏了头，望着他，只管想着。沈国英又走近一些，向她微笑道：“你现在总可以完全了解我了吧？我为你这一场病，足足的费了五年的心血啦。你现在想想看，我这话不是真的吗？”沈国英总以为自己这一种话，可以引出凤喜一句切实些的话来。然而凤喜所告诉的，却是他做梦也想不到的一句话。要知凤喜究竟答复的是什么，下回交代。

第八回

辛苦四年经终成泡影　因缘千里合同拜高堂

却说沈国英问凤喜可认得他，她答复的一句话，却出于沈国英意料以外。她注视了很久，却反问道："你贵姓呀？我仿佛和你见过。"沈国英和她盘桓有四五年之久，不料把她的病治好了，她竟是连人家姓什么都不曾知道，这未免太奇怪了。既是姓什么都不知道，哪里又谈得上什么爱情。这一句话真个让他兜头浇了一瓢冷水，站在床面前呆了很久，因答道："哦！你原来不认识我，你在我家住了四五年，你不知道吗？"凤喜皱了眉想着道："住在你家四五年？你府上在哪儿呀？哦哦哦……是的，我梦见在一个人家，那人家……"说着，连连点了几下头道："那人家，是看见你这样一个人。我究竟在什么地方？我又是怎么了？"她这两句话，问得沈国英很感到一部廿四史无从说起，微笑道："这话很长，将来你慢慢的就明白了。"凤喜举目四望，沉吟着道："这还是刘家呀，怎么回事呢？我不懂，我不懂，我慢慢的能知道吗？"沈国英对于她如此一问，真没有法子答复。却听到窗户外面，一阵很乱的脚步声，有妇人声音道："她醒了，这可好了。"正是沈大娘说着话来了。沈国英这却认为是个救星，立刻把她叫了进来。

凤喜一见母亲来了，跳下床来，抓着母亲的手叫起来道："妈！我这是在哪儿呀？我是死着呢，还是活着呢？我糊涂死了，你救救我吧。"说毕，哇的一声，哭将起来了。沈大娘半抱半搂的扶住她道："好孩子不要紧的，你别乱，我慢慢告诉你就得了。天菩萨保佑，你可好了，我这心就踏实多了。你躺着吧。"说着，把她扶到床上去。凤喜也觉得身体很是疲倦，就听了母亲的话，上床去躺着。沈国英向沈大娘道："她刚醒过来，一切都不明白，有什么话，你慢慢的和她说吧。我在这里，她看着会更糊涂。"沈大娘抱着手臂，和他作了两个揖道："沈大人，我谢谢你了。你救了我凤喜的一条命，我一家都算活了命，我这一辈子忘不了你的大恩啦。"沈国英沉思了一会道："忘不了我的大恩？哼，哈哈！"他就这样走了。

这一天晚上，沈国英回去想着，自己原来的计划，渐渐的有些失效：一个女子，想引起她对于一个男子同情，却不是可以贸然办到的！凤喜是醒了，醒了可不认识我了。不过她突然看到我，是不会知道什么叫爱情的。今天晚上，她母亲和她细细一谈，也许她就知道我对于她劳苦功高，会有所感动了。他如此想着，权且忍耐着睡下。

到了次日下午，沈国英二次到刘将军家来。他上得楼来，听得凤喜屋子里，母女二人已喁喁细语不断。这个样子，更可以证明凤喜的病是大好了。于是站在窗户外，且听里面说些什么。凤喜先是谈些刘将军的事情，起次又谈到樊家树的事情，最后就谈到自已头上来了。凤喜道："这位沈统制的心事，我真是猜不透，为什么把我一个疯子养在他家里四五年？"沈大娘道："傻孩子，他为什么呢？不就为的是想把你的病治好吗！他的太太死了多年，还没有续弦啦。”凤喜道：“据你说，他是一个大军官啦。做大军官的人，要娶什么样子的姑娘都有，干嘛要娶我这个有疯病的女子呢？有钱有势的人，那是最靠不住的，我上过一回当了，再也不想找阔人了。”沈大娘道：“你还念着樊大爷吗？他和一个何小姐同路出洋去了。那个何小姐，她的老子是做财政总长的，看样子准是嫁了樊大爷啦。就是她没嫁樊大爷，樊大爷也不会要你的了。”凤喜道：“樊大爷就是不要我，我也要和他见一面。要不然，人家说我财迷脑瓜，见了有钱的就嫁，我还有面子见人吗？”沈大娘道：“这话不是那样说，你想沈统制待你那样好，你能要人家白白的养活你四五年吗？”凤喜道：“终不成我又拿身子去报答他？”这句话，说得太尖刻了，沈大娘一时无话可答。沈国英在外面站着，心里也是一动，结果，就悄悄的走下了楼，在院子当中昂头望了天，半晌叹了一口气。于是很快出来，坐汽车回家。

沈国英到了自己大门口，刚一下车，路边一个少年踅将过来，走到身边轻轻叫了一声道：“沈先生回来了。”沈国英认得是关秀姑，就引了她，一同走到内客厅来。秀姑笑问道：“凤喜的病是好了，你打算怎么样？”沈国英道：“她好了就好了吧，我还是去当我的义勇军。”秀姑道：“沈先生，恕我说话直率一点。你费了好几年的功夫，为她治病，只是把她的病治好了，你就算了吗？那末，你倒好像是个医生，专门研究疯病的。”沈国英虽觉得秀姑是个极豪爽的女子，但是究竟有男女之别，自己对于凤喜这一番用意，可是不便向人启齿，只得摇了两摇头道：“关女士是猜不着我的心事的。将来，我或者可以把经过的事情报告报告。我，我决计做义勇军了。”说着用脚一顿。秀姑心想：那末，在今晚以前，还没有决心当义勇军的了。因笑道：“沈先生越下决心，我们关外一千多弟兄们越是有救。我今天晚上来，没有别的事，只要求沈先生把那六万块钱，赶快由银行里提了出来，到天津去买好东西。”沈国英道：“这是当然的。今天来不及了，明天我就办。我还要顾全我自己的人格啦，决计不能用话来骗你的。”秀姑道：“既是这样说，我就十分放心了。凤喜醒过来了，我还没有和她说一句话，趁着今晚没事，我要去看看她。”沈国英沉吟着道：“其实不去看她，倒也罢了。但是关女士和她的感情很好的，我又怎能说教你不去呢！”秀姑听他的话，很有些语无伦次，便反问他一句道：“沈先生，你看凤喜这个人究竟是好人还是坏人呢？”沈国英道：“这话也难说。”说毕，淡笑了一笑。秀姑看他这样子，知道他很有些不高兴，便道：“这个人是个绝顶的聪明人，只可惜她的家庭不好，我始终是可怜她，我再去和她谈一谈吧。”沈国英静了一静，似乎就得了一个什么感想，点点头道：“那也好，关女士是热心的人，你去说一说，或者她更明白了。”秀姑闪电也似的眼光，在他周身看了一看，并不多说，转身走了。

沈国英送了客回来，在院子里来回的徘徊着，口里自言自语的道：“我自然是发呆：先玩弄一个疯子，后来又对疯子钟情，太无意义了。无意义是无意义，难道费了四五年的气力，就这样白白的丢开不成？关秀姑和她的交情不错，或者她去了，凤喜再会说出几句知心的话来，也未可知。我就去！”他有了这样一个感想，立刻坐了汽车，又跑到刘将军家来。他因为上次来，在窗户外边，已听到了凤喜的真心话，所以这次进来他依然悄悄的上楼，要听凤喜在说些什么。当他走到窗户外时，果然听到凤喜谈论到了自己。她说：“姓沈的这样替我治病，我是二十四分感激他的。不过樊大爷回来了，我又嫁一个人了，他若问起我来，我怎好意思呢？”

秀姑问道："那末，你不爱这个姓沈的吗？"凤喜道："我到现在，还觉得是在梦里看见这样一个人。请问，我对梦里的人，说得上什么去呢？至于他待我那番好处，我也对我妈说过了，我来生变畜生报答他。"秀姑道："你这话是决定了的意思吗？"凤喜道："是决定了的意思。大姐，我知道你是佛爷一样的人，我怎敢冤你。"说到这里，屋内沉默了许久，又听得秀姑道："这真教我为难。我把真话告诉你吧，恐怕将来都会弄得不好；我不把真话告诉你，让我隐瞒在心里，我又不是那种人。对你说了吧，樊大爷这就快回来了。"凤喜加重了语气，突然的问道："你怎么知道呢？"秀姑道："他到外国去以后，我们一直没有书信来往。去年冬天，我爷儿俩当上义勇军了，我们就到处求人帮忙。我们知道樊大爷在德国留学的，就写了一封信到柏林中国公使馆去，请他们转交，也是试试看的。不料这位公使和樊大爷沾亲，马上就得了回信。他听说我爷儿俩当了义勇军，欢喜的了不得。他说，他在德国学的化学工程，本来要明年毕业，现在他要提早回国，把他学的本事拿出来，帮助国家。他在信上说，他能做人造雾，他能做烟幕弹，还能造毒瓦斯，还有许多我都不懂……"凤喜道："我不管他学什么、会什么，他到底什么时候回来？"秀姑道："快了，也许就是这几天。"凤喜道："我明白了，大姐到北京来，也是来会樊大爷的吧？"屋子里声音又顿了一顿，却听到秀姑连连答道："不是的，不过我在北平，顺便等他一两天就是了。"凤喜道："还有那个何小姐呢，不和他一处吗？"秀姑道："这个我倒不知道。我现在除了和义勇军有关系的事，我是不谈。何小姐和我们有什么关系呢？所以我没有去打听她。"凤喜忽然高声道："好了好了，樊大爷来了就好了！"沈国英听了这些话，心想：不必再进房去看了，凤喜还是樊家树的。

这个女子，究竟不错！我一定把她夺了过来，也未必能得她的欢心。唉！还是那句话，“各有因缘莫羡人”。沈国英垂头丧气的回家去。到了次日一早，他就开好了支票，上天津买子弹去了。

天下事竟有那样巧的——当沈国英去天津的时候，正是樊家树和何丽娜由上海坐通车回北平的时候。伯和现在在南京供职。陶太太和家树的母亲，因南京没有相当的房子，却未曾去。何廉不做官了，只做银行买卖，也还住在北平。伯和因为有点外交上的事，要和公使团接洽，索性陪了家树北上。头两天，陶、何两家，便接了电报，所以这日车站迎接的人是非常之热闹。车子停了，首先一个跳下车来的是伯和，陶太太见着，只笑着点了个头。其次是何丽娜，陶太太抢上前和她拉手，笑道：“我叫密斯何呢，叫密昔斯樊呢？”何丽娜格格的笑着。樊家树由后面跟了出来，口里连连答道：“密斯何，密斯何。”何丽娜向周围看了一看，问道：“关女士没有来北平吗？”陶太太低声道：“她是敌人侦探所注意的，在家里等着你们呢！”何丽娜道：“我到了北平，当然要先回去看一看父亲。请你告诉关女士，迟一两个钟头，我一准来。”陶太太笑道：“可是樊老太太也在我们那边呢，你不应当先去看看她吗？”何丽娜笑道：“我算算你家小贝贝，应该小学毕业了，陶太太还是这样淘气！”大家笑着，一齐拥出车站，便分着两班走。家树同了伯和一同回家。

家树一到里院，就看到自己母亲和关秀姑同站在屋檐下面，便抢上前，叫了一声：“妈！”樊老太太喜笑颜开的向着秀姑道：“大姑娘，你瞧，四五年不见了，家树倒还是这个样子。”家树这才走上前一步，正待向秀姑行礼，秀姑却坦然的伸出一只手来，和家树握着笑道："樊先生，我总算没有失信吧？"家树和秀姑认识以来，除了在西山让她背下山来而外，从未曾有过肤体之亲，现时这一握手之间，倒让他说不出所以然的滋味来。缩了手，然后才堆出笑容来，向秀姑道："大叔好？"秀姑道："他老人家倒是康健，只是为了国事，他更爱喝酒了。他说，他抽不开身到北平来，叫我多问候。"樊老太太道："这位姑娘，是我的大恩人啦。我又没什么可报答人家的。我说了，索性占人家一点便宜，我把她认作我自己膝下的干姑娘，大家亲上一点。你瞧，好吗？"家树"呵呀"了一声，还没有说出来，秀姑老早便答道："只怕是我配不上。若是老太太不嫌弃的话，我还有什么可说的呢！"三个人说着话，一路走进屋子去，都很快活——陶伯和那样和睦的夫妻，久别重逢，当然先在自己屋子里有一番密谈。

这里家树和老太太谈着话，三个人品字儿坐着。家树的眼光，不时射到秀姑脸上，秀姑越发是爽直了，虽然让家树平视着，偶然四目相射，秀姑却报之以微笑，索性望了家树道："樊先生的气色，格外好啦。还是在外国的生活不错，一点儿也不见苍老，我可晒得成了个小煤姐了。"家树笑道："多年不到北平，听到北平大姑娘说话，又让我记起了前事。"秀姑道："对了，你又会想起凤喜。"家树对她，连连以目示意。秀姑微笑道："老太太早知道了，你还瞒着做什么呢？"樊老太太也道："这件事，我也知道好几年了。听说那个孩子的疯病，现在已经好些了……"

话还不曾说完，只听得陶太太在外面叫道："何小姐来了。"本来何丽娜在火车上下来的时候，穿的是外国衣服，现在却改了长旗袍，走到门外边，让陶太太先行，然后缓步进来。家树抢着介绍道："这是母亲。"何丽娜就笑盈盈的朝着樊老太太行了个鞠躬礼。

樊老太太道："孩子在欧洲的时候，多得姑娘照应。"何丽娜笑道："你反说着呢，我正是事事都要家树照应啦。"秀姑在一边听到他们说话的口气与称呼，胸中很是了然，觉得西山自己那花球一掷，却猜了个八九不离十，于是在一旁微笑。何丽娜一进门，便想和秀姑亲热一阵，只是对了樊老太太未便太放浪了，所以等着和樊老太太说过两句话之后，才走到秀姑身边，两只手握了她两只手道："大姐，我们好久不见啦！你好？"秀姑笑道："我好到哪儿去呀！还是个穷姑娘。你可了不得，到过文明国家了，求得了高深的学问，这次回国来，一定是对我们祖国，有很大的贡献。"何丽娜道："我怎么比你呢？你是民族英雄，现代的花木兰！"陶太太坐在一边，向着二人笑道："你恭维她，她恭维你，都不相干，是自家人恭维自家人。"何丽娜听了这话，倒有些不懂，向陶太太望着。陶太太道："关女士现在拜了我姑母作干女了，你想，这不是一家人吗？"何丽娜明白虽明白了，但是真个说破了，倒有些不好意思直率的承认，只是向秀姑笑。陶太太笑道："难得的，今天樊、何两位远来，我应当替二位接风，同时给我们姑妈道喜，今天新收得一位表妹。"秀姑站起来道："那末着，我得给老太太磕头。"樊老太太笑道："叫一声妈就得了，都是崭新的人物，别开倒车。"陶太太站在许多人中间，周围打转转，乐的不知如何是好，笑道："你瞧，我们姑妈，也是乐大发了，说出这样的维新之论来。来呀，我的这位新表妹，人家是拣日不如撞日，我们是撞时不如即时，你就过来三鞠躬，拜见亲娘吧。"说着，一手挽了秀姑过来，让她站在樊老太太面前。秀姑对于这种办法，正也十二分愿意，本就打算站端正了，向樊老太太三鞠躬。陶太太又拦住她道："慢来慢来，不能就这样行礼，应当叫一声'妈'。"秀姑笑道："那是当然。"陶太太道："你别忙，等我来。”于是端正一把椅子，在上面斜摆着，拉了老太太在椅子上坐着，然后向秀姑道：“表妹，行礼吧。”秀姑果然笑盈盈的叫了一声“妈”,然后向上三鞠躬。老太太站起来,口里连道:“好,好!我们这就是一家人了。”

秀姑行过礼，转过身来，陶太太又拦住道：“且慢，我这一幕戏还没有导演完,我还有话说呢！”秀姑心想,礼也行了,妈也叫了,还有什么没完呢？要知陶太太说出什么原因来，下回交代。

第九回

尚有人缘高朋来旧邸　真无我相急症损残花

却说关秀姑向樊老太太行过礼，回转身来，正待坐下，陶太太拦住了她，却道还有话说。樊老太太笑道："秀姑这孩子，很长厚的，你不要和她开玩笑了。"陶太太道："不是开玩笑呀，这面前还站着两个人呢，难道就不理会了吗？"因向秀姑道："这里有位樊先生，还有位何小姐，从前你可以这样称呼着，现在不成啦！我还糊涂着呢，不知道关女士多少贵庚？"秀姑道："我今年二十五岁了。"陶太太笑道："长家树两岁呢。那末，是大姐了。这可应当是家树过来行礼。密斯何，你也一块儿来见姐姐。"

何丽娜看了家树一眼，心想：又是这位聪明的太太要恶作剧，怎好双双的来拜老大姐呢？秀姑早看出来了，便摇着手道："不，不，大爷就是比我小，何小姐不见得也比我小吧？"陶太太道："何小姐和家树是平等的，家树比你大，她就比你大；小呢，也一般小。而且她也只二十四岁，再说你还是满口大爷小姐，也透着见外，从这儿起，你就叫他们名字。"樊老太太笑道："这话倒是对了，不能一家人还那样客气。"家树心里一机灵，立刻向秀姑笑道："大姐，我们这就改口了。”说着，一个鞠躬。何丽娜更机灵，向前挽了秀姑一只手道：“我早就叫大姐的，改口也用不着啦。”陶太太笑着向他们点点头。樊老太太生平以未生一个姑娘为憾，现在忽然有了一个姑娘，却也得意之至。笑眯眯的看了秀姑，因向陶太太道：“晚半天还是让我出几个钱叫几样菜回来，替伯和接风吧。”陶太太笑道：“你是长辈，那怎敢当，而且表弟和表……”说时，望了何丽娜，又改口笑道：“和何小姐，都是由外国回来的，当然要向他们接风。再说，你有了这样一个英雄女儿，这是天大的喜事，哪好不贺贺呢。”他们这里说得热闹，伯和也来了，于是也笑着要相请。老太太既高兴，觉得也有面子，就答应了。

当下大家一阵风似的拥到伯和那间屋子里来。何丽娜看到放相片的那两本大册页，依然还存留着，忽然想起曾偷去凤喜一张相片，搪塞沈国英——不知道凤喜现在可还在疯人院，也不知道沈国英发觉了是凤喜没有？当她正如此向相片簿注意的时候，陶太太早注意了，便笑着和她点了一个头，将何丽娜拉到自己卧室里去，笑道：“你顺手牵羊，拿了一张似你又不是你的相片去，你是好玩，可惹出一段因缘来了。”因把从秀姑处得来的凤喜消息，告诉了她。不过关于凤喜还惦记家树的事，却不肯说。

何丽娜沉吟着道：“这个人可怪了！沈国英这样待她，为什么还不嫁呢？”陶太太笑道：“你想想吧，所以这件事我嘱咐了秀姑，请她不要告诉家树。其实我也多此一道嘱咐。她到北平来的时候，拿了家树的介绍信，要住在我家，我是一百二十分佩服她的人，当然欢迎。她先住在这里半个月，都没有什么私事，无非是为义勇军的事奔走。前两天，她在和人打电话，探问凤喜的病状，被我撞见了，她才告诉我实话。连我都瞒着，还能告诉家树吗？”何丽娜笑道：“告诉他也没有什么要紧呀！我和他在德国同学五年，还不知道他的心事吗？不过……不让他知道也好，他知道了，无非又让他心里加上一层难过。”她口里如此说着，却见家树的影子，在窗子外一闪。何丽娜向陶太太丢了一个眼色，却到外面屋子来了。果然，家树也是由屋子外进来。何丽娜笑道：“表嫂总是拉人开玩笑。公开的不算，又要在一边儿说着。”陶太太向着她微笑，也不辩驳。

大家欢天喜地吃过了晚饭，何丽娜说是要和关秀姑谈谈，请秀姑到她家里去，两人好做长夜之谈。秀姑也正想何丽娜家有钱，可以劝说劝说，请她父亲帮助些，也就慨然的答应了。陶太太听说秀姑要到何丽娜家去，秀姑是个直性人，何丽娜是个调皮的人，把凤喜的话全说出来，岂不是一场风波？因之只管把眼睛来看着秀姑。秀姑微点了点头，似乎明白了这层意思。何丽娜却笑道：“没关系。”

她三人正是丁字儿坐着，家树、伯和同樊老太太另是坐在一处沙发上，所以没有听到，也没人看到。何丽娜站起来道：“伯母，我先回去了。”樊老太太道：“是的，刚回来，老太爷老太太也等着和你谈谈啦。”何丽娜握了秀姑一只手道：“大姐，去呀！”秀姑果然跟随她起来，向老太太道：“妈，我陪弟妹回家去一趟，明天一早来。”老太太听她叫了一声“妈”，非常之高兴，笑着摇摇头道：“你是个老实人，别学你表嫂那一张嘴。”陶太太笑道：“就是亲一层么，这就维护着自己干姑娘，不疼侄媳了。”大家哈哈大笑，在这十分的欢愉中，关、何二人走了。

家树陪了老太太坐谈一会，自到书房里休息。心想：不料秀姑倒和我成了姐弟。她为人是越发的爽直了，前程未可限量。有这样一个义姐，这也可以满足了，难道男女有了爱情，就非做夫妻不可吗？只是丽娜和她鬼鬼祟祟的，谈到凤喜的事情，凤喜又怎么样了呢？难道她又出了什么问题吗？明天我倒要打听打听。唉！打听她干什么？反正没有好事，打听出来，也无所可为。因之他揣摸了半晌，又纳闷的睡着了。

他一路舟车辛苦，次日十点钟方才起床。漱洗完了，正捧一杯苦茗，在书桌边沉吟着。刘福却拿了一张名片进来，说是这人在门口等着。家树接过来一看，乃是“沈国英”三个字，名片旁边，用钢笔记着：

> 弟现已为一平民，决倾家纾难，业赴津准备出关之物矣。报关，如君学成归国，喜极而回，前事勿介怀，乞一见。

家树沉吟了一回，便迎出来。沈国英抢上前，在院子里就和他握着手道：“幸会，幸会。”家树见他态度蔼然，便请他到客厅里来坐。沈国英道：“兄弟今天来，有两件事，一公一私。公事呢，我劝先生把在德国所学的化学，有补助军事的，完全贡献到军事方面去；私事呢，我要报告先生一段惊人的消息。”于是就把自己对凤喜的事，报告了一阵。因道：“我坐早车，刚由天津回来，还不曾回家，就来见先生，打算邀樊先生去看她一次。我从此可以付托有人了。”家树道：“兄弟虽是可怜凤喜，但是所受的刺激也过深，现在我已不能受此重托了。”说时，皱了眉，作个苦笑。沈国英道：“实在的，她很懊悔，觉得对不起先生。樊先生，无论对她如何，应该见她一面，作个最后的表示，免得她只管虚想。”家树昂头想了一想，笑道："是了，我明白了。沈先生的这番意思，我知道了。先生现是一位毁家纾难的英雄，我应当帮你的忙。好，我们这就走。不瞒你说……"说到这里，向屋子外看着，才继续着道："这件事，除兄弟以外，请你不要再让第二个人知道。"沈国英道："我明白的。"于是家树立刻和他走出门来，向刘将军家而来。

家树一路想着：秀姑是在何家了，早上决不会到这里来的。于是心里很坦然的走进那大门去。转过一道回廊，却听到前面有两个女子的说话声音。一个道："我心里怦怦跳，不要在这里碰到了沈国英啦！"又一个道："不要紧的，他上天津去了。而且他也计划就由此出关去，不回北平了。再说，他那个人也很好的。"又一个笑道："要不是有你这女侠客保镖，我还不敢来呢。"这两个女子，一个是何丽娜，一个就是关秀姑。家树吓得身子向后一缩，不知如何是好。沈国英看他猛然一惊的样子，却不解他命意所在。心如此犹豫着，关、何二人却在回廊那边转折出来，院子里毫无遮掩，彼此看得清清楚楚。秀姑首先叫起来道："啊哟！家树也来了。"何丽娜看到，立刻红了脸。而且家树身后，还有个沈国英，这更让她定了眼睛望了他，怔怔无言。四个人远远的看着，家树看了何丽娜，何丽娜看了沈国英，沈国英又看了樊家树，大家说不出话来。

当下秀姑回转身来迎着沈国英道："沈先生，你不是上天津去了吗？"沈国英道："是的，事情办妥，我又赶回来了。"说着，走上前，取下帽子，向何丽娜一鞠躬道："何小姐，久违了，过去的事，请你不必介意。我是马上就要离开北平的人了。"何丽娜听他如此说，便笑道："我听到我们这位关大姐说，沈先生了不得，毁家纾难，我非常佩服。因为我听说沈女士和我相像，我始终没有见过，今天一早，要关大姐带了我来看看，这也是我一番好奇心，不料却在这里，遇到沈先生。”家树道：“我也因为沈先生一定叫我来，和她说几句最后的话。我为了沈先生的面子，不能不来。”何丽娜道：“既然如此，你可以先去见她，我们这一大群人，向屋子里一拥，她有认得的，有不认得的，回头又把她闹糊涂了。”沈国英道：“这话倒是，请樊先生同关女士先去见她。”

对着这个要求，家树不免踌躇起来。四人站在院子当中，面面相觑，都道不出所以然来。忽见花篱笆那边，一个妇人扶着一个少妇走了过来。哎呀！这少妇不是别人，便是凤喜。扶着的是沈大娘。她正因为凤喜闷躁不过，扶了她在院子里走着。这时，凤喜一眼看到樊家树，不由得一怔，立刻停住了脚，远远的在这边呆看着，手一指道：“那不是樊大爷？”家树走近前几步，向她点了头道：“你病好些了吗？”凤喜望了他微微一笑，不由得低了头，随后又向家树注视着，一步挪不了三寸，走到家树身边，身子慢慢的有些颤抖，眼珠却直了不转，忽然的问道：“你真是樊大爷吗？”家树直立了不动，低声道：“你难道不认识我了吗？”凤喜哇的一声哭了起来道：“我，我等苦了！”沈大娘一面向家树打着招呼，一面抢上前扶了凤喜道：“你精神刚好一点，怎么又哭起来了？”凤喜哇哇的哭着道：“妈，委屈死我了，人家也不明白……”秀姑也走向前握了她一只手道：“好妹子，你别急，我还引着你见一个人啦。”说着，手向何丽娜一指。

那何丽娜早已远远的看见了凤喜，正是呆了，这会子一步一步走近前来。凤喜抬了头，噙着眼泪，向何丽娜看着，眼泪却流在脸上。她看看何丽娜周身上下的衣服，又低了头牵着自己的衣服看看，又再向何丽娜的脸注视了一会，很惊讶的道：

“咦！我的影子怎么和我的衣服不是一样的呀？”秀姑道：“不要瞎说了，那是何小姐。”凤喜伸着两手，在半空里抚摸着，像摸索镜面的样子，然后又皱了眉，翻了眼皮道：“不对呀，这不是镜子！”何丽娜看她那个样子，也皱了眉头替她发愁。凤喜忽然嗤的一声，笑了出来道：“这倒有意思，我的影子，和我穿的衣服不一样！”关秀姑于是一手握了凤喜的手，一手握了何丽娜的手，将两只手凑到一处，让她们携着，向凤喜道：“这是人呢，是影子呢？”何丽娜笑道：“我实在是个人。”她不说犹可，一说之后，凤喜猛然将手一缩，叫起来道：“影子说话了，吓死我了！”家树看了她这疯样，向何丽娜低声道：“她哪里好了？”家树说时更靠近了何丽娜，凤喜看到，跳起来道：“了不得啦！我的魂灵缠着樊大爷啦！”

当下秀姑怕再闹下去要出事情，又不便叫何丽娜闪开，只得走向前将凤喜拦腰一把抱着，送上楼去。凤喜跳着道：“不成，不成！我要和樊大爷说几句，我的影子呢？”秀姑不管一切将她按在床上，发狠道：“你别闹，你别闹，你不知道我的气力大吗？”凤喜哈哈的笑道：“这真是新闻！我自己的影子，衣服不跟我一样，她又会说话。”秀姑哄她道：“你别闹，那影子是假的。”凤喜道：“假的，我也知道是假的。樊大爷没回来，又是你们冤我，你们全冤我呀！你们别这样拿我开玩笑，我错了一回，是不会再错第二回的。”说着，哇的一声，又哭了起来。

凤喜在屋子里哭着闹着，楼下何、沈、樊三个人，各感到三样不同的无趣。大家呆立许久，楼上依然闹过不歇。三个人走了不好，不走又是不好，便彼此无言的向楼上侧耳听着。突然的，楼上的声音没有了。三个人正以为她的疯病停顿了，只见秀姑在屋子里跳了出来，站在楼栏边，向院子里挥着手道:“不好了，人不行啦，快找医生去吧！”三个人一同问道：“怎么了？”秀姑不曾答出来，已经听到沈大娘在楼上哭了起来。沈国英、樊家树都提脚想要上楼来看，秀姑挥着手道:“快找医生吧，晚了就来不及了。”家树道:“这里有电话吗？”沈国英道：“这是空屋子，哪里来的电话？”樊家树道：“附近有医院吗？”沈国英道：“有的。”于是二人都转了身子向外面走，把何丽娜一个人丢在院子里。秀姑跳了脚道：“真是糟糕！等着医生，偏是又一刻请不到！真急人，真急人。”秀姑说毕，也进去了。

何丽娜对于凤喜，虽然是无所谓，但是妇女的心，多半是慈悲的，看了这种样子，也不免和他们一样着慌，便走上楼来，看看凤喜的情形。只见她躺在一张小铁床上，闭了眼睛，蓬了头发，仰面睡着，一点动作也没有。沈大娘在床面前一张椅子上坐下，两手按了大腿，哇哇直哭。秀姑走到床面前，叫道:“凤喜！大妹子！大妹子！”说着，握了她的手，摇撼了几下。凤喜不答复，也不动。秀姑顿脚道：“不行了，不中用啦，怎么这样快呢？”何丽娜看到刚才一个活跳新鲜的人，现在已无气息了，也不由得酸心一阵，垂下了泪来。秀姑跳了几跳，又由屋子里跳了出来，发急道：“怎么找医生的人还不来呢？急死我了！”何丽娜向秀姑摇手道：“你别着急，我懂一点，只是没有带一点用具来。”秀姑道：“你瞧！我们真是急糊涂了。放着一个德国留学回来的大夫在眼前，倒是到外面去找大夫。姑娘，你快瞧吧。”何丽娜走向前，解开凤喜的纽扣，用耳朵一听她的胸部，再看一看她的鼻子，白了一个圈，吓得向后退了一步，摇了头道：“没救了，心脏已坏了。”

说话时，沈国英满头是汗，领着一个医生进来。何丽娜将秀姑的手一拉，拉到楼廊外来，悄悄的道："心脏坏了，败血症的现象，已到脸上，这种病症，快的只要几分钟，绝对无救的。家树来了，你好好的劝劝他。"果然，家树又领了一个医生到了院子里。当那个医生进来时，这个医生已下了楼。向那个医生打个招呼，一同走了。

家树正待向楼上走，秀姑迎下楼来，拦住他道："你不必上去了，她过去了。总算和你见着一面，一切的事，都有沈先生安排。"家树道："那不行，我得看看。"说着，不管一切，就向楼上一冲，跳进房来，伏在床上，大哭道："我害了你，我害了你，早知道如此，不如让你在先农坛唱一辈子大鼓啊！"

这个时候，刘将军府旧址，一所七八重院落的大房屋，仅仅一重楼房有人，静悄悄的，一个院子脚步声，前后几个院子可以听到。这时楼房里那种惨哭之声，由半空里播送出来，把别个院子屋檐上打瞌睡的麻雀都惊飞走了。沈国英对凤喜的情爱是如彼，关系又不过如此，他不便哭，也不能不哭。于是一个人走下楼来，只向那无人的院落走去。院子里四顾无人，假山石上披的长藤，被风吹着摇摆不定。屋角上一棵残败的杏花，蜘蛛网罩了一半，满地是花片。一个地鼠，嗤溜溜钻入石阶下，满布着鬼气。沈国英到了这时，却真看到一个鬼，大叫起来。大白天里，何以有鬼，容在下回交代。

第十回

壮士不还高歌倾别酒　故人何在热血洒边关

却说沈国英在一个无人的小院里徘徊，只觉充满了鬼气。忽然一个黑影由假山石后向外一站，倒吓得他倒退了两步，以为真个有鬼出来。定眼细看，原来是李永胜穿了一身青衣服。他先道："我一进这门，就听到一起哭声，倒不料在这里碰到统制。"沈国英摇着头道："不要提，那个沈凤喜过去了。你是来找我的吗？"李永胜道："我只知道你上天津去了。我是来找关女士的。今天有个弟兄从关外回来，说是我们的总部，被敌人知道了，一连三天，派飞机来轰炸。我们这边的总指挥也受了伤，特意专人前来请我和关女士，星夜回去。我正踌躇着，不知道到天津什么地方去会你？现时在这里会着你，那就好极了。我们预定乘五点钟的火车走，你能走吗？"沈国英沉吟着道："这里刚过去一个人，我还得料理她的身后。"李永胜道："只要统制能拿钱出来，她还有家属在这里，还愁没有人收拾善后吗？"

沈国英想了一想道："好，我就去。我家庭也不顾了，何况是一个女朋友，我去给你把关女士找来。你见了她可以不必说她父亲受了伤。”这句话没说完，秀姑早由身后跳了出来，抓住李永胜的手道：“你实说，我父亲怎样了？“李永胜料想所说的话，已为秀姑听去，要瞒也瞒不了的，便道：“是我们前方来了一个弟兄报告的，说敌人的飞机，到我们总部去轰炸，没有伤什么人，就是总指挥，也只受点微伤，不过东西炸毁了不少。”秀姑道：“不管了。今天下午，我们就走。来！我们都到后面楼下去说话。”

当下三人拥到楼廊上，由秀姑将要走的原因说了。家树用手绢擦了眼睛，慨然的道：“大概大家是为了凤喜身后的事，要找人负责。这很容易，沈大娘在北平，我也在北平，难道还会把她放在这里不成？救兵如救火，一刻也停留不得，诸位只管走吧。”何丽娜看了凤喜那样子，已经万分凄楚，听说秀姑马上要走，拉住她的手道：“大姐，我们刚会一天面，又要分离了。”秀姑道：“人生就是如此，为人别不知足，我们这一次会面，就是大大的缘分，还说什么？有一天东三省收复了，你们也出关去玩玩，我在关外欢迎你们，那个乐劲儿就大了。这儿待着怪难受的，你回去吧。”

何丽娜道：“家树暂时不能回去的，我在这里陪着他，劝劝他吧。”秀姑皱了皱眉头，凝神想了一想道：“走了，不能再耽搁了。”沈国英也对沈大娘道：“这事不凑巧，可也算凑巧，我偏是今天要走，最后一点儿小事，我不能尽力了；好在樊先生来了，你们当然信得过樊先生，一切的事情，请樊先生作主就是了。”说着，走到房门口，向床上鞠了一个躬，叹口气，转身而去。秀姑走到屋子里，也向床上点点头道：“大妹，别了。你明白过来了，和家树见了一面，总算实现了你的心愿啦。最后，樊大爷还是……”秀姑说到这里，声音哽了，用手绢擦了一擦眼睛，向床上道：“我没有功夫哭你了，心里惦记着你吧。”说着，又点了个头，下楼而去。

这时，沈国英和李永胜正站在院子里等着。见秀姑来了，沈国英便道："现在到上火车的时候，还有三四个钟头，我们分头去料理事情，四点半钟一同上车站，关女士在什么地方等我？"秀姑道："你到东四三条陶伯和先生家去找我吧。"沈国英说了一声"准到"，立刻就回家去。

沈国英到了家里，将账目匆匆的料理了一番，便把自己一儿一女带着，一同到后院来见他哥嫂。手上捧了一只小箱子，放在堂屋桌上，把哥嫂请出来，由箱子里，将存折房契一样样的，请哥哥看了，便做个立正式，向哥哥道："哥嫂都在这里，兄弟有几句话说。兄弟一不曾经商，二又不曾种田，三又不曾中奖券，家产过了十几万，是怎样来的钱？一个人在世上，无非吃图一饱，穿图一暖，挣钱够吃喝也就得了。多了钱，也不能吃金子，穿金子。兄弟仔细一想，聚攒许多冤枉钱，留在一个人手里，想想钱的来路，又想想钱的去路，心里老是不安。太平年，也就模模糊糊算了。现在国家快要亡了，我便留着一笔钱，预备做将来的亡国奴，也无意思。而况我是个军人，军人是干什么的？用不着我的时候，我借了军人二字去弄钱；用得着的时候，我就在家里守着钱享福吗？因为这样，我这里留下两万块钱，一万留给哥嫂过老。一万做我小孩子的教育费。其余的钱，兄弟拿去买子弹送给义勇军了。我自己也跟着子弹，一路出关去。我若是不回来呢，那是我们当军人的本分；回来呢，那算是侥幸。"

他哥哥愣住了，没得话说。他嫂嫂却插言道："啊哟！二叔，你怎么把家私全拿走呢？中国赚几千万几百万的人多着啦，没听见说谁拿出十万八万来，干吗你发这个傻气？"沈国英道："咱们还有两万留着过日子啦。以前咱们没有两万，也过了日子，现在有两万还不能过日子吗？”他哥哥知道他的钱已花了，便道：“好吧，你自己慎重小心一点儿就是了。”沈国英将九岁的儿子，牵着交到哥哥手里；将七岁的姑娘，牵着交到嫂嫂手里，对两个孩子道：“我去替你们打仇人去了，你们好好跟着大爷大娘过。哥哥，嫂嫂，兄弟去啦。”说毕，转身就向外走。他哥嫂看了他这一番情形，心里很难过。各牵了一个孩子，跟着送到大门口来。沈国英头也不回，坐上汽车，一直就到陶伯和家来。

沈国英在家里耽搁了三四个钟头，到时，樊家树、何丽娜、李永胜也都在这里了，请着他在客厅里相见。秀姑携着樊老太太的手，走了出来。家树首先站起来道：“今天沈先生毁家纾难去当义勇军，还有这位李先生和我的义姐，又重新出关杀敌，这都是人生极痛快的一件事，我怎能不饯行！可是想到此一去能否重见，实在没有把握，又使人担心。况且我和义姐，有生死骨肉的情分，仅仅拜盟一天，又要分离，实在难过。再说在三小时以前，我们大家又遇到一件凄惨的事情，大家的眼泪未干。生离死别，全在这半天了，我又怎么能吃，怎么能喝！可是，到底三位以身许国的行为，确实难得，我又怎能不忍住眼泪，以壮行色！刘福，把东西拿来。请你们老爷太太来。”

说话时，陶伯和夫妇来了，和大家寒暄两句。刘福捧一个大圆托盘放在桌上，里面是一大块烧肉，上面插了一把尖刀，一把大酒壶，八只大杯子。家树提了酒壶斟上八大杯血也似的红玫瑰酒。伯和道：“不分老少，我们围了桌子，各干一杯，算是喝了仇人的血。”于是大家端起一杯，一饮而尽。只有樊老太太端着杯子有些颤抖。沈国英放下酒杯，双目一瞪，高声喝道：“陶先生这话说得好，我来吃仇人一块肉。”于是拔出刀来，在肉上一划，割下一块肉来，便向嘴里一塞。何丽娜指着旁边的钢琴道："我来奏一阕《从军乐》吧。"沈国英道："不，哀兵必胜！不要乐，要哀。何小姐能弹《易水吟》的谱子吗？"何丽娜道："会的。"秀姑道："好极了，我们都会唱！"于是何丽娜按着琴，大家高声唱着："风萧萧兮易水寒，壮士一去兮不复还……"只有樊老太太不唱，两眼望了秀姑，垂出泪珠来。秀姑将手一挥道："不唱了，我们上车站吧。"大家停了唱，秀姑与伯和夫妇先告别，然后握了老太太的手道："妈！我去了。"老太太颤抖了声音道："好！好孩子，但愿你马到成功。"沈国英、李永胜也和老太太行了军礼。大家一点声音没有，一步跟着一步，共同走出大门来了。门口共有三辆汽车，分别坐着驰往东车站。

到了车站，沈国英跳下车来，汽车夫看到，也跟着下车，向沈国英请了个安道："统制，我不能送你到站里去了。"沈国英在身上掏出一沓钞票，又一张名片，向汽车夫道："小徐！你跟我多年，现在分别了。这五十块钱给你作川资回家去。这辆汽车，我已经捐给第三军部作军用汽车，你拿我的片子，开到军部里去。"小徐道："是！我立刻开去。钱，我不要。统制都去杀敌人，难道我就不能出一点小力。既是这辆车捐作军用汽车，当然车子还要人开的，我愿开了这车子到前线去。"沈国英出其不意的握了他的手道："好弟兄！给我挣面子，就是那么办。"汽车夫只接过名片，和沈国英行礼而去。伯和夫妇、家树、丽娜，送着沈、关、李三人进站，秀姑回身低声道："此地耳目众多，不必去了。"四人听说，怕误他们的大事，只好站在月台铁栏外，望着三位壮士的后影，遥遥登车而去。

何丽娜知道家树心里万分难过，送了他回家去。到家以后，家树在书房里沙发椅上躺着，一语不发。何丽娜道：“我知道你心里难受，但是事已至此，伤心也是没用。”家树道：“早知如此，不回国来也好！”何丽娜道：“不！我们不是回来同赴国难吗？我们依然可以干我们的。我有了一点主意，现在不能发表，明天告诉你。”家树道：“是的，现在只有你能安慰我，你能了解我了。”

何丽娜陪伴着家树坐到晚上十二点，方才回家去。何廉正和夫人在灯下闲谈，看到姑娘回来了，便道：“时局不靖，还好像太平日子一样到半夜才回来呢。”何丽娜道：“时局不靖，在北平什么要紧，人家还上前线哩。爸爸！我问你一句话，你的财产还有多少？”何廉注视了她的脸色道：“你问这话什么意思？这几年我亏蚀了不少，不过一百一二十万了。”何丽娜笑道：“你二老这一辈子，怎样用得了呢？”何太太道：“你这不叫傻话，难道有多少钱要花光了才死吗？我又没有第二个儿女，都是给你留着呀。”何丽娜道：“能给我留多少呢？”何廉道：“你今天疯了吧，问这些孩子话干什么？”何丽娜道：“我自然有意思的。你二老能给我留五十万吗？”

何廉用一个食指摸了上唇胡子，点点头道：“我明白了，你在未结婚以前，想把家产……”何丽娜不等他说完，便抢着道：“你等我再问一句，你让我到德国留学求得学问来做什么？”何廉道：“为了你好自立呀。”何丽娜道：“这不结了！我能自立，要家产做什么？钱是我要的，自己不用，家树他更不能用。爸爸，你不为国家做事，发不了这大的财。钱是正大光明而入者，亦正大光明而出。现在国家要亡了，我劝你拿点钱来帮国家的忙。”何廉笑道：“哦！原来你是劝捐的，你说，要我捐多少呢？”何丽娜本靠在父亲椅子边站着的，这时突然站定，将胸脯一挺道：“要你捐八十万。”何廉淡淡的笑道：“你胡闹。”说着，在茶几上雪茄烟盒子里取了一根雪茄，咬了烟头吐在痰盂里。自己起身找火柴，满屋子走着。

当下何丽娜跟着她父亲身后走着，又扯了他的衣襟道："我一点不胡闹。对你说，我要在北平、天津、唐山、滦州、承德、喜峰口找十个地方，设十个战地病院。起码一处一万，也要十万，再用十万块钱，作补充费，这就是二十万。家树他要立个化学军用品制造厂，至低限度，要五十万块钱开办，也预备十万块钱作补充费。合起来，不就是八十万吗？你要是拿出钱来，院长厂长，都用你的名义，我和家树，亲自出来主持一切，也教人知道留学回来，不全是用金招牌来起官做的。"何廉被她在身后吵着闹着，雪茄衔在嘴里，始终没有找着火柴。她在桌上随便拿来一盒，擦了一根，贴在父亲怀里，替他点了烟，靠着他道："爸爸，你答应吧。我又没兄弟起妹，家产反正是我的，你让我为国家做点事吧。"何廉道："就是把家产给你，也不能让你糟蹋。数目太大了，我不能……"何丽娜跳着脚道："怎么是糟蹋？沈国英只有八万元家私，他就拿出六万来，而且自己还去当义勇军啦。你自说的，有一百二十万，就是用去八十万，还有四十万啦，你这辈子干什么不够？这样说，你的钱，不肯正大光明的用去，一定是货悖而入者亦悖而出。得！我算白留学几年了，不要你的钱，我自己去找个了断。"说毕，向何廉卧室里一跑，把房门立刻关上。

何太太一见发了急，对何廉道："你抽屉里那支手枪……"何廉道："没收起……"她便立刻捶门道："丽娜，你出来，别开抽屉乱翻东西。"只听到屋子里拉着抽屉乱响，何丽娜叫道："家树，我无面目见你，别了。"何太太哭着嚷了起来道："孩子，有话好商量呀，别……别……别那么着。我只有你一个呀！你们来人呀，快救命罗！"何廉也只捶门叫道："别胡闹！"早有两个健仆，由窗户里打进屋子去，在何丽娜手上，将手枪夺下，开了房门，放老爷太太进去。何丽娜伏在沙发上，藏了脸，一句不言语。何廉站在她面前道："你这孩子，太性急，你也等我考量考量。"何丽娜道："别考量，留着钱，预备做亡国奴的时候纳人头税吧。"她说毕，又哭着闹着。何廉一想：便捐出八十万，还有四五十万呢。这样做法，不管对国家怎样，自己很有面子，可以博得国人同情。既有国人同情，在政治上，当然可以取得地位……想了许久，只得委委屈屈，答应了姑娘。何丽娜噗嗤一笑，才去睡觉。

这个消息，当然是家树所乐意听的，次日早上，何丽娜就坐了车到陶家来报告。未下汽车，刘福就迎着说："表少爷穿了长袍马褂，胳臂上围着黑纱，天亮就出去了。"何丽娜听说，连忙又把汽车开向刘将军家来。路上碰到八个人抬一具棺材，后面一辆人力车，拉着沈大娘，一个穿破衣的男子背了一篮子纸钱，跟了车子，再后面，便是家树，低了头走着。

何丽娜叹了一口气，自言自语的道："就是这一遭了，由他去吧！"于是再回来，在陶家候着。直到下午一两点钟家树才回来，进门便到书房里去躺下了。何丽娜进去，先安慰他一顿，然后再把父亲捐款的事告诉他。家树突然的握住她的手坐起来道："你这样成就我，我怎样报答你呢？"何丽娜笑道："我们谈什么报答。假使你当年不嫌我是个千金小姐，我如今还沉醉在歌舞酒食的场合，哪里知道真正做人的道理！其实还是你成就了我呢。"家树今天本来是伤心之极，听了何丽娜的报告，又兴奋起来。当日晚上，见了何廉，商议了设立化学军用品制造厂的办法，结果很是圆满。

这消息在报上一宣布，社会上同情樊、何两个热心，来帮忙的不少，有钱又有人，半个月功夫，医院和制造厂，先后在北平成立起来。

再说秀姑去后，先有两个无线电拍到北平，说是关寿峰只受小伤，没关系，子弹运到，和敌军打了两仗，而且劫了一次军车，都得有胜利，朋友都很欢喜。半个月后音信却是渺然。这北平总医院，不住的有战伤的义勇军来疗养，樊、何两人，逢人便打听关、沈的消息。

有一天，来了十几个伤兵，正是关寿峰部下的。何丽娜找了一个轻伤的连长，细细盘问一遍。他说："我们这支军队，共有一千多人，总指挥是关寿峰，副指挥是关秀姑，后来沈国英去了，我们又举他做司令。我们因为补充了子弹，在山海关外，狠打了几次有力的仗，杀得敌人胆寒。我们的总部在李家堡，是九门口外的一个险地。九门口里，就是正规军的防地。前十天晚上，我们得了急报，敌人有骑兵五六百，步兵三千，在深夜里，要经过李家堡，暗袭九门口。沈司令说：'我们和敌人相差过多，子弹又不够，不如避实击虚，让他们过去，在后面兜抄。'关指挥说：'不行。九门口，只有华军一团人，深夜不曾防备，一定被敌人暗袭了去。敌人占了九门口，山海关不攻自得，我们一千多人，反攻何用？山海关一失，华北摇动，这一着关系非浅。我们只有挡住了要道，不让敌人过去。此地到九门口，只十几里路，一开火，守军就可以准备起来。我们抵抗得越久，九门口是准备得越充足。兄弟，就是今晚，我们为国牺牲吧。'沈司令想了一想，这话也是，立刻我们就准备抵抗。敌人初来，也不曾防备我们怎样抵抗，到了庄外，我们猛然迎击，他们抵抗不住，先退下去。但是他们的人多，将庄子团团围住，大炮机枪，对了庄里狂射。我们各守了围墙，等敌人到了火力够得上的地方，才放出枪去。敌人只管猛烈进攻，我们死力守着不动。

战了有两小时，敌人几次冲锋，冲到庄门口来，最后一次，我们的子弹，快要完了，我们关总指挥叫着说：‘大家拼吧，再支持两点钟就天亮了，我们杀出去。’他一手拿了大砍刀，一手拿了手枪，带了五百多名弟兄冲出庄去。我就紧紧跟在总指挥后面，亲眼看到他手起刀落，砍倒七八十个敌人。我们这样肉搏一阵，敌人已经有些支持不住；我们的副指挥关姑娘，又带了二三百弟兄来接应，敌人就退下去了。我们也不敢追，又退回庄去守着。但是这一阵恶战，死了四五百人，连着先死的，一千多人，已经死亡三分之二。看看天色快亮，九门口遥遥的发出几响空炮。我们总指挥坐在矮墙下一块石头上，喘着起哈哈笑道：‘好了，好了！守口军队，已经有准备了。’这时，我看他身上的衣服，撕得稀烂，胡子上，手上，脸上，都是血迹，他两手按了膝盖，喘着气道：‘值！今天报答国家了。’他说后，身子靠了墙，就过去了。我们沈司令、副指挥因敌人还不肯退，就对着总指挥说：‘凭了你老人家英灵不远，我们有一口气，也不让敌人进我的庄子。’说完，沈司令带了残余弟兄三四百人，等敌人逼近，又杀出去冲锋肉搏。这次我们人更少，哪里冲得动，战到天亮，全军覆没了。沈司令、李团长都没回来。不过天色一亮，敌人就不敢再攻九门口，自己退走了。关姑娘数数村子里的活人，只剩二百多，战得真是悲壮，不但九门口没事，李家堡也守住了。可是敌人上了这次当，这日下午，就派了四架飞机来轰炸李家堡。我们副指挥战了一晚，又去收殓沈司令和总指挥，人太累了，就睡了一场午觉。不料就是这时候，这飞机来到，临时惊醒躲避，已经来不及，就殉难了。”何丽娜只听到这里，已经不能再向下问他们怎样逃进关的，两眼泪汪汪，恸哭起来——这日晚上，何丽娜向家树提起这事，家树也是禁不住泪如雨下。

到了次日，正是清明，家树本来要到西便门外，去吊凤喜的新坟，就索性对何丽娜道："古人有禁烟时节，举行野祭的，我们就在今天，在凤喜坟边，另外烧些纸帛，奠些酒浆，祭奠几位故人，你看好吗？"何丽娜说是很好，就吩咐佣人预备祭礼，带了两个佣人，共坐一辆汽车，到西便门外来。

汽车停下，见两棵新柳，一树野桃花下，有三尺新坟，坟前立了一块碑，上书："故未婚妻沈凤喜女士之墓，杭县樊家树立。"何丽娜看着，点了一点头。佣人将祭礼分着两份：一份陈设在凤喜坟前；一份离开坟，在平坡上，向东北陈设着。家树拿了酒壶，向地上浇着，口里喊道："沈国英先生，李永胜先生，我的好朋友。关大叔，秀姑我的好姐姐。你们果然一去不返了。故人！你们哪里去了？英灵不远，受我一番敬礼。"说着，脱下帽来，遥遥向东北三鞠躬。回转身来，看了凤喜的坟，叫了一声："凤喜！"又坠下泪来。何丽娜却向了东北，哭着叫关大姐。两个佣人，分途烧着纸钱。平原沉沉地，没有一点声音，越显得樊、何二人的呜咽声，更是酸楚。忽然一阵风来，将烧的纸灰，卷着打起胡旋，飞入半天。半树野桃花的花片，洒雨一般的扑到人身上来。何丽娜正自愕然，那风又加紧了两阵，将满树的残花，吹了个干净。家树道："丽娜，人生都是如此，不要把烂漫的春光虚度了。我们至少要学沈国英，有一种最后的振作呀！"何丽娜道："是的，你不用伤心，还有我呢。我始终能了解你呀！"家树万分难过之余，觉得还有这样一个知己，握了她的手，就也破涕为笑了。

策　划｜大星
出　品｜

出品人｜吴怀尧　何三坡
　　　　邵　飞　周公度

产品经理｜刘　楠
封面设计｜大星文化
内文插图｜彼　畔
美术编辑｜陈　芮
特约印制｜陈　俊

投稿邮箱 | dxwh@vip.126.com

渠道合作 | 021-60839180

官方微博 | @大星文化 @中国作家富豪榜

作家榜官网 | www.zuojiabang.cn

作家榜官方微博 | @中国作家富豪榜（每天都在免费送经典好书）

作家榜天猫旗舰店 当当旗舰店 京东旗舰店 作家榜公众号

图书在版编目（CIP）数据

啼笑因缘 / 张恨水著．-- 上海：华东师范大学出版社，2018

（作家榜经典文库）

ISBN 978-7-5675-8392-4

Ⅰ．①啼… Ⅱ．①张… Ⅲ．①章回小说－中国－现代 Ⅳ．① I246.4

中国版本图书馆 CIP 数据核字 (2018) 第 238310 号

项目编辑：庞 坚　唐 铭

审读编辑：刘效礼

啼笑因缘

张恨水　著

全案策划

大星（上海）文化传媒有限公司

出版发行

华东师范大学出版社[www.ecnupress.com.cn]

上海市中山北路3663号　邮编：200062

电话：021-60821666　客服电话：021-62865537

华东师范大学出版社天猫店：http://hdsdcbs.tmall.com

上海盛通时代印刷有限公司 印刷

2018年12月第1版　2018年12月第1次印刷

889毫米×1194毫米　32开本　12插页　15.25印张

印数：1-8000　字数：311千字

书号：ISBN 978-7-5675-8392-4

定价：49.80元